KB167684

그림자 없는 밤

김미유 장편소설

III

초판 1쇄 인쇄일 | 2021년 07월 23일
초판 1쇄 발행일 | 2021년 08월 03일

지은이 | 김미유
펴낸이 | 박성면
펴낸곳 | (주)동아

출판등록 | 제406-3960100251002007000071호
주소 | 경기도 파주시 문발로 115, 세종대학교출판부 206호
전화 | (031)8071-5201
팩스 | (031)8071-5204
E-mail | bear6370@hanmail.net

정가 | 12,800원

ISBN 979-11-6302-515-3 (04810)
        979-11-6302-505-4 (set)

ⓒ 김미유, 2021

※이 책은 (주)동아와 저작자의 계약에 의해 출판된 것이므로, 무단 전재 및 유포, 공유를 금합니다.

그림자 없는 밤

ZERONOVEL

김미유 장편소설

III

동아

CONTENTS

*

외전

15

햇살과 함께 꽃잎이 내려지는 공간 속, 일라베니아의 국기가 바람에 흔들리는 장면은 기시감을 느끼기에 모자람이 없었다.

리카르디스를 포함한 하얀밤 기사단원들은 모두 몇 개월 전, 사절단의 자격으로 발타로 떠났던 날을 상기했다. 정말 똑같았다. 수도 거리거리마다 사람들이 꽉 들어찬 장면과 사지에 제 발로 들어가야 한다는 상황까지도.

달라진 점을 꼽자면, 그때보다 인원수가 많아졌다는 것과 더불어 일라베니아의 대군을 독수리 한 마리가 따라오고 있다는 것이었다.

삐이익---

독수리가 한 번씩 창공을 울리는 날카로운 소리를 낼 때면 병사들은 번번이 우러러보며 감탄했다. 이델라브힘의 가호가 따른다며 무척이나 좋아한다는데, 생각지도 못한 곳에서 사기가 올라갔다.

[미미나 쥬쥬로 따라갈 생각도 하긴 했지. 근데 인간 놈들이랑 부대껴야 할 생각 하니까 토 나와서.]

하고 저 독수리가 악담을 했다는 걸 알면 무슨 반응을 할지 조금 궁금했다.

평탄한 여정이 이어졌다. 리카르디스가 총사령관 임명을 받고 "전군, 출진." 하며 검을 뽑았던 때만 해도 눈에 예기가 감돌던 병사들은 어느새 관성적으로 한 걸음 한 걸음 옮기고 있었다. 나라에 큰일이 닥쳤으나, 그것은 먼 곳의 일이라 여기는 듯 평온하기만 했다.

리카르디스는 마차 안에서 지도를 펼쳐 놓고 깊은 생각에 잠겨 있었다. 그런데 돌연 바깥에서 작은 소란이 일었다. 무슨 일이 일어난 듯했다.

똑똑.

바깥에서 마차 문을 두드려 왔다.

"무슨 일이지?"

"전하, 그……."

하얀밤 기사단의 단장, 스타스가 답지 않게 뜸을 들이고 있었다. 그가 짧은 침묵 후에 곧바로 말을 이었다.

"손님께서 전하를 알현하기를 바라고 있습니다."

"……내가 지금 전쟁터로 진군하는 와중에 손님이라는 단어를 들은 것이 확실한가?"

스타스는 면목 없는지 입을 다물었다. 리카르디스는 창문을 열어 그 '손님'의 정체를 확인했다. 병사들을 헤치고 다가오는 분홍색 개털이 보였다. 갑작스럽게 피로가 밀려왔다. 리카르디스는 손으로 눈을 꾹 눌렀다. 두 눈을 다시 뜨고 쳐다봐도 연분홍색 개털은 사라지기는커녕 점점 가까이 오고 있었다.

'환각이 아니었군.'

라혜안시는 어디서 구한 것인지 늙은 당나귀를 타고 있었다. 당나귀는 무언가를 천천히 씹으며 느긋하게 발걸음을 옮기는데, 그 위의 라헤안시는 헥헥대며 몸을 들썩이고 있었다. 당나귀를 어떻게든 재촉하고 싶은 모양이었다. 하지만 속도는 전혀 빨라지지 않았고 그냥 꼴 보기 싫은 효과만 더하고 있었다.

그 뒤에는 노새를 탄, 라헤안시의 뒤치다꺼리를 일임하고 있는 신관 베르움이 보였다. 그의 피로하고 아연한 표정은 모든 상념을 재로 만들어 날려 버린 듯했다. 한참 느리게 다가온 라헤안시는 마차 옆에 당도하고 나서야 에휴 하고 흐르는 땀을 닦았다. 늙은 나귀와 어울리지 않는 휘황찬란한 대신관의 복장이었다.

"혀엉!"

"리카르디스 전하라 부르셔야 합니다."

신관 베르움이 조용히 그를 타박했다.

"형! 이렇게 중요한 걸 두고 가면 어떻게 해!"

하얀밤 기사단원들이 술렁였다. 어떤 중요한 걸 두고 갔기에 대신관께서 몸소 당나귀까지 타고 행차한 것이지? 뭘 전해 주러 오신 거지? 그들끼리 의견이 분분했다. 리카르디스만 자신이 두고 온 중요한 것의 정체를 깨닫고 피식 웃었다.

"중요한 거? 그러고 보니 나에게 가장 중요한 걸 두고 왔었군."

그는 입술을 한 번 꾹 깨물었다. 입 밖으로 내뱉기 싫었으나, 앞에서 저렇게 눈을 초롱초롱하게 빛내고 있으니 한 번은 맞춰 줘야 할 거 같았다. 리카르디스가 창문에 팔을 걸며 근사한 미소를 지었다.

"내 동생, 라헤안시를."

라헤안시가 우헤헤 웃었다.

"그래! 날 두고 가면 어떻게 해! 바보, 바보!"

하얀밤 기사단원들은 난데없이 펼쳐진 깨가 쏟아지는 형제들의 애정 행각에 괴로운 듯 얼굴을 구겼다. 리카르디스로서도 입 밖으로 내뱉는 데 꽁장한 용기가 필요한 말이었으나, 라헤안시가 코를 먹는 소리까지 내 가며 좋아하는 모습을 보니 나름 보람을 느꼈다.

어쨌거나, 제 목숨 불사하고 따라나선 게 아니던가.

솔직히 있는지 없는지조차 까먹고 있었지만, 그의 합류는 반가웠다. 누가 뭐라 해도 일라베니아에 단 일곱 명밖에 없는 대신관이었다. 그 실체가 어찌 되었건, 존재 자체를 무시할 수 있는 사람은 없었다.

"라헤."

늙은 당나귀를 재촉하던 라헤가 그를 바라보았다. 리카르디스가 씩 웃으며 그의 머리를 헤집었다.

"잘 왔다."

아까와 달리 진심 어린 목소리였다. 그걸 느꼈는지 라헤안시도 바보 같은 웃음을 지우고는 조금 덜 바보 같은 미소를 띠었다. 가만히 그의 개털을 만지고 있던 리카르디스의 목소리에 곧 의문스러운 빛이 떠올랐다.

"……허락은 맡고 왔나?"

라헤안시가 몸을 배배 꼬았다. 그의 뒤에서 베르움이 고통스러운 표정으로 입술을 꾹 깨물고 있었다. 그것만으로도 충분히 대답은 되었다.

"자식 농사 폭삭 망하셨군, 황제 폐하께서도."

"대륙이 죽어 가고 있으니 흉년이 들 수밖에."

라헤가 낄낄 웃었다. 리카르디스도 고개를 절레절레 흔들다 결국은 웃고 말았다.

* * *

전쟁이 발발했다는 소식은 대륙에 빠르게 퍼져 나갔다.

사건이 있기에 앞서 일라베니아를 떠났던 라고슈의 바이페렘, 관디테에게도 그 소식이 닿았다. 왕좌에 앉은 소녀는 큰 동요를 보이지 않고 과일을 우물우물 먹고 있었다. 관디테의 옆자리에 앉아 있는 딤라의 태도도 크게 다르지 않았다.

몇몇 제르타예들이 염려스러운 기색을 내보이자 관디테가 과일을 삼키고 입을 열었다.

"설마 일라베니아와 발타가 사이가 좋았다고 생각하는 형제들이 있던가?"

"……물론 그런 것은 아닙니다만."

"요즘 발타가 수상쩍게 행동한 걸 모르는 형제도 없을 것이고."

"그건…… 그렇습니다만, 바이페렘."

관디테가 과일 한 조각을 다시 입 안에 집어넣었다. 가득 퍼지는 새콤한 맛에 말랑말랑한 소녀의 얼굴이 구겨졌다.

"으으…… 아무튼 이것은 예견된 일이었노라. 새삼스럽게 놀라울 것은 없다."

"걱정되는 부분이 한 가지 더 있습니다, 바이페렘."

오가는 말을 듣기만 하던 날카로운 인상의 남자가 발언했다. 관디테가 고개를 끄덕였다.

"그게 무엇이냐."

"혹시나 저희를 부르신 이유가 전쟁 때문입니까?"

혹한의 땅을 이끌어 가는 열두 명의 제르타예 전원이 회의실에 모여 있는 상황이었다. 아무리 왕실 아래에 묶여 있다고는 하나, 원래는 제멋대로 살아가는 야생마 같은 사람들이었다. 중요한 행사도 귀찮다고 안 오는 경우가 더러 있을 정도였다.

그런 이들을 강제력을 행사해 불러 모을 수 있는 것은 바이페렘의 고유 권한이었다. 하지만 라고슈의 군신 관계는 복종이 아닌 동맹에 더욱 가까운 형태를 띠고 있기에, 바이페렘 또한 제르타예에게 강제력을 행사할 때 심사 숙고해야만 했다.

때문에 이렇게 제르타예들을 모두 만날 수 있는 것은 라고슈에 큰일이 날 때뿐이었는데, 제르타예들이 알기로 현재 라고슈 내에는 큰일이 없었다. 일라베니아와 발타가 전쟁을 시작했을 뿐이지.

남자가 지적한 부분 또한 그것이었다. '혹시 그들이 싸우는 판에 끼어들 겠다고 말하려고, 우리를 다 불러 모았느냐?'라는 것이었다. 관디테는 손수건으로 입을 쓱쓱 닦으며 고개를 끄덕였다.

"형제가 염려한 대로, 그렇다. 나는 오늘 일라베니아와 발타의 전쟁에, 라고슈가 참전하겠노라는 의사를 표명하기 위해 제르타예를 불러 모았다."

열두 명의 제르타예들이 인상을 찌푸렸다.

"참전이라니요, 바이페렘. 그냥 두면 서로 잡아먹다가 공멸하게 되는 최상의 결과가 펼쳐질 텐데요."

"그리고 그때 나서서 꿀꺽해 버리는 거지."

"그거 좋은 생각인데, 아. 바이페렘께서는 어느 편으로 참전하시려고 한 겁니까? 발타는 아닐 테고, 설마 일라베니아?"

"웩."

누군가가 역하다는 듯 혀를 쭉 뺐다.

"차라리 라펜의 절벽에서 뛰어내리고 말지."

딤라는 제르타예들의 말을 들으며 손으로 눈을 덮었다. 이 자식들을 어쩌면 좋아. 하는 기색이 역력했다. 한 명, 두 명, 말을 꺼내기 시작하자 소리가 불어나는 것은 순식간이었다. 딤라가 지팡이로 바닥을 내리치며 주의를 환기했다. 딱. 유별나게 큰 소리도 아니었음에도 제르타예들의 목소리가 뚝 끊겼다.

"반대."

딤라가 말하자 다들 손을 우수수 들어 올렸다. 그녀가 다시 입을 열었다.

"찬성."

두 명이 번쩍 손을 들어 올렸다. 찬성의 이유를 들어 보니 가관이었다. 일라베니아를 돕는 척하다가 뒤통수를 치고 오겠단다. 딤라는 지팡이를 휘두르고 싶어졌다. 그 와중에 단 한 명만이 손을 들지 않았다. 제일 먼저 발언한 남자였다. 관디테와 딤라의 눈에 이채가 감돌았다.

"갈라·제르타예. 형제는 왜 어느 쪽도 손을 들지 아니했나?"

"마음 같아서는 반대에 들고 싶었지만, 이런 중대한 사항을 의논도 하지 않으시고 '참전하겠다'고 하신 말씀이 신경 쓰여서 말입니다."

딤라는 일라베니아의 콧대 높은 귀족들과 겸상을 하느니, 말똥 더미 위에 앉아서 식사를 하겠다는 쪽이었다. 그런 딤라가 일라베니아를 지지하는 것에는 필시 이유가 있으리라.

딤라가 갈라·제르타예의 가주를 지팡이로 가리키며 다른 이들을 노려보았다.

"너희들에게는 없는 무언가가 있는 게 보이느냐?"

"소심함?"

"결정 장애?"

"생각! 생각, 이놈들아!"

딤라는 결국 참지 못하고 일어서서 소심함과 결정 장애라고 말한 남자와 여자를 두들겨 팼다. 다른 제르타예들이 딤라의 건강을 염려해 말리는 사이, 관디테가 갈라·제르타예를 보며 생긋 웃었다.

"일라베니아에서 귀한 사람을 만났다."

"그게 누굽니까."

"일라베니아에 있는 갈라·제르타예의 핏줄들."

남자의 눈이 살짝 커졌다.

"아주 상냥하고 귀여운 형제들이었노라. 특히 로젤린 경의 경우에는, 동생이 있다면 이런 느낌일까 생각하곤 했지."

갈라·제르타예의 가주, 세와는 복잡한 마음을 감추지 못했다. 동생? 언니가 아니라? 그가 모호한 표정을 하자 관디테가 흐흐 웃었다.

"냉혹한 추위만이 꺼지지 않는 불꽃을 만들어 내리라 생각했으나, 씹다 뱉은 음식물같이 미적지근한 온도를 지닌 일라베니아에서도, 과연 제르타예는 제르타예였다."

딤라에게 교육받더니 일라베니아에 대한 악담이 장난이 아니었다.

"혹여, 제 핏줄 때문에 일라베니아의 일에 관여하시려는 겁니까?"

그에 대한 대답은 딤라가 했다.

"아주 없다고는 말하지 못하겠다만, 가장 중요한 건 제르타예가 누구의 곁에서 타오르고 있느냐 아니겠나."

"······2황자 리카르디스를 말씀하십니까."

"라이노의 첫째 아들놈이 죽어 지금 가장 유력한 다음 대의 황제 후보이기도 하지."

"그에게서 무얼 보셨습니까?"

그의 말에 딤라는 가만히 지팡이를 쥐고 있는 자신의 손만 바라보았다.

"부족하기는 하다만, 구름에 가려져 있어도 달은 달이라 희미하게 빛나더구나."

딤라가 관디테를 바라보자, 소녀가 열두 명의 제르타예를 바라보며 입을 열었다.

"나는 영원한 서약으로서, 서로가 서로의 등을 지키겠다는 맹세를 결코 잊지 않았다. 나의 모든 결정은 오로지 라고슈만을 위한다. 갈라·제르타예. 일라베니아와 발타가 싸운다고 하지만, 결코 그것은 그 둘만의 일이 아니다. 축복의 밤이 찾아오지 않은 것이 얼마나 지났던가. 그사이 대륙에는 오물과 쓰레기가 끼어 도무지 쓸 만한 구석이라고는 찾아볼 수가 없게 되어 버렸다. 쓸어 버릴 것은 쓸어 버리고, 남길 것은 남긴다. 새로운 대륙에 새로운 싹이 날 수 있도록. 그리고 그것이 자라나, 종국에는 라고슈까지 피어날 수 있도록."

딤라가 뒤이어 말했다.

"일라베니아에서 만난 황자는 그나마 싹수가 있는 놈이었다. 설원의 월계수에 어떻게 이렇게 정신머리가 똑바로 박힌 놈이 있나 싶을 정도였지. 다음 대의 황제가 될 가능성이 농후했으나, 라이노 그 소인배가 제 권력 유지해 보겠다고 아들을 전쟁터로 밀어 넣었지."

제르타예들은 코웃음을 치거나 노골적으로 비웃으며 딤라의 말에 호응했다.

"그놈을 놓치면 아마 100년 뒤쯤에나 정신 똑바로 박힌 놈이 나올 게다. 일라베니아의 영향력은 대륙 전역에 미친다. 단순한 남의 나라, 옆 나라의 권력 다툼이 아니란 말이다. 또한, 발타 놈들이 일라베니아의 추악한 치부를 들춘 상황이다. 일라베니아는 전례 없이 휘청이고 있어. 이번 전쟁에 대륙의 명운이 달렸다 봐도 과언이 아니다. 라고슈 왕실이 지원하는 것은 일라베니아가 아닌, 일라베니아의 2황자 리카르디스가 될 것이다. 그놈과 함께 발타를 쳐 내고, 일라베니아의 썩은 물을 교체한다."

딤라의 말에 아까까지 시끌벅적하게 떠들던 제르타예들이 모두 숨을 죽였다. 장난기 어린 모습들은 전부 사라지고, 혹한의 땅을 누비는 강한 전사들만이 남았다.

열두 개의 꺼지지 않는 촛불은 각 영지로 흩어져 병력을 소집하고 전쟁을 위한 준비에 들어섰다.

* * *

일라베니아 중부.

일라베니아 제국군이 오늘 머무르게 될 영지의 풍경은 아름다웠다. 전쟁의 기운이 느껴지지 않는 대지는 나무와 풀이 말라붙어 있음에도 황량함과는 거리가 멀었다. 잘 닦인 도로와 거리를 돌아다니는 분주한 사람들. 반듯한 건물 굴뚝에서 퍼져 나오는 따스한 연기까지.

추위에 잠든 희끄무레한 땅을 석양이 뒤덮자 황금처럼 아름답게 빛났다. 로젤린은 부쩍 성장해 다른 군마들보다 몸집이 훌쩍 커진 초콜릿의 위에서 영지를 내려다보았다. 그녀가 인간으로서 처음으로 발돋움을 했던 곳이었다. 붉은수레바퀴령, 에스터.

저 멀리 가시같이 삐쭉삐쭉 솟아 있는 성의 첨탑이 보였다. 가슴 안쪽에 성에가 끼는 듯 그리움이 번졌다.

붉은수레바퀴 성에 다가가던 하얀밤 기사단원과 리카르디스를 맞이하러 온 이는 조만간 백작 위를 계승할 붉은수레바퀴의 칼릭스였다.

"검은 달을 가르는 이델라브힘의 영광을. 총사령관님을 뵙습니다."

"영광을 그대에게."

로젤린도 칼릭스에게 눈인사를 건넸다. 안 본 사이 더 말랐는지, 인상이 날렵해져 예민한 분위기가 감돌았다. 어쩐지 죽은 페르탄이 생각났다. 이 거대한 영지와 수많은 사람들을 책임지는 사람의 얼굴이었다. 눈이 마주치자 칼릭스가 날카로운 인상을 누그러트리며 부드럽게 웃었다.

두 남매는 나란히 이동했다. 잘 지냈느냐 안부를 주고받는데, 칼릭스가 모호한 방식으로 말을 끌었다. 뭔가 할 말이 있는데 용건을 꺼내지 못하고 빙 둘러 다른 얘기를 하는 것 같았다.

"무슨 일 있어?"

로젤린이 참지 못하고 묻자 칼릭스가 끙 하며 앓는 소리를 냈다. 칼릭스가 그녀에게 다가서며 조용히 속삭였다.

"……어머니께서도 알고 계십니다."

예전 같으면 무얼? 하고 물었겠으나, 로젤린은 사라진 주어를 단번에 알 수 있었다. 에델바이스. 로젤린의 어머니. 그녀가 제 딸의 죽음을 알고 있다는 말이었다.

"그러니까, 어머니께서는…… 아버지의 부고 때문에 많이 힘드신 상황이라……."

"응."

칼릭스는 힘겹게 말을 이었다.

"전과 같이 누님을 맞이하지 않을지도 모릅니다."

로즈, 로즈. 상냥하고 부드럽게 웃던 마른 여인이 생각났다.

"응."

로젤린이 희미하게 웃었다. 칼릭스가 눈썹을 일그러트린 채, 걱정스러운 시선을 보내왔다. 로젤린은 칼릭스의 머리를 부드럽게 쓰다듬었다.

"하얀 밤을 부르는 일라베니아의 축복을. 2황자 전하를 뵈옵니다. 상을 치르는 중이라 집 안이 번잡하여 불편함을 드리게 될지도 모르겠습니다. 계시는 동안 편안히 지내시길 바랍니다."

단정하게 옷을 차려입은 에델바이스는 백작 부인으로서의 위엄을 잃지 않았으나, 마지막으로 보았을 때보다도 말라 있었다. 수척한 낯빛이 그녀를 더 야위어 보이게끔 했다.

"축복을 그대에게, 백작 부인. 환대에 감사하오. 오늘 하루 잠깐 머무르고 갈 예정이지만, 일행이 많아 피해를 끼칠지도 모르겠군."

"아닌 말씀을요. 필요한 게 있으시면 칼릭스에게 말씀하시면 됩니다."

"낯빛이 좋지 않은데, 들어가서 쉬는 편이 나을 듯하군."

"배려에 감사드립니다."

에델바이스는 칼릭스에게 손님 안내를 맡기고 계단을 올라갔다. 잠시 발걸음을 멈춰 뒤돌아서서 무언가를 찾던 그녀와 로젤린의 눈이 마주쳤다. 감정을 읽어 낼 수 없을 만큼 짧은 시간이었다. 에델바이스는 곧 계단 위로 사라졌다.

성의 모든 방과 연회장, 공간이 넉넉한 곳은 지휘관들과 기사들이 지낼 수 있게 간단하게 준비가 되어 있었다. 하인과 하녀들을 따라 성에 따라온 지휘관들과 기사들이 흩어졌다.

해가 저물었다. 로젤린은 오랜만에 따뜻한 물에서 목욕하고, 주방장이 혼신의 힘을 다해 만든 음식을 섭취한 후 자신의 방에서 잠시 쉬고 있던 중이었다.

똑똑, 누군가가 문을 두드렸다.

"들어오세요."

복도를 걸어오는 발소리로 방문자의 정체를 알 수 있었다. 로젤린의 허락에 방문이 서서히 열렸다. 에델바이스였다.

"잠시 시간 괜찮니?"

애써 웃고 있는 낯이었다. 로젤린은 가만히 에델바이스를 보다가 그녀를 테이블로 안내했다. 에델바이스는 시선을 떨군 채 한참 말없이 앉아 있었다.

"얘기는 대충 들었단다."

그녀는 손톱을 문지르거나 살갗을 비비는 행동을 했다. 불안해 보이는 모습이었다. 에델바이스는 그 말 이후 다시 몇 초간 침묵을 지키다 어이없다는 듯 짧은 웃음을 터트렸다.

"······뭐라고 해야 할지. 정말 모르겠구나."

에델바이스가 고개를 들어 올렸다. 그녀의 눈동자가 천천히 로젤린을 훑었다. 머리, 이마, 눈, 코, 입······ 발끝까지. 에델바이스가 떨리는 목소리로 손을 내밀었다.

"잠시, 왼손 좀 줘 보겠니?"

로젤린이 그녀의 손 위에 자신의 손을 덮었다. 에델바이스는 샅샅이 로젤린의 손을 훑었다. 그리고 새끼손가락 끝에 작게 난 점을 발견하고는 벌떡 일어났다.

로젤린에게 다가온 에델바이스가 성급한 손놀림으로 그녀의 소매를 걷었다. 팔꿈치 아래에 작은 흉터가 보였다. 그리고 바닥에 풀썩 앉아서는 그녀의 헐렁한 바지를 걷었다. 정강이를 따라 흉터가 희미하게 남아 있었다.

에델바이스의 얼굴이 일그러졌다. 그녀는 덜덜 떨리는 손으로 얼굴을 가렸다. 로젤린은 그녀가 웅크린 채 울고 있는 모습을 가만히 바라보았다.

"어떻게 이래······."

흐느끼는 소리가 거칠어졌다.

"한 군데도 다르지 않은데 어떻게 내 아이가 아니야……."

그녀는 당장이라도 바닥에 쓰러질 것같이 위태로워 보였다. 로젤린이 자리에서 일어서서 에델바이스를 부축해 일으키려 하자, 그녀는 발작하듯 로젤린의 손을 떨쳐 내었다. 눈물이 가득 고인 눈동자가 보였다. 혐오감도, 두려움도 아닌 오직 고통으로만 가득 차 있는 눈이었다.

한참 뒤, 에델바이스가 비틀거리며 다시 의자에 앉았다. 그녀는 어지러운지 마른 손으로 이마를 짚고선 헐떡였다. 로젤린은 말없이 그녀가 숨을 고르길 기다렸다. 에델바이스는 등받이에 눕듯이 기댄 채, 멍하니 창밖에 시선을 두고 있었다.

투두둑. 코끝까지 습한 냄새가 나더라니, 비가 내렸다. 창을 두드리는 소리에 에델바이스는 잠에서 깨어난 듯한 목소리로 말했다.

"라고슈에서는 아이들이 태어나면, 남자 여자 할 것 없이 꽃 이름을 붙여 주는 경우가 많단다. 추운 곳이라 꽃을 보기 힘들거든. 어쩌다 한번 보게 되는 날이면 얼마나 놀랍던지. 그 아름다운 색, 앙증맞은 크기. 너무 예쁘고, 너무 소중하지 뭐니. 그래서 내 딸에게도 꽃 이름을 붙여 주고 싶었어. 비록 일라베니아에서는 고리타분하다고 받아들여질지언정."

로젤린이란 꽃 이름은 없었다. 아마 여러 사정에 부딪혀서 애칭만이라도 꽃 이름을 붙이게 된 것이리라. 로젤린은 자신을 로즈, 로즈. 하고 부르는 에델바이스의 목소리를 떠올렸다.

[너무 예쁘고, 너무 소중하지 뭐니.]

정말 그런 목소리였다.

"조금 더 멋있는 이름을 지어 줄 걸 그랬나? 로젤린이 제 이름을 싫어했거든."

에델바이스는 지친 듯 웃음을 내뱉었다. 그녀가 이마를 덮고 있던 손으로 눈을 가렸다.

"가는 길을 응원해 줄 걸 그랬나. 어미라는 사람이 볼 때마다 그렇게 뭐라고 하니, 마음이 편치 않았겠지."

그녀의 손 아래로 눈물이 흘러내렸다.

"조금 더 많은 시간을 같이 있을 걸 그랬나. 그렇게……."

에델바이스는 위험해 보일 정도로 떨고 있었다.

"행복하고, 빛났던 모든 시간이 후회로 뒤덮여, 색이 바랜 기분에 나는 지금…… 너무나도, 비참하구나."

로젤린은 걸음을 돌려 담요를 가지고 돌아왔다. 에델바이스의 무릎에 담요를 덮자 그녀가 흠칫 놀라서 눈을 가리던 손을 떨어트렸다. 무릎을 꿇고 담요를 정리 중이던 로젤린과 그녀의 눈이 딱 마주쳤다. 에델바이스는 떨리는 손으로 입을 가리고서는 로젤린을 가만히 바라보았다.

"착하구나."

그녀가 물기 어린 얼굴로 웃었다.

"참 착해."

에델바이스가 손으로 눈가를 훑었다. 다시 방 안이 조용해졌다. 에델바이스가 말을 꺼낸 것은 대략 10분 정도가 흘렀을 때였다. 그녀는 눈을 감고 있었다.

"……나의 이 고통은 너의 잘못이 아니다."

에델바이스는 자신의 손을 꼭 마주 쥐었다. 무언가를 참는 사람처럼.

"하지만 나의 잘못 또한, 아니야."

그녀의 상체가 서서히 기울어졌다. 에델바이스는 마주 쥔 손 위에 이마를 대고서 천천히 말했다.

"누구의 잘못도 아니지만, 나는 너를 보는 게 몹시 괴롭구나. 앞으로도 너를 볼 때마다 내 행복했던 지난 시간마저 후회하게 되겠지. 나는 그러고 싶지 않단다."

숨을 몰아쉬던 에델바이스가 천천히 일어났다. 로젤린도 그녀를 따라 몸을 일으켰다. 눈이 마주쳤다. 에델바이스는 지쳐 보였다. 눈동자에는 흐릿하고 혼몽한 빛만 감돌 뿐이었다.

"건강하렴. 전쟁에서도 다치지 말고. 그리고."

그녀가 로젤린의 손을 다정하게 잡았다.

"아주아주, 아주 오랜 시간이 흐른 후에야 다시 보자꾸나."

에델바이스가 힘겹게 웃었다. 그러고는 천천히 걸어 로젤린에게서 멀어졌다. 로젤린은 이것이 그녀가 건넨 마지막 작별 인사라는 사실을 깨달았다. 에델바이스는 자신의 존재를 견딜 수 없이 괴로워했다. 그 사실이 못내 괴로웠다. 자신의 잘못도, 그녀의 잘못도 아니었다. 누구도 탓할 수 없는 어쩔 수 없는 일이었다.

"……부인."

에델바이스의 걸음이 뚝 멈췄다. 로젤린이 그녀의 야윈 뒷모습에 대고 고개를 푹 숙였다.

"건강하세요."

흐느끼는 소리를 들은 것 같았다. 달칵 문이 열리고, 달칵 다시 닫혔다. 방 안에는 정적만이 감돌았다.

* * *

로젤린은 익숙한 침대에 파묻혀 가만히 누워 있었다. 잠이 오지 않았다. 코를 킁킁거리니 내리는 비 냄새가 한껏 들어왔다. 그녀는 원래 비 오는 날을 좋아했다. 나뭇잎 위로 떨어지는 빗소리를 듣고 있으면 어느새 스르르 잠이 들곤 했다. 마음이 평온해지는 소리였다.

한데 지금은 피부에 닿는 끈적한 공기가 짜증 났다. 잠들 즈음이면 톡 소리를 내서 정신을 깨우는 빗소리가 거슬렸다. 내일 또 행군을 해야 하는데, 진흙 때문에 초콜릿이 고생할 생각을 하니 절로 인상이 찌푸려졌다.

이런저런 일과 공기 하나까지 트집을 잡아 가며 투덜거리던 로젤린은 자신의 사고가 어느새 아까의 대화로 흐르고 있음을 자각했다. 애써 다른 생각을 해 봐도 결국은 돌아왔다.

할 수 있는 일이 아무것도 없었다. 노력할 수도 없는 일이고, 노력한다고 해결되는 일도 아니었다. 자신의 행동으로 바뀔 수 없는 일이란, 피치 못한 일이란, 어쩔 수 없는 일이란 정말 너무나도…….

똑똑.

천장을 쳐다보기만 하던 로젤린은 급히 상념에서 깨어났다. 누가 방 앞을 지나는 줄도 모를 정도로 생각에 깊이 빠져 있었던 듯했다. 그녀는 대답하려다 입을 다물었다. 지금은 누구와 만나 대화할 기분이 아니었다. 다시 눈을 감으려는 찰나, 목소리가 들려왔다.

"로젤린."

로젤린은 홀린 듯 침대에서 일어났다. 그리고 지금은 사라진 목소리의 잔상을 따라 스르륵 움직였다. 손이 문고리에 닿았다.

달칵.

열린 문 틈새로 검은 인영이 보였다. 얼굴을 보지 않는다 해도 누군지 알 수 있을 거라 로젤린은 확신했다. 문을 열자마자 은은하고 청량한 향이 밀려왔다. 리카르디스였다.

"들어가도 될까."

진군하는 내내 볼 수 없었던 편안한 옷차림새였다. 냉엄한 표정으로 대군을 지휘하는 총사령관의 모습은 어디에도 없었다. 그건 그가 은색 갑주를 벗었기 때문만은 아닌 것 같았다. 날카로운 눈빛과 딱 다물린 입술, 힘이 들어가 있는 어깨와 온몸으로 사방을 경계하는 날카로운 기세도 온데간데 없이 사라져 있었다. 분위기. 분위기가 다르구나. 로젤린은 깨달았다.

그녀는 문을 더 여는 것으로 대답을 대신했다. 리카르디스는 야심한 시각, 다 큰 아가씨의 방에 들어가도 되냐는 대범한 요청을 한 것치고는 무척 조심스러운 기색이었다.

들어올 생각은커녕, 방 안을 흘끗흘끗 바라보기만 했다. 그러다 아차 하고는 발걸음을 옮기긴 했으나, 목을 가다듬는다든가 손으로 아랫입술을 구깃구깃하게 만진다든가 하는 갖은 쑥스러움을 동반한 채였다.

로젤린은 자신의 방을 천천히 둘러보는 리카르디스의 옆모습을 바라보았다. 익숙한 공간에 들어온 적 없는 이가 서 있는 광경은 이상한 감상을 불러일으켰다.

리카르디스의 시선이 살짝 아래로 향한 채 멈췄다. 무얼 보나 싶어 로젤린도 그가 바라보는 방향을 따라 고개를 떨궜다. 하얀 맨발이 보였다. 리카르디스의 방문에 놀라 슬리퍼를 신는 것도 까먹은 탓이었다. 예전이야 아무것도 모르고 맨발로 성을 활보했다지만, 지금은 예법에 통달했다 자부하는 로젤린으로서는 참 민망한 일이었다. 발이 절로 꼼지락거렸다.

리카르디스는 주위를 두리번거리더니 침대 아래에 있는 슬리퍼를 가지고 왔다. 건네받으려고 로젤린이 손을 뻗었지만, 슬리퍼는 점점 아래로 내려갔다. 더 아래로. 로젤린이 눈을 둥그렇게 떴다.

리카르디스는 슬리퍼를 쥔 채 한쪽 무릎을 꿇고 있었다. 둔한 로젤린이 봐도 그가 뭘 하려는지 알 수 있었다. 직접 신발을 신겨 주려는 것이었다. 로젤린은 너무 충격받아서 리카르디스의 멱살을 잡아 일으켜 세울 뻔했다. 다행히도 그게 더 실례라는 사실을 깨달은 덕에 멈출 수 있었다.

"저, 전하."

로젤린은 당황하는 제 목소리가 낯설어 더욱 당황해 버렸다. 리카르디스는 기어코 슬리퍼를 신겨 주고서야 일어났다.

"신고 다녀야지. 다치면 어쩌려고."

로젤린은 리카르디스의 가슴팍에 시선을 둔 채 간신히 고개만 끄덕였다.

두 사람은 낮은 테이블을 끼고 앉았다. 로젤린은 그제야 리카르디스가 무언가를 들고 왔다는 사실을 알아챘다. 작은 트레이에는 투명한 찻주전자와 유리잔, 그리고 찻잎을 담아 두는 나무 상자가 차곡차곡 정리되어 있었다.

'차를 드시려는 건가?'

그런데 물이 없었다. 그리고 이 늦은 밤에 갑자기 차를? 뭘까 싶어 바라보고 있자, 리카르디스가 손가락으로 콧잔등을 쓸었다. 민망한 모양이었다.

"차를 마시고 싶은데 그대가 깨어 있을 것 같아서."

리카르디스는 잠시 입을 꾹 다물었다 다시 얘기했다.

"……그냥 그대와 같이 마시고 싶어서 왔는데, 시간이 너무 늦었다는 걸 문을 두드리고서야 알았어. 내쫓을 건가?"

약간 불쌍해 보이는 표정이었다. 로젤린이 살짝 웃으며 고개를 젓자 리카르디스도 마주 웃었다.

"그런데 물이 없군요. 가서 떠올까요?"

"……아니, 이건. 특별한 차라서."

리카르디스가 다리를 떨기 시작했다. 그러고는 입술을 잘근잘근 깨물었다. 대체 얼마나 특별한 차이기에?

리카르디스가 비어 있는 투명한 찻주전자를 들고 벌떡 일어섰다. 얼굴이 살짝 붉어져 있었다.

"우선, 빗물을 받아야 해."

그러고는 딱딱한 걸음으로 창가로 다가가 창문을 거칠게 열었다.

굳이 빗물을? 이렇게나 번거로운 과정을 거쳐야 한다니. 로젤린도 자리에서 일어나 리카르디스에게 다가갔다. 창문 밖으로 돌출된 부분에는 꽃 화분 몇 개가 올려져 있었고, 찻주전자는 그 옆에서 같이 비를 맞는 중이었다.

투두둑. 조금씩 내리는 빗줄기가 투명한 유리에 달라붙었다. 한 방울이 더 붙으니 무거운지 그제야 스르르 안으로 떨어졌다. 로젤린이 집중해서 바라보는 모습에 리카르디스가 남몰래 작게 한숨을 쉬었다.

그렇게 시간이 흘렀다. 리카르디스는 결연한 표정으로 맑은 빗물이 담긴 찻주전자를 든 채 다시 테이블로 돌아갔다. 로젤린도 창문을 내리고 리카르디스를 따랐다. 큰 램프 위에서 물은 서서히 온도를 높여 갔다.

로젤린은 흔들리는 불빛을 보다가, 이따금 리카르디스를 바라보았다. 그는 손부채질로 얼굴을 식히고 있었다.

"좀, 번거롭지."

"아뇨. 재밌습니다."

붉은수레바퀴 성의 하녀들과 하던 소꿉놀이도 생각났다.

"……그렇다면 다행이군. 정말로."

리카르디스는 작게 중얼거리며 나무 상자를 열었다. 짙은 청색의 마른 꽃잎이 담겨 있었다. 그가 조그마한 집게로 꽃을 집어 잔의 중앙에 놓았다. 그러고 유리잔의 표면을 따라 따뜻해진 빗물을 흘렸다. 투명한 물에 짙은 남색빛을 띠던 꽃의 색이 스며들기 시작했다. 찻물의 색이 몹시 예뻐서 눈을 뗄 수가 없었다.

몇 분이 흐른 뒤, 잔에 담긴 물이 아름다운 남색으로 물들자 리카르디스가 주머니에 손을 넣고 꼼지락거렸다.

"……잠시 눈 좀 감고 있으면……."

"예?"

"누, 눈 좀."

로젤린은 그의 요청에 따라 눈을 감았다. 부스럭거리는 소리가 들렸다. 곧 코끝에 상쾌한 과실 향이 느껴졌다.

'레몬?'

그렇게 몇 초가 흘렀다. 리카르디스가 음흠흠 큼큼하며 심하게 목을 가다듬었다.

"이제 떠도 된다."

"와……."

아까까지 푸른빛에 가까운 남색이었던 꽃차의 색이 선명하고 아름다운 분홍색으로 변해 있었다. 어떻게 색이 달라진 거지?

잠시 의아해하던 로젤린은 과거에 혜사가 말해 줬던 이야기를 떠올렸다.

푸른색의 블루멜로우라는 꽃차는 레몬즙을 떨어트리면 분홍색으로 변한다는 것이었다. 로젤린이 감탄하며 '블루멜로우인가요?' 하고 묻기 바로 직전, 리카르디스가 작은 목소리로 말했다.

"……마법이야."

"예?"

리카르디스는 고개를 숙인 채, 이마에 손등을 맞대고는 다시 한번 기어들어 가는 목소리로 말했다.

"내가, 지금…… 그대의 찻잔에, 행복해지는, 요정의, 마법을, 걸었어."

"……."

로젤린은 어떻게 반응해야 할지 몰라 잠시 말을 멈췄다. 아니요, 전하. 이것은 블루멜로우라는 꽃차이며, 차 안에 들어 있는 특정 성분이 레몬즙과 만나 분홍색으로 변한 겁니다. 하고 미처 말할 수 없었다. 리카르디스의 얼굴이 터질 듯 붉어져 있기 때문이었다.

로젤린은 그제야 리카르디스가 진정 이 현상을 마법으로 여기고 있지 않다는 사실을 눈치챘다. 그가 자신과 에델바이스 사이에 있었던 일을 알고, 위로해 주기 위해 찾아온 것이라는 것 또한.

칼릭스가 말해 준 것일까. 그래서 걱정이 되었던 걸까. 머릿속으로 찻주전자를 비장하게 들어 올리던 리카르디스의 얼굴이 스쳐 지나갔다. 몰래 숨겨 온 레몬즙을 잽싸게 뿌리고 어딘가로 숨겨 놓았을 거라 생각하자 웃음이 나올 것 같았지만, 간신히 참아 냈다.

아까까지만 해도 물 아래 잠겨 있는 것 같은 습하고 우울한 기분이었다. 그런데 자신을 잠기게 했던 물이 레몬을 만난 블루멜로우의 색처럼 분홍색으로 물드는 듯했다.

로젤린은 찻잔을 들어 올렸다. 한 모금 마시자 따스하고 부드러운 향기가 밀려 들어왔다. 은은하면서도 시큼한 맛이 너무 웃겨서 로젤린은 블루멜로우 차를 뿜을 뻔했다. 그녀는 자아를 가지고 나서 이렇게까지 깔깔깔 웃고 싶었던 때가 없었다.

속이 간질간질하고, 귀에는 열이 몰리고, 눈물이 날 것 같으면서도 붕 뜨는 기분. 이게 뭘까.

[행복해지는, 요정의, 마법을, 걸었어.]

어쩐지 답을 알 것만 같았다. 로젤린은 찻잔을 내려놓으며 리카르디스를 또랑또랑한 눈으로 바라보았다.

"효과가 굉장합니다."

손등에 이마를 괸 채 자괴감에 빠져 있던 리카르디스가 벌떡 고개를 들어 올렸다. 만면에는 기쁨이 가득했다.

"그래?"

"예. 솔직히 좀, 기분이 좋지 않은 일이 있었는데. 마시자마자 기분이 좋아졌습니다. 대체 어떻게 하신 겁니까?"

"비밀이야."

그렇게 말한 리카르디스는 자신의 내부에서 휘몰아치던 수치심을 걷어 냈는지, 한결 가벼운 표정을 하고 있었다. 그러나 곧 어린아이를 대상으로 사기를 쳤다는 걸 자각한 리카르디스는 가슴을 펴고 자랑스러워하던 걸 멈추고 겸연쩍은 표정으로 돌아왔다. 그가 콧잔등을 쓸며 머뭇거리다 말했다.

"그대가 기분이 좋지 않고, 슬플 때마다 내가 마법을 걸어 줄게."

로젤린은 손안에 따스한 찻잔을 쥐고 그를 응시했다.

"그대가 행복해지게."

그저 이 말을 되새기는 것만으로도 행복할 수 있으리라. 그녀는 한 모금 더 차를 마신 후 빙그레 웃었다.

* * *

일라베니아 남부, 놋쇠저울 영지.

일라베니아 제국군은 중부 관문에서 붉은수레바퀴 백작의 휘하에 있던 변경 주둔군과 일부의 병력을 흡수하여 남하했다. 제국군의 목적지는 놋쇠저울 성곽 도시로, 발타군이 중부 관문에 도달하기 전 반드시 만나게 되는 곳이었다.

나라를 지켜야 한다는 사명감에 제국군의 사기는 하늘을 찌르는 듯했다. 거기다 날씨까지 좋았던 터라 예상했던 날보다 이틀은 더 빠르게 도착했다. 저 멀리 도시를 보호하는 거대한 성곽이 보였다. 전투의 열기와 시끄러운 병장기 소리가 이미 대기를 울리고 있었다.

발타군이 성곽을 에워싼 상태였다. 여기저기 늘어놓은 투석기와 공성 무기들, 하늘 위로 바늘 같은 화살이 날아다니는 것이 보였다. 당장이라도 성문을 뚫을 듯한 거친 공세였음에도 리카르디스는 깊은 곳에서부터 우러나오는 안도의 한숨을 내쉬었다.

"아직 함락되지는 않았군."

리카르디스의 시선이 뒤따라오는 로젤린에게 향했다. 그녀는 고삐를 쥔 채 말 위에 서 있었다. 다른 한 손으로 눈 위에 그늘을 만든 로젤린이 눈매를 가늘게 좁혔다.

"남쪽 성벽, 발타의 병사들이 보입니다."

발타군이 공성 탑이나 사다리를 통하여 아슬아슬한 균형을 무너트렸다는 얘기였다. 몇 배가 되는 놋쇠저울군을 상대하는 발타군의 형국이 불리하긴 했으나, 며칠간 이어진 수성에 진이 빠졌던 놋쇠저울 병사들의 사기를 꺾을 수는 있었다.

리카르디스는 인상을 찌푸리고 혀를 찼다. 바람이 세게 분다 싶더니, 거대한 독수리가 일라베니아 제국군을 향해 날아왔다. 전황을 둘러보기 위해 떠났던 마카롱이었다. 마카롱은 말 위에 서 있는 로젤린을 발견하고 내려왔다.

로젤린이 팔을 내밀자 마카롱이 그 위에 살포시 안착했다. 그녀의 귓가에 대가리를 가까이 한 독수리가 남에게 들리지 않게끔 부리를 작게 열고 닿으며 무언가를 속삭였다. 로젤린은 고개를 끄덕인 후, 밟고 있던 안장에 앉았다. 그러곤 리카르디스에게 가까이 접근해 속삭였다.

"남쪽 성벽 위에 3,000킬로미터 밖에서 봐도 눈에 띌 정도의 휘황찬란한 갑옷을 입은 얼간이가 있다고 합니다."

리카르디스는 환장할 것 같아 눈을 감았다.

"영주인가."

괜히 볼모로 붙잡혀서 몸값을 요구받거나, 성문을 개방하라는 지시를 받으면 곤란하건만. 리카르디스와 비슷한 표정을 짓고 있던 독수리가 다시 한 번 로젤린의 귓가에 속삭였다.

"늙어서 노망난 거 아니냐는 데요."

"……지금만큼은 마카롱 경의 악담에 동조하고 싶지만 그럴 시간이 없군."

리카르디스는 재빠르게 지휘를 내렸다. 기동력이 좋은 기병대를 먼저 보내야 할 듯했다.

"중앙군의 기병대와 궁기병대가 먼저 출진한다. 본격적인 섬멸전에 앞서 발타군의 신경을 교란하는 것이 목적이다. 기병대가 궁기병대를 엄호하여, 후방에 있을 고위 지휘관들을 사살하라. 결코, 깊게 파고들지 말라. 그리고 로젤린 경."

"예, 전하."

"그대도 같이 출진한다."

마카롱과 얘기하던 로젤린이 건틀렛을 만지작거리며 먼 전장을 바라보았다.

"명을 받듭니다."

그녀의 기세가 베일 듯 날카롭게 표출되었다. 리카르디스는 자신의 등골을 따라 소름이 돋는 걸 느꼈다.

곧 출정 준비가 끝났다. 리카르디스는 기병대의 선두에 자연스럽게 합류해 있는 로젤린을 바라보았다. 순간 두 사람의 눈이 마주쳤다. 로젤린이 기병대장에게 무어라 말하고는 무리를 벗어났다. 그녀는 다른 어떤 곳도 바라보지 않고 하얀밤 기사단원들과 리카르디스가 있는 쪽으로 다가왔다.

리카르디스는 말에서 내려 지휘관들과 짧게 논의를 하던 참이었다. 다가오는 로젤린을 발견한 그가 손을 들어 잠깐 회의를 멈췄다. 군마를 타고 있는 그녀로부터 거대한 그림자가 드리웠다. 로젤린이 투구를 벗자 가볍게 묶어 둔 머리카락이 흐트러지며 흘러내렸다. 그녀가 생긋 웃었다.

"전하."

이상하게 너무 불안했다. 그냥 인사를 건네기 위해 온 것일 수도 있으나 로젤린과 함께 지내 온 경험이 리카르디스의 위기 경보를 마구 울려 댔다.

"나중에는 말씀을 못 드릴 것 같아서요."

리카르디스의 마음속에 있던 불안감이 점점 커져 갔다. 심호흡한 그는 로젤린을 올려다보며 차근차근 얘기했다.

"좋다. 나는 지금 강철 같은 마음으로 무슨 말을 들어도 흠 하나 나지 않는, 단단하고 차가운 금속이 될 준비가,"

로젤린이 고삐를 짧게 쥔 채 몸의 무게 중심을 리카르디스 쪽으로 옮겼다. 그녀의 얼굴이 점점 다가왔다.

"되어, 있……."

지 않았다. 이마에 따스한 감촉이 닿았다. 철컹, 철컹! 와장창! 뒤에서 누군가가 무기를 떨어트리는 소리가 연쇄적으로 울렸다.

리카르디스가 눈과 입을 크게 벌린 채 그녀를 바라보았다. 로젤린은 후련한 표정으로 다시 똑바로 말 위에 앉았다.

리카르디스는 느리게 상황을 인식했다. 그러니까 로젤린이 지금, 일라베니아 제국군 모두가 쳐다보는 가운데 자신의 이마에 입을 맞춘 것이었다. 리카르디스는 너무 놀라서 강철처럼 굳어 버렸다.

"무운을 빕니다, 전하."

미소를 날린 로젤린이 투구를 쓰고 고삐를 돌렸다. 얼마나 자연스럽고 멋있는 뒷모습인지. 얼굴이 발개진 리카르디스는 어떤 행동도 취하지 못한 채 굳어만 있었다.

[그거 아니요, 경?]

[예?]

[전하께서 경에게 하듯이, 경도 전하께 해도 되는 거예요, 그거.]

[그렇습니까?]

[마찬가지로 전하의 무운을 비는 거예요. 그렇게 믿고 의지하는 기사가 무운을 빌어 주니, 얼마나 든든하시겠어요? 그렇지 않나요?]

[아, 그렇군요. 정말 기쁠 것 같습니다.]

[그럼요. 좋아서 뒤로 넘어가실 거예요.]

레티시아는 멀지 않은 과거의 일을 떠올렸다. 그녀는 로젤린이 리카르디스에게 접근할 때부터 불안한 기운을 느꼈다. 발걸음을 급히 재촉했었으나, 늦어 버린 후였다. 레티시아는 차마 그 광경을 끝까지 보지 못하고 손으로 두 눈을 가려야만 했다.

'이델라브힘이시여…….'

에버하르트는 어색하게 웃으며 굳어 있는 동료 기사들에게 "아, 로젤린 경이 치명적인 기억 상실이라는 걸 잊지는 않았겠지?" 하고 연극적인 말투로 여유롭게 떠나 버린 당사자를 대신해 열심히 변명하고 다녔다.

* * *

놋쇠저울 영지에 발타의 선발대가 도착한 건 8일 전이었다. 총 1만 5,000 정도의 병력으로, 규모가 크다고 말할 수는 없다. 하지만 발걸음

마저 맞추는 병사들의 모습에서 그들이 얼마나 고도로 훈련받았는지를 알수 있었다.

낯쇠저울의 영주, 빌렘은 분견대를 보내어 그들의 후방을 공격했다가 아까운 병력만 줄인 후로는 성문을 걸어 잠그고 수성에 집중했다.

그러나 산적이나 도둑만 잡아 왔던 영지의 병사들에게 전쟁이라는 단어는 너무 낯설었다. 더군다나 영지를 지키는 병력의 반은 남부 관문이 무너지기 전 소집령으로 불려 간 상태라 마땅하게 싸울 인원이 없던 것도 그들의 고단함을 한층 더했다. 그나마 성곽이 제 역할을 제대로 수행하였기에 겨우 버티고 있는 실정이었다.

영주는 싸울 만한 장정들을 차출하여 무장시켰다. 다행히 물자는 충분했지만, 문제는 물자가 아니었다. 발타군은 지치지도 않는지 밤새 꼬박 공성 무기를 조립했고, 이틀 전부터는 돌과 썩은 동물의 사체, 불타고 있는 기름 단지 등을 날려 막심한 피해를 입혔다.

"영주님, 여기는 위험합니다!"

보좌관의 말이 끝나기가 무섭게 하늘에서 무언가가 날아왔다.

쾅!

거대한 돌덩이가 건물을 부수며 굉음을 울렸다.

"아악!"

낯쇠저울의 빌렘이 몸을 웅크리자 호위 기사들이 그를 짓누르듯 감쌌다. 그 위로 부서진 돌조각들이 우수수 떨어져 내렸다. 다행히도 큰 피해는 없었다.

8일째 계속된 공성은 낮밤을 가리지 않았다. 먼저 지치기 시작한 쪽은 민간인이 많이 포함된 낯쇠영지군 측이었다. 경험도 경험이고, 일라베니아의 남부 관문이 허물어지고 적이 이곳까지 당도하였노라는 사실 자체가 그들을 크게 흔들었다. 언제나 승리했던 일라베니아가 이번만큼은 패배할지도 모르겠다고.

사기는 더 이상 떨어질 수 없을 만큼 떨어져 가는 반면, 공세는 더욱 거세졌다. 오늘을 넘기기가 힘들어 보였다.

와아아-

발타군 측에서 함성이 들렸다. 공성 탑이 기어코 성벽에 당도했다. 하단만 고정되어 있는 나무판자가 열리며 성벽에 걸쳐졌다. 곧 방패를 든 구릿빛 사내들이 쏟아져 나왔다.

석궁대가 일제히 사격했으나 방패에 전부 가로막혔다. 재장전 속도가 늦는 석궁의 특성상 적의 침입을 허용할 수밖에 없었다. 성벽 위 놋쇠저울군과 공성 탑에서 쏟아져 나온 발타군이 무기를 맞부딪쳤다. 챙, 챙. 금속음이 소름 끼치게 가까워져 갔다.

"영주님! 피하셔야 합니다!"

보좌관은 그의 팔을 억세게 잡아 이끌고 성벽 위를 달렸다. 빌렘은 구릿빛 사내들의 손에 하나둘 쓰러져 가는 기사들을 보며 눈물을 흘렸다.

"이거 놓아라! 발타군의 지원 병력이 왔어, 이번에는 북문 쪽에서! 어차피 죽을 거라면 명예롭게 죽을 것이다!"

빌렘의 말에 보좌관은 깜짝 놀라 북쪽을 쳐다보았다. 그의 말대로 거대한 군대가 점차 접근 중이었다. 그런데 뭔가 이상했다. 발타의 본대라면 남쪽에서 서서히 북상 중인 게 아닌가? 왜 중부 관문이 있는 북쪽에서? 설마 벌써 함락되었나?

그런 의문이 채 마무리되기도 전에 어느 눈 좋은 병사 한 명이 비명을 질렀다.

"일라베니아 제국 기입니다!"

아군이었다. 빌렘은 그 사실을 깨닫는 순간 눈물을 멈췄다. 귀족 가문의 문양이 아닌 일라베니아 제국 기라면 제국 직속의 군대가 왔다는 얘기였다. 발타의 병사들도 눈치챈 듯 움직임이 뜸해졌다.

"성벽과 성문을 사수하라! 결코 열려서는 안 된다!"

빌렘이 외치자 기사와 병사들이 무기를 꽉 쥐고 결연한 마음가짐으로 전투에 임했다.

일라베니아의 거대한 군대에서 한 덩어리가 떨어져 나왔다. 대략 3,000쯤 될 것 같은 분견대는 본대를 뒤로하고 돌진했다. 북측에서 반 바퀴 빙 돌아 성벽의 남문 방향까지 왔다. 마치, 남쪽 성벽이 위험한 상황이라는 걸 아는 것처럼. 하늘에서 본 것도 아닐 텐데 어찌 알았을까. 혼란스러운 빌렘의 머리 위로 거대한 독수리의 그림자가 빠르게 스쳐 지나갔다.

두두두, 먼 거리에서 달려오고 있음에도 땅이 울렸다. 갑옷을 착용하고 말을 탄 중장기병과 궁기병으로 이루어진 부대였다. 빛을 받는 은색 갑주들이 휘황찬란하게 빛났다. 그들의 파괴력은 창 아래에 쓰러지는 발타군의 숫자로 가늠할 수 있었다.

발타의 보병과 일라베니아의 중장기병대가 분전을 치르는 가운데, 선두에 서 있던 기사가 갑작스레 말에서 뛰어올라 보병 셋을 뭉갰다. 이후에 인파에 묻혀 사라진 기사는 10분이 채 지나기도 전에 예상외의 장소에서 뛰어나왔다. 바로 남쪽 성벽에 걸쳐진 공성 탑의 가장 높은 곳, 놋쇠저울의 병사들을 공격하는 발타군 바로 뒤에서.

피로 젖은 은색 갑주가 햇살 아래 형형하게 빛났다. 뒤가 소란스러워 잠깐 뒤돌아본 발타의 병사가 짧게 비명을 지르는 추태를 보였다. 놋쇠저울의 영주인 빌렘도 깜짝 놀라며 환호했다.

소란은 찰나에 불과했다. 기사가 성벽 위의 발타군에게 커다란 무언가를 휘둘렀다. 반쯤 부서져 있어서 잘은 모르겠으나, 공성 탑의 층마다 설치되어 있는 투석기의 일부분인 것 같았다. 거대한 나무와 쇳조각은 발타의 병사를 이끌고 성벽 아래로 추락했다.

그 기사의 활약은 그것으로 그치지 않았다. 성벽에 성큼 올라선 기사는 발타 병사 한 명, 한 명의 뒷덜미를 잡거나, 손목을 잡아 성벽 아래로 던졌다.

그러던 중, 기사가 발타 병사 한 명을 붙잡고는 주춤했다. 병사는 발을 버둥거렸으나 기사의 손은 조금도 흔들리지 않았다. 기사가 발타군의 투구를 벗기고 얼굴을 잡은 후 요래조래 살폈다. 그러고는 고개를 슬쩍 기울였다. 뭔가 좀 이상한 모양이었다. 그 이상한 대치를 보고 있던 놋쇠저울의 병사가 기사의 고민거리를 알아챘는지 재빨리 외쳤다.

"피부가 하얗지만 발타의 동맹군이 맞습니다!"

"아, 그렇군."

기사는 망설임 없이 성벽 아래로 발타의 병사를 집어 던졌다. 비명이 멀어져 갔다. 기사는 성벽 위를 한 번 찬찬히 둘러보더니, 더 이상 발타군이 없음을 확인하고는 고개를 끄덕였다.

"지휘관."

"예!"

기사의 한마디에 병사들이 한구석에 반쯤 엎어져 있던 놋쇠저울의 빌렘을 대령했다. 빌렘은 비틀거리면서도 눈을 초롱초롱하게 빛내며 기사를 바라보았다. 멀리서 무섭게 기세를 내뿜으며 싸우는 모습만 봤을 때는 한없이 커 보였는데, 막상 마주 서자 기사의 몸집이 그다지 크지 않다는 걸 알 수 있었다.

기사가 투구의 바이저를 철컥 열었다.

"하얀밤 기사단의 로젤린입니다."

빌렘이 입을 떡 벌렸다. 일라베니아 사람 중 하얀밤 기사단의 로젤린이 누구인지 모르는 사람은 없었다. 그는 재빨리 정신을 수습하고 마주 인사했다.

"아니! 로젤린 경! 이렇게 만나 뵈어 영광입니다. 저는 놋쇠저울의 빌렘이라고 합니다. 지원 감사드립니다!"

"본대가 곧 도착할 예정이니, 조금만 더 버텨 주시죠. 남쪽 성벽의 활로는 만들고 가겠습니다. 무운을 빕니다."

철컥, 다시 바이저가 닫혔다. 빌렘은 허둥지둥하다가 가슴 위에 주먹을 올려놓는 경례로 그녀를 배웅했다.

로젤린은 막 성벽으로 진입하려는 발타의 병사 둘을 떨어트린 후, 성가퀴 위로 올라섰다. 그러고는 바닥에 떨어져 있는 커다란 전투 도끼를 주워, 공성 탑과 성벽을 연결하고 있는 나무판자를 세게 내려쳤다.

쾅!

소란스러운 전장에서도 유별나게 큰 소리가 울렸다. 단 한 번의 공격에 간이 다리가 부서졌다. 공성 탑에서 건너오려던 자들은 떨어지거나 탑에 아슬아슬하게 매달렸다.

그녀는 성가퀴를 박차고 떨어져 있는 공성 탑으로 돌진했다. 단 한 순간의 망설임도 없는 그 호쾌함이란. 빌렘은 옆으로 화살이 지나가는 것도 모르고 로젤린의 전투를 관전했다.

그녀가 들어간 공성 탑 안은 아수라장이 되었다. 비명과 무언가가 부서지는 소리, 삐걱거리는 나무 소리까지. 나무 우리 안에 맹수와 토끼 여러 마리를 집어넣는다면 저런 느낌을 받을 수 있을까.

쾅!

다시 굉음이 울렸다. 공성 탑의 한 면에서 나뭇조각이 터지며 병사들이 날아갔다. 사람을 투석기에 태워서 날려 보내도 저렇게는 안 될 것 같았다. 성벽 위의 병사들이 "오오……." 하며 감탄하는 소리를 냈다. 이후로도 왼쪽, 오른쪽, 뒷면, 앞면 할 것 없이 무언가가 터져 나갔다.

삐걱, 삐걱. 거대하고 견고한 공성 탑이 포악한 맹수의 움직임에 비명을 질렀다. 공성 탑이 지진이라도 난 것처럼 흔들리더니 우르르 무너져 내렸다. 단순히 부순다고 저렇게 무너져 내릴 수 없으니, 아마 어떻게 조립되었는지 구조를 파악해서 주요 기둥들을 파괴한 모양이었다.

무너진 잔해를 피해 발타의 병사들이 흩어졌다. 그러나 때는 늦었고, 그들은 재앙을 피할 수 없었다. 군집하여 일정하게 공격하던 이들이 흐트러지며 어수선해졌다.

놋쇠저울의 빌렘은 로젤린이 혹여나 공성 탑의 잔해에 깔린 것이 아닌가 걱정했으나, 거대한 나무 기둥을 들고 휘두르며 병사들을 날려 버리는 그녀의 건재한 모습을 보고 안도의 한숨을 내쉴 수 있었다.

로젤린은 배치된 투석기 세 대를 마저 부수고는 발타 기병에게서 말을 탈취한 후 유유자적하게 빠져나갔다. 그녀에게 활을 쏘려던 궁병은 하늘에서 내려온 독수리에게 눈을 쪼이고 비명을 질렀다. 중장기병대에 합류한 그녀는 이후로도 동서남북을 가리지 않고 후방이나 공성 무기를 공격하여 발타군을 교란했다. 그사이 일라베니아 제국군의 본대가 도착, 섬멸전은 성공리에 막을 내렸다.

* * *

대략적인 수습을 마친 후, 놋쇠저울의 빌렘은 일라베니아 제국군의 총사령관을 알현했다. 밤하늘의 달빛보다 빛나는 머리카락을 가진 아름다운 남자였다. 그는 미간을 찌푸린 채 서류를 보고 있었다.

놋쇠저울 백작이 도착했다는 소식에 리카르디스가 눈동자만 굴려 빌렘을 바라보았다. 어딘지 모르게 신경질적으로 보이는 표정이었다. 하지만 몸을 일으키는 고고한 자태가 더해지니 그저 기품이 넘치게 보일 뿐이었다. 놋쇠저울의 빌렘은 그를 대면하고 한 10초간 멍청하게 서 있다가 감탄처럼 한마디를 내뱉었다.

"천사……?"

그의 뒤에 있던 보좌관이 잽싸게 말을 이었다.

"……같이 강림하셔서 놋쇠저울을 위기에서 구원하신 대제국 일라베니아의 설원의 월계수 리카르디스 2황자 전하를 만나 뵙게 되어 영광, 또 영광일 뿐이라 하십니다."

집무실 안에 있던 하얀밤 기사단원들의 표정이 미심쩍게 변했다. 그런 말 아니지 않았나. 그냥 넋을 놓고 감탄한 것 같은데. 참 순발력 좋은 보좌관이었다. 눗쇠저울의 빌렘은 그제야 눈앞의 미남자가 일라베니아의 황자라는 사실을 깨달았는지 납죽 무릎부터 꿇었다.

"전하를 뵈옵니다!"

리카르디스는 손을 가볍게 저으며 인사를 받았다.

"전시이니 필요 없는 예는 생략하도록 하지. 발타와 국경이 먼 것에 비하면 성곽이 잘 축조되어 있었군. 눗쇠저울을 차지한 발타군과 공성전을 치러야 하나 골머리를 앓았는데. 며칠간의 분투, 수고 많았다."

희끗희끗한 백발이 뒤덮인 흰머리의 노인이 눈물을 철철 흘리며 오열했다. 보좌관이 다시 뒤에서 대답했다.

"대일라베니아 제국의 위험에 이 늙은 목숨이 조금이라도 보탬이 되었다 말씀해 주시니, 백성 된 자로서 큰 영광이 아닐 수 없다 하십니다."

참으로 유능한 보좌관이었다. 눗쇠저울의 빌렘은 눈물을 닦다가, 집무실 한구석에서 아옹다옹 작게 다투는 소리를 듣고 고개를 돌렸다. 그곳에는 벽을 보고 서 있는 로젤린과 인상을 찌푸리고 있는 갈색 머리의 기사가 있었다.

남자도 낯이 익었다. 상업 도시인 만큼이나 황금정원 상단과 교류가 잦았고, 관련자인 큰뿔산양 레이몬드도 몇 번 본 적 있었다. 언제나 헤실헤실 웃기만 하던 사내가 무섭게 인상을 굳히고 로젤린을 혼내고 있었다.

"어허, 어디서 고개를 돌려. 벽 똑바로 보고 서야지!"

"아는 목소리라서 한번 돌아본 거거든."

"그렇겠지, 원래라면 지금이 첫 만남이어야 하겠지만! 뭘 잘했다고 말대꾸야! 똑바로 서, 이 녀석!"

로젤린이 툴툴거리며 다시 고개를 돌려 벽을 마주했다. 빌렘이 알쏭달쏭한 얼굴로 리카르디스를 쳐다보며 답을 구했다. 눗쇠저울 영지의 구원자,

발타군의 재앙, 오늘 하루 굉장한 활약을 펼친 그녀가 왜 벽만 보고 서 있는 것인가?

리카르디스는 서류에 무언가를 기입하며 태연하게 말했다.

"신경 쓰지 말게. 후방 교란을 위해 보낸 기사가 몇천 배가 되는 병력 안으로 홀로 돌진한 벌을 받는 것뿐이니."

저렇게 온건하게……? 아니, 저게 무슨 벌이 되는 건가? 빌렘과 보좌관의 표정이 해괴하게 변했다. 리카르디스는 들리지 않는 의문 또한 알아채고서 친절하게 답변해 주었다.

"호기심이 왕성한 나이라 저렇게 한곳에 붙여 두는 걸 힘겨워하더군."

그 말대로였는지, 붉은수레바퀴의 로젤린은 어디서 구했는지 모를 작은 거울로 뒤편을 몰래 훔쳐보다가 레이몬드에게 걸려 다시 한번 혼났다. 전장을 누비던 늠름한 모습은 온데간데없고, 정신 산만한 아이를 교육하는 방법에 치명적으로 고통받고 있는 한 사람만 있을 뿐이었다.

빌렘과 보좌관이 물러난 후, 리카르디스는 로젤린을 제외한 모든 인원이 방을 비울 것을 명령했다. 스타스는 꺼림칙한 기색을 숨기지 않았다. 낮에 로젤린이 리카르디스의 이마에 입을 맞춘 이후부터 종종 볼 수 있던 얼굴이었다. 스타스가 입을 살짝 가리며 리카르디스의 귓가에서 속삭였다.

"전하, 로젤린 경은…… 아직……."

아직?

"스물네 살입니다."

"……놀랍게도 잘 알고 있는 사실이지."

무슨 말을 하려나 했더니…… 리카르디스는 지금 그가 느끼는 감정을 그대로 얼굴로 표현했다. 어이없었다.

"경에게는 내가 마흔쯤 되어 보이고 로젤린 경은 열네 살쯤으로 보이는 것 같은데…… 이래 보여도 두 살 차이야. 오늘의 반성할 일을 좀 더 상세하게 얘기하려는 것뿐이고!"

스타스는 그제야 안심하고 나갔다. 나단과 스타스, 레이몬드, 파르딕트와 르윈, 잇세리온에게 둘러싸여 한차례 혼난 그녀는 중앙의 의자에 앉아 의기소침하게 몸을 움츠리고 있었다.

리카르디스는 하, 숨을 쉬며 그녀의 맞은편 의자를 끌어 앉았다. 시선이 닿자 로젤린이 빠르게 고개를 숙였다.

"뭐라 했었지?"

"깊이 들어가지 말라 하셨습니다……."

"아니, 그대가 나에게 뭐라 했었냐고."

"무운을 빕니다?"

"더 전에!"

리카르디스는 식은 차를 단숨에 마시고는 거칠게 찻잔을 내려놓았다. 잔과 잔 받침대가 부딪치며 높은 소리를 냈다.

"뭐, 말을 잘 들어? 잘 들을 테니까 데려가?"

리카르디스가 하는 말이 무엇인지 깨달은 로젤린은 더욱 작아졌다.

"그래 놓고서는 전투 첫날에 죄 까먹어? 수천이나 모여 있는 전쟁터에 홀로 돌진해?"

"그것이……."

리카르디스는 씩씩거리며 이마를 짚었다. 혈압이 오르는 모양이었다.

"그대가 내 말을 곧이곧대로 들을 거라 크게 기대는 안 했다만, 그래도 첫 전투에서 이러는 건 아니지! 다친 곳은!"

"없습니다!"

버럭버럭 성내고는 있으나, 내용 자체는 상냥했던 터라 로젤린은 활짝 웃으며 대답했다. 화가 풀린 것일까?

"없어야지! 홀로 씩씩하게 수천 명 사이로 돌진하는 행동에는 본인이 무사할 거라는 보장이 있어야만 했을 테니까!"

안 풀린 것 같았다. 로젤린은 리카르디스가 자신에게 은근히 약하다는 것을 이용하기 위해 불쌍한 표정을 지었다. 과거의 사고와 상식이 점점 돌아오면서 느는 건 처세술뿐이었다.

"그게…… 남쪽 성곽이 생각보다도 수세에 몰려 있었고…… 발타의 병사들이 있는 위치 바로 아래에 성문이 있었습니다…… 거기에다가 마인도 몇몇 있던 터라, 자칫하면 성문이 개방되고, 그러면 본대가 도착하기도 전에 눗쇠저울 영지에 큰 피해가 생기리라 판단했습니다…… 또한 주요 인물들이 볼모로 잡히는 경우, 본대의 병력에 타격을 입을 가능성도 아주 배제할 수 없어서……."

리카르디스는 터트리던 분노를 잠시 멈췄다. 한참 뒤 그가 물었다.

"……기병대장이 그러던가?"

"아니요, 제가 판단했습니다. 잘못했습니다. 두 번 다시 그러지 않겠습니다!"

리카르디스는 엄지로 미간을 꾹 눌렀다. 공성 무기들이 성곽을 두드려 대고 있긴 했지만, 눗쇠저울의 성곽이 아주 높고 두껍게 축조되었다는 얘기는 행군 도중 수십 번을 했다. 본대는 몇십 분 뒤에 곧바로 도착할 예정이었고, 새삼스럽게 위기감을 느낄 이유가 없었을 텐데.

로젤린은 과거에 했던 '말 잘 듣겠습니다, 진짜로.'의 맹세를 어길 정도로 전황이 불리하다고 판단했다는 얘기였다.

'……이건 또 예상외로군.'

리카르디스는 분견대를 이끌었던 대장의 보고로 그녀의 걱정이 현실이었다는 것을 알고 있었다. 어지러운 전장 속에서 그런 판단을 빠르게 내렸다니. 물론 지휘관이나 대장들은 보면 파악했을 테지만, 로젤린에게 그런 전황을 보는 눈을 기대하지 않았기에 더욱 예상외였다.

리카르디스는 로젤린을 빤히 바라보았다. 그녀는 리카르디스의 눈동자가 자신을 담자마자 시선을 떨궜다. 애처로워 보이는 모습에 리카르디스의 화가 차츰 가라앉기 시작했다. 물론, 화가 다 풀린 것은 아니었다. 그러나 로젤린의 말대로 남쪽 성벽이 위험했던 것도 사실이고, 그녀의 활약으로 많은 희생이 줄어든 것도 맞았다.

하얀밤 기사단은 총사령관 리카르디스의 호위 부대로 어지간하면 직접적인 전투를 벌일 일이 적었다. 그런 이에게 일부러 임무를 주어 보낸 이유는 로젤린의 명성이 좋은 쪽으로 퍼지기를 리카르디스가 바랐기 때문이었다.

그런 바람대로 단 한 번의 전투에 그녀의 이름이 퍼지기 시작했다. 리카르디스의 예상보다도 빠른 성과였다. 지금 당장은 놋쇠저울 영지에 국한되나, 곧 전역으로 퍼져 나갈 광경이 눈에 선했다. 바랐던 일이기는 하지만 크게 기뻐할 수는 없었다. 사람들의 입에 더 오르고 내릴수록, 더욱 빛을 발하는 영웅담일수록, 그 영웅에게 생채기가 하나, 둘 늘어날 가능성이 많았으므로.

영웅으로 내세우자니 그녀가 위험해지고, 그렇다고 옆에만 두자니 활약할 수가 없고, 내보냈더니 덜컥 사고를 치고 있고.

리카르디스는 다리를 꼬고 엄지손가락을 잘근 씹었다. 극심한 스트레스에 위가 아파 왔다. 소중한 사람을 위해서라면 얼마든지 강해지겠다고 맹세했다지마는 그건 마음의 문제라 위장 같은 장기에 해당하는 얘기가 아니었다. 리카르디스는 초조함에 다리를 떨다가 후 한숨을 쉬었다.

그가 소파에 길쭉하게 누워 눈을 감자 로젤린이 의자에서 내려와 슬금슬금 접근했다. 리카르디스는 로젤린의 그림자가 몸 위로 드리우는 것을 느꼈다. 마치 그림자에 작은 솜털이 돋아나 살갗을 약하게 간질이는 것 같았다.

리카르디스가 홱 손을 뻗어 그녀를 낚아채며 몸을 돌렸다. 로젤린이 소파 등받이와 리카르디스의 몸 사이에 갇혔다. 눈을 깜박이는 로젤린이 코앞에 있었다. 리카르디스는 다시 한번 크게 한숨을 쉬었다.

그녀가 잽싸게 리카르디스를 끌어안았다. 부드럽고 따뜻한 몸이 닿아 왔다. 리카르디스는 눈썹을 일그러트리며 잇새 사이로 분한 듯 한마디를 내뱉었다.

"……약기는."

대충 넘어가는 분위기라고 눈치챈 모양이었다. 로젤린은 말없이 씩 웃으며 그의 가슴에 얼굴을 묻었다.

* * *

전투가 끝난 후, 놋쇠저울 도시는 더욱 분주해졌다. 부상자와 사망자의 수습. 군대의 정비. 무너진 성곽과 건물의 보수. 포로의 수용 등. 놋쇠저울 백작은 물론이고, 리카르디스도 하루에 2시간 정도 짧은 수면을 취할 정도로 바빴다.

그의 일정에 맞춰 움직이던 로젤린은 리카르디스로부터 짧은 휴가를 받았다. 격렬한 전투가 고단했으리라 그가 판단했기 때문이었으나, 로젤린은 정말 조금도 고단하지 않았기에 휴가를 반납했다.

"쉬고 와. 지금 아니면 또 언제 쉴 수 있을지 모른다."

"싫습니다."

말 잘 듣겠다는 얘기는 불타 없어지다 못해 먼지가 되어 바람결에 흩어진 지 오래인 듯했다. 한참을 반항하던 로젤린은 놋쇠저울의 특산물이 염소 치즈라는 얘기를 듣고 급하게 말을 멈췄다. "싫습."까지 얘기한 그녀가 마지못해 받아들여 준다는 식으로 휴가를 쟁취하고 떠났다.

빤히 보이는 속마음과 어리숙한 영악함이 귀여웠던지라 리카르디스는 짧게 웃으며 떠나는 그녀를 기꺼이 배웅했다. 룰루랄라 길을 가던 로젤린이 레이몬드와 얘기하는 장면이 창문 너머로 보였다. 소리가 들릴 만한 거리가 아니었지만, 입 모양이 정확하게 '염소 치즈'라고 말하고 있었다.

그런 로젤린을 바라보던 리카르디스는 곧 바쁘게 몰아치는 일에 신경을 빼앗겨 자신만의 짧은 휴식에서 벗어나야만 했다.

그 시각, 거리로 내려온 로젤린은 어디선가 들려오는 음악 소리에 발걸음을 멈췄다. 여기저기 무너져 있는 건물 사이로 흐르는 악기 소리는 너무나 이질적이고 아름다웠다. 로젤린은 그 소리를 따라갔다.

어느 공터에 사람들이 옹기종기 모여 앉아 있었다. 옷이 남루한 자, 부유해 보이는 자, 젊고, 늙은 사람. 여자 남자 할 것 없었다. 모두가 눈을 빛내며 중앙을 바라보는 중이었다.

로젤린은 그 수많은 시선을 따라 고개를 돌렸다. 그러자 악기를 연주하는 사람이 보였다. 그녀가 듣고 홀린 듯 따라왔던 아름다운 음률의 정체였다. 낡은 후드를 쓰고 있었지만, 후드 안으로 보이는 옷감의 재질이라든가 들고 있는 악기의 휘황찬란한 생김새로 높은 신분의 사람인 걸 짐작해 볼 수 있었다.

남자는 조용한 군중 속에서 노래했다. 대중들도 잘 아는 성가였지만, 이델라브힘을 찬양하는 기존의 가사와 달랐다. 신의 가호를 받는 두 번째 월계수가 어둠을 밝힐 것이니 더 이상 밤이 두렵지 아니할 것이라는 희망찬 내용이었다.

로젤린이 아는 한, 두 번째 월계수라 불릴 수 있는 사람은 리카르디스 단한 명뿐이었다. 신에게 향하는 영광을 한 사람에게 돌아가게 바꿔 놓은 것이다.

"……."

사람들을 선동하려는 의도가 너무 적나라했다. 리카르디스 측에서 풀어놓은 사람인가 추측해 보았으나, 만약 이런 얘기가 오고 갔다면 로젤린은 자신이 모르고 있지 않을 거라 생각했다. 그렇다면 이건 리카르디스의 진영조차 모르는 돌발적인 상황이라 봐야 했다. 아까까지 순수하게 노래를 감상하던 로젤린이 날카롭게 눈을 뜨고 남자를 응시했다.

대체 누굴까. 무얼 위해 이런 노래를 부르는 것인가. 만약 리카르디스 전하께 해가 되는 일이라면…….

로젤린의 표정이 점점 굳어지며 살벌해지기 시작할 때 박수 소리가 퍼져 나오기 시작했다. 노래가 끝났다. 로젤린의 시야에 남자의 입가가 부드럽게 호선을 그리는 것이 보였다. 그가 천천히 일어서더니 두 팔을 벌렸다. 마치, 광장에 모인 모든 사람들을 포근하게 안아 주려는 것처럼.

"놋쇠저울의 백성들이여."

"……."

로젤린이 눈을 크게 뜨고 남자를 다시 바라보았다. 분명, 이 목소리는…….

"불안해 말거라. 겨울의 밤이 아무리 길다 하여도, 반드시 아침은 올 것이니."

말투는 늙수그레한데, 목소리만은 젊었다. 로젤린은 남자의 정체를 곧바로 파악했다. 대신관 라헤안시였다. 남자의 정체를 알게 된 로젤린은 당혹스러움에 잠시 굳어 있었다. 그가 왜 리카르디스를 칭송하는 노래를 부른단 말인가?

놋쇠저울의 영지민들은 그의 정체를 유추하지 못했지만, 한껏 연기하는 라헤안시에게서 풍기는 고귀함과 신비스러움에 매료된 듯 보였다. 영지민들이 눈물을 글썽였다.

"저희에게 축복을 내려 주신, 귀한 분의 성함을 알 수 있을까요?"

"어찌 나의 이름이 너희들을 보듬는다 할 수 있겠는가. 나는 그저 지나가는 이델라브힘의 종. 그분의 축복이, 그분의 의지가, 그분의 발길이 너희들을 향한 것이다."

돌풍 같은 바람이 세게 불었다. 로젤린은 라헤안시의 뒤에 서 있던 사람이 갑작스럽게 분주해진 걸 목격했다. 라헤안시에게 가려져 있어 미처 보지 못했던 신관 베르움이었다.

그는 바람에 망토가 펄럭이는 순간 라헤안시의 몸에 연결된 어떤 실을 잡아당겼다. 그러자 망토의 매듭이 바람에 날린 듯이 자연스럽게 풀리며 가려져 있던 라헤안시의 모습이 드러났다. 다른 사람들은 눈치채지도 못할 만큼 짧은 순간에 일어난 일이었다.

그렇게 모래바람에 잠깐 눈을 감았던 사람들은 바람이 지난 후 놀라운 광경을 목격했다.

"저, 저건!"

사람들이 모습을 드러낸 라헤안시의 복장, 정확히는 목걸이를 가리키며 비명을 질렀다. 언뜻 단순해 보일 수 있는 장신구였으나 그것의 가치는 재화로 환산할 수 없었다. 일라베니아의 대신관만이 지닐 수 있는 징표이기 때문이었다.

"대신관님이시다!"

"대신관님이셨어!"

"놋쇠저울에 대신관님께서!"

사람들의 감격이 몰아쳤다. 노인들은 눈물까지 흘렸다.

"……."

로젤린 혼자 이 상황에 어떻게 반응해야 할지 몰라 머뭇거리며 입술만 만지작거렸다. 라헤안시의 머리카락은 평소와 달리 윤기가 자르르하게 정돈되어 있었고, 리카르디스에게 매일 혼날 때 같지 않게 진지하고도 엄숙한 분위기가 감돌았다. 라헤안시가 살짝 미간을 찌푸리며 먼 곳을 바라보았다.

"후, 들켰는가…… 이 또한 신의 뜻이라면……."

사람들이 무릎을 꿇고 두 손을 모았다. 묘하게 반발심이 든 로젤린은 무리에서 빠져나와 건물 옆에 자리 잡고 그를 지켜보았다.

"그러하다. 이 몸은 일라베니아 신성 제국의 단 일곱 명뿐인 대신관이노라. 허나, 괘념치 말라. 일곱 명밖에 없는 대신관 중 하나인 나 역시 그저 너희들을 돌보는 이델라브힘의 미천한 종일 뿐이니."

괘념치 말라더니 일라베니아에 대신관이 단 일곱 명뿐이며, 자신은 그중 하나라는 사실을 굉장히 강조하고 싶은 것 같았다. 로젤린의 표정이 께름칙하게 변했다. 라헤안시가 자애로운 미소를 걸고서는 어린아이의 머리를 쓰다듬었다.

"나의 노래가 너희들의 위안이 되었다면 좋겠구나."

"대신관님!"

"당연한 말씀을, 대신관님!"

"대신관님께서 어찌 이렇게 위험한 곳에……."

라헤안시가 훗 웃으며 하늘을 쳐다보았다. 로젤린은 왜인지 모르게 속이 거북해져 인상을 찌푸렸다. 라헤안시의 뒤에 있는 베르움도 비슷한 얼굴이었다.

"걱정 말라. 이델라브힘께서 나를 보내셨다."

라헤안시가 찬찬히 사람들을 쳐다보았다. 한 명, 한 명 눈을 맞추자 모두 손을 떨며 눈물을 흘렸다.

"며칠 전, 나는 꿈속에서 보았노라. 검은 머리 기사가 낫쇠저울에서 승리의 깃발을 높이 치켜드는 모습을."

사람들이 감탄사를 내뱉었다. 예언하셨어! 예언을 하신 거야! 소란이 전염되듯 수많은 군중 속으로 녹아들었다.

"또한, 어두운 길을 걷는 두 번째 월계수의 모습도 보았다."

아아…… 사람들이 탄식했다.

"죽어 가는 대륙, 죽어 가는 사람들, 독처럼 은밀히 퍼지는 어둠을 걷어 내기 위해 상처 입고 피 흘리는 두 번째 월계수를 보았다."

남자들은 분을 참지 못해 잇새로 작게 욕을 내뱉고, 노파들은 멈췄던 눈물을 다시 흘리기 시작했다. 그들의 머릿속에는 리카르디스가 혼자 어둠을 지고 가는 모습이 그려지고 있는 것 같았다.

"하지만. 어둠을 걷어 내고 비로소 진정한 빛에 도달하는 것 또한 보았나니."

라헤안시가 하늘을 쳐다보며 두 손을 모았다. 그리고 눈을 감으니 완전히 기도를 올리는 것 같은 모습이 되었다.

"그러니 불안해 말라. 어둠 속에서 여명이 떠오를 때, 모든 것이 순리대로 돌아갈 것이다."

모두가 라헤안시를 따라 손을 모으고 눈을 감았다. 거리에 모여 있는 수백 명의 사람이 똑같은 기도를 하니, 그야말로 장관이었다.

라헤안시는 떠나기 전에 아픈 사람들 몇몇을 치료했다.

"너는 무릎이 시큰시큰 아프구나."

"아니, 어떻게 그것을?"

노인이 깜짝 놀라며 입을 틀어막았다. 사람들이 다시 한번 수군거렸다. 역시, 예언을 하시는 거야! 예언의 능력이 있으신 게 분명해!

"그리고 허리도 아프구나."

믿을 수 없는 예지 능력을 목도한 노인은 기어코 졸도해 버렸다. 로젤린은 붉은수레바퀴 성의 늙은 하인과 정원사를 떠올렸다. 매일 무릎과 허리, 관절 등이 쑤시고 아프다고 했는데. 보통 저 나이쯤 되면 아픈 게 정상 아니던가?

로젤린은 성에 돌아가 리카르디스 앞에서 라헤안시의 설교 –사기 행각–를 재현했다. 자리에서 일어나 팔을 벌리고, 하늘을 보며 아련한 표정을 하고, 두 손을 경건하게 모으며 엄숙하게 기도하고, 그의 입에서 나온 말 또한 토씨 하나 안 틀리게.

그 한 편의 연극을 본 하얀밤 기사단 전원이 모호한 표정을 지었다. 하고 싶은 말이 있는데 차마 내뱉지 못하는 얼굴이었다. 그런 가신들을 대신해 리카르디스가 진실을 말했다.

"그 나이쯤 되면 허리와 무릎이 안 아픈 사람이 비정상이지."

아, 역시나.

"노래와 악기 연주 솜씨가 정말 훌륭했습니다. 제가 들어 본 것 중에 제일 아름답던데요."

"딴에 그런 재주가 있긴 했지. 이델라브힘도 지금쯤이면 후회하지 않을까. 자신의 종이 그 훌륭한 노래와 악기 연주 솜씨로 뭘 하고 있는지 보면 통탄할 것 같은데."

얘기를 듣는 내내 무언가를 고심하던 나단이 수염을 만지작거리며 대화에 끼어들었다.

"그래도 전하께 이득이 될 겁니다."

"그걸 부정하는 건 아니다만……."

분란과 전쟁 속에서는 좋지 않은 감정이 눈덩이처럼 불어나기 마련이었다. 그리고 그런 감정에 빠져 허우적대는 사람들은 간절하게 무언가를 붙잡고 싶어 했다. 그것이 영웅이 만들어지는 배경이었다. 국가나 거대한 집단이 자신이 다스리는 무리의 사기를 고양하거나 그들을 통제하기 위한 수단으로 이용하는 것이었다.

라헤안시는 지금 그러한 일의 초석을 쌓는 듯 보였다. 리카르디스에게 이 상황은 나쁠 것이 없다 뿐 아니라, 이롭기까지 했다. 하지만 일이 이뤄지는 배경에서 라헤안시가 무슨 생각을 하고 있느냐에 대해서는 알지 못했다. 적이 아님은 알고 있었다. 그러나 속이 모호한 아군을 뒤에 둘 수는 없는 법.

리카르디스는 턱을 괸 채 곰곰이 생각에 빠졌다. 시간을 두고 차차 보려고 했건만, 조금 더 빨리 대화를 나눠 봐야 할 듯했다.

* * *

마차가 자갈 위를 튀어 오르며 덜컹거리는 소리를 냈다. 그 반동과 소음에 잠깐 잠들었던 케틀린이 깨어났다. 그녀는 잠시간 눈을 깜박이며 흐릿한 의식을 깨웠다.

'뭔가 이상한데.'

보통 마차에서 깜빡 졸 때면 고개가 옆이나 뒤로 꺾여 언제나 고생하기 마련인데, 너무나도 편안했다. 케틀린은 그때야 자신이 무언가에 기대고 있다는 것을 깨달았다. 옆자리를 더듬거려 보니 한 손 안에 들어오지 않는 단단한 무언가가 만져졌다. 한참 주물럭거리고 있자 옆에서 디에즈의 목소리가 들렸다.

"……내 허벅지입니다."

케틀린은 아차 하고 디에즈의 허벅지에 있던 손과 디에즈의 어깨에 기대고 있던 머리를 떼어 냈다. 혹시 몰라 소매로 입가도 문질렀다.

"생각보다 허벅지가 단단하신데, 무슨 단련이라도 하셨나요?"

케틀린은 디에즈가 작게 웃는 소리를 들었다. 그는 대답하지 않고 다시 맞은편에 건너가 앉았다. 꾸벅꾸벅 조는 여자를 가엾게 여겨 어깨를 빌려주러 친히 자리를 옮겼던 모양이었다.

"원정길이 고되었나 봅니다. 길이 거칠었는데도 잘 자더군요."

"베개가 좋아서요."

능청스러운 케틀린의 대답에 디에즈가 다시 한번 작게 웃었다.

"까아악!"

아악, 제발, 살려 주세요! 마차 밖에서 누군가의 처절한 비명이 울렸다. 발타군이 날뛰고 있는 광경이 눈에 선했다. 케틀린은 창에 얼굴을 가까이 가져다 대었다. 비 냄새가 났다. 그 습한 냄새에 비릿한 냄새가 섞여 악취를 풍겼다. 지하 감옥에 있을 때가 떠올랐다. 케틀린은 가만히 옷을 여몄다.

"춥습니까?"

"비가 와서 그런지 좀 더 쌀쌀하긴 하네요."

"일라베니아의 겨울은 춥기로 유명하죠."

디에즈의 말대로 일라베니아의 겨울은 춥고 혹독하기로 유명했다. 사실상 대륙의 북단에 위치한 라고슈의 추위가 더욱 혹독할 테지만, 죽는 사람은 일라베니아 쪽이 훨씬 많았다. 케틀린은 아마 일라베니아 사람들이 따스한 계절의 온도에 추위를 망각했던 탓이 아닌가 하고 생각했다.

왜인지 모르게 가슴 한쪽이 서늘해진 때였다. 케틀린의 어깨 위로 따스하고 포근한 무언가가 내려앉았다. 그녀는 손을 더듬어 물체의 정체를 파악했다. 담요였다. 쌀쌀하다는 한마디에 디에즈가 둘러 준 모양이었다.

케틀린은 얼떨떨한 표정으로 "감사합니다." 하고 인사를 건넸다. 그녀는 담요를 만지작거리며 디에즈를 빤히 바라보았다.

참 상냥한 사람이었다. 그 속에 맹수가 있다고는 생각도 못 할 만큼. 물론 지금 이 모습이 가식이라거나, 거짓된 모습이라고 생각되지는 않았다. 보통 사람들만 해도 양면적이고 다면적인 구석이 있지 않던가. 하물며 전혀 다른 타인의 기억과 함께 인간의 생을 이어받은 디에즈라면 말할 것도 없었다. 이것도 디에즈, 그것도 디에즈.

그러나 하카브는 이 상냥한 '디에즈'가 마음에 들지 않는 모양이었다.

[그 온화한 성격이 그의 행동에 가끔 제약을 걸고 있는 것 같아. 엘피디오를 죽여 버렸을 때의 모습이 좋은데 말이다.]

[……비록 전하께서 좋아하시는 그 모습의 결과로 봄이 지나고 시작되었어야 할 전쟁이 앞당겨져 따뜻한 나라에 사는 우리 병사들이 개고생하지만?]

바른말에 뼈아팠던 하카브는 별다른 대꾸를 하지는 못했지만 케틀린의 볼을 쭉 잡아당기는 식의 소심한 복수를 했다.

하카브는 '마음에 안 든다' 발언에 충실하여, 디에즈의 상냥한 모습을 지우기 위해 노력했다. 처참하게 훼손된 마인 병사들의 시체를 보여 준다든가 하는 방식이 그 일환이었다. 전쟁 중 당연하게 발생하는 피해였으나, 디에즈는 얼굴을 익힌 마인들의 시체를 볼 때마다 고요해 보이는 낯 아래로 분노를 끓였다.

어찌나 절절한 동족애인지. 보는 사람마저 가슴이 미어질 정도였다. 케틀린은 그런 디에즈를 어렴풋이나마 이해했다. 그의 감정에 대해서는 공감할 수 없지만, 지난 시간에 얽매인 자가 과거의 상실에 얼마나 집착적으로 반응하는지는 잘 알았다. 자신 또한 그런 사람이었으니까.

그리고 하카브는 그런 디에즈의 성향을 아주 잘 파악하고 있었다. 그래서 시체를 몰래 난도질한 후 그의 앞에 전시하는 짓을 저지른 것이었다.

그렇게 디에즈가 가만히 마인 시체를 볼 때면, 하카브는 유례없이 시끄러운 입을 닫고 있었다. 케틀린은 하카브가 그때 어떤 표정을 하고 있을지 예상할 수 있었다. 디에즈를 쳐다보며 즐겁다는 듯 미소 짓고 있을 테다.

'재수 없어.'

케틀린은 기가 찼다. 사랑한다느니, 나의 검은 달이니 어쩌니 할 때는 어쩌고 사람을 그렇게 악랄하게 괴롭히다니.

케틀린은 디에즈를 빤히 바라보았다. 그의 얼굴을 머릿속에 그려 보아도 근 10년 전쯤에 보았던 어린 소년의 모습으로밖에 연상되지 않았다. 하얗고 몰랑몰랑한 금발의 소년. 그래서인지 하카브가 더욱 극악무도하게 느껴졌다.

비명이 가득 찬 거리를 달린 것이 얼마나 지났을까. 케틀린이 다시 입을 열었다.

"질 나쁜 친구와는 어울리지 마세요."

부스럭, 천이 스치는 소리가 들렸다. 디에즈가 다리를 꼰 것 같았다.

"예상외의 말인데요. 그 '나쁜 친구'가 일부러 당신을 내게 붙인 줄 알았는데. 그렇다면 개인적인 충고로 봐도 되겠습니까?"

"너무 노골적이었나 보군요."

"왕자의 못된 머리로 생각하는 게 거기서 거기일 테니."

신랄한 평가에 케틀린은 깔깔 웃었다. 디에즈는 하카브가 왜 눈이 보이지 않는 마인을 자신 곁에 붙여 놨는지 알고 있던 듯했다.

[눈도 안 보이고 전투도 못 해 쓸모없어졌다고 자책했겠지. 너무 슬퍼마라, 키티. 개똥도 약에 쓴다고 그러지 않느냐.]

본인이 날 쓸모없다고 생각하는 걸 왜 내 생각으로 덮어씌워? 열 받은 그녀의 감정이 얼굴에 고스란히 드러났던 것인지 하카브는 한마디를 덧붙였었다.

[개똥은 좀…… 품위 없어 보이는 단어로군.]

본인의 품위만 생각한 모양이었다. 케틀린은 반박을 포기하기로 했다. 말도 통해야 하는 법이었다.

[디에즈는 굉장히 연약해. 툭 치면 부스러지는 수준이야.]

[……그분이 툭 치면 인간이 부스러지기는 하더군요.]

[섬세하지 못하구나, 키티. 내면적인 이야기야.]

정말로 하카브에게 듣고 싶은 얘기는 아니었다.

[네가 그런 디에즈를 지지해 줬으면 좋겠는데.]

하카브가 어깨를 토닥이며 말했다. 케틀린은 자신이 지지해야 하는 부분이, 디에즈의 속에서 가끔 흔들리곤 하는 분노라는 것을 깨달았다. 칼날이 벼려지는 것과 같이 서로가 서로의 망치가 되어 과거를 두드리라는 뜻이리라. 분노가 더욱 뾰족해지고 단단해질 수 있도록.

그러나 케틀린은 하카브의 명령을 곧이곧대로 들을 생각이 없어서, 일라베니아 욕이나 피해자의 가슴 아픈 사연 대신 "오늘의 밥은 뭘까 궁금하네."라든지, "마차가 별로라서 그런 걸까요. 엉덩이가 네 쪽이 된 기분이네요." 따위의 시시콜콜한 잡담을 나누기만 했다. 그럼에도 디에즈가 하카브의 속내를 파악하고 있었다니 놀라운 일이었다.

"하카브 왕자가…… 음, 케틀린 양의……."

디에즈가 말을 흐렸다. 그 망설임에서 케틀린은 그가 하카브의 의중을 깨달은 배경을 대충 유추할 수 있었다.

"마인인 제 어머니와 언니가 화형당하고, 마을 사람들이 불에 탄 시체를 걷어차지 않으면 저도 화형시켜 버리겠다 협박해서 언니의 머리를 걷어찼더니 머리가 분리되어 굴러갔고, 그걸 보면서 마을 사람들이 깔깔깔 웃었다는 과거의 얘기를 하던가요."

"……음, 네."

케틀린은 피식 웃으며 다리를 꼬고 턱을 괴었다.

"검은달 애들 붙잡고 제 과거사를 아느냐 물어보면 열에 아홉은 알고 있을 겁니다. 모르는 한 명은 얘기가 나왔을 때 좋았던 놈이겠죠. 가슴 아픈 사연일수록 사람들의 마음에 잘 파고들곤 하니까요. 분노는 집단을 규합하는 좋은 수단이잖아요? 하카브 전하께서 제 과거 얘기를 듣고 잘 써먹을 수 있겠다 싶었는지 굉장히 기뻐하시던 모습이 떠오르네요. 몹쓸 인간 같으니. 아무튼, 당사자의 동의 없이 얘기를 들었다고 그렇게까지 신경 쓰실 필요는 없어요. 하카브 전하께서는 디에즈 님이 신경 쓰길 매우 바랐겠지만."

"……하카브 왕자는 참……."

"그 정도로 노골적이면 감탄이 나오죠. 일관적인 분이시라 그거 하나만 마음에 듭니다."

그 과거 얘기를 들려주고, 계속 붙어 있게 만들었으니 모르려야 모를 수가 없으리라.

'알아채도 상관없다는 건가.'

하카브가 그걸 감안하지 않을 리 없었다.

[디에즈는 결코 너를 버릴 수 없을 테니까. 불쌍한 키티. 너는 정말…….]

부드럽게 머리를 끌어안으며 웃던 남자가 떠올랐다.

[쓸모 있구나.]

"재수 없어……."

케틀린이 마차의 벽에 머리를 기댄 채 조용하게 말을 흘리자, 디에즈가 흠칫했다. 하지만 케틀린은 별다른 뒷말을 붙이지 않고 다시 눈을 감았다. 깜깜한 시야 속에 비명이 둥둥 떠다녔다.

* * *

남부 관문이 함락당한 가장 큰 이유는 발타의 병력이 예상을 뛰어넘었기 때문이었다. 붉은수레바퀴 백작의 부관이었던 진의 증언에 따라, 마람 왕국과 너른 땅을 옮겨 다니며 사는 소수 부족들의 참전을 확인할 수 있었다. 단순한 용병일 수도 있으나, 최근 마람과 일라베니아의 교류가 뜸해진 만큼 발타와의 친분이 두터워 보이는 것을 보면 전쟁을 위해 세력을 규합했을 수도 있겠다는 가정 또한 버릴 수 없었다.

황실 수뇌부는 이번 전쟁이 일라베니아와 발타가 아닌, 일라베니아와 대일라베니아 연합의 전쟁이라 규정짓고 병력의 규모를 늘렸다. 일라베니아뿐만 아니라 라고슈 왕국을 포함해 힐리사고 왕국 등 인접한 주변국에 참전을 요청한 상태였다. 출병하기 전에 전령을 보냈으니, 한두 달 안에는 원군이 오리라 예상하는 중이었다.

리카르디스가 이끄는 제국군은 전쟁에 도움이 될 지리적 이점을 지닌 영지들을 거점으로 움직였다. 앞서 놋쇠저울 영지에서 포획했던 발타군의 지휘관으로부터 발타군이 다섯 개의 큰 덩어리로 나뉘어 일라베니아 땅에서 각기 전투를 벌이고 있음을 알아냈다. 리카르디스는 상대적으로 적군 수가 적은 지금이 적기라 판단하여, 영주와 성을 함락하려는 그들의 뒤를 치는 방식을 택하기로 했다.

척후병들이 주둔지로 돌아왔다. 제국군이 향하던 소금바위 영지가 이미 함락당했다는 정보와 함께였다. 일라베니아 남부는 일라베니아를 노리는 세력과 맞닿아 있기에 다른 지역들보다도 방어벽이 두꺼웠다. 아무리 발타군이 강하다고는 하나, 성을 함락하는 속도가 비정상적일 정도로 빨랐다.

전력이 예상보다 강한 것인가? 조금 더 신중해야 할지도 몰랐다. 리카르디스가 고심하는 사이 또 다른 척후대가 돌아와 보고했다.

발타군이 벌인 대학살에 지레 겁먹은 영주가 냅다 항복해 버렸다는 얘기였다. 적이 강해서가 아니라, 아군이 약해서 빠르게 함락된 것이었다. 접근은 여전히 조심스러워야 할지언정 망설일 필요는 없을 듯했다.

리카르디스는 척후병의 보고를 마저 들으며 미간을 좁혔다. 영지로 가는 길목 길목마다 사람들이 창만큼 기다란 꼬챙이에 꿰여 죽어 있다는 대목 때문이었다.

"그, 그런 잔인한!"

지휘관들의 낯이 파리해졌다. 영주가 생각 없이 항복할 리 없으니 영지민과 자신의 안전을 요구했을 텐데, 입성하자마자 말을 뒤바꾸고 학살을 벌인 것이다. 리카르디스는 가만히 팔짱을 끼고만 있었다. 그의 태연한 반응에 지휘관들이 평정심을 되찾기 시작했다. 한참 무언가를 생각하고 있던 리카르디스가 입을 열었다.

"……익숙한 방식인데."

리카르디스는 변경 지역에서 일어나는 전투를 숱하게 겪어 왔다. 그중에는 '검은달'의 이름을 뒤집어쓴, 발타와 아무 상관 없다고 우기는 집단도 포함되어 있었다.

막사는 리카르디스의 한마디에 쥐 죽은 듯 조용해진 상태였다. 모두가 리카르디스의 입이 열리길 기다렸다. 드디어 딱 다물린 그의 입이 서서히 움직였다.

"적은 머저리일 가능성이 높다."

"……."

"……."

총사령관의 입에서 노골적인 욕이 나오자 지휘관들이 술렁였다.

"힘은 세지만 멍청하고 도발에 잘 걸려서 함정이란 함정에 죄다 걸리고

서는 운이 좋아서 어떻게 목숨만 부지하는, 그런 인간이 지휘관일 가능성이 높아."

아직 싸우지도 않은 적인데 평가가 굉장했다.

"……그, 총사령관께서 적을…… 확신하시는 이유가 있으시다면……."

"쓸데없이 잔인한 처형, 그리고 과시하는 방법까지. 내가 예전에 맞붙어 본 적 있는 머저리와 흡사하다. 불안해하는 그대들을 위해 신빙성을 더해 주자면, 척후병, 그 꿰여 죽은 시체들 중에는 여자가 없지 않던가."

기립해 있던 척후병이 눈을 크게 떴다.

"예, 예, 맞습니다."

막사 안이 다시 한번 술렁였다. 리카르디스의 의심이 확신이 되는 순간이었다. 그가 혀를 쯧 찼다.

"머리가 부족하지, 힘이 부족한 인간은 아니다. 전면전은 어지간하면 피해야겠군. 함정을 놓고 상대를 밖으로 끌어내야겠다."

성벽은 무엇보다 전력 차를 크게 줄여 주는 중요한 수단이자 방어벽이었다. 그 안온한 방어벽을 두고 나올 사람이 어디 있을까.

"곳간이 비면 그 무거운 엉덩이도 움직이지 않겠나."

거대한 병력을 운용함에 있어서 가장 중요한 것은 물자였다. 먹지 못하면 싸울 수 없다. 싸우지 못하면 지게 된다. 당연한 이치였다. 리카르디스는 지금 식량을 이용해 그들을 바깥으로 끌어내자고 하는 것이었다.

지휘관들이 고개를 끄덕였다. 그런 와중 로젤린만 인상이 심각했다. 제국군의 주 전력이자, 마인에 관련된 사항 때문에 그녀도 참석한 상태였다. 하지만 여태껏 발언 없이 조용히 오고 가는 얘기만 듣고 있었는데 지금은 뭔가 마음에 걸리는 모양이었다.

"보급로를 차단할 수는 있으나, 성안에 있는 물자만으로도 몇 달은 충분히 버틸 겁니다. 연합군이 중부 관문을 향해 나아가고 있는 이 상황에서 그렇게 시간을 끌 수는 없습니다."

잠깐 멈칫하던 리카르디스가 곧바로 대답했다.

"나와 같은 의견이로군. 그러니 보급로를 차단하는 것뿐 아니라, 성안의 물자를 동나도록 만들어야겠다."

"성벽이 높고 두껍습니다. 땅굴을 판다고 해도 제법 시일이 걸릴 겁니다."

리카르디스는 대화를 나누면서 계속해서 종이에 무언가를 적었다.

"성 내부와 이어져 있는 지하 통로가 있다. 싸우기도 전에 영주가 백기를 들었기 때문에, 발타군에 들키지는 않았을 테지."

막사 안을 가득 메운 지휘관들의 표정이 이상해졌다.

"그…… 그걸 어떻게 아십니까? 저희에게 그런 정보는 없습니다."

"지금 그게 중요한가, 그대들은!"

리카르디스는 정보의 출처를 묻기 위해 일부러 성질을 버럭 냈다. 지휘관들은 울상을 지으며 입을 다물었다.

사실 리카르디스로서도 얻기 힘든 정보였다. 막대한 자금과 황금정원이 구축해 둔 정보망이 아니었다면 한 성채의 운명을 좌우하는 비밀 통로의 존재는 알 수 없었으리라. 이번 전쟁을 위해 알아 둔 것은 아니었으나, 공교롭게도 때가 맞아 빛을 발하게 된 셈이었다.

"확인이 끝난 정보이니 진위를 의심할 필요는 없다. 그리고 일라베니아의 고위 지휘관들조차 모르는 정보를 발타군이 미리 알아챘을 가능성은 낮으니, 이만 본론으로 들어가지. 소수의 부대를 편성한다. 임시로 이름을…… 굴속에서 활동하는 야행성 동물이 뭐가 있었지?"

"오소리가 있습니다."

"좋다. '오소리'라고 부르겠다. 제국군이 출진하여 성벽 주위를 돌며 주의를 끄는 사이, 오소리가 지하 통로로 이동해, 식량 저장고를 모두 불태운다."

지휘관들은 리카르디스의 입에서 빠르게 나오는 작전 계획을 허둥지둥 받아 적었다. 로젤린은 회의의 내용을 통째로 외우고 있어 여유롭게 그에게 질문할 수 있었다.

"식량 저장고의 위치를 파악하는 데 시간이 걸릴 것 같습니다. 소수로 투입되는 만큼 정보의 정확도를 높여야 합니다."

리카르디스의 뒤에 서 있던 스타스가 놀랍다는 듯 그녀를 바라보았다. 그 표정을 해석해 보자면, 언제 저렇게 컸을까. 하고 삼촌이 다 큰 조카를 바라보는 복잡미묘한 얼굴이었다.

리카르디스는 서류를 뒤적이다 가장 밑에 깔린 커다란 종이를 꺼냈다. 위에는 성과 주요 건물의 설계도가 빼곡하게 그려져 있었다. 사람들이 입을 떡 벌렸다. 아니, 이런 건 대체 언제……?

"시간이 없어서 대충 그렸지만, 구조를 파악하기에는 나쁘지 않을 거다."

심지어는 손수 그리셨어? 지휘관들의 얼굴에 아연한 기색이 떠올랐다. 그들의 원래 상사였던 죽은 전 총사령관은 정말 놀고먹을 줄만 아는 전형적인 중앙 귀족이었다. 지휘관들이 안건을 내놓으면 해라, 말아라, 두 대답 중 하나를 할 뿐이었건만.

리카르디스가 갖은 분쟁의 최전선에서 활약했다는 것쯤은 알고 있으나, 중앙 상비군의 지휘관이었던 그들은 그 사실을 체감하기가 힘들었다. 그런데 본격적인 전투가 일어나기도 전에 알고 있는 정보는 왜 그렇게 많고 유능하기는 또 왜 이렇게 유능한 것인지.

사람들이 놀라는 모습에도 리카르디스는 자신의 업적을 자랑하는 기색 하나 없이 그냥 어깨를 가볍게 으쓱할 뿐이었다. 뭐 대수로운 일로 그러냐는 듯.

"예전에 한번 들른 적 있다. 머무르는 동안 영주가 아주 친절하게 구석구석 안내해 주더군."

"그, 그걸 다 기억하십니까?"

"한번 본 걸 왜 기억 못 하나."

감탄이 나오는 기억력이지만 좀 재수 없었다.

"최근 그 영지를 들른 몇몇 상인과 귀족, 병사들의 증언으로 내가 기억하던 때와 구조가 크게 달라지지 않았음을 확인했다. 더 궁금한 점은?"

로젤린이 손을 들었다. 리카르디스가 고개를 까딱하자 그녀가 곧바로 질문을 건네 왔다.

"지도에 따르면 식량 저장고는 몇 개로 분산되어 있는데, 만약 한 곳에서 방화가 일어난다면, 외성 바깥으로 쏠렸던 발타군의 이목이 다시 내부로 집중될 겁니다. 그렇게 된다면 나머지 작업에도 차질을 빚지 않을까요."

"좋은 질문이다. 간단한 장치를 이용해서 시간을 조절해, 비슷한 시점에 발화되게 만들 생각이다. 질 좋은 초 몇 개만 있어도 가능하겠지."

로젤린은 리카르디스가 말하는 계획을 대충 눈치챘다. 미리 식량 위에 기름을 뿌려 두고, 그 위에 짧게 자른 초를 얹어 두는 것만 해도 오소리들이 움직이는 시간은 벌 수 있으리라.

"본대는 우선 움직이지 않는다. 좌익군의 일부를 떼어 먼저 모습을 드러내도록 할 것이다. 적의 모습이 작아 보일수록 사람들은 방심하기 마련이니."

회의가 끝난 후, 특수 부대 '오소리'의 선발이 빠르게 이뤄졌다. 하얀밤 기사단의 로젤린, 그녀의 수제자이자 몸이 가볍고 날랜 에버하르트와 헤사. 그리고 로젤린이 주의 깊게 살펴본 몇몇을 포함해 총 열 명의 인원으로 결정되었다.

생각한 것보다도 더 소수의 인원인 터라 염려의 말이 나왔으나 로젤린은 열 명으로 충분하다고 했다. 사람이 많으면 방해될 것 같다며, 임무를 성공리에 마무리하기 위해서는 최소한의 인원으로 움직이는 게 좋을 것 같다는 이유였다. 그걸 말한 사람이 다름 아닌 로젤린이라는 점에서 조금씩 나오던 잡음은 쑥 들어가게 되었다.

헤사는 처음 맡게 된 임무에 흥분해서 아무도 보지 않는 곳에서 공중제비를 돌았다. 그러나 안타깝게도 착지한 순간 지나가던 부단장 나단과 눈이 딱 마주쳤다. 나단은 소년의 혈기 어린 모습을 애써 못 본 척하며 넘어갔지만, 소년은 크게 상처를 받아 버렸다. 헤사는 의기소침해서 로젤린이 머무는 막사로 돌아갔다.

"로젤린 경, 헤사입니다. 들어가도 되겠습니까?"

"응."

로젤린은 막사 중앙에 등을 보이고 앉아 있었다. 헤사는 발끝으로 서서 그녀가 무얼 하는지 살폈다. 로젤린은 그녀의 앞에 놓인 길쭉하고 짤막한 수십 개의 초를 응시 중이었다. 초가 완전히 녹아내리며 마지막 불꽃이 바닥에 닿은 순간 로젤린이 중얼거렸다.

"5분 10초."

그녀는 단검을 꺼내어 초를 잘라 불을 붙였다. 헤사는 방해하면 안 될 것 같아 침만 꼴깍 삼키며 그녀를 지켜보았다. 한참을 또 그러고 있을 때였을까. 아까 자른 초가 다시 완전히 녹았다. 로젤린이 턱을 괸 채 다시 말했다.

"5분, 13초."

소름이 돋았다.

* * *

뿔피리가 대기를 울리며 퍼져 나갔다. 적의 출현을 뜻하는 소리였다.

어두운 밤이었으나, 달이 밝고 구름이 없어 환하게 전경이 보였다. 제법 규모가 있는 병력이 접근 중이었다. 소금바위 성채의 거리 곳곳에서 횃불이 타오르기 시작했다. 제국군이 근접하고 있다는 소식은 뒹굴거리던 사르체의 가주, 코코에게도 전해졌다. 그는 붉게 물든 얼굴로 껄껄 웃었다.

"항상 약삭빠르던 놈들이 이번에는 한발 늦었군."

그는 와인을 병째로 벌컥 들이켜고는 몸을 일으켰다.

"일라베니아의 쥐새끼들이 발악하는 꼴을 한번 보러 가야겠구나."

코코 사르체는 달리듯이 걸음을 재촉해 성벽 위에 올랐다. 총 병력의 수는 비등해 보였다. 하지만 성을 수비하는 측보다 공격하는 측의 병력 소모가 훨씬 심각한 게 일반적이니 제국군이 불리한 형국이라 봐야 했다. 무슨 용기로 저 숫자로 공성전을 치르러 온 것인지 코코는 이해할 수 없었다. 거기에다가 공성전에서 중요한 역할을 하는 공성 무기들의 숫자도 변변찮았다.

"거참, 대단한 무기를 들고 오셨군. 맞으면 아야 하겠구나. 다들 조심하거라."

발타의 병사들이 그의 농담을 듣고 와하하 웃었다.

성벽 안쪽에서 투석기로 날려 보낼 돌과 화살이 닿지 않는 범위에서 제국군이 멈춰 섰다. 한참 후 밤공기를 진동시키는 뿔피리 소리가 울려 퍼진 후, 제국군이 움직였다.

전투는 양측 모두 사상자가 크게 발생하지 않은 상태에서 지지부진하게 이어졌다. 그렇게 1시간 정도 의미 없는 싸움을 해 댔을 때였을까. 시끄러운 병장기와 함성, 비명을 뚫고 멀리서 종소리가 짧은 간격으로 땡땡땡 울려 댔다.

코코 사르체는 이변이 일어났음을 깨닫고 황급하게 주위를 둘러보았다. 일라베니아군의 발견과 동시에 잠들었던 성채 도시가 횃불로 밝혀졌었는데, 그 때문이었던 것 같았다. 범상치 않은 크기와 밝기의 화재가 일어나고 있음을 알지 못했던 이유는.

코코는 급하게 걸음을 옮겼다. 건물들이 활활 불타고 있었다. 누군가가 양동이로 물을 퍼 나르자 불이 꺼지기는커녕 폭발하듯 솟아올랐다. 우르릉, 쾅! 마치 벼락에 나무가 쪼개지는 소리가 났다. 등골을 따라 식은땀이 흘렀다.

진화 작업은 아침 해가 뜰 무렵에서야 모두 끝났다. 푸른 아침 하늘 위로 거뭇거뭇한 연기와 탄내가 성채 안에 있는 모두를 휘감듯 퍼져 나갔다.

사르체는 한 통 넘게 마신 와인의 취기가 싹 가시는 느낌을 받았다. 가을의 결실을 모아 두었던 많은 식량들이 죄다 잿더미로 변했다.

* * *

임무는 성공리에 마무리 지었다. 식량 창고뿐 아니라, 가축과 군마, 우물에도 손을 써 놓았다. 다시 지하 통로로 돌아오던 오소리들 중 한 명인 헤사는 가장 후미를 바라보았다. 로젤린이 눈을 감은 채 손으로 벽을 짚고 차근차근 걷고 있었다.

그 상태로 바닥에 툭 튀어나온 구조물이나 돌을 피하는 모습이 보통 멋있는 게 아니었다. 전해지는 진동으로 위쪽의 상황을 파악하고 있는 것이라 했는데, 헤사는 벽을 짚어 보아도 차가운 돌의 온도 외에는 아무것도 느낄 수 없었다.

소년은 대략 1시간이 넘는 짧은 임무에서 로젤린이 벌였던 활약상을 떠올리고 새삼스럽게 속으로 감탄했다. 건물과 건물을 이동하는 시간을 계산해 초를 잘라 설치하고, 몇 번이나 마주칠 뻔했던 발타 병사들의 이목을 귀신같이 피하며, 가끔 피치 못한 상황에는 상대가 비명 한번 지를 시간도 주지 않고 빠르게 손을 썼다.

오소리들은 일을 처리하는 동안 대장 오소리에게 몇 번씩이나 도움을 받았다. 그녀가 아니었다면 돌아오지 못했을 오소리 또한 있었으리라. 아찔했지만 굉장한 경험이었다. 모두가 한 번씩은 흘끔흘끔 뒤를 돌아보았다. 헤사도 한 번 더 그녀를 돌아보았다가, 막 눈을 뜬 로젤린과 시선이 마주쳤다.

"아직 전투 중인 걸 보니 들키지는 않았나 보군. 아니면 화재 쪽으로 인원을 분산할 수 없게 전투를 지속하는 것일 수도. 일이 크게 틀어지지는 않았지만 서두르지."

"예!"

"예!"

오소리들이 입을 모아 힘차게 대답했다. 그 와중에 에버하르트가 미심쩍은 목소리로 로젤린에게 물었다.

"아까부터 계속 신경 쓰였습니다만, 대장님."

"뭔가?"

레티시아와 에버하르트의 '멋있고 위엄 있는 대장님 만들기' 시간을 거친 후 로젤린의 말투는 조금 변한 상태였다. 에버하르트는 그녀의 멋있고 위엄 넘치는 모습에 흐뭇한 미소를 지었다가 아차 하고 본론으로 돌아왔다.

"들고 계시는 그…… 거대한 자루는 뭡니까."

로젤린이 흠칫 몸을 떨더니 시선을 피했다.

"전하께서 내리신 밀명이다."

다른 오소리들은 고개를 끄덕였지만, 에버하르트와 헤사는 조금도 믿지 않았다. 분명 식량 창고에서 가져온 오늘의 수확물이겠지.

"혼납니다. 놓고 가시죠."

"괘, 괜찮을 텐데."

로젤린이 작게 아마도, 하고 속삭였다. 멋과 위엄이 점차 사라지고 있었다. 에버하르트와 헤사, 로젤린이 작게 실랑이를 벌이자 다른 대원들도 이상을 눈치챘다. 로젤린은 후, 한숨을 쉬고는 자루를 뒤적여 종이에 싸여 있는 무언가를 각각 한 덩이씩 내밀었다.

"이건……."

"훈제한 돼지 뱃살 고기다."

"……."

"아까 초에 불붙이면서 슬쩍 먹어 봤는데……."

뭐? 언제? 오소리들이 식겁했다. 로젤린은 임무에 투입될 때보다 비장한 표정으로 말했다.

"입에서 아주 살살, 녹는다."

조용한 통로에 침 넘어가는 소리가 울렸다. 오소리들은 입에서 아주 살살 녹는 훈제 고기를 먹으며 지하 통로를 걸었다. 병사들에게 배급되는 싸구려 육포나 딱딱한 빵과는 비교도 할 수 없었다. 기름지고도 부드러운, 온몸의 세포가 살아나는 것 같은 황홀한 맛이었다.

로젤린은 지하 통로의 끝에 오늘의 수확물을 두고 지상으로 올라가는 식으로 완전 범죄를 꿈꾸었다. 아쉽게도 지하 통로의 끝에서 병사들이 기다리고 있어서 계획은 수포가 되었다.

임무는 대성공이었으나, 사욕을 채운 그녀의 행동은 질타받아 마땅했으므로 부단장 나단이 불같이 화를 냈다. 입과 장갑에 기름을 잔뜩 묻힌 오소리들은 두 손을 등 뒤로 맞잡고 고개를 푹 숙이는 방식으로 나름의 죄책감을 표현했다.

"경은 침도 삼키기 힘든 그 비밀스러운 임무 도중에 고기가 넘어가던가!"

"아니요…… 그냥 맛만 조금……."

분명 입에서 살살 녹는다고 그녀가 무척이나 좋아했던 기억이 있지만, 공범자들은 입을 다물었다. 에버하르트는 로젤린에게서 완전히 제거된 위엄과 멋을 보며 속으로 울음을 삼켰다.

"성벽 바깥에서 보일 정도로 화려한 불길이었지. 성공적으로 임무를 마무리했으니 경도 그만하지. 식량 창고에 로젤린 경을 보내는데 이 정도도 예상 못 했을 것 같나?"

리카르디스는 로젤린이 혼나는 모습을 보다가 손을 저으며 대충 상황을 마무리 지으려 했다. 그는 로젤린의 거대한 자루를 뒤적이며 품목을 하나씩 보았다. 주로 고기였지만, 말린 과일과 술에 절인 과일이 들어간 빵도 몇 개씩이나 있었다.

"……아주 골고루 가지고 왔군. 맛이 섞일까 봐 걱정했나 본데. 이것 봐, 포장을 아주 잘했어, 하하…… 대체 그럴 틈이 어디에 있었는지는 잘 모르겠지만……."

이해보다 포기라는 단어가 어울리는 어조였다.

"……하, 되었다. 술병은 보이지 않아 그나마 다행이군."

로젤린이 눈을 질끈 감고는 비통한 표정을 지었다. 리카르디스는 덜컥 불안해졌다. 그녀가 조심스러운 발걸음으로 리카르디스에게 접근해 자루 속을 뒤적였다. 고기와 빵 덩어리에 가려져 있던 가죽 물주머니 열다섯 개가 그녀의 손에 끌려 나왔다. 막사 안의 모두가 침묵했다.

"소리가 나니까 용기를 바꿔서……."

"……."

"그게, 이게 굉장히, 귀한 거라……."

"……."

철두철미한 식에 대한 욕구는 굉장했지만, 리카르디스도 더 이상 로젤린의 편을 들어 주지 못했다.

* * *

도끼와 검, 휘어져 있는 발타식 단검이 교차되어 있는 '사르체'의 문양은 가문의 특성을 잘 드러내고 있었다.

발타의 힉살라는 황무지를 떠도는 거친 부족들을 매우 골치 아파 했다. 그리하여 탄생한 가문이 사르체였다. 강한 부족 몇몇을 발타로 끌어들여 사르체의 이름을 하사해 다른 부족들을 막는 방파제로 이용한 것이었다.

그들은 강하며, 야성적이었고, 용맹한 데다가…… 무식했다. 치명적인 단점이 있긴 했지만, 사르체는 수십 개의 가문이 몰락하는 그 사이에서 발타의 강력한 무기의 한 축이 되어 현재의 다섯 가문 중 하나로 정착할 만큼 성장을 이뤘다.

전투, 전쟁광. 그들을 표현하기에 가장 적합한 단어였다. 심지어는 가주의 선발 또한 적장자가 이어받는 일반적인 방식에서 벗어나 있었다. 가주에게 결투를 신청해 이긴 자가 그다음 대의 가주가 되는, 누군가가 표현하기로는 '야만적'이지만, 그들의 말로는 '합리적'인 방법이었다.

덕분에 가주는 5년마다 바뀌고는 했는데 그건 결투를 신청할 수 있는 기간이 5년에 한 번으로 제한되어 있기 때문이었다. 과거, 결투 신청 기간이 정해져 있지 않을 당시엔 사르체의 가주는 1년 동안에도 여럿 바뀌었다.

발타의 힉살라는 매번 알현하러 오는 가주의 얼굴이 달라짐에, 또한 사관들이 작성하는 당대의 역사서가 쓸데없는 일로 두꺼워지고 권수가 늘어나고 있음에 극심한 스트레스를 느꼈다. 허구한 날 '누구와 누가 싸워 누가 이겨서 가주가 되었다.'라든지 '가주 누가 결투 후 사망하여, 누가 가주가 되었다.' 등의 전투 기록서같이 되어 가고 있었으니 환장할 노릇이었다.

그렇게 힉살라의 명령 아래에 5년이라는 기간이 정해졌고 가주는 5년에 한 번씩 바뀌게 되었다. 물론 가끔 10년 정도 군림하는 굉장한 전사가 나오곤 했으나, 역대 세 번 정도밖에 되지 않는 적은 숫자였다.

그리고 지금 '사르체'의 가주 코코는 새로운 역사를 써 내리고 있는 인물이었다. 10년도, 15년도 아닌, 17년 동안이나 가주로 사르체를 끌어온 의심할 수 없는 사르체 최고의 전사. 그것이 코코였다.

"그게 지금 소금바위 성채를 점령한 발타의 장군이다. 참고로 말하자면 '코코'는 옛 부족의 언어로 '근육'이라는 뜻이라더군. 누가 지었는지, 참. 아무튼, 그 때문인지 무력에 대한 자부심이 대단하지. 고작 식량 때문에 전전긍긍하는 제 모습을 수치스러워할 거다. 언제 올지 모르는 보급 물자를 기다리며 굶어 죽기보다 정면 돌파 하는 쪽을 선택하겠지."

사르체의 가주 코코는 이례적인 인물이었기에 지휘관들 또한 그에 대한 정보를 대충이나마 파악하고 있었다. 하지만 개인적인 성격이라든지 코코의 뜻이 근육이라는 정보는 미처 몰랐던 터라 각자 놀라워했다.

"요컨대, 그의 용맹함의 근원이기도 한 성격이, 약점이 되기도 한다는 얘기다."

* * *

코코 사르체가 군의 지휘관들을 모아 얘기했다.

"저 시건방진 제국군 놈들을 처단할 시간이 왔다."

발타군의 식량 사정은 한계에 달했다. 독을 먹고 죽은 가축과 군마의 고기를 먹어야 할 정도의 비상 상황이었다. 여타 다른 건물과 각자가 들고 있는 군량 등을 모았더니 일주일 정도는 버틸 수 있는 양이 나왔다. 하지만 말 그대로 버틸 수 있을 뿐이었다.

코코 사르체는 사태가 이 지경에 이르기 전에 일찍이 움직이려 했다. 하지만 작전 참모가 척후병을 보내어 첩보를 수집해야 한다, 어떤 함정이 있을지 모른다고 하도 난리를 쳐서 여태껏 시간을 끌 수밖에 없었다.

그러나 일라베니아군은 빤히 보이는 곳에 진지를 틀고는 여기저기 구덩이 파고 말뚝을 박는 둥, 기동력을 앗으려는 빤히 보이는 함정을 파고 있을 뿐이라 첩보를 수집하고 말고 할 것도 없었다. 괜히 시간만 끄는 바람에 배가 고파 예민해진 병사들끼리 다퉈 부상을 입거나 죽었다.

시간을 더 끌었다간 배를 곯아 힘을 쓰지 못하게 될 것이다. 그렇게 되면 필패였다.

"전면전이다."

코코 사르체의 얼굴 근육이 흉악하게 꿈틀거렸다. 전술과 전략을 도맡는 지휘관들 몇이 반대했다. 발타의 지원군이 도착하기를 기다려야 한다고. 뭔가 낌새가 이상하다고 했다.

"헛소리 말아라! 네놈들 때문에 시간만 허비했어!"

사르체와 발타의 본대에서 파견한 전략 지휘관들의 사이는 본래도 좋다 말할 수 없었으나, 최근 더 악화된 상태였다. 말만 하면 전부 반대, 반대. 반대만 해 대니 곱게 보일 리도 없고, 그들이 기다리라고 종용하는 바람에 애꿎은 병사들만 배곯는 상황이 되었다.

"내부에서는 식량을 태우고, 외부에는 반드시 이길 수 있는 정도의 군대가 있습니다. 저는 몰이사냥을 당하고 있다는 생각밖에 들지 않습니다! 더군다나 저희 쪽에서도 미처 파악하지 못한 지하 통로와 모든 식량 창고의 위치를 알고 있을 정도의 정보를 가지고 있는 제국군 측에서 용맹무쌍한 사르체에 대한 정보를 모를 리 없습니다. 고작 그 정도 수 차이로 승리할 수 없을 거라는 사실을요."

"머리 쓴다는 놈들은 죄다 겁쟁이란 말인가! 네가 망설이는 이유는 약하기 때문이다! 네가 조그맣기에 상대가 커 보이는 것이다! 그들은 우리의 식량을 태웠다는 자만감에, 사르체가 우위를 점한 상황을 끌어내렸다는 것에 만족하여 그저 자기 자신의 모습을 객관적으로 파악할 수 없는 것뿐이다!"

"부디, 재고를!"

"닥쳐라!"

코코 사르체는 분을 못 이기고 남자의 목을 콱 틀어쥐었다. 컥, 컥. 비명조차 지르지 못한 그는 그대로 목이 꺾여 절명했다. 공간엔 썰렁한 침묵만이 맴돌았다.

코코 사르체는 시체를 무성의하게 바닥에 툭 떨구었다. 이글거리는 그의 눈빛에 마치 한 마리의 맹수 같은 난폭한 예기가 담겨 있었다.

"사르체는 적을 앞에 두고 결코 물러나지 않는다!"

* * *

코코 사르체는 해가 뜨기 전, 일라베니아의 병사들이 자고 있을 때 움직이기로 했다. 창고가 불타긴 했지만, 약간의 식량은 남아 있고 굶는다고 해도 일주일은 족히 더 버틸 수 있었다. 더군다나 연합군이 남부를 뒤덮은 만큼 지원이 오기 수월했다.

이러한 상황에서 사르체군이 구태여 단단한 성벽을 뒤로하고 공격을 감행할 이유는 하등 없었다. 그래서 코코는 그 생각의 허점을 찌르기로 했다. 식량 창고 화재 사건으로부터 고작 4일이 지난 시점에서 먼저 공격하리라고는 일라베니아 측도 결코 생각하지 못할 테니.

코코 사르체도 구겨진 자신감과 공을 세우려는 욕심만 없었더라도 성채 안에서 지원을 기다렸을 것이다.

소금바위 성채 도시를 중심으로, 서쪽에는 성문과 일라베니아의 진지가. 그리고 동쪽에는 비스듬히 흐르는 강줄기가, 남쪽에는 나무가 무성한 구릉지대가 있었다.

제국군이 큰 실수를 한 것은 성문이 하나라고 그 앞에서만 고집을 피우고 있다는 점이었다. 서쪽의 성문과 정반대 방향의 동쪽 성벽은 쥐 한 마리가 드나들 만한 출입구도 없으니까. 물론, 겉으로 보기에 그렇다는 얘기였다.

동쪽 성벽의 딱 한 군데 옴폭 파여 있는 곳이 있었다. 성벽을 이루는 것은 균일한 석재였는데, 안쪽으로부터 총 두께의 반 정도 되는 비율만큼 석재가 빠져 있었다.

음영이 짙어지는 낮에는 그냥 성문이 있구나 하고 착각할 정도로 반듯한 모양이었다. 문을 설치하기 위해 벽을 허물던 와중 전쟁 소식을 들은 게 아닐까 싶었다. 큰 돌덩이를 부랴부랴 쑤셔 넣은 것만 봐도 알 수 있었다. 지휘부는 이 우연한 기회를 이용하기로 했다.

마저 석재를 제거하여 통로를 만든다. 그리고 일라베니아군의 눈을 피해 낮은 하천 지대를 따라 이동, 성의 남쪽에 있는 숲에 몸을 숨긴 다음 일라베니아군의 측면을 친다는 계획이었다. 성벽을 조심스레 허무는 데에만 하루가 걸렸다. 경계병들이 성벽 위에서 제국군의 진지를 감시하는 동안 사르체군은 모든 전투 준비를 끝냈다.

이 밝은 어둠 속, 코코 사르체는 정렬한 병사들을 보며 이것은 역사에 길이 남을 위대한 전투의 시작이 되리라 예감했다. 물론 위풍당당했던 처음 모습과 다르게 지대가 낮은 강가를 통해 이동하는 그들의 모습은 꼴사납기 그지없었다.

이틀 전 왔던 비로 불어났던 강물의 수위는 원래대로 돌아갔지만, 한번 강물이 덮은 길은 아직 마르지 않아 질척했다. 병사들이 발을 디딜 때마다 자리가 움푹움푹 파였다.

"이런, 젠장."

병사들이 잇새로 욕을 내뱉으며 진군했다. 흙이 고운 지역이다 보니 신발에 진흙이 들러붙는 정도를 넘어서 발목까지 깊게 발을 끌어 들이기까지 했다. 힘이 강한 사르체 군단은 대다수가 중장보병으로 구성되어 있었다. 검날과 화살을 튕겨 내는 단단한 갑옷은 지금만큼은 행군의 고단함을 더할 뿐이었다. 더군다나 며칠 동안 하루에 한 끼, 그것도 빵 반쪽과 콩 다섯 알만 먹은 그들의 체력은 처음부터 반 정도 깎여 있는 것이나 다름없었다. 병사들은 빠르게 지쳐 갔다.

하지만 오늘이 지나면 고난도 끝날 거란 사실을 잘 알았다. 그들은 서로를 격려하거나 일라베니아군을 작은 소리로 욕하며 방패로 바닥을 찍고, 반쯤은 기어서 강가를 빠져나왔다. 선두에 서 있던 코코 사르체는 뒤를 돌아보았다가 반쯤 거지꼴을 하고 있는 사르체군을 보고 잠시 할 말을 잃었다.

얼마 후, 발타군은 목적지까지 도달했다. 코코는 병사들을 멈춰 세웠다. 모두가 호흡을 노련하게 골랐다. 코코는 거대한 짐승이 웅크린 것처럼 보이는 가파른 구릉 지대를 응시했다. 저 너머에 일라베니아군의 진지가 있었다.

일라베니아군은 옆구리를 훤하게 비워 둔 채 열리지 않을 성문만 맹목적으로 쳐다보고 있으리라. 어찌나 어리석은지. 높은 언덕이 자신들의 성벽이라도 되는 양 경계병조차 두지 않았다.

코코가 손짓하자 멈췄던 병사들이 조용히 언덕에 올랐다. 언덕의 가장 높은 곳에서 일라베니아군의 진지를 내려다볼 때까지는 조심해야 했다. 전투에 유리한 높은 지대를 확보하고, 허를 찔러야 했기 때문이었다.

병사들이 줄을 맞춰 조용히 언덕을 오르며 콧김을 내뱉었다. 일라베니아군의 공작으로 고생한 며칠간의 원한이 발타의 병사들을 가득 채웠다. 그 누구도 곧 일어날 전투를 두려워하지 않았다. 일라베니아군은 사냥감이며, 사르체는 위대한 전사였다. 지쳤던 병사들에게서 끝없는 힘이 솟아났다. 눈이 번쩍였고 근육은 꿈틀거렸다.

전투 전 사기를 고양시키기 위한 연설은 이미 성채 안에서 끝냈다. 뿔피리가 울리면 숨소리마저 죽이고 진군했던 병사들은 우레와 같은 함성을 지르며 숲에서 쏟아져 내릴 것이다. 갑옷도 제대로 걸치지 못하고, 검은 잃어버리고 방패는 거꾸로 든 채 허둥지둥할 일라베니아 병사들의 모습이 눈에 선하게 그려졌다.

그런데 그 순간.

'……'

낯익은 기운이 느껴졌다. 뚝, 한순간에 코코의 걸음이 멈췄다. 우두머리가 멈춰 서자 병사들 또한 진군을 중단했다. 코코가 느낀 것은 마력이었다. 사르체 군단만 해도 마인이 제법 포함되어 있었기에 이상한 일은 아니었다. 하지만 그 기운이 언덕 위쪽에서 느껴진다는 게 문제였다.

어둠 속에 몸을 숨긴 마력은 크기로 치자면 반딧불 정도 되는 미약한 불빛이었다. 하나 코코가 그걸 간과할 수 없었던 것은, 그 크기가 아주 아주 아주 거대한 것의 일부라는 사실을 파악했기 때문이었다. 반딧불이 아닌 어둠 속에서 빛나는 야수의 눈동자다. 그걸 깨닫는 순간 오한이 들었다.

무언가가 잘못되었다! 기습이 실패했을지도 모른다는 사실을 병사들에게 알리려는 순간, 언덕 위의 수풀처럼 보이던 무언가가 흔들렸다.

부우우-

뿔피리 소리가 구석구석 울려 퍼졌다. 발타군이 아닌 일라베니아군의 뿔피리였다. 발타군은 기함하여 방패를 들고 허둥지둥 무기를 뽑았다. 고지대를 선점하기 전에 공격을 당하다니!

숙련된 병사들이 마음을 가다듬기 시작했을 때, 밤하늘에서 반짝거리며 빛나던 별이 쏟아지기 시작했다. 점점 가까워지는 열기에 발타군은 기겁했다. 불화살이었다.

어둠에 잠겼던 수풀은 금세 환해졌다. 언덕에 무엇을 뿌려 두었는지 불이 번지는 기세가 범상치 않았다. 사르체는 물러나지 않으나, 군대에는 사르체뿐만 아닌 발타 왕실군 또한 포함되어 있었다.

우레와 같은 함성, 쏟아지는 불화살, 그리고 허를 찔렸다는 사실에 우왕좌왕하던 징집병의 일부가 이탈했다. 코코 사르체는 이를 갈며 소리 높여 명령했다.

"진격하라! 쓸어 버려라!"

서 있던 곳이 불바다로 변했으니 벗어나야 하는 것은 당연했다. 용맹한 사르체의 코코는 물러서는 것이 아니라, 한 발 더 나아가며 검을 뽑는 쪽을 택했다. 그리고 누군가는 코코 사르체가 그러한 용맹함을 이번 전쟁에서도 내보일 거라 예상했다. 이러한 불리한 상황에도 반드시 진격할 것이라고.

발밑에는 말뚝이 있고 말뚝을 넘어서면 구덩이가 있었다. 밧줄에 걸려 넘어지면 화살이 와서 꽂혔으며 기름 구덩이에 빠지면 불화살이 날아왔다.

간신히 일라베니아군의 앞에 도착한 코코 사르체는 만신창이였다. 이제 발타군은 성채에서 출진한 병력의 반의반도 되지 않는 데다 그마저도 화상과 부상으로 엉망이었다. 패잔병 같은 몰골의 발타군을 맞이한 것은 후드를 벗어 던진 은색 갑주 무리였다. 일라베니아군이 긴 창을 쥔 채 그들을 바라보고 있었다.

코코는 뒤를 돌아 발타군의 병력을 대충 헤아렸다. 궁병은 도망가거나 다 죽어 보이지도 않았고, 남은 것이라고는 무기나 전의를 잃어버린 병사들뿐이었다. 코코 사르체가 붉어진 얼굴로 이를 갈았다.

"이 쓰레기들이……."

일라베니아군의 중앙, 어둠 속에서 더욱 거대해 보이는 흑마 위의 여자가 팔짱을 끼고 그를 내려다보고 있었다. 그녀가 말의 옆구리를 가볍게 두드리며 한 발 앞으로 나섰다.

"코코 사르체?"

"건방진 계집이 감히 이 몸의 이름을!"

"맞나 보군."

스르릉, 기사의 검이 천천히 검집을 스치며 오싹한 소리를 울렸다. 사르체는 본능적으로 한 걸음 물러섰다.

은백색의 아름다운 검신에 유난히 밝은 달빛이 반사되었다. 빛이 궤적을 그리는 듯, 그녀의 얼굴을 스치며 지나갔다. 비로소 코코는 여자의 눈동자가 빛날 때면 선명한 연녹색을 띤다는 사실을 알 수 있었다.

"내 주인께서 널 보자고 하신다."

여자의 목소리가 나직하게 울렸다.

* * *

해는 어제와 다름없이 찬란하게 빛나고 있었지만, 아침이 내리쬐는 대지는 어제와는 전혀 달랐다. 까맣게 타고, 화살에 머리를 꿰뚫리고, 창에 찔리고 검에 베인 시체들이 간밤의 참상을 말하기라도 하는 듯 널려 있었다.

리카르디스는 성벽 위에서 그 광경을 쭉 훑어보는 중이었다. 냉기를 머금은 바람이 그의 피부를 스치고 지나갔다.

"즌하."

익숙한 목소리에 돌아보니 로젤린이 막 성벽 위를 올라오고 있었다. 양손 가득 빵, 데운 와인, 치즈와 구운 고기, 소시지, 과일을 들고서는 그것도 부족했다 싶었는지 입에 마찬가지로 먹을 것이 잔뜩 담긴 바구니의 손잡이를 물고 있었다. 그 탓에 발음이 엉망이었다.

"으침잇니다."

리카르디스는 찌푸린 미간을 풀고서 웃었다. 두 사람은 성가퀴 위에 바구니를 늘어놓고 아침 식사를 했다. 그녀도 간밤에 일어났던 전투로 지쳤는지 별다른 말 없이 열심히 음식을 섭취하기만 했다. 생각해 보니 로젤린은 식사 땐 음식에만 집중하는 사람이긴 했다. 다른 곳으로 눈 돌리지 않고 무언가를 씹으면서, 다음 먹을 것을 탐색하는…….

그런데 지금은 잼 바른 빵을 씹어 삼키고, 부스러기가 묻은 손을 할짝거리면서도 바구니 위의 음식을 바라보고 있지는 않았다. 시선이 성벽 너머에 있었다. 아까 전 리카르디스가 바라보고 있던 방향이었다. 그도 로젤린을 따라 아직까지 연기가 퍼져 나오는 구릉 지대로 시선을 옮겼다.

"로젤린."

한참 멀리 있는 광경에 시선을 두던 로젤린이 의아하다는 듯 그를 바라보았다.

"저길 좀 봐."

그가 가리킨 곳은 로젤린이 보고 있는 곳과 정반대 방향이었다. 저 멀리 흐르는 강물이 보였다. 물결마다 시린 듯이 빛나는 아침 햇살이 금가루처럼 흩뿌려져 있었다. 반짝, 반짝. 아름다운 풍경이었다.

로젤린이 하염없이 그 모습을 바라보자 리카르디스는 만족한 듯 웃고는 그녀의 입에 구운 소시지를 넣어 주었다. 로젤린이 눈을 동그랗게 떴다.

"소, 소시지에!"

독이라도 들었나? 리카르디스가 식겁해서 로젤린이 반을 먹은 소시지의 단면을 살폈다. 살짝 녹아 흐를 것 같은 노란색의 무언가가 보였다.

"치즈가 들어 있습니다!"

리카르디스가 웃음을 터트렸다.

* * *

쉴 틈도 없이 성의 보수와 전략 회의가 시작되었다. 승리에 취한 지휘관들의 목소리가 평소보다 컸다.

"이건 정말 유례없는 대승입니다, 총사령관님!"

"발타의 들개 놈들이 총사령관님의 이름만 들어도 깜짝 놀라 도망갈 겁니다!"

"거기에다가 상대가 그 유명한 사르체라니요!"

긴장 속에서 밤을 새우고 전투를 치렀음에도 지휘관들의 얼굴에서는 피로 한 점 읽어 낼 수 없었다. 리카르디스는 께름칙한 표정으로 그들이 내뱉은 찬사를 흘려 넘겼다. 원래도 일라베니아의 유일한 후계자나 다름없는 자신에게 최선을 다하여 갖은 아부를 떨던 사람들이기는 했으나, 진정성이 더해지니 끝날 기미가 보이지 않았다.

리카르디스가 손을 들어 멈추려 했음에도 도무지 들어 먹지를 않았다. 그도 그럴 것이 정말 그린 듯한 대승이었다. 고작 200여 명의 피해로 사르체군을 완전히 물리쳤다. 소금바위 성채에 남아 있던 경계병은 어떻게 해서든 성을 사수하려 했으나, 사다리를 들고 와 성벽을 넘은 로젤린을 상대하기 이전에 뚫린 동쪽 성벽조차 수습하지 못했다. 사르체의 장군은 생포되었고, 뿔뿔이 흩어져 도망가려던 병사들은 모두 일라베니아의 검 아래에 운명을 맞이했다.

그런 대단한 일이 있었는데도 총사령관의 얼굴은 정말 무심 그 자체였다. 좋은데 티를 안 내는 것이 아니라, 정말 어떤 감흥도 없어 보였다. 잠시 흥분한 지휘관들을 둘러보던 리카르디스가 말했다.

"유례가 없는 일이긴 하지."

"그렇습니다!"

"사르체가 일라베니아에 쳐들어온 적이나 있어야 유례가 있건 말건 할 테니까."

"……."

그건 확실히 맞는 말이긴 했다.

"너무 들떠 있어서 말해 주겠다. 우리는 대일라베니아 연합군을 물리친 것이 아니라, 그 일부를 격퇴했을 뿐이다. 더군다나 일라베니아의 지형을 잘 파악하고 있는 일라베니아의 제국군이, 이점이 많은 일라베니아의 땅에서 제국군보다 적은 수의 군대를 물리친 게 그렇게 큰 자랑거리가 되는지는 나는…… 잘 모르겠는데. 이제 다 떠들었으면 일들 좀 하지 그러나."

총사령관의 싸늘한 반응에 지휘관들은 그제야 분위기를 읽고서 본격적인 회의를 시작했다. 발타군이 남겨 둔 문서와 그 전 성주의 문서들이 남아 있었던 덕에 전황이 어떻게 흘러가고 있는지, 또한 어떤 식으로 흘러갈지 대충은 유추할 수 있었다.

리카르디스는 회의를 가볍게 끝맺고 자리에서 일어났다. 그는 오소리 부대와 병사들에게 임무를 맡긴 후, 하얀밤 기사단원들을 대동하고 거리를 걸었다. 눗쇠저울 영지와 다르게 공성전을 치르지 않아서 그런지 무너진 건물 따위는 보이지 않았다.

대신 사람이 극도로 적었다. 살아남은 사람들은 대다수 여자와 어린아이였다. 장성한 사내들은 위협이 될 수 있으니 본보기 삼아 잔혹하게 죽이고, 병사들의 수발을 들어 줄 노예들이 필요하니 상대적으로 덜 경계해야 하는 사람들만 살려 둔 것이었다.

그렇다 하더라도 모진 일은 피해 갈 수 없었는지 여기저기 멍과 상처를 달고 있었다. 리카르디스는 혀를 쯧 찼다. 그가 몸을 웅크린 영지민들을 계속해 바라보자 스타스가 병사들에게 명령을 하달했다.

"공간이 넉넉한 곳에 다친 자들을 모아 치료하고 음식을 배급하라. 영지민들을 위협하거나 희롱하는 자들은 총사령관의 명령에 따라……."

스타스가 말을 끌며 리카르디스를 바라보았다. 리카르디스가 엄지로 목을 긋는 시늉을 했다.

"즉결 처형하겠다."

리카르디스는 스타스의 입에서 나오는 명령이 마음에 들었는지 미간의 주름을 완화하고는 다시 발걸음을 옮겼다.

리카르디스가 도착한 곳은 성채 내의 신전이었다. 놋쇠저울 영지와 다르게 신전은 크지도 화려하지도 않았다. 적당히 구색을 갖춘 흰색의 돌은 빛이 바랜 데다가 때가 묻어 누리끼리한 회색이고, 신전의 문양 또한 한 축이 닳아 버려 다른 종교같이 변모해 있었다.

거기에 더해 완벽한 점은 반쯤 무너져 있다는 것이었다. 발타군이 신나게 망치를 휘두르는 모습이 절로 연상되는 광경이었다. 신전을 가만히 응시하던 리카르디스가 망토를 끌러 바닥에 패대기쳤다. 하얀밤 기사단원들은 깜짝 놀라 리카르디스를 중심으로 원을 그리며 주군이 패악을 부리는 모습을 타인의 시선으로부터 감췄다. 스타스는 리카르디스가 로젤린을 대동하지 않은 이유가 이 때문이었나 잠시 생각했다.

"저 안의 내용물들은 괜찮을 거라 누가 얘기해 주지 않겠나. 참고로 내가 말하는 내용물은 신관이 아니라 기록이다."

리카르디스의 목소리에 분노가 가득 차 있었다. 르윈이 떠듬떠듬 대답했다.

"그, 그렇게 낙관적인 대답만을 내놓는 가신은 주군이 바른길을 가도록 못 이끌지 않겠습니까?"

리카르디스가 르원을 노려보다가, 바닥의 돌을 걷어차며 신전으로 성큼 성큼 다가갔다. 처참한 모습이 세세하게 보이자 더더욱 혈압이 올랐다.

이곳의 가치는 단순히 일라베니아 전역에 세워진 수많은 신전 중 하나로 설명할 수 없었다. 일라베니아, 그 최초의 신전이기 때문이었다. 황실의 대신전보다도 오래되고, 더 많은 세월을 겪어 왔다. 어쩌면 황실보다 축복의 밤에 더 가까울지도 모르는 장소. 리카르디스가 소금바위 성채에 대해 자세히 파악하고 있던 것도 그 때문이었다.

그러나 이곳의 서고 또한 황실처럼 가장 높은 신관 한 명만이 열람할 수 있는 권한을 지녔기에 예전에 이곳에 들렀던 리카르디스는 별다른 정보를 얻지 못했었다.

그 때문에 이런저런 불법적인 방법을 통해 쓱싹하려고 성의 비밀 통로도 알아 뒀는데. 발타의 머저리들이 쳐들어온 혼란한 틈을 타서 신전에서 쓱싹하려고 했는데. 그 발타의 멍청이들이 신전을 부숴 둔 상황이었다. 그나마 석조 건물이라 자료가 완전히 소실되지 않았을 것이라는 점만이 희망이었다.

리카르디스는 기억하는 경로를 따라 지하로 발을 옮겼다. 다행히도 서고로 통하는 문은 조금도 흠집 없이 건재했으나, 이미 열려 있었다. 엄습하는 불안감에 리카르디스는 빠르게 걸어 계단을 내려갔다.

"어, 형? 벌써 회의 다 끝났어?"

라헤안시가 바닥에 앉아 책을 펼친 채 그를 반겼다. 리카르디스가 미간을 좁히자 라헤안시가 손을 휘휘 저으며 급히 말했다.

"곧 가서 일할 거야! 명색이 대신관인데 최초의 신전이 멀쩡한지는 확인해야지!"

리카르디스는 눈짓으로 하얀밤 기사단원들을 내보냈다. 그는 사람들이 나간 후에 서고를 둘러보았다. 다행히 불에 타거나 파괴된 흔적이 보이지 않았다. 지하 서고로 통하는 문이 평소에는 숨겨져 있었기에 화를 피해 간 모양이었다. 리카르디스가 작게 안도의 한숨을 내쉬자 라헤안시가 책장에 기대며 눈을 빛냈다.

"그런데 형은 여기에 무슨 일이야? 대신관도 아니고 일개 황자가 이런 곳에 들른 걸 알면 황제 폐하께서 좋아하지는 않으실 텐데."

느물느물한 미소와 말투였다. 리카르디스는 서고가 무사하다는 사실에 굉장히 온화해진 상태라 간신히 라헤안시를 때리지 않을 수 있었다.

"왜애? 왜 숨을 그렇게 크게 쉬는 거야? 뭔가 찔리는 구석이 있어? 말과 숨이 턱 막혀?"

리카르디스는 라헤안시의 목을 꾹 눌러 그의 숨을 턱 하고 막아 버렸다. 라헤안시가 캑캑거렸다. 리카르디스는 마구 성질내는 라헤안시를 가만히 응시했다.

리카르디스는 라헤안시가 황실에 대해 희미한 반감을 품고 있다는 사실을 알고 있었다. 황실의 비호 아래 잘 먹고 잘 살다가, 적당히 대신전에 투신해서 한자리 꿰찬 황실의 핏줄이 황실을 싫어한다? 리카르디스는 그의 반감을 오랫동안 이해할 수 없었다. 장난기 어린 모습 때문에 속마음을 알기 어려웠다는 사실도 그에 한몫 더했다.

알지 못하면 믿을 수 없다. 라헤안시가 목숨을 걸고 지금 전장의 한가운데에 있다고 한들 마찬가지였다. 리카르디스는 목숨을 건다는 행위가 얼마나 큰 간절함을 동반하는지 잘 알았다. 그 정도로 간절한 라헤안시의 욕망은 무엇일까.

라헤안시가 스승이었던 윈디트와 각별한 사이란 건 알고 있었으나, 그게 목숨을 걸 정도는 아니라고 생각했다. 아니, 생각했었다.

"라헤."

리카르디스는 책장에 꽂혀 있는 책을 손으로 훑으며 그에게 얘기했다.

"왜애?"

"발타와의 전쟁이 끝날 즈음, 황제를 끌어내리겠다."

라헤안시는 씩씩 화내던 걸 멈추고 리카르디스를 빤히 바라보았다. 잠시
간 공간을 가득 메웠던 적막이 곧 깨졌다.

"지금 하카브한테 어이없이 한 대 맞았다지만, 쉽게 볼 수 있는 상대가
아니야. 황실은 최근 몇 세대에 걸쳐 귀족들의 세를 누르고 직속의 병력을
차츰차츰 늘려 왔어. 무력으로 상대가 되지 않아."

리카르디스는 라헤안시가 자신의 대답을 유도하고 있다고 느꼈다. 그가
책을 뽑아 들어 라헤안시에게 던졌다. 날아오는 책을 잡아챈 라헤안시가 책
의 겉표지를 빤히 보았다.

[신의 나라, 일라베니아]

"일라베니아가 무력으로 세워진 나라더냐?"

리카르디스가 미간을 찌푸린 채 웃었다. 책을 가만 내려다보던 라헤안시
는 그의 대답을 듣고 고개를 들어 올렸다. 전에 없이 진지한 표정이었다.
잠깐 눈동자가 흔들리는 것 같았으나, 속에서 무언가를 정리했는지 라헤안
시는 이내 고개를 끄덕였다.

"축복의 밤을 띄우려고?"

"그것 이외에 황제를 끌어내릴 수 있는 수단은 나에게 없지."

"방법은 내가 자세히 알아. 형도 대충은 알고 있을 것 같지만. 아무튼.
최대한 도와줄게."

이렇게 나올 줄은 알았지만, 그렇다 쳐도 무서울 정도로 순순했다.

"네게 무슨 이득이 있어서?"

라헤안시는 생각지도 못한 질문을 들은 반응이었다. 인상을 살짝 찌푸린
채 눈동자를 한참 굴리던 그는 겨우겨우 대답을 짜내듯 말했다.

"만백성을 빛으로 이롭게 하는 이델라브힘의 종, 대신관이니까. 이해득
실을 떠나 올바른 일을 행해야지 않겠어?"

누가 봐도 거짓말이었다. 리카르디스가 진지한 표정으로 헛소리하지 말
라는 뜻을 전하자 라헤안시가 휴 한숨을 쉬었다.

"아, 쫌 넘어가면 안 돼?"

"대신관님께서도 내 협력이 필요하셨던 게 아닌가? 믿음을 줘야 손을 잡든지 말든지 할 것 아니야."

라헤안시는 입을 쭉 빼고 투덜거리다가 제 귓바퀴를 만지작거렸다.

"이미 손잡은 줄 알았는데, 이렇게까지 까다로울 줄이야. 아, 대충 알잖아."

"윈디트?"

"어어. 스승님 복수. 이거 입 밖으로 내뱉기 되게 창피하네."

하지만 라헤안시의 얼굴에는 조금의 수치심이나 그와 비슷한 감정도 비치지 않았다. 손끝은 살짝 떨리고, 얼굴 근육은 경직되어 딱딱했다. 그 눈빛, 표정, 자그마한 몸의 신호까지. 리카르디스는 라헤안시를 덮고 있는 것이 분노라는 사실을 깨달았다.

"가난한 자도 사랑하고 토사물에 파묻혀 있는 더러운 거지도 따스하게 안아 줄 수 있고, 병든 자들의 상처를 보며 눈물을 흘리는, 그런 자비로운 신이 있다면…… 나는 그게 반드시 윈디트일 거라고 생각했어."

그가 담담한 말투로 과거를 상기했다.

"그냥 죽은 걸 보면 인간이었던 것 같지만."

농담인가? 진심이야, 저거? 리카르디스가 모호한 표정으로 쳐다보자 라헤안시가 바보처럼 히쭉 웃었다.

"이런 진지한 얘기를 하다 보면 예리하고 냉철한 나의 본모습이 드러난단 말야. 고생하시는 아버지에게 은퇴를 선물로 드릴 때까지는 귀엽고 사랑스러운 라헤로 있어야 한다구. 그래서, 형. 언제 축복의 밤 부를까. 오늘?"

"……전쟁이 끝날 즈음."

라헤안시가 목이 졸려 죽을 것 같은 표정을 했다. 해석해 보자면 대충 끔찍해 죽겠다는 뜻인 것 같았다.

"그렇게 늦게?"

"축복의 밤을 부른 그날로부터 나는 제국의 반역자로 일라베니아 제국군과도 싸워야 하는 신세가 되겠지. 발타 왕국 덕분에 황실의 권위는 땅으로 추락했고, 전쟁에서 이긴다면 황실이 아닌 나의 명성이 드높아지는 결과가 된다. 그즈음이면 내가 축복의 밤을 부른다고 한들, 황제가 나를 반역자라고 명명한다고 한들, 과연 그의 뜻에 따라 손발을 맞춰 줄 사람이 얼마나 있을까. 목숨이 달린 문제니 신중해야지."

"아, 그렇긴 하네."

리카르디스는 다시 책으로 눈을 돌리고는 계속해서 말을 이었다.

"사실 그건 큰 문제가 아니야. 문제는 따로 있다."

"축복의 밤을 어떻게 부르는가?"

리카르디스는 고개를 저었다. 보름달이 뜬 밤. 호수. 충분한 양의 성력과 마력을 가진 두 사람. 그리고 일라베니아의 역사보다 오래된 결혼식에 쓰이는 언약문까지. 리카르디스는 자신의 추측이 크게 틀리지 않을 거라 생각했다. 이것은 라헤안시에게 확인하면 될 문제지만, 그가 걱정하는 것은 따로 있었다.

"라헤, 성력은 대체 어떤 힘이냐."

라헤안시는 기시감을 느꼈다. 몇 달 전, 황실 대신전에서 리카르디스가 마력이 무어냐 물었던 때가 생각났다. 리카르디스의 놀라운 점은 질문을 하면서도 대답을 거의 확신하고 있다는 것이었다.

"형은 어떻게 생각하는데?"

리카르디스가 손을 들어 올렸다. 곧 그의 손에서 하얀빛이 퍼져 나오기 시작했다. 성력이었다. 손안에 담기는 하얀 안개에 은은한 빛이 감돌았다.

"물."

라헤안시가 슬쩍 미소 지었다.

"바람."

리카르디스가 허공에 검지로 원을 그렸다. 그 궤적을 따라 하얀빛이 잔상처럼 둥그렇게 남았다 곧 사라졌다.

"그처럼 순환하는 모종의 힘."

실로 감탄이 나오는 추리력이었다. 라헤안시는 가슴속 깊은 곳에서 우러나오는 찬사를 참지 못했다.

"크으으…… 지금 내 안에서 형의 점수가 더 올라갔어. 내 눈이 역시 정확했다니깐."

리카르디스의 부루퉁한 얼굴을 보고도 라헤안시는 엄지를 척 들어 올리면서 고개를 절레절레 젓는 둥의 감탄을 멈추지 않았다.

정말로 대단했다. 백성들은 물론이고 신의 종이라 일컬어지는 신관들조차도 성력에 대해 정확하게 파악하지 못하는 경우가 대다수였다. 그저 대단한 신의 성스러운 힘. 치유의 빛쯤 되는 개념일까.

라헤안시 또한 그렇게 생각했던 시절이 있었지만, 스승 윈디트와 교류를 하게 되며 조금 더 깊은 정보를 알게 되었다. 물론 이 또한 누가 입증해 준 적이 없으니 가설일 뿐이긴 했다.

대신관 윈디트는 신의 은총 아래 살아가던 평범한 나날 중 갑작스러운 질문에 직면하게 되었다. 그렇게 대단한 신의 힘이 왜 죽은 자를 살려 내지는 못하는가?

빛과 축복, 생명을 관장하는 전지전능한 이델라브힘. 그의 믿음 아래 살아가는 대신관이 가지기에는 참으로 원초적인 의문이었다. 그녀는 그러한 의문점을 가감 없이 동료 대신관들과 나누었다.

[위대한 이델라브힘께서는 세계의 균형을 이루는 질서이십니다, 대신관 윈디트. 섭리를 거스르는 일을 하실 리가요. 죽은 자가 살아난다면 그건 기적이 아닌 재앙일 것입니다.]

그런 대답을 들었으나 윈디트는 탐구를 끝내지 않았다. 거의 죽을 지경이었던 사람을 살려 내는 것은 섭리에 거스르는 일이 아닌가? 그거나 이거나 한 끗 차이일 뿐인데, 뭐가 다른 것일까. 그런 의문을 품고 살아가던 중이었다.

냄새나는 낡은 거리에 폐병에 걸린 노인이 있었다. 가래가 끓는 기침을 하고, 피까지 토했다. 그 어떤 중상자도 살려 내는 윈디트의 신성력이 따스하게 노인을 감쌌다.

하지만 노인은 곧 죽음을 맞이했다. 윈디트도 예상하고 있던 결과였다. 노인과 같이 늙거나 먹지 못해 몸이 약해진 사람들을 살려 내지 못하는 경우가 종종 있기 때문이었다. 평소와 같이 죽은 이의 장례를 치러 주던 그녀는 돌연 무언가를 떠올렸다. 자신이 다른 이들에게 물었던 질문이었다.

왜 신성력은 죽은 인간은 되살리지 못하는가?

그 원초적인 의문과 쌓여 온 수많은 죽음이 정답으로 그녀를 이끌었다. 신성력은 치유력이 아니다. 그 사람이 가지고 있는 내부의 생명을 빠르게 순환시키는 것이었다. 인간의 상처는 시간이 지나면 낫는다. 인간이 가진 본연의 힘. 그리고 그 힘을 이끌어 내는 것이 성력의 역할이었다.

그랬기에 생명력이 없는 죽은 인간은 살려 낼 수 없으며, 생명력이 다 닳아 가는 늙거나 먹지 못해 몸이 약해진 자들은 성력의 빛 아래에서도 죽음을 맞이했던 것이었다.

당연한 수순처럼 윈디트는 다음의 질문을 떠올렸다. 성력이 힘을 순환시킨다면, 그렇다면 마력은 무엇인가. 그렇다면…….

"그렇다면 축복의 밤은 무엇이냐."

리카르디스의 질문에 라헤안시는 상념에서 깨어났다. 역시나 사고가 비슷하게 흐르는 모양이었다. 라헤안시는 피식 웃은 뒤 대답했다.

"생명이 순환하는 밤."

"대륙은 시간이 흐름에 따라 생명을 잃어 간다. 그렇다면, 대륙을 소생시킬 생명의 힘은 어디에서부터 오나?"

두 사람 다 직접적으로 입 밖으로 꺼내지 않았으나, 마지막 조각이 마력이라는 것을 알고 있었다. 리카르디스는 라헤안시의 반응으로 자신이 생각했던 추측을 어느 정도 확인하고 다시 고개를 돌렸다. 그가 성급하게 책을 넘겼다. 고리타분한 과거의 언어들로 쓰여 있음에도 술술 읽어 내리는 걸 보니 공부를 보통 한 게 아닌 것 같았다.

"그러면 지금 우리가 말한 가정 아래, 마력은 특정한 날에 성력이라는 순환의 바람을 타고 민들레 씨앗처럼 전 대륙에 퍼진다. 그렇다면 강한 마력을 담고 있던 자는 어떻게 되나? 그 사람은 무엇을 잃게 되는 거지?"

그의 목소리가 점점 음산해지더니 뚝 끊겼다. 팔락이던 종이의 소리가 멈췄다.

"축복의 밤을 띄운 역대 황제들이 얼마나 잘 먹고 잘 살았는지는 어린 아이용 역사서만 뒤적여 봐도 줄줄이 적혀 있지. 그렇다면 마인들은? 지금, 이 두꺼운 책을 보는데도 마인에 대한 얘기는 한 줄도 적혀 있지를 않아. 이런 쓸모없는 작자들 같으니. 누가 황제가 좋아했던 꽃의 종류를 알고 싶다고!"

"어라, 그러고 보니 그러네. 나도 본 적 없는 것 같아."

라헤안시는 멍청한 소리를 냈다. 미처 생각지도 못한 부분이었다. 축복의 밤을 위해서는 마력과 성력이 필요하다는 것만 알았지, 그 이후의 일은 생각해 본 적도 없었다. 그저 '축복의 밤' 자체가 가장 중요했을 뿐이었다. 라헤안시의 태평한 대답에 리카르디스가 눈에 불을 켜고는 이를 갈며 말했다.

"뭐라고? 어라, 그러고 보니 그러네?"

은빛 늑대가 으르렁거리는 것 같았다. 리카르디스가 성큼성큼 다가와 라헤안시의 볼을 두 손으로 쭉 늘어뜨렸다.

"으허어어! 압허!"

"좀 난놈인 줄 알았더니, 누가 황실 출신 아니라고 할까 봐, 이 성력 우월주의에 찌든 신관 같으니! 마인이 어찌 되었든 다른 사람들만 잘 먹고 잘 살면 그만이더냐?"

너무 아프게 꼬집어서 눈물이 날 지경이었다. 라헤안시는 이제야 리카르디스가 이곳에 온 이유를 깨달을 수 있었다. 축복의 밤이 지난 후 마인들은 무사한가? 그들은 어떻게 되는가. 그 문제가 풀리지 않는 한 리카르디스가 축복의 밤을 띄우는 일은 없으리라. 라헤안시는 확신할 수 있었다.

"사람이 생각이 좀 짧을 수도 있지, 거 되게 뭐라 하네! 나도 황실에서 난놈이긴 하지만, 황실과 신전의 주입식 교육을 받아 왔다고! 하나만 가르치기에 알아서 다섯을 알았더니, 열을 모른다고 뭐라 그래!"

"이놈의 자식이 입만 살아서는!"

리카르디스가 라헤안시의 등을 찰싹찰싹 소리 나게 때렸다. 라헤안시는 훌쩍거리며 구석에 몸을 웅크렸다. 리카르디스는 흐트러진 머리를 뒤로 넘기며 후 숨을 쉬었다.

"대신전에서 축복의 밤 이후 마인에 대한 처우나, 뭐 비슷한 정보라도 한 줄 읽은 적 없는 거 확실해? 잘 좀 생각해 봐."

라헤안시가 입을 쭉 빼고 툴툴댔다.

"황실이 그런 걸 남겨 뒀을 것 같아? 본 적 없어. 아, 그래서 여기로 온 거구나. 확실히 최초의 신전이라면 있을지도……."

"똑똑한 녀석."

미간에 주름을 잡고서 짜증스러워 보이는 표정을 고수하던 리카르디스가 돌연 표정을 바꾸며 상냥하게 칭찬했다. 라헤안시는 제 팔에 오소소 소름이 돋는 걸 느끼며 부르르 떨었다.

"손잡은 첫 기념이다, 라헤. 특별히 너에게만 일거리를 주지. 축복의 밤에 관련된 마인의 정보가 필요해. 뭐라도 좋으니 찾으렴, 너만 믿는다."

라헤안시는 상황을 파악했다. 그의 고개가 천천히 좌우로 한 번씩 돌아갔다. 방 안을 가득 메운 책장. 그리고 책장을 가득 메운 책들. 이, 이걸 다 나 혼자? 라헤안시는 등골이 오싹했다.

"베, 베르움!"

치료소에서 병사들을 치료하던 신관 베르움은 갑작스럽게 돋아난 소름에 팔을 쓸었다.

* * *

오소리 부대가 한 번 더 활약해야 했던 이유는 성채 내에 숨어 있는 발
타군의 잔존 병력 때문이었다. 물론 오소리 부대 외의 많은 병사들도 수색
에 나섰으나, 로젤린이나 헤사만큼 기척을 잘 읽어 내는 이가 없기에 그들
은 쉬지도 못하고 돌아다녀야만 했다.

수백 수천의 병사가 스물여섯의 잔당을 발견하는 동안, 오소리 부대는
여든여덟 명을 잡아냈다. 오소리 부대의 대원 세이파가 존경의 눈으로 로젤
린을 바라보았다.

"우리 대장님 진짜 끝내주네요. 이것 보세요, 대장."

로젤린이 슬쩍 그를 돌아보았다. 옷 안에 뭘 집어넣었는지 어깨 양쪽이
불뚝 솟아 있었다.

"제 어깨가 이렇게 되어 버렸습니다. 병사들이 대장을 선망의 눈으로 보
고 지나갈 때마다 1센티씩 높아졌지 뭡니까."

로젤린이 피식 웃었다. 에버하르트는 낄낄거리며 웃다가 두 명의 병사가
로젤린을 예의 그 선망의 눈빛으로 보고 지나가자, 세이파의 어깨에 무언가
를 더 집어넣었다.

"두 명이니까 2센티."

"역시 에버하르트 경. 뭘 좀 아시네요."

오소리 부대와 함께 움직이고 있던 레티시아는 두 바보가 보이지 않는
듯, 싸늘한 얼굴이었다. 물론 보았기 때문에 그런 표정일지도 몰랐다.

"슬슬 전부 잡은 것 같긴 합니다."

반나절째 수색 중임에도 로젤린은 지치지 않아 보였다.

"마인이라면 소수라 해도 위험해. 조금만 더."

"예. 세이파, 에버하르트. 집중해라."

세이파와 에버하르트는 레티시아의 뒷말에 '죽고 싶지 않으면'이 생략되

었음을 깨닫고 진지한 자세로 복도를 걸었다.

그때 로젤린이 손을 뒤로 해서 짧게 수신호를 보냈다.

[우측, 둘]

몇 걸음 거리 앞에 오른쪽으로 꺾이는 복도가 있었다. 발걸음 소리는 다른 대원들 또한 감지하고 있었지만, 발타의 잔당이라는 사실은 알 수 없었다.

오소리 부대원들은 그녀의 수신호를 보고도 소리를 낮추거나 무기를 꺼내지 않았다. 평소와 같은 분위기와 걸음걸이로 태연하게 행동했다. 상대가 방심하도록.

곧 갑옷을 입은 병사 두 명이 모퉁이를 돌아 모습을 드러냈다.

"아, 검은 달을 가르는 이델라브힘의 영광을."

그런데 이번만큼은 로젤린이 착각한 것 같았다. 일라베니아 제국군의 갑옷을 입은 병사들이었다. 로젤린이 고개를 끄덕여 인사를 받으며 그들을 스쳐 지나갔다. 병사 두 명도 다시 걸음을 옮겼다.

쾅!

그때, 한 명이 로젤린의 발길질에 벽에 날아가 처박혔다. 다른 병사 한 명이 검을 꺼내며 그녀를 향해 휘둘렀다. 로젤린은 검을 꺼내지도 않고, 무기를 쥔 남자의 손목을 덥석 잡았다. 남자는 믿을 수 없는 강한 힘에 이끌렸다.

콰직. 로젤린의 주먹이 남자의 얼굴을 강타했다. 부상의 정도를 파악할 수 있는 파괴력 있는 소리였다. 호기롭던 두 명의 잔당이 순식간에 널브러졌다.

오소리의 대원들은 두런두런 얘기를 나누며 쓰러진 병사들을 밧줄로 묶었다.

"그런데 어떻게 구분하시는 겁니까? 제가 보기에는 그냥 일라베니아 병사였는데요."

"성의 경비를 맡은 황실의 병사들은 체계적인 훈련을 통해 어느 정도 건는 폭과 발소리가 비슷하다. 발타의 병사들도 발소리를 정돈할 수는 있지만, 일라베니아와 갑옷 양식이 달라서 그런지 움직일 때 어색해하는 경향이 있더군. 그래서 쓸데없는 소음이 더 나곤 하지."

"이야, 정말 대단하십니다."

맨 처음 로젤린의 발차기에 기절했던 남자가 눈을 떴다. 그가 흠칫하며 움직이려 하자 로젤린이 발을 들어 남자의 허벅지를 꾹 밟았다.

"으아악!"

"뭉개지고 싶지 않으면 가만히 있어."

로젤린의 목소리가 살벌하게 남자를 감쌌다.

"이놈은 마인이다. 조심하도록."

에버하르트와 세이파가 그녀의 말에 눈을 맞추고 고개를 끄덕였다. 세이파가 뒷골목 건달 같은 자세로 쭈그려 앉더니 단검을 꺼냈다. 그가 웃음기 하나 없이 싸늘한 얼굴로 로젤린에게 말했다.

"괜히 반항하면 귀찮으니, 팔이나 다리를 자르겠습니다."

옆에서 에버하르트가 검을 꺼냈다.

"다른 놈들도 많아. 귀찮아지기 전에 그냥 여기서 죽이는 게 낫지 않겠나."

남자가 히익 하는 소리를 냈다. 레티시아는 연기에 나름 재주가 있는 두 바보를 마음속으로 흡족해했다. 로젤린은 지금의 분위기를 파악하지 못해, 그들의 연극을 진짜라 받아들였다. 그녀는 팔짱을 낀 채 고민하다가 순수한 진심을 담아 대답했다.

"무력화한다. 신관을 불러와라. 자르면 바로 지혈해야 하니."

사로잡힌 남자는 대놓고 껄렁거리는 건달 같은 세이파나 제 목숨을 당장이라도 끊을 것 같은 에버하르트보다 그녀가 더 무서웠다. 레티시아가 기사의 표본같이 경례하며 고개를 숙였다.

"명을 받듭니다."

그 또한 진심이 가득 담겨 있는 말투였던지라 남자는 지레 겁을 먹었다.

"자, 자, 잠시만요!"

식겁한 남자가 소리쳤다.

"살려만 주시면 하라는 대로 다 하겠습니다!"

에버하르트와 세이파는 김샜다는 듯 무기를 집어넣었다. 로젤린은 여전히 팔짱을 낀 채, 벽에 기대어 그를 내려다보는 중이었다. 남자는 그녀를 간절한 눈으로 바라보며 덜덜 떨었다.

로젤린이 팔짱을 풀고 그에게 다가갔다. 그리고 서서히 자세를 낮춰 눈높이를 맞췄다. 로젤린의 손이 서서히 가까워지자 남자는 눈을 질끈 감았다.

하지만 그의 예상과 달리 느껴지는 것이라고는 심장 위의 따스한 온기뿐이었다. 남자는 그녀가 자신의 왼쪽 가슴 위에 손을 올려 두었음을 깨달았다. 눈을 뜨자 주시하고 있는 맹수 같은 눈이 보였다. 숨이 멎는 기분이었다.

"일라베니아군에 직, 간접적으로 피해를 끼칠 생각은?"

빛나는 눈동자가 피부와 근육 아래 아주 깊은 곳까지 샅샅이 들여다보고 있는 것 같았다. 마치 생각마저 읽히는 듯한 기분이었다. 남자는 마인이었기에, 마인이 할 수 있는 일을 잘 알고 있었다. 아무리 강하다 해도 남의 머릿속을 들여다보는 능력은 없을 텐데.

하지만 뛰어난 직감이 경고했다. 거짓을 말했다간 죽는다. 남자는 격하게 고개를 절레절레 저었다.

"추호도 없습니다!"

"정보의 교란을 할 생각인가?"

"그런 짓을 할 바에 목매달고 죽겠습니다!"

"의도적으로 정보를 은폐하겠나?"

"코코 사르체 장군의 속옷 색까지 숨김없이 말씀드리겠습니다! 제가 아는 것이라면 모두!"

질문과 대답이 오가는 중에도 그녀는 손을 심장에서 떼지 않았다. 로젤린이 고개를 끄덕였다.

"지금까지 한 말이 모두 진실인가?"

"예!"

그 대답을 들은 로젤린이 자리에서 일어났다.

"진심이군."

오소리 부대는 감격에 촉촉하게 젖은 눈으로 로젤린을 바라보았다. 정말, 우리 대장 너무 멋있다. 진짜.

로젤린과 오소리 부대는 발타의 마인, 차가를 끌고 가며 지금 필요한 정보를 물었다. 발타군이 일라베니아군을 치기 위해 출병했던 때, 성채 내에 남았던 병력의 수.

차가는 사르체군 내에서 고위직을 맡고 있던 지휘관인 만큼 정확하게 수를 파악하고 있었다.

"정확하게 500인가?"

"예. 장군께서는 뒷자리가 딱 맞아떨어지지 않으면 안 예쁘다고 싫어하셔서요. 부대는 정확하게 십, 백, 천. 이런 식으로 나뉘어 있습니다."

레티시아는 어처구니없다는 표정이었다. 로젤린은 차가의 말을 들으며 머리를 빠르게 굴렸다. 500명 중, 일라베니아와 교전하여 사망하거나 붙잡힌 병사가 382명. 118명이 남는다. 도망갈 길이 없으니 전부 성채 내에 있다 판단해야 했다.

일라베니아군과 오소리 부대의 수색으로 발견한 것이 114명. 지금의 두 명을 포함하면 116. 두 명이 빈 셈이었다.

"정말 거의 다 잡았던 거로군요."

세이파는 늦게 셈을 끝마친 후 감탄했다.

"딱 두 명 남았네요."

그러고는 어깨를 으쓱했다. 그때 차가의 얼굴이 새파래졌다.

"헉, 씨, 두 명이요?"

그는 죽음의 위기 앞에서 잠시 잊고 있던 중요한 정보를 세이파의 말에 떠올렸다.

"혹시 의료실에 있는 놈들은 잡으셨어요?"

갑작스럽게 사색이 된 차가를 보며 에버하르트가 떨떠름하게 대답했다.

"그거야 정확하게 모르지. 우리 말고 다른 병사들도 수색 중이라서."

"그러면 잡은 인원 중에 외관상 발타인처럼 보이지 않는 이들은요?"

아까 전 감옥에 들렀던 터라 그 건에 대해서는 모두 알고 있었다. 심각해진 분위기에 로젤린의 표정도 굳어졌다.

"없었다. 모두 발타인이었다."

"남은 두 명, 의료실에 있을 겁니다! 저처럼 발타인으로 보이지 않는 병사들이에요!"

오소리 부대의 발길이 뚝 멈췄다. 차가는 더듬더듬하면서도 재빠르게 얘기했다.

"죽기 전에 마지막을 불태울 거라며 별 되도 않는 객기를⋯⋯ 아무튼, 병사들의 사기를 위해서 고위 지휘관이 들를 가능성이 있다고, 그때를 노릴 거라⋯⋯."

오소리 부대원들은 리카르디스의 일정을 파악하고 있었다. 그들의 예상대로 리카르디스는 회의를 마친 후 부상자들을 살필 예정이었다. 차가의 말이 끝나기도 전에 로젤린이 화살 같은 속도로 복도를 내달렸다. 그러다 이것도 아니다 싶었는지 창을 열고 훌쩍 뛰어내렸다. 그녀의 뒤를 따르던 오소리들이 꺅 비명을 질렀다.

"로젤린 경!"

높은 건물에서 줄도 없이 그냥 뛰어내리다니! 아무리 상대가 그 로젤린이라지만 기겁할 수밖에 없었다. 레티시아는 로젤린을 따라 뛰어내리려는 헤사의 목덜미를 붙잡은 채로 창 아래를 바라보았다.

공중에서 가볍게 한 바퀴 돈 로젤린이 고양이처럼 착지했다. 난데없이 하늘에서 뚝 떨어진 그녀 때문에 돌아다니던 병사들이 기겁했다.

알지, 그 마음 알지. 레티시아는 후, 안도의 한숨을 내쉬고는 굳어 있는 오소리들을 재촉했다.

로젤린은 태어나서 처음으로 심장이 터질 것 같다는 말이 무엇인지 알게 되었다. 빠른 속도로 달리고 있기 때문만은 아니었다. 계속해서 부서진 마차 안에서 죽어 가는 어린 소녀의 모습과 리카르디스가 겹쳐졌다. 구역질이 나올 것 같았다.

한참을 달리자 부상자들이 모여 있는 건물이 보였다. 로젤린은 그 속에서 마력의 기운과 소란스러운 기색을 읽어 냈다. 로젤린은 이를 꽉 물고 훌쩍 뛰었다. 튀어나온 부분을 몇 번 밟아 뛰는 것만으로도 목적지에 도달했다. 손에 식은땀이 흥건했다. 심장이 빠르게 뛰어 터질 것만 같았다.

하지만 도착하자마자 보게 된 광경은 로젤린의 예상과는 조금 달랐다. 놀란 기색이 역력한 하얀밤 기사단원 아래 어떤 남자가 붙잡혀 있는 상태였다. 그리고 스타스와 르윈이 리카르디스를 보호하듯 가로막고 있었고, 그 앞, 간이침대에 있는 남자가 손이 잘린 채 울부짖고 있었다.

"으아악!"

남자가 괴로움에 몸부림치자 침대 위에 있던 손이 털썩 아래로 굴러떨어졌다. 그런 남자를 아무 감흥 없는 눈으로 바라보는 갈색 머리의 여자는 로젤린에게 너무나도 친숙한 이였다. 여자는 단검을 빙글빙글 돌리며 손장난하던 걸 멈추고 몸을 돌려 로젤린을 바라보았다. 눈이 마주치자 그녀가 씩 웃었다.

월장석 성의 시녀, 미미였다.

* * *

전쟁의 수습이 필요했다. 성안에 남아 있을 발타의 병력을 파악하고 확보, 또한 부상자들의 치료, 성채 도시 내에 남아 있는 백성들을 다독이는 일이 그 일환이었다.

리카르디스는 부상자들을 모아 둔 건물로 향했다. 하얀밤 기사단원이 줄줄이 그를 따랐다. 아직까지는 성안의 안전이 완벽하게 확보가 된 상태가 아니었다. 언제 어디서든 위험한 상황이 발생할 수 있으므로, 주위를 경계해야만 했다. 먼저 기사단원들이 내부를 확인한 후에야 리카르디스가 들어갈 수 있었다. 안으로 들어가자 약초의 알싸한 향기와 살이 썩는 냄새가 뒤섞여 코를 찔렀다.

신관과 치료사들이 손을 쓰기는 했지만, 한 사람에게 모든 성력을 퍼부을 수 없었기에, 당장의 위기만 넘기도록 조치를 취해 놓았을 뿐이었다. 그렇게 간신히 숨만 붙어 있는 부상자만 해도 수십 명이었다.

리카르디스는 안에 있는 중상자들을 살피며 부지런히 움직였다. 그의 손에서 하얀빛이 퍼져 나올 때마다 시체 같던 이들이 숨을 몰아쉬며 일어났다. 병사들이 초롱초롱한 존경의 눈빛으로 그를 바라보았다. 리카르디스는 병사들의 노고를 치하하며 어깨를 두드려 주었다.

시간이 어느 정도 흐르자 스타스가 전략 회의 시간이 되었다며 리카르디스를 재촉했다. 하지만 그는 조금만 더 치료하겠다 고집을 부리고는 상태가 좋아 보이지 않는 병사가 누워 있는 침대 곁으로 이동했다.

눈을 감은 남자는 이마부터 머리까지 쭉 찢어져 있었다. 지혈이 될 정도의 신성력은 퍼부었는지 피는 보이지 않았다. 하지만 낯빛은 아직 파리하고, 의식을 되찾지 못한 듯 소란스러운 병동 안의 분위기에도 눈뜰 기미를 보이지 않았다.

다른 병사들에게 들어 보니 계속 의식을 되찾지 못해 신원도 확인하지 못했다고 했다. 아무리 계책을 쓰고 계획을 해도 사상자는 발생하기 마련이었다. 리카르디스는 조금 가라앉은 낯으로 병사를 바라보다 한 걸음 더 가까이 다가섰다.

리카르디스가 손을 뻗으려던 찰나, 남자가 희미하게 눈을 떴다.

"으으……."

"정신이 드나 보군."

리카르디스는 서둘러 치료하기 위해 다시 손을 뻗으려 했다. 그 순간 그는 강한 힘에 뒤로 이끌렸다. 마치 세심함이라고는 찾아볼 수 없는 로젤린이 무자비하게 제 목덜미를 잡아챈 것 같은 감각이었다.

병장기 소리가 들리기 시작하며 소란스러워졌다. 리카르디스는 한두 걸음 뒤로 끌려가는 그 찰나에 무슨 일이 일어났노라 직감했다. 리카르디스의 시야에 갈색 머리카락이 흩날렸다.

"아아악!"

"전하!"

"잡아!"

소란이 순식간에 불어났다. 리카르디스는 뒤늦게 상황을 인식했다. 가슴 부근의 옷자락이 베여서 팔락이고 있었다. 그리고 방금까지 치료하려던 남자의 손에는 비수가 들린 채였다. 종이 한 장 차이. 만약 조금 늦었다면 심장에 비수가 박혔으리라. 주위에 신관이 많다지만, 그들도 죽은 사람은 살려 낼 수 없었다. 뒷덜미가 서늘해졌다.

"전하는?"

"무사하십니다."

"한 명 더, 제압했습니다!"

뒤를 바라보니, 슈텐과 파르딕트의 아래 한 남자가 깔려 있었다. 한 사람이 더 있던 모양이었다. 리카르디스는 다시 자신을 찌르려 했던 남자를 바라보았다. 남자는 발버둥 치고 있었으나, 비수를 쥐고 있는 손만큼은 잘려 있었기에 고요히 낡은 시트를 붉게 물들일 뿐이었다.

그 짧은 순간 리카르디스를 뒤로 낚아채고, 암살자의 손목에 단검을 박아 넣어 잽싸게 절단해 버린 실력자는 흐트러진 머리카락을 정돈 중이었다. 리카르디스는 눈을 동그랗게 뜨고 그녀를 보았다. 로젤린일 거라 생각했는데.

"마…… 미미?"

"무사하세요?"

마카롱이 슬쩍 고개를 돌려 그의 가슴을 쳐다보았다. 잘린 옷자락 사이로 보이는 피부에는 붉은 기운 한 점 없었다.

"무사하시네요."

혼자서 확정을 내린 마카롱이 다시 암살자를 바라보았다. 피 묻은 단검을 손 위에서 빙빙 돌리는 걸 보니 구워 먹을지 삶아 먹을지 고민하는 모양이었다.

하얀밤 기사단원들은 조용히 리카르디스를 따라다니던 월장석 성의 시녀, 미미의 색다른 모습에 적응하지 못하고 잠시 멈춰 있었다. 검을 집어넣지 않고 긴장을 늦추지 않는 것은 이 자리에서 잔당의 존재가 확인되었기 뿐만 아니라, 미미의 행동 때문이기도 했다. 그녀가 리카르디스를 구해 줬다고는 하지만, 수상하다는 사실은 부정할 수 없기에.

경계가 이어지고 있는 가운데, 미미가 갑작스럽게 고개를 휙 하고 돌렸다. 하얀밤 기사단원들도 그녀를 따라 시선을 움직였다. 격하게 숨을 몰아쉬는 로젤린이 창문의 빛을 가리듯 그곳에 있었다. 로젤린이 재빠르게 방 안의 상황을 훑더니 리카르디스에게 다가왔다.

"전하!"

로젤린은 리카르디스의 잘린 옷자락을 보고 사색이 되었다. 괜찮다. 이건 그냥 옷만 잘린 것이다. 리카르디스가 얘기하려 했으나 로젤린은 기다려 주지 않았다.

잘린 옷자락 사이로 로젤린이 손을 쑥 집어넣었다. 겨울 공기에 싸늘해진 손끝이 열 오른 피부에 닿았다. 리카르디스의 몸이 움칠 떨렸다. 로젤린은 그에 그치지 않고 재빠르게 리카르디스의 맨가슴을 더듬었다. 비명을 삼키고 있던 리카르디스가 결국에는 얼굴을 붉히며 이상한 소리를 내뱉었다.

"으윽……."

"어디 다치신 곳은!"

손이 어찌나 재빠른지. 스타스마저 추행 비슷한 장면을 아연하게 바라보고만 있을 정도였다. 리카르디스가 로젤린의 손목을 꽉 잡았다.

"다, 다친 곳은 없으니 이만 진정해!"

심장에 비수가 박힐 뻔했던 아까보다 지금이 심장이 더 벌렁거렸다. 스타스는 소란스러워진 공간을 한번 눈으로 훑은 후, 피곤한 듯 눈을 지그시 눌렀다.

"우선…… 자리부터 옮기는 것이 좋겠습니다, 전하."

리카르디스는 한 손으로 벌어진 옷자락을 붙잡은 채, 빨간 얼굴로 고개를 끄덕였다.

"……좋은 생각이다."

상황이 상황이라, 로젤린은 많은 사람들이 보는 가운데 리카르디스의 가슴을 만진 일로 혼나지 않을 수 있었다.

일행은 자리를 옮겨 사람이 없는 조용하고 넓은 방으로 이동했다. 하얀밤 기사단원들이 모호한 표정으로 미미를 바라보는 중이었다. 평범한 시녀인 줄 알았던 그녀가 그 누구보다 빠르게 반응해 2황자 리카르디스를 구해냈다는 사실은 단순한 우연이나 운으로 설명할 수 없었다.

리카르디스는 추행의 충격과 미미의 일을 어떻게 설명해야 할지 몰라 잠시 입을 다물고 상황을 살폈다. 칼릭스가 너무 보고 싶었다.

침묵을 깬 것은 하얀밤의 단장 스타스였다.

"미레이미 양?"

"네."

"……아주 훌륭한 솜씨를 지녔군."

"별말씀을."

리카르디스는 자기도 모르게 다리를 덜덜 떨었다. 미미는 그런 리카르디스를 한번 보고 피식 웃었다. 월장석 성의 미미는 상냥하고 햇살 같은 미소를 가진 아담한 아가씨로, 많은 수습 기사와 하급 기사의 마음을 빼앗아 간 장본인이었다.

한데 지금은 싸늘한 미소, 불량한 태도, 수상한 행적까지. 전혀 다른 사람이라 봐도 무방할 정도였다. 물론 월장석 성에서의 모습이 가면임을 알고 있는 리카르디스에게는 지금의 마카롱이 훨씬 더 친숙하긴 했다.

미미의 시선이 리카르디스에게 향했다. '내가 너의 목숨을 구해 주기만 하면 됐지, 다른 것까지 신경 써야 하나?'라는 표정이었다.

"……."

리카르디스가 미미를 쳐다보며 입을 열었다.

"그녀는, 로젤린 경의…… 가족이나 다름없는 친구이며……."

말을 끌자 미미가 고개를 끄덕였다. 힘의 출처를 밝혀도 된다는 뜻이었다.

"마인이다. 발타와 엮인 지금의 상황에 마력을 감지하는 힘이 필요하리라 판단한 로젤린 경의 추천으로, 비밀스럽게 내 호위를 하던 중이었지."

완벽하다. 완벽해. 심지어는 반쯤 사실에 기반해서 말했다는 점에서 지금의 변명은 점수를 매긴다면 100점 만점에 100점 정도를 줄 수 있으리라.

하얀밤의 기사단원들이 고개를 끄덕이며 수긍하는 기색을 보였다. 그러나 몇몇 기사들과 스타스, 나단, 레이몬드와 르원만은 여전히 의심하는 눈초리였다.

"왜 미리 말씀해 주시지 않으셨습니까?"

리카르디스를 향한 질문이었으나, 이번에는 미미가 대답을 가로챘다.

"로젤린 이외의 마인이 2황자 전하의 곁에 있다. 그 사실이 알려져서 좋을 건 없겠죠. 적이 모습을 드러내는 건 그에 대한 대비를 전부 마쳤을 때뿐일 테니. 방심한 적만큼 쉬운 상대는 없습니다."

미미가 팔짱을 끼고 말했다. 스타스는 리카르디스의 뒤에 선 채 가만히 그녀를 바라볼 뿐이었다. 적의도 경계도 아닌, 탐색의 눈빛이었다. 미미가 스타스의 시선을 받으며 씨익 웃었다. 리카르디스는 간신히 잦아들었던 위염이 도지는 기분을 느꼈다.

"월장석 성 내에서 보인 모습과 많이 다르군, 그대는."

"상황과 장소에 따라 사람들은 옷차림과 자세를 다르게 하곤 하더군요. 세간에서는 그걸…… 예의라 부르던가?"

"지금은 그대가 말하는 예의가 필요 없는 자리라 보는가?"

미미가 차갑게 웃었다.

"예의 있고 실력 없는 자보단, 실력 있고 예의 없는 자가 필요한 곳이 아닐지?"

미미는 자리에서 일어나 옷에 묻은 먼지를 툭툭 털었다.

"그리고 나는 제법 실력이 있는 편이라."

그 말을 마지막으로 마카롱은 "배고프다, 밥 먹으러 가자." 하고 로젤린을 끌고 자리를 떠났다. 결국 뒤처리는 남은 리카르디스의 몫이었다. 미미의 무례함에 눈살을 찌푸리거나 불만을 표출하는 자들이 속출했다.

"마인이라고요? 필요하다는 사실은 부정 못 하겠지만, 수상쩍기는 하군요."

"신원은 확실합니까? 로젤린 경의 친구라는데, 로젤린 경은 솔직히 좀……."

"허술하지."

"그렇죠. 발타 쪽과 관련이 없는 게 확실해질 때까지는 접근을 허용하면 안 되는 것이 아닐까요."

말이 점점 엇어지는 상황이었다. 리카르디스는 골치가 아파 잠깐 머리를 지그시 누르고 있었다. 어깨의 짐을 덜어 준 것은 예상외의 인물이었다. 미미가 말하는 내내 냉철한 표정과 날카로운 시선을 하고 있던 스타스가 입을 열었다.

"크게 경계는 하지 않아도 될 것 같군."

나단이 염려스러운 표정을 하고는 그를 바라보았다. 스타스가 계속 말을 이었다.

"속 꿍꿍이가 있는 자였다면 그녀가 말하는 예의를 계속 차리고 있었을 테지. 경계를 사면 안 될 테니."

"그건 그렇긴 합니다만……."

"그리고 로젤린 경이 허술한 구석이 있음을 부정할 수는 없지만, 전하의 안전에 관해서는 누구보다 예리한 시야를 가지고 있다고 생각하네. 그런 그녀와 사이가 제법 막역해 보이는 걸 보면, 적어도 발타 측의 인물은 아니겠지."

하얀밤 기사단원들은 불만스러운 기색이었지만, 고개를 끄덕이며 그의 말에 동의했다. 리카르디스는 속으로 크게 안도의 한숨을 내쉬었다.

"상대에게 방심을 불러일으키는 전략도 훌륭하고, 실력은 그보다 더 출중하다."

계속 이어지는 스타스의 말에 리카르디스의 표정이 모호해졌다. 약간 뭐가 이상한 느낌인데…….

"큰 도움이 되겠군."

스타스가 살짝 미소 지었다. 반년에 한 번씩 웃을까 말까 한 얼음 같은 기사단장이, 미미가 상냥한 시녀 가면을 쓰고 있을 때만 해도 언제나 무뚝뚝하게 반응하던 스타스가 미소 짓다니.

'……취향이 독특한걸.'

스타스의 미소를 지켜보던 리카르디스는 씁쓸한 기색을 지우지 못했다. 그곳은 너무나 험한 가시밭길일 텐데.

* * *

발타를 이끌어 가는 다섯 가문 중 '타탄'의 가주 완달은 마른가시나무 백작에게 유감이 많았다. 물론 그녀에게 유감이 없는 발타인을 찾아보는 게 더 힘들기는 했으나, 타탄은 자신이 그중 제일가는 원한을 가지고 있으리라 생각했다.

우선, 완달 타탄이 '검은달'의 병사들을 육성하는 직무를 맡고 있기 때문이었다. 훈련을 마친 검은달의 대원들은 국경 지역에서 갖은 분탕질을 치며 실전을 거치고는 했다. 몇 년 전까지만 해도 수월하게 치고 빠지기가 가능했지만, 국경 사령관으로 마른가시나무 백작이 임명되며 서서히 뒤틀리기 시작했다.

과거의 국경 사령관은 전대 마른가시나무 백작으로, 현 백작의 큰 오라비였다. 전대와 부모 자식 정도의 나이 차가 나는 어린 여자. 솔직히 완달이 방심한 것도 있었다. 하지만 그보다도 현 마른가시나무 백작 세실의 능력치가 전대 백작보다 훨씬 뛰어난 것이 한몫했다.

전략과 전술, 전장의 기류를 읽는 눈이 뛰어나기도 했지만, 그보다 더 뛰어난 것은 악독한 집요함이었다. 아주 조그마한 피해라도 입는 즉시 관문은 비상사태에 들어가며, 침입자가 죽음을 맞이할 때까지 어떤 막대한 피해를 입더라도 끝까지 추적한다. 그녀의 집요함은 정말이지 지긋지긋하다 못해 무서울 정도였다.

한때 그걸 몰랐던 완달 타탄은 잘못된 판단을 내렸고, 그로 인해 다음 대 타탄의 가주가 되었을 아들을 잃었다.

마른가시나무 백작에게 잃었던 목숨의 수와 가치만큼이나 쌓아 온 원한이었다. 그가 마른가시나무 영지에 오게 된 것은 우연이 아니었다. 하지만 몇 주가 흘렀음에도 불구하고 완달은 마른가시나무 백작의 영지를 함락하지 못해 아직까지 비스타에 머무르는 중이었다.

환장할 지경이었다. 물론 성채가 지닌 방어적 이점을 잘 알고 있기에 쉽지는 않을 거라 생각했지만, 생각보다도 더 쉽지 않았다. 장기전으로 접어들게 되면 발타군은 추운 겨울을 맨몸으로 맞아야만 했다.

공성하는 측의 불리함, 원정 온 측의 불리함, 익숙지 못한 기후의 불리함. 그나마 내세울 것은 병력뿐인데 백병전으로 끌고 나가지 못하니 수의 차이도 무색한 상황이었다. 보급로를 차단하고 식량이 동나기를 기다리는 것이 최선책이긴 하지만, 대영지인 만큼 물자가 풍부했다.

더군다나 발타를 코앞에 둔 마른가시나무 백작이 전쟁이 일어나기 전의 수상쩍은 기류를 보고도 대비를 안 해 뒀을 리가 없었다. 하지만 오래된 공방전에 마른가시나무 백작도 많은 피해를 입었다.

해서, 혹시나 하는 마음으로 투항을 요구하는 서신과 함께 전령을 보내 두었다. 그리고 지금 막 전령이 돌아온 참이었다. 조각조각 분리되어, 마차에 실린 채로. 반쯤 부서져 있는 마차에는 전령의 시체뿐 아니라 마른가시나무 백작의 인장이 찍힌 서신도 함께 있었다. 완달 타탄은 찝찝한 마음을 감추지 못하고 서신을 뜯었다.

[홀로 먼 길 떠난 아들이 그리웠나? 따라가고 싶어 하는 걸 보니, 그 절절한 부성애에 가슴이 아프지 뭐야. 이 가슴 아픈 촌극을 어떻게 지켜만 보겠나. 선물을 동봉한다. 전령의 입 안을 보라.]

완달 타탄의 손이 덜덜 떨렸다. 그의 얼굴 근육이 경직되어 단단해지며 붉어졌다. 압력에 실핏줄이 터져 그의 흰자위 또한 붉게 변했다. 서신을 내팽개친 완달 타탄이 잘린 전령의 머리통을 들고 입을 우악스럽게 벌렸다.

입 안에서 피에 젖은 두 개의 조각이 나왔다. 피와 점액에 끈적거리는 물체를 손수건으로 닦은 완달은 그제야 그것이 뼛조각이라는 사실을 깨달았다. 손가락뼈였다.

완달은 떨리는 손으로 나머지 조각 하나를 닦았다. 피와 세월에 부식된 펜던트의 장식물이었다. 타탄 가문의 상징이 새겨져 있었다.

시체조차 찾지 못했던 완달 타탄의 큰아들이 몇 년이 지나 작은 뼛조각으로 돌아왔다. 완달은 주먹을 꽉 쥐었다. 펜던트의 모서리에 손바닥이 찔려 피가 주르륵 흘렀다. 그의 얼굴이 표정 없이 싸늘하게 변했다.

마른가시나무 백작령, 집무실.

"땅이 울리는구나. 슬슬 준비해야겠는걸."

마른가시나무 백작, 세실은 다리를 꼬고 앉아 있다가 씩 웃었다. 눈을 질끈 감은 보좌관이 양손으로 관자놀이를 꾹 눌렀다.

"……너무 자극한 것은 아닐지요?"

"내가 없는 말을 한 것도 아니잖니."

홀로 간 아들 따라 죽고 싶어서 전장에 기어 나왔냐는 말이요? 잔뜩 찌푸려진 보좌관의 표정을 보고 백작이 깔깔 웃었다.

"타탄이 나를 굉장한 악당 취급을 하잖니. 내 아들의 복수! 내 부하의 복수! 이런 느낌으로 말이야. 굳이 따지자면 쳐들어온 건 저쪽, 나는 그 쳐들어온 걸 막아 내는 피해자의 입장인데…… 그래서 기왕 악당 취급 받는 김에?"

"아주 막 나가신 거로군요."

"너무 지루해. 이대로는 1년이 가도 타탄은 비스타를 함락하지 못할 테고, 나 또한 마찬가지로 놈을 몰아내지 못하겠지. 다 죽어 가는 노인네지만, 그래 보여도 타탄가의 가주직을 맡은 자야. 마인을 육성하는 가문이란 말이다. 그런데 육성한 마인 부대는 모습을 드러내지 않은 상태지. 지금 비스타를 둘러싸고 있는 발타군의 저력은 이게 다가 아니야."

세실이 파이프를 물고 깊게 숨을 들이마셨다. 곧 연기가 그녀의 입을 빠져나와 퍼졌다.

"뭘 숨기고 있는지 봐야만 하겠어. 아무것도 모른 채 하루하루 오늘을 넘긴 것에 감사하며 지내다 뒤통수 맞는 것은 사절이야."

그냥 성질 머리가 고약해서 상대방의 속을 박박 긁어 놓은 줄 알았건만, 그런 이면의 뜻이 있었을 줄이야.

"그렇게 속을 긁어 놓았는데, 설마 또 돌이나 좀 던지고 마인 몇 명 투입해서 성벽을 오르는 정도로 그치진 않겠지? 어떻게 생각하니, 렉시드."

세실의 뒤에 서 있던 마른가시나무 기사단의 단장, 렉시드가 딱딱하게 대답했다.

"완달 타탄이 비스타로 오게 된 배경에 아들의 복수가 포함되어 있다면 백작님께서 원하시는 대로 흘러가리라 봅니다."

그의 말을 들은 보좌관이 인상을 잔뜩 찌푸린 채로 고개를 끄덕였다.

"……으음, 확실히 타탄 가문은 발타 내에서 가장 큰 영향력을 행사하고 있지요. 굳이 따지자면 중부로 나아가는 본대 측에 포함되어야 했을 텐데, 비스타로 온 걸 보면…… 아주 가능성이 없는 건 아닌 듯합니다. 게다가 오늘 아들의 뼈까지 받지 않았습니까. 빤히 보이는 도발이라도 가만히 있을 수는 없을 것 같습니다."

"아, 그거."

마른가시나무 백작이 손가락을 튕겼다. 만면에는 장난기 어린 웃음이 가득했다.

"그 뼈, 그냥 전쟁터에 굴러다니던 거야. 누군지도 모를 사람의 뼈를 소중하게 간직하고 있을 걸 생각하니 기분이 좋아지는걸. 아하하!"

"……펜던트는……."

"그건 진짜고. 시체는 진작에 들개 먹이로 던져 줬지. 나는 귀찮게 남의 시체를 몇 년씩이나 보관하고 있을 위인은 못 돼. 아직도 나를 잘 모르는군."

보좌관은 질린 표정으로 그녀를 바라보았다. 마른가시나무 백작이 씩 웃으며 자리에서 일어났다.

쾅! 쾅! 쾅!

굉음이 불규칙적으로 울렸다. 성채 내부에 있음에도 진동이 느껴졌다. 그와 동시에 기사 한 명이 급하게 방 안으로 들어왔다.

"백작님, 타탄군의 움직이지 않던 좌익군이 접근 중입니다."

"왔구나."

베일 듯 날카로운 기세가 담긴 세실의 목소리에 보좌관이 팔을 쓸었다. 마른가시나무 백작은 집무실에서 벗어나, 전장이 보이는 망루로 올라섰다. 성벽 밖에 무리를 이룬 대군이 보였다.

"더럽게 많기도 하지."

세실은 팔짱을 낀 채 성벽에 금이 가는 소리에 귀를 기울였다. 시간이 자신의 편이 아님을 알 수 있었다. 버티고 있지만, 조금 삐끗하는 순간에는 모든 것이 끝나 버릴 테다.

죽음은 두렵지 않았다. 하지만 적이 승리에 취해 자신의 시체 위에서 술잔을 부딪치리라는 상상만 해도 속이 뒤집혀서 쓰러질 것 같았다.

'혼자서는 못 죽지.'

위기에 몰린 그녀의 목표는 승리가 아닌 공멸이었다. 그러기 위해서는 무엇을 해야 하나. 몇 주간의 공방을 치르며 마른가시나무 백작은 생각했다.

타탄 가문은 여력을 남겨 두고 전쟁을 치르고 있다. 그렇다면 왜 여력을 남겨 두었는가. 그것도 코앞에 원수를 두고서!

'마른가시나무 영지에서 소모되어서는 안 되는 중요한 전력?'

참으로 구미가 당기는 단어가 아닌가. 중요한 전력이라니. 세실은 움직이지 않던 타탄군의 좌익이 서서히 성채에 다가오는 모습을 보고 입술에 손가락을 올려 둔 채 피식 웃었다.

"비장한 모습이 꼴사납구나."

세실이 흘끗 뒤돌아보자 기사단장 렉시드가 고개를 끄덕이며 말했다.

"마력의 기운이 느껴집니다. 반 이상이 변질된 마력이군요."

보좌관이 깜짝 놀라며 렉시드를 바라보았다. 마력을 감지할 수 있는 것은 마인뿐. 한데 지금 렉시드가 마력의 존재를 확신했다. 그가 마인이었단 말인가?

세실은 흠, 콧소리를 내며 한쪽 눈을 찡그린 채 멀리 보이는 군대를 손가락으로 가늠해 보았다. 엄지와 검지 사이에 들어올 정도로 작았다.

"개미같이 보이지만 그것보다는 강한 상대일 테지. 그래도 죽지 않는 건 아니야."

그녀는 손으로 눈을 한 번 쓸고는 얼굴에서 웃음기를 지웠다.

"전력을 다하지 않았던 건 네놈만이 아니다, 완달 타탄. 내 시체를 네가 밟을지언정, 마른가시나무에 들어온 그 사실만은,"

이를 가는 소리가 섬뜩했다.

"뼈저리게 후회하도록 만들어 주겠다."

* * *

일라베니아 남부. 대일라베니아 연합군, 발타 왕국 진영.

휘장이 펄럭이는 소리와 함께 누군가가 들어왔다. 케틀린은 고급스러운 막사 내부에서 차를 마시고 있다가 차가운 바람이 흘러 들어온 쪽으로 시선을 돌렸다.

검은독사의 전령이었다. 밀정인 그녀가 현재 일라베니아 제국의 정보를 보내왔다. 흥미로운 소식이었기에 당장 하카브에게 전달해야 할 듯싶었다. 케틀린은 막사 한구석에 고집스럽게 서 있는 호위 아순에게 물었다.

"아순, 하카브 전하께서 어디 가신다 하셨니?"

"디에즈 전하와 데이트를 즐기고 오겠다 하셨습니다."

"오."

감흥 없는 감탄사를 내뱉은 케틀린이 곧바로 말을 이었다.

"단어 선정을 불쾌하게 하는 재주가 있구나, 미처 몰랐는데."

"전하께서 직접 하신 말입니다."

더욱 불쾌해졌다. 그때, 마침 막사 밖에서 누군가가 성큼성큼 다가오는 기색이 느껴졌다. 곧 겨울의 찬 공기가 난로로 덥혀진 막사 내부의 공기를 밀어내며 들어왔다. 디에즈와 하카브가 다투는 소리가 들렸다.

"따라오지 마시죠, 왕자."

"대체 뭐가 불만인지 모르겠군. 그리고 여기는 내 막사이기도 해."

"제가 다른 곳으로 가겠습니다."

"날 두고 어디를 가려고."

데이트하러 나갔다더니, 하카브가 호되게 차인 모양새였다. 그건 그렇다 치더라도 대화 내용이 좀 역했다. 한 사람이 일방적으로 징그럽게 구는 탓이었다. 케틀린이 휘파람을 불며 두 사람의 주의를 자신에게 돌렸다. 그녀는 곧바로 본론으로 들어갔다.

"검은독사의 정보원이 왔다 갔습니다, 전하. 우선 얘기부터 들으시죠."

디에즈는 불만스러운 표정으로 하카브를 흘겼다가 그에게서 멀어지며 침대가에 앉았다. 하카브는 그대로 팔짱을 낀 채 고개를 까딱거렸다.

"일라베니아 중부 관문에 머무를 것이라 생각했던 2황자 리카르디스가 남부에 있음을 확인했다고 합니다. 중앙군의 일부를 중부 관문에 남기고, 중부 관문까지 후퇴했던 변경 주둔군 중 일부를 흡수해 놋쇠저울, 소금바위를 통과하며 점점 내려가고 있다고 하더군요."

하카브가 눈썹을 슬쩍 들어 올렸다. 의외였다. 현재 남부는 연합군이 뒤덮은 상황이었다. 리카르디스에게는 사방이 적인 셈이었다.

"몸을 사리지 않는 부류라는 건 알았지만, 생각보다도 모험을 좋아하는군."

"잠깐, 소금바위는…… 사르체가 맡은 지역이 아닌가요. 설마."

케틀린은 언짢은 기색을 숨기지 못하며 고개를 끄덕였다.

"코코 사르체가 붙잡혔다고 합니다. 사르체군도 와해되었고요."

디에즈는 손으로 눈을 덮고는 깊은 한숨을 내쉬었다. 하카브는 살짝 눈을 크게 떴다가, 흠 하는 소리를 냈다. 그거 골치 아프군. 가볍게 한 얘기 안에 속 깊은 울화가 담겨 있었다.

디에즈가 자리에서 일어나 탁자로 다가왔다. 탁자를 짚은 채 지도를 빤히 바라보던 그가 손가락으로 경로를 쭉 그렸다.

"사르체까지 물리친 제국군의 목적은 마른가시나무 백작령이겠군요. 비스타가 함락되지 않았을 거라는 확신을 어떻게 했을까요. 이건 리카르디스로서도 도박이었을 텐데."

"마른가시나무 백작이 관문이 무너지기 전에 병력을 보존한 채 후퇴했으니. 거기에다 수성에 유리한 비스타 성채가 있고, 성채의 책임자가 '그' 마른가시나무 백작이니까?"

하카브가 '그 마른가시나무 백작이니까?' 부분을 강조해서 얘기했다. 케틀린이 흐흥 코웃음 치며 그의 말에 맞장구를 쳤다.

"정말 믿음직스러운 이름이긴 하죠. 완달 님이 고생깨나 하시겠는데."

"그녀가 버리기 아까운 패이기는 하지만, 남부로 내려올 정도의 위험을 감수할 가치가 있을까요."

케틀린은 다 식은 차를 홀짝이며 의견을 얹었다.

"마른가시나무 백작이 지닌 병력만 해도 2만이 훌쩍 넘어가는 데다가, 비스타에는 실력 좋은 용병들이 많이 모이기도 하죠. 또 마인들이 있으니까요. 우리 마인 부대에 대항할 힘이 필요하다 판단한 게 아닐까 싶은데요."

"판단은 훌륭하다만, 그래도 뭔가 부족한데……."

하카브는 팔짱을 낀 채 한참을 있다가 돌연 씩 웃었다. 그러고는 지도에서 마른가시나무 백작령, 비스타를 가리켰다. 그의 손이 스르륵 내려가 이미 허물어진 국경 관문을 넘어, 발타의 울창한 숲을 넘어, 수도 리비타로 향했다.

디에즈가 눈을 크게 뜨며 하카브를 바라보았다.

"……비어 있는 발타를 치겠다?"

"가정이지만, 아주 가능성이 낮은 건 아닌 것 같군. 리비타 궁에는 아직 힉살라께서 계시니 말이야. 본디 전쟁이란 건 우두머리가 잡히면 끝나게끔 되어 있지."

하카브의 눈이 생각에 잠긴 듯 어두워졌다. 즐거운 듯 말하는 어조가 스산하게 느껴졌다.

"다 죽어 간다 해도 힉살라는 힉살라. 만약 리카르디스가 리비타를 함락하고, 힉살라의 목숨을 쥐고 흔들게 된다면, 연합군이 와해될 것은 빤하다. 힉살라에 대한 충성심은 가끔 나도 놀랄 정도거든. 리카르디스가 노린 바도 이것이겠지. 이런, 정말…… 위대하시군. 힉살라께서는."

하카브는 지도를 빤히 내려다보았다. 위쪽으로 가면 일라베니아의 수도, 티가드가. 왔던 길로 돌아가면 발타의 수도, 리비타가.

중부 관문은 발타와 국경이 맞닿아 있는 남부 관문에 비해서 방비가 덜되어 있다고는 하지만, 그래도 어지간한 성벽과는 비교할 수 없을 정도로 방어 체계가 잘 잡혀 있었다. 더군다나 연합군이 쳐들어왔다는 소식에 병력을 끌어모았을 게 빤하니, 상대하기는 더욱 까다로워졌다. 아무리 연합군이라 하더라도 뚫고 나가려면 시일이 제법 걸릴 것이다.

소수의 병력을 움직여서 일라베니아의 황제를 먼저 잡을까? 아니면 돌아가서 리카르디스와 전면전을 벌여야 하나 고민하던 중, 가만히 그들의 토론을 듣고 있던 케틀린이 끼어들었다.

"아직 말씀 못 드린 부분이 있어요, 전하. 이건 좀 재밌어하실지도 모르겠는데요."

하카브와 디에즈가 그녀를 바라보았다. 케틀린이 씩 웃었다.

"현재 일라베니아에서 리카르디스의 입지가 어떤지는 대충 아시겠죠."

"강한 신성력, 아름다운 외모, 명석한 두뇌, 어리고 약한 것들에게 인자한 군주의 면모까지. 어디 하나 흠잡을 수 없는, 유일무이한 일라베니아의 차기 황제 후보?"

케틀린이 고개를 끄덕였다.

"거기에 하나가 더해졌다더군요. 이델라브힘의 사자라고."

"그러고 보니 그렇게 불리기도 했지. 새삼스러울 건 없군. 실망이야, 키티."

"그때는 황실이 황실의 일원인 리카르디스를 이용해 권위를 세우려 내세운 것에 가깝죠. 하지만 지금은 다르다고 하네요? 리카르디스가 지나가는 곳마다 백성들 사이에서 칭송이 자자하게 퍼진다고. 그렇게 서서히 부상하기 시작한 그의 입지는 현재…… 대충 이델라브힘의 바로 밑쯤이라네요."

디에즈가 인상을 찌푸렸다.

"검은독사가 과장한 건 아닌지."

케틀린이 절도 있게 검지를 좌우로 흔들었다.

"들어 보니 나름 일리가 있어요. 대신관 라헤안시가 리카르디스 곁에 있다고 합니다. 황실에서부터 중부 관문까지. 그리고 중부 관문부터 지금 그들이 밟고 있는 곳까지. 들르는 영지마다, 들르는 마을마다 수작을 부렸다더군요."

"수작?"

"아, 전령의 표현으로는 '예언'이었지만, 제가 들어 보니 한없이 수작에 가까워서요. 표현을 살짝 바꿔 봤어요."

하카브는 아까 전 잃었던 흥미를 되찾은 듯, 입가에 미소를 띠고서 케틀린을 주시했다.

"아무튼 그 예언은 리카르디스가 놋쇠저울과 소금바위에서도 승리를 거둔다 했고, 그 옆엔 검은 머리의 기사가 함께 서 있을 거라 했습니다. 리카르디스와 그녀가 일라베니아에 드리운 암운을 걷어 내고, 마침내 대륙을 빛으로 물들게 하는 장면을 보았다면서요."

디에즈는 '검은 머리의 기사'라는 부분 때문에 상념에 잠겼다. 빛나는 리카르디스 옆에서 검을 들고 있는 로젤린의 모습이 머릿속에 절로 그려졌다. 상상할 필요도 없었다. 숱하게 보아 온 장면이었으니까.

결국 그녀는 그 길을 가기로 한 것이다. 망설이긴 했을까, 과거를 묻기로 한 것일까. 디에즈의 속이 새까맣게 물들어 갔다. 그의 낯빛 또한 차츰 어두워졌다.

"그렇게 대신관이 씨를 뿌리고, 제국군이 승리를 거두며 싹을 틔운 거겠죠. 공포 속에 잠긴 사람을 구원하는 건 언제나 실체 없는 희망이란 한 줄기 빛이니까요. 일라베니아인들은 실제로 리카르디스와 로젤린이 신께서 보낸 사자이며, 대륙을 구원할 거라 믿고 있다고 합니다."

케틀린의 말을 잠자코 듣고 있던 하카브가 돌연 웃음을 터트렸다.

"과연, 키티. 이건 좀 재밌구나."

디에즈와 하카브는 왜 이 정보에 '재밌는'이라는 수식어가 붙는지 눈치챘다. 일라베니아의 수도, 황실의 금강석 성에서 보석으로 치장한 채 벌벌 떨고 있는 그 비겁자가 아니라, 리카르디스가 일라베니아의 진정한 월계수라는 것을 모두가 알게 되었다.

여태껏 사람들은 관을 쓰고 있는 사람이 황제인 줄 알았다. 황제가 일라베니아라는 나라의 전부인 줄 알았다. 그랬기에 하카브도 수도를 향하고 있던 것이었다.

"본래 전쟁이란 건 우두머리만 잡으면 끝나곤 하죠."

케틀린이 아까 하카브가 했던 말을 반복했다. 이것은 발타뿐 아닌 일라베니아에도 통용되는 얘기라고. 어둠에 잠긴 일라베니아 위로 드리운 한 줄기 빛. 그 빛만 없어지면 되는 일이었다.

"우리는 생각보다 일찍 만나게 되겠군, 리카르디스."

달콤한 목소리가 울려 퍼졌다.

* * *

리카르디스가 기존의 계획대로 중부 관문에 머무르지 않고, 마른가시나무 백작령으로 떠난 이유는 제국군이 당도할 그때까지도 마른가시나무 백작이 버티고 있으리란 확신이 있기 때문이었다.

마른가시나무 성채 도시는 몇백 년 전 발타 왕국과의 갈등이 심화되기 전에는 존재하지 않았던 남부 관문 중 하나를 대신하는 역할이었다. 잦은 전투를 치르며 점점 거대해진 마른가시나무 성채 도시는 그야말로 난공불락의 요새라 보아도 무방할 정도였다.

바다같이 넓은 강을 2면에 끼고 있기에 공격할 수 있는 부분이 상대적으로 협소하기도 했고, 두껍고 높은 성벽은 세 겹씩이나 되었다. 그리고 넓고 깊은 해자(적의 침입을 막기 위해 성 밖을 둘러 파서 못으로 만든 곳)를 두르고 있었다.

리카르디스는 연합군의 목적이 마른가시나무 성채를 함락하는 것이 아니기에, 병력의 전체가 그곳에서 시간을 끌 수 없을 거라 생각했다. 그의 예상대로 연합군의 본대는 남부를 쓸며 중부 관문으로 나아가는 중이었고, 마른가시나무 백작령에는 발타군의 일부만이 주둔하고 있을 뿐이었다.

최근까지도 마른가시나무 성채는 건재하며, 완달 타탄이 마른가시나무 성채 도시를 함락하기 위해 고군분투하는 중이라는 소식을 접했다.

제국군은 연합군의 본대를 비스듬히 비켜 나가며 빠르게 진군했다. 마른가시나무 영지가 코앞이었다. 리카르디스는 지휘관들과 회의를 나누며 곧 다가올 거친 전쟁을 대비했다.

로젤린은 오가는 회의 내용을 들으며, 마른가시나무 백작령의 모습을 찬찬히 떠올렸다. 지형, 지리, 성벽의 두께와 예상되는 적의 진군로, 그리고 그녀가 보았던 비스타의 높고 낮은 규칙성이라고는 없던 거리의 모습까지.

그때 척후병이 돌아왔다는 소식이 도착했다. 곧 척후대의 대장이 지휘부의 막사 안으로 모습을 드러냈다. 리카르디스와 지휘관들은 남자의 굳은 표정으로 상황을 파악했다. 리카르디스는 한숨을 푹 쉰 후 그에게 물었다.

"상황은."

남자의 입술이 파르르 떨렸다.

"마른가시나무 성채의 성벽이 일부 허물어졌으며, 또한 성채를 둘러싸고 있어야 할…… 발타군의 모습이 확인되지 않는다고 합니다."

막사 안이 침묵에 잠겼다. 성채 도시를 둘러싸고 돌과 독을 날려 가며, 사다리를 타고, 해자를 메우고 있어야 할 발타군이 어디에도 없다. 그리고 성벽이 무너져 있다. 이것이 뜻하는 바를 모르는 사람은 없었다.

"망루와 성벽 위를 돌아다니는 병사들의 모습이 보이긴 하지만, 먼 거리라 어느 측 병사들인지는……."

리카르디스가 인상을 찌푸린 채, 곰곰이 생각만 하고 있자 로젤린이 불쑥 끼어들었다.

"좀 더 자세히 상황을 파악해야 할 필요성이 있을 것 같습니다, 총사령관님."

"그대가?"

"아뇨. 부탁해 볼까 합니다."

로젤린이 흘끗 옆을 바라보았다. 그 시선 끝에 걸린 마카롱이 횃대에 앉은 채로 꾸엑, 불만스러운 소리를 냈다. '귀찮은 짓 하기 싫은데?'라고 말하는 표정이었다.

"마카롱 경."

리카르디스가 마카롱에게 뇌물을 먼저 건넸다. 독수리가 즐겨 먹는 육포였다. 하지만 크고 잘생긴 독수리는 한 번 채 씹기도 전에 육포를 퉤 뱉어 버렸다. 로젤린이 바닥에 떨어지기 직전의 뇌물을 간신히 잡아챘다.

리카르디스는 태연하게, "아, 실수." 하고는 다른 주머니에서 육포를 꺼내서 독수리에게 다시 물려 주었다. 이제야 육포를 먹기 시작하는 독수리를 보고 어느 지휘관 한 명이 떨떠름해하며 물었다.

"같은 육포가 아니었습니까?"

"일반 병사들에게 배급되는 육포를 실수로 줬지 뭔가. 이건 상급 지휘관 전용이다. 마카롱 경이 입맛이 까다롭거든."

그것참 신통방통한 동물이었다. 로젤린 경과 말도 대충 통한다고 하고, 아주 똑똑했다. 고급 육포를 몇 개 더 얻어먹은 마카롱은 횃대에서 로젤린의 팔로 옮겨 갔다. 로젤린은 막사 밖으로 나와 마카롱을 힘차게 올려 주었다. 거대한 독수리가 날갯짓하자 바람이 세차게 불었다.

막사 안에서는 여러 회의가 오고 갔다. 우선 정찰을 보낸 마카롱이 돌아와야 자세한 논의가 이뤄질 테지만, 마른가시나무가 함락당했다는 것만은 이견이 없었다. 일부의 병력을 남겨 놓고 타탄군도 이동을 한 것인지, 혹은 그대로 주둔하고 있는 것인지. 그렇다면 마른가시나무 백작령을 거쳐 발타로 진군하려 했던 계획은 어떻게 수정해야 하는지.

로젤린은 마카롱이 뱉어 놓고 간 딱딱한 육포를 씹으며 잠자코 기다렸다. 그러기를 한참, 저 멀리 바람을 가르는 소리가 들렸다. 하늘을 바라보자 산꼭대기를 넘어오는 마카롱의 모습이 보였다.

막사 주위를 지키고 있던 기사들과 병사들이 호들갑을 떨었다. 로젤린이 다가가서 팔을 내밀자 제자리에서 몇 번 날갯짓하던 마카롱이 부드럽게 그녀의 팔에 안착했다. 로젤린은 마카롱의 한쪽 다리에 묶여 있는 무언가를 확인하고 곧바로 막사 안으로 들어갔다.

"전하."

리카르디스는 막사 안으로 들어오는 로젤린과 마카롱을 굳은 얼굴로 바라보았다. 그녀가 횃대에 마카롱을 옮겨 두자, 마카롱이 한 발을 내밀고 발을 까딱거렸다. 맹금류의 두꺼운 발목에 주머니가 묶여 있었다.

리카르디스의 손이 조급하게 주머니를 풀어냈다. 탁자 위로 물건이 후드득 쏟아졌다. 하얀 체스 말과 디저트 마카롱이었다. 뜬금없는 조합에 지휘관들의 표정이 모호해졌다. 리카르디스도 인상을 찌푸렸다. 이것이 대체 무엇인고 하고 의아해하는 얼굴이었다.

로젤린은 마른가시나무 백작 성에서 먹었던 마카롱의 맛과 독수리 마카롱과 함께 즐겼던 체스 게임을 기억했다. 그녀의 표정이 환해진 것은 당연지사였다. 물론 이것이 마른가시나무 백작이 아직 성채를 지키고 있다는 증거라고 설명하는 일은, 긴 시간이 소요될 수밖에 없었다.

빠르게 이동하던 제국군은 마른가시나무 성채가 보이는 거리에서 다시 멈췄다. 여기저기 부서진 수레와 공성 무기들, 발타군의 시체와 군마의 사체,

여기저기 널브러진 무기까지. 치열한 전투가 눈앞에 그려지는 듯 선했다.

마른가시나무 성채는 척후병이 말했던 대로 한쪽 성벽 가운데가 와르르 무너져 있었다. 총 세 겹이나 되는 성벽을 뚫고 발타군이 기어이 진입했다는 것이었다. 성벽이 저 꼴이 되었는데 수성에 성공하다 못해, 완달 타탄을 몰아내기까지 하다니. 대체 무슨 일이 있었던 걸까.

경계하며 서서히 다가가는데 성문이 열렸다. 그 사이로 은빛 갑주를 입은 한 무리가 우르르 빠져나왔다. 다가오는 기사단의 위로 삐쭉 솟아 있는 깃발에는 마른가시나무 백작의 문양이 새겨져 있었다. 뭉쳐 있던 기사단이 양쪽으로 갈라지자, 중앙에 있던 마른가시나무 백작이 모습을 드러냈다. 그녀의 뒤에는 머리와 왼쪽 눈에 붕대를 둘둘 감은 기사단장 렉시드가 있었다.

리카르디스는 하얀밤 기사단을 대동한 채 제국군보다 앞서 나왔다. 얼마 떨어지지 않은 거리, 마른가시나무 백작과 그녀의 기사단이 자리에 멈춰 서더니 말에서 내려왔다. 그녀가 씩 웃으며 한쪽 무릎을 꿇으며 심장 위에 손을 가져다 대었다.

"검은 달을 가르는 이델라브힘의 영광을."

리카르디스는 가만히 세실의 모습을 바라보다가 말에서 내려 성큼성큼 다가갔다. 세실을 직접 일으켜 세운 리카르디스가 그녀의 어깨를 잡은 채 지그시 눈을 맞췄다.

"이델라브힘의 영광을, 그대에게."

그런 그들의 위로 독수리가 둥글게 날아다니며 길게 울었다. 삐이익. 병사들은 그 소리에 하늘을 올려다보았다. 밝은 햇살이 그들을 비추고 있었다.

* * *

마른가시나무 백작과 리카르디스가 두런두런 얘기를 나누는 사이, 로젤린은 안장을 밟고 서서 성채의 내부를 천천히 훑었다. 기억하던 모습과는 많이 달랐다. 호기심이 생긴 로젤린이 말에서 풀쩍 뛰어내렸다. 레이몬드가 채 만류하기도 전에 로젤린은 사삭 벽을 타고 올랐다.

"로젤린 경은 건강해 보이는군요."

그런 로젤린을 목격한 마른가시나무 백작이 다정한 목소리로 얘기했다. 그녀의 시선을 따라 뒤쪽을 쳐다본 리카르디스는 마치 한 마리의 도마뱀처럼 높은 망루를 오르는 로젤린을 볼 수 있었다. 리카르디스가 하하 웃으며 말했다.

"그녀야 언제나 건강했지……."

진즉에 포기한 것 같은 말투였다. 망루에 불쑥 나타난 로젤린 때문에 안에 있던 병사 두 명이 식겁했다. 그녀는 정중하게 사과한 후, 기둥을 잡고 난간 밖으로 몸을 쭉 뺐다. 넓은 마른가시나무 성채가 한눈에 들어왔다. 예전에 칼릭스와 함께 돌아다녔던 거리와 전혀 다른 모습이었다.

'미로?'

마치 거대한 미로 같았다. 있던 건물을 허물고, 건물과 건물을 연결해 벽을 만들고, 거리의 한중앙에 석재와 흙으로 성벽을 쌓아 올리는 둥.

로젤린은 시선을 돌려 발타군의 유일한 진입로가 되었을 무너진 성벽 쪽을 바라보았다. 그녀는 머릿속으로 상상했다. 발타군이 들어온다. 짧은 화살이 많은 것으로 보아 성벽 위에 석궁 부대가 배치되어 있다는 걸 알 수 있었다. 공격받은 병사들이 쓰러지고 살아남은 자들은 앞으로 이동.

로젤린의 눈동자가 상상 속 발타의 병사들을 따르듯 움직였다. 마른가시나무 백작이 제멋대로 변형시킨 거리 때문에 발타군은 뿔뿔이 흩어진다. 그 끝에는 함정과 각각의 부대가 자리 잡고 있었으리라. 무언가가 터진 듯한 흔적과 불타서 무너진 가벽들이 여기저기에 있었다.

그 길이 인도하는 것이 위험이라는 걸 깨달은 발타의 병사들은 벽을 무너뜨리는 방향을 택했다. 전투 도끼나 메이스 같은 날붙이의 흔적이 남아 있는 무너진 건물들을 보면 알 수 있었다. 그러나, 그 건물 안에도 마찬가지로 함정이 있었고······.

로젤린은 집중해서 전투의 흔적을 읽어 냈다. 결과는 놀라웠다. 성벽 너머가 아닌 직접적인 맞대결을 하는 이상에야 마른가시나무 백작군의 피해가 없을 리 없었다. 그러나 이렇게 얼추 살피는 것만으로도 발타군의 피해가 백작군의 피해를 훨씬 웃돈다는 것쯤은 알 수 있었다.

대체 마른가시나무 백작령에 사는 사람들은 길을 어떻게 찾는 걸까 하고 의문이 들 정도로 복잡하고 어지러웠던 거리. 그 거리가 최후의 보루가 되어 성채를 지켜 낸 것이었다.

"타탄의 늙은이는 영······ 감을 못 잡더군요."

마른가시나무 백작이 담배 연기를 뿜어내며 말했다. 리카르디스는 그 앞에서 다리를 꼬고 앉아 있었다.

"감이라."

"성벽이 무너지니 마른가시나무가 함락된 줄 알더군요. 그 의기양양한 함성 소리를 들려 드려야 하는데. 얼마나 가관이던지, 혼자 듣기 아까웠습니다. 성이야 무너지면 다시 쌓으면 되고 건물도 마찬가지죠."

"완달 타탄은?"

"그가 자랑하는 마인 부대가 5분의 1로 줄어드니까, 잠깐 제정신으로 돌아온 모양이더군요. 황급하게 철수하고 돌아갔습니다. 물론 제 병사들이 순순히 보내 주지는 않았지만요. 전쟁에서 발생하는 인명 피해의 대다수는 적에게 등을 보이고 도망갈 때이니만큼, 으음."

세실이 눈을 휘며 웃었다.

"손쉬웠지요."

"마인 부대가 상대하기 쉬운 상대는 아니었을 텐데."

"피해를 좀 입긴 했지요. 제 기사들도 많이 돌아오지 못했습니다."

그녀가 흐트러진 머리를 살짝 뒤로 넘기며 등받이에 몸을 기대었다. 숨을 느리게 쉬는 걸 보니 올라오는 감정을 가다듬는 것 같았다.

"하지만 그건 완달 쪽이 조금 더 뼈아플 겁니다. 아까 완달 타탄이 감을 못 잡는다 말씀드렸지요. 그런 겁니다. 자신이 만든 마인 부대는 완벽하다. 강하다. 누구와 싸워도 이긴다…… 멍청하긴."

세실은 미간을 찌푸린 채 싸늘하게 웃었다.

"마인도 머리에 화살이 꽂히고 불에 타면 죽습니다. 저들이 크레안 티다니온의 화신, 뭐 그쯤인 줄 알고 있는 모양이던데. 그것도 혼자 보기 참 아깝더군요. 그래서 화공에게 그려 두라 했는데, 렉시드?"

렉시드가 준비했다는 듯 종이를 내밀었다. 거기에는 불타는 건물 속에서 괴로워하며 빠져나오는 발타 전사 몇몇이 그려져 있었다. 진짜 그려 둘 줄이야. 사람 성격 참 굉장했다.

"다음에 완달이 오거든 선물해 주려고 생각 중입니다. 좋아서 또 뒤로 넘어가겠지요."

누가 들어도 날조였지만 리카르디스는 아군의 허물을 모른 척 넘어가기로 했다. 리카르디스는 마른가시나무 백작에게 앞으로의 계획을 얘기했다. 병력을 추스른 후, 발타의 리비타로 진격. 궁에 있는 힉살라를 붙잡아 연합군의 분열을 야기한다는 내용이었다.

현 연합군에는 발타군과 마람 왕국, 그 외에도 몇몇이 포함되어 있었다. 하지만 마람을 포함한 연합군의 대다수가 발타의 속국이나 다름없는 처지라는 것을 어떤 사람도 모르지 않았다. 그러니 발타군이 무너지면, 연합군 전체가 무너지게 되어 있었다.

"지금쯤이면 하카브도 제국군이 서서히 내려가고 있다는 소식을 들었겠지. 회군할 가능성이 높아."

"저희도 빨리 움직여야 하겠군요."

"그래야지. 방해물이 제법 있을 거다. 코코 사르체가 아문과 싱의 일부 병력이 발타에 남아 있다 말하더군."

마른가시나무 백작이 입술을 만지작거리다가 웃었다. 눈은 휘고 입꼬리는 잔뜩 올라가 있었다. 나쁜 짓을 계획하고 있음이 분명해 보였다.

"힘을 실어 주겠나? 하카브가 오기 전까지 끝내야 하는 일이라 제법 바빠."

"재밌어 보이는 일이로군요. 항상 막는 일만 하다가, 합법적으로 쳐들어 갈 수 있으니 말입니다. 물론, 저의 사감 이전에 백성으로서의 의무가 갑자기 가슴 깊이 사무치지 뭡니까. 제국의 총사령관께 도움이 될 수 있다니 어찌 영광이 아닐 수가 있겠습니까?"

펙이나. 리카르디스가 표정으로 말하자 마른가시나무 백작이 깔깔 웃었다.

* * *

발타의 수도, 리비타로 진격하기 위한 준비가 한창일 무렵이었다. 숲 너머로 흙먼지가 이는 것이 보였다. 대군이 움직이지 않는 이상 저러한 현상이 일어날 리 없었다.

마른가시나무 성채 도시는 경계 상태로 돌입했다. 얼마 후 8,000여 명쯤 되어 보이는 병력이 모습을 드러내었다. 마른가시나무 성채에 가까이 접근하는 무리의 위로 깃발이 펄럭였다. 누군가가 외쳤다.

"사자갈기다!"

같은 일라베니아군이라는 것을 깨달은 병사들은 경계를 풀었으나, 더욱 날카롭게 경계심을 갈게 된 이들도 있었다. 인상을 잔뜩 찌푸린 리카르디스는 집무실로 들어오는 남자를 바라보았다.

"검은 달을 가르는 이델라브힘의 영광을. 총사령관님을 뵙습니다."

준수하게 생긴 남자가 눈웃음 짓는 꼴을 보고 있으려니 속에서 뭔가 울컥 받치는 기분이 들었다.

"드윗 아르페커. 여기까지는 무슨 일로."

드윗 아르페커. 건국제 무도회 때 로젤린에게 집적거렸던 남자였다. 키스했다는 것이 오해라 깨닫기는 했으나 한번 자라난 악감정은 쉽게 사그라지지 않았다. 오자마자 꺼지라는 뜻을 내보였음에도 드윗은 부드러운 미소를 지으며 착석할 뿐이었다.

"남부에서 험난한 전투를 치르는 총사령관님의 노고를 덜어 드리기 위해 황제 폐하께서 특별히……."

리카르디스가 자리를 털고 일어나려는 시늉을 하자 드윗이 재빨리 말을 바꿨다.

"총사령관님께서 별다른 수작을 부리지는 않는지 걱정하신 황제 폐하께서!"

"이제야 대화가 통하겠군."

반쯤 몸을 일으켰던 리카르디스가 다시 의자에 앉았다. 드윗 아르페커는 엘피디오의 죽음 전에 로젤린에게 접촉하여 변절 의지를 보인 자였다. 그 이후로 얘기를 한번 나누기는 했으나 영 믿음이 가지 않아서 이렇다 할 결정을 내리지 못한 채 헤어졌다.

한데 공교롭게도 드윗이 황제의 감시 역으로 발탁된 모양이었다. 기막힌 인선이라고 할지, 기가 차는 인선이라고 할지 아직까지는 모를 일이었다.

"그대가 도착한 시기로 보아, 아마 놋쇠저울 영지에서 있었던 전투 이후 곧바로 출발한 것 같은데."

"정확하십니다. 라헤안시 대신관님께서 예언인가 뭔가를 하셨다던데, 그걸로 황제 폐하의 심기가 굉장히 불편하십니다."

라헤안시가 들르는 곳마다 사기 친 행각이 황실에 낱낱이 알려진 모양이었다. 오지 않은 시간을 볼 수 있는 영험한 대신관과 전쟁을 승리로 이끄는 신의 아들. 신화에서나 볼 수 있을 법한 얘기였다.

황제가 불안해하리란 것쯤은 예상했으나 감시 역이 파견되는 것이 생각보다도 빨랐다. 리카르디스가 실소를 터트렸다.

"옆에서 지켜보다가 수상한 짓을 하려는 것 같으면 죽이라 하던가?"

"마치 황제 폐하와 저의 밀담을 들으신 것만 같군요. 정확하게 '수상한 짓'이라 말씀하셨습니다."

리카르디스가 턱을 괴며 드윗을 지그시 바라보았다. 서늘한 미소가 그의 입가를 감돌았다.

"수상한 짓을 아주 적극적으로 할 예정인데…… 어디 한번 죽여 볼 텐가?"

한 3초 정도 숨을 멈췄던 드윗이 애수 어린 표정으로 그를 응시했다.

"아니, 어떻게 그런 말씀을…… 총사령관님의 충성스러운 가신인 저는 그런 무서운 얘기는 듣기만 해도 소름이 돋습니다. 보이십니까?"

드윗이 소매를 걷어 팔을 내보였다. 리카르디스가 별 반응이 없자 그도 다시 원래의 태도로 돌아왔다. 손으로 계속 소매를 만지작거리는 걸 보니 좀 민망하기는 한 모양이었다.

"어쩌다 여기에 그대가 오게 된 거지? 황제 폐하께서 사자갈기 공작가의 후계자를 전쟁터로 내몰 리가 없을 텐데."

"자원했습니다."

천연덕스러운 그의 대답에 하얀밤 기사단원들이 술렁였다.

"제국의 황자라는 사람이 발타와의 전쟁을 앞세워 몰래 공작질을 하다니. 어떻게 그런 일이 있을 수 있느냐 펄펄 날뛰었습니다. 다소 위험을 감수해야 하겠지만, 제국의 역사와 함께해 온 사자갈기로서 어떻게 이런 무도한 일을 방관할 수 있겠느냐 하니 황제 폐하께서 무척이나 기뻐하시더군요."

"……기뻐하시는 모습이 눈에 선하군."

이런저런 얘기를 듣고도 리카르디스의 표정이 풀리지 않자 드윗이 싱긋 웃으며 말을 이었다.

"푸른등불, 사자갈기, 붉은수레바퀴 등등. 제국의 긴 역사에 빠짐없이 등장하는 이름들입니다. 그중 사자갈기는 역사서의 한 장 한 장에 등장할 정도로……."

드윗은 적절한 단어를 고르지 못하겠는지 잠시 고민했다.

"많이 나댔지요."

리카르디스가 고개를 끄덕였다. 그의 말대로였기 때문에.

"보통 이 일 저 일 할 것 없이 나서는 가문의 운명은 둘 중 하나입니다. 득세하거나, 몰락하거나. 어떻게 어떻게 권력을 얻는다고 해도 그건 한시적인 현상입니다. 계속해서 중앙에서 구르다 보면 반드시 꺾이게 되어 있습니다. 하지만 사자갈기는 그 긴 시간 동안 황실과 나란히 발걸음을 했습니다. 이건 단순히 운이 좋다고 설명할 수 있는 일이 아닙니다, 전하."

황실과 엮인 가문의 비밀 같은 것이 나오는 건가. 리카르디스가 드윗의 말에 집중했다.

"사자갈기의 후계자들은 대대로 가라앉을 배를 기가 막히게 알아봅니다."

"……."

"척 보면 아, 여기에 걸면 망하겠구나, 이게 다 보인단 말입니다."

"……그래서, 엘피디오나 황제 폐하께 걸면 망할 것 같던가?"

"그게 제가 여기 있는 이유 아니겠습니까."

리카르디스는 턱을 괸 채 콧방귀를 뀌었다. 드윗이 그의 눈치를 슬쩍 살폈다. 리카르디스는 드윗이 등장하기 전 보고 있던 서류로 시선을 옮겼다.

"그대의 감이 맞기를 바라야겠군."

둘러 둘러 말하는 긍정적인 표현에 드윗의 표정이 환해졌다.

16

일라베니아 제국군은 마른가시나무와 사자갈기의 병력을 흡수해 덩치를 불린 뒤, 빠르게 남하했다. 제국군이 향하는 목적지는 '싱'으로, 발타의 수도로 가는 길목에 있는 영지였다.

정확한 정보가 없는 터라 싱에 남아 있는 병력이 몇인지, 병력을 이끄는 우두머리는 누구인지조차 알지 못했다. 다행히도 내부 사정을 잘 알고 있는 자가 한 명 있었다. 소금바위 성채에서 로젤린이 잡아 온 발타군의 지휘관, 차가였다. 그는 자신이 언제 발타의 편이었냐는 양 아는 모든 정보를 술술 불었다.

"혹시 모를 사태를 대비해 싱만큼은 병력을 보존해 두었다고 들었습니다. 국경과 가까운 영지이다 보니 마른가시나무 성채와 같은 역할을 하거든요. 아, 그리고 요새에 가주 두 명이 다 남아 있다고 들었습니다. 원정군에 포함되기에는 어린 나이라서요."

국경 다음의 방벽이나 다름없다는 얘기였다. 리카르디스가 차가의 얘기를 듣고 인상을 찌푸렸다.

"골치 아프게 되었군."

연합군이 회군할 가능성이 있는 시점에서 공성전을 치른답시고 시간을 오래 끌 수 없었다. 병력을 분산시키기에는 리비타의 방비 또한 만만치 않았다.

그때 척후병이 들어와 급하게 소식을 알렸다. 먼 거리 밖에서 1만여 명쯤 되는 병력이 접근 중이며, 싱의 깃발을 들고 있다고 했다.

리카르디스가 눈을 크게 떴다. 이게 웬…… 굴러온 행운이지?

성벽 너머의 적보다 당연히 성벽 밖의 적이 상대하기 쉬울 수밖에 없었다. 그렇다 치더라도 몇 배에 해당하는 적에게 돌진하려 하다니, 용기가 가상한 건지 멍청한 건지 구분할 수가 없었다.

그때 차가가 "아." 하는 소리를 냈다. 지휘부 막사의 이목이 그에게로 모였다.

"제국군 본대를 치러 오는 게 아닌 것 같습니다."

"그럼?"

"타탄 님께서 지원을 요청하신 게 아닐까 하는 생각이 듭니다. 마른가시나무 성채에서 승패가 갈린 게 며칠 안 되지 않습니까?"

"그렇지."

"장기전으로 접어들기 전에 승부를 내기 위해 지원을 요청하셨다고 하면 얼추 시기가 맞는 것 같은데요."

지휘관들이 고개를 끄덕였다. 일라베니아 제국군에 비해 한참 적은 수의 병력으로 전면전을 치르려는 미친 사령관은 없을 것이다. 그들의 목적지는 마른가시나무 백작령인 듯했다. 애석하게도 도달하지 못할 테지만. 리카르디스가 고개를 돌려 마른가시나무 백작을 바라보았다.

"그대를 보고 싶어 한다는데, 백작."

"기대에 부응을 해 줘야겠군요."

세실이 생긋 웃었다.

진지를 구축하고 함정을 만들 만한 시간은 없었다. 하지만 싱 측에서는 제국군의 존재를 모른다는 점에서, 일라베니아에는 더없이 유리한 상황이었다. 정면에서 제국군 본대가 상대하는 동안 멀리 돌아간 두 개의 별동대, 로젤린이 이끄는 중장기병대와 마른가시나무 백작이 이끄는 관문 주둔군이 양옆에서 공격을 가할 예정이었다.

혼란스러운 전장 속 거세게 가해지는 심리적 압박은 유일하게 열려 있는 퇴로의 존재에 집중하게 만들 것이다.

"솔직히 나라고 해도 로젤린 경과 마른가시나무 백작이 양쪽에서 합공하면 항복할 것 같거든."

그 말을 들은 당사자 두 사람은 농담도 참 잘한다는 반응을 보였지만, 리카르디스는 진심이었다.

* * *

쌍둥이 남매 남라와 바유는 마른가시나무 성채를 공략 중인 완달 타탄을 지원하기 위해 마차를 타고 이동 중이었다. 소년이 손을 움직여 가며 수화로 무어라 얘기했다. 그걸 본 남라가 고개를 저었다.

"아니, 바유. 가야 돼. 언제까지 어리다고 뒤에 물러서 있을 수는 없어. 게다가 싸우는 건 우리가 아닌걸. 타탄의 가주에게 군대만 빌려주면 되는 문제야."

[그러면 장군들만 가도 되는 거잖아.]

소녀가 씨익 하고 콧김을 뿜었다.

"완달 타탄이 맨날 어리다고 무시하잖아! 허허, 직접 올 줄 알았는데……

장군 두 명에게 지휘권을 줘서 보내다니. 아직은 검보다 장난감이 좋을 나이긴 하지. 하면서 낮잡아 볼 게 빤하다고! 그냥 우리는 딱 자리를 지키고 있기만 하면 돼. 그리고 성채가 함락되면, 다시 싱으로 돌아오면 되는 거고. 쉽지? 전쟁 중이라는 게 믿기지 않을 정도로 손쉬운 임무를 맡고 있는 거야."

바유의 손가락이 분주하게 글자를 그려 냈다.

[마른가시나무 백작이 있을 텐데.]

"참 나, 성채에 갇혀서 버티기만 하는 사람이 뭐가 무서워. 타탄군에게 아주 쩔쩔매고 있다던데."

그렇게 말하는 소녀의 목소리도 살짝 떨리고 있었다. 열린 창문으로 누가 불쑥 대화에 끼어들었다.

"남라 님 말씀이 맞습니다. 방벽 뒤에 숨어서 크게 짖는 재주밖에 없는 여자입니다. 미친개다, 뭐다 하지만 관문이 무너진 이후로 성채에 콕 처박혀서 나오지 않는 것만 봐도 빤하지 않습니까. 걱정하실 필요 없습니다."

가문 휘하의 장수, 자르파였다. 가문 내에서도 손에 꼽히게 강한 남자였다. 그런 자르파가 별 대수롭지 않다는 듯 말하는 모습에서 남매는 두려움을 떨칠 만큼의 충분한 용기를 얻을 수 있었다.

"자르파는 그 유명한 붉은수레바퀴의 로젤린도 '소문만 무성하지 별거 아닐 거다.'라고 말했던 놈입니다. 어느 정도 걸러 들으셔야겠지만, 그래도 크게 걱정 안 하셔도 된다는 점만큼은 저도 자르파와 의견이 같습니다."

싱의 또 다른 장수 라닉이 웃는 얼굴로 자르파를 공격했다.

"열어 보면 막상 별것 아닌 것들이 많지."

흥, 자르파가 콧방귀를 뀌었다.

부우우우.

그 순간 뿔피리가 울려 퍼졌다. 군마들이 흥분해 날뛰었다. 마차도 크게 흔들려 소녀와 소년이 중심을 잃고 휘청거렸다. 수백, 수천. 헤아릴 수도 없이 수많은 금속음이 날카롭게 울렸다.

"적습이다!"

갑작스럽게 흘러가는 상황에 남라는 정신 못 차리고 **휩쓸려** 갔다. 마차 바닥에 쓰러져 덜덜 떨기만 하는 남라를 바유가 꽉 끌어안았다.

"전투 준비!"

"진형을 갖춰라!"

라닉과 자르파가 쩌렁쩌렁한 목소리로 명령했다. 제국군이 곧 물밀듯 밀려왔다. 긴 창을 든 기병대 앞에 발타군의 전열이 속수무책으로 무너졌다.

하지만 수가 적어도 발타군의 정예병들이었다. 전투태세를 제대로 갖추자 전황은 차츰 안정되어 갔다. 전면에 있는 제국군을 막아 내기 위한 최상의 진형이 갖춰졌을 무렵.

부우우.

뿔피리가 다시 한번 울렸다. 곧 발타군의 비어 있는 양 측면으로 제국군이 쏟아졌다. 싱의 장군, 자르파와 라닉은 시시각각 빠르게 변하는 전황을 파악하고 지휘를 바꿨다.

전면과 양 측면이 틀어막힌 상황이었다. 후미가 유일하게 비어 있긴 하지만, 이것은 제국군이 일부러 열어 둔 것이었다. 등을 보이고 달아나는 적만큼 쉬운 상대는 없으니까. 한두 사람 달아나기 시작하면 그때부터는 패배가 예정된 것이나 다름없었다.

자르파가 소리쳤다.

"살고 싶다면 무기를 들고 싸워라!"

자르파의 눈동자가 바람에 휘날리는 마른가시나무 백작 기에 닿았다. 그 앞에 선 발타의 병사들이 겁을 먹은 듯 뒤로 물러서고 있었다. 마른가시나무군은 그 찰나의 머뭇거림조차 허용하지 않았다. 메이스로 머리를 으깨며 웃고 있는 미치광이 같은 몰골이 섬뜩했다.

왼쪽 측면부터 사기가 훅훅 깎여 나가는 것이 보였다. 한번 꺾인 마음을 다시 세우는 것은 계속해서 유지하는 것보다 훨씬 힘든 일이었다. 자르파는 무엇보다 마른가시나무 백작군을 흔드는 일이 지금의 전황에서 가장 필요한 일이라 판단했다.

마른가시나무 백작군을 상대하는 측면을 지원하기 위해 발걸음을 옮기던 자르파는 뒤에서부터 덮쳐 오는 기운에 우뚝 멈춰 섰다. 그의 고개가 돌아갔다. 마른가시나무군의 반대편에서 쏟아져 오는 수천 기의 중갑기병들이 있는 곳이었다.

정제된 칼날처럼 절도 있고 강력했다. 하지만 그 수천 기의 기병들보다, 선두에 서 있는 한 사람의 존재가 단연 눈에 띄었다.

검은 군마를 탄 기사. 자르파와 라닉은 그 기사가 반드시 붉은수레바퀴의 로젤린일 거라 직감했다. 단순히 그 기사가 보이는 압도적인 힘뿐만이 아닌, 마인으로서 느낄 수 있는 기운의 크기 때문이었다.

강렬하고 압도적이었다. 그녀의 마력은 몸 안을 타고 돌 뿐만 아니라 살기처럼 너울거리는 것같이 느껴지기도 했다. 전장에 있는 모든 마인들이 느꼈다. 이 넓은 공간, 소용돌이의 중심은 그녀였다.

자르파와 라닉은 로젤린을 쓰러트리지 않는 이상 길이 열리지 않으리란 사실을 직감했다.

* * *

로젤린의 눈이 재빠르게 전장을 훑었다. 제국군에는 수도 상비군과 변경 주둔군, 그리고 징집병이 포함되어 있었다. 하지만 상비군, 주둔군과 달리 많은 수를 차지하는 대다수의 병사들은 전문적인 군사 훈련을 받지 못했다. 평범한 농민과 상인에게 갑옷과 검을 들려 보낸 것이라 봐야 했다.

그 때문인지 일반 징집병이 많이 포함된 정면은 발타 정예군에게 속수무책으로 당하고 있었다. 로젤린이 눈을 가늘게 떴다.

'뭔가 이상한걸.'

아무리 정예병이라고는 해도 발타군은 기습을 당한 입장이었다. 거기에 다 얼핏 보아도 제국군의 병력이 훨씬 그들을 웃돈다는 것쯤은 알 수 있을 텐데. 그런 와중에 물러서기는커녕 전의를 불태우고 있다니.

거대한 몇 개의 덩어리로 나누어져 체계적으로 전투를 치르는 발타군. 그것은 그들을 지휘하는 우두머리가 뛰어나다는 것을 이르고 있었다.

로젤린의 머릿속으로 정보가 빠르게 지나쳐 갔다. 싱의 가주는 어리다. 그리고 그 어린 가주를 대신하여 몇몇 장수가 군을 통솔한다. 일라베니아도 지휘관에 대한 의존도가 낮다 말할 수 없으나, 싱의 경우에는 그러한 경향 이 더욱 두드러진다.

'장군을 잡아야 한다.'

로젤린은 뒤를 따르는 레티시아에게 명령했다.

"잔챙이들은 두고 돌파한다."

"돌파한다!"

로젤린은 앞을 막는 병사들을 하나, 둘 쳐 내며 전진했다. 필요한 때를 대비해서 마력을 크게 사용하지 않고 필요한 순간마다 조금씩 운용했다. 하 지만 그것만으로 충분했던 것인지, 그녀의 마력을 감지한 누군가가 서서히 다가왔다. 그 또한 숨기지 않고 마력을 사용하고 있어 로젤린도 점차 접근 하는 자의 존재를 알아챌 수 있었다.

흙먼지가 이는 전장. 검과 창, 거대한 갑옷을 입은 사람들로 시야가 어지 럽혀져 있었으나, 그들은 마주친 순간 서로를 알아보았다.

쾅!

로젤린의 창과 자르파의 도끼가 충돌하며 전장 속 모든 이의 가슴을 섬 뜩하게 만드는 소음을 만들어 내었다. 제국군의 장수와 발타군의 장수가 만 나자 틈 없이 공간을 메우고 있던 병사들이 거리를 벌리며 물러났다.

발타군과 제국군은 전투를 멈추고 로젤린과 자르파를 지켜보았다. 순식 간에 간이 투기장이 만들어진 셈이었다. 두 사람의 승패에 따라 오른쪽 측면의 전황이 뒤바뀌게 될 것이다. 갑옷을 착용한 로젤린보다 두 배는 더 큰 거구의 남자가 으르렁거리듯 말했다.

"그만한 힘을 가지고 하는 일이라는 게 일라베니아 놈들의 앞잡이라니!"

로젤린은 창을 한 바퀴 휙 돌려 피를 털어 내었다. 창끝이 바닥을 향했다.

"대답할 가치를 못 느끼겠군."

"이 자르파, 여기서 쓰러지는 한이 있더라도……."

전의를 불태우던 자르파의 목소리가 순식간에 끊겼다. 그의 시선이 거대한 흑마 위에 앉아 있는 로젤린의 투구를 향했다. 그림자 진 안쪽에서 그녀의 눈이 빛나고 있었다.

자르파는 로젤린에게서 터져 나오기 시작한 마력을 느꼈다. 여태껏 사용하던 마력은 호수에서 물 한 양동이를 사용한 정도밖에 되지 않았다는 사실을 지금에야 느낄 수 있었다. 기세를 펼치기 시작한 그녀의 진정한 저력은 너무 거대해서 미처 가늠할 수도 없었다.

지진이 땅을 흔들고, 바다 너머 높은 파도가 몰아친다. 리비타의 그 어떤 큰 성보다도 높은 파도가 바로 코앞까지 당도해, 곧 자신을 덮쳐 버리리라.

아득히 높은 곳에서 절대적인 존재가 내려다보고 있었다. 감히 쳐다볼 수도, 감히 대적할 수도 없는 기운이었다. 모든 의지가 바스라져 흩어졌다.

자르파의 몸이 소름 끼치는 기운에 반응해 떨렸다. 땀이 뚝뚝 떨어지며 그의 눈가에 스며들었다. 눈을 깜박, 감았다 뜬 사이 갑작스럽게 시야가 바뀌었다. 땅과 하늘이 뒤집혔다. 이게 무슨 해괴한 일인가 했더니, 아.

'머리가 잘렸군.'

자르파의 머리가 흙바닥 위를 굴렀다.

* * *

거대한 감옥 수레 안, 작달막한 쌍둥이가 중앙에 몰려 오들오들 떨고 있었다.

'생각보다도…… 어린데.'

라고슈의 바이페렘보다는 나이가 있어 보이긴 했지만 싱의 가주들도 어리기는 매한가지였다.

"가주가 두 사람이라니. 좋군요. 한 명은 없어도 되겠습니다."

마른가시나무 백작이 밥이나 먹자는 듯 무심하게 말했다. 쌍둥이가 동시에 흠칫 몸을 굳혔다.

"처형하라는 것인가?"

리카르디스가 자기도 모르게 미간을 좁히자, 마른가시나무 백작이 눈을 크게 뜨며 답했다.

"세상에, 총사령관님. 교섭 역으로 한 명을 보내자는 얘기였습니다."

천하의 몹쓸 놈을 바라보는 눈빛이었다. 리카르디스는 억울함을 애써 누르고 고개를 끄덕였다.

"그러는 게 좋겠군."

한 명을 남기고 한 명을 싱의 성으로 돌려보낸다. 가주의 권한으로 싱의 성문을 열 수 있으리라. 마른가시나무 백작이 기사단장 렉시드에게 "피도 눈물도 없으시다니깐." 하면서 놀리는 어조로 속닥거렸다.

예정에 없던 전투를 치른 제국군은 수습과 재정비를 마친 후 다시 진군했다. 싱의 영지는 전투가 일어났던 곳으로부터 며칠 정도 거리가 떨어져 있었다. 제국군은 성채가 보이기 전에 멈춰 서서 방어하기 좋은 지형지에 진지를 구축했다. 교섭이 결렬되어 전투가 일어날 가능성을 고려한 것이었다.

한데, 상황은 또다시 묘하게 돌아갔다. 교섭을 위해 먼저 싱의 성채를 찾아갔던 전령과 함께 돌아온 어느 남자 때문이었다. 리카르디스 또한 익히 아는 얼굴이었다. 최근에도 건국제 무도회에서 봤다.

힐리사고의 왕자였다. 통통한 남자가 무릎 한쪽을 꿇으며 리카르디스의 망토에 입을 맞췄다. 비대한 몸을 가졌던 힐리사고의 왕자는 그 짧은 사이 반쪽이 되어 있었다. 일라베니아 황실이 힐리사고를 쥐어짰다더니, 그간 겪어 온 마음고생이 눈으로 보였다.

어수선해졌던 막사를 정리하고 나서야 자세한 사정을 들을 수 있었다.

"현재 싱은 힐리사고군이 점령 중입니다! 병력이 빠진 덕에 쉽게 함락할 수 있었습니다."

남라와 바유가 병사들을 이끌고 떠난 사이 일어난 일인 듯했다. 참 때를 잘 맞춘 듯했다. 왕자는 사명감에 이글이글 불타는 표정이었다.

"디에즈 황자가 그런 극악무도한 짓을 저지를 줄이야 누가 알았겠습니까. 디에즈 황자와 저희 힐리사고는 어떠한 연도 없음을, 이 전쟁이 끝나기 전까지 입증하겠습니다. 일라베니아의 충실한 손과 발이 되어!"

힐리사고 왕국은 라고슈와 발타 다음으로 큰 대륙을 가진 나라로 일라베니아의 신하 역할을 자처하는 곳이었다. 황제의 말 한마디에 왕실의 후계자를 갈아 치우는 일도 빈번할 정도였다.

한데 힐리사고 왕국, 한미한 귀족 가문의 핏줄인 디에즈가 일라베니아의 뒤통수를 치고 발타로 떠났다. 일라베니아에 끈을 하나 대어 놓았다 흡족해하던 힐리사고 왕실 입장에서는 황당하다 못해 미치고 팔짝 뛸 일이었으리라.

리카르디스야 디에즈의 속에 다른 무언가가 있음을 알고 있으나, 그들로서는 이해할 수 없었을 것이다. 동맹을 요청한 나라들 중 가장 먼저 도착한 것만 봐도 그들의 다급한 마음을 알 수 있었다.

제국군이 리비타로 향하겠다 언질을 준 적은 없었지만, 동향을 보고 힉살라를 노린다 깨닫고 싱을 미리 함락한 모양이었다. 덕분에 시간을 벌었다. 리카르디스는 오랜만에 미소를 보이며 왕자의 지원에 감사의 뜻을 전했다. 왕자는 뛸 듯이 기뻐했다.

"리비타의 독특한 구조 때문에 공성에 시간이 제법 걸릴 겁니다. 왕자가 점령한 싱이 연합군을 막는 방벽이 되어 주어야 합니다."

"맡겨만 주시지요! 힐리사고의 정예병 2만이 싱의 요새와 함께 동맹군을 반드시 막아 내겠습니다!"

리카르디스는 힐리사고군의 합류로 바뀌게 된 전략과 전술을 머릿속으로 정리했다. 차근차근 원하는 대로 되어 가고 있었다. 사실 이런 때야말로 가장 경계해야 하는 때였다. 승리가 익숙해져 당연해져 갈 때. 전쟁에 '무조건'이라든지 '반드시'와 같은 말은 있을 리 없으니.

* * *

"네 두 눈이 날 향하고 있는 것 같은데. 몹시 불쾌해."

"아, 아닙니다."

"사람을 왜 착각하게 만들어. 행실 똑바로 하고 다녀."

"예! 죄송합니다!"

스타스는 저 멀리에서 애먼 병사한테 시비 걸고 있는 과거 월장석 시녀, 미레이미를 발견했다. 로젤린이 자리를 비울 때면 항상 리카르디스의 옆에 있는 그녀의 정체는 알음알음 알려졌다.

로젤린 경의 친구다. 마인이다. 리카르디스 전하의 특별 호위다. 성격이 더럽다. 눈을 마주치면 공격당한다. 소문이란 대개 믿을 수 없는 허황한 말로 이루어져 있으나, 미레이미의 경우에는 제법 정확한 경우가 많았다.

예의가 필요 없는 곳이라 벗어던졌다는 그녀는 소위 '싸가지'라는 것을 대신 걸친 듯했다. 표정은 언제나 부루퉁하고, 시선은 날카로웠으며, 태도는 뒷골목 건달같이 불량했다.

하지만 그 모든 태도가 허용될 수 있는 것은 미미의 실력 덕분이었다. 소금바위 성채에서 리카르디스를 구한 이후, 미미는 세 사람의 암살자를 더 잡아냈다. 마인도 있었고 마인이 아닌 자도 있었다.

심지어는 살해 시도를 하기도 전에 수상함을 포착하는 능력까지 있었는데, 스타스는 그 모습에서 로젤린을 연상할 수 있었다.

"미미 양."

검지와 중지만 펼쳐 병사의 두 눈과 자신의 눈을 교대로 가리키고 있던 미미가 고개를 돌렸다. 그녀는 스타스의 얼굴을 확인하고 난 후 싸늘한 표정을 거뒀다. 여전히 무표정에 가깝긴 했지만.

"단장님. 무슨 일 있나요?"

굳이 말하자면 오늘 하루 고단했을 병사를 괴롭히지 말라는 용건이었다. 하지만 그걸 그대로 말할 수는 없었기에 스타스는 말을 더듬거리다 자신의 뒤쪽을 가리켰다.

"다들 쉬고 있는데, 미미 양도 쉬는 게 좋지 않겠나. 저기에서 하얀밤 기사단원들이 모닥불에 고구마를 구워 먹던데."

"누가 포함되어 있을지 빤하군요. 코 밑에 검댕이 묻는 것도 모르고 또 좋다고 먹고 있겠지."

스타스는 미미의 말투에서 애정을 느낄 수 있었다. 로젤린과 친구라 했지만, 그보다 더 친밀해 보였다. 마인이라는 공통점이 있기 때문일까? 가족처럼 보일 때도 종종 있었다.

"권해 주신 건 감사하지만, 제가 가면 단란한 분위기가 깨질 것 같군요. 아직 저를 불편해하는 기사분들이 있어서 말이죠."

마카롱은 사람들 사이에 끼어서 억지로 하하 호호 웃을 마음은 추호도 없어서 사실을 변명처럼 앞세웠다. 한데, 그 말을 들은 스타스의 표정이 이상하게 변했다.

무뚝뚝한 표정은 그대로였지만, 예민한 마카롱은 그의 얼굴 근육이 아주 미세하게 바뀌었음을 포착해 냈다. 최근 한번 본 적 있는 얼굴이었다. 다 무너진 마을에서 갈비뼈가 보일 정도로 마른 강아지를 볼 때의 표정이었다.

그 취급이 어이없었던 마카롱이 눈살을 찌푸렸다. 잘생긴 얼굴을 보고도 화가 가라앉지 않아 뭐라 하려던 참이었다.

"……나는 미미 양이 불편하지 않은데. 같이 좀 걷겠나?"

마카롱은 입을 벌린 채, 몇 초 그를 바라보기만 했다. 스타스는 좀 쑥스러운 듯 보였다. 권유와 대답의 틈이 벌어질수록 침묵이 더욱 껄끄러워지기 시작했다. 마카롱이 그제야 입을 열었다.

"아…… 뭐…… 네."

하고 싶은 말을 간신히 삼켰다는 걸 스타스도 눈치챘다. 두 사람은 막사가 세워져 있는 곳을 벗어나 한적한 숲길을 걸었다. 스타스는 마카롱이 어디 한곳을 뚫어지라 보고 있는 모습에 그녀의 시선을 따라가 보았다. 잘린 손목이 있었다. 낮의 전투가 이뤄졌던 곳이라 아직까지 흔적이 남아 있었다.

스타스가 슬쩍 걸음을 옮겨 그녀의 시야를 가렸다. 마카롱이 피식 웃었다. 귀여운 짓을 다 한다 싶었다. 암살자들을 두들겨 패고 반죽음 만들던 광경을 봤으면서도 아직 월장석 성의 '미미 양'을 대하듯 하지 않는가.

두 사람은 적당한 공터에서 멈췄다. 마카롱이 쓰러진 나무에 앉으려 하자 스타스가 손수건을 꺼내어 깔아 줬다. 갑자기 손수건을 전시하는 행위를 이해하지 못한 마카롱은 손수건을 피해 다른 곳에 앉았다. 스타스가 어색하게 손수건을 회수했다.

마카롱은 하늘을 올려다보았다. 무수히 많은 별이 총총히 빛나고 있었다.

"마시겠나?"

스타스가 건넨 건 물주머니였다. 마개를 뽑으니 청량한 술 향기가 퍼져나왔다. 마카롱은 이 물주머니의 정체를 깨달았다. 아까 전 고래무덤의 파르딕트가 가지고 있던 술이었다. 몰래 물주머니에 넣어 마시다 기사단장인 스타스에게 딱 걸려서 압수당한 것이었는데, 그게 여기서 나올 줄이야. 마카롱은 주머니를 받으며 입맛을 다셨다.

"군령 위법이라 들었는데."

"……가끔은 융통성도 필요한 법이니까."

융통성이라고는 없어 보이는 사람 입에서 나온 말이라 신기했다.

"좋은 말이네요, 융통성. 제가 그거 하나는 끝내주거든요."

그녀의 경우에는 융통성이 있다기보다는 무법자라는 단어가 좀 더 어울렸다. 미미가 술 주머니를 기울여 벌컥벌컥 마셨다. 입가로 술이 흘러내렸다. 스타스가 다시 급하게 손수건을 꺼내어 그녀에게 건넸다. 그제야 손수건이 제 기능을 발휘하게 된 셈이었다.

"어허! 좋다. 이거 비싼 거네요. 한 모금 드실래요?"

"……음, 그. 아니. 괜찮네."

예의상 물어봤던 미미는 시시덕거리며 아주 조금 그를 향해 내밀었던 술 주머니를 제 품으로 끌어당겼다. 스타스는 잠시 흐트러졌던 머리를 만지작거리다 본론을 꺼내었다.

"지내는 데 특별하게 불편한 점이라도 있나?"

"아뇨, 뭐 다들 잘해 주고…… 아닌가, 잘해 주는 것까진 아니지만, 특별히 나쁠 것도 없어요."

그녀가 심드렁하게 대답했다. 사람들 사이에 파묻혀 있는 게 기분이 좋을 리 없었다. 거기에다가 일라베니아 제국의, 일라베니아 제국을 지키기 위한 사람들이라니. 마카롱은 로젤린만 아니었다면 자신이 디에즈와 함께 행동하고 있었을 거라 강하게 확신했다.

마카롱의 대답에 스타스의 표정이 어두워졌다. 마카롱은 그걸 눈치채고 술 주머니를 흔들며 한마디 덧붙였다.

"단장님께서 직접 술을 주시는 건 좋네요."

"그런가."

그가 살짝 미소 지었다. 입꼬리가 올라가니 볼에 보조개가 파였다. 마카롱이 그의 얼굴을 훑으며 감상했다. 다른 놈들에게 보조개가 달려 있을 때에는 흠이 있는 감자 같아 보였는데, 잘생긴 사람 얼굴에 있으니 완전히 달랐다.

신이 스타스를 만들고 너무 흡족해서 만지작거리다가 생긴 흔적 같았다. 마카롱이 빤히 바라보자 스타스가 제 얼굴에 뭐가 묻었는지 확인하기 위해 얼굴을 쓸었다.

"음, 내가 하고자 했던 말은…… 미미 양의 입장에서는 제국군을 돕는 일이 힘들었을 것 같아서 말이네."

마카롱의 진정한 정체는 알지 못하지만, 일라베니아의 마인. 그것만으로도 사실 그녀가 이 자리에 있는 것이 쉬운 일이 아니었음을 유추할 수 있었다. 마카롱은 아니라고는 말하지 않았다. 그녀가 다시 한번 술을 홀짝였다.

"로젤린 경 때문이라고는 하지만, 고맙다는 말을 하고 싶어서. 그냥……."

남자가 말을 끌었다. 마카롱이 피식 웃었다.

"뭘요. 전쟁 끝나면 한몫 챙길 건데."

리카르디스가 일라베니아 황제가 되면 일라베니아를 반 토막 내고 신전을 부수라고 해야지, 안 해 주면 내가 반 토막 내 버려야지, 와 같은 살벌한 생각을 하는 줄도 모르고 스타스는 씁쓸하다는 듯 시선을 떨구고 있었다.

마카롱이 입맛을 다시며 스타스에게 물었다.

"단장님은 어쩌다 전하를 지키게 된 거죠?"

할 말이 없어서 꺼낸 의미 없는 질문인데 답이 돌아오는 게 늦었다. 마카롱은 슬쩍 고개를 돌려 그를 바라보았다. 스타스는 허공 어딘가를 응시하며 이마를 문지르고 있었다. 생각에 깊이 빠진 표정이었다. 한참 뒤 그가 입을 열었다.

"기사단이 하나 창설될 때에 단장직을 맡게 되는 이는 기존 황실 기사단에서 발탁이 되는 게 관례라네. 자격이 되는 이들이 자원하는 식이지. 그런데 리카르디스 전하의 호위 기사단 단장직은…… 그러니까, 신생 기사단인데다가 불확실한 요소가 많았으니……."

머뭇거리는 스타스를 대신해 마카롱이 말했다.

"아무도 지원 안 했다는 거로군요."

"……음."

그때 당시 거대했던 엘피디오의 세력을 등지고 누가 감히 용감하게 나설 수 있겠느냐마는, 정말 한 명도 자원하는 자가 없었다.

"제비뽑기로 해서 단장님이 뽑히신 건가요? 그림이 좀 별로인데."

스타스가 동의한다는 듯 웃었다.

아직 어렸던 리카르디스는 자신을 보호하러 오는 상급 기사들에게 몇 번 단장직을 권했다. 소년의 처지를 안타깝게 생각해 친근하게 대해 주려던 기사들조차도 그 권유는 받아들이지 못했다.

다 큰 남자들의 변명을 듣는 소년은 언제나처럼 웃으며 알겠다 대답했다고 한다. 자존심이 상하고 불안했을 법도 했는데, 전혀 그런 기색을 읽을 수 없었다고. 스타스는 어린 2황자가 영특하기는 하지만, 어쩌면 그때의 위험한 상황을 깊게 이해하지 못하고 있는 게 아닐까 생각했다.

당시 중앙을 무대로 활동하지 않았던 스타스가 리카르디스를 만나게 된 것은 우연에 가까웠다. 황실 도서관에서만 열람할 수 있는 귀중한 서적을 보러 몇 개월 만에 들른 것이었는데, 거기에 리카르디스가 있었다.

책상 위에 두꺼운 책을 잔뜩 쌓아 두고 읽고 있는 은발의 소년을 본 순간, 스타스는 그가 소문의 2황자라는 사실을 깨달았다. 리카르디스는 여기저기 지나다니는 귀족들이 수군거리는 소리에도 빠르게 책을 넘기며 종이에 무언가를 써 내려가는 것에 여념이 없었다.

그런데 돌연 리카르디스가 갑작스럽게 손을 움직여 얼굴을 퍽 쳤다. 자세히 보니 코를 틀어막은 것이었다. 그의 손 아래로 피가 뚝뚝 떨어지고 있었다. 잠시 그대로 있던 소년이 고개를 젖혔다.

주위를 둘러보니 호위 기사들이 있었지만, 각기 졸거나 다른 짓을 하고 있어서 미처 눈치채지 못하고 있는 상황이었다. 스타스는 짧게 혀를 차고 리카르디스에게 다가갔다.

[머리를 젖히시면 안 됩니다.]

머리통에 손을 대는 낯선 이 때문인지 소년이 뒤를 돌아보았다. 적의 없는 남자의 얼굴을 확인한 리카르디스는 스타스의 말을 따라 곧 고개를 숙였다. 스타스는 리카르디스의 목덜미와 뒤통수에 손을 댄 채, 소년의 콧대를 아프지 않게 압박했다. 그러고도 피가 멎지 않아 20분을 더 있어야 했다.

[그대는?]

[가을안개 백작, 스타스라고 합니다.]

[고맙다. 오늘따라 이상하게 잘 멎지 않아서 조금 당황했는데 덕분에 잘 넘어갔다.]

스타스가 건넨 손수건으로 피를 닦은 소년이 겸연쩍은 듯 웃었다.

[이 손수건은 내가······.]

돌려주겠다 말하려던 것 같았다. 하지만 리카르디스는 거기에서 더 말을 잇지 않았다. 호의에 보답하고자 선물을 보내려 한다 해도, 막상 받는 당사자의 입장에서는 달갑지 않으리란 계산이 끝난 모양이었다. 이 황실 누구라도 엘피디오와 황후의 눈에서 벗어나는 걸 두려워하지 않는 사람은 없었기 때문에.

소년은 말을 잇지 못한 채 손수건만 만지작거렸다. 언어, 산술, 역사, 문화, 정치, 사상, 철학, 제왕학. 어른들도 펴자마자 덮어 버릴 것 같은 복잡한 책을 읽는 명석한 소년이 그 나이대의 어린아이로 보였다. 연약한 기대감이 피로 젖은 손수건을 떠나지 못하고 있었다.

[손수건은 제가 가까운 시일 내에 돌려받으러 가겠습니다.]

자기 자신도 이해 못 할 만큼 충동적인 발언이었다. 하지만 스타스는 그 결정을 결코 후회하지 않았다. 애써 담대하게 가슴을 펴고 있으려던 소년의 입꼬리가 움찔움찔 올라가는 것이 보였다. 그것만으로도 가슴 깊게 눌러 둔 짐이 덜어진 기분이었다.

그 우연한 만남이 약혼녀를 잃은 슬픔으로 황실 기사단을 떠났던 스타스를 다시 불러들이는 계기가 되었다. 그렇게 전 얼음창 기사단 단장 스타스가 하얀밤 기사단 단장 스타스가 되었다.

"아, 알죠, 잘 알죠. 어이구 짠한 거, 이 생각 들면 끝난 거라니까. 못 이겨요."

미미는 너무나도 가슴 깊이 이해할 수 있다는 듯이 열정적으로 고개를 끄덕였다.

친우들조차 종종 '다시 생각해 보는 게 어떠냐.'라든지 '목숨 아까운 줄 모른다.'라고 얘기했는데. 암암리에 전투용 다람쥐라고 불리는 미미가 긍정 적인 반응을 보이니 기분이 모호했다. 강한 사람이 뒷배가 되어 과거의 자 신을 옹호해 주는 느낌이었다.

"이제 보니 단장님이 저랑 통하는 데가 있었네. 어휴. 저나 단장님이나 고생 참 많네요."

그녀의 말이 굉장히 웃겼던 터라 스타스는 잠깐 입을 가리고 웃었다. 미 미가 보물처럼 꽉 쥐고 있던 술 주머니를 그에게 내밀었다. 고생 참 많은 동지끼리 한잔하자는 뜻인 듯했다.

스타스는 그녀에게 건네받아 술을 한 모금 마셨다가 순간 도로 내뱉을 뻔했다. 마시자마자 식도가 타들어 가는 착각이 들 정도의 독주였다. 미미 에게 돌려주니 그녀가 마저 주머니를 비우고 일어났다.

"이제 슬슬 돌아갈까요? 피보호자가 눈앞에 오랫동안 안 보이면 불안하 잖아요."

"그건…… 그렇군."

정말 통하는 데가 있었다. 스타스는 다시 한번 웃음을 흘리고는 자리에 서 일어나 달빛이 비추는 길을 따라 그녀와 함께 걸었다.

* * *

빗방울이 투두둑 떨어졌다.

"올겨울은 비가 많이 내리는군."

짜증이 덕지덕지 묻어 있는 누군가의 목소리에 로젤린은 하늘을 올려다 보았다. 회색빛 먹구름에서 굵은 빗줄기가 쏟아지고 있었다.

제국군은 전투가 있던 날로부터 며칠 거리에 떨어져 있는 발타의 강에 도달했다. 계속된 궂은 날씨 때문에 진군 속도가 더뎌져, 예상했던 날보다 며칠 늦어진 상황이었다. 조급해하던 리카르디스는 눈앞에 무너져 있는 다리를 보고 한숨을 내뱉고 말았다.

며칠 내내 내린 비로 강의 폭이 넓어지고 유속이 빨라진 데다 다리마저 모두 부서져 있었다. 길이 막힌 것이다. 하카브가 동맹군을 이끌고 출정할 당시, 혹시나 모를 일에 대비해 다리를 부수고 간 것일까? 리카르디스가 인상을 찌푸렸다.

'제국군이 발타의 영토를 침범하리라 예측했다고?'

아니, 그렇다 해도 지원군이 지나가야 할 일이 생길 수도 있는데, 이렇게 무턱대고 저지를 리가……

싱의 군대는 힐리사고 왕국군이 완전히 격파했다고 들었다. 그중 일부가 살아남았을지도 모르지만, 도망가는 급박한 상황에서 크고 견고한 다리를 부술 만한 시간은 없었을 것이다.

아니면 근처 요새의 발타 수비군들이 일라베니아 제국군이 온다는 정보를 접해, 시급하게 부쉈을 수도 있다. 다른 가능성을 떠올려 보았지만 찝찝한 기분은 가시지 않았다.

리카르디스가 입을 다문 채 가만히 강의 물결만을 바라보자, 스타스가 뒤에서 조심스럽게 다가왔다.

"강의 하류와 상류에 다리가 하나씩 더 놓여 있습니다. 리비타와 가까운 쪽은 하류입니다."

리카르디스는 묘한 기분을 지울 수 없었다. 고심하던 그가 입을 열었다.

"……상류로 간다."

제국군이 떠난 자리. 다리가 부서져 있는 강가에 비밀스러운 암호가 남겨졌다.

[일라베니아 제국군이 상류로 이동.]

배반자의 속삭임은 누군가에게로 닿아 멀리 퍼졌다.

* * *

하루를 더 걷고서야 상류의 다리에 도착했다. 그 무렵에는 비가 그쳐 먹구름 사이로 햇빛이 드문드문 들어오고 있었다.

다행히도 상류의 다리는 무사했다. 부수다가 중단한 것인지 다리 여기저기에 거친 흠집이 나 있었지만, 제 기능을 하는 것에는 아무 문제가 없어 보였다.

문제는 다리를 방어하고 있는 수비대가 있다는 점이었다. 다리로 가는 길목에 흙벽을 쌓아 진지를 구축한 상태였다.

넓은 땅이 아닌 좁은 다리 위에서 일어나는 전투였기에 수의 이점으로 찍어 누를 수는 없었다. 어떤 부대를 내보내야 하나 리카르디스가 고심하던 중, 앞서 일부 합류했던 힐리사고 부대의 지휘관이 용맹한 모습을 보여 드리겠다며 나섰다.

거칠고 호전적이기로 유명한 힐리사고군의 위력은 리카르디스도 잘 알고 있었다. 또한 동맹국에게 공을 세울 기회를 주는 것도 중요한 일이었기에, 발타의 수비대와 교전할 상대로 힐리사고의 부대가 발탁되었다.

곧 전투가 시작되었다.

힐리사고군이 발타의 수비대와 교전하는 사이, 제국군의 지휘부는 강을 건널 방법을 모색해 보았다. 하지만 며칠간 내린 비로 수심이 깊어져 있어 다리 외에는 뾰족한 수가 없었다. 제국군은 그대로 발이 묶인 채 전투가 끝나기만을 기다려야 했다.

발타 수비대의 방어는 견고했다. 한정된 좁은 면적 때문이기도 했지만, 그들의 실력이 뛰어난 탓도 있었다. 어느 군대의 정예 병력이라 봐도 무방한 수준이었다.

리카르디스는 초조해서 자기도 모르게 손을 잘근 물었다. 옆에서 지켜보던 스타스가 손수건을 꺼내어 그의 손을 닦아 주었다. 리카르디스가 겸연쩍은 듯 웃었다.

시간이 점차 흐르며 해가 기울었다.

리카르디스와 하얀밤 기사단은 높은 지대 위에 올라서서 전투의 흐름을 살폈다. 여전히 엎치락뒤치락하며 답보 상태에 빠져 있었다. 이대로는 오늘이 가기 전까지 다리를 건너지 못할 것 같았다.

"사상자가…… 적은 편이군요."

잠시간 전장을 바라보던 로젤린이 대뜸 꺼낸 말이었다. 이목이 그녀에게 쏠렸다. 로젤린은 손으로 볼을 톡톡 두드리며 날카로운 소음이 나는 곳을 주시했다.

전장으로부터 그들이 있는 곳까지는 거리가 제법 멀었다. 눈이 좋다고 해도 전투의 흐름만 대충 보일 뿐, 사상자가 얼마나 발생했느냐 정도의 자세한 사항을 파악할 수는 없었다.

그녀는 말을 더 붙이지 않고 계속해서 전장을 내려다보았다. 공간은 적고, 사람은 많았다. 움직일 수 있는 범위가 제한되니만큼 전투는 지지부진한 양상을 띨 수밖에 없었다. 사상자가 적은 것은 그 이유로 설명할 수 있을지도 몰랐다.

'하지만 뭔가…….'

눈으로 보는 것, 생각하는 것 그 너머에서 경종이 울렸다. 전투 중이라 예민해져 공연히 불안감을 느끼는 것일지도 몰랐다. 그러나…….

[사소한 것이라도 놓치지 말고 잘 살펴야 해, 칼.]

과거 칼릭스에게 했던 말이 돌아와 그녀의 머릿속에서 울렸다.

[붉은수레바퀴의 사람들은 감이 좋으니⋯⋯.]

만약 이 위화감이 괜한 것이 아니라면? 로젤린은 눈 하나 깜박이지 않고 전장을 바라보았다. 리카르디스는 전장이 아닌 로젤린의 얼굴을 바라보며 침묵을 지켰다. 로젤린의 눈이 쉼 없이 움직였다.

그때, 힐리사고 기사의 검날이 발타 수비대 누군가의 머리를 가격했다. 이미 헐거워져 있던 것인지 투구가 털썩 벗겨지며 남자의 얼굴이 드러났다. 수수해서 인상에 남지 않을 법한 사내였으나, 로젤린은 그가 누구인지 보자마자 기억해 내었다.

수개월 전, 발타의 궁전.

하카브는 연회에서 리카르디스를 이끌고 다니며 많은 이들을 소개했었다. 그때 로젤린이 보았던 사람 중 한 명이었다. 땀에 흠뻑 젖은 채 인상을 찌푸리고 있는 지금과 달리, 회상 속 남자는 웃고 있었다.

[아, 황자. 이쪽은 싱의 대장군, 리마입니다. 싱의 어린 가주들을 대신해 이번 연회에 왔습니다.]

며칠 전의 기억이 그 위로 겹쳐졌다. 싱을 함락했다던 힐리사고의 왕자가 의기양양하게 웃으며 말했던 모습이.

[대다수의 병사들은 사망했으며, 살아남은 병사들은 포로로 억류 중입니다. 대장군을 포함한 지휘관들은 모두 처형했습니다.]

싱의 대장군. 리마.

투구가 벗겨진 그의 머리 위로 누군가의 검이 쇄도했다. 찰나의 순간, 검날의 궤도가 틀어지며, 머리가 아닌 단단한 흉갑 위를 의미 없이 스쳤다. 로젤린은 눈을 크게 떴다. 이 전투는 잘 짜인 한 편의 연극에 불과하다!

힐리사고는 애초에 싱의 요새를 함락한 적이 없었던 것이다. 그들이 처형하고 포로로 잡아 두었다던 싱의 군대가 지금 다리에 있는 수비대일 것이라, 로젤린은 확신했다.

로젤린이 고개를 휙 돌렸다. 갑자기 달라진 그녀의 기세에 주변에 있던 기사들의 눈빛이 변했다.

"싱의 대장군이 수비대 측에 있음을 확인했습니다. 힐리사고는 발타의 동맹입니다!"

힐리사고는 일라베니아의 오랜 친구이자 가신이었다. 100여 년도 더 흐른 시간만큼 쌓인 신뢰가 지금 치명적인 칼날이 되어 돌아오고 말았다.

로젤린의 말을 이해하지 못하거나 이해해도 어쩔 줄 몰라 허둥지둥하던 지휘부와 달리 리카르디스는 숨을 한 번 크게 쉬는 것으로 정리를 끝낸 듯 보였다.

"드윗 경, 로젤린 경."

근처에 있던 드윗이 급히 다가왔다.

"좌익군이 먼저 출진한다. 다소 피해가 생기더라도 하나하나 처리하지 말고 돌파를 최우선으로 생각하라. 로젤린 경에게는 현장 지휘관으로서 드윗 경 다음으로 가장 큰 영향력을 행사하는 자격을 부여하겠다. 선두에 서는 기병대를 이끌어라."

"명을 받듭니다!"

"예, 전하. 명을 받듭니다."

상황과 명령이 빠르게 하달되며 그간 잠잠했던 제국군 진영이 소란스러워지기 시작했다. 곧 좌익군이 움직이며 좁은 바늘구멍 같은 다리로 향하는 모습이 보였다. 리카르디스는 전장을 바라보며 입술을 깨물었다.

'전투가 길어진다 싶더니, 시간을 끌기 위함이었나. 이런 멍청한 짓을 하다니……'

싱의 요새에 주둔하고 있을 힐리사고군의 존재를 무시할 수 없게 되었다. 뒤를 든든하게 맡아 줄 아군이 한순간에 적으로 변해 버린 것은 단순히 '적이 하나 더 늘었다.' 정도로 말할 수 있는 게 아니었다. 싱의 요새가 지닌 전략적 이점을 모두 잃어버렸다.

연합군이 모습을 드러내게 되면 지금의 제국군에게는 승산이 없었다. 하지만 이대로 주저앉을 수는 없었다. 어제 혹시나 하는 마음에 상류로 온 것이 다행이었다. 그나마 지금의 상황을 타개할 수 있는 유일한 길이기 때문에.

"마른가시나무 백작은 어디 있나!"

세실이 급하게 말을 몰고 다가왔다.

"상황을 간략하게 설명하지. 힐리사고가 배반했다."

세실이 얼굴을 와락 구기며 욕설을 내뱉었다. 리카르디스는 아랑곳하지 않고 본론으로 들어갔다.

"내가 어제 말한 그것을 쓸 수 있겠나?"

어젯밤. 마른가시나무 백작은 리카르디스와 짧은 만남을 가졌다. 그녀의 영지 내에 있는 무기 장인이 만들었다는 신무기 때문이었다.

[화약을 이용한 설치용 폭발물?]

[일반적으로 화약을 사용하는 것보다는 위력이 강할 거라 하더군요. 이 것저것을 섞었다고. 그런데 급하게 만든 터라 실험해 볼 틈이 없었습니다. 그 영감이 솜씨는 좋은데 실패도 많이 해서…… 최악은 불발까지도 예상하고 있습니다.]

[……내일 쓸 일이 있을지도 모르니, 화약과 함께 언제든 사용할 수 있게 준비하라.]

그렇게 말한 것이 정말 딱 하루 전이었다. 세실이 눈썹을 살짝 찌푸리며 말했다.

"뭘 폭파하시려는 겁니까?"

리카르디스의 얼굴이 한쪽으로 돌아갔다. 그가 강줄기를 따라 손을 뻗었다.

"여기서 조금 더 상류로 올라가면 댐이 있다. 그걸 폭파한다."

마른가시나무 백작이 입을 벌렸다. 자신도 과격함 하면 빠지지 않는 인물이었으나, 이건 정말…….

"연합군이 모습을 드러낸 후, 적절한 때가 오면 신호를 보내겠다. 신호는…… 마카롱 경의 울음소리. 지금 당장 병력을 이끌고 이동하라!"

말이 끝나기가 무섭게 뒤편에서 힐리사고군이 나타났다. 싱의 요새를 차지했던 왕자의 군대였다. 연합군이 오기 전까지 발을 묶기 위한 병력이리라, 리카르디스는 직감했다.

그리고 그들의 노림수대로 일라베니아 제국군은 다리를 건너지 못한 채, 힐리사고군과 교전해야 했다.

해가 질 무렵, 리카르디스의 불안은 실체화되어 언덕 위로 모습을 드러냈다. 석양빛을 등진 검은 그림자가 하나둘 늘어나더니, 언덕의 능선 위를 빼곡하게 메웠다. 기괴하게 몸을 들썩이는 검은 그림자 무리는 말라 죽은 나무가 바람에 흔들거리는 것같이 보였다.

일라베니아의 거대한 방벽을 무너트리고, 남부를 초토화시킨 발타와 마람의 연합군이었다.

거대한 무리에서 한 남자가 호위를 대동한 채, 전열로 나섰다. 멀리에서도 그를 알아볼 수 있었다. 하카브, 그 남자였다. 그가 흡, 숨을 들이켜더니 소리를 질렀다.

"로젤린 에스터!"

막 힐리사고 병사를 발로 걷어차 강물에 빠트린 로젤린이 그 소리에 우뚝 멈춰 섰다.

"그대에게 마지막 기회를 주도록 하지. 나에게 와라."

몇만 명이 모여 있는 강가가 쥐 죽은 듯 조용해졌다. 하카브의 돌발적인 행동에 일라베니아 제국군과 마찬가지로 연합군 측도 당황하고 있었다.

모두의 이목이 로젤린에게 쏠렸다. 다 같은 갑옷을 입고 있어, 누가 로젤린인지 모르던 이조차 그녀라고 알 수 있을 정도로.

로젤린은 별다른 대답을 하지 않았다. 그저 옆에 있는 창병의 창을 빼앗아 확 던졌을 뿐이었다. 사람 키보다 큰 무기가 화살처럼 쇄도했다.

하카브의 코앞까지 창이 들이닥친 순간이었다.

캉!

높은 쇳소리가 나더니 창이 공중에서 몇 바퀴 회전했다. 그러고는 곧바로 추락해 바닥에 꽂혔다. 하카브의 앞을 막아선 자는 디에즈였다. 일라베니아의 배신자.

그가 낮은 목소리로 읊조렸다.

"왕자, 이상한 짓 하지 마시죠."

디에즈가 짜증 난다는 듯 거칠게 말을 내뱉었다. 하카브가 하하 웃으며 답했다.

"발타에는 사람의 말을 세 번까지는 들어 보라는 속담이 있어, 디에즈. 어쩌면 그녀도 마음이 변했을지도 모르니까 한번 권해 보기나 한 거야."

"그래서요, 또 하겠다는 말입니까?"

"그럴 리가. 이번이 딱 세 번째였어."

디에즈의 어깨를 다정하게 감싸 안은 하카브가 다시 한번 크게 소리쳤다.

"일라베니아의 병사들은 들어라! 일라베니아의 중부 관문으로 발타와 마람뿐 아니라 힐리사고의 군대까지 진군하고 있다. 너희에게 승산은 없다. 하지만 그대들이 무슨 죄가 있겠나. 그저 일라베니아에 태어났을 뿐인 것을. 하여, 기회를 주겠다."

그의 눈이 반달처럼 휘었다.

"무기를 내려라. 무릎을 꿇고 복종해라. 그런 자들의 목숨은 내가 가엾게 여겨 거두지 않을 것이다."

일라베니아의 병사들이 술렁거리기 시작했다. 처음으로 몰린 위기. 돌파구가 없어 보이는 전황. 수많은 적군까지. 여러 요소가 사고를 둔하게 만들고 마음을 흔들었다.

수백 수천 쌍의 눈이 움직이며 서로를 탐색했다. 적군을 앞에 두고 전의를 불태워도 모자랄 판에, 눈치를 보고 있는 것이었다. 병사들은 차마 무기를 놓지 못했지만, 그렇다고 꽉 쥐고 있지도 못했다.

하카브는 싱긋 미소 지었다. 그는 꽉 짜인 유기체 같던 제국군의 진형이 흐트러지고 있음을 깨달았다. 그들 사이사이를 연결하고 있던 고리가 헐거워지고, 틈이 벌어지기 시작한 것이다.

하카브가 손을 들어 올린 것은 그즈음이었다. 그것이 전투의 시작을 알리는 뿔피리 소리를 대신한다는 사실은 대다수가 알지 못했다. 연합군의 진영에서 화살 한 발이 하늘로 쏘아졌다. 그리고 곧바로 제국군 진영이 소란스러워지기 시작했다.

"어, 뭐야?"

제국군의 측면, 적막을 끊어 낸 날카로운 병장기 소리가 그곳에서 울리고 있었다. 하카브의 명령을 받고 숲을 돌아서 간 별동대가 제국군의 방심을 뚫고 공격을 감행한 것이었다. 그와 동시에 마인 병사 몇몇이 강물에서 튀어나와, 진형의 안쪽에 있던 지휘관들을 살해했다.

어수선해졌던 제국군은 갑작스러운 상황에 대응하지 못하고 잠시 멈춰 있었다. 하카브는 이목이 전방을 벗어난 그때를 놓치지 않았다.

제국군과 대치 중이던 연합군의 전열이 움직였다. 곧 첫 번째 파동이 제국군을 덮치며 사납게 그들을 흔들었다. 예정된 난장판이 벌어졌다.

이미 전의를 잃었던 자들의 방패는 연약했다. 그 사이를 뚫고 들어온 발타의 병사들이 활개 쳤다. 한 명 한 명이 무너지자 전체가 흔들거렸다. 그들을 다잡아 줄 지휘관들은 살해당한 지 오래였다. 지휘 계통이 마비된 곳부터 무너지기 시작했다.

"후퇴, 후퇴하라!"

미처 검을 놓을 용기마저 없던 이들이 그 말에 잽싸게 도망쳤다. 연합군은 그런 그들의 후미를 짓뭉개며 전진했다.

하카브가 그 장면을 보며 웃었다.

그때 디에즈와 케틀린이 고개를 들어 올렸다. 지상에서부터 하늘로 급격하게 치솟는 마력을 느낀 탓이었다. 거대한 독수리가 화살처럼 쏘아지듯 비상하고 있었다. 곧 전장 위를 덮는 울음소리가 울렸다.

삐이익----

* * *

마른가시나무 백작군의 궁병대장이 불화살을 쏘아 올렸다. 불화살은 댐의 앞에 쌓여 있는 화약과 폭발물에 정확하게 꽂혔다.

콰앙!

무언가가 터지고 부서지는 소리로 일대가 요란스럽게 울렸다. 폭발로 자욱해졌던 시야가 확보된 후에야 마른가시나무 백작은 상황을 살필 수 있었다.

"나는 솔직히 신은 없다고 생각하는 편이거든, 렉시드."

"……예, 백작님."

"그런데 지금 이 꼴을 보자면 있는 것 같기도 하단 말이지."

그녀가 머리를 헝클이며 인상을 찌푸렸다. 수레 열 개 분량의 화약과 신무기가 투입되어 폭발을 일으켰음에도 댐은 여전히 건재했다. 연기가 자욱하게 나고 소리만 요란했지, 별다른 충격을 주지 못한 모양이었다.

"크레안 티다니온이 발타의 개자식들을 보살피는 것 같단 말이다."

세실이 이를 으득 갈았다. 댐이 붕괴되었을 때를 대비해 높은 지대로 올라와 있던 것도 허사가 되어 버렸다.

저 멀리 격전지가 한눈에 들어왔다. 댐이 무너질 것을 대비해 제국군은 강가에서 많이 벗어난 상태였다. 하지만 기존 계획이 틀어진 이상 정규전을 각오해야 했다.

"본대를 엄호하러 간다."

"명령을 받듭니다."

세실은 미련이 이끄는 대로 한 번 더 뒤를 돌아 댐을 바라보았다. 얄미운 댐은 흔들리는 기색조차 보이지 않았다. 그녀는 혀를 차고 다시 고개를 돌려 이동했다.

마른가시나무 백작군이 떠난 뒤, 연기가 걷혔다. 그곳에는 그녀가 미처 발견하지 못했던 희미한 균열이 새겨져 있었다.

쩌저적, 갈라지는 틈으로 흙 자갈이 떨어졌다.

* * *

멀리서부터 굉음이 들렸다. 저 멀리에서 범상치 않은 크기의 연기가 뭉게뭉게 퍼지고 있었다. 자주 범람하는 미노가 강의 하천 지대를 위해 설치한 홍수 조절용 댐이 있는 곳이었다.

하카브는 자신의 등 뒤로 식은땀이 흐르는 것을 느꼈다. 며칠간 내린 비로 수위가 한껏 높아진 상태였기에, 만약 댐이 무너졌다면 강가에서 전투 중인 연합군이 다 쓸려 나갔을 것이다.

다행히도 소리만 요란했지, 별다른 이상이 없었다. 단단하게 지어진 댐을 터트리기에는 부족했던 모양이었다.

"……리카르디스가 왜 상류로 왔나 했더니. 이런 걸 준비해 두고 있었군."

댐이 터지게 되면 연합군이 가장 피해를 많이 볼 테지만, 제국군도 조금이나마 휘말리게 되어 있었다. 살을 내주고 뼈를 취하려 한 것이다. 그 곱상한 얼굴로 이런 과격한 방식을 선택할 줄이야.

하카브는 강 건너의 리카르디스를 발견했다. 높은 지대로 올라가는 다른 제국군 병사들과 달리 하얀밤 기사단을 포함한 기병대가 강줄기를 따라 상류로 향하고 있었다.

'댐으로 가는 거로군.'

화약이 실려 있는 수레를 끌고 있는 걸 보아 하니 예상이 맞을 것 같다. 하카브는 빙긋 웃었다.

"호위망이 얕아졌군. 발리스타의 방향을 조절해라. 강줄기를 거슬러 가는 제국기 아래. 적의 총사령관이 있다. 그리고 디에즈?"

"뭡니까."

요즘 한창 반항기를 겪고 있는 터라 대답이 퉁명스러웠다.

"그대가 좀 도와줘야겠어. 하얀밤 기사단에는 치명적인 약점이 있거든."

디에즈의 눈에 의문스러운 빛이 떠올랐다. 로젤린과 마카롱이 있는 그 하얀밤 기사단의 치명적 약점?

하카브가 씩 웃으며 말했다.

"로젤린 경을 너무 믿는다는 거지."

* * *

큰 소리가 난 시점으로부터 몇십 분이 흘렀음에도 강가의 수위는 높아질 줄을 몰랐다. 실패했다는 사실을 깨닫는 것은 어렵지 않았다.

댐을 붕괴시키지 않는 한 지금의 상황을 타개할 방법은 없었다. 하카브를 암살하는 방법 또한 생각했으나, 그를 둘러싼 수많은 마인 부대와 디에즈의 존재를 결코 무시할 수는 없었다.

지휘관들 중 다른 이들에게 2차 폭파의 임무를 맡길 수도 있었다. 하지만 만약 일이 또 틀어진다면 곤란했다. 임무가 실패한다고 가정할 시, 당장에 명령을 내리고 지휘를 바꿀 만한 사람이 임무에 포함되어 있어야만 했다. 총사령관인 리카르디스가 직접 댐으로 향하게 된 이유였다.

1,000여 명 되는 부대가 본대에서 빠져나와 강가를 따라 이동했다. 뒤에서 발타의 병사들이 끈질기게 따라왔다. 옷을 입고 합류한 마카롱이 나무를 쓰러트리며 뒤에 달라붙는 발타군의 발을 잠시간 묶었다.

마인 병사, 인조적인 마인들, 그리고 파편까지. 사방이 마력으로 일렁였다. 로젤린은 감각을 날카롭게 세워 '마력'을 위험한 것으로 분류했다. 보지

153

않는 방향이라 해도 파편과 마인 병사들의 움직임만은 생생하게 느낄 수 있도록.

덜컹, 둔중한 무언가가 움직이는 소리가 났다. 그것에 로젤린이 미처 반응하지 못했던 이유는 후미에서 느껴지는 강렬한 마력의 기운 때문이었다. 일반적인 인간이 가질 수 없는 거대한 마력.

디에즈였다. 그가 강대한 마력을 난폭하게 표출하고 있었다. 그걸 느낀 로젤린과 마카롱의 시선이 디에즈에게로 향했다. 그 찰나의 순간, 느슨해진 경계를 뚫고 파공음이 터져 나왔다.

콰직.

무거운 것이 갑옷을 뚫고, 연약한 살과 근육을 찢는 소리가 끔찍하게도 생생했다.

로젤린은 제 시야 밖에서 울리는 소리를 듣고서야 일이 일어났음을 깨달았다. 그리고 디에즈의 마력이 자신과 마카롱의 주의를 돌리기 위한 하나의 수단일 뿐이라는 것도.

로젤린은 황급히 고개를 돌렸다. 리카르디스 옆에 양팔을 쫙 벌린 스타스가 있었다. 검고 뾰족한 무기가 그의 가슴을 꿰뚫은 채였다.

시간이 멈춘 것만 같았다. 말발굽에 밟힌 자갈이 튀어 오르고, 먼지가 자욱했다. 공중에 흩뿌려지는 핏방울이 리카르디스의 은색 갑주에 닿았다. 스타스의 투구 안에서 피 끓는 소리가 들렸다. 그의 인영이 서서히 허물어졌다.

급하게 말고삐를 잡아 방향을 틀었던 탓인지, 스타스의 말과 리카르디스의 말이 거세게 충돌했다. 두 사람이 그대로 바닥으로 떨어졌다.

"아아악!"

누군가가 내지른 비명이 머릿속에서 울렸다. 로젤린은 멍해진 머리로 생각했다. 파르딕트인가, 르원인가. 어쩌면 자신이 내뱉은 것일지도 몰랐다. 그 소리를 기점으로 느리게 흘러가던 시간이 되돌아왔다.

낙마한 두 사람의 위로 기병 몇 명이 지나갔다. 말발굽에 갑옷이 절걱절걱 밟혔다. 가슴속 깊숙한 곳을 찌르는 것 같은 섬뜩한 소리였다. 로젤린은 급하게 말에서 뛰어내렸다. 흙먼지로 자욱한 바닥에 한 덩어리처럼 보이는 그들이 쓰러져 있었다.

"전하!"

로젤린은 손을 덜덜 떨었다. 리카르디스가 바닥에, 그리고 그 위에 스타스가 있었다. 스타스의 가슴을 꿰뚫은 검은 쇠가 리카르디스의 흉갑에 닿으며 소름 끼치는 소리를 냈다. 두 사람은 미동도 없었다. 주위가 소란해 숨소리도 들리지 않았다.

그때 로젤린의 손을 누가 덥석 잡았다. 급하게 숨을 토해 낸 스타스였다. 그가 떨리는 손으로 투구를 벗었다. 눈은 핏줄이 터져 붉었고 입에서는 피가 줄줄 흘러내렸다.

"단, 단장님."

스타스가 콜록거리며 피를 토했다. 로젤린은 급하게 수통에 담긴 성수를 먹이려 했지만, 그가 고개를 돌려 피했다. 고작 그 정도로 치료되지 않으리란 생각이 미친 탓이었다.

기병대가 후미의 발타군과 교전하는 사이 하얀밤 기사단원들이 급하게 주위에 모였다.

"단장님!"

"전하!"

하급 기사들이 눈물을 터트렸다. 애써 눈물을 참는 자들도 많았다. 스타스는 반쯤 기다시피 해서 리카르디스의 위에서 떨어져 나왔다. 부단장 나단이 급하게 리카르디스의 투구를 벗겨 냈다. 피에 엉긴 창백한 은빛 머리카락이 쏟아졌다.

리카르디스는 의식을 잃은 상태였다. 떨어지며 투구 안쪽에 강하게 찍힌 것인지 이마 위로 피가 흐르고 있었다.

"허억……."

로젤린은 본능적으로 한 걸음 물러섰다. 부서진 마차 안, 피 흘려 가며 죽어 가는 어린 소녀의 모습이 그와 겹쳐졌다. 그때의 무력감, 그때의 고통과 그때의 좌절이 지금 겹쳐지며 그녀를 쥐어 터트릴 듯 짓눌렀다.

'나, 나는 또…….'

미처 속으로도 완성하지 못한 생각에 손이 떨렸다. 시야가 깜깜했다. 심장은 그 어느 때보다도 거칠게 뛰고, 머리는 어지러웠다. 로젤린이 비틀거리자 상급 기사 카일로가 급하게 그녀를 지탱했다. 나단이 건틀렛을 벗으며 리카르디스의 머리를 살피고 호흡을 관찰했다.

"잠시 기절하신 것 같지만, 말에서 떨어진 부상이라 낙관적으로 볼 수 없다. 빨리 안전한 곳에서 치료를 받아야 한다."

나단이 잠깐 말을 멈추고 주위를 둘러보았다. 기사단장과 총사령관이 해를 입은 틈을 타, 발타의 병사들이 화약 수레를 강탈해 물에 집어 처넣은 지 이미 오래였다. 그가 눈을 질끈 감고 일어섰다.

"작전은 폐기, 서둘러 퇴각한다!"

모든 기사단원이 스타스를 바라보았다. 그가 비틀거리며 자리에서 일어났다. 가슴에서 피가 계속해서 흐르고 있었다.

나단의 콧수염이 움찔거렸다. 그가 자신의 가슴 위에 주먹을 올려 두며 스타스를 향해 경례했다.

"지금부터는 제가 단을 이끌겠습니다. 수고하셨습니다, 단장님."

숨죽인 울음소리가 전장의 한가운데에서 들려왔다. 스타스의 눈동자가 하얀밤 기사단원들을 훑더니 쓰러진 리카르디스를 향했다. 스타스는 느리게 눈을 깜박거렸다. 마지막으로 쳐다본 것은 그간 멍하니 서서 떨기만 하던 로젤린이었다.

스타스가 발을 끌며 그녀에게 다가갔다.

"붉은수레바퀴의…… 로젤린."

로젤린의 눈동자가 흔들렸다. 스타스가 피를 다시 한 움큼 토해 냈다. 그의 몸이 서서히 앞으로 기울었다. 내내 멈춰 있던 로젤린은 그제야 움직여 스타스를 지탱했다. 얇은 얼음 막이 그녀를 두르고 있는 것만 같이, 움직임이 부자연스러웠다.

힘없이 쓰러지려던 남자가 그녀의 뒷목을 잡고 강하게 끌어당겼다. 이마가 세게 쿵 부딪쳤다. 코앞에서 피비린내가 났다. 남자의 붉어진 눈이 보였다. 로젤린은 그 눈에 비친 겁먹은 자신의 얼굴을 보았다.

"멍청하게 서, 있지 마라…… 로젤린 에스터."

고통에 찬 그의 눈에서 눈물과 피가 뒤섞여 주르륵 흘러내렸다.

"지금…… 뭘 해, 야 하는……지. 생각하고……."

스타스가 한쪽 손으로 그녀의 어깨를 꾹 잡았다. 로젤린은 이다음 어떤 말이 따라올지 알고 있었다. 과거, 스타스에게 들은 적 있는 말이었다.

레이몬드의 수습 기사 시절.

노력하지만 대련에서는 이길 수 있는 사람이 손에 꼽았다. 매일매일 검을 휘둘러 고단해진 몸보다도 정신적인 문제가 더욱 그녀를 지치게 만들었다.

남들은 다 하는 걸 왜 나만 못 하나. 왜 이렇게 나만 뒤처지나. 결국은 해낼 수 없는 일인가. 속에서 울리는 메아리는 반복해서 로젤린을 흔들었다.

그렇게 지내던 어느 날, 로젤린은 스타스에게 불려 가 딱 죽지 않을 만큼 굴렀다. 지쳐서 쓰러진 그녀 위로 그림자가 드리웠다. 로젤린은 땀이 맺힌 눈가를 닦으며 그를 올려다보았다.

[경은 힘이 약한 편이군.]

[……예.]

[그러면 어떻게 해야 할 것 같나?]

[예?]

무슨 소린가 싶었다.

[힘이 약하다. 그러면 어떻게 해야 할 것 같나.]

로젤린은 더듬더듬 얘기했다.

[근육을 키우거나, 아니면 가벼운 검을 추구하며 속도를 높이는 방법을······.]

[그래, 그렇게 지금 무얼 해야 하는지, 필요한 것은 무엇인지, 앞으로 나아가기 위해 방법을 모색하는 것이 경에게 필요한 생각이고, 나머지는 쓸데없는 잡념에 불과하다.]

로젤린은 스타스가 말하는 '쓸데없는 잡념'이 여태껏 자신을 흔들어 왔던 고민이라는 사실을 깨달았다. 얼굴이 화끈해지는 기분이었다.

[하지만 그렇게 못 하겠거든, 생각하지 말고.]

스타스는 그런 로젤린에게 손을 내밀었다. 꾀죄죄한 몰골의 그녀는 그의 손을 잡고 일어났다. 로젤린의 등을 털어 준 스타스가 씩 웃었다. 그러곤 그녀의 어깨를 밀며 말했다.

"움직여라, 당장."

로젤린은 먼 시간에서 돌아와 현재의 스타스를 똑바로 마주했다. 과거와 마찬가지로 스타스는 제 어깨를 밀고 있었다. 한없이 연약하고 위태로운 손길임에도, 로젤린은 스타스가 그때처럼 자신의 등을 강하게 떠밀어 주고 있다고 느꼈다.

내내 멈춰 있던 로젤린은 몸을 돌려 뛰기 시작했다. 뒤에서 풀썩 쓰러지는 소리가 들렸다. 거친 숨을 몰아쉬자 눈앞을 부옇게 만드는 입김이 퍼졌다.

"퇴각한다!"

로젤린은 산길을 오르다 뒤를 돌아보았다. 낮은 지대에 있는 연합군이 보였다. 마치 거대한 생물처럼 서서히 움직이고 있었다. 아까와 달리 그들의 중심이 강가로 이동한 상태였다. 로젤린은 고개를 돌려 아직 연기가 나는 먼 곳을 보았다. 그녀의 눈가로 눈물이 흘러내렸다.

* * *

[로젤린, 파르딕트, 레이몬드, 네스터, 슈텐, 레티시아, 에버하르트 경을 포함한 오소리 부대가 전하를 보필, 미미 양은 다른 부대에서 로젤린 경의 역할을 맡아 마인 병사들의 이목을 끈다. 합류지는 기억하겠지.]

[예!]

만약의 때를 대비한 명령은 이미 상급 지휘관들의 머릿속에 새겨져 있는 상태였다. 지금 그들은 그러한 일정한 계획에 따라 여러 갈래로 쪼개어져 이동하고 있었다.

그중, 제국기와 하얀밤 기사단의 깃발이 휘날리는 중앙 부대에서 강한 마력의 기운이 뿜어져 나왔다. 미끼 역의 마카롱이 힘을 쓴 것이었고, 노림수대로 대부분의 마인 병사들이 그들의 뒤를 쫓기 시작했다.

그 틈을 타 부상 입은 리카르디스를 보필하는 소수의 부대만 옆길로 빠져나와 다른 방향으로 이동했다. 돌아가더라도 안전한 길을 택하기 위해서였다.

리카르디스를 싣고 있던 수레는 도중에 버려야만 했다. 길이 험해지며 썩은 나무뿌리들이 들쑥날쑥하여 통행을 방해했기 때문이었다. 상대적으로 가벼운 에버하르트의 군마에 리카르디스를 맡겼다. 나머지 기사들과 병사들은 주위를 경계하며 빠르게 이동했다.

'이게 무슨 미친 짓이지.'

리카르디스와 호위대는 기존의 대피로를 무시하고 다른 길로 달리고 있었다. 호위대의 현 책임자 레이몬드가 입술을 짓이겼다. 다른 누구도 아닌 리카르디스의 호위를 맡은 호위대가 결코 저질러서는 안 되는 짓이었다.

하지만 레이몬드는 태어나서 로젤린이 그렇게 강력하게 의견을 주장하는 걸 본 적이 없었다.

[댐으로 가자, 레이몬드. 연합군의 본대가 강가의 중앙에 몰려 있어.]

[지금 가장 중요한 건 리카르디스 전하의 안위야!]

[우리보다 저들이 지리에 밝을 수밖에 없어. 연합군이 저 수로 수색에 나서면 전하의 안위도 장담하지 못해. 지금이 절호의 기회야, 연합군이 전부 다리를 건너 강가를 벗어나기 전에!]

[폭파시킬 수 없어, 화약이 다 떨어졌다는 걸 알잖아!]

[1차 시도로 충격을 받았을 거야. 아무렇지 않을 리 없어. 며칠 새 비가 많이 내렸지. 물의 수위는 높아지고 그걸 담아 두는 댐도 압력이 높아진 상황이야. 조금의 충격이면 될지도 몰라.]

댐을 폭파한다는 작전은 완전히 폐기한 상황이었음에도 흔들릴 수밖에 없었다. 그것은 레이몬드도 잘 알기 때문이었다.

어떻게 잘 도주해 제국군과 합류한다 하더라도 뒤바뀐 전쟁의 판국을 어찌할 수 없다는 사실을. 제국군은 뿔뿔이 흩어져 조만간 추적대에게 따라잡혀 처형당하거나 포로로 잡힐 것이다. 리카르디스가 있다 하더라도 이 전쟁은 그 못지않게 머릿수가 중요한 싸움이었다.

하지만 만약 댐에서 방류된 물이 연합군을 쓸고 간다면, 시간을 벌 수 있을뿐더러 어느 정도 균형을 맞출 수 있을지도 몰랐다.

그것이 결국 댐으로 향하게 된 이유였다.

"꼬리가 붙었습니다!"

멀리서 다가오는 기척이 느껴졌다. 로젤린이 멈춰 대응하려 하자 레이몬드가 소리쳤다.

"전력으로 달린다!"

최대한 빨리 댐에 도달해야 했기에, 쓸데없는 교전을 피하려는 것이었다. 레이몬드의 명령에 따라 다들 말을 재촉해 달렸다. 곧 시야에 절벽처럼 보이는 높이의 댐이 들어왔다. 아직까지 연기가 꺼지지 않은 채로, 여기저기 그을려 있는 상태였다.

멈춰 선 호위대 뒤로 적군이 모습을 드러냈다. 공교롭게도 힐리사고의 왕자가 포함된 정예병들이었다. 500여 명쯤 될 뿐인 호위대에 비해 힐리사고군은 2,000에 달하는 숫자였다. 로젤린이라 하더라도 상대하기에는 오랜 시간이 걸릴 게 분명했다. 그리고 그동안 리카르디스의 안전을 장담할 수도 없었다.

힐리사고의 왕자가 한 걸음 앞에 나와 거드름을 피웠다.

"이런 식으로 나올 거라고 생각했지. 내가 리카르디스 전하와 꽤 친하거든."

일라베니아의 기사들이 이를 갈며 검을 뽑았다. 리카르디스를 직접 보호하는 몇몇을 제외한 나머지 인원이 전투 준비에 들어갔다. 로젤린은 그사이 댐 아래 다리처럼 축조된 구조물에 올랐다. 폭발 때문에 여기저기 구멍이 뚫리고 나무판자가 사라져 엉망이었다.

뭐 하는 거야, 저거? 누구야? 힐리사고군 측에서 개별적으로 활동하는 그녀를 향해 큰 관심을 기울였다.

로젤린의 주먹이 댐과 충돌했다.

쾅!

작은 전장에서 일어난 소음을 뒤덮는 굉음이 울렸다. 힐리사고군에 끼어 있던 몇몇 마인 병사들이 불에 덴 듯이 화들짝 놀라며 고개를 돌렸다. 로젤린이 있는 쪽이었다.

"붉은수레바퀴의 로젤린이다!"

"화살을 쏴!"

"먼저 죽여야 한다!"

모두가 죽을 각오로 막아 내고 있었으나, 수 차이 앞에서는 힘없이 밀릴 수밖에 없었다. 포위망이 점차 좁아졌다. 쓰러지는 사람들이 하나둘 늘어감과 동시에 비명도 늘어났다. 마음이 조급해진 로젤린은 연신 댐의 벽면을 내려쳤다.

쾅!

'제발.'

쾅!

다시 한번.

쾅!

계속해서. 하지만 댐은 진동할 뿐, 부서지지 않았다. 숨을 토해 낸 로젤린은 한 번 더 댐에 주먹질을 하려다 우뚝 멈췄다. 겨울인 탓에 제 입김이 적나라하게 보였기 때문이었다.

'호흡이 거칠어.'

로젤린은 그제야 자신의 상태를 파악했다. 호흡은 거칠고, 자세가 흐트러져 있었다. 빠르게 해결해야 한다는 마음에 동작만 크고 힘을 싣지 못했다.

로젤린은 천천히 숨을 골랐다. 내쉬고, 들이쉬고, 내쉬고, 들이쉬었다. 차가운 공기가 깊숙하게 몸 안을 타고 돌았다. 맥동이 난폭하게 뛰며 온몸을 둥둥 울렸다.

그것에 아주 깊은 곳에 잠들어 있던 무언가가 깨어났다. 가리가리 찢겨 기억도 나지 않던, 과거의 순간이었다. 화살이 쏟아지고, 무기를 든 자들의 위협이 가까워져 갔다.

제발, 제발. 눈물을 흘리며 무력하게 하늘의 달에게 빌기만 했던 감정이 떠올랐다. 제발 그 누구라도 도와주세요.

하지만 구원은 어디에도 없었다. 상황을 타개할 수 있는 방법은 오직 자신의 손에 달려 있었다. 로젤린이 주먹을 꽉 쥐었다.

그녀에게서 마력의 기운이 퍼져 나오기 시작하며 안을 타고 돌았다. 근육이 한계까지 응축되었다. 힐리사고 측의 몇몇 병사들이 움직이지 못하고 못

박힌 듯이 로젤린만 바라보았다. 숨을 제대로 쉬지 못하는 자들도 있었다.

로젤린이 눈을 뜨며 주먹을 휘두른 순간, 세상이 무너지는 것 같은 굉음이 울렸다.

쾅!

땅이 진동했다. 사람들은 본능적으로 몸을 움츠리고 싸우던 것을 멈췄다.

쩍, 쩌적.

그녀의 주먹을 중심으로 균열이 선명하게 갈라지기 시작했다. 로젤린은 눈을 감았다. 빠르게 사방으로 치닫는 균열 소리와 댐 너머의 물이 세차게 울렁이는 소리가 들렸다.

로젤린이 뒤를 돌아보며 소리쳤다.

"뛰어!"

로젤린은 나무를 부러트려 집어 던지며 힐리사고의 병사들을 공격했다. 굉음과 땅의 진동, 로젤린의 공세 때문에 그들이 잠깐 물러선 사이, 호위대는 강가에서 산기슭으로 빠르게 이동했다. 제국군을 쫓으려던 힐리사고군이 이상한 기류를 감지하고 자리에 멈춰 섰다.

쩌적, 댐이 갈라지는 게 눈으로 보이기 시작했다.

"이런, 젠장!"

"댐이 무너진다!"

"퇴, 퇴각하라!"

힐리사고군은 기겁하여 그제야 강줄기에서 벗어나 산비탈로 올라가려 했다. 하지만 붕괴가 이미 시작된 후였다. 로젤린은 서서히 무너지기 시작한 댐을 바라보았다.

'댐이 붕괴되면 물이 쏟아지리라 생각했는데.'

흙이 먼저였다. 토사가 흘러내리며, 그 틈새로 며칠간의 겨울 장마에 가득 들어차 있던 강물이 터져 나왔다. 로젤린은 한달음에 내달려 빠르게 높은 지대로 올라갔다.

그것은 단순한 홍수라 표현할 수 없는 파괴적인 장면이었다. 탁류가 한 마리 거대한 생물처럼 나무, 흙, 돌, 인간. 모든 것을 집어삼켰다. 한때 부드럽게 흐르던 강물은 섬찟하고도 육중한 소음을 내며 땅을 울리고 있었다.

　발밑을 흔드는 진동에 놀란 군마가 제자리에서 펄쩍펄쩍 뛰었다. 그중에는 리카르디스를 싣고 있는 말도 있었다. 기사들이 다급히 고삐를 쥐려 했으나, 비틀거리던 말은 비스듬히 난 돌멩이를 밟고 말았다. 땅에서 뽑혀 나간 돌멩이가 구르고, 그 위로 군마도 굴렀다.

　"안 돼!"

　강물 위로 리카르디스의 그림자가 드리운 순간, 로젤린이 재빨리 몸을 던지며 그를 끌어안았다. 물이 가까워지고, 풍덩. 얼음 같은 차가운 온도가 두 사람을 덮쳤다.

　"전하!"

　"로젤린!"

　수면 아래에서 듣는 소리는 너무나 작고 희미했다.

＊ ＊ ＊

　"……이게, 무슨……."

　언제나 싱글벙글 웃는 낯을 유지하던 하카브의 목소리가 분노로 떨리고 있었다.

　'이 사람도 화를 내기는 하네.'

　케틀린은 새삼스럽고 당연한 감상에 잠시 휩싸였다 빠져나왔다. 그녀는 아까 전 방대한 마력이 뿜어져 나온 방향을 다시 쳐다보았다.

　마력을 감지할 수 있는 자라면 결코 무시할 수도, 눈을 뗄 수도 없는 힘이었다. 그렇게 시선과 정신을 빼앗긴 사이, 곧바로 무언가가 부서지고 터져 나오는 소리가 연합군이 있는 곳까지 들이닥쳤다.

다행히 케틀린과 하카브는 디에즈와 마인 부대의 도움으로 거센 물길을 피해 갈 수 있었으나, 대다수의 병사들은 그러지 못했다. 무거운 갑옷과 무기를 들고 있던 병사들은 헤엄쳐 나오려다가도 가라앉아 버렸다. 숲, 나무, 그 일대의 모든 것이 잠겼다. 강가를 뒤덮었던 연합군의 병력은 반절로 줄어 버렸다. 케틀린은 그런 자세한 사정은 알지 못했으나 들려오는 비명과 하카브의 싸늘한 목소리로부터 대충의 상황을 짐작했다.

쾅!

갑작스러운 굉음에 케틀린이 몸을 움츠렸다. 보아하니 하카브가 분에 못 이겨 옆에 있는 나무를 친 모양이었다. 평소 같으면 본인 손만 아플 짓 왜 하냐고 뭐라 했을지도 모르겠으나, 케틀린은 나름 목숨 소중한 건 알았다. 더해서, 자신도 그와 마찬가지로 뼈아팠다. 일라베니아를 조각조각 다져 줄 하카브의 군대가 이렇게 허무하게 쓸려 나가다니.

"리카르디스의 목을, 반드시 가져와라."

조용히 읊조리는 남자의 목소리가 스산하게 일대를 감돌았다.

* * *

어두운 밤. 범람한 미노가 강.

강물에 다양한 것이 떠내려왔다. 나무, 배, 사체 등. 빠른 유속을 감당하지 못해 갈가리 찢기거나 부서진 채였다.

땅 깊게 뿌리박은 거대한 나무는 간신히 떠내려가지 않고 있었다. 그때 강물 아래의 둥치에 무언가가 세게 부딪친 듯 나무가 텅, 하고 진동했다. 곧 물속에서 창백하리만치 하얀 손이 솟아났다. 나무 기둥을 몇 번 더듬은 손은 옹이구멍과 굵은 나뭇가지를 이용해 점차 기어 올라왔다.

"하아, 하……!"

곧 물 위로 모습을 드러낸 사람은 리카르디스를 어깨에 걸친 로젤린이었

다. 두 사람의 무게가 더해지자 여태껏 잘 버티던 나무가 흔들거리기 시작
했다.

"이런, 씨."

로젤린이 인상을 찌푸리며 짧게 욕을 내뱉었다. 뿌리가 뽑히며 기울어지
는 순간 로젤린이 나무를 박차고 뛰었다. 강기슭 위로 로젤린과 리카르디스
가 얽혀 데굴데굴 굴렀다.

그녀는 몇 번 침을 더 뱉어 낸 후에 급하게 리카르디스의 투구를 벗겨
냈다. 물에 젖은 은색 머리카락이 검은 땅 위로 흘러내렸다. 미동도 없는
창백한 얼굴은 마치 조각상을 보는 듯했다. 로젤린은 심장이 덜컥 내려앉는
기분을 느꼈다. 떨리는 그녀의 손이 리카르디스의 턱 바로 아랫부분의 목을
가볍게 눌렀다. 박동이 느껴지지 않았다.

"허, 헉……."

로젤린은 머리를 한쪽 손으로 잡으며 비틀거렸다.

[로젤린…… 무, 사해서 다행이야.]

세티스티아 황녀의 모습이 리카르디스의 위로 끝없이 덧대어졌다. 싸늘
해진 살갗의 온도. 도무지 생기라고는 느껴지지 않는 아름다운 얼굴까지도.

그때와 마찬가지로 로젤린은 조금도 움직일 수 없었다. 머리는 누군가가
세게 누르는 것처럼 먹먹하고, 고통스러웠다. 안쪽부터 뜨거워졌다. 그게
코까지 치닫는다 했더니 기어코 피가 주르륵 떨어져 내렸다. 로젤린의 손
위로 붉은 자국이 번졌다. 피 냄새를 맡은 그녀의 손가락이 꿈틀거렸다. 스
타스가 피를 흘리던 모습이 로젤린의 머릿속을 스쳐 지나갔다.

[지금 무얼 해야 하는지, 필요한 것은 무엇인지 생각하라.]

생각해, 생각해라. 움직여.

로젤린은 이를 악물고 제 허벅지를 퍽 내려쳤다. 굳어 있던 몸이 통증에
꿈틀거렸다. 그녀는 곧바로 리카르디스의 턱을 붙잡아 입을 벌렸다.

'입 안의 이물질 확인, 고개를 뒤로 젖히고…….'

로젤린은 평정을 유지하기 위해 자신이 알고 있는 정보를 끝없이 되뇌었다. 숨을 불어 넣기 위해 입술을 가져다 대었으나, 차갑게 식어 버린 입술의 감촉은 로젤린을 더욱 무섭게 옥죄었다.

'숨을 불어 넣고……'

로젤린은 리카르디스에게 숨을 불어 넣고 가슴을 압박하는 행동을 몇 번 반복했다. 억겁의 시간 같은 몇 분이 지나고,

콜록, 콜록. 리카르디스가 간헐적으로 몸을 떨며 물을 토해 냈다. 로젤린이 급하게 그의 머리를 옆으로 돌려 물을 뱉는 걸 도왔다.

"전하!"

로젤린이 비명을 지르듯 부르자, 리카르디스의 눈가가 희미하게 떨렸다. 이내 초점 없이 흐릿한 눈동자가 드러나며 로젤린을 담았다. 로젤린은 리카르디스를 응시한 채 간절하게 그의 손을 꽉 쥐었다.

하지만 얼마 지나지 않아 리카르디스는 다시 의식을 잃었다. 로젤린은 붉어진 눈을 거칠게 문지른 후 그의 상태를 확인했다. 숨은 쉰다. 맥동은 느릿하지만, 규칙적으로 흘러갔다. 머리의 부상은 심하지 않았다. 걱정되는 것은 다리. 아무래도 왼쪽 다리가 부러진 것 같았다. 몸을 더듬어 보니 갈비뼈 쪽에서도 이상이 느껴졌다.

낙마하고 급류에 휩쓸려 심장까지 멎었다 겨우 살아난 사람이 겨울의 찬 공기에 그대로 노출된 상황이었다. 이대로는 위험했다.

로젤린은 리카르디스의 갑옷을 강물에 던지고 자신의 갑옷도 던져 버렸다. 곧 그를 안아 든 그녀가 어둠 속으로 발을 옮겼다.

로젤린은 버려진 민가를 찾아냈다. 주위를 살핀 그녀는 리카르디스를 안으로 데리고 가 그의 옷을 급하게 벗겨 냈다. 집 안에 정체불명의 알 수 없는 천이 있어서 물기를 닦아 내고, 남은 것으로는 리카르디스를 감쌌다.

밖을 보니 다시 비가 내리고 있었다. 죽은 나무가 무성하고 어둠이 빛을 가렸으니 연기가 크게 티 날 것 같지는 않았다. 로젤린은 밖으로 다시 나갔

다. 장작을 구하려 했는데, 내리는 비로 나뭇가지들이 다 젖은 상태였다. 그녀는 나무를 부숴 집 안으로 들고 들어왔다. 껍질을 벗기고 안쪽을 갉아 내어 마른 부분을 모았다.

사각, 사각. 일정하게 울리는 소리가 로젤린의 흥분을 점차 가라앉혔다.

부싯돌이 젖어 점화되지 않았다. 로젤린은 다소 원시적인 방법으로 불을 붙여야만 했다. 마음이 급해서 몇 번씩이나 실패했으나 결국에는 그녀의 손 안에서 작은 불꽃이 피어났다.

얼마 지나지 않아 내부에 온기가 돌기 시작했다. 로젤린은 그제야 젖은 옷을 벗었다. 철벅철벅. 나무 바닥에 젖은 옷이 달라붙으며 불쾌한 소리를 냈다. 머리카락도 하나로 모아 빨래를 짜듯이 하자 후드득 물이 쏟아졌다. 맨살에 와 닿는 서늘한 공기에 로젤린은 팔을 쓸며 부르르 떨었다.

"아!"

바닥에 떨어진 옷가지들 사이로 수통이 보였다. 너무 급해서 미처 생각지도 못했던 것이었다. 로젤린은 안도의 한숨을 내쉬었다. 하얀밤 기사단에게 배분된 수통의 내용물은 죄다 성수였다. 그것도 질 높은.

로젤린은 허벅지에 리카르디스의 머리를 올리고 수통을 기울여 그의 입가에 가져다 대었다. 하지만 성수는 입 안에 고이기만 할 뿐이었다. 잠시 고민하던 로젤린은 성수를 입에 머금고 리카르디스에게 입을 맞춰 흘려 넣는 일을 몇 번 반복했다.

그래도 안색이 돌아오지 않았다. 로젤린이 다급한 손놀림으로 그의 손과 발을 주물렀다. 살갗을 비벼 아주 짧은 순간 돌았던 온기는 금세 싸늘하게 식어 버렸다.

로젤린은 리카르디스를 덮고 있는 담요를 들친 후 안에 쏙 들어갔다. 마력으로 체온을 높이고 싶었으나, 혹시나 주위에 수색대가 있을지도 몰라 사용할 수 없었다.

그저 최대한 밀착해서 끌어안는 수밖에 없었다. 살갗에 와 닿는 그의 차가운 온도가 심장마저 얼어붙게 만드는 것 같았다. 로젤린은 리카르디스의 얼굴을 올려다보았다. 아픈 숨소리가 쌕쌕 울렸다. 그녀는 눈물을 훌쩍이다 그를 더 세게 끌어안았다.

로젤린은 지금에 와서는 아무 의미 없는 가정을 머릿속으로 반복했다. 만약 이렇게 했으면, 이쪽으로 갔으면, 기존의 대피로를 따라 이동했다면. 그랬으면. 그러지 않았다면. 그녀는 끝없이 자신을 혹독하고 매섭게 다그치다 어느 순간 잠들어 버렸다.

쓰라리게 피곤한 밤이었다.

* * *

온몸이 두들겨 맞은 것 같았다. 손 하나 까딱하는 일도 힘든지 몸이 잘게 떨렸다. 머리는 띵하고 부서질 듯 아팠다. 거기에 더해 열이 나는지 정신이 흐릿하기까지.

'정말…… 완벽한 몸 상태군.'

리카르디스는 무거운 눈꺼풀을 겨우 들어 올렸다. 나무 벽의 벌어진 틈을 따라 빛이 들어오고 있었다.

'여기는…….'

고개를 돌릴 힘도 없어 눈앞에 보이는 시야로만 상황을 판별해야 했다. 눅눅한 습기가 가득 찬 낡은 가옥이었다. 양식으로 보아 발타의 것이었고.

리카르디스는 두통이 인 머리로 마지막 기억을 떠올려 냈다. 앞에서 달리던 스타스가 갑작스럽게 말고삐를 쥐고 틀었다. 그렇게 비스듬히 자신을 가리자마자 스타스의 몸이 크게 흔들렸다. 심장에는 검고 뾰족한 철을 박은 채였다. 그게 마지막이었다.

"……."

리카르디스는 감기는 눈꺼풀의 움직임에 저항하지 않았다. 시야가 깜깜해지자 그 위로 투구 너머로 마주쳤던 눈동자가 그려졌다. 무언가를 말하려는 급박한 눈. 위험하다, 피하셔라. 그뿐이었으리라. 심장에 보기만 해도 끔찍한 쇠를 달고도 그뿐이었으리라.

눈이 뜨거워졌다. 머리와 이마를 뜨겁게 하던 열이 내려왔는지도 모르겠다고 생각했다. 손이 파르르 떨렸다.

몇 번을 겪어도 익숙해지지 않는 일이었다. 가슴에 통증이 인다 생각했더니, 숨이 턱 막혔다. 리카르디스는 숨을 들이마시지도 내뱉지도 못한 채 괴로워했다. 얼굴이 붉어지며 목에 혈관이 돋아났다. 그렇게 바르작거리며 나무 바닥을 손톱으로 긁고 있을 때였다.

"전하."

사람의 기척에 놀라서인지 갑작스럽게 숨이 터졌다. 리카르디스는 격하게 숨을 몰아쉬었다. 소리가 들려온 방향으로 시선을 돌리자 머리맡에 앉아 있는 로젤린이 보였다. 흘러내린 검은 머리카락이 리카르디스의 얼굴을 간질였다. 그는 가만히 그녀의 얼굴을 보다가 다 죽어 가는 소리를 냈다.

"……단추 좀…… 제대로 잠가……."

로젤린은 막 일어난 듯 허술한 옷차림새였다. 어둠 속에서도 보이는 하얀 피부의 넓은 면적 때문에 리카르디스는 순간 당황해 버렸다.

단추를 대충 잠근 로젤린이 손을 뻗어 왔다. 리카르디스는 자신의 얼굴에 와 닿는 차가운 손길에 잠깐 움츠러들었다. 그는 곧 로젤린의 손이 차가운 게 아니라, 자신이 뜨거운 것이라는 사실을 깨달았다.

로젤린의 손바닥은 다른 기사들과 마찬가지로 거칠고 단단했다. 따뜻하지도, 부드럽지도 않았으나 리카르디스는 안온함을 느끼며 볼을 그녀의 손바닥에 가볍게 비비듯 문질렀다. 눈을 감자 통증과 고열 때문에 눈물이 흘러내렸다. 로젤린이 엄지손가락으로 그 눈물을 훔쳐 냈다.

그렇게 한참이 흐른 후, 리카르디스가 거친 목소리로 물었다.

"스타스 경은……?"

로젤린은 멈칫하고 몸을 굳혔다. 그 짧은 반응으로 리카르디스는 모든 상황을 알아차렸다. 그의 마른 입술이 달싹였다.

"……훌륭한, 황제가…… 되실 겁니다."

탁한 목소리였다. 로젤린은 가만히 그를 내려다보기만 했다.

"성인이 되고 처음 같이 술을 마신 날…… 스타스가 그랬지. 대체 뭘 보고 그렇게 생각한 것인지는 모르겠지만……."

로젤린은 자신 또한 리카르디스에게서 빛을 본 사람이었기에, 스타스가 한 말이 단순한 빈말이 아니라는 것을 알았다.

"나는, 나라의 운명을 좌지우지하는 패배보다…… 내 한 사람이 죽은 것이 더 슬프고, 그것밖에 생각할 수 없는…… 그냥 평범한 사람일 뿐이라……."

"전하……."

로젤린이 그의 가슴 위에 살포시 손을 올려 두었다. 리카르디스는 로젤린을 외면하듯 그녀의 반대 방향으로 고개를 돌렸다. 하지만 가슴 위에 놓인 손을 꽉 붙잡고 있었다. 고통에 겨워 말도 제대로 하지 못하는 사람같이 느껴지지 않는 강한 힘이었다. 언뜻 간절함이 비쳤다.

"원래, 사람은 아프면…… 약해지잖나. 그러니까 오늘만 이렇게 할 게…… 내일부터는…… 다시, 할 테니까, 오늘만……."

딱 오늘 하루만. 중얼거리던 리카르디스는 곧 기절하듯 잠에 빠졌다. 로젤린은 그가 붙잡은 손을 빼지 못하고 그 자리에 앉아 있었다. 한 사람 한 사람을 잃어 올 때마다 혼자서 아파했을 그가 안타까워 함부로 어떤 행동조차 할 수 없었다.

그저 가만히, 그렇게 옆을 오랫동안 지킬 뿐이었다.

짐승들이 질척이는 흙과 땅을 짓밟는 소리가 들렸다. 로젤린은 눈을 깜박이며 흐릿한 정신을 깨웠다. 리카르디스의 손을 잡고 있다 잠들어 버린 모양이었다.

그녀는 조심스럽게 일어나 리카르디스를 살폈다. 손등이 이마에 살짝 맞닿기도 전에 불에 덴 듯 뜨거운 온도가 느껴졌다. 이마를 따라 식은땀이 흘러내렸고, 계속해서 헐떡이며 숨을 몰아쉬고 있었다. 로젤린은 이를 꽉 깨물었다.

'상황이 좋지 않아.'

리카르디스를 치료할 방법이 없었다. 여기가 어디쯤인지 파악할 수 없었기에 합류지와의 거리도 가늠하기 힘들었다. 이런저런 고민을 하고 있는데 배에서 꼬르륵 소리가 났다. 그러고 보니 음식물을 섭취한 지 하루가 다 되어 갔다.

로젤린은 강물에 떠내려가지 않은 작은 가방 속에 있던 말린 과일과 육포를 빗물과 함께 끓였다. 약한 불로 1시간 정도 끓이자 거무튀튀하고 비린 맛이 가미된 새콤달콤한 과일 죽이 되었다. 리카르디스가 직접 섭취할 수 있는 방안이 없어서 결국은 어제와 같은 방식으로 해결해야 했다.

의식 없는 리카르디스가 으윽 하며 괴로워하는 모습을 보니 좀 미안했다. 리카르디스에게 죽 한 그릇을 다 먹인 후에야 로젤린은 남은 육포를 질경질경 씹으며 대충 배를 채웠다.

'약이 필요해.'

하지만 집 안에는 지푸라기나 찢긴 천 조각만 뒹굴고 있을 뿐이었다. 로젤린은 고개를 돌려 삐뚤어진 문을 잠시간 바라보았다.

[잠시 바깥을 둘러보고 오겠습니다.]

로젤린은 까만 재를 찍어 나무 바닥에 글을 남겼다. 적군이 눈에 불을 켜고 찾아다닐 시기에 리카르디스를 떠나는 것은 불안했지만, 치료할 방법을 찾기 위해선 어쩔 수 없었다. 그녀는 떨어지지 않는 발걸음을 겨우 떼어 냈다가, 다시 돌아와 리카르디스의 담요를 정리한 후에 문을 닫고 나섰다.

로젤린은 비어 있는 민가 몇 채를 더 조사했다. 평민들조차 들고 가지 않은 쓸모없는 물건들 사이에서 운 좋게도 발타 양식의 여성복을 구할 수 있었다.

폐가에서 나온 로젤린은 구한 물품을 가방에 집어넣으며 주위를 둘러보았다. 해가 뜬 뒤에 보는 풍경은 밤보다 더욱 삭막해 보이는 구석이 있었다. 땅이 검고 질척해, 썩어 가는 것만 같았다. 일라베니아에서는 간간이 잡초 같은 리쉬라도 자라나고는 했으나, 이곳은 정말 풀 한 포기 없는 불모지였다. 썩은 나무들은 부서지거나 메말라 괴괴한 분위기를 한층 더하고 있었다.

그림자의 위치가 바뀔 만큼 걸었음에도 풍경은 그다지 달라지지 않았다. 일라베니아와 마찬가지로, 그보다도 심하게 발타의 땅은 죽어 가고 있었다.

한참 뒤, 목책으로 둘러싸인 마을이 보였다. 로젤린은 벽에 몸을 붙여 은폐하며 사람들이 떠드는 소리를 엿들었다.

'억양이 독특해.'

로젤린의 눈이 지나다니는 아낙들의 옷차림새를 훑었다. 천 위에 수놓아진 자수는 발타에서 일반적으로 사용하는 양식보다는 일라베니아와 많이 닮아 있었다. 이상한 점은 그뿐만이 아니었다. 구릿빛 피부를 가진 발타인보다 연한 피부색을 가진 이들이 많았다. 그녀의 머릿속은 재빠르게 정보를 훑어 결론을 내렸다.

일라베니아와 발타가 아무리 사이가 안 좋다고는 하지만, 몇백 년간 붙어 있는 나라끼리 교류가 없을 리 없었다. 그중 일라베니아인과 가정을 꾸리게 되는 소수의 발타인들이 그들을 배척하는 마을에서 벗어나 새로운 마을을 조성했다고 들었다.

다른 마을과 교류가 적은 탓에 발타보다는 일라베니아의 억양을 닮아 있었으며, 문화 양식 또한 오묘하게 섞여 있는 것이 특징이었다. 딱 로젤린이 보는 지금의 마을처럼.

'투라르…… 많이 떠내려왔는걸.'

흘끗, 한 번 더 마을을 살펴본 로젤린은 곧 자리를 떠났다.

그녀는 마을에서 멀리 떨어진 곳에서 발걸음을 멈췄다. 리카르디스가 있는 버려진 민가와도 전혀 상관없이 동떨어진 곳이었다. 로젤린은 눈을 감은 채 주위의 기척을 읽었다. 바람이 황량한 숲속을 스쳐 지나가는 소리만 무성했다. 사람은커녕 동물조차 없는 것 같았다.

로젤린은 다시 눈을 떠 숨을 크게 내쉬었다.

"아…… 이거 힘든데."

중얼중얼 혼잣말로 한탄한 로젤린이 주먹을 꽉 쥐었다. 순식간에 그녀의 몸에 마력이 퍼지기 시작했다. 우득, 우두둑. 로젤린에게서 뼈가 부러지는 소리가 울렸다. 그녀는 고통에 몸을 구부렸다.

얼마 지나지 않아 식은땀이 흐르기 시작했다. 로젤린의 몸에서 무언가가 울룩불룩 움직였다. 체구가 줄어들기 시작하며, 머리색과 눈동자 색 또한 변하기 시작했다. 완벽한 흑색에서 진한 고동색으로. 페리도트를 닮은 녹색에서 연한 갈색빛으로.

"으윽……."

한참이 지난 후, 무릎을 꿇고 있던 로젤린이 숨을 고르며 고개를 들었다. 이마에는 땀이 송골송골 맺혀 있었다. 자리에서 일어난 그녀가 자신의 팔다리를 살폈다. 딱 맞던 옷이 헐렁거리며 길이와 품이 남아돌았다. 시야가 달라지니 기분이 묘했다. '로젤린'의 모습으로 살게 된 지 얼마나 되었다고 벌써 그 눈높이가 익숙해졌는지.

팔을 휘둘러 보니 느낌이 달랐다. 힘과 속도가 떨어져 있었다. 하지만 일반적으로 발타의 여성들은 일라베니아 사람들보다 키가 작고 아담했다. 원래 모습은 눈에 띌 가능성이 높기에 이 정도의 불편은 감수할 수밖에 없었다.

목과 어깨를 휘휘 돌리며 걸어가던 로젤린이 작은 웅덩이 앞에 멈춰 섰다. '로젤린'이라 생각할 수 없는 여자가 그 안에 있었다. 잠시간 그 모습을 바라보던 로젤린은 옷을 갈아입은 후 다시 마을로 향했다.

혼혈들이 이룬 마을, 투라르.

투라르는 강가에 위치한 또 다른 마을의 이재민들로 한창 북적이는 중이었다.

"제국군 놈들이 댐을 터트렸다지 뭐야!"

"그 개도 안 물어 갈 놈들 같으니!"

"쳐 죽일 놈들!"

로젤린이 터트린 댐의 피해자들이었다. 그녀는 가슴을 콕콕 찌르는 양심을 애써 무시한 채 주위를 둘러보았다. 한참 거리를 다니며 사람들을 관찰한 로젤린은 피곤에 지친 듯한 표정을 만들어 냈다. 난데없이 들이닥친 재앙에 지친 이재민으로밖에 보이지 않았다.

터덜터덜 걷던 로젤린이 어느 여자를 붙잡았다.

"안녕하세요. 뭘 좀 여쭤보고 싶은데요."

완벽한 투라르의 사투리를 구사하며 로젤린이 힘겨운 미소를 띠었다.

* * *

몽롱한 의식 속, 리카르디스는 입술에 무언가가 와 닿는 걸 느꼈다. 입술을 가볍게 문지르던 그것은 사이를 파고들며 입을 부드럽게 열었다. 리카르디스는 끙끙 앓으며 열띤 호흡을 내뱉었다.

숨 쉬는 것조차 버거워 헐떡이자, 누군가가 달래듯 볼을 부드럽게 쓸어내렸다. 굳은살이 박인 익숙한 살갗의 감촉에 리카르디스는 숨을 쉬며 몸의 긴장을 느슨하게 했다.

그 순간 산뜻한 숨결과 함께 말랑한 무언가가 입에 닿았다. 그게 무엇인지 판별하기도 전에 지옥 같은 쓴맛이 그의 입 안으로 쏟아졌다.

"윽."

리카르디스는 본능적으로 입 안에 들어온 무언가를 뱉으려 했지만, 뒷목을 감싼 자는 그걸 허용하지 않았다. 물컹하고 미끄러운 무언가가 혀뿌리를 꽉 누르는 바람에, 결국 쓰고 역한 액체를 꿀꺽꿀꺽 삼킬 수밖에 없었다.

몸을 떨던 리카르디스는 자신을 짓누르는 누군가의 옷자락을 꽉 붙잡았다. 누군가가 낮은 목소리로 달래듯 말을 내뱉었다.

"일어나셨어요? 깨워서 죄송합니다."

속눈썹과 눈가가 눈물로 흥건하게 젖어 있던 터라 시야가 흐렸다. 하지만 검은색 머리카락만큼은 똑바로 보였다. 로젤린, 부르기도 전에 그녀가 먼저 말을 뺏었다.

"아 하세요. 이건 입가심이에요."

그렇게 말한 로젤린이 숟가락으로 무언가를 입 안으로 흘려 넣었다. 아까와 마찬가지로 썩은 구정물 맛이리라 생각했는데 달콤한 맛이 입 안 가득 진득이 퍼졌다. 리카르디스는 잔뜩 찌푸렸던 인상을 펴며 입을 우물거렸다. 어두워 잘 보이지 않지만 로젤린이 미소 짓고 있는 것 같았다.

다시 눈을 떴을 때는 깜깜한 밤이었다. 리카르디스는 힘없이 떨리는 손을 들어 이마를 쓸었다. 식은땀이 흥건히 묻어 나오긴 했지만, 아까보다는 정신이 또렷했다. 여전히 상태가 좋지는 않아도 당장 기절해 버릴 정도는 아니었다. 리카르디스는 기절하기 전, 제 입 안에 들어왔던 썩은 구정물 같은 액체의 정체가 약이 아니었을까 결론을 내렸다.

그때 문이 벌컥 열렸다.

"전하?"

리카르디스는 경계하는 기색으로 돌아보았다. 문가에 서 있는 실루엣은 로젤린의 것이 아니었다. 로젤린보다 머리 하나는 작은 여자였다. 그녀가 성큼성큼 안으로 발을 들였다. 리카르디스는 담요를 움켜쥐며 눈을 흘끗 옆으로 돌렸다. 손이 닿는 거리에 검이 놓여 있는 걸 확인할 수 있었다.

하지만 리카르디스가 끝끝내 손을 뻗어 검을 쥐지 않은 이유는 처음 보는 여자가 부르는 '전하'라는 말에서 왜인지 모를 향수를 느꼈기 때문이었다. 단순한 단어나 어조의 문제가 아닌 분위기라고 할지, 혹은 그 호칭을 오랜 세월 입에 담은 만큼 쌓인 시간의 흔적 같은 것이라 해야 할지.

무어라 뾰족하게 표현할 단어는 없지만, 무척이나 낯익었다. 그게 더 이상했다. 처음 본 사람이 낯익다니. 리카르디스는 미간을 좁힌 채 여자를 바라보았다.

황급히 다가온 여자가 그의 상태를 살폈다. 이마에 손을 짚어 열을 확인하고 들어온 외부의 빛으로 안색을 확인하는 둥, 대단히 부산스러웠다. 리카르디스는 그런 여자를 응시했다. 머리색과 눈 색만 보면 발타인인데, 피부색이 연했다.

'혼혈인가?'

그런데 어딘지 모르게 눈매가 익숙했다.

"괜찮으세요?"

리카르디스는 어색하게 고개를 끄덕였다. 걱정스러운 시선을 보내던 여자가 살짝 미소 지었다. 담담하게 웃는 모습도 어쩐지 낯익었다.

'대체 누구지?'

계속해서 의심의 눈으로 보고 있던 차, 여자가 태연하게 담요로 손을 뻗었다. 리카르디스는 자신이 옷을 전부 벗고 있다는 사실을 알고 있었기에, 그녀와 달리 기겁할 수밖에 없었다. 리카르디스는 급하게 여자의 손목을 잡아챘다.

"뭐 하는 짓, 으……."

급하게 움직이느라 통증이 생겨 얼굴은 평소보다 사납게 구겨졌다.

여자, 로젤린은 잔뜩 경계하는 리카르디스의 얼굴을 보고서는 고개를 갸

웃 기울였다. 목소리가 왜 저렇게 싸늘하지? 우리 전하는 나한테는 안 저러는데……

"……아."

로젤린이 여전히 인상을 구기고 있는 리카르디스에게 가까이 다가갔다. 그의 귓가로 작은 속삭임이 울렸다.

"로젤린입니다."

"……그게 무슨……."

리카르디스는 여자를 밀어내리다가 그녀의 생김새를 보고 멈췄다. 전체적으로 작고 동글동글하지만 이목구비가 로젤린과 비슷했다. 로젤린의 동생이라든가, 사촌이라고 말하면 믿을 수 있을 것 같았다.

그는 곧 몇 달 전 사냥 대회 전날 로젤린이 보여 줬던 신묘한 기술을 떠올렸다. 키를 키우고, 줄이고, 골격을 미세하게 바꾸는 등의.

"로젤린?"

"예. 전하. 로젤린입니다."

로젤린이 소리를 죽여 작게 말했다. 리카르디스는 눈을 느릿하게 깜박인 후에, 어처구니없다는 듯한 목소리로 말했다.

"그래도…… 담요는, 안 돼."

"……몸의 상태를 확인해야 하는데……."

"그럼 여기까지만."

리카르디스가 대충 가슴 위까지 선을 그었다. 대체 뭘 보라는 거지? 로젤린의 표정이 미세하게 일그러졌다. 그녀는 그의 배꼽까지 가상의 선을 그리며 여기까지는 봐야 한다고 했다. 부끄러워할 때가 아니라는 그녀의 엄한 질책에 리카르디스는 결국 배꼽 위로 합의를 봤다.

로젤린이 그의 담요를 성큼 걷어 냈다. 리카르디스는 눈을 질끈 감는 것으로 이 참혹한 상황을 최대한 외면해 보고자 했다. 하지만 가슴이나 갈비뼈 부근을 만지작거리는 그녀의 손길을 느낀 후, 어떤 것도 회피할 수 없다는 걸 깨닫고서는 다시 눈을 떠야만 했다.

"……지금의 상황은?"

리카르디스의 몸을 만지며 상태를 파악하던 로젤린이 잠시 손을 멈췄다. 그녀는 리카르디스가 어제 기절하기 전 했던 말을 떠올렸다. 오늘까지만 약한 모습을 보이겠다던. 리카르디스는 자신의 말대로 어떻게 할 수 없는 과거에 얽매인 모습은 보이지 않고 있었다. 속이야 어떻든지.

로젤린도 보고서에 가깝게 사실을 나열하는 식으로 현재의 상황을 서술했다. 리카르디스가 인상을 찌푸리며 입을 가렸다. 한참 후, 그가 거칠어진 목소리로 되물었다.

"댐이…… 부서졌나?"

"예. 제가."

로젤린에게 순식간에 날카로운 기세가 감돌았다. 그 어떤 고통도 감미롭게 만드는 짜릿한 희열이 리카르디스의 등줄기를 스치고 지나갔다.

"1차 폭발로 균열이 가 있던 덕입니다. 댐이 터진 후 바로 물살에 휘말려 버린 터라 연합군의 피해 규모를 확인하지는 못했습니다. 하지만 많은 병사들이 강가에 있었기에 적지 않은 타격을 입었을 거라 생각됩니다."

"……그런가."

"강물이 불어나 며칠은 강을 건너지 못할 겁니다. 당분간은 몸을 회복하시는 것만 생각하세요."

리카르디스는 고개를 끄덕였다. 댐이 붕괴됐다. 연합군은 몇 번의 전투로도 발생하기 어려운 큰 피해를 입었고 제국군은 도주할 시간을 벌었다. 그렇게 도망친 일라베니아의 병사들은 정해진 합류지에 모일 것이다. 모든 것이 끝났다고 생각했건만, 가까스로 후일을 기약할 수 있게 되었다.

리카르디스는 마음이 조급해져 손가락만 까딱거렸다. 이 작은 움직임만으로도 통증이 일어났다. 머리, 한쪽 다리와 가슴, 갈비뼈 쪽이 아파서 숨을 제대로 쉬기도 힘들었다. 이런 때는 성력조차 제대로 쓸 수 없었다. 객관적으로 어떻게 살아 있나 싶을 정도의 몸 상태였다. 로젤린이 약을 구해 오지 않았다면 정말 이델라브힘의 품으로 떠났을지도 몰랐다.

"여기는 어디지?"

"투라르 근처의 버려진 민가입니다."

"투라르라……."

리카르디스가 지금의 위치를 대충 머릿속으로 그렸다. 멀긴 하지만 합류지를 찾아가지 못할 정도는 아니었다. 문제는 자신의 몸 상태와 더불어 장소까지 도달하는 데 들키지 않을 수 있냐는 것이었다. 외형이 달라진 로젤린이면 몰라도 자신은 너무 눈에 띄었다.

리카르디스가 생각에 잠긴 사이, 로젤린이 부산스럽게 움직이며 허름한 가방 안에서 무언가를 꺼냈다. 옷, 먹을 것, 지도, 발타식 단검까지.

"이게 다 어디서 났나?"

"투라르에 잠시 다녀왔습니다."

친구 집에 잠시 놀러 갔다 왔다는 식의 가벼운 어조였다. 리카르디스는 갈비뼈와 위, 그쯤을 붙잡고 헐떡댔다. 정말 한시도 눈을 뗄 수 없는 사람이었다.

"……로젤린……."

리카르디스가 인상을 험악하게 구기며 낮은 목소리로 그녀의 이름을 불렀다.

"괜찮아요. 몇 시간 지켜보면서 행동 양식을 익힌 후 움직였어요."

목소리가 나긋나긋하며, 어조는 독특했다. 잘 모르는 리카르디스가 듣기로도 흉내 내기가 아닌 완벽에 가까운 수준이었다.

로젤린은 계속해서 가방 안에서 무언가를 꺼냈다. 정체불명의 풀 무더기까지 꺼내자 그제야 가방이 텅 비었다. 리카르디스는 지금 자신의 몰골과 그녀의 차림새를 보았다. 돈이 나올 구석이라고는 없어 보였다. 그 시선을 깨달은 건지 그녀가 머쓱하게 웃었다.

"전하의 검에서 보석만 빼고 버렸는데…… 돌아가면 비슷한 거로 하나 사 드릴게요."

"……그래."

전투용이 아닌 예식용 검을 말하는 것 같았다. 리카르디스는 푸른빛의 강옥과 금강석으로 장식되어 있는 자신의 검을 떠올렸다. 찬란하게 빛을 반사하며 빛나는 보석들은 쉽사리 볼 수 없는 상등품이었다. 너무 눈에 띄는 게 아닐까 하고 리카르디스가 염려하려는 찰나 로젤린이 말을 이었다.

"강옥이 질이 좋고 크기가 크다 보니 출처를 의심받을 것 같아서 몇 조각 내어 일부만 팔았습니다."

단단한 강옥을 대체 어떻게……? 하고 잠깐 궁금했으나, 대충 힘으로 해결을 보았겠거니 싶었다.

"집안의 가보인데, 치료비를 위해 팔아야겠다고 했더니 눈물을 글썽이더군요."

"마음씨 좋은 사람들이로군."

"눈물을 글썽이며 저에게 사기 쳤습니다. 반 이상을 깎던데요."

"……."

"시골 여자가 보석 시세에 너무 밝은 것도 수상할 것 같아, 우선 주는 대로 받았습니다."

보석의 처분이며 뒤처리까지 완벽했다. 리카르디스는 열 오른 머리로 감탄했다.

"저는 이번 침수 피해가 가장 심한 알락 마을의 생존자입니다. 간신히 홍수를 피해 도망쳤지만, 안타깝게도 남편이 부상당한 상황이죠."

부상당한 남편? 리카르디스의 눈에 의문이 떠오르자 로젤린이 손으로 그를 콕 가리켰다. 좀 부끄러워하는 것 같기도 했다. 그 수줍은 가리킴에 리카르디스도 얼굴을 붉혔다.

"남편은 힐리사고의 용병으로, 대륙을 떠돌다가 저를 만나게 되었다는……

설정입니다."

"그렇군……."

로젤린이 고개를 끄덕였다.

"보통 연인이나 부부들은 경계를 덜 하더군요. 아무튼, 남편이 많이 다쳤다고 하니 대도시로 나가는 편이 좋을 거라는 조언을 들었습니다. 투라르에는 변변한 치료사가 없다고요. 다행히 한 달에 한 번씩 큰 도시에서 상단이 온다고 하는군요. 그때 삯을 주고 같이 이동해야겠습니다."

로젤린이 지도를 펼쳐 이동 경로를 그려 냈다. 어느 지점에서 그녀의 손가락이 멈췄다.

"여기서 이동하면 3일 거리입니다."

로젤린이 가리키는 곳은 제국군이 모이기로 한 합류지였다. 리카르디스는 눈을 빛내고 있는 로젤린을 멍하니 바라보았다. 자신이 잠들어 있는 짧은 사이 그녀는 주변 상황을 파악하고 지금의 상황을 헤쳐 나갈 방안까지 마련해 왔다.

몇 개의 정보만으로 현재의 위치를 파악하기 위해서는 발타에 대한 다양한 지식을 알지 않고서는 힘든 일이었다. 거기에 더해 짧은 순간 사람들의 사투리를 익혀 활용하고, 환자를 데리고 발타를 가로지르는 대담한 작전까지.

이 위험천만한 상황에서 그녀는 지식, 경험, 능력. 자신이 가지고 있는 모든 것을 깨우며 성장해 가고 있었다. 잠시 잠자고 있던 꽃봉오리가 이슬을 맞으며 일시에 개화하는 것처럼. 그것은 굉장히 경이로운 광경이었다.

* * *

계획이 정해진 후 두 사람은 이런저런 준비로 바빴다. '한창 알콩달콩할 때의 연인'을 흉내 내어 연습해 보기도 했고, 마을에서 얻을 수 있는 정보로부터 폐쇄된 길과 영지 등을 알아내며 주변 정세 또한 살폈다.

투라르 인근의 다른 마을에도 다녀온 로젤린이 무언가를 리카르디스에게 보여 줬다. 총사령관 리카르디스의 인상착의가 그려진 종이였다.

"전혀 안 닮았습니다."

발타 특유의 거친 화풍으로 그려진 '리카르디스 다리우 일라베니아'는 실물과는 달리 얍삽한 범죄자처럼 표현되어 있었다. 솔직히 그냥 나가도 못 알아볼 것 같긴 하지만, 그림과 함께 기재된 정보가 문제였다.

[은발 머리, 푸른 눈, 큰 체구, 미남]

리카르디스는 잠깐 '미남'이라는 단어에 시선을 뒀다가 혼자 겸연쩍어했다. 체구나 미남 같은 경우에는 상대적이었지만, 빛을 받으면 백색처럼 빛나는 은발 머리만큼은 누구나 알아볼 수 있는 확실한 지표였다. 두 사람은 우선 그 확실한 지표부터 없애기로 결정했다.

로젤린은 정체를 알 수 없는 풀 무더기를 찧어서 물과 섞어 끓여 냈다. 뭔가 했더니 옷을 염색하는 염료의 원재료였다. 그녀가 단검을 들고 리카르디스에게 다가왔다.

"머리를 조금 자르셔야겠습니다."

리카르디스는 자신의 머리카락을 바라보았다. 엉덩이 아래까지 치렁치렁 내려오는 머리카락의 길이는 확실히 범상치 않았다.

일라베니아에서 만나는 힐리사고의 귀족들 또한 머리가 긴 사람들이 있긴 했지만, 그건 어디까지나 왕족과 귀족에게만 해당하는 얘기였다. 육체노동이 많은 평민과 용병들이 머리를 거추장스럽게 기르는 경우는 드물었다. 리카르디스가 머리를 자르기 위해 단검을 받으려 하자 로젤린이 손을 뒤로 확 뺐다.

"그냥 둘까요?"

"……."

긴 머리가 취향인가? 마음속 어딘가에 정보를 저장한 리카르디스는 로젤린이 들고 있는 단검을 뺏었다. 그리고 머리를 모아 잡아 확 끊어 냈다.

"아악!"

비명을 지른 로젤린이 잘려 나간 머리카락을 만지작거리며 글썽거렸다. 곧 그녀가 눈에 쌍심지를 켜고 리카르디스를 노려보았다.

"아니! 조금이면 되는데, 왜 이렇게까지 많이 자르시는 겁니까!"

리카르디스는 로젤린이 성질내는 걸 생에 한 번이라도 볼 수 있을까? 하는 생각을 언젠가 한 적이 있었다. 그걸 지금 목격하는 중이라 기분이 굉장히 싱숭생숭했다.

'대체 내 긴 머리를 얼마나 좋아했던 거지.'

로젤린은 씩씩 성질내면서도 리카르디스의 머리를 정리했다. 그는 자신이 뭘 그렇게까지 잘못했는지는 모르겠지만, 미안하다고 세 번 정도 사과해야 했다.

머리를 물들이고, 씻고, 말리고 하는 과정을 다섯 번 정도 반복하자, 리카르디스의 머리카락은 어두운 남색빛이 되어 있었다. 머리카락은 일부러 대충 정리해 거칠게 만들었다. 앞머리는 눈을 살짝살짝 덮을 정도로 길었고, 뒷머리는 그의 목덜미를 가리며 너저분하게 흩어져 있었다.

정리 정돈 된 결 좋은 은빛 머리를 늘어트린 황자는 온데간데없고, 칭칭 감고 있는 붕대와 부상이 잘 어울리는 거친 용병의 모습만 남은 상태였다.

로젤린은 그의 색다른 모습에 잠깐 혹해서 빤히 쳐다보았다. 결 좋은 긴 머리가 최고라고 생각했는데, 이건 이것 나름대로…… 호오…….

"멋있습니다."

"……고마워."

"아니, 정말……."

로젤린은 뭔가 더 미사여구를 붙이고 싶어 했지만, 결국에는 엄지손가락을 치켜올리며 고개를 절레절레 젓기만 했다.

"진짜…… 잘생겼다."

그것 외에는 별다르게 표현할 말이 없는 듯했다.

며칠 뒤, 두 사람은 버려진 마을을 떠나기로 했다.

사실 좀 더 쉬어야 하는 몸 상태였다. 아직 회복 운운할 정도까지도 되지 못했고, 미열이 계속 있어 머리도 둔했다. 하지만 몸이 받은 충격을 다 풀 때까지 느긋하게 기다릴 여유가 없었다. 총사령관의 부재는 적군뿐 아닌 아군에게도 큰 영향을 미쳤다.

리카르디스는 로젤린이 만들어 준 간이 목발을 짚고 혼자 걸어 보았다. 절뚝거리는 데다가 움직일 때마다 안 아픈 곳이 없긴 했지만, 내내 누워 있던 때를 생각하면 이게 어딘가 싶었다. 하지만 이렇게 걸어서 마을까지 가는 것은 무리였다.

"제가 안아서 옮겨 드리겠습니다."

"차라리 기어서 갈 거다. 농담 아니니까."

차마 리카르디스를 기어가게 만들 수는 없었던 로젤린은 아직 수위가 높은 강가 근처에서 부서진 수레와 함께 힐리사고 양식의 검을 구해 왔다.

"음…… 한번 고쳐 볼게요."

그렇게 말한 로젤린은 부서진 수레를 붙잡고 몇십 분 동안 뚝딱뚝딱했다. 부서진 부분을 제거한 뒤 나무로 비슷하게 부품을 만들고 마을에서 사온 끈과 못으로 고정하더니, 기어코 수레를 굴러가게끔 만들었다. 요모조모 능력이 있는 모습이 참 멋있었다.

자신의 코끝에 내려앉은 나무 부스러기를 입으로 숨을 후 불어 제거한 로젤린이 리카르디스를 바라보았다.

"타요, 달링."

몇 번을 들어도 파괴력이 넘치는 애칭이었다. 리카르디스 다리우 일라베니아. 다리우. 달링. 그 온기 한 점 느껴지지 않는 딱딱한 글자가 단 두 글자로 축약되며 말랑말랑한 분위기를 입게 될 줄은, 그는 정말 상상도 하지 못했다.

"……그래, 로즈."

거기에 더해, 사랑하는 부인이 끌고 가는 수레에 타야 한다는 죄책감이 그를 몹시 서글프게 만들었다. 하지만 고집부려 걸어갈 수 있는 상태가 아니란 건 본인이 더 잘 알았다. 리카르디스는 얌전하게 수레 위에 올라탔다.

"로즈. 안 힘들어?"

"하나도요."

"지금은 당신도 힘이 약하잖아."

추적당할 위험이 있어 마력을 사용할 수 없는 상황이었다. 로젤린이 고개를 끄덕이며 말했다.

"제가 좀 약해지긴 했지만…… 그래도, 으음…… 달링보다는……."

상대방의 자존심을 생각해 준다고 끝을 흐리는 것 같았지만, 정작 가장 중요한 부분은 이미 다 내뱉은 후라 말을 흐리는 의미가 없었다. 뭐라고 반박할 수 없었던 리카르디스는 덜컹이는 수레 위에 얌전히 앉아 있기로 했다.

1시간 정도 지나고 나서야 저 멀리 투라르 마을의 목책이 보였다. 제일 먼저 세워진 혼혈 마을인 만큼 규모도 상당히 컸다. 로젤린은 수레를 근처에 세워 두고 리카르디스를 부축했다. 느린 걸음으로 마을 입구에 다가가자, 어떤 청년이 껄렁거리며 다가왔다. 창을 들고 있긴 하지만, 병사처럼 보이진 않았다. 마을 자치대의 일원 같은데 뭔가 거슬리는 모양이었다.

"통행권은?"

로젤린이 깜짝 놀라-는 척하-며 그를 바라보았다.

"바야, 갑자기 무슨 통행권이에요?"

"아니이, 로즈 너는 그렇다 치고, 저놈은 완전 외부인 아냐? 뭘 믿고 마을로 들여보내 줘? 뭐, 힐리사고 용병이라고? 이 비리비리……."

며칠간 앓은 것 때문에 수척해지긴 했지만, 리카르디스의 몸매는 여전히 탄탄했다. 그 사실을 깨달은 남자가 말을 재빨리 바꿨다.

"희멀게서 검이나 한번 휘둘러 봤을까 싶은 놈이 용병일 리가 있나. 너한테 거짓말한 거라고, 로즈."

로젤린은 당황하는 척하며 속으로 살짝 혀를 찼다. 힐리사고의 용병들은 실력 좋고 거칠기로 유명했다. 리카르디스 또한 야성적으로 꾸미긴 했지만, 눈앞의 청년을 만족시키지 못한 듯했다.

그렇게 생각하는 로젤린과 달리, 리카르디스는 남자가 시비를 거는 진짜 이유를 눈치챘다.

'저 자식이……?'

호감 있는 여자 앞에서 수컷들이 보이곤 하는 눈빛, 몸짓, 분위기까지. 전형적이어도 이렇게 전형적일 수가 없었다. 로젤린에게 마음이 있는 놈이었다. 때문에, 옆에 있는 자신을 거슬려 하는 것이었다. 남자가 로젤린의 어깨를 끌어 리카르디스에게서 떼어 놓았다.

'죽일까?'

거기에 그치지 않고 그녀의 볼에 다정하게 입을 맞추기까지 했다.

'죽이자.'

인사라는 사실을 알고 있어도 리카르디스의 인내심은 거기까지였다. 물론 미리 설정해 둔 대로 움직이는 것이긴 했지만, 개인적인 감정도 넘치게 들어갔다.

리카르디스는 남자가 허술하게 들고 있는 창을 그대로 빼앗았다.

"어?"

말 그대로 어? 하는 사이에 창을 빼앗긴 남자가 멍청한 표정을 지었다. 미처 대비하기도 전, 리카르디스는 창을 한 바퀴 돌려 뭉툭한 뒷부분으로 남자의 목을 정확하게 겨눴다. 창과 무기를 다룰 줄 아는 전문가의 손놀림이었다. 여기저기 붕대를 감은 리카르디스의 모습에 방심했던 남자는 당혹스러운 듯 눈만 깜박였다.

리카르디스는 일부러 목소리를 긁으며 거친 소리를 냈다.

"손 떼."

"이, 이 미친놈이……."

"목에 구멍 뚫리고 싶으면 계속 잡고 있어 보든지."

목을 꾹 누르는 창의 감촉에 남자가 콜록 기침하며 뒤로 물러섰다. 로젤린을 안고 있던 손도 자연스럽게 풀렸다. 목책과 창 사이에 갇힌 남자는 눈만 깜박거렸다.

"어머, 달링도 참."

그때 로젤린이 적절하게 끼어들었다. 남자의 목을 뚫을 듯 겨누던 창이 로젤린의 나긋한 접촉에 쑥 내려갔다.

"여기는 힐리사고가 아니라니까요, 달링. 발타에서 이 정도는 그냥 친한 사람들끼리 할 수 있는 인사예요."

힐리사고 남자들의 부인은 결코 손을 대면 안 된다는 얘기가 있었다. 그 '손을 대면 안 된다'의 의미는 정말 손끝 하나도 스쳐서는 안 된다는 뜻이었다. 제 부인과 어깨가 닿았다며 칼부림을 한 남편이 있을 정도였다.

남자가 흘깃흘깃 리카르디스를 바라보았다. 힐리사고 놈들은 하나같이 성격이 왜 다 저 모양이지? 하는 표정이었다. 짙은 남청색 머리카락 사이로 살벌하게 빛나는 눈을 본 남자는 결국 백기를 들고 길을 텄다.

"무, 문제 일으키면 아주, 혼날 줄 알라고!"

남자의 말을 흘려 넘긴 리카르디스는 로젤린의 부축을 받아 다시 자리를 옮겼다. 입구를 지나치니 북적이는 거리가 나타났다.

두 사람은 일순 집중되는 사람들의 눈길에 잠깐 발걸음을 멈췄다. 눈에 띄는 피부색과 입구에서 있었던 일 때문에 시선을 끈 모양이었다. 리카르디스는 절뚝이는 불편한 행동 아래 긴장을 삼켰다. 누군가가 속삭이는 목소리가 그의 귓가로 흘러 들어왔다.

"저 사람……."

리카르디스는 등골을 따라 식은땀이 흐르는 걸 느꼈다.

"……로즈가 말한 집착이 심한 잘생긴 남편이로군."

"아, 성격은 별로지만, 로즈한테는 잘해 준다는?"

"어어, 다른 사람들한테는 아주 개차반이라고, 그냥."

리카르디스는 자신의 귀를 의심했다.

"……."

로젤린에게 반쯤 업혀 가는 그 와중에도 대화 내용이 너무 어처구니가 없어 발걸음을 멈출 수밖에 없었다. 그녀가 한쪽 눈을 찡긋 감았다가 떴다. '잘했죠?'라고 묻는 것 같은 태도에 리카르디스는 정말 할 말을 잃어 버렸다.

"확실히 잘생긴 것 같긴 한데."

"로즈가 아깝지."

"맞아. 힐리사고 놈들은 성격이 별로라고."

리카르디스는 잠시 칼릭스를 떠올렸다. 그리고 칼릭스가 어떻게 '귀염둥이 칼'이라는 이명을 얻게 되었는지의 경위도 잠깐.

"그래도 로즈를 지키다가 다쳤다잖아?"

"그거라도 해야지."

실상은 로젤린이 지켜 줬다는 점에서 리카르디스는 자괴감에 휩싸여 괴로워해야 했다. 모든 사정을 알고 있는 로젤린이 리카르디스의 등을 토닥였다. 눈물이 날 것 같았다.

로젤린은 친해진 부인의 집에 일정 비용을 지불하고 며칠 머무르기로 했다. 퉁퉁한 부인이 못마땅하다는 듯한 시선으로 리카르디스를 위아래로 훑었다. 가상의 인물 '로즈'의 집안에 결혼 허락을 받으러 발을 들인 느낌이었다.

그래도 원래 냉랭한 사람이겠거니 하고 있었는데, 로젤린을 대할 때는 태도가 완전히 달랐다. 눈이 안 보일 정도로 웃으며 로젤린의 볼에 입을 맞추고 그녀를 꼭 껴안기까지 했다. 로젤린도 해사하게 웃으며 여자의 볼에 입을 맞췄다. 누가 보면 십몇 년은 알아 온 친한 이웃 사이인 줄 알 것 같았다.

"잘 지내셨어요?"

"안 본 사이 더 예뻐졌구나, 로즈. 어서 들어오렴. 그리고 그쪽도."

'그리고 그쪽도.'라는 대목에서 온도가 뚝 떨어지는 걸 느낄 수 있었다. 자신에 대한 그들의 평가가 어쨌건 간에, 로젤린은 정말 훌륭하게 투라르에 녹아드는 것에 성공한 듯 보였다.

두 사람은 전쟁 때문에 상단이 오는 날이 불규칙해졌다는 불우한 소식을 접하게 되었다. 상단이 예상보다 늦게 도착할지도 몰랐다. 초조할 만도 한데 로젤린은 내색하지 않았다. 그러기는커녕, 마을 사람들을 따라 일을 다니며 품삯을 받아 오기까지 했다. 그 돈으로 리카르디스를 입히고, 먹이고, 치료했다. 헌신적인 로젤린의 모습에 많은 사람들이 감명 깊어 했다.

로젤린이 대외적으로 활동한 덕에 리카르디스는 사람들과 어울리지 않고 몸을 회복할 수 있었다. 일주일 정도의 시간이 흐르자 몸 상태가 약간 호전되었다. 혼자서 움직일 수 있게 된 후 리카르디스가 가장 먼저 한 일은 집 밖을 나서는 것이었다. 로젤린이 혼자 돌아다니는 것이 너무 신경 쓰여 도리어 회복에 방해가 되는 것 같았다.

그렇게 가끔 거리에 출몰하게 된 남자의 시선 끝에는 언제나 로젤린이 있었다. '로즈'의 말대로 사교성이고 사회성이고 죄다 가뭄인 남자는 마을 사람들과 말 한번 섞지 않고 오직 부인만 바라보는 집착을 보였다.

오늘도 소문의 그 남자는 나무 상자 위에 걸터앉아 마을 아낙들과 어울리는 부인을 바라보고 있었다. 사람들은 그런 그를 구경하며 저들끼리 수군거렸다.

"콧대가 높고 날렵해. 턱도 남자답고, 몸도 좋아. 역시 용병은 용병인가 봐."

우호적인 뜻이 담긴 말에 누군가가 재빠르게 반박했다.

"근데 싸가지 없어."

다들 고개를 주억거리며 동의했다.

"내가 과일 말린 걸 주니까, 말의 거시기가 쪼그라든 것같이 생겼군. 이러지 뭐야?"

"힐리사고 놈들이 그렇지. 음담패설을 안 하면 말을 못 하는 놈들이잖아."

"그런데 어이없는 게 뭔지 알아? 저번에도 발타는 인사를 왜 그런 식으로 하냐는 거 있지?"

다른 문화권에 비해 발타의 인사는 다소 친밀해 보이는 감이 있었다. 남녀노소 불문하고 볼에 입맞춤이라는, 다른 나라 사람들이 느끼기로는 파격적이기 그지없는 행위였다.

"발타에서 몇 년을 지냈지만 아직까지 이해할 수가 없다면서……."

그렇게 마을 사람들이 리카르디스 흉을 보던 중이었다. 마을 아낙들과 빨래를 끝내고 지나가던 로젤린이 그를 발견하고 쪼르륵 달려와 볼에 입을 맞췄다. 남자의 얼굴이 터질 듯 달아올랐다.

"굉장히 이해할 수 있었던 것 같은데."

"그러게."

"무척 좋아하는 것 같은데."

"그러게."

* * *

상단의 마차가 도착했다. 싣고 온 상품들을 마을에 풀었으니 마차도 가벼워진 참이었다. 어차피 가는 길, 한두 사람 더 태우고 삯을 받을 수 있으면 이득이었기에 상단주와의 교섭은 빠르게 이뤄졌다.

로젤린은 마을 사람들과 헤어지며 눈물을 흘렸다. 남편이 다 낫거든 다시 돌아오겠다며 훌쩍이는데 얼마나 절절한 이별인지, 리카르디스의 가슴이 다 아플 정도였다. 마을 사람들의 배웅을 뒤로하고 마차는 덜컹거리며 길을 달렸다.

멍하니 풍경을 보는 리카르디스의 입 안으로 로젤린이 불쑥 무언가를 집어넣었다. 우물우물 씹어 보자 부드럽게 녹아들며 고소한 맛이 퍼졌다. 치즈였다. 로젤린이 뿌듯해하며 말했다.

"맛있죠. 오늘 갓 만든 치즈예요. 아주머니가 작별 선물로 주셨어요."

리카르디스는 로젤린이 주변 사람들을 의식하며 행동하고 있다는 사실을 눈치챘다. 큰 상단이라 그런지 발타 변두리의 마을처럼 호락호락하지 않았다. 의심의 눈초리로 응시하는 눈길이 느껴졌다.

리카르디스는 빙긋 웃으며 가까이 있는 그녀의 입에 쪽 입을 맞췄다. 로젤린이 눈을 동그랗게 떴다. 자신이 할 때는 뻔뻔하더니, 막상 당하니 그녀도 얼굴을 붉히기만 했다.

"당신이 먹여 주니까 더 맛있어."

리카르디스는 로젤린의 몸을 돌려 자신의 앞에 앉혔다. 그러면서 그녀의 귓가에 살짝 속삭였다.

'실력자들이 꽤 있는 것 같아.'

로젤린의 손가락이 리카르디스의 손등 위로 원을 그렸다. 그러고는 깍지를 끼는 척하며 손바닥에 잽싸게 다른 암호를 남겼다.

'죽이다. 숨기다.'

죽여서 목격자를 없애 버린다는 뜻이었다. 리카르디스는 마차에 타기 전 상단의 인원수를 확인했다. 상단 사람들만 해도 열 명이 넘었고 용병까지 합해 도합 50명은 되어 보였다. 리카르디스는 황금정원의 클로에를 통해 상단과 금전의 흐름에 따라 정보가 얼마나 손쉽게 이동하는지 잘 알고 있었다.

한 명이라도 놓치면 곤란해질 것이 분명했다. 거기에다 전력이 되지 못하는 만큼, 로젤린의 발목을 잡게 될 상황 역시 간과할 수 없었다. 들키기 전까지는 최대한 숨겨야 했다. 리카르디스가 그녀의 볼에 입 맞춘 채 애교 있게 속삭였다.

"아니야, 내가 더 사랑해."

로젤린이 부끄러운 듯 고개를 푹 숙였다. 물론 알겠다는 뜻이었다. 훔쳐 보던 남자들이 어머 어머, 쟤들 좀 봐, 하면서 좋아하는 소리가 들렸다.

시간이 흐름에 따라 의심은 점점 풀렸다. 로젤린이 며칠간 마을 아낙들을 훔쳐보며 눈으로 익힌 발타의 생활 풍습은 흠잡을 곳 없었고, 리카르디스 또한 힐리사고의 사정에 정통했기 때문이었다. 뿐만 아니라 틈날 때마다 붙어서 쪽쪽거리는 두 사람은 사랑이 넘치는 연인. 그 이외의 단어로는 표현할 길이 없었다.

'참 좋을 때다.'와 같던 반응이, '진짜 작작 좀 하지 꼴 보기 싫어 죽겠네.'로 변할 때까지 두 사람은 최선을 다해 연기를 지속했다.

그렇게 며칠 이동하던 중, 소식이 들려왔다. 일라베니아 제국군과 연합군의 정보였다. 그때 당시 제국군의 뒤를 치러 왔던 연합군이 댐의 붕괴로 반절가량밖에 남지 않았다는 내용이었다. 리카르디스는 예상보다 큰 연합군의 피해에 내심 놀랐지만, 심각한 표정 아래에 생각을 숨겼다. 하지만 좋은 소식이 있으면 나쁜 소식도 있는 법.

"하카브 왕자께서는 다시 일라베니아로 떠나셨다는군."

"발타에 남은 잔당들은 어쩌고? 잔당이라고 말할 만큼 적은 규모도 아니라 생각하는데."

"우리 연합군의 피해가 컸다지만, 일라베니아 놈들도 만만치 않으니까. 총사령관도 실종됐고, 아니 실종이 뭐야. 죽었겠지, 뭐. 아무튼, 그런 데다가 제국군 놈들은 뿔뿔이 흩어져서 도망치고 있는 처지이니 말이야. 그런 오합지졸 군대 정도로 리비타를 함락하기는 무리지. 함락은 무슨. 곧 수색대에게 지근지근 밟힐 걸세."

남자의 말에서 자부심이 느껴졌다.

"곧 병력이 총집결해서 중부 관문으로 나아갈 거라는군. 이번 해를 넘기기 전에 어쩌면 결판이 날지도 모르겠어."

중부 관문 다음은 황도였다. 남자의 말대로 중부 관문이 버티지 않으면 모든 것이 끝난다. 리카르디스는 초조함을 가리기 위해 용병들이 준 싸구려 담배를 물었다. 연기가 입김처럼 번져 나갔다.

* * *

앞에서 수군거리는 소리가 들리더니 느리게 움직이던 마차가 완전히 멈췄다. 리카르디스는 긴장한 용병들의 태도를 바라보곤 흘끗 로젤린에게로 시선을 돌렸다. 그녀는 치맛자락을 만지작거리고 있었다. 종아리에 매어 둔 단도가 있는 위치였다. 리카르디스도 옆에 풀어 둔 검을 가까이에 두었다.

바깥에서 사람들이 오고 가는 소리가 길어졌다. 마차 안 다른 자들의 이목이 밖으로 쏠렸을 때, 로젤린이 잽싸게 수화로 무언가를 말했다.

[수색대]

발타의 수색대와 우연히 마주친 것이었다. 철걱, 철걱. 갑주를 입은 병사가 가까워지는 소리가 들렸다.

"투라르에서 태운 젊은 부부 외에는 전부 저희 상단의 용병들입니다."

병사의 시선이 로젤린과 리카르디스를 향했다. 무뚝뚝한 목소리가 그들을 날카롭게 죄었다.

"투라르…… 강가에서 좀 떨어져 있긴 하지만, 못 걸어갈 거리는 아니군. 거기에다가 힐리사고의 용병이라. 발타에는 언제 처음으로 왔나?"

"3년 전쯤입니다."

리카르디스는 마차의 벽에 머리를 기대고는 태연하게 대답했다.

"3년이나 발타에 있었는데, 흠. 상단주. 투라르에 들를 때 근처 마을에서 힐리사고 용병에 대한 얘기를 들은 적 있나? 좁은 곳이라 금세 소문이 퍼질 텐데."

상단주는 곤란해 보이는 낯으로 수색대의 대장과 리카르디스를 번갈아 보다가 고개를 저었다. 리카르디스가 주머니를 뒤적이자 수색대에 긴장감이 맴돌았다. 하지만 그의 주머니에서 나온 건 용병들이 피우는 싸구려 담배였다. 그가 담배를 물고 부싯돌로 불을 붙였다. 여유로운 숨과 연기가 퍼져 나갔다.

"3년 내내 발타에 있지는 않았죠. 힐리사고와 발타를 돌아다니며 일했습니다. 아름쉐의 무지개 비늘 상단. 거기에 확인해 보시면 될 겁니다."

무지개 비늘 상단은 발타를 가장 많이 오가는 힐리사고의 큰 상단 이름이었다. 하지만 당장 확인할 수 없는 이상 수색대의 의심은 쉽게 풀리지 않았다.

"용병 일은 발타 내에서도 할 수 있었을 텐데. 부인이 있는데도 제법 떠돌이 생활을 즐기나 보군."

리카르디스는 귀찮다는 듯 눈살을 찌푸렸지만, 속으로는 식은땀을 흘리고 있었다. 경계하는 시선이 모여든 상황. 조금이라도 잘못했다간 이곳이 전장으로 변할 터였다.

그때 로젤린이 나섰다.

"아, 그게……."

리카르디스를 향하던 뾰족한 시선들이 로젤린에게 옮겨 갔다.

"이 사람이 힐리사고에도 가정이 있거든요."

100여 명이 넘는 사람들이 있는 길가가 한순간에 조용해졌다. 남자들의 시선은 아까와 다른 방향으로 싸늘해진 상태였다. 리카르디스는 당황을 숨기기 위해 재빨리 연기를 내뿜어 얼굴을 가렸다. 로젤린이 멋쩍은 듯 머리카락을 귀 뒤로 넘기며 웃었다.

"저를 사랑하지만, 힐리사고에 있는 부인도 버릴 수 없다고 그랬어요."

"뭐, 이 미친……."

"저 개……."

수색대의 대장이 리카르디스를 경멸하는 눈빛으로 바라보았다. 리카르디스는 고개를 돌려 따가운 사내들의 시선을 피했다. 로젤린이 두 손을 내저으며 황급하게 말했다.

"아뇨, 이상한 게 아니라…… 그러니까 제가 진정한 운명이지만, 이미 혼인을 해 버렸으니까요. 그 부인도 끝까지 책임을 지려고 하는 거래요. 너무 멋있지 않나요?"

리카르디스는 순식간에 순진한 여자를 꾀어내 두 집 살림 하는 천하의 개망나니가 되었다. 수색대의 대장이 들으라는 식으로 혀를 찼다.

"으흐흠, 부인은 남자 보는 눈을 좀 기르셔야겠소!"

수색대가 떠난 뒤, 상단 사람들의 눈빛도 변했다. 방금 전까지는 싸가지는 좀 없지만 부인을 아끼는 놈을 보는 시선이었다면, 지금은 그냥 개잡놈을 바라보는 눈빛이었다.

중점을 흐리는 훌륭한 화술로 그들의 경계를 벗어났으나, 리카르디스는 속이 쓰렸다. 옆을 바라보니 로젤린이 남몰래 엄지를 척 치켜세우고 있었다. 얄미웠다.

그렇게 따가운 눈총 아래 마차가 굴러가고 있을 때였다. 로젤린은 리카르디스의 품에 기대어 잠을 자는 척했다. 체력이 약한 여성이라면 이즈음 피곤하겠지, 하는 철저한 계산속에 이뤄진 행동이었다.

얼마간 그렇게 있던 로젤린이 갑자기 눈을 번쩍 떴다. 그와 동시에 밖이 소란스러워졌다.

"도적이다!"

안 그래도 수색대의 대장이 떠나기 전에 이르고 간 내용이었다. 최근 전쟁 때문에 높아진 세율로 마을을 버리고 어설픈 강도 흉내를 내는 자들이 많아졌다는 것이었다.

로젤린은 날아오는 화살을 감지하고 벽에 붙어 있던 리카르디스를 잡아당겼다. 1초 전까지 그가 등을 기대고 있던 벽면에 화살촉이 비죽 솟아 있었다. 같이 마차를 타고 있던 용병들이 튀어 나갔다. 둘만 남자 로젤린이 종아리에 매 둔 단검을 잽싸게 꺼냈다. 그녀가 밖을 슬쩍 보다가 한 발짝 물러섰다. 곧바로 그 자리에 또다시 화살이 꽂혔다.

상단 사람들보다 도적의 수가 두 배 이상이 많았다. 더군다나 상대는 농기구를 들고 있는 어설픈 산적이 아니라, 무기와 방어구를 갖춘 집단이었다. 전황이 불리했으나 로젤린은 나서지 못하고 머뭇거렸다. 헤어진 수색대 중에 마인이 있다면 마력을 감지할 수 있기 때문이었다.

"생각보다는 이르지만, 무리를 벗어나야겠습니다."

재빨리 판단을 마친 그녀가 마부석에 앉았다. 곧 말 두 필이 이끄는 작은 마차가 홀로 길가를 벗어났다. 전투를 벌이던 용병들이 그 모습을 목격하고 욕지거리를 내뱉었다. 도적들도 순순히 놓아줄 생각이 없는지 끊임없이 화살을 날려 보냈다. 말발굽 소리가 가까워지는 것을 보아 하니 쫓아오고 있는 모양이었다. 전투를 피할 수 없을 것 같았다.

그런데 그때, 길가 옆에 난 나무가 서서히 쓰러지기 시작했다. 도적들이 퇴로를 차단하기 위해 만들어 놓은 장치였다. 로젤린이 말고삐를 잡아 방향을 틀어 보려 했지만 이미 늦어 버렸다. 나무 기둥이 떨어지며 쿵! 하고 땅을 울렸다. 놀란 말이 앞다리를 치켜들고, 나머지 한 마리는 나무에 부딪혔다. 마차가 기우뚱 기울었다.

발밑이 불안해진 순간 리카르디스는 자신에게 달려오는 로젤린을 보았다. 그녀가 껴안자마자 마차가 쓰러지며 비탈을 굴렀다.

마차가 비스듬한 면을 따라 뒤집힐 때마다 리카르디스는 온몸이 부서지는 느낌을 받았다. 아직까지 몸이 다 낫지 않은 상황에서 버티기엔 너무 큰 충격이었다. 시야가 초 단위로 바뀌었다. 바닥이 천장에 가 있고 천장을 밟고 있는 상황이었는데, 그게 또 순식간에 뒤집혔다.

로젤린은 안고 있는 리카르디스의 몸이 고통으로 떨리는 것을 느끼고 입술을 꽉 깨물었다. 텅, 등이 벽에 부딪히며 튕겼다. 그리고 발이 다른 면에 닿는 순간, 로젤린은 또 다른 면을 향해 주먹을 휘둘렀다.

쾅!

뻥 뚫린 틈으로 두 사람의 인영이 얽혀 빠져나왔다. 텅 빈 마차는 계속해서 산비탈 밑으로 굴러가며 부서져 내렸다.

"으윽……."

리카르디스는 억눌린 신음을 내뱉었다. 통증에 머리가 어지러울 정도였다. 짧은 사이 땀으로 옷이 흠뻑 젖었다.

"달링!"

정신이 혼미해지는 고통 속에서도 뇌리에 똑똑히 박히는 애칭이었다. 리카르디스는 헐떡이며 흐르는 땀을 손으로 닦았다. 몸이 덜덜 떨리고 있었다. 그는 겨우겨우 로젤린을 올려다보았다. 시야가 흐릿해 그녀가 두세 명으로 흩어져 보였다.

"……괜찮아. 그대는?"

"저는 괜찮지만, 빨리 벗어나야 합니다. 마력을 써 버렸어요. 마차에서 탈출하려다가 그만……."

명백한 실수였다. 리카르디스의 상태가 악화되는 걸 방지하고자 한 행동이지만, 그 배경에 과거 마차 사고의 기억이 작용하고 있었다는 사실을 부정할 수 없었다. 다른 방법도 분명히 있을 텐데 순간 머리가 굳어 버리며 본능만 작용해 버린 것이었다.

"빨리…… 이동하는 게, 좋겠어."

로젤린은 고개를 끄덕이다 시선을 휙 돌렸다. 보이지도 않는 저 먼 곳에서부터 익숙한 기운이 다가오고 있었다. 그녀는 자신도 모르게 험한 말을 내뱉었다.

"젠장."

리카르디스는 상황이 어떻게 돌아가는지 얼추 눈치챘다. 그녀가 이를 갈

듯 말을 씹어 내뱉었다.

"들켰습니다. 빨리 이동하겠습니다."

두 사람을 태운 말이 산길을 내달렸다. 리카르디스는 갈비뼈를 붙잡고 애써 신음을 참아 냈다. 거대한 짐승의 발이 땅을 구르는 충격이 고스란히 전해졌다. 칼로 찌르는 듯한 선명한 통증에 정신이 혼미해지는 것 같았다. 로젤린도 그런 리카르디스의 상태를 눈치챘으나 멈출 수 없었다.

마인의 기운이 점점 불어나고 있었다. 마차에서 탈출하고 난 후부터 마력을 사용하지 않았으나, 그들은 용케 위치를 파악하고 끈질기게 따라붙었다. 두 사람이 탄 말보다 한 사람이 탄 말이 속도가 더 빠를 수밖에 없었다. 추격자와의 거리가 점점 좁혀졌다. 육안으로 확인할 수 있을 정도로 근접한 상황이었다.

끈질긴 추격전은 두 사람이 벼랑 끝에 몰리고 나서야 멈추게 되었다. 한 걸음 아래를 내려다보자 아찔한 절벽 아래의 풍경이 펼쳐져 있었다. 말이 푸르르 투레질했다.

로젤린은 말에서 내려와 주위를 살폈다. 쫓아온 자의 숫자는 50여 명. 그중 마인은 다섯쯤 되는 것 같았다. 상대하지 못할 숫자는 아니지만, 리카르디스를 보호하면서 싸워야 했기에 불리했다. 조금만 방심하는 순간 모든 것이 끝날 것이다.

천천히 숨을 내뱉은 로젤린이 검을 뽑아 끝을 땅으로 향하게 했다. 사각, 무딘 검 끝과 자갈이 맞부딪치며 소리를 냈다. 바람이 그들을 훑고 지나갔다. 둘러싼 발타의 병사들이 일시에 몸을 굳혔다. 자그마한 여자에게서 뿜어져 나오는 마력의 기운뿐 아닌, 눈으로 보이는 경이로운 광경 때문이었다.

로젤린의 머리카락이 바람에 흩날리더니 색이 변하기 시작했다. 짙은 갈색에서 완전한 흑색으로, 두피에서 머리끝까지. 그녀는 검을 꽉 쥔 채 몸을 웅크렸다. 바닥에 닿아 있던 검 끝이 땅을 파고들기 시작했다. 등, 어깨, 드러난 팔의 근육이 섬유의 위로도 보일 만큼 역동적으로 꿈틀거렸다. 까드득, 이를 가는 소리가 들렸다.

잠시 후, 마력의 기운이 멎었다. 천천히 웅크린 몸을 펴는 그녀는 아까와 달리 키와 체구가 훌쩍 자라 있었다. 갈색빛을 띠던 눈동자 또한 어느새 여름의 이파리처럼 푸릇하게 변한 채였다.

[검은 머리, 하얀 피부, 녹색 눈, 장신]

총사령관 리카르디스 다리우 일라베니아와 함께 실종되었던 붉은수레바퀴의 로젤린. 그 정보와 한 치도 다르지 않았다.

로젤린이 입을 꾹 다물며 검을 들어 병사들을 향해 겨눴다. 그제야 발타의 병사들은 잠에서 깨어난 듯 일시에 움직였다.

"……?"

로젤린의 눈썹이 꿈틀거렸다. 병사들이 검을 뽑거나 공격하려는 의도를 보이지 않고 동시에 무릎을 꿇었다는 점에서, 그녀는 잠시간 그들을 바라만 볼 수밖에 없었다.

자신을 방심하게 하려는 수작인가?

로젤린이 교전할 의사가 없음을 내비친 상대들을 잽싸게 살해해 버리려 마음을 먹었던 때, 가운데에 있던 남자가 입을 열었다. 아까 전 로젤린에게 남자 보는 눈 좀 키우라 했던 수색대의 대장이었다.

"저의 주인께서 귀한 분을 뵙고자 청하니, 부디 모시는 것을 허락해 주시겠습니까?"

* * *

마차가 덜컹거릴 때마다 로젤린의 눈은 리카르디스를 향했다. 정비된 도로를 따라 달리고 있어 흔들림이 심하지 않았지만, 그것마저도 지금의 그에게는 큰 충격이 되는 듯했다.

리카르디스는 마차 바닥에 누운 채 숨을 쌕쌕 토해 내고 있었다. 로젤린이 조심스러운 손길로 그의 이마를 매만졌다. 아까보다도 체온이 높아져 있었다. 로젤린은 입술을 한 번 꾹 깨물고 마차가 향하고 있는 방향을 한번 지그시 바라보았다.

한나절을 달리고 나서 당도한 곳은 발타의 작은 요새 중 하나였다. 수색대의 대장이 신분 패를 보이고 요새의 문을 통과했다. 로젤린은 마차 안에서 검을 빼어 든 채 귀를 기울였다. 다행히도 바깥에서 불순한 움직임은 확인되지 않았다.

따라오거든 안전하게 보호하겠노라는 제의를 받았다. 수색대의 대장이 아닌 그의 '주인'으로부터의 전언이었다. 믿을 수 있을 리 없었다. 하카브가 눈에 불을 켜고 리카르디스를 찾아다니는 중이었다. 이런 상황에서 발타인이 몰래 리카르디스를 빼돌리고자 한다니. 수상쩍기 그지없었다.

하지만 리카르디스는 결국 그 제의를 승낙했다. 쫓아온 추격자들이 우위에 서 있는 상태였음에도 적의를 드러내지 않았다는 점과 '주인'이라는 자의 이름이 기묘한 신뢰감을 불러일으켰기 때문이었다.

마차가 멈췄다. 로젤린은 리카르디스를 부축한 채 건물 안으로 이동했다. 미로같이 복잡한 곳이었다. 갈림길에서 오른쪽으로 꺾고, 왼쪽으로, 중앙 길로, 지하로 내려갔다가, 다시 계층을 오르고. 로젤린은 침착하게 머릿속으로 지도를 그려 지리를 익혀 두었다.

병사들이 큰 방 앞에서 멈췄다. 문이 열리자, 천으로 가려진 안쪽에서 사람의 기척이 느껴졌다.

"손님을 모셔 왔습니다, 주인님."

로젤린은 한 걸음 한 걸음 조심스럽게 이동했다. 그녀가 다가가자 하녀들이 천을 걷었다. 막 일어서던 여자와 로젤린의 눈이 마주쳤다.

"오랜만에 보는군요, 경."

로젤린이 후, 안도의 한숨을 쉬었다. 수색대의 대장에게 들었던 대로 간제가 자신을 반기고 있었다.

"왕녀 전하."

생글생글 웃던 그녀가 로젤린에게 반쯤 기대다시피 한 남자를 보고는 인상을 굳혔다.

"전하인가요?"

"……."

"전하로군요. 야라. 그분을 모시고 오렴."

로젤린은 간제가 안내한 너른 침대에 리카르디스를 눕혔다. 그는 신음을 겨우 삼키고서 간제를 올려다보았다.

"여전히…… 행동을 예측할 수 없는 분이군요, 왕녀."

"그런가요? 저는 제가 나름 일관적으로 행동했다고 생각했는데요."

곧 시녀들과 함께 온 남자는 간제만큼이나 놀라운 인물이었다.

"아아니! 로젤……!"

완벽한 문장이 구사되기 전, 간제가 남자의 입을 확 막아 버렸다. 라헤안시는 그제야 자신이 발타 한가운데에서 발타인들이 간절히 죽이고자 하는 사람의 이름을 외칠 뻔했다는 사실을 깨달은 모양이었다.

라헤안시가 눈물을 글썽이더니 두 손을 모아 하트를 그렸다. 대충 반갑고 너무나 좋다는 뜻이겠거니 싶었다. 로젤린은 답변을 돌려주는 대신 라헤안시의 손목을 덥석 잡았다. 그대로 질질 끌고 간 로젤린이 라헤안시를 던지다시피 침대에 밀어 넣었다.

당혹스러워하던 라헤안시는 침대 위에서 신음을 내뱉는 남자를 발견하고서는 표정을 굳혔다. 머리 길이와 색이 달랐지만, 누군지 금세 알아챈 듯했다. 라헤안시가 자세를 잡고선 리카르디스의 몸 위로 손을 얹었다. 그 주위로 하얀빛이 감돌기 시작했다. 로젤린은 팔짱을 낀 채, 시간이 흐르는 동안 가만히 그의 곁을 지켰다.

거칠던 리카르디스의 숨소리가 점차 고르게 변했다. 상처가 날 정도로 꽉 쥐고 있던 손 또한 느슨해졌다. 내내 눈을 감고 있던 리카르디스의 눈꺼풀이 떨리더니, 곧 푸른 눈동자가 드러났다. 그 안에 가장 먼저 담긴 사람은 로젤린이었다.

리카르디스가 아직 손톱자국이 박혀 있는 손을 그녀에게 뻗으며 희미하게 미소 지었다. 라헤안시의 성력이 거기까지 미친 것인지, 그녀의 눈앞에서 벌겋게 드러난 속살이 아물었다.

로젤린의 가슴을 꽉꽉 틀어막고 있던 무언가가 사르르 녹아내렸다. 눈물이 투두둑 흘러내렸다. 그녀는 리카르디스가 내민 손을 두 손으로 꼭 잡고 그 위에 젖은 얼굴을 묻었다.

* * *

리카르디스는 새벽이 찾아올 즈음 눈을 떴다. 옆구리가 따뜻했다. 언제나처럼 로젤린이겠거니 해서 반사적으로 부드럽게 끌어안은 순간, 리카르디스의 후각에 낯선 향이 감지되었다. 그는 초점을 맞추기 위해 눈을 깜박거렸다. 아무리 시야가 흐릿하다지만 검은 머리와 분홍 머리를 구분 못 할 정도는 아니었다.

"……."

이 자식이 왜 여기에서 자고 있어. 울컥하던 마음은 초췌한 라헤안시의 몰골을 본 후 많이 누그러졌다.

리카르디스는 라헤안시가 깨지 않게 조심스레 일어났다. 아직 통증이 남아 있긴 하지만, 숨쉬기도 힘들던 어제에 비할 수 없는 몸 상태였다.

리카르디스는 손을 까딱거리다가 익숙한 감각을 불러일으켰다. 리카르디스의 손에서 퍼진 하얀빛이 그의 몸을 다시 파고들었다.

"……하."

몸 안에 퍼진 따스한 기운이 남아 있는 통증마저 걷어 갔다. 정말 악몽 같은 나날이었다. 살아 있는 게 기적일 정도로.

리카르디스는 주먹을 쥐었다가 펴고, 다리를 까딱이며 움직였다.

'로젤린은 어디 있지?'

리카르디스는 침대의 천을 걷고 밖으로 나섰다. 어제는 제대로 보지 못한 방 안의 광경이 시야에 들어왔다. 발타의 궁전에서 볼 수 있을 법한 호화롭고 넓은 방이었다. 그 벽의 정중앙에 요새의 문양이 새겨져 있었다.

'리비타에서 멀지 않은 곳이군…….'

리카르디스는 기존의 목적지였던 리비타, 그리고 그 안에 있을 힉살라를 잠시간 떠올렸다. 하지만 그보다 중요한 문제가 이곳에 있었다. 일국의 왕녀가 이 전시 상황에 수도의 궁전에서 벗어나, 적군의 총사령관을 은밀하게 찾아 보호했다. 단순한 일탈이라 말할 수 없는 행위였다.

그녀는 대체 무슨 생각을 하는 것일까. 우선 간제부터 찾아봐야 할 듯했다.

리카르디스는 흐트러진 머리카락을 손으로 대충 정리하며 방을 살폈다. 큰 응접실과 연결된 작은 방에 들어가니 문가에 서 있던 호위가 고개를 까딱 숙여 인사했다. 그러고는 흘끗, 중앙의 침대를 눈짓으로 가리켰다. 리카르디스의 시선도 그곳으로 향했다.

넓은 침대 위에 있는 사람은 한 명이 아니었다. 간제와 로젤린. 두 사람이 사이좋게 손목과 손목을 붉은 천으로 묶어 둔 채로 잠들어 있었다.

"……."

리카르디스가 간제의 호위에게 눈으로 설명을 요구했다. 하지만 호위도 아는 바가 없는지 곤란하다는 듯한 표정으로 어깨만 으쓱할 뿐이었다.

기척에 로젤린이 깨어났다. 그녀는 문가에 있는 리카르디스를 보고 덜컥 몸을 일으켰다. 당연하게도 연결되어 있는 간제가 피해를 입었다.

"악!"

어깨가 빠질 뻔한 간제가 비명을 질렀고, 로젤린은 그때야 그녀의 존재를 깨달았다. 로젤린은 단단히 묶은 끈을 풀 여유조차 없는지, 간제를 한쪽 어깨 위에 얹고서 리카르디스에게 다가갔다. 잠이 덜 깬 간제가 우으 하면서 그녀의 어깨 위에 늘어졌다. 로젤린은 아랑곳하지 않고 리카르디스의 상태를 살폈다.

"저, 전하. 몸 상태는……."

로젤린의 손이 허공을 배회했다. 다친 곳 중 어디를 먼저 만져야 하나 마음만 앞선 것 같았다. 그 산만한 손놀림에 리카르디스가 웃었다.

"덕분에, 이제는 정말 괜찮아."

로젤린은 그의 말에 안도의 한숨을 내뱉었으나, 손을 내리는 척하며 그의 가슴팍 부근을 만지작거리는 걸 잊지 않았다.

"……괜찮대도."

곧 방 안의 모든 인원이 일어나 한자리에 모였다. 로젤린, 리카르디스, 간제, 라헤안시까지.

"궁금한 점이 많으실 거라 생각합니다. 물어보시면 기꺼이 답해 드리지요."

간제의 말에 리카르디스가 심각한 표정으로 물었다.

"대체 왜 끈으로 손목을 연결한 채 자고 있던 겁니까?"

그것부터 물어볼 줄이야.

"……아, 네. 그건 제가 인질이라서."

"인질?"

"네, 로젤린 경이 제가 어떻게 왕녀 전하를 믿겠냐며 저를 인질로 삼고 싶다고 해서요. 혹시나 자는 도중 놓칠지도 모르니 손에 끈을 묶자고 하더 군요."

"……그래서 왕녀는 그에 동의하셨습니까?"

"물론이지요."

인질이 생긋 웃으며 다과를 인질범에게 밀어 주었다. 인질범은 그걸 또 좋다고 먹고 있었다. 희한한 광경이었다.

"사실 로젤린 경이 마음먹으면 묶고 있건 없건 별반 차이는 없을 겁니다. 그냥 마음의 위안만 더할 뿐인 일이니 못 할 이유가 없지요. 궁금증은 풀리셨나요?"

전혀 풀리지 않았다. 그러고 자야 했던 것을 이해하지 못하는 게 아니라, 간제가 왜 그렇게까지 해야 했느냐가 의문스러웠다. 간제가 마음만 먹는다면 발타에 떨어진 세 명의 일라베니아인은 결코 무사하지 못한다.

그녀가 주도권을 쥐고 있는 상황에서, 로젤린의 마음을 편하게 해 주기 위해 그런 불편함까지 감수할 이유가 대체 무어란 말인가?

리카르디스는 우선 그 의문을 넣어 둔 채 궁금했던 다음 얘기를 물었다.

"라헤안시 대신관이 왜 여기에 있습니까?"

그건 라헤안시가 대신 설명했다.

"도망치고 있는데 갑자기 저기에서 물이 해일처럼 밀려오잖아! 어쩌다 휘말려서 떠내려갈 뻔했는데, 누가 나를 건져 줬어. 근데 그게 발타의 병사들이지 뭐야. 아, 나는 여기서 죽겠구나 싶었는데, 다른 사람들 몰래 빼돌리더라고! 와, 뭐지? 이제 죽겠구나 싶었거든? 근데 날 구해 준 사람의 상사가 왕녀 전하였지 뭐야!"

라헤안시가 리카르디스의 귓가에 뒤 내용을 속삭였다.

"그래서 뭐지? 이제는 진짜 죽겠구나 싶었는데, 살려 주더라!"

"……그래. 잘됐구나."

이 빈곤한 어휘력으로 대체 어떻게 설교를 하고 살았던 것일까. 리카르디스는 앞에서 생글 웃고 있는 간제를 바라보며 가장 묻고 싶었던 걸 물었다.

"왕녀가 바라는 건 뭡니까."

"순수한 선의라고는 믿지 않으시겠죠."

"예."

간제는 흠, 하며 코로 숨을 쉬고는 두 손을 겹친 채 꼬물거렸다. 망설임은 담겨 있지 않았다. 그저 생각을 정리하는 것 같은 모양새였다.

"저와 제 오라비는 사이가 그다지 좋지 않습니다. 얼마나 좋지 않느냐면……."

차를 한 모금 마신 그녀가 마저 말을 이었다.

"많이 안 좋습니다."

"……."

말 안 해도 알고 있었다.

"하지만 그런 개인감정을 미뤄 두고서라도 저에게는 하카브의 죽음이 필요합니다. 아니, 정확히는 발타에요."

"발타를 위해서라…… 발타는 지금 승리를 목전에 두고 있습니다, 왕녀."

"승리가 과연 발타에 뭘 가져다줄 수 있을까요?"

간제가 상체를 숙이며 턱을 괴었다. 그녀의 손가락이 테이블에 닿아 소리를 냈다. 간제는 그때마다 전쟁으로 얻을 수 있는 요소를 꼽았다.

"자부심? 대륙에서 가장 비옥한 일라베니아의 영토? 황성에 쌓인 보석과 황금?"

"대개는 그런 것들을 얻고자 전쟁을 일으킵니다."

"그러게요, 말하고 보니 승리도 나쁘진 않겠어요."

간제가 피식 웃었다.

"농담은 여기까지 하도록 하죠. 저에게는 자부심보다 전쟁으로 죽어 나가는 많은 발타인의 목숨이 소중하고, 개중 비옥하다고는 하나 마찬가지로 노쇠해 가는 일라베니아의 영토도 그다지 탐나지 않습니다. 보석과 황금. 그것은 빠르게는 수년, 늦게는 100여 년 안에 가치를 잃고 반짝거리기만 하는 돌덩이가 될 겁니다. 그것을 먹을 수는 없을 테니까요."

간제가 제 팔찌를 와구 와구 먹는 시늉을 했다.

"전쟁에서 이긴다 해도 결국 검게 변해 썩어 가는 땅은 살아나지 못합니다. 그 위에 서 있는 수많은 백성들도 대륙과 함께 서서히 죽어 가겠죠. 물론 저의 부귀영화는 보장될지도 모릅니다. 인간은 오래 살지 못하는 생물이니까요. 그 짧은 시간 동안은 대륙이 버텨 주리라 생각합니다. 그러면, 제가 죽은 뒤에는? 100년 뒤에는? 200년 뒤에는요?"

간제는 하카브와 마찬가지로 미소로 무장하여 본심을 숨기는 부류의 사람이었다. 하지만 과거 일라베니아의 성에서 "하카브는 나를 절대 죽이지 않을 테니."라고 말했던 때와 지금만큼은 가면이 벗겨지고 그녀의 진정한 모습이 드러났다. 결코 변명이나 거짓이라고 치부할 수 없는 진심이 보였다.

"발타에 필요한 것은 승리가 아닌 축복의 밤입니다. 제 입장에서 하카브는 모든 걸 망쳐 버리려는 미친놈일 뿐입니다. 그리고 리카르디스 전하께서는, 유일하게 필요한 걸 주실 수 있는 분이고요."

"……그렇군요."

리카르디스는 간제를 바라보며 눈을 깜박거렸다. 그는 조금 찝찝한 듯, 머뭇거리며 말을 꺼냈다.

"……이런 말 하기는 좀 그렇지만……."

"이런 박애주의적인 사상을 가지고 있을 거라고는 미처 생각하지 못하셨다고요?"

리카르디스가 대답 없이 가만히 다른 곳만 바라보자 간제가 깔깔 웃었다.

"인상과 풍채가 좋은 노인이 했으면 조금 더 설득력이 있을 법했지요, 이해합니다."

그것보다는 그 말을 꺼낸 게 간제라서 모호하게 느꼈을 뿐이었다. 세상 하루만 사는 사람처럼 하카브와 반목하고자 했던 이유가 제 나라를 사랑해서라니. 정말 이런 생각은 실례지만, 예상조차 하지 못했다.

간제가 허리를 곧추세우며 부드럽게 리카르디스를 응시했다.

"하지만 제 이상과 전하의 이상은 완전히 같지 않겠죠. 그러니 저는 전하의 온정에 기대어 부탁을 드리진 않겠습니다. 이것은 거래입니다. 제 조건을 말씀드리지요."

그녀가 손가락 세 개를 폈다. 그러고는 하나를 접으며 얘기했다.

"축복의 밤을 부를 것."

리카르디스는 잠깐 그 부분에서 머뭇거리며 말을 꺼내려 했으나, 결국은 그녀의 말을 끊지 않고 경청하기를 선택했다. 간제의 손가락이 하나 더 접혔다.

"전쟁으로 일어난 어떠한 피해도 발타에 묻지 말 것."

간제가 마지막 손가락을 접었다. 무언가를 꽉 움켜쥔 듯한 모양의 손 뒤에서 간제가 눈을 빛내고 있었다.

"전쟁이 끝나기 전까지 3왕녀 간제를 물심양면으로 도울 것."

그녀가 입을 닫자 방 안은 조용해졌다. 리카르디스는 팔짱을 낀 채 가만히 간제를 응시했다.

"조건이 추상적이군요, 조금 더 자세히 들어 볼까요."

"축복의 밤은 말씀드렸으니 넘어가겠습니다. 그럼 두 번째 '전쟁으로 일어난 어떠한 피해도 발타에 묻지 말 것.'부터 얘기해 볼까요?"

간제가 아까 그 말을 하며 접었던 손가락을 까딱거렸다. 하필이면 중지라서 기분이 모호해졌다.

"전쟁으로 많은 피해를 입으셨음을 인지합니다. 하지만 이건 정말……."

그녀가 중지를 곧게 세우더니 제 손가락을 보며 열렬하게 외쳤다.

"하카브 그 미친 인간! 그놈 하나가 사두마차의 말 네 필이 되어 끌고 간 격이라고 보시면 됩니다! 죄를 물으려면 그놈 하나에게 물으세요!"

대단한 기세에 리카르디스와 라헤안시가 움찔거렸다. 간제는 씩씩거리던 걸 진정하고 다시 침착하게 얘기했다.

"전하께서 말씀하셨지요. 발타는 승리를 목전에 두고 있다. 하지만 제가 '2황자 리카르디스를 살린다.'라는 선택을 해서 그 예정된 운명이 틀어지게 될지도 모릅니다. 그 합당한 값으로 두 번째 조건을 제시하겠습니다."

간제의 말은 틀리지 않았다. 발타가 전쟁에서 승리하게 될 시 일라베니아의 미래는 불 보듯 뻔했다. 그 미래를 비튼 값으로 발타에 죄를 묻지 않는다는 것은 오히려 이득일 수 있었다.

"이해했습니다."

간제가 휴 하며 숨을 고르고 다시 말을 이었다.

"그리고 '전쟁이 끝나기 전까지 3왕녀 간제를 물심양면으로 도울 것'. 이 세 번째 조건은 두 번째 조건과 긴밀하게 연결되어 있습니다. 아무리 저라고 해도 무턱대고 이 전쟁을 일으킨 주범에서 발타를 쏙 빼 달라 얘기하는 것은 아닙니다. 사람들의 질타를 받을 인물을 내세워야겠죠. 저는 그걸 하카브로 할 생각입니다. 발타 왕실은 하카브와 아무 상관 없다! 이런 느낌으로, 평소에 왕실이 검은달에 대해 변명할 때처럼요."

"그 말을 왕녀의 입에서 들으니 굉장히 기분 이상하군요."

"그러게요, 저도 말하면서 좀 기분이 이상했네요. 아무튼…… 하카브가 쥐고 있는 주도권을 뺏을 수 있는 사람은 아무래도…… 힉살라뿐이지 않겠습니까?"

간제가 흘끔거리며 리카르디스를 바라보았다.

"뭡니까, 그 눈빛은."

세 번째 조건은 분명 '전쟁이 끝나기 전까지 3왕녀 간제를 물심양면으로 도울 것'인데 이야기가 묘한 곳으로 빠지는 것 같았다.

"설마 저보고 힉살라를 설득해 달라든지, 혹은 반역 일으키는 걸 도와서 왕녀를 힉살라로 만들어 달라든지 하는 것은 아니리라 믿습니다."

"……아니긴 하지만 힉살라께서도 제 말보다는 리카르디스 전하의 말을 좀 더 귀 기울여 들으실 것 같다는 점에서 그 의견도 나쁘진 않네요."

"나쁩니다."

"아, 네."

지금 자신은 발타의 한가운데에 떨어져 있었다. 어떤 권력, 무력도 동원할 수 없었다. 그런 상황을 빤히 알면서 무얼 도와 달라고 하는 것일까. 가진 것이라고는 신성력밖에 없는데.

'아.'

그 순간 한 가지 가설이 리카르디스의 머리를 스치고 지나갔다.

"혹시, 힉살라의 치료와 관련되어 있습니까?"

"눈치가 빠르시군요, 전하."

발타의 힉살라를 대신해 하카브가 왕실을 통제하기 시작한 건 올해로 7년쯤 되었다. 그동안 힉살라는 내내 투병 중이라 알려지긴 했으나, 공석에 모습을 드러내지 않아 실상은 그가 죽은 사람일 것이라는 음모론까지 돌 정도였다.

리카르디스도 그 음모론을 믿고 있는 사람 중 한 명이었다. 하카브의 행태는 나날이 갈수록 도를 지나쳤고, 만약 힉살라가 의사를 표현할 수 있었다면 그런 하카브를 가만히 놔둘 리 없었다.

"몇 년째 의식이 없으십니다. 독에 중독된 상태지요."

"……발타 내에도 신성력을 쓸 수 있는 자들이 있을 텐데요."

"전부 하카브의 사람들입니다."

치료하지 않고 일부러 놔둔다는 얘기였다. 리카르디스는 그제야 자초지종을 이해할 수 있었다. 그가 손마디로 턱을 쓸었다.

"……제가 리비타로 가야 한다는 얘기인 것 같군요."

간제는 잠시 말없이 있다가 고개를 끄덕였다. 리카르디스는 그녀가 말을 망설였던 이유가 이 때문이었다는 사실을 알게 되었다. 제국의 총사령관이 발타의 궁전으로? 호랑이의 아가리에 핏물 뚝뚝 떨어지는 고기를 들고 가는 꼴이나 다름없었다.

"전하께서 위험한 일에 처하지 않으리라 장담드리긴 어렵습니다. 리비타의 궁전에는 하카브의 사람들이 깔려 있는 상황이니까요. 하지만 저도 제

나름의 세력을 구축해 뒀답니다."

리카르디스가 그녀를 지그시 바라보았다. 간제가 진실을 토해 냈다.

"아주 조금이지만요. 그래도 전하를 눈에 띄지 않게 이곳까지 모시고 올 정도는 되는데."

"……위험을 감수할 만하다 인정합니다. 순식간에 판도를 뒤집을 수 있는 기회니까요. 하지만, 치료가 끝난 힉살라께서 간제 왕녀와 같은 뜻이리라 어떻게 확신할 수 있겠습니까. 일라베니아 황성에 발타의 깃발을 꽂기 직전인 이 상황을, 발타의 힉살라가 기껍게 여기지 않을 확률이 얼마나 될까요."

간제가 급하게 입을 열었다.

"제 오라비와 힉살라의 관계는 그다지 좋지 못합니다. 조금이라도 대화할 여지가 있었다면 그렇게 과격하게 재워 두지는 않았겠죠."

"사이가 안 좋은 이유를 알 수 있겠습니까?"

간제가 대수롭지 않다는 듯 말했다.

"오라비가 적법한 후계자들을 죄다 죽여 버렸거든요."

"후계 다툼이야 어느 세대고 일어나는 일일 텐데요. 이제는 그가 적법한 후계자 아닙니까."

"아뇨, 힉살라께서는 하카브의 존재 자체를 몹시 견딜 수 없어 하십니다. 마력이 없는 자는 인간 취급을 안 하셔서."

리카르디스가 '뭔가 그 아버지에 그 아들답군.'이라고 생각하자마자 간제의 표정이 모호해졌다.

"지금 그 아빠에 그 아들이라 생각하셨죠."

"설마 그럴 리가요."

리카르디스가 생긋 웃었다. 간제가 의심의 눈초리로 그를 바라보며 계속 말을 이었다.

"힉살라가 계시는 한, 마인이 아닌 하카브는 결코 왕태자가 되지 못합니다. 그게 놈이 아직 왕자라고 불리는 이유죠."

그간 가만히 듣고만 있던 로젤린이 입을 열었다.

"왕녀 전하."

"예, 로젤린 경."

"늦었지만, 위태로운 상황에서 구해 주셔서 감사드린다 말씀드리고 싶습니다."

"어머, 별말씀을요."

"하지만 그것과는 별개로 저는 리카르디스 전하께서 리비타의 궁전으로 가시는 걸 두고 볼 생각이 없습니다."

간제의 얼굴이 살짝 굳었다. 리카르디스는 당황을 숨기고 로젤린을 바라보았다. 그녀는 바늘 하나 들어가지 않을 것 같은 표정으로 간제를 응시할 뿐이었다.

"계획은 확실하지 않고 변수는 많으며, 깨어난 힉살라께서 하카브 왕자를 후계자로 여기지 않을 거라는 말 또한 추측에 불과할 뿐입니다. 그런 불확실한 가능성만 보고 제국의 총사령관께서 위험을 감수하실 수는 없습니다."

한마디 한마디를 더하는 로젤린의 표정이 점점 싸늘해졌다. 간제는 그런 로젤린의 눈을 피하지 않았다. 나름 평화롭던 분위기가 순식간에 일그러지기 시작했다. 방 안에 있는 호위들이 긴장하는 모습이 보였다.

"……이런 말은 하기 싫었지만, 로젤린 경은 지금의 상황을 자각하는 편이 좋을 것 같습니다."

여기는 발타의 한가운데이며, 너희들은 적에게 둘러싸여 있는 상황이라는 뜻이었다. 간제의 말대로 이곳의 주도권은 그녀에게 있는 것이나 다름없었다. 하지만 로젤린은 눈 하나 깜박하지 않고 간제의 협박에 응수했다.

"왕녀 전하께서도 현실을 아셔야겠습니다. 어제 인질이 되어 달란 말이 농담처럼 들렸나 봅니다."

아무리 마인이라고 해도 로젤린에게 상대가 될 리 없었고, 그 점은 이 방 안에 있는 모든 사람이 알고 있는 사실이었다. 간제는 로젤린이 손을 뻗었을 때 닿는 거리에 자신이 있다는 것이 무엇보다 가장 큰 위협이라는 걸 지금 와서 자각했다. 숨 막힐 정도로 밀도 높은 압박감이 공간을 메웠다.

그렇게 소리 없이 시선만 주고받고 있을 때였다.

"저, 저어……."

라헤안시가 모기만 한 목소리로 말을 꺼내며 살짝 손을 들었다. 굳은 표정의 두 여자가 동시에 그를 향해 고개를 돌렸다. 라헤안시는 소스라쳤다. 이 두 사람의 대화에 두 번 끼어드느니 차라리 죽는 쪽이 나을 것 같았다. 그는 쪼그라든 위엄을 도닥인 후에야 말을 이을 수 있었다.

"총사령관님이 아니더라도 성력을 쓸 수 있는 사람이면 되는 거 아닙니까?"

모두가 그 말뜻을 이해했다. 라헤안시, 그가 리카르디스를 대신해서 리비타로 가겠다는 얘기였다. 세 명의 얼굴을 번갈아 본 라헤안시가 떨떠름하게 말했다.

"'그러고 보니 쟤도 있었네.' 같은 반응인데…… 이거 생각보다 상처가 되네요."

간제는 시선을 아래로 떨군 채 무언가를 생각하고 있었다. 곧 그녀의 눈이 라헤안시를 향했다.

"몇 년 동안 중독된 중상자를 치료할 정도는 되어야 합니다."

"이렇게 보여도 대신관 중에서도 네 손가락 안에 듭니다."

일곱 명 중에 네 번째? 애매하지 않나? 그런 기색을 느낀 라헤안시가 급히 말을 덧붙였다.

"일라베니아에서 리카르디스 전하를 제외하고 네 번째!"

그렇게 말하니 생각보다는 괜찮게 들렸다. 버럭 성질냈던 라헤안시가 큼큼 목을 가다듬고 말을 이었다.

"저도 총사령관께서 리비타에 가는 것은 아니라 봅니다. 연합군이 중부 관문을 향해 나아가고 있지 않습니까. 흩어진 제국군을 규합하여 연합군을 막을 수 있는 건 리카르디스 전하밖에 없습니다. 위험성과 계획의 불확실성을 고려하지 않더라도, 시간이 없다는 말입니다."

리비타의 궁전을 넘어 힉살라의 방에 침입한 뒤, 치료를 끝내고 제국군과 합류해 중부 관문으로 간다? 몸이 열 개라도 부족할 게 분명했다. 간제는 라혜안시가 말한 대로 리카르디스에게도 시간이 부족하다는 사실을 깨달았다.

"하지만 간제 왕녀께서 말씀하신 부분이 필요하다고도 생각합니다, 그런 상황인 만큼."

"대신관님께서?"

"예, 제가 가지요. 그사이 총사령관께서는 제국군을 이끌고 연합군을 막아 주시길 바랍니다."

예상했던 내용이지만 충격이 크지 않을 수 없었다. 리카르디스는 제 위험을 남에게 전가하고 싶지 않았다. 혀 한쪽에 혓바늘이 돋은 것 같은 껄끄러움과 불편함에 리카르디스의 목소리가 차츰 가라앉았다.

"……위험할 거다, 라헤."

라혜안시는 리카르디스가 사용한 제 애칭에서 그의 걱정을 읽었다.

'귀여운 구석이 있는 형이라니깐.'

라혜안시는 씩 웃으며 그를 바라보았다.

"형, 걱정 마."

"네가 나라면 걱정을……."

라혜안시가 낄낄거렸다.

"신에게 빌기만 한다고 상황은 바뀌지 않으니 움직여야지. 움직일 수 있는 사람이."

신관이라는 인간이 말하기에는 부적절한 감이 있으나, 그가 무얼 말하고자 하는지 알 것 같았다. 라혜안시가 꽉 주먹을 쥐었다. 긴장한 것이 아니라, 무언가를 터트리기 전에 잔뜩 힘을 응축하듯 견고해진 모양새였다.

라헤안시가 주먹을 불쑥 리카르디스에게 내밀었다. 리카르디스가 그의 눈을 바라보며 주먹을 맞대었다. 라헤안시의 얼굴이 순식간에 풀렸다.

"우리 지금 되게 멋있지 않았어? 역사서에 기록되면 '발타. 위험의 한가운데에서도 우애로 얽힌 맹세가 일어났노니…….' 이런 식으로……."

"그럼 대화를 마무리 지어 볼까요, 왕녀."

리카르디스가 무시하자 라헤안시가 툴툴거렸다. 그는 아랑곳하지 않고 간제를 향한 후 살짝 미소 지어 보였다.

"발타에서는 사람의 말을 세 번까지는 들어 보라고 했던가요. 그 말대로 되었군요."

간제는 막 엎어질 뻔한 거래가 간신히 이뤄졌음에 감격한 모양이었다. 리카르디스가 간제에게 손을 내밀었다. 몸을 부들부들 떨던 그녀는 리카르디스의 손을 두 손으로 덥석 잡으며 크게 외쳤다.

"우리 힘을 모아 하카브 그 개자식을 죽여 봅시다!"

"……그래요. 좋은 생각입니다."

* * *

계약이 성사되긴 했으나, 가장 근본적인 문제가 남아 있었다.

'축복의 밤이 지난 이후 마인이 어떻게 되느냐.'에 관한 것이었다. 로젤린과 간제가 둘만의 작은 연회를 흥청망청 즐기는 사이, 리카르디스는 라헤안시에게 그 건에 관해 물어보았다. 전투가 일어나기 직전까지 최초의 신전에서 가져온 역사서들을 탐독했다는데, 소득이 전무했단다. 리카르디스는 실망감을 감추지 못했다.

'골치 아프게 되었군.'

손에 손을 잡고 하카브 개자식을 죽여 보자고 동의한 게 언제인데, 말을 번복해야 한다니. 리카르디스는 깔깔 웃고 있는 간제를 바라보며 한숨을 쉬었다. 방 안으로 들어가는 발걸음이 무거웠다.

"예?"

"먼저 얘기를 못 한 점은 양해해 주길 바랍니다. 왕녀가 무슨 말을 꺼낼 줄 알고 대뜸 그 얘기부터 하겠습니까. 미안하지만, 로젤린 경의 안전이 확실시되기 전까지 축복의 밤을 부르는 의식은 미뤄야겠습니다."

"……그."

간제가 급히 무언가를 말하려 했지만 리카르디스가 단호하게 그녀의 말을 끊었다.

"나에게는 그녀의 안전이 그 무엇보다도 중요합니다. 이 건은 협의의 여지가 없습니다."

잠시 입을 벌린 채 가만히 있던 간제가 손으로 입을 턱 가렸다. 실망한 것인가 싶었는데, 눈빛이 기묘하게 초롱초롱했다. 자세히 보니 어깨도 들썩거리는 중이었다. 엎어진 계약을 대하는 태도와는 다소 거리감이 있었다.

리카르디스가 의아함에 입을 떼려고 할 찰나, 간제가 옆자리에 있는 로젤린의 손목을 덥석 잡아 끌어당겼다. 로젤린의 귓가에서 간제가 속삭였다.

"세상에, 로젤린 경. 저 얼음 같은 분을 어떤 매력으로 함락시킨 건지요? 비법 좀 전수해 주시죠!"

로젤린의 볼이 불그스레하게 변했다.

"……힘?"

속삭이는 내용이 다소 컸던 터라 모두 다 들었다. 리카르디스는 흠흠 목을 가다듬며 간제를 불렀다.

"왕녀."

간제는 손으로 부채질하며 얼굴까지 오른 열을 식히고 있었다.

"너를 구할 수만 있다면 나는 세상도 버릴 수 있어. 이런 말을 살아서 듣게 될 줄이야. 조금 설레고 많이 낯간지럽네요."

대화가 많이 왜곡된 상태였다. 리카르디스가 인상을 와락 찌푸리며 피로감을 나타냈다. 간제가 깔깔 웃으며 손사래를 쳤다.

"아, 죄송합니다. 너무 진지하셔서 깜짝 놀랐지 뭡니까."

"……저에게 중요한 부분이라 말했을 텐데요."

"예, 그렇죠. 그런데 그게…….'"

말을 끌던 간제가 의뭉스러운 미소를 띠며 리카르디스를 바라보았다.

"저는 알고 있거든요. 진작 말씀하시지 그러셨습니까."

세 명의 일라베니아인이 고개를 갸웃 기울였다.

"왕실 서고에 있는 터라 당장 확인시켜 드릴 수는 없지만, 발타에 그 정보가 있습니다. 마인의 안전에 대해서까지 생각하실 줄은 꿈에도 몰랐군요. 정말 세심하고…….'"

피곤한 성격이었다.

"세심하시네요."

간제는 애써 포장을 마쳤다. 리카르디스는 조급한 표정으로 간제를 바라보고 있었다.

"그러면 의식이 마인에게 안전하다는 말입니까?"

"음, 안전하냐, 안전하지 않냐를 묻는다면 안전하다고 말하겠습니다. 하지만 대륙을 소생시키는 거대한 힘의 주축이니만큼, 후에 변화가 있긴 합니다."

"변화라 하신다면?"

"마력을 완전히 잃어버린다더군요. 그냥, 평범한 인간이 되는 겁니다."

그릇은 무사하되, 그 안에 있는 거대한 힘만 빠져나간다는 얘기였다. 간제가 말한 얘기는 제법 신빙성이 있었다. 리카르디스는 계속해서 최악을 가정해 둔 상태였다. 죽을지도 모른다. 살아도 죽느니만 못한 상태일지도 모른다. 그것에 비하면 마력을 잃는 정도는 정말 아무것도 아니었다.

물론, 그건 제 입장일 뿐이었다. 리카르디스는 곧장 로젤린을 바라보았다. 시선이 마주치자 그녀가 살짝 미소 지었다.

"제 목숨까지 바치겠다 맹세했습니다, 전하."

곧고 다정한 시선이었다. 어딜 가고, 어느 아름다운 광경을 보아도 그녀의 눈동자만큼 귀한 가치를 지닌 것은 없을 것이다. 리카르디스는 손을 말아 쥐고 로젤린을 보며 마주 웃었다.

그쯤, 짙은 연애 농도 속에 가쁘게 호흡하던 간제가 라헤안시를 끌고 방을 나섰다.

* * *

힐리사고 왕국이 일라베니아의 동맹이 아닌 발타의 연합군에 속해 전쟁에 참전했다는 사실이 대륙에 널리 퍼졌다. 경악할 일이었다. 힐리사고가 일라베니아를 배신하다니.

이것은 일라베니아가 발타와 손을 잡았다는 것만큼 있을 수 없는 일이었다. 더군다나 대륙의 아버지, 축복의 밤을 부르는 영원한 영광. 일라베니아를 호시탐탐 노리던 발타와 결탁을 하다니. 대륙의 많은 권력자들이 힐리사고를 손가락질했다.

하지만 힐리사고 왕국이 정식으로 소명하며 기류는 점차 뒤바뀌기 시작했다. 유일 제국이라는 일라베니아의 이름 아래 그들이 얼마나 횡포를 저질러 왔는가? 권리만을 누리고자 하고 그에 따르는 의무는 수백 년간 저버리며 대륙을 도탄에 빠트리지 않았나.

또한, 힐리사고 왕국은 '대륙이 몰락의 길을 걷게 된 것은 모두 일라베니아 때문'이라는 발타의 말에 힘을 실었다. 그들의 역사서에 잠자고 있던 빛바랜 증거를 내세우며.

그 역사서에는 아주 오랜 옛날의 이야기가 쓰여 있었다. 축복의 밤을 부르는 것은 성력과 마력을 가진 두 사람이라는 것이었다. 발타가 전쟁을 선포하며 널리 알린 바 있으나, 일라베니아를 언제나 음해하고자 했던 세력의 말을 귀 기울여 들을 만한 나라는 많지 않았다.

하지만 일라베니아의 친구였던 힐리사고가 전면적으로 나서며 증거까지 내세우자 상황은 급격하게 바뀌었다.

축복의 밤을 위해서는 성력뿐 아니라 마력도 필요하다.

그 점을 이해하는 순간 일라베니아의 피로 물든 역사가 다시금 조명되었다. 마인을 죽이고 불에 태우고, 사냥했던 그 시절의 이야기들이 사람들의 입을 오가며 한층 더 잔인하게 부각되었다.

일라베니아가 진정 제 욕심만 챙기려다 대륙을 죽음으로 물들였단 말인가? 사람들은 충격에 빠졌다. 일라베니아 황실은 이에 대해 사실무근, 조작된 증거라 일축했다.

그렇게 힐리사고의 참전으로 외부의 정세가 급격하게 변하는 가운데, 내부에도 변화가 생기기 시작했다. 발타와 힐리사고가 연달아 일라베니아에 손가락질하며 어이없는 증거 따위를 들이밀어도 콧방귀만 뀌던 병사들의 낯이 어두워졌다. 지원을 보내기로 한 국가들 측에서 이런저런 핑계를 대며 시간을 미루는 것은 물론, 발타 연합군 측으로 돌아선 국가가 생겼기 때문이었다.

아무리 강철 같은 믿음이 있어도 외부에서 흔들리니 내부도 흔들리지 않을 수 없었다. 탈영병이 속출하고 황실 직속 지휘관에게 반발하는 이들이 생겨났다. 황도에서 크고 작은 반란이 일어났다. 어느 기관 하나도 제대로 돌아가지 못하고 엉망진창이 되기 시작했다. 그야말로 전시라는 말이 어울리는 아수라장이었다.

간제가 최근의 정세를 막 전해 준 참이었다. 일라베니아고 대륙이고 엉망진창이라는 얘기를 듣는 라헤안시의 표정은 정말 너무나도 행복해 보였다. 간제가 의아하다는 듯 쳐다보자 라헤안시가 까르륵 웃으며 대답했다.

"아, 일라베니아의 추잡한 민낯이 드러난 걸 보니 너무 기분 좋아서!"

간제가 떨떠름한 표정으로 라헤안시를 한 번 보더니 리카르디스에게 시

선을 옮겼다. 일라베니아가 불리한 상황에 처하게 되었노라는 나쁜 소식을
전달했건만 반응이 남달랐던 탓이었다.

"……어느 집안이든 문제는 있나 봅니다."

엉망인 집안 꼴을 들킨 기분이라 낯이 화끈했다. 리카르디스는 괜히 얼
굴을 한번 쓸었다. 이어서 간제가 연합군에 관한 짧은 정보를 말했다.

"연합군의 일부가 남아 일라베니아군을 추적 중이라고 합니다. 리카르디
스 전하와 로젤린 경도 아주 열렬히 찾고 싶어 하더군요. 시체라도 가지고
오라나 뭐라나."

그녀가 생글생글 웃으며 리카르디스와 로젤린을 흐뭇하게 바라보았다.
귀한 물건을 보는 표정이었다.

"제가 먼저 찾은 줄도 모르고 개고생하고 있겠지요. 멍청하기는."

이쪽도 정말 집안 꼴 장난 아니었다.

* * *

화톳불 위에서 고기가 먹음직스럽게 익어 갔다. 지글지글 표면에서 끓던
기름이 뚝뚝 떨어졌다. 고소한 냄새가 연기와 함께 모락모락 퍼지기 시작했다.

"……."

하지만 오랜 시간 굶주린 남자들은 식욕이라는 본능마저 잃어버린 듯이
바닥만 바라보고 있었다. 그들의 망토 아래로 흙과 먼지, 피로 더럽혀진 하
얀밤 기사단의 갑주가 빛났다. 100여 명이 넘게 모여 있는 숲속은 바람 지
나가는 소리만 이따금씩 날 뿐, 고요했다.

그때, 구석에 몸을 말고 있던 남자가 주먹으로 바닥을 퍽퍽 쳐 대기 시작
했다.

"멍청한 새끼……."

눈가가 발개져 있었다. 맨주먹으로 흙바닥을 치고 있던 터라, 금세 상처

가 생기기 시작했다.

"에버하르트, 그만."

옆에서 레티시아가 그의 손목을 잡았다. 하지만 에버하르트는 손목을 비틀어 빼내고서는 계속해서 의미 없는 자학을 반복했다. 레티시아는 이마를 쓸며 한숨을 쉬었다.

에버하르트의 머릿속에서 급류에 휩쓸리는 리카르디스와 로젤린의 모습이 계속 반복되는 중이었다. 그 당시 에버하르트는 그들의 바로 옆에 있었다. 하지만 땅의 진동과 갑작스러운 댐의 붕괴에 허둥지둥해서 미처 어떤 행동도 하지 못한 채, 그렇게 그들을 놓쳐 버리고 말았다. 손만 뻗으면 닿을 수 있는 거리였는데.

에버하르트는 이번에야말로 부숴 버리겠다는 듯 주먹을 높게 들어 올렸다. 하지만 바닥으로 채 향하기도 전에 손목이 붙들렸다. 에버하르트가 눈에 불을 켜며 홱 고개를 돌렸다.

"이거 놓, 어? 미, 미미 양?"

"이게 어디서 눈을 부라려?"

마카롱이 검지와 중지로 에버하르트의 두 눈을 콕 찔렀다. 에버하르트가 으악 하며 눈을 감싸고 쓰러졌다. 그녀가 무성의하게 에버하르트의 손목을 팩 내팽개쳤다. 쯧 혀를 차는 모양새가 불량했다. 에버하르트가 잠시간 눈을 잡고 흑흑 우는 사이에 하얀밤 기사단원들이 급하게 그녀에게 다가왔다.

"미미 양!"

"미미 양, 어딜 다녀오신 겁니까?"

하얀밤 기사단원들과 같이 움직이는 미미는 이따금 소리도 없이 사라졌다가 불쑥불쑥 나타나고는 했다. 지금도 제법 오랫동안 자리를 비워 다들 걱정하던 참이었다.

"알아서 뭐 하게."

마카롱이 뜨거운 고기를 맨손으로 덥석 집어 먹으며 무성의하게 대답했다. 그녀는 고기를 씹으며 주위를 둘러보았다. 흙과 먼지, 피로 더러워진 갑주. 산발이 된 머리, 우울한 표정의 인간들밖에 없었다.

그나마 나단이나 그의 부관 레이몬드, 몇몇의 상급 기사 등. 무리를 이끄는 수뇌부들은 당장 닥친 일을 헤쳐 나가고자 하는 의지가 있었으나, 그런 그들조차 우울함에 빠져 허우적대고 있었다. 누가 봐도 패잔병 무리였다.

물론 그렇게 생각하고 있는 마카롱 또한, 로젤린이 급류에 휩쓸렸다는 얘기를 듣고는 한번 미쳐 날뛰긴 했었다. 하지만 여기에 있는 그 누구보다도 로젤린의 신체 능력을 객관적으로 파악하고 있는 것이 마카롱이었다.

몇만 명의 목숨을 앗아 간 대재해 속에서 로젤린은 살아남았을 거라고 마카롱은 확신했다. 리카르디스는 어떻게 되었을지 잘 모르겠지만, 어쨌든.

마카롱은 다시 한번 한숨을 쉬고는 빨간 두 눈을 끔벅이고 있는 에버하르트의 입에 고기를 쑤셔 넣었다.

"헛짓거리하지 말고 밥이나 먹어라."

에버하르트는 울먹울먹한 눈으로 고기를 꾸역꾸역 씹었다.

'내가 대체 여기서 뭘 하는 거지?'

왜 당장 로젤린을 찾으러 가지 않을까. 떠났다가 다시 돌아와서 질질 짜는 놈의 입에 고기까지 물려 주는 자신의 행태가 어이없었다. 뭐 하냐, 나?

탈출 욕구가 머리끝까지 치솟을 즈음이면, 번번이 누군가의 모습이 떠올랐다.

붉은 머리가 잘 어울리던 남자였다. 스타스.

실핏줄이 터져 눈에서 피가 흘렀다. 가슴이 꿰뚫린 고통 속에서도 단 한순간도 눈을 돌리지 않고 떠나는 하얀밤 기사단의 뒤를 바라보고 있었다. 그는 스쳐 지나가는 자신의 손을 꽉 잡았다. 죽기 직전의 사람에게 어떻게 그런 힘이 있나 싶을 정도였다.

스타스는 턱을 덜덜 떨며 겨우 올려다보고 있었다. 무언가 말하고 싶은 모양이었으나 목 끝까지 피가 가득 찼는지 피만 연신 토해 냈다. 시시각각 눈빛이 흐릿해졌다. 스타스가 눈을 느릿하게 감았다가 떴다. 그가 뭘 말하려 하는지 알 것 같았다.

[알았어요.]

그렇게 마카롱이 대답하자 남자가 희미하게 웃었다. 뭐가 좋다고 웃고 있는지. 타박하기도 전에 스타스는 고개를 떨궜다.

무릎을 꿇고 그대로 굳어 버린 스타스의 모습에 마카롱은 그가 들려준 얘기를 떠올렸다. 어린 소년을 위해 무릎을 꿇었던 그때의 이야기. 마치 그때의 시작이 생각나는 광경이었다. 그렇게 그는 시작처럼 끝났다.

그 이후부터 그냥 두면 수색대고 연합군이고 뭐고 다 걸려서 금세 죽어 버릴 인간들을 나단과 함께 어르고 달래며, 엉덩이도 걷어차서 끌고 온 것이 마카롱이었다.

'내가 미쳤지.'

내가 미쳐 가지고 알겠다고 대답했구나. 마카롱은 짙은 회의감에 휩싸여 자리에 털썩 앉았다. 주위를 정찰하러 잠시 떠났던 나단이 그즈음 돌아왔다.

"미미 양. 걱정했다네."

진심으로 안도의 한숨을 내쉬는 남자를 바라보며 마카롱은 다시금 제 처지가 서글퍼졌다. 하얀밤 기사단 내에 있을수록 자신이 멍청해지는 기분이었다. 마카롱은 손에 묻은 기름을 에버하르트의 옷에 문질러 닦았다.

"수색대가 강에서 전하의 갑옷을 발견했다더군요."

어느 가게의 스튜가 맛있다던데, 하는 말투였다. 그 때문에 단원들은 그 얘기를 듣고도 잠시 멍하니 있을 수밖에 없었다. 곧 의미를 깨달은 사람들이 헉 숨을 들이켰다. 리카르디스와 로젤린의 실종 이후 처음 듣는 첫 소식이었다. 단원들의 한 걸음 뒤에서 마카롱을 바라보던 나단이 부하들을 퍽 밀치고 가까이 다가왔다.

"갑옷?"

"네, 갑옷만."

마카롱이 고개를 끄덕였다. 항상 날카롭고 예민해 보이는 표정을 고수하던 남자의 표정이 허물어졌다. 그가 떨리는 두 손으로 얼굴을 감쌌다.

"이델라브힘이시여……."

마카롱은 그 감동적인 상황을 가만히 두고 볼 사람이 아니었다.

"어이없네요. 전하를 건진 사람은 따로 있을 텐데. 재주는 곰이 부리고 돈은 옆집 아저씨가 받는 것도 아니고 이게 뭐야."

"……역시 로젤린 경이로군."

마카롱이 그제야 고개를 끄덕였다.

뭐, 갑옷을 발견했다고? 시체는 없었다는 거지? 하얀밤 기사단원들이 어깨를 들썩이기 시작했다. 그 정보가 반드시 리카르디스가 무사할 거라는 보증을 하는 것은 아니었으나, 일말의 희망을 자라나게 할 수는 있었다.

한 명이 눈물을 뚝뚝 떨어트리며 울기 시작하자 옆의 놈도, 그 앞의 놈도 울기 시작했다. 에버하르트는 입 안에 고기를 구겨 넣고 통곡하기 시작했다. 기름과 함께 침이 질질 새어 나오는데 정말 더러웠다. 그가 마카롱의 망토를 붙잡고 히끅 히끅 울었다.

'단장님, 대체 이런 것들을 데리고 내가 뭘 어떻게 해야…….'

마카롱은 환장할 것 같은 기분에 고개를 들어 하늘을 바라보았다.

* * *

사르체군의 상급 지휘관이자 마인이었던 차가. 로젤린에게 붙잡힌 후 살아남기 위해 그 누구보다 제 나라를 열심히 팔아먹었던 남자. 그 또한 덮쳐오는 홍수를 미처 피하지 못하고 휩쓸렸다. 댐이 무너질 당시 멀리서 느껴지는 거대한 마력에 압도되어 몸이 굳어 버렸기 때문이었다.

어쨌거나 살아남았다. 차가는 뿔뿔이 흩어진 발타의 병사들과 함께 근처

225

의 요새에 잠시 몸을 의탁했다. 이런저런 사정을 잘 알고 있는 상급 지휘관인 만큼 차가는 발타의 요새에서도 환영받았다.

"역시…… 나는, 신에게 사랑받는 남자야."

운이, 너무 좋아. 말도 안 되게 좋아. 소금바위 영지에서 사르체군의 9할이 죽어 나가는 와중에도 살아남고, 홍수 속에서도 살아남았다.

'거기에다가……'

그 무시무시한 사람에게서도 벗어났다. 차가는 자신을 내려다보던 녹색 눈동자를 떠올리고서는 몸을 부르르 떨었다.

차가는 상념에서 벗어나 거울 앞에서 꽃단장했다. 귀한 분이 불렀다는 소식에 콧노래가 절로 나왔다. 죽음에서 살아 돌아온 용사에게 이런저런 얘기를 듣고 싶은지도 모른다. 곧 시녀가 안내를 위해서 방문했다. 차가는 어깨를 으쓱하며 그녀를 뒤따랐다.

앞을 지키던 병사들이 문을 열고, 시녀들이 몇 겹으로 쳐져 있던 천을 걷어 냈다. 그 안에 있던 사람의 얼굴을 보기도 전, 차가는 황급히 무릎을 꿇어 예를 갖췄다.

"사르체군의 천인장 차가가 고귀한 발타의 따님을 뵈옵니다!"

"고개를 들어라."

3왕녀 간제가 빙그레 웃으며 그를 반겼다.

"그래, 일라베니아군에 잡혀 있었다고 들었다."

"예, 전하!"

"총사령관과 붉은수레바퀴의 로젤린도 보았느냐?"

"예! 똑똑하게 기억하고 있습니다."

"호오, 그렇구나."

간제가 눈짓하자 옆에 서 있던 시녀가 작은 방으로 들어갔다.

"오늘 너를 부른 이유는, 따로 임무를 내리기 위함이다. 내 친구들이 먼 길을 가야 하는데, 안전하게 안내해 줄 사람이 필요해서 말이야."

차가는 옆에서 들려오는 인기척에 시선을 돌렸다. 방에 들어갔던 시녀가 막 나오는 참이었다. 그리고 그 뒤, 두 사람이 더 있었다. 그중 한 명과 눈이 마주친 차가가 숨을 들이켰다.

"헉!"

차가는 제 심장이 멈춘 게 아닐까 하고 생각했다.

'저, 저, 저, 저, 저분이 왜…… 여기에?'

차가의 눈동자가 쉼 없이 흔들리며 간제를 향했다. 그녀는 아까와 마찬가지로 느긋하게 미소를 짓고 있을 뿐이었다.

"반응이 왜 그럴까. 혹시, 아는 얼굴이기라도 한가?"

"예에……?"

차가는 너무 당황해서 되묻고 말았다.

"아는, 얼굴이냐고."

간제의 얼굴에서 미소가 사라졌다.

"그리 물었는데?"

간제는 두 사람의 정체를 알고 있음이 분명해 보였다. 차가는 모든 판단을 끝냈다.

"왕녀 전하의 손님을 제가 알 리가 있겠습니까! 가시는 곳이 어디든지 안전하게 모시겠습니다!"

차가가 머리를 바닥에 쿵 박았다. 리카르디스의 눈이 가느스름해지자, 간제가 싱긋 웃으며 그에게 말했다.

"원래 여기에 붙었다, 저기에 붙었다 하는 사람들의 특징이 눈치가 빠르다는 거죠. 별다른 설명을 할 필요 없으니 얼마나 편합니까?"

이제는 대놓고 얘기하는군. 차가는 별로 신경 쓰지 않았다.

"……그렇긴 하지만, 별로 믿음직스럽진 않군요. 누구보다 빠르게 배신할 것 같아서."

그때 로젤린이 나섰다.

"괜찮습니다. 배신……."

로젤린이 말을 끌며 몇 걸음 더 걸어 차가에게 다가섰다. 차가가 몸을 떨며 그녀를 흘끗 올려다보았다.

"못 할 테니까요."

안 하는 게 아니라 못 하는 거였다. 그렇겠지. 못 하겠지. 차가는 눈물을 찔끔 흘렸다.

"그, 그럼요, 그럼요. 또 사르체군에서 신용 하면 차가라고 입 모아 말합니다."

차가는 침을 삼키며 로젤린을 올려다보았다. 댐이 붕괴되기 직전, 멀리서 퍼져 나오던 마력의 파동이 떠올라 다시금 소름이 돋았다.

발타는 마력을 접하기 좋은 환경이었다. 그중에서도 마인이 특히 많은 집단에 속해 있었으니 더 말할 것도 없었다. 차가는 마력이 강한 축에 속했는데, 그런 그보다도 두 배 정도 되는 마력을 소유한 자도 있었고, 결정으로 인조적인 마인이 된 자들도 수두룩했다.

그러나 차가는 단 한 번도 그런 마력을 접해 보지 못했다. 고요하게 온 세상을 뒤덮는, 티 한 점 없는 검은 바다 같은 마력은.

태초의 세계에는 어떠한 것도 없이 빛과 어둠뿐이었다 전해졌다. 차가는 어쩌면 그 태초의 어둠이 로젤린이라는 사람이 지닌 마력과 비슷할지도 모르겠다고 생각했다.

* * *

전쟁이 일어났던 초기만 해도 일라베니아 사람들은 크게 두려워하지 않았다. 제국의 장자가 사망한 일과 전쟁이라는 단어에서 느껴지는 분위기에 휩쓸려 불안해했을 뿐이었다. 일라베니아는 절대적인 강자며 지배자였다. 신의 안배 아래 쓰디쓴 고난이 곧 달콤한 승리로 바뀌리라 믿어 의심치 않았다.

그 단단한 믿음은 남부 관문이 무너지며 한 번 흔들리고, 남하했던 제국 군의 패배와 총사령관 리카르디스의 실종으로 크게 한 번 더 흔들렸다. 그리고 지금, 중부 관문에서 보일 정도로 근접한 까만 대군의 모습으로 기어코 산산조각 나 무너지게 되었다.

겨울철의 싸늘한 바람이 일라베니아 제국군과 연합군의 사이를 스쳐 지나갔다. 방벽 위에 선 병사들은 침을 꿀꺽 삼키며 손을 떨었다.

중부 관문은 일라베니아에서 가장 풍요로운 지대와 수도를 지키는 방벽이었다. 그런 만큼 방비 또한 단단했지만, 문제는 그 중부 관문에 있는 병사들이었다. 평화로운 세대에 변변한 전투를 겪어 봤을 리도 만무했고, 발타라는 악명 높은 세력을 마주할 일은 더욱 없었다. 제국군의 병사들은 눈앞을 빼곡히 메운 연합군 한 명 한 명을 옛이야기에 나오는 괴물처럼 느끼며 두려움에 떨었다.

병력과 물자, 지휘관만큼이나 전쟁에서 중요한 것이 기세와 흐름이었다. 지금 이 공간의 흐름은 연합군이 장악하고 있었으며, 일라베니아군이 뾰족한 수를 쓰지 않는 한 이것은 뒤집기 힘들었다.

중부 관문의 사령관인 푸른등불 공작은 방벽 가장 높은 곳에서 전방을 바라보았다. 겨울 안개 너머의 연합군이 가까워지며 점점 선명하게 모습을 드러냈다.

'이델라브힘이시여……'

신을 불렀으나 대답은 없었다. 밝은 햇살이 내리쬐던 평화로운 대지는 안개에 가려져 더 이상 보이지 않았다.

* * *

"잠깐 정지."

연합군의 수색대는 반대 방향에서 오던 50여 명의 구성원으로 이루어진 무리를 멈춰 세웠다.

수색대의 대장이 무리를 쭉 훑었다. 발타인으로 보이는 병사들 사이에 흰 피부를 가진 이들이 몇몇 보였다. 다른 나라의 용병들이 있으니 이상할 것은 없지만, 제국군이 발타의 깊숙한 곳까지 침범한 상황이다 보니 주의 깊게 살펴야만 했다.

무리의 책임자처럼 보이는 이가 일행을 한번 돌아보고 나섰다. 그 또한 하얀 피부의 사람이라 수색대 대장의 눈이 가느스름하게 변했다. 껄렁껄렁 하게 걸어온 남자가 입을 열었다.

"수고 많으십니다."

건성건성 건네는 인사에 수색대 대장의 미간이 좁아졌다. 남자는 개의치 않고 주머니를 뒤져서 신분 패를 내밀었다.

사르체군의 천인대장임을 증명하는 패였다. 수색대의 대장은 뒤늦게나마 그에게 인사를 건넸다. 남자, 차가는 귀찮은 듯 손을 저으며 인사를 물렸다. 그리고 곧이어 왕실의 인장이 찍힌 명령서를 꺼냈다. 수색대의 대장이 놀란 듯 눈을 크게 떴다가 어색하게 웃었다.

"아, 바쁜 분을 붙잡고 제가 실례를, 하하……."

"뭐, 실례까지야. 요즘 제국 놈들 때문에 수색대도 정신없을 테니 우리는 여기까지만 하고 넘어갑시다."

한 명 한 명의 신분을 확인해야 하는 원래의 절차를 넘기라는 얘기였다. 사실 그건 수색대에게도 반가운 말이었다. 지나다니는, 만나는 사람마다 모조리 신분 패를 확인하는 작업은 여간 번거로운 것이 아니었다. 수색대의 대장은 반가운 마음으로 그들을 배웅했다.

"이 근방에서 제국군 놈들이 날뛴다고 하니, 조심하시길 바랍니다."

"거 나쁜 놈들일세, 열심히 일하는 사람들을 괴롭히고 말이야."

"그러게 말입니다."

하하 껄껄 웃던 수색대의 대장은 다시 바쁘게 길을 떠났다. 차가는 흥얼

흥얼 콧노래를 부르며 걸음을 옮겼다.

"끝났습니다, 경."

짐마차에 고개를 빼꼼 들이민 차가가 작게 속삭였다. 그림자 진 안쪽, 로젤린이 시선을 들어 그를 바라보았다. 검을 손질하던 중이었는지, 그녀의 손에 들린 검이 번쩍였다. 차가는 자기도 모르게 목을 움츠렸다.

'여차하면 뛰어나와서 내 목이든 남의 목이든 뎅겅뎅겅 잘랐겠지.'

차가와 수색대 대장이 얘기를 나누는 사이에 수색대의 병사들은 흩어져서 무리를 살폈다. 이 짐마차까지도.

그때 몰래 흘린 식은땀으로 차가의 등은 이미 축축한 상태였다. 하지만 그 긴장감 넘치던 상황이 무색하게 수색대는 조금도 의심하지 않고 떠났다. 로젤린의 머리색이 검은빛이 아닌, 연한 갈색빛을 띠고 있기 때문이었다.

로젤린은 합류하게 될지도 모르는 동료들을 의식해 머리색만 변형한 상태였다. 허술한 변장이었기에 그녀도 긴장을 늦추지 못했지만, 그것만으로도 스쳐 지나가는 이목을 피할 정도는 되는 듯했다.

로젤린은 무심하게 차가를 쳐다보며 고개를 까딱였다. 출발하라는 얘기였다. 왜 말을 하지 않나 했더니, 검푸른 머리의 사내가 그녀의 무릎을 벤 채 잠들어 있었다. 힐리사고의 용병으로 위장하고 있는 리카르디스였다.

차가는 존경스러운 눈으로 그를 바라보았다. 저 맹수를 앞에 두고서 잠을 자다니. 심지어 맹수에게 머리라는 급소를 온전히 맡긴 채로! 저쯤 되어야 일라베니아의 총사령관을 할 수 있는 건가 싶었다. 차가는 부르르 떨며 소리 없이 부하들을 재촉했다.

곧 덜컹거리기 시작한 마차는 다시 빠르게 움직였다. 그 진동에 리카르디스가 희미하게 눈을 떴다.

"더 주무세요."

자신이 잠들었던 것도 몰랐던 리카르디스가 화들짝 놀라 일어났다. 졸았다 하면 로젤린이 즉시 제 허벅지를 대령해 대는 터라 이번만 해도 네 번째

인데 도통 익숙해지질 않았다. 리카르디스는 분한 듯 입술을 물었다.

리카르디스와 로젤린은 지도를 펼쳐 두고 만약의 상황을 대비해 정해 둔 발타 내의 합류지들을 살폈다. 현재 위치와 합류지의 거리는 손가락 두 마디에 불과했음에도 너무나 멀게 느껴졌다.

"시간이 너무 흘렀군."

연합군이 중부 관문으로 나아가고 있는 촉박한 상황이었다. 제국군의 원래 목적은 힉살라를 잡아 연합군을 분열시키는 것이었으나, 힐리사고의 참전으로 계획은 물거품이 되었다. 연합군을 막아 줄 방패가 없는 지금 공성전을 치르기에는 위험 부담이 너무나 크기 때문이었다.

남은 제국군마저 다 잃을 수는 없었기에, 남은 길은 하나였다. 발타 내 흩어진 병력을 모아 중부 관문에 있는 제국군과 합류하는 것. 지휘관들은 그러한 상황을 파악하고 있을 것이니 합류지에서 이미 떠났을 가능성이 높았다.

한데 아까 전 마주친 수색대의 대장이 근처에 제국군이 있을지도 모르니 조심하라 경고했다. 합류지에 미처 도착하지 못한 병력인지, 아니면……

"전하를 찾기 위해 일부의 병력이 남은 게 아닐까 싶은데요."

로젤린도 비슷하게 생각한 모양이었다.

해가 지고 일행은 야영 준비를 하기 위해 산 중턱에서 멈춰 섰다. 로젤린은 잠시간 메마른 숲의 정경을 눈에 담다가 불을 피울 장작을 줍기 시작했다.

"멀리 가지 마."

리카르디스가 지도에서 눈을 떼지 않고 그녀에게 말했다. 로젤린이 건성으로 "네." 대답하며 더 깊이 들어가려 하자 그가 다시 말을 덧붙였다.

"나 무서우니까."

"아, 네!"

그 말 이후 로젤린은 리카르디스의 시야에서 벗어나지 않았다. 뒤에서 차가가 기가 막힌다는 표정으로 두 사람을 번갈아 보았다.

마른 나뭇가지를 한 아름 안고서 복귀하던 로젤린이 자리에 멈춰 섰다. 바람이 뒤에서부터 불어왔다.

'피 냄새.'

로젤린의 눈이 번쩍였다. 장작을 내려놓은 그녀가 작게 휘파람을 불었다. 리카르디스와 대부분의 병사들은 눈치채지 못할 만큼 작은 소리였지만, 차가를 비롯한 마인들은 일시에 그녀를 바라보았다. 그들이 조심스럽게 모였다.

"너머에서 피 냄새가 난다."

병사들이 코를 킁킁거렸다. 고개를 갸웃하는 걸 보니 못 느끼는 것 같았다.

"주위를 경계해라. 잠깐 살펴보고 오겠다."

로젤린이 흘끗 리카르디스를 바라보았다. 그는 지도를 응시한 채 깊은 생각에 잠겨 있었다. 그녀는 곧 차가에게 시선을 옮겼다. 소스라치게 놀란 차가는 고개부터 끄덕였다. 뭘 시킬지는 몰라도 무조건 알겠다는 얘기였다.

"믿겠다."

차가는 그 믿음을 배반했을 시의 일을 상상조차 하고 싶지 않았다. 그는 열렬하게 고개를 끄덕이며 그녀를 배웅했다.

로젤린은 빠르게 숲을 내달렸다. 피 냄새가 점점 짙어지기 시작했다. 얼마쯤 야영지에서 벗어났을 무렵. 저 멀리에 서 있는 인영이 로젤린의 시야에 들어왔다. 잠시 멈칫하던 인영이 로젤린의 반대 방향으로 도망가기 시작했다. 발타 병사의 옷을 입은 사람을 보고 도망간 걸 보면 일라베니아 측 사람일 가능성이 높았다.

'일단 잡아 놓고 얘기하자.'

로젤린은 침착하게, 그리고 발은 분주하게 움직였다. 굵은 나무뿌리가 많은 곳이라 성큼성큼 뿌리를 건너며 뛰어야만 했다. 그렇게 힘차게 발을 구른 그 순간, 무언가가 그녀의 발목을 휘감았다. 강한 힘에 이끌린 로젤린이 비틀거렸다. 휙, 채찍을 휘두르는 듯한 소리가 나더니 눈 깜짝할 새에 시야가 뒤집혔다.

"……."

함정이었다. 로젤린은 너무 어이가 없어서 몇 초 정도 뒤집혀 대롱거리기만 했다. 무력과 기민한 감에 자부심을 가지고 있던 터라, 자존심이 몹시 상해 버렸다.

하지만 로젤린은 발목을 휘감은 올가미를 끊어 내려 하지 않았다. 그녀가 함정에 걸린 이후 도망가던 사람이 멈춰 섰기 때문이었다. 로젤린은 자신이 약자처럼 보이는 지금의 이 모습이 목표로 가는 빠른 길이리란 걸 직감했다.

로젤린의 예측은 그대로 맞아떨어졌다. 조용하던 숲속에서 다가오는 발걸음 소리가 점점 겹쳐졌다. 하나, 다섯, 10, 50, 100…….

곧 무리가 모습을 드러냈다. 망토를 뒤집어쓴 사람들이 익숙한 듯이 대형을 갖추며 그녀를 에워쌌다. 전문적으로 훈련받은 병사의 몸놀림이었다. 그중 한 명이 둥그런 원을 그리고 있는 무리에서 벗어나 로젤린에게 가까이 다가왔다. 흘러내린 로젤린의 긴 머리카락을 보고 남자가 흐음, 하는 콧소리를 냈다.

"이런, 아가씨였을 줄이야. 험하게 다룬 걸 사과드리겠습니다."

산뜻한 듯, 능글거리는 목소리가 익숙했다.

"……."

로젤린은 뒤집힌 채로 몸을 굽혀 다리를 잡았다. 단검으로 밧줄을 끊어 내려 하자 남자가 태연하게 만류했다.

"머리부터 떨어지면 많이 아플 텐데."

로젤린은 콧방귀를 뀌고서는 밧줄을 끊어 냈다. 높은 나무에서 추락하는 그녀의 몸이 빠르게 회전했다. 그리고 조금의 흐트러짐도 없이 가볍게 바닥에 착지했다. 남자가 감탄하며 검을 뽑았다.

"신체 능력이 뛰어난 걸 보니, 혹시 마인인가? 계급이 높으면 좋겠는데.

사냥도 이제 지쳐서 말입니다."

로젤린을 둘러싼 남자들이 일시에 검을 빼 들고 간격을 좁혀 왔다. 로젤린은 피식 웃으며 흐트러진 머리를 다시 묶었다.

"사냥은 이쯤에서 끝내도록 하죠."

로젤린의 목소리를 들은 남자가 "어?" 하는 소리를 냈다.

"마인도 맞고 계급도 높거든요."

남자가 머리를 덮고 있는 후드를 젖혔다. 눈이 휘둥그레 변해 있었다. 그다지 친밀한 사이는 아니지만, 반가운 마음이 솟았다.

"오랜만입니다."

사자갈기의 드윗이 입을 벌린 채 그녀를 바라보고 있었다.

* * *

산의 중턱에 위치한 큰 동굴 안.

로젤린과 리카르디스가 포함된 발타 부대와 일라베니아 제국군이 한자리에 모였다. 드윗은 한쪽 무릎을 꿇으며 리카르디스의 망토에 입을 맞췄다.

"살아 계시리라 믿었습니다."

"나도 그대가 끈질기게 살아남았을 거라 생각했지."

장난기 어린 말투에 드윗이 살짝 웃었다. 리카르디스도 부드럽게 미소 지으며 드윗을 일으켜 세웠다.

"그대도 이제 나에게 반가운 얼굴이 되어 가는군."

드윗이 감동이 일렁이는 촉촉한 눈동자로 그를 응시했다. 포옹하려는 듯한 드윗의 행동에 리카르디스가 곧바로 정색했다.

"그렇게까지는 아니야."

"아, 네."

간제 휘하의 발타 병사들과 사자갈기군이 서로의 눈치를 보며 저녁 준비를 끝냈다. 어색한 분위기 속에서 로젤린과 리카르디스, 드윗만 대화를 나눴다.

"누군가가 함정에 걸렸을 때만 해도 이거 월척이구나 싶었는데, 생각보다도 대어였지 뭡니까."

"함정에 걸렸다고? 로젤린 경이?"

리카르디스가 그녀를 돌아보았다. 로젤린은 다 먹어 뼈만 앙상하게 남은 물고기 꼬치를 바닥에 신경질적으로 던진 후 드윗을 노려보았다.

"살아서 움직이지 않는 것들은 저라고 해도 감지하기가 힘듭니다."

그녀가 콧방귀를 뀌며 얼굴을 팩 돌려 버렸다. 잔뜩 뿔난 듯한 모양새였다. 리카르디스는 웃음을 꾹꾹 눌러 삼켰다.

리카르디스와 로젤린의 예상대로 제국군의 대부분은 발타를 빠져나간 상태였다. 연합군의 수색대가 눈에 불을 켠 상황이라 힘들 법도 한데, 무사히 국경을 건넜다는 소식에 리카르디스는 안도의 한숨을 내쉬었다.

"마른가시나무 백작이 수고가 많았습니다. 여기저기 병력을 흩트려서 치고 빠지는 솜씨가 어찌나 대단한지. 덕분에 이목이 전부 그쪽으로 쏠렸습니다."

그렇게 마른가시나무 백작이 시선을 끄는 사이 제국군은 발타에서 탈출, 일부의 병력만이 남아 리카르디스를 수색하고 있었다. 사자갈기군과 하얀밤 기사단, 오소리 부대 외의 두 개의 부대가 독자적으로 움직이는 중이었다.

"저의 빛나는 충성심이 나침반이 되어 저를 이곳으로 이끌었을지도 모르겠군요."

"그래."

리카르디스가 감흥 없이 대답하자 싱거운 소리만 하던 드윗이 본론으로 들어갔다.

"제일 먼저 전하를 찾아낸 포상 같은 것은 없습니까?"

"발타 측에 내 위치를 찌르면 포상 비슷한 게 나올 텐데, 한번 시도해 보든지."

드윗은 실망한 얼굴로 배급된 스튜를 푹푹 퍼먹었다.

밤늦게까지 드윗과 정보를 나누며 얘기하던 리카르디스가 눈을 깜박깜박하며 졸기 시작했다. 드윗이 무어라 말하려 하자 리카르디스의 옆에 앉아 있던 로젤린이 입술 위로 검지를 가져다 대었다.

로젤린은 그의 머리를 조심스럽게 기울여, 다섯 번째로 제 허벅지에 눕혔다. 그녀가 손짓하자 저 멀리서 쉬고 있던 발타 병사가 달려와 모포를 건넸다. 굉장히 익숙해 보였다.

"미노가 강 전투로 몸이 많이 상하셔서."

"지금은 괜찮으신 겁니까?"

"치료는 했지만 떨어진 체력이 돌아올 만큼 충분히 휴식을 취하지는 못했습니다. 그 때문에 이따금 피곤해하시더군요."

로젤린이 그의 검푸른 머리카락을 조심스레 쓸었다. 드윗은 그 두 사람을 가만히 바라보았다.

적국의 땅. 도망자. 싸늘한 온도, 더러운 동굴. 그 상황과 전혀 어울리지 않는 것들이 이곳에 있었다. 안락함, 평온한 숨소리, 화톳불의 색이 담긴 따뜻한 시선, 거친 담요에서 일어난 민들레씨 같은 보푸라기들, 그리고 그 위를 다정하게 덮고 있는 부드러운 손길까지.

드윗은 둘 사이에 일국의 총사령관과 호위 기사 사이에서 찾아볼 수 없는 애틋함이 녹아들어 있음을 깨달았다. 로젤린이 어떤 행동을 더하지 않았지만, 어쩐지 보면 안 될 것 같은 광경이었다.

드윗은 아무렇지 않은 듯 시선을 돌렸다. 조용히 있던 로젤린이 입을 연 것은 그때였다.

"갖고 싶은 게 있습니까?"

리카르디스를 대하는 것과 조금도 닮아 있지 않은 건조한 목소리였다.

"예?"

"포상을 달라 하지 않았습니까. 갖고 싶은 게 있나 싶어서요."

정중한 말투에는 의심의 빛이 섞여 있었다. 농담처럼 꺼낸 말 속에서 어떤 진의를 파악했던 모양이었다. 드윗은 흠, 하며 그 시선을 담담하게 받아들였다.

"특별하게 갖고 싶은 건 없지만, 주시겠다고 하면 마다할 성격은 아니라."

그가 평소처럼 느긋하게 미소 지었다.

"보통은 무언가를 얻고자 전장에 뛰어들곤 하지 않습니까? 나도 그런 겁니다."

드윗은 턱을 괸 채 다른 한 손으로 돌멩이를 만지작거렸다. 곧 그가 돌을 던졌다 받았다 하는 손장난을 시작했다.

"나름 험하게 자랐다 자부하고 있지만, 요즘만큼 험하게 굴러 본 적이 없어요. 전쟁이라. 막연하게 떠올린 상상보다 조금 더 지긋지긋하군요. 각오를 단단히 하고 왔는데도, 우는소리가 절로 튀어나올 것 같지 뭡니까."

"위로는 못 하지만 들어는 드리겠습니다."

"경답군요."

피식 웃은 그가 낙하하는 돌멩이를 탁 낚아채었다. 돌을 꽉 붙잡자 주먹을 단단하게 쥐고 있는 모양새가 되었다. 드윗이 타오르는 불티들을 보며 중얼거렸다.

"이렇게 고생했는데, 원하는 것은 모두 얻어 가야죠. 그래야 수지가 맞겠어요."

"……"

가느스름한 로젤린의 눈초리를 목격한 드윗이 아차 하며 재빨리 말을 이었다.

"이상한 거 아닙니다. 제가 생각해도 너무 의미심장하긴 했는데, 진짜 아니에요."

"그렇다고 하죠. 뭐."

그 의심의 눈초리는 전쟁이 끝날 때까지 풀리지 않았다.

* * *

무언가가 빠르게 달려오는 소리가 들렸다. 다 말라비틀어진 나뭇가지가 무자비하게 부러지고, 나무들이 콰직 콰직 소리를 내며 쓰러졌다. 장애물이 있건 말건, 일직선이었다. 그 집요하고 악착스러운 행동에서 뚜렷한 목적을 읽어 낼 수 있었다. 적의, 살의.

하얀밤 기사단원들은 소리를 감지한 후 신호를 나누는 것만으로 모든 준비 태세를 마쳤다. 모두의 눈이 날카로워진 채 가까워져 가는 검은 그림자를 바라보았다.

길가에 가깝게 난 아름드리나무가 박살 나며 날아가는 것으로 그것은 온전히 모습을 드러내었다. 검은 털, 세 개의 눈. 일반 곰보다 몸집이 큰 마수였다. 흰자위가 붉은 것을 확인하지 않더라도 마수라고 판단할 수 있는 외양이었다.

크와악, 귀가 멍을 듯한 소리를 터트린 마수가 전열의 파르딕트에게 달려들었다. 날카로운 바람 소리가 날 정도로 앞발을 세차게 휘둘렀으나, 두꺼운 앞발은 방패에 채 닿기도 전에 막혔다. 곰의 앞발을 막아 낸 자는 그 몸집의 반의반의 반이나 될까 싶을 정도로 작은 여자였다.

"미미 양!"

뒤에서 나단이 기겁하는 소리가 들렸다. 아무리 마인이라지만 저렇게 흉포한 마수 앞에서는…….

"이 자식이 건방지게 손을 들어?"

마카롱이 곰의 명치에 주먹을 내질렀다. 나무에 머리를 부딪칠 때도 개의치 않던 곰이 움찔하며 몸을 웅크렸다. 잠시간 고통에 입을 다물고 있던

239

곰이 마카롱을 희번덕거리며 보았다.

"확, 씨."

마카롱은 곧바로 주먹으로 곰의 머리를 내리치며 응징했다. 곰이 허우적거리며 앞발로 머리를 움켜잡았다. 마수가 물기 어린 눈을 마구 굴려 댔다.

'눈치를 보고 있는 건가?'

강아지가 주인에게 혼났을 때 보이는 표정과 흡사했다. 귀가 처지고 자세를 낮춘 채로 눈알만 데굴데굴. 한참 흔들리던 붉은 눈동자는 마카롱에게서 벗어나 그녀의 뒤에 있는 하얀밤 기사단에게로 고정되었다. 마수의 콧잔등이 다시 구겨졌다.

크르릉…… 마수가 공격성을 띤 그 순간, 마카롱이 검집으로 곰의 코를 강하게 내리쳤다. 다시 한번 마수의 울음소리가 터졌다.

"이게 좋은 성격 다 버려 놓네……."

그녀가 곰의 엉덩이를 퍽 걷어찼다.

"좋은 말로 할 때 가라. 안 가?"

마카롱이 다시 때리려는 듯 시늉하자 마수가 주춤거리며 물러섰다. 힐끔힐끔 아쉬운 듯 인간들을 바라볼 때마다 마카롱이 발로 땅을 구르며 으르렁거렸다. 기회를 엿보던 마수는 그 위협에 꼬리를 내리고 왔던 길로 되돌아갔다.

난생처음 보는 광경에 나단은 얼떨떨한 감정을 감추지 못했다. 마수가 인간을 두고 돌아간다는 건 있을 수 없는 일이었다. 높은 공격성을 가진 마수와의 조우는 죽거나 죽이거나, 둘 중 하나의 결말밖에 없었다. 무력으로 위협할 수 있는 존재였다면 사람들이 마수를 그렇게 두려워하지 않았을 것이다.

"대체 어떻게 한 건가?"

"네? 아아……."

마카롱은 공성 무기 같은 크기의 마수와 마주쳐 놓고 대수롭지 않다는 듯 소매를 툭툭 털고 있었다.

"쟤네가 다른 건 몰라도 마력을 느끼면 조금 주춤거리더라고요. 어? 이 거 공격해도 되나? 이런 식으로."

"오, 그렇군. 위협적으로 느끼는 건가."

나단은 혼자 학구열에 불타는 듯했다. 흥분에 떨리는 남자의 콧수염을 바라보며 미미가 피식 웃었다.

"글쎄요."

예전에는 깊게 생각하지 않았던 부분이었다. 마수, 그 존재 자체에 대해서. 그것들은 대개 무엇을 공격하거나 누구를 잡아먹는 것에 일생을 바쳤다. 그래서 그것들을 메우고 있는 것이 오직 분노뿐이라 생각했던 적도 있었다.

하지만 '파편'을 통해서 과거의 기억을 일부분 되찾은 후, 마수의 근원이 어디에서 왔는지 알게 되었다. 과거의 자신이, 친구와 부모가, 연인이, 사랑스럽다 여긴 어린아이가 잃어버린 파편이었다.

마수는 살아 있는 모든 생명에 공격성을 드러내지만, 마력을 가진 것에 한해서는 달라진다. 그것들 또한 본능적으로 알고 있는지도 몰랐다.

"……그것보다는 동족애라든지?"

나단이 자리를 떠났기에 마카롱이 중얼거리는 말은 그에게 닿지 못했다. 마카롱은 방금 만난 마수의 존재로, 아득한 옛날을 떠올렸다. 여태껏 잊고 있었던 기억이었다.

'미레이미'의 모습을 하고 있었을 적이었다. 약초를 캐던 중, 마수가 나타났다. 그때 당시도 갑작스럽게 나타나 으르렁거리는 건방진 짐승을 가만히 놔둘 만한 성질머리가 아니었다. 언제든지 한 대 패 버리려고 마력을 사용한 순간, 늑대가 갑작스럽게 위협을 멈추고 자세를 낮췄다. 의외의 반응이었다. 가만히 서 있기만 하자 킁킁 냄새를 맡던 늑대가 천천히 한 걸음씩 다가왔다.

마카롱은 그렇게 가까이서 마수를 본 것은 그때가 처음이었다. 실핏줄이 터진 마수의 눈에서는 피와 눈물이 섞여 흐르고 있었다. 그러면서도 그 붉은 눈을 순하게 깜박거렸다.

마카롱은 자신도 모르게 손을 뻗어 늑대의 대가리를 쓰다듬었다. 피가 엉겨 질척해진 털의 감촉이 아직까지도 생생했다. 다른 동물들보다도 뜨거웠다. 고통과 분노에 타들어 가는 그것들을 보며 마카롱은 본능적으로 연민을 느꼈었다.

불쌍하다. 정말 너무 불쌍해. 이렇게 평생을 괴로워하다가, 결국은 죽는 건가.

그렇게 생각했던 것이 기억났다. 지금의 마카롱은 그때와 달리 실소했다. 그 생각이 지금에 와서 고스란히 돌아오게 될 줄은 꿈에도 몰랐다.

마카롱이 그때 불쌍하게 여긴, 고통에 피눈물을 흘리는 기괴한 짐승은 과거의 잃어버린 제 친구였으며, 부모였고, 연인이고, 마지막까지 품에 안고 있던 어린아이기도 했다. 그리고 자신이었다.

"……."

마카롱의 입가에서 미소가 사라졌다. 아직까지도 그녀를 가득 채우고 있는 것은 분노였다. 과거의 분노는 너무나도 깊게 새겨져 세월이 흐른다고 퇴색될 기미를 보이지 않았다. 오직 로젤린을 지키기 위해 잠시간 뚜껑을 닫아 뒀을 뿐이었다.

'이 분노는 온당하다. 나는 분노할 자격이 있어. 하지만…….'

마카롱은 멀어져 가는 마수의 뒷모습을 보았다. 닿았던 뜨거운 체온이 기억났다. 피부가 갈라져 드러나고, 뼈는 기괴하게 튀어나와 있으며, 눈은 왜 하나 더 달고 있는 것인지. 잘 보이지도 않는 것 같은데. 고통스러울 것이다. 아플 것 같았다.

'아프지 않았으면 좋겠다.'

이것은 로젤린을 떠올릴 때면 항상 하던 생각이었다. 아프지 않았으면 좋겠다. 분노로 고통스러워하지 않았으면 좋겠다. 끝없는 괴로움에서 홀로 발버둥 치지 않았으면 좋겠다.

이 분노는 온당하며, 나와 우리는 분노할 자격이 있다. 하지만, 그것이 계속해서 너를 괴롭게 하도록 놔두고 싶지 않았다. 그걸 보는 것은 너무나도 가슴 아픈 일이었다.

마카롱은 발타 왕실에서 보았던, 수북이 쌓인 마수의 결정을 떠올렸다. 지금은 인간의 몸에 이식되어 다시금 자라나고 있을 과거의 싹이자 '우리'의 일부. 모든 것이 흘러가는 동안 그것만 시간을 멈춘 채 굳어 있었다. 마카롱, 그녀와 디에즈처럼.

'디에즈.'

마카롱은 그와 자신은 결코 이 분노를 잊지 못하리란 사실을 깨달았다.

'그러니 우리를 마지막으로 하자.'

마카롱은 지금 간절하게 원했다. 딱딱하게 굳어 버린 누군가의 분노를 녹여 흘려보내고 싶었다. 과거의 그들이 더 이상 괴롭지 않도록. 방법은 모르지만, 시간이 걸리더라도 어떻게든 그것들이 있어야 할 곳으로 보내 주고 싶었다.

본래 사람이 죽으면 가는 곳으로.

'⋯⋯그런데 사람은 죽으면 어디로 가지?'

마카롱은 인상을 쓴 채 심각한 생각에 잠겼다. 우선 땅에 묻거나 불에 태운다. 시간이 지나면 썩거나 벌레, 짐승에게 먹힐 것이다. 그리고 그 시체를 먹은 벌레나 짐승도 죽을 것이고, 땅으로 흩어지거나 물에 섞이거나⋯⋯.

'뭐가 이렇게 복잡해.'

마카롱은 머리를 거칠게 헤집었다. 어디로든 가겠지 싶었다. 그리고 그곳은 수백 년 동안 분노에 휩싸여 있던 지금보다는 훨씬 좋을 것이다.

멀어지는 마수가 보였다. 씁쓸해하던 마카롱은 곰이 이를 드러내며 하얀밤 기사단원들을 노려보는 걸 보고 손을 위협적으로 들어 올렸다. 움찔한 짐승이 다시 바쁘게 제 갈 길을 갔다.

그때 바라보는 방향으로부터 바람이 불어왔다. 마카롱은 먼지가 들어갈까 싶어 눈을 살짝 감았다. 사사삭, 무언가가 빠르게 다가오는 소리가 들렸다. 이놈의 곰탱이가 그새를 못 참고? 울컥한 마카롱이 검집을 들 찰나 익숙한 향이 그녀의 코끝을 스쳤다.

싱그러운 풀잎의 냄새였다.

눈을 뜨자 검은 인영이 팔다리를 쫙 펼친 채 나무에서 떨어지고 있었다. 받아 볼 테면 받아 보라는 기개 넘치는 모습에 마카롱이 기겁해서 팔을 벌렸다. 그 인영의 뒤에서 해가 쨍하게 비쳐 얼굴이 안 보였지만 누군지는 알 수 있었다.

쿵, 소리가 나기 무섭게 무언가가 묵직하게 몸을 눌렀다. 아까 전 떨어질 때에는 거미처럼 쫙 다리를 벌리고 있던 인간이 닿자마자 등과 다리를 꼭꼭 옭아맸다.

"마카롱……."

남들에게 들리지 않는 작은 속삭임이었다. 마카롱은 그녀를 꾹 안았다.

"다녀왔어."

* * *

마카롱을 덮친 갈색 머리의 여자가 로젤린이라는 것이 밝혀진 후 사람들이 모인 공간이 들썩였다. 레이몬드와 에버하르트, 헤사는 통곡했으며 레티시아를 포함한 몇몇 기사들도 눈물을 보였다.

곧이어 그녀가 걸어온 경로에서 나타난 발타의 병사들을 보고 모두 경계 태세를 갖췄다.

"다들 건강해 보이는군."

후드를 젖히며 태연하게 인사를 건넨 사람은 리카르디스였다. 다시 대통곡의 장이 벌어졌다. 머리 길이와 색이 달라서 '어? 저 잘생긴 얼굴은? 어디선 본 것 같은데?' 하고 주춤거리는 시간이 3초 정도 걸리긴 했지만.

무릎을 꿇고선 오열하는 하얀밤 기사단원들을 보고 리카르디스도 잠깐 울컥한 듯 미간을 좁혔다.

"다들 목청도 참 좋지. 동네 사람들 다 뛰쳐나와서 보겠네."

마카롱이 툭 내뱉은 말 때문에 다들 울음을 끅끅 삼켜야만 했다.

이후 로젤린은 씻지 않아 냄새나는 사내들에게 돌아가면서 안겼다. 위험을 감수하고 리카르디스를 구해 내고 끝끝내 살려 낸 점. 지금까지 안전하게 그를 보호한 점. 로젤린의 활약상은 일일이 말하기가 입 아플 정도였다. 하지만 그 공로보다도 그녀를 살아서 본 것이 반가워서 하는 행동이었다. 로젤린도 그걸 아는지 코를 막긴 했지만, 동료들에게 얌전히 안겼다.

사람들이 잘 다니지 않은 산 길목에 간이 막사가 세워졌다. 리카르디스와 로젤린, 하얀밤의 상급 기사들, 마카롱, 사자갈기의 드윗까지 그 안을 채웠다.

리카르디스는 짤막하게 그간 있었던 일을 설명했다. 강에서 떠내려와 작은 마을에 도착했고, 합류지로 이동하려던 와중 간제가 심어 놓은 병력과 마주했던 일. 간제와 라헤안시를 만나고 나눴던 내용까지.

사람들은 서로의 눈치를 흘끗흘끗 보며 놀라워했다. 리비타를 점령해 힉살라를 볼모로 붙잡으려던 계획은 무산되었으며, 전투에서는 패배해 병력과 사기를 잃었다. 뿔뿔이 흩어진 패잔병들은 근근이 목숨만 붙은 상태로 공격받는 중부 관문을 향해 나아가는 중이었다. 일라베니아에 승기라고는 찾아볼 수 없는 상황이었다.

그런데 죽었다고 생각한 리카르디스가 우연히 간제를 만나 동맹을 맺었다. 무려 하카브를 몰아내고자 하는 동맹. 이 어둡고 끝없는 절망 속의 한

줄기 빛이 아닐 수 없었다.

"발타인들 역시 축복의 밤을 신성시 여긴다. 검은 달이 뜨는 신성한 밤에는 피를 보아서는 안 된다는 것이, 첫 번째 율법이라고 하더군."

"그 말은……."

"전쟁이 일시적으로 멈추게 되겠지."

발타뿐 아니라 일라베니아를 공격하는 연합군의 대다수가 공격을 멈출 것이다. 그들은 축복의 밤을 볼모로 대륙을 쥐고 흔들던 일라베니아를 규탄하기 위한 전쟁을 벌이는 중이었다. 축복의 밤이 뜨게 된다면 명분이 사라지는 셈이었다.

사실 그것보다도 몇백 년 만에 하늘을 메운 하얀 밤과 찬란하게 빛나는 검은 달을 보고 태연하게 전쟁할 만한 정신은 없지 않을까, 하는 것이 리카르디스의 추측이었다.

리카르디스는 여태껏 말하지 않았던 축복의 밤에 대한 정보를 말했다. 황제를 의식해 몇몇 수하들을 제외하고서는 알지 못했던 정보였다.

"보름달이 뜬 밤. 마력과 성력을 지닌 두 사람, 결혼식에 쓰이는 언약문?"

몇몇 기사들이 리카르디스의 입에서 나온 정보를 중얼중얼 되뇌었다. 축복의 밤에 성력뿐 아닌 마력이 필요하다는 대목에서는 놀라는 자도 있었으나 고개를 끄덕이는 자도 있었다. 발타가 내세운 주장을 허투루 듣지 않은 것이었다. 일라베니아에 대한 믿음이 없었을 수도 있었다.

"그거…… 결혼하는 기분 나겠는데요. 수면에 비치는 게 달이 아니라 해였다면 더더욱 비슷해졌겠군요."

리카르디스가 피식 웃었다.

"발타는 결혼식을 저녁에 치르곤 하지. 일라베니아가 의식을 숨기기 위해서 의도적으로 밤을 낮으로 바꿔 버렸을 가능성이 있다고 생각한다. 아무튼……."

눈을 굴리던 리카르디스가 다시 입을 열었다.

"사실 오늘이 보름달이 뜨는 날이긴 한데……."

사람들이 숨을 크게 들이켰다. 리카르디스는 노을이 깔리기 시작한 밤하늘을 올려다보았다. 구름이 낀 하늘은 평소보다 둔하고 탁해 보였다.

"아무래도 오늘은 안 될 것 같군."

필요한 것은 보름달뿐이 아닌, 수면 위에 비치는 '보름달'이었다. 구름이 가리게 되면 안 된다는 것이다.

저녁에는 비가 내렸다. 보름달은 구름에 갇혀 조금도 보이지 않았다. 새벽이 지날 때까지 리카르디스는 잠들지 못하고 하늘만 바라보았다. 하지만 결국 어스름 해가 뜰 때까지도 하늘은 회색빛으로 물들어 있을 뿐이었다.

17

발타 왕실은 현재 고단한 나날을 보내는 중이었다.

"이 쓸모없는 놈!"

발타의 궁전에 어울리지 않는 하얀 피부의 남자가 버럭 성질을 냈다. 그의 손에는 막 건네받은 융단이 들려 있었다.

"귓구멍이 막힌 거니, 아니면 내 말을 무시하는 거니?"

시종장은 허리도 펴지 못하고 계속해서 고개만 조아렸다.

"내가 어떤 호랑이를 수놓으라 했었지?"

시종장이 더듬거리며 대답했다.

"귀, 귀여운 호랑이라고 말씀하셨습니다."

남자가 눈에 불을 켜며 시종장에게 융단을 집어 던졌다. 그의 얼굴에 부딪힌 융단이 촤르륵 펼쳐졌다. 한중앙에 통통하고 어린 호랑이가 수놓아져 있었다.

"그런데 이게 뭐니, 이게. 이게 어딜 봐서 귀여운 호랑이야! 이 큰 대가리를 좀 봐, 수컷이 틀림없어! 당장에라도 뛰쳐나와 날 물어 죽일 것만 같은걸! 이 세상에 귀여운 수컷이라고는 나밖에 없다는 사실을 아직까지 모를 리도 없으니, 내가 전하의 사랑을 받는다고 질시하는 것이야? 아니면, 내가 외인이라고 이런 하찮은 부탁마저 업신여기는 것이냐!"

금사로 수놓은 호랑이 융단이 하찮은 부탁에 들어가다니. 시종장은 이를 악물었다. 남자가 리비타의 궁에서 왕비라도 된 양, 시종들을 손끝으로 부리게 된 것은 채 일주일도 되지 않은 일이었다.

잠시간 궁을 떠났던 간제가 데리고 온 남자였다. 현재 일라베니아 남부는 발타의 영역이나 다름없었고, 그 안의 모든 자원 또한 발타의 것이었다. 그것이 사람이라 하더라도.

많은 일라베니아 노예들이 생겨나고 있는 시점이었다. 그것이 리비타의 궁까지 얼굴을 들이밀 줄은 상상도 못 했다. 하지만 그때까지만 해도 간제 왕녀가 장난감을 데리고 왔구나 싶었을 뿐이었다.

발타 왕실은 남자의 출신 때문에 그가 간자일 가능성도 놓치지 않고 주시했다. 하지만 남자는 일반적인 간자가 보일 법한 얌전하고 눈에 띄지 않는 행동 따위를 할 생각은 전혀 없어 보였다. 물이 뜨겁다, 차갑다. 다시 해 와라. 입맛에 안 맞는다. 지금 내 것만 요리를 이따위로 하는 거냐.

보물 창고를 개방해라. 왕녀 전하께서 나 다 준다고 하셨는데 네깟 것들이 왜 난리냐. 하지만 이걸로도 부족하니 보석상을 불러라. 열 손가락에 전부 금강석 반지를 끼고 싶다. 향유는 이걸로 해라. 어, 근데 생각보다 향이 역하다. 내가 이걸 선택하겠다고 말했을 때 왜 안 말렸냐, 등등.

까탈스럽기는 얼마나 까탈스럽고 지랄맞기는 얼마나 지랄맞는지. 수려한 외모의 사내는 매일매일 다채로운 패악을 부려 댔다.

오늘도 시종장은 귀여운 호랑이라는 지극히 주관적인 기준으로 남자에게

잔소리를 듣는 중이었다. 간제의 총애가 사라지거든 리비타 궁에서 곧바로 사라질 인물이라고는 하나, 살의가 솟구쳤다.

그때, 간제가 방 안에 들어왔다. 까칠하게 시종장을 갈구던 남자가 눈에 눈물을 그렁그렁하게 달고서는 그녀에게 달려갔다.

"전하아!"

남자가 그녀의 목을 감싸 안으며 매달렸다. 왕실의 핏줄임을 입증이라도 하듯 간제는 가뿐하게 남자를 안아 올렸다.

"아니, 타타라. 무슨 일이지? 또 누가 너의 아름다운 눈동자를 눈물로 가리려 한 것이냐."

남자는 훌쩍이며 간제의 어깨에 얼굴을 묻었다. 그러면서도 손가락은 맹렬하게 시종을 가리키고 있었다.

"흐흑, 저는…… 그저 전하께서 귀여운 것도 좋아하시고 호랑이도 좋아하시니까, 귀여운 호랑이를 수놓은 융단으로 방을 장식하여 기쁨을 드리고 싶었을 뿐인데…… 저치가 저렇게 흉측하고 무서운 것을 가져왔지 뭡니까. 저는 너무 무서워서 그만 정신을 잃을 것만 같습니다!"

맨날 보는 광경임에도 시종과 시녀들은 표정 관리를 하지 못했다. 간제는 남자를 안아 올린 채 걸음을 옮겼다. 그녀의 눈이 바닥에 펼쳐진 융단을 향했다. 귀여운 새끼 호랑이의 모습을 보자마자 간제가 버럭 소리를 질렀다.

"내가 귀하게 여기는 아이라 했을 텐데, 감히 네놈들이 눈물짓게 만들어?"

"주, 죽을죄를 지었습니다, 전하!"

"이게 어딜 봐서 귀여운 호랑이냐! 대가리가 큰 것을 보니 수컷이 틀림없어. 아주 무시무시해! 이 세상 귀여운 수컷은 우리 타타라밖에 없는데, 아직도 그걸 몰라?"

정말 잘 어울리는 한 쌍이었다. 간제는 마구 성을 내며 사람들을 물렸다. 방 안이 텅 비게 되자 두 사람이 눈을 맞췄다. 간제가 살짝 고개를 끄덕였다. 근처에 사람이 없다는 뜻이었다.

축축한 눈동자로 미모를 잔뜩 뽐내고 있던 남자의 표정이 순식간에 달라졌다. 눈은 나른해졌고, 얼굴 근육도 느슨해지며 의욕이라고는 하나도 없어 보이는 인상이 되었다. 밝은 금발만 분홍빛이었다면, 여느 때와 다름없는 라헤안시의 모습이었다.

간제가 흐트러진 옷을 펴며 그에게 인사말을 건넸다.

"수고하셨습니다."

"아이고, 수고 많으셨습니다. 요즘 제가 잘 먹어서 몸무게가 좀 늘었는데."

"뭘 그 정도로. 우리 타타라는 깃털만큼 가벼운걸요."

두 남녀가 마주 보며 낄낄 깔깔 웃었다.

힉살라를 치료하고자 신성력을 쓸 수 있는 사람을 구하면 뭘 할까. 현재 리비타의 궁은 하카브의 강한 영향력 아래 놓여 있었다. 거기에다가 간제는 하카브에게 숨기지 않고 반감을 드러냈기에 리비타 궁의 경계 대상 1호로서 언제나 삼엄한 경계를 받았다.

그녀가 가지고 나가고 가지고 들어오는 물건이라면 바늘 하나, 실 한 올까지 확인받는 상황에서 인간을 몰래 숨겨 들어갈 만한 방도는 없었다. 라헤안시가 이렇게 전면적으로 나선 이유였다.

하카브는 간제가 소유한 것에 한정해서 매우 넉넉한 태도를 보였다. 어차피 제 손안의 동생이며, 동생의 장난감 하나 못 사 주겠냐는 느낌에 가까웠다. 간제는 그 점을 이용해 자신의 소유물인 애완 인간 '타타라'를 보란 듯이 옆구리에 끼고 돌아왔다.

일국의 왕녀가 망측하게 남자 애인, 그것도 지금 전쟁을 치르는 타국의 인간을 옆에 둔다는 사실에 많은 인사들이 기함했다. 하지만 간제가 저질렀던 일은 대부분 기함할 일이었기에 저 인간이 또 하던 짓 하는구나, 정도로 이해하고 넘어가는 자들이 많았다.

"이래서 평소 행실이 중요하다는 겁니다."

의심이 아닌 경멸의 시선을 보면서 간제가 뿌듯하다는 듯 얘기했는데, 나름 내놓은 자식에 속하는 라헤안시도 그때만큼은 어이없다는 표정을 했다.

그렇게 며칠의 시간이 흘렀다. 경계는 생각보다도 빠르게 느슨해졌다. 제 오라비가 없는 틈을 타서 간제가 세력을 키우려거나 수상쩍은 행동을 보이지 않았던 탓도 있으나, 라헤안시의 탁월한 연기 솜씨가 그에 한몫을 크게 더했다. 며칠 전 리비타에 발을 들일 때만 해도 간자라 의심받았던 라헤안시는 왕녀의 총애를 받아 겁 없이 날뛰는 애완 인간 정도로 입지가 굳어지고 있었다.

"좋은 소식이 있습니다. 조만간 아틸라크가 근처 요새로 중요한 회동을 하기 위해 궁을 나선다고 하는군요."

재상 아틸라크는 하카브에게 모든 권한을 위임받은 상황이었다. 게다가 라헤안시의 그 대단한 연기에도 여전히 의심의 눈으로 이쪽을 주시하고 있는 사람 중 한 명이었다. 그가 있는 이상 힉살라의 궁에 발을 들여놓는 것조차 하지 못할 게 분명했다.

한데 마침 딱 좋게 아틸라크가 궁을 비우는 일이 발생하게 되었다. 뿔뿔이 흩어진 제국군 중, 마른가시나무 백작의 병력이라 생각되는 군대가 여기저기 활개를 치고 다닌 탓이었다. 끝을 보는 그녀의 성정은 발타에서도 유명했다. 문제가 심화되기 전에 처리하기 위해서 현 발타의 책임자가 나서기로 결정한 모양이었다.

하지만 궁을 비워 둘 수는 없는 법. 또 다른 책임자가 아틸라크의 빈자리를 채울 것이다. 그리고 그것은 간제가 가장 바라는 일이기도 했다.

"리비타에서 가장 가까운 요새에 브네학스가 있습니다. 그를 부를 겁니다."

타탄과 어깨를 나란히 하는 유서 깊은 가문 '아문'의 가주 이름이었다.

"아틸라크는 차라리 귀엽다 싶을 정도로, 궁의 경비에 병적일 정도로 집착하는 남자입니다. 지긋지긋하죠. 평생에 제대로 된 일탈 한번 해 본 적 없는 저마저도 그를 보면 주눅이 들 정도라고 할까요."

많이 혼났나 싶었다. 라헤안시가 눈썹을 찌푸렸다. 그러면 더욱 상황이 나빠지는 게 아닐까? 그 의문은 곧바로 간제의 말로 증명이 되었다.

"무척 곤란한 상황이 되기는 할 겁니다. 그가 오는 즉시 귀여운 타타라는 지하로 끌려가서 온갖 고문을 받으며 추궁당할 예정이라서요. 이 시국에 일라베니아인이라니 너무 수상하잖습니까."

"저기, 저만 일방적으로 곤란해지는 것 같은데요!"

귀여운 타타라가 기겁했다. 간제가 그의 어깨를 토닥였다.

"물론 끌려가기 전에 수를 쓸 겁니다."

통할지는 모르겠지만. 간제는 뒷말을 삼켰다. 그 미심쩍은 표정으로 라헤안시는 제 운명을 깨달아 버린 모양이었다. 그는 곧 헤어지게 될 제 열 손가락에 안녕을 고했다. 눈물을 떨어트릴 것 같은 서러운 기세였던 터라 간제가 급히 그를 위로했다.

"제가 아틸라크 대신 브네학스를 바랐던 이유가 있습니다. 그게 가장 중요한 맹점입니다."

라헤안시가 울먹울먹한 눈으로 그녀를 올려다보았다.

간제는 바늘 하나 안 들어갈 것같이 딱딱한 남자를 떠올렸다. 브네학스 아문. 원칙주의자, 편견. 여러 단어로 그를 나타낼 수 있으나 발타에서는 '아문'이라는 가문 자체가 그러한 뜻으로 통용되었다. 힉살라에 살고 힉살라에 죽는다. 일라베니아로 치자면 붉은수레바퀴쯤 될 것이고, 실상은 그보다 더 심했다.

그것이 하카브가 아직까지 브네학스 아문의 충성을 받아 내지 못한 이유였다. 힉살라가 버젓이 살아 있기 때문에.

간제가 기대고자 하는 부분 또한 그것이었다. 몇 배로 삼엄해진 경비 속에서 유일하게 힉살라의 방으로 갈 지름길이 될지도 몰랐다. 그 눈부신 충성심!

'설마 지금 발타가 우세한 상황이라고 마음을 바꾸지는 않았겠지?'

평소에는 영감탱이들보다 고지식하고 꼬장꼬장하다고 욕했지만, 부디 그의 마음이 평소처럼 꼬장꼬장하기를 간제는 간절히 바랐다.

* * *

　발타로 남하했던 제국군과 리카르디스의 수색을 위해 남았던 일부 병력 또한 몇 번의 교전 끝에 무사히 탈출했다. 일라베니아의 땅을 밟았으나, 이곳은 더 이상 안전지대가 아니었다. 제국군은 은밀하게 움직이며 산길같이 인적이 드문 곳을 통해 이동했다.

　리카르디스는 높은 지대에서 불탄 마을의 모습을 천천히 훑어보았다. 바람이 불자 검은 재가 마을을 한 번 휘감고 지나갔다. 전쟁 이후 숱하게 보아 왔지만, 날이 추워진 탓인지 더욱 황폐하게 느껴지는 광경이었다. 리카르디스는 시야를 까맣게 물들이는 잿빛 바람에서 눈을 떼고 멈췄던 걸음을 다시 옮겼다.

　완만한 산길이 지친 병사들의 발걸음을 가볍게 했다. 지리도 익숙해 진군에 어려움은 없었다. 가끔 툭툭 튀어나오는 마수들만 뺀다면. 다행히도 마력을 아주 잘 감지하는 몇몇 인물이 있었기에 조금의 피해도 없이 나아갈 수 있었다.

　로젤린은 마카롱에게 배운 대로 여우 마수를 한 대 쥐어 패고 으름장을 놓은 다음에 다시 산으로 돌려보냈다. 그녀는 다시 군에 합류하기 위해 터덜터덜 걸어가다 주변을 휘 둘러보았다. 앙상하게 마른 나무와 거대한 절벽, 산짐승들이 지나가며 만들어진 숲길의 정경이 낯익었다. 과거 형체 없이 떠돌던 시절에 지냈던 곳이었다. 마른가시나무 백작령, '마의 산'이라 불리는 마수들의 서식지이자, '로젤린'과 만난 장소이기도 했다.

　숲의 어딘가를 응시하는 그녀의 얼굴 위로 붉은 석양이 드리웠다.

　산을 벗어나기 전에 밤이 찾아왔다. 산에서 많은 인력이 머물 만한 곳은 몇 군데 정해져 있는 것이나 다름없었기에 사냥 대회 때와 동일한 장소에 야영지가 세워졌다. 병사들이 부지런히 야영을 준비하는 모습을 보며 로젤린은 야영지에서 벗어나 걸음을 옮겼다.

과거 사냥 대회 때, 디에즈의 막사가 있었던 곳을 지나치고 쫓기며 달렸던 풀숲을 지나 그녀는 이내 익숙한 장소에 도달했다. 석양빛이 섞인 밤하늘 아래의 절벽은 마치 한 폭의 그림 같았다. 로젤린은 몇 걸음을 더 옮겨 절벽의 아슬아슬한 경계 위에 섰다.

앙상한 나무조차 없는 절벽 끝에 바람이 거세게 불어왔다. 누군가가 등을 떠미는 듯했다. 로젤린은 잠시 뒤를 돌아보았다. 그새 까마득해진 숲의 광경이 눈에 들어왔다. 디에즈가 그 어둠 속에서 금방이라도 뛰쳐나올 것 같았다.

망상 속 디에즈의 날카로운 발톱이 재차 자신의 등에 와 닿기 전, 로젤린은 절벽에서 뛰어내렸다. 아래에서부터 그녀를 밀어 올리는 바람이 불었다. 섬뜩한 부유감과 함께 머리가 흐트러져 휘날렸다. 그녀는 가만히 몸을 맡긴 채 추락하다, 튀어나온 나무뿌리와 돌출된 곳을 밟고서 가볍게 착지했다.

크고 작은 바위들이 수십 개가 모여 있는 장소였다. 로젤린은 정상에 서서 아래를 내려다보았다. 어두워진 황량한 공간 속, 무리 지은 바위의 모습은 거대한 짐승들이 몸을 웅크리고 있는 것처럼 보였다.

로젤린은 바위 위에 앉았다. 이곳은 추락한 '로젤린'이 죽어 가고 있던 장소였다. 그녀가 바라보고 있는 아래는 과거의 자신이 있던 자리였다. 과거 '그것'으로 '로젤린'을 바라보던 기억과 '로젤린'이 자신을 바라보던 기억이 뒤섞여 있었다. 묘한 상념에 잠길 찰나, 로젤린은 문득 기시감을 느꼈다.

"……?"

어, 뭔가 좀…… 익숙한데. 여길 전에도 본 적이 있는 것만 같은…….

로젤린은 혼자서 중얼거렸다. 과거 '그것'으로 지냈던 산이니만큼 당연히 익숙하겠지만, 그런 느낌이 아니었다. 갑작스럽게 닥친 기시감은 공간을 새삼스럽게 조명했다.

'나는…… 이곳을 본 적이 있어.'

로젤린은 더 오래된 기억을 떠올렸다.

'그렇군, 여기는…….'

일라베니아 대신전의 지하 감옥에 갇혔던 마인들은 오랜 시도 끝에 마침내 탈옥에 성공했다. 지나가던 마차를 탈취하기도 했고 작은 동물을 사냥하거나 마을에서 음식을 훔쳐 먹으며 다른 나라로 달아나고자 했으나, 결국 국경 지대와 가까운 어느 산에서 인간의 생을 마무리 짓게 되었다. 바로 이곳에서.

아주 짧게 로젤린을 스쳤던 기시감은 반복해서 돌아올 때마다 더욱 선명하게 덧칠해졌다. 그녀는 조각나 완전하지 못한 기억을 떠올리며 주위를 천천히 둘러보았다.

과거에 달빛마저 가릴 정도로 무성했던 나뭇잎은 겨울이 아니더라도 찾아볼 수가 없었으며, 성인 남자 다섯이 둘러 안으려 해도 길이가 부족할 거대한 나무는 어느 마수가 부순 것인지 밑동만 남아 있었다.

하지만 몸을 숨겼던, 서로가 기대듯 자란 이상한 모양의 나무와 바위에 난 커다란 흠집, 굴러떨어졌던 가파른 단층 지대. 무너진 절벽의 바위들이 엉겨 있는 이 장소만은 수백 년이 지났으나 기억과 같이 자리에 있었다.

로젤린은 앉은 채로 풍경을 바라보며, 이따금 바람이 숲을 스치며 내는 괴괴한 소리를 감상했다.

바스락, 로젤린이 소리가 들리는 쪽으로 고개를 돌렸다. 저 멀리 어두운 숲속에서 무언가가 움직였다. 사람이었다. 점점 다가오던 사람은 나무 그림자에서 벗어나 이내 달빛이 닿는 바위 무덤까지 도달했다.

"마카롱."

드물게 인상을 찌푸리고 있지 않은 마카롱이었다. 그녀는 로젤린과 마찬가지로 한동안 말없이 주위를 둘러보기만 했다.

"네가 바위 무덤에 있을 거라 하던데."

"응, 여기."

"이름 한번……."

잘 어울리네, 무덤이라니. 마카롱이 어이없다는 듯 감탄했다. 두 사람은 잠시간 머무르다 장소를 떠났다. 마카롱이 하얀밤 기사단원들과 리카르디스가 로젤린을 찾는다는 소식을 전해 줬기 때문이었다.

"네가 눈앞에 없으면 불안하대."

여태껏 저지른 화려한 전적이 있어서 로젤린은 조용히 고개를 끄덕였다. 그녀는 어두운 숲에서 마지막으로 뒤를 돌아보았다. 홀로 달빛을 받는 것 같은 바위 무덤의 풍경은 삭막하기 그지없었다. 보통 무덤을 떠올리면 삭막하고, 황량한 느낌이 드니 이상한 건 아닌가 싶었다.

"죽은 사람이 볼 수 있는 것도 아닌데 무덤에 왜 꽃을 들고 가나 했거든. 삭막해 보이니까 좀 화사한 거로 중화하려고 그랬나 봐."

"그런가."

"다음에 꽃 들고 같이 올래?"

"그래. 다음번에는 샌드위치랑 케이크도 들고."

소풍 같고 좋겠다. 붉은수레바퀴 성에 있을 때는 몇 번 갔었는데. 두 사람은 두런두런 얘기를 나누며 걸음을 옮겼다.

* * *

발타로 남하한 제국군의 패배, 총사령관의 부재, 초토화된 일라베니아 남부의 상황까지. 거듭된 악재 속에서도 제국군은 중부 관문을 지켜 내는 중이었다. 수비하는 측이 유리한 전쟁의 특성상, 버티기만 하면 지친 발타에서 협상을 이끌어 낼 수 있으리란 계산이 있기 때문이었다.

그런데 문제가 발생했다. 힐리사고를 포함한 크고 작은 왕국들이 들고 일어나기 시작한 것이었다. 위태로운 것은 중부 관문뿐만이 아니게 되어 버렸다. 필연적으로 중부 관문에 결집해 있던 병력 또한 분산되기 시작했다. 그렇게 중부 관문의 방어벽이 줄어들게 된 그때, 여태껏 보이지 않던 발타의 무기 '파편'과 마인 부대까지 투입되어 전장을 휘젓기 시작했다.

바람 앞의 촛불. 그 말로도 이 위태로움을 다 설명할 수 없었다.

일라베니아 중부 관문.

"백작, 그대가 데리고 온 무리에 대해 몇 가지 묻고 싶은 게 있는데 말이야."

중부 관문의 사령관인 푸른등불 공작이 부담스럽게 얼굴을 가깝게 들이대며 질문했다. 그의 어깨 위에서는 화려한 색의 커다란 앵무새가 후미약 울면서 칼릭스를 바라보는 중이었다. 칼릭스는 몸을 뒤로 빼며 대답했다.

"다 알면서 그러시는군요."

"……정말 그들이 마인이다?"

붉은수레바퀴 백작가의 후계자가 붉은수레바퀴 백작이 되어 중부 관문으로 오게 된 지는 일주일이 채 지나지 않았다. 하지만 무슨 일만 터졌다 하면 그를 가장 먼저 부를 정도로, 칼릭스는 그 짧은 기간 동안 '붉은수레바퀴 백작'에 걸맞은 활약을 보여 왔다. 심지어 어제 마독 '파편'이 투입된 전장에서도.

갑작스럽게 픽픽 쓰러져 가는 병사들과 어깨에 화살을 맞고 사망한 지휘관의 모습에서 모두가 '파편'의 존재를 눈치챘다. 지휘관을 잃은 자들과 그 위력을 실감해 겁먹은 병사들의 동요에 전장이 어수선해졌다. 붉은수레바퀴 백작이 데리고 온 용병 군단들이 나서서 중독자들을 살핀 것은 그때였다.

신성력도 통하지 않는 파편에 치료가 무슨 소용이 있겠나 싶었는데, 놀랍게도 부상자들의 상태가 호전되기 시작했다. 곧이어 신관들의 치료를 받은 병사들은 당장 전투에 투입되어도 될 정도로 빠르게 회복했다. 파편의 중독자가 빠르게는 수분, 늦게는 수십 분 안에 죽음을 맞이한다고 알려진 것과는 전혀 다른 상황이 펼쳐졌다. 모두가 놀라움을 감추지 못했다.

파편은 마력과 독이 섞인 물질. 치료하기 위해서는 우선 마력을 분리해 내야만 했다. 이 과정에서는 반드시 마인의 힘이 필요하며, 이는 로젤린의 증언으로 입증된 바 있었다. 이후 체내에 남은 독을 따로 치료하는 작업이 필요하지만 평범한 독이라면 충분히 대응할 수 있었다. 평범한 해독약으로 살아난 지금의 부상자들처럼.

푸른등불 공작과 중부 관문의 지휘관들은 그제야 붉은수레바퀴 백작의 움직이지 않던 부대의 진의를 깨달았다. 그들 모두가 마인이었다.

일라베니아의 지휘관들이 동요하기 시작했다. 도움을 받기는 했지만, 그들이 모두 마인이라는 점은 간과할 수 없었다. 어쩌면 연합군의 세작이 섞여 있을지도 모른, 붉은수레바퀴 백작이 여태껏 숨긴 걸 보니 뭔가 좀 수상하다 등등.

그러한 논의와 의심이 오고 갔다는 얘기를 칼릭스도 막 전해 들은 참이었다. 그 후 얼마 지나지 않아 푸른등불 공작이 찾아왔고, 지금의 이 상황이 되었다.

푸른등불 공작은 중부 관문의 사령관으로서 사기고 전의고 다 잃어버린 병사들을 이끌고 여태껏 버틸 만큼 유능했으나, 무척 깐깐하고 까다롭기로 유명했다. 그의 뾰족한 질책에 지휘관들은 애처로울 정도로 메말라 갔다. 제 몫을 넘치게 하는 칼릭스는 메말라 가는 지휘관들 옆에서 푸른등불 공작과 잔을 부딪치며 여유로운 티타임을 가졌지만, 그것도 오늘로 끝인 듯 보였다.

"마인들을 대체 어디서 데리고 온 건가, 백작?"

"데리고 온 게 아니라 그들이 직접 온 겁니다. 저는 제의를 했고, 그들은 받아들였습니다. 그러니 제 사람이라 할 수 있습니다."

"허어, 백작의 사람이라…… 위험한 말을 하는군. 지휘관들이 백작의 사람을 믿지 못하겠다며 아우성치는 소리를 그대도 들었을 텐데."

칼릭스는 푸른등불 공작의 날카로운 시선을 차분히 응시하며 대답했다.

"이유를 모르진 않습니다. 마인에 대한 일라베니아인의 불신은 하루 이틀 일이 아니며, 중부 관문 지휘관들은 제 사람들을 모르지 않습니까. 이해는 합니다만…… 그런 의심과 불신이 지금의 상황에 무슨 도움이 되는지요."

푸른등불 공작의 눈썹이 꿈틀거렸다.

"애초에 마력을 숭배하는 발타와 싸우는 이 공간에 마인을 데리고 왔다는 것은 제가 그들을 믿지 않고서는 이뤄질 수 없는 일입니다. 하지만 저보다 그들을 모르는 이들이 못 믿겠다 밀어내리려고 하는군요. 그러면 어떻게 하면 그들을 신뢰하겠습니까. 어떤 증거와 어떤 증언이 있어야만 믿겠습니까."

푸른등불 공작은 대답하지 않았다. 칼릭스가 그의 침묵 아래 다시 말을 이어 갔다.

"그들이 마인인 이상 무슨 말을 해도 믿지 않을 것 아닙니까. 솔직히 지금 이 상황이 저는 많이 답답하군요. 현시점의 중부 관문에 필요한 건 그런 편협한 불신보다는 마인들의 힘이라고 생각하는데요. 적어도 저는 그렇게 판단했습니다. 마인이 아니라 크레안 티다니온이라도 손을 잡아야 할 판국에 어떤 인사가 답답하게 믿음 운운하고 있습니까. 혼자서 전쟁이 아니라 소꿉놀이라도 할 모양이지요."

쯧, 혀를 찬 칼릭스는 곧 자신의 실수를 깨닫고 정중히 푸른등불 공작에게 사과했다. 가만히 칼릭스의 얘기를 듣기만 하던 푸른등불 공작이 드디어 입을 열었다.

"붉은수레바퀴 백작, 지금 상당히……."

칼릭스는 방금 전 자신이 보인 건방진 태도를 충분히 인식하고 있었다. 달리 할 말이 없어서 그는 입을 다물고 있기만 했다.

"멋있군."

"……."

칼릭스는 귀를 의심했다.

"멋있어! 멋있어!"

공작의 어깨에 앉은 앵무새가 그의 말을 반복했다. 아까까지 의심의 눈으로 쳐다보던 까칠한 중부 관문의 사령관은 어디에도 없었다. 푸른등불 공작은 몹시 인자한 미소를 띤 채로 칼릭스의 어깨에 자신의 손을 얹었다.

뭐지, 이 반응은? 생각지도 못한 공작의 모습에 칼릭스는 얼떨떨한 감정을 감추지 못했다.

"전투도 잘해, 지휘도 잘해, 말도 잘하고, 숨겨 둔 한 수도 있고, 나랑 생각도 잘 통하는군. 백작, 나는 유능한 사람을 매우 좋아한다네. 아니, 사랑하지."

"사랑해! 칼릭스 사랑해!"

중년 남자와 두 눈이 붉은 앵무새가 자아내는 악몽 같은 하모니가 칼릭스의 귓가를 어지럽혔다.

"필요도 없고 쓸모도 없고 머리도 없는 놈들이 하는 말은 신경 쓰지 말게. 그냥 어린놈이 잘나가는 꼴 보는 거 배 아프다고 괜히 시비 거는 것이니. 백작은 하고 싶은 대로 하게나. 내가 다 막아 줄 테니."

칼릭스의 눈동자가 번쩍였다. 그는 마인들을 이 전쟁에 끌어들이며 약속했다. 쓰고 버리는 도구처럼 이용하지 않겠노라고.

"안 그래도 적은 수라, 충원이 어려워 전투로 소비할 수 없습니다. 신관과 같이 움직이게 하며 파편과 마인의 움직임을 읽고 대응하는 정도에만 그쳐도 되겠습니까?"

다른 지휘관이었다면 수가 적건 많건 간에 힘도 세고 전투도 잘할 테니 마인들을 최전방으로 내보내야 한다며 입에 게거품을 물 게 분명했다. 하지만 푸른등불 공작은 여전히 인자한 미소를 걸친 채 칼릭스의 어깨를 다정하게 토닥이기만 했다.

"옳은 말이군. 전적으로 동의하네."

반응이 제법 좋았다. 여기서 좀 더 가, 말아? 칼릭스는 짧은 고민을 마치고 애수 어린 표정으로 시선을 떨궜다.

"……저를 믿고 따르는 이들입니다. 다른 지휘관들에게 부당한 명령을 받을까 봐 걱정이 되어 잠도 잘 못 자고…… 그러다 보니 요즘 머리가 좀 굳는 것 같기도 하고……."

"그러면 쓰나. 백작은 내 직속의 군으로 따로 빼서, 다른 이들의 협조 요청을 가장한 명령은 들어가지 않게 해 두겠네."

얻을 것도 다 얻었겠다, 칼릭스는 순한 양의 탈을 벗어던지고 포식한 맹수의 미소를 입가에 띠었다.

"실망시켜 드리는 일은 없을 겁니다."

"내가 세상에서 제일 좋아하는 말이 그거라고 말했던가?"

푸른등불 공작이 흐뭇하게 웃고는 막사를 나갔다.

"아니, 이게 누구야."

방금 전의 따스한 봄날 같은 목소리가 생각나지 않을 정도로 날카롭고 서늘한 목소리가 들려왔다. 푸른등불 공작이 막사 밖으로 나가자마자 누군가와 조우한 모양이었다.

"푸른등불 제2군 흑수리대 부장이 아닌가? 잘 자고 잘 처먹었는지 얼굴이 아주 반질반질하군. 깐 달걀인 줄로만 알았네. 나라면 입에 물 한 방울도 못 넣었을 텐데, 큰사람이라 그런지 그 정도 실수는 대범하게 넘기는군. 뻔뻔한 건가? 허허. 농이 아닐세. 순수한 나의 진심이야."

어제의 전투에서 실수를 저지른 지휘관인 듯했다. 앵무새가 뒤따라서 싸늘하게 말하는 소리가 들렸다.

"뻔뻔하기 짝이 없네!"

뭐야, 인간이 말하는 줄 알았잖아. 칼릭스는 식겁했다. 잠시간 서류를 살펴던 칼릭스는 똑똑 막사의 입구에서 들려오는 소리에 고개를 들었다. 곧 소리 죽인 인기척이 막사 안에 고요히 스며들었다.

"백작님."

뒤를 돌아보자 최근 익숙해진 얼굴이 보였다.

"길레드."

남자가 순하게 웃는 것으로 대답했다. 마른가시나무 백작령, 뒷골목의 불법 투기장에서 칼릭스와 만났던 허수아비 길레드였다. 그는 평소와 달리 복잡해 보이는 표정이었다. 무슨 일이라도 있나 걱정하던 차, 칼릭스는 그 표정이 어디서 왔는지 깨달았다.

"……방금 전의 대화를 들었나?"

"……엿들으려던 것은 아니었지만…… 네."

칼릭스는 입을 꾹 다물었다.

[저는 제의를 했고, 그들은 받아들였습니다. 그러니 제 사람이라 할 수 있습니다.]

[제가 그들을 믿지 않고서는 이뤄질 수 없는 일입니다.]

등등. 손을 잡은 입장에서 충분히 할 수 있는 말이었지만 당사자한테 들키니 어쩐지 부끄러웠다. 손을 꼼지락거리던 길레드가 입을 열었다. 감격 어린 말투였다.

"정말 다정하시군요, 백작님……."

칼릭스는 얼굴이 홧홧해지는 기분을 느껴 살짝 아랫입술을 깨물었다.

"입에 발린 소리는 쉽게 믿지 않는 게 좋아."

칼릭스는 그 말을 내뱉자마자 아차 했다. 괜히 본심을 숨기기 위해서 새침 떼는 것처럼 느껴질 수도 있겠다 싶었다. 염려했던 바와 같이, 길레드는 퉁명스러운 말을 들은 사람답지 않게 연신 싱글벙글거렸다. 칼릭스는 수치스러움을 가까스로 숨기고 물었다.

"됐고. 용건은?"

"아, 중요한 일을 잊고 있었네요. 동부 전선에서 급보가 왔습니다. 곧 전령이 올 테지만, 미리 말씀드려야 할 것 같아서요."

동부 전선이라고 하면 지금 중부 관문보다 위태로운 처지에 놓여 있는 곳이었다. 칼릭스는 진지하게 듣다가 묘한 표정으로 길레드를 바라보았다.

"……그걸 어떻게 미리 알았나?"

"최근 저희들 일로 시끄러운 것 같기에, 몰래 몇 명이 잠입해서 엿듣고 있었거든요. 제법 험한 얘기까지 오갔더라고요. 명령만 하시면 처리하겠다는데요."

칼릭스는 얼마간 잠잠했던 두통이 다시금 스멀스멀 기어 나오는 기분을 느꼈다. 마인? 마인의 공통점인가? 마력을 가지고 있는 사람들은 다 이래? 다 이런 사고뭉치들이야?

길레드의 성정이 유해서 가끔 잊어버렸지만, 그는 가장 험하고 거칠기로 유명한 지역, 그것도 뒷골목에서 오랜 시간 구른 사람이었다. 법보다는 불법이 조금 더 가까운 그런 사람.

칼릭스는 뒷목을 살짝 붙잡고 앞으로 그런 짓을 하면 돌려보낼 거라 무섭게 윽박질렀다. 길레드는 순순하게 알겠다고 대답은 했으나, 그냥 대답만 잘하는 것 같은 느낌이었다. 어쨌거나 곧 알게 될 부분이니만큼 칼릭스는 길레드가 알아 온 정보에 대해 자세히 물었다. 반가운 소식이자 놀라운 소식이었다.

"연합군이 퇴각했다고 합니다. 1차 전선 밖까지."

"……이건…… 정말 놀라운 일인데."

칼릭스는 팔짱을 꼈다. 전선이 무너진 후, 부랴부랴 급하게 형성한 2차 전선까지 뚫리기 직전이었는데, 연합군을 퇴각시켰다? 심지어 1차 전선 밖까지?

동부 전선을 맡은 지휘관이 무능해서가 아니라, 실질적으로 외부의 도움이 있지 않은 이상 구명할 길이 없었다.

'외부의 도움?'

칼릭스가 번쩍 고개를 들어 다시 길레드와 눈을 맞췄다.

"설마……."

"맞습니다. 연합군의 후미에서 아군이 나타났다고 합니다."

"얼마 전에 남하했던 병력이 대다수 돌아온 걸로 아는데. 그러면…… 많아도 8,000 정도겠군."

길레드는 고개를 끄덕이며 칼릭스에게 서신을 넘겨주었다. 그곳에는 보다 자세한 전황이 서술되어 있었다. 엿듣기만 한 게 아니라 서류도 빼돌렸단 말이지…… 칼릭스는 싱숭생숭해진 마음을 떨치고 집중하기 위해 노력했다.

종이에는 동부에 있는 병력과 대치 중이던 연합군의 수. 그리고 뒤에서 나타난 제국군의 병력과 당시의 전황을 파악할 수 있는 정보들이 서술되어 있었다. 하지만 원군이 왔다고 해도 제국군 쪽이 열세라는 판단밖에 들지 않았다.

칼릭스의 눈이 보고서를 빠르게 훑었다. 빠른 판단, 지리와 지형을 활용한 책략, 훌륭한 지휘관의…… 몇몇 단어가 그의 눈에 담겼다.

발타의 땅으로 남하했던 제국군은 누구보다도 뼈아픈 패배를 겪은 자들이었다. 드높은 사기는 짓뭉개진 지 오래였으며, 우두머리를 잃고 나서는 뿔뿔이 흩어지기까지 했다. 말이 좋아 원군이지, 실상은 도망쳐 온 패잔병 무리나 다름없었다.

그런 이들을 이끌고 동부 전선의 승리를 이끌어 냈다? 단순한 지휘 능력뿐 아니라, 병력을 규합할 수 있을 정도의 권력과 신임을 갖춘 자가 있다는 얘기였다. 칼릭스는 주먹을 꽉 쥐었다. 동부 전선의 승리도 중요했으나, 보다 중요한 것은 '그 승리 뒤에 누가 있느냐'였다. 어쩌면, 그 사람은…….

칼릭스와 중부 관문에 있는 눈치 빠른 지휘관들이 동부 전선 쪽으로 급히 사람을 보냈다. 얼마 뒤, 다시 돌아온 정보원들이 리카르디스의 가신 몇몇에게만 은밀히 서신을 전달했다. 칼릭스 또한 서신과 함께 책 한 권을 받았다. 어린아이들이 보는 동화책이었다. 어릴 적, 로젤린이 칼릭스에게 읽어 줬던 책이었다. 종이 사이에 하얀 꽃, 리쉬가 책갈피처럼 끼워져 있었다.

칼릭스는 그날 밤 그 동화책을 머리맡에 두고 잠들었으며, 보고하러 소리 없이 들어왔던 길레드는 '귀염둥이 칼'의 진면목을 깨닫고 깊은 감명을 받았다.

* * *

동부 전선의 승리는 기적과도 같은 일이었다. 당장에 무너져도 이상하지 않던 상황이었기에 승리의 가치는 더욱더 값지게 받아들여졌다. 그러나 그 것과는 별개로 그 기적 같은 승리가 이룩해 낸 것은 동부 전선에 있는 연합 군의 일시적인 후퇴일 뿐이었다. 연합군은 건재했고 일라베니아는 여전히 위태로웠다.

한데 그 승리를 기점으로 무언가가 달라지기 시작했다. 연합군 측으로 흐르던 승리의 기류가 완전히 뒤바뀐 것은 아니었으나, 전쟁의 판도가 잠시 나마 주춤거리게 되었다. 동부 전선의 연합군 대다수를 구성하는 룩세인 왕 국이 갑작스럽게 전선에서 발을 빼며 연합군이 와해되었기 때문이었다.

룩세인 왕국. 성채, 마이라.

마이라에서는 금보다 물이 비싸다는 우스갯소리가 있다. 성채에서 조금 떨어진 거리에 있는 커다란 우물이 마이라의 유일한 수원이었으며, 물을 뜰 수 있는 시간 또한 한정되어 있기 때문이었다. 거리는 멀고 하루에 한 번, 새벽에만 나갈 수 있었다. 그런 구조적 특성과 시간적 제한이 더해지니 물이 귀할 수밖에 없었다.

하지만 실상 시간의 제한은 잘 지켜지지 않는 편이었다. 하루에 한 번 새벽에만 성문이 열린다는 법이 공식적으로 기록되어 있으나, 평화로운 성채에서는 그 언제든 '새벽'이었다. 아침밥 먹고 난 이후도 '새벽'. 점심 먹고 오후 티타임을 즐긴 이후에도 '새벽'. 술 먹고 기절했다가 저녁이 되어서야 일어난 누군가에게는 그때가 '새벽'이었다. 자유롭다면 자유롭고 나태하다면 한없이 나태한 것이 장점이자 단점인 곳이었다.

마이라 성채에서는 여인들이 낮잠을 자는 병사들을 지나쳐 직접 성문을 열고 나가 물을 뜨고 오는 광경이 낯설지 않았다. 이 방만한 행위가 수십 년 동안 관례처럼 이어지고 있던 시점이었다.

새벽 별이 빛나는 이른 아침. 성문 앞에 바글바글 모여 있는 여인들은 눈도 다 뜨지 못한 채 투덜거렸다. 다소 느슨했던 병사들이 시간을 칼같이 지키기 시작한 것이다.

전쟁의 무대가 룩세인 왕국이 아니라고는 하지만 대륙에 피바람이 불고 있었다. 거기에다가 룩세인 왕국 전역에 흩어져 있는 성과 요새가 불온한 무리에게 습격당하는 일이 잦아졌다며 왕실에서 공문이 내려오기도 한 참이었다. 불편을 감수할 수밖에 없는 상황이었다.

끼기긱, 성문 옆의 작은 문이 개방되고 여인들이 줄지어 성채를 나섰다. 병사들은 우물로 걸어가는 여자들의 뒷모습을 바라보다가 잡담을 나누었다.

"미젤 요새도 함락당했다면서? 완전히 전소되었다던데. 그런 걸 보면 다른 나라가 침략한 건 아닌 것 같지?"

미젤 요새는 전략적으로 중요한 거점으로, 만약 룩세인 왕국을 침략할 셈이라면 태우는 것이 아니라 점령한 채 사용해야 하는 것이 마땅했다. 그 사실을 이해하는 남자들이 고개를 끄덕였다.

"전쟁으로 병력이 빠지니까 도적 떼가 기승을 부리는 거지."

"중앙에 남아 있던 기사단이 직접 뒤를 쫓고 있대. 곧 잡히지 않겠어?"

시시한 잡담을 나누던 남자들은 곧 주사위 도박에 푹 빠졌다. 위에서 쪼아 대는 통에 아침 댓바람부터 일어나서 고생하고 있지만, 전쟁이고 위험이고 사실 먼 나라의 얘기였다. 직접 겪지 못했으니 체감할 수도 없었고, 그런 만큼 태도가 갑자기 바뀔 리도 없었다.

그렇게 병사들이 주사위 도박에 푹 빠진 때에 물을 길은 여자들이 돌아왔다. 병사들은 의자 대용으로 쓰던 나무 상자에서 일어나 귀환하는 주민을 맞이했다. 딴 돈과 잃은 돈 때문에 정신이 없던 터라 그사이에 몇몇의 새로운 인물이 끼어 있다는 사실은 미처 알지 못했다.

하지만 눈썰미 좋은 병사 한 명만은 이질감을 느끼고 어느 여인을 주시했다. 여인 또한 그 시선을 느꼈는지 잠시 발걸음을 멈췄다. 두 사람의 눈이 마주쳤다. 험악한 인상의 병사가 얼굴을 굳히며 입을 열었다.

"나, 날씨가 참 좋네요."

여자는 대답 대신 눈을 휘며 싱긋 웃기만 했다. 사람들이 우르르 지나가고 난 뒤, 병사가 멍청하게 말을 흘렸다.

"아름다운 사람이로군⋯⋯."

마이라 성채 내부. 구석진 곳에 이방인 여덟 명이 옹기종기 모였다.

"날씨가 참 좋은 것 같다고 생각하지 않아? 아름다운 사람아, 얘기 좀 해 봐."

"오, 왜 그렇게 고개를 숙이고 있는 거니. 얼굴을 들어 하늘을 보렴, 하늘에게도 너의 아름다운 얼굴을 보여 줘야지. 태양이 널 질투할까 봐 그러니?"

아까 전 병사에게 안부 인사를 들었던 여자가 무리의 가운데에서 얼굴을 붉으락푸르락 물들이고 있었다.

"아무런 제재 없이 성문을 통과했다는 그 자체만으로 네놈들도 비슷한 상황이거든?"

"아니지, 완전 달라. 내가 손 키스를 날려도 꿈쩍도 안 했을걸. 너는 그냥 웃기만 했잖아."

"아니야, 웃기도 전에 말을 걸었다고. 숨만 쉬었는데 홀린 거야, 그건."

"살아만 있는데 홀리다니. 크으, 역시 우리의 투표 1위."

여인으로 치장한 한 남자의 귀가 붉게 달아올랐다. 혼자 벽에 기대어 조용히 상황을 관람하던 여자가 웃으며 서서히 움직였다.

"내 눈에는 너희들 모두가 어여뻐 보인단다."

누가 너희들을 마른가시나무군의 병사들이라 생각하겠니? 세실이 나지막하게 속삭였다.

2주 전. 마른가시나무 백작, 세실은 리카르디스로부터 여러 정보를 얻은 채 룩세인 왕국 영토에 발을 들였다.

오랫동안 평화에 물들어 병사들의 경계심이 느슨한 것을 제외하면 마이라 성채는 정석적인 공성전으로는 함락하기 어려운 곳이었다. 몇 차례 성채와 요새를 함락한 마른가시나무군을 뒤쫓아 룩세인 왕국군이 움직이고 있어서 시간도 길게 끌 수 없었다.

세실은 리카르디스에게 들었던 마이라 성채의 특징을 다시금 복기해 내었다. 하루에 한 번, 특수하게 열리는 시간대가 있다. 아침에 물을 뜨러 나오는 것은 모두 여자뿐.

'섞여 들어가야겠군.'

그게 지금 세실을 제외한 일곱 명의 남자들이 여장을 하고 있는 이유였다.

맨 처음, 세실이 직접 작전에 참여할 의사를 밝히자, 마른가시나무 기사단의 단장인 렉시드가 의욕을 내보였다. 하지만 눈이 멀어 버린 자도 남자라고 알 수 있을 만큼 사내의 특징이 뚜렷했던 터라 그의 의견은 기각당하고 말았다.

그 후, 마른가시나무군 내에서 체구가 작고 예쁘장한 병사를 골라내는 것에만 하루가 걸렸다. 그렇게 수백, 수천 명의 투표와 토너먼트를 반복해서 뽑힌 다른 의미의 정예병 일곱 명은 여인들 무리에 이질감 없이 녹아들기 위해 각고의 노력을 기울였다. 그 탓에 도리어 눈에 띄어 버리긴 했지만, 잠입은 성공적으로 이루어졌다.

"이제 슬슬 움직일까."

낄낄 껄껄 웃던 여장 남자들이 세실의 말에 눈을 빛냈다.

정확하게 1시간 뒤, 성문이 열렸다. 기사단장 렉시드는 군의 일부를 이끌고 성채에 발을 들였다. 얼굴 여기저기에 피가 튄 얼굴로 웃고 있는 세실이 그를 반겼다. 지휘관의 머리를 잡아 쥐고서 단검을 목에 들이밀고 있는 사람치고는, 참으로 여유로워 보이는 낯이었다. 그녀가 주문처럼 낮고 느릿하게 말했다.

"취할 것은 취하고, 모두 불태워라."

세실에게 붙잡힌 마이라 성채의 지휘관은 자기도 모르게 몸을 부르르 떨었다. 왕국의 군대가 불타는 마이라 성채를 발견했을 무렵에는, 침략자의 그림자조차 찾아볼 수 없었다.

일개 마을 따위가 아닌 전략적으로도 중요한 마이라 성채가 함락당한 후, 룩세인 왕국은 태도를 바꿔 더욱 본격적으로 나섰다. 불순한 분자들을 뿌리 뽑고자 대대적으로 병력을 운용하고 수색망을 펼쳤다.

하지만 이름 모를 집단은 그런 룩세인 왕국을 비웃기라도 하듯, 덜미를 잡을 즈음이면 귀신같이 도망쳤다. 어떻게 타국의 군대가 지리를 이만큼이나 잘 알 수 있겠느냐. 이것은 내부의 소행이다. 어쩌면 병력이 빠진 틈을 타, 반란을 일으키려 하는 것일지도 모른다!

결국, 룩세인 왕국군은 일라베니아의 동부 전선을 채 넘어서기 전에 급하게 군대를 물려야 했다. 구색 맞추기용으로 조금 남겨 둔 병력으로는 동부 전선에 큰 타격을 줄 수 없었다. 그 덕분에 여유가 생긴 동부 전선의 병력이 다시 중부 관문으로 이동, 휘청이던 일라베니아 제국의 숨통이 조금 트였다.

리카르디스는 막 그 소식을 전해 받은 참이었다.

"마른가시나무 백작이 일을 잘해 줬군."

"물 만난 물고기처럼 날뛰었겠죠."

사자갈기의 드윗이 눈을 감고 있었다. 물 만난 물고기처럼 날뛰었을 그녀를 잠깐 떠올려 보는 듯했다.

그 누구도 마른가시나무 백작군을 일라베니아 제국군이라 의심하지 못했을 것이다. 그들이 일라베니아의 갑옷을 벗어서가 아니라, 그저 누가 봐도 훌륭한 산적의 모습이기 때문이었다. 일반적으로 '일라베니아 신성 제국'의 병사라고 하면 떠올릴 수 있는 모습과 그들은 너무나도 달랐다.

마른가시나무군을 목격한 룩세인 왕국 사람들은 그들의 전투 방식과 악행을 보고 범죄자 집단일 거라 확신했다. 실제로도 마른가시나무군에는 범죄자들이 적지 않게 포함되어 있었으니 완전히 틀린 말은 아니긴 했다.

그렇게 의심군에서 벗어난 그들은 리카르디스가 알려 준 경로를 통해 이동하며 빠르게 주변 왕국을 휘저었다. 때로는 몇백 정도의 소부대, 때로는 몇천의 강력한 군대 규모로. 잠입, 뇌물, 변장 등. 다양한 편법을 이용한 마른가시나무군은 성과 요새를 단숨에 함락시켰다.

그들이 그렇게 타국을 휘젓는 동안 덜미를 잡히지 않은 배경에는 리카르디스의 지식, 거기에서 더 나아가 황금정원이 있었다. 일라베니아에서부터 뻗어 나간 대상단 황금정원은 타국과도 연결되어 있었다.

황금정원의 클로에가 리카르디스를 만나면서부터 그 성질은 조금 더 정보기관에 가깝게 변모했고, 금전과 물품이 움직이는 길을 따라 수많은 정보가 수년간 차곡차곡 쌓았다. 그것이 지금에 와서 빛을 발하는 중이었다. 일반적으로는 알기 어려운 뒷길과 산길, 이맘때쯤이면 물이 빠져 길을 드러내는 계곡, 각 왕국의 병력과 주요 성채에 머무는 주둔 병력 등등.

준비가 갖춰져 있다고는 하나 급조된 계획들이었다. 변수는 얼마든지 생겨날 수 있었음에도 왕국이 빠르게 꼬리를 마는 꼴을 보면 마른가시나무 백작이 평소와 같이 잘 처리하고 있는 모양이었다.

[붉은수레바퀴와 마른가시나무의 공통점을 아십니까, 전하?]

리카르디스는 생각나는 게 있었지만, 입 밖으로 내뱉지 못했다. 하지만 세실은 대수롭지 않게 내뱉었다.

[둘 다 황제의 개라고 불린다는 거죠. 표정을 보니까 알고 계신 모양인데요.]

[……본인 앞에서 하기는 참 힘든 말이라.]

[그러게요. 제 앞에서 떠드는 놈은 한 번도 본 적이 없군요.]

목숨이 서너 개쯤 되지 않는 이상, 그럴 사람은 없을 것이다. 마른가시나무 백작이 웃었다. 그녀의 얼굴은 겨울바람에 조금 거칠어져 있었다.

[뭐, 아무튼. 둘 다 황제의 개이긴 하지만, 조금 다릅니다. 붉은수레바퀴가 번견이라면, 마른가시나무는 사냥개에 가깝거든요.]

세실이 씩 웃었다.

[그리고 보통 사냥개는 목줄이 풀리고 나서야 일을 더 잘하는 법이지요. 염려 마십시오, 전하. 저도 이대로 끝낼 생각은 없으니까요.]

그 호언장담대로 마른가시나무 백작은 일을 잘 처리해 줬다. 덕분에 당장에라도 뚫릴 것 같던 방어선을 지킬 수 있게 되었다. 하지만 이것도 잠시일 터였다.

리카르디스는 대충 날을 헤아려 보았다. 보름달이 뜰 때까지 2주가량이 더 남아 있었다. 만약 구름이 달을 가려 버리면, 다음 시기까지 버텨야 할 수도 있었다.

'……할 수 있을까.'

리카르디스는 눈두덩이를 꾹 눌렀다.

"어떻게든 해야지."

어떻게든. 혼잣말처럼 중얼거리는 말은 자기 자신을 다독이려는 듯 몇 번이고 울렸다.

* * *

시종장은 서늘한 인상의 사내를 보자마자 급히 고개를 숙였다. 오늘 도착할 것이라는 얘기는 전달받았지만, 그게 12시 종이 울리고 다음 날이 된 지 1분쯤 지난 지금을 이르는 것이라고 누가 알았겠는가.

"아문의 가주를 뵙습니다. 모, 모실 준비가 미흡하여 송구⋯⋯."

당황한 시종장의 입에서 흘러나온 인사는 남자의 가벼운 손짓 한 번에 흩어졌다.

"소란 피우지 말아라. 환대를 받고자 온 것이 아니다. 그러나, 무엇보다 삼엄해야 할 리비타 궁의 경비가 미흡한 것은 송구할 만한 일이긴 하지. 대체 책임자가 무얼 했기에 경비가 이렇게 방만하게 구는 것인가. 힉살라의 밤을 방해할 종자들이 날뛰지 않는 게 이상하다. 그렇게 될 시 면구스러워 리비타의 궁전에서 내내 고개를 들고 다니지 못할 것 같으니 당장 경비대의 책임자를 불러라. 내 친히 문책하도록 하겠다."

시종장의 눈이 촉촉하게 젖어 들어갔다. 하카브의 옆에 붙어 아첨하며, 아랫것들을 쥐어짜고 제 배 불리기 바쁜 재상 아틸라크가 더 낫다는 생각을 하게 될 줄이야.

경비대장을 부르러 가려던 시종장은 궁전 한쪽에서 황급하게 움직이는 시종과 시녀들을 발견하고 잠깐 발을 멈췄다. 브네학스 또한 이 밤의 고요를 어지럽히는 사람들을 눈으로 베어 버릴 듯 뚫어져라 보고 있었다. 시종장은 기겁해서 그들을 불렀다.

"이, 이 무슨 소란이냐!"

테이블, 의자, 찻주전자 등을 분주하게 옮기던 시종들은 시종장 뒤의 브네학스를 보고 헉 숨을 들이켰다. 시종과 시녀가 우물쭈물하며 답하지 못하자 브네학스가 시종장의 어깨를 밀어 한 걸음 앞으로 나섰다.

"무슨 일인가."

시종 중 한 명이 눈을 질끈 감고 그의 말에 답했다.

"그, 그것이. 간제 왕녀 전하께서 밤놀이를 가신다 하여⋯⋯ 소란을 피워 송구합니다⋯⋯."

잠시간 시종을 빤히 내려다본 브네학스는 하, 짧은 한숨을 내쉬었다.

"안내해라. 경비 임무를 소홀히 하는 병사들이 이 어둠 속에서 왕실의 귀한 핏줄을 지킬 수 있을 거라 생각되지 않으니, 내가 직접 뵈어야만 하겠다."

브네학스는 새파랗게 변해 버린 시종과 시녀들의 낯을 보며 의문을 가졌다. 무슨 문제가 있는 것인가? 간제 왕녀와 엮이면 문제가 없었던 적이 더 드물긴 했지만서도.

시녀의 안내에 따라 도착한 장소는 리비타 궁전의 정원 중 호수가 크게 자리한 곳이었다. 시녀와 시종들이 간단한 다과와 담요 등을 나르는 중이었고, 호수 근처에서는…….

"아하하, 전하!"

한 남자와 여자가 나 잡아 봐라 놀이를 하고 있었다. 브네학스는 잠깐 제 눈을 의심하고 밤하늘을 한번 올려다봤다. 달도 선명하게 뜬 이 오밤중에? 나 잡아 봐라?

"이런 앙큼 상큼한 귀염둥이 같으니! 잡으면 혼내 줄 테야!"

"……."

브네학스는 순간 할 말을 잃어 입을 여닫는 행위만 반복했다. 사뿐한 달음박질은 1분여간 지속되었다. 간제가 남자를 뒤에서 잡아 끌어안았다. 달리던 힘을 이기지 못한 두 사람이 풀밭을 굴렀다. 꺄르륵, 웃음소리가 낭랑하게 울려 퍼졌다. 브네학스는 이마에 잠시 손을 가져다 대었다. 골치가 아파 왔다.

간제는 자신을 몸으로 덮치듯 누르고 있는 남자의 얼굴을 바라보며 손가락으로 그의 턱을 느릿하게 쓸어 올렸다.

"타타라, 잡히면 내가 어쩐다고 했지?"

남자가 촉촉한 목소리로 답했다.

"혼내…… 주세요…… 전하."

브네학스의 인내심은 거기까지였다. 성큼성큼 두 사람에게 걸어간 그는 간제 왕녀의 위에 겹쳐 올라간 남자의 옷을 붙잡았다. 한 손으로 성인 남자를 번쩍 들어 올린 브네학스가 이를 갈며 말했다.

"무엄하다. 감히 왕실의 핏줄을 욕보이다니."

남자는 조이는 옷자락 때문에 제대로 숨도 못 쉬고 캑캑거리는 소리만 냈다. 브네학스를 발견한 간제는 자세를 바꿔, 풀밭에 모로 누운 채 턱을 괴었다.

"이게 누구야. 아문의 가주가 아닌가. 내일 온다 들었는데, 아니지. 종이 울렸으니 내일이 되긴 했군. 시간은 정말 기가 막히게…… 잘 지킨다니까."

"브네학스 아문이 고귀한 발타의 따님을 뵈옵니다. 상황이 이러하여 제대로 예를 갖추지 못한 점 사죄드립니다."

"그 전에 그 손부터 놓아라."

브네학스는 간제를 응시한 채, 손에 힘만 풀었다. 풀려난 남자가 재빠르게 간제의 뒤에 숨었다. 그가 눈물을 글썽였다.

"전하, 저 난폭한 이는 대체 누구죠? 타타라는 너무너무 무서워요."

"일라베니아인이군."

타타라, 라고 불린 남자의 억양을 확인한 브네학스는 그의 출신을 확신했다. 브네학스는 너무 어처구니가 없는 나머지 웃지도 못했다. 리비타 궁전에 일라베니아인? 그것도 이런 전시에? 그의 눈동자가 더욱 싸늘하게 가라앉았다. 브네학스는 뒤에서 벌벌 떨고 있는 시종장을 바라보았다.

"내가, 어찌하여, 이 상황에 대해 보고받지 못한 건가."

대답은 다른 곳에서 왔다.

"아문. 애꿎은 사람 잡지 말게. 다른 곳에 원인이 있음을 알 텐데."

간제가 킥킥 웃음을 터트렸다. 재상 아틸라크와 브네학스 아문은 앙숙이었다. 브네학스는 리비타의 주인을 두고 제 입맛대로 행동하는 아틸라크가 마음에 찰 리 없고, 아틸라크는 사사건건 옳은 말만 해 대는 브네학스가 곱게 보일 리 없었다. '타타라'의 존재를 알지 못했던 점 또한 그 일환이었다.

아틸라크는 자신이 문제없다 판단한 애완 인간 건에 대해 브네학스가 민감하게 굴 거라는 사실을 이미 알고 있었다. 어떻게 그런 수상한 인물을 들이냐며, 브네학스가 제 속도 뒤집고, 궁도 뒤집을 미래가 빤히 보였으니, 아틸라크로서는 어쩔 수 없는 선택이었다.

"그자에 대한 조사가 필요하겠습니다."

"나는 그럴 필요성을 못 느끼겠어서 말이야. 이만 물러가라."

"상황의 엄중함을 헤아려 주십시오, 전하."

"물러가라 하였다."

숨도 쉬지 않는 듯 빠르게 말을 주고받은 남녀는 가만히 서로를 응시했다. 곧 브네학스가 뒤따라온 수하들을 바라보며 고개를 까딱였다.

"데려가라."

무게를 한껏 잡고 있던 간제가 눈을 질끈 감고 중얼거렸다.

"아, 저 개싸가지."

병사 두 명이 흉흉한 기세로 타타라에게 접근했다. 타타라는 히익 높은 비명 소리를 내며 간제의 등에 찰싹 붙었다. 다가오는 병사들을 살벌한 눈으로 바라보던 간제가 벌떡 일어나 앉았다.

"그만!"

병사들이 주춤거렸다. 간제가 미간을 찌푸린 채 웃었다.

"브네학스 아문."

"하명하십시오."

하명은 개뿔. 입만 살아서는, 쯧. 간제가 다 들리게끔 그를 욕했다.

"죄가 밝혀지기 전까지는 첩자가 아닌 내 손님이다. 신체적 상해를 입히지 않는 것은 물론이고, 정성껏 대우해야 할 것이다. 감히 내 귀여운 타타라를 개처럼 끌고 가서 죄인 취급 할 생각은 아니겠지."

"······이해했습니다."

"우리 타타라는 나랑 놀 때 빼고는 바닥을 밟지 않는다. 귀한 아이거든. 그러니,"

간제가 웃으며 브네학스를 검지로 콕 가리켰다. 브네학스는 간제의 눈동자 속에서 어떻게든 자신을 이겨 보겠다는 열정이 불타고 있음을 발견했다.

"그대가 직접, 안아서 곱게 옮겨라."

간제의 심술궂은 말에 타타라의 눈이 휘둥그레졌다. 브네학스는 잠시간 가만히 간제를 바라보다가 고개를 숙였다.

"명령을 받듭니다."

아주 자그마한 미동도 없는 브네학스의 표정에 간제는 패배를 직감하고 씩씩 성난 숨을 내쉬었다. 브네학스는 타타라를 향해 척척 걸어갔다. 타타라는 숨도 못 쉬고 눈만 뎅그러니 뜬 채로 굳어 있었다. 한 발, 두 발 가까워질수록 그의 얼굴이 더욱 창백해졌다.

'히, 히익.'

엉덩이 걸음으로 조금 물러선 것으로는 브네학스를 피할 수 없었다. 타타라는 결국 공주님처럼 브네학스의 너른 품에 안기게 되었다. 타타라가 얼굴을 구깃구깃 일그러뜨렸다.

"모시겠습니다."

브네학스는 제 머리통에 과자를 집어 던지는 간제의 행위에도 아랑곳하지 않고 뒤돌아 걸어갔다. 브네학스는 어떤 말도 하지 않았다. 조용한 궁전 복도에서 들리는 것이라고는 무섭도록 일정한 발걸음 소리뿐이었다. 얼어붙은 분위기 속에 타타라가 머쓱하게 미소 지으며 입을 열었다.

"죄송해요, 제가 좀 귀하게 자라서······."

브네학스는 어처구니가 없어서 대답하지 않았다. 간제와 하하 호호 할 때부터 알아봤지만, 수상한 것 이전에 좀 이상한 인간인 것 같았다.

"하지만 타타라는 깃털만큼 가벼우니까요, 괜찮으시죠?"

"……."

리비타 궁전, 지하 감옥 안.

곱게 안아서 모신 간제의 애완 인간 '타타라'는 지하 감옥에 어울리지 않는 호화로운 소파에 느긋하게 누워 있었다. 편히 있으라고 예의상 말했다지만, 편해도 정말 너무 편해 보였다.

브네학스는 여유로워 보이는 남자를 머리부터 발끝까지 훑어보았다. 고생 한 점 묻지 않은 백옥 같은 피부, 햇살 같은 눈부신 백금발, 수려한 외모까지. 겉보기는 그럴싸했으나, 간제는 이성에 크게 관심을 가지는 부류가 아니었다. 간제와 짝짜꿍이 잘 맞는 이 수상쩍은 인간이 어떤 경로로 굴러들어 왔을까. 브네학스의 눈이 빛났다.

"출신은?"

"일라베니아요."

"일라베니아 어디."

"지금 발타의 노예상이 어디서 제일 활발하게 활동하는지 아세요?"

"남부."

타타라가 한쪽 눈을 찡긋하며 검지로 브네학스를 콕 가리켰다. 대충 '바로 그거예요.'쯤으로 해석할 수 있는 몸짓이었다. 문 옆에 선 병사들이 어처구니없다는 듯이 허, 하고 숨을 내뱉었다. 그런 그들과 달리 브네학스는 미간을 살짝 찌푸리는 둥의 사소한 반응도 없었다. 말없이 허리춤의 단도를 꺼내 들었을 뿐이었다. 타타라의 눈이 커다래졌다.

"가, 간제 전하께서 나에게 상해를 입히지 말고 귀하게 대하라…… 아악!"

브네학스는 타타라가 말하는 도중 그의 손을 잡아 테이블에 고정하고, 단도로 내리찍었다.

쾅!

얼마나 세차게 내리찍었는지, 테이블이 잘게 떨리고 있었다. 타타라가 밭은 숨을 뱉어 냈다. 단도는 중지와 검지 사이에 정확하게 꽂혀 있었다. 브네학스가 높낮이가 없는 목소리로 입을 열었다.

"수상한 정황이 발견되었다. 이후 끈질기게 추궁한 끝에 일라베니아 황실과 연관되어 있음을 발견하여, 정보를 얻기 위한 절차에 들어갔노라……."

브네학스가 무뚝뚝한 얼굴로 테이블에서 단도를 뽑아내었다.

"그렇게 전하께 전달할 수도 있다는 얘기다."

브네학스는 꽉 쥐고 있던 타타라의 손목을 그대로 잡아당겼다. 그가 소파에서 주르륵 미끄러져 테이블로 끌려왔다. 단도를 한 바퀴 돌린 브네학스가 타타라의 목덜미 아래에 단검을 댔다.

"일라베니아와 달리 발타의 고문은 세분화되어 있다. 산 채로 해부되어 본 적 있나? 차라리 죽여 달라 애원하게 될 것이다. 순순하게 입을 열면, 고통스럽지 않게 보내 주겠다."

브네학스는 남자의 눈동자가 두려움으로 가득 찬 것을 보았다.

"저, 저 수상한 사람 아니에요! 그냥 전하의 사랑을 받아서 좀 겁대가리가 없어지긴 했는데, 지금 다시 생기기 시작했거든요? 아, 맞아…… 겁대가리란 이런 거였지…… 하고 기억나기 시작했다고요!"

브네학스는 말없이 단도를 그의 목에 더 가까이 가져다 대었다. 차가운 감각이 닿자 타타라가 끼엑 소리를 내며 진저리 쳤다.

"신분 증명할 수 있어요!"

"어떻게."

"그, 그게……."

남자가 문 양옆에 서 있는 병사 두 명을 바라보았다.

"저 사람들 나가라고 하세요."

브네학스는 그의 얼굴을 빤히 바라보며 의중을 파악하려 했다.

"옷을 벗어야 보이는 건데, 제가 부끄럼을 많이 타서……."

"……."

브네학스는 순간 말을 잃어버렸고, 병사들의 표정도 애매하게 변했다. 타타라가 앙칼지게 병사들을 다그쳤다.

"왕녀 전하의 총애를 받는 내 몸을 그렇게 보고 싶은 거야? 이 미모가 아무리 남녀를 가리지 않는다고 해도 말이야, 징그러운 털보들 같으니!"

귀밑 수염, 턱수염이 풍성한 털보들이 얼굴을 일그러뜨렸다. 브네학스는 하, 한숨을 쉬며 고개를 까딱 움직였다. 그 작은 움직임에 털보들이 씩씩거리며 방에서 퇴장했다. 브네학스는 병사들이 나간 곳을 바라보다가 다시 타타라와 눈을 맞췄다.

"얼마나 대단한 걸 보여 줄지 기대해 보지."

타타라가 작은 소리로 꿍얼거렸다.

"기대에 미치지 못한다면 어떻게 될지는……."

브네학스는 말을 다 잇지 못했다. 멀어지던 단검에 제 목을 들이댄 타타라 때문이었다. 하얀 살갗 위로 피가 줄줄 흘러내렸다. 언제나 날카롭게 벼려 놓는 단검이라, 생각보다도 깊게 상처가 생긴 모양이었다. 두 사람은 그 상태로 짧은 시간 대치했다. 타타라는 목에 큰 상처가 난 사람 같지 않게 입가에 미소를 띠고 있었다.

흐르던 피가 이내 테이블 위로 툭툭 떨어졌다. 끈적한 피가 테이블을 두드리는 소리를 들은 타타라가 아래를 흘끗 쳐다봤다.

"오, 씨. 이, 이게 왜 이렇게 많이 흘러."

담담하게 웃고 있을 때는 언제고 이제 와서 호들갑이었다.

"이, 이거 흉 지면 어떻게 하죠."

그걸 나한테 물어봐도, 뭐…… 브네학스는 타타라가 허둥지둥하는 꼴을 관람했다. 뭘 보여 준다더니, 바보짓이었나 싶었다. 그렇게 심드렁하게 마음이 식어 가던 때였다.

브네학스는 눈을 크게 떴다. 목의 상처를 감싼 타타라의 손에서 하얀빛이 뿜어져 나오기 시작했다. 손가락 틈새로 보이는 길고 깊은 상처가 빛 아래에 빠르게 아물고 있는 것이 보였다. 그러다 종래에는 목 부근의 핏자국만 아니었다면 방금 전의 상황을 예측할 수도 없을 만큼 말끔하게 사라졌다.

브네학스도 신성력을 가진 사람들을 많이 봐 왔다. 신성 제국이라는 점 때문에 신성력이 일라베니아의 전유물처럼 여겨지곤 했으나, 사실 치유의 힘을 지닌 이들은 일라베니아뿐만이 아니라 대륙 여기저기에서 태어났다. 발타도 예외는 아니었다. 마력을 숭배한다고 해도 늙고 병들어 죽는 것에 예민한 권력자들이 그들을 필요로 하지 않을 리 없었다.

하지만 리비타 궁전에 속한 치유사들 중에서도 이렇게 순식간에 상처를 아물게 하는 자는 없었다. 귀족 가문에 의탁하여 지내는 치유사들은 작은 생채기 정도만 회복하는 정도도 허다했다. 그것은 일라베니아의 신관도 마찬가지였다. 몇몇 특수한 사람들을 빼면 한적한 영지의 신관 같은 경우에는 큰 힘을 지니지 못했다.

이 정도의 힘을 쓸 수 있는 자는 대륙에서도 손에 꼽을 정도이리라 브네학스는 확신했다.

"……너는……."

타타라는 손수건을 꺼내 붉게 젖어 있는 손과 목, 테이블, 단도 등을 닦았다. 그리고 자리에서 일어나 한쪽 벽난로에서 은은하게 불타오르는 장작 위로 손수건을 던졌다. 뒤돌아선 남자가 브네학스와 눈을 맞췄다. 동그랗게 뜨고 있던 눈은 피곤한 듯 나른해져 있었고, 연극이라도 하는 것같이 풍부하던 표정은 더 이상 없었다.

"나는 일라베니아에 단 일곱뿐인 대신관, 라헤안시. 발타의 힉살라를 치료하기 위해 이 자리에 있노니. 그대, 아문의 가주 브네학스는 필시 나에게 예를 갖춰야만 할 것이다."

브네학스는 가만히 그를 바라보다가 돌연 웃음을 터트렸다. 타타라, 라헤안시는 도도하게 연기 중이었다가 난데없는 웃음소리에 잠깐 몸을 굳혔다.

"좋아, 이건…… 기대 이상이로군."

라헤안시는 그것 보라는 듯 고개를 뻣뻣하게 치켜들었다.

* * *

대지가 새하얀 색으로 뒤덮이며, 완연한 겨울이 찾아왔다.

제국군은 원래 목적이었던 중부 관문으로 다시 이동하는 중이었다. 하지만 몇 날 며칠 쉬지도 못하고 이동한 후, 곧바로 동부 전선에서 격렬한 전투를 치른 탓인지, 아니면 발목까지 푹푹 빠지는 눈 때문인지 행군 속도는 평소보다도 처져 있는 상태였다. 연합군 측 또한 비슷한 상황이라는 점만이 유일한 위안이었다.

어김없이 밤이 찾아왔다. 병사들이 주위의 눈과 말라비틀어진 초목을 정리하고 야영을 준비했다. 리카르디스는 막사에서 벗어나 부지런히 움직이는 병사들을 보았다. 제국에서 발타 왕국으로, 그리고 끈질긴 추적을 떨쳐내고 다시 제국으로 돌아와 격렬한 전투까지. 쉴 틈 없이 혹독한 시간을 보내 온 병사들은 몹시 지쳐 있었다. 중부 관문에 도달한다고 해도 큰 전력이 되기는 힘들어 보였다.

리카르디스는 클로에게 전달받은 서신을 통해 각지의 현 상황에 대해 어느 정도 파악하고 있었다. 사망자와 부상자의 수, 황실에서 파견된 지원군의 규모, 늘어나는 연합군 측의 병력과 파괴되거나 함락당한 일라베니아의 주요 거점들까지. 길게 서술했으나 결국에는 중부 관문 또한 이미 한계에 달했다는 사실을 이르고 있을 뿐이었다.

리카르디스는 후 한숨을 쉬었다. 그를 알아본 병사들이 고개를 꾸벅 숙여 인사했다.

"신관님! 날도 추운데 안에 들어가 계시지…….."

리카르디스가 빙긋 웃는 것으로 병사의 말에 답했다. 제국군의 총사령관 리카르디스는 여전히 실종 상태였다. 이 군을 이끄는 것은 대외적으로 사자 갈기의 드뷔이었으며, 리카르디스는 그의 옆에서 이따금 조언-명령-을 건네는 신비스러운 고위 신관으로 위장하고 있었다. 실제로 신관들이 하는 일, 부상자를 치료하는 데에 힘을 많이 쓰기도 했더니 알아보는 사람이 갑작스럽게 늘어난 상황이었다.

병사들은 평소 같으면 말 한마디 붙이지 못했을 리카르디스의 옆구리에 몰래 꿍쳐 둔 꿀이나 말린 과일 등을 끼워 주었다. 리카르디스는 어색하게 웃으며 그들의 호의를 받아들였다. 로젤린에게 그대로 넘겨줘야겠다 싶었다. 얼음낚시를 하러 간다고 잠시 자리를 비운 그녀를 찾기 위해 돌아다니던 리카르디스는 헐레벌떡 달려오는 정찰병의 모습을 보고 곧바로 지휘부 막사로 귀환했다.

입구가 소란스러웠다. 리카르디스는 정찰병 사이에 있는 낯선 제복의 병사를 발견했다. 부러진 화살이 아직 꽂혀 있었으며 여기저기 부상을 입은 상태였다. 지탱하는 사람이 없다면 당장에라도 쓰러질 것 같은, 지친 모양새였다. 리카르디스를 발견한 정찰병들이 반색했다.

"신관님!"

리카르디스는 가까이 다가가 남자의 상태를 자세히 확인했다. 부르튼 얼굴과 갈라진 입술, 여기저기 얼굴에 난 생채기, 어깨에 꽂힌 부러진 화살 등. 명백한 전투의 흔적이었다. 리카르디스의 얼굴이 삽시간에 굳었다.

"우선, 치료부터 하도록 하지요. 안쪽으로."

병사 두 명에게 걸쳐져 막사 안으로 들어가는 남자의 망토가 휘날렸다. 붉은수레바퀴 가문의 문양이 새겨져 있었다. 따뜻한 내부에 들어서자마자 사내는 잠시 기절했다. 리카르디스는 그 틈을 타서 치료사들과 함께 남자를 보살폈다. 때마침 로젤린이 돌아왔다.

"혹시 아는 얼굴인가?"

작게 속삭이는 리카르디스의 말에 로젤린이 고개를 끄덕였다. 어느새 날이 선 기세가 그녀를 감싸고 있었다.

"붉은말 남작의 장남, 데런입니다."

붉은말은 붉은수레바퀴의 가신으로서 주인이 없는 빈 백작령을 지키는 중이었다. 아무래도 붉은수레바퀴령에 무슨 일이 생긴 모양이었다.

정찰병들은 붉은말의 데런이 향하던 곳이 지금의 사자갈기군 진영이 아닌, 중부 관문 측이라는 사실을 알렸다.

"지원 요청이로군."

리카르디스는 머리를 쓸며 눈을 질끈 감았다. 단순한 도적의 소행일 수도 있으나, 지원이 필요할 정도로 큰 전투라면 연합군과 충돌했다고 보는 쪽이 더 확률이 높았다. 영토가 광대한 만큼 일라베니아에는 빈틈이 많았다. 수십, 수백 개의 방어선, 험준한 산길 등. 그 빈틈을 뚫은 병력이 기어코 중부에 침입했다는 것이다.

치료사가 막 데런의 어깨에서 화살을 뽑아냈다. 화살을 받은 로젤린이 수통을 열어 피가 엉겨 있는 화살촉을 씻어 냈다. 그녀의 눈동자에 날카로운 금속이 비쳤다.

"발타의 화살입니다. 연합군이 길을 돌아온 모양이로군요."

그 말을 듣는 즉시 사자갈기의 드윗이 리카르디스를 바라보았다. 리카르디스가 고개를 끄덕이자 드윗이 소리 높여 외쳤다.

"중부 관문에 서신을 보낸다. 미처 감지하지 못한 연합군이 붉은수레바퀴령에서 공방전을 펼치고 있다는 소식을 접했다. 지휘관 사자갈기 드윗은 이 사태를 엄중하다 판단하여, 사자갈기군과 제국군을 이끌고 곧바로 붉은수레바퀴령으로 진군하겠다. 부디,"

중부 관문에 얼마쯤 뒤면 당도할 예정이라 알렸는데, 그 일정이 뒤틀리게 되었다. 합류할 지원군만 기다리고 있던 중부 관문으로서도 큰 출혈이었다.

막사 안의 분위기가 싸늘하게 가라앉았다.

"무운을 빈다."

붉은말의 데런은 이동하기 직전 깨어났다. 곁에 서 있던 로젤린을 발견한 데런은 그녀의 머리색이 갈색이건, 코와 입을 가린 상태이건 신경도 쓰지 않고 눈물부터 펑펑 흘렸다.

"아가씨! 죽여 주십시오!"

로젤린이 황급하게 데런의 입을 막았다.

"잘 봐, 나는…… 경의 아가씨가 아닐 거야."

"……?"

로젤린도 아직까지는 실종되었다 알려져 있었기에, 사자갈기군의 기사 중 한 명으로 위장 중인 상황이었다. 그 사실을 알 리 없는 데런은 잠시간 로젤린의 말을 해석하며 눈알을 굴리다가 "우리 아가씨 맞는데요?" 하고 대답했다.

로젤린이 멋쩍어하며 자신의 정체를 알고 있는 막사의 모두를 둘러보며 변명 아닌 변명을 했다.

"사람은 좋은데 눈치가 조금 부족해서……."

로젤린의 입에서 나오니 무척 이상하게 느껴지는 말이었다.

데런과 얘기를 나눈 결과, 확률 높은 가설이 진실임을 확인했다. 소수의 부대로 방어 병력에 들키지 않게 잘게 쪼개져서 국경을 넘은 연합군이 붉은수레바퀴령에 발을 들여놓았다는 것이었다. 외성을 넘은 그들은 백작령의 사람들을 학살했고, 살아남은 사람들은 현재 내성 안으로 피신하여, 고군분투 중이라 했다.

붉은말의 데런은 목숨을 걸고 빠져나와 중부 관문에 지원을 요청하러 가는 길이었다. 추격대가 따라붙어 부하도 다 잃고 본인도 부상을 입었지만, 밤낮을 쉬지 않고 달려 중부 관문으로 가던 중 사자갈기군과 만나게 된 것이었다.

"전대 백작 부인께서 혹시나 모를 상황에 대비하여 영지민들에게 미리 일러둔 덕에 피해는 크지 않습니다. 하지만 병력의 차이가 커서 얼마나 더 버틸는지……."

데런의 목울대가 꿀렁거리며 세차게 움직였다. 어쩌면 지금쯤 함락되었을지도 모르겠노라는 말을 삼켰다는 사실을 알 수 있었다.

붉은수레바퀴의 땅을 짓밟고자 하는 병력은 대략 6,000여 명으로, 현재 사자갈기군에 조금 미치지 못하는 수였다. 그 사이에 마인이 있다면 수의 차이는 무색해질 테지만, 성 내부의 병력이 있으니 전투는 승리로 이어질 수 있었다. 반대로 말하자면 함락된 상황에서는 뾰족이 대응할 수단이 없다는 얘기였다. 반드시 함락되기 전에 도착해야만 했다.

강행군의 연속이었다. 하지만 붉은수레바퀴령의 상황을 알고 있는 것도, 연합군과 대치할 정도의 병력을 지니고 자유롭게 이동할 수 있는 것도 이 사자갈기군뿐이었다. 병사들 또한 그걸 잘 알고 있었기에 지친 발걸음을 애써 이끌고 빠른 속도로 진군했다.

사자갈기의 드윗, 로젤린과 데런, 오소리 부대를 포함한 기병대 천 기는 무리에서 벗어나 한발 빠르게 이동했다. 로젤린은 무리의 선두에서 달렸다. 하아, 하아. 급하게 들이쉬고 내쉬는 숨이 눈앞에서 하얗게 번졌다.

[아가씨, 오늘 날씨가 좋지요?]

로젤린은 자신을 보면 환하게 웃어 주는 사람들을 떠올렸다. 싱그러운 풀잎과 향긋한 과실. 불어오는 따뜻한 바람과 하늘 위로 번지는 저녁때의 굴뚝 연기. 거리에서 뛰노는 아이들의 웃음소리와.

[로즈, 아가.]

'로젤린'을 사랑한 누군가까지도.

[붉은수레바퀴는 일라베니아를 지킨다.]

어릴 적 로젤린에게 일라베니아란 오로지 붉은수레바퀴령, 에스터만을 가리키는 말이기도 했다. 세계의 전부, 그녀가 아는 가장 아름답고 포근한,

그녀가 사랑하는 곳이었다.

좌절에 쓰러지거나 흔들릴 여유 따위는 없었다. 로젤린은 홀로 속으로 몇 번이고 되뇌었다. 달리자, 말이 지쳐 쓰러지면 내 발로 달려가자. 그녀는 고삐를 세게 그러쥐었다.

* * *

헤사는 달리는 말 위에서 웩 속을 게워 내었다. 로젤린이 걱정스레 뒤돌아보자 몇 달 새 부쩍 자란 소년이 망토로 입을 쓱 닦고는 걱정 말라는 듯이 웃어 보였다. 창백한 얼굴 때문에 전혀 괜찮아 보이지 않았다.

헤사가 아직 어려 고된 일정을 감당하지 못하는 게 아니었다. 지친 말을 쉬게 할 때를 제외하고서는 먹고 마시는 것도 전부 말 위에서, 밤에도 편히 쉬지 못하고 화톳불 근처에서 찌그러져 자야만 했으니 괜찮은 사람이 더 드문 시점이었다.

그렇게 3일을 달린 결과, 로젤린은 드디어 붉은수레바퀴령의 경계를 밟았다. 땅은 여기저기 불타고, 건물들은 이미 반쯤 무너진 상태였다. 군마들이 땅을 진동시키자 와르르 잔해가 쏟아져 내렸다. 흙먼지가 뿌옇게 떠오르며 내리는 눈과 뒤섞였다.

한때 전투와 살육으로 시끄러웠을 장소는 고요했다. 거리에는 영지민과 연합군 병사의 시체, 병장기들이 널브러져 있었다. 그 위에 뒤덮인 눈의 두께로 사건 발생 후 시간이 얼마나 흘렀는지를 짐작해 볼 수 있었다. 지원군이 오기 훨씬 전에 전투는 이미 끝난 것이다.

멍하니 거리를 보던 로젤린은 고개를 돌려 성이 있는 쪽을 바라보았다. 여기저기 연기가 치솟고 있었다. 과거의 어리고 작은 소녀가 말했다.

로젤린은 전쟁에 나가 본 적 있어? 무섭네. 사람이 너무 쉽게 죽는 것 같아 무서워.

숨이 턱 막혀 왔다.

로젤린은 성을 향해 내달렸다. 성문 근처에서 어슬렁거리는 남자들이 보였다. 입은 옷과 갑옷의 양식으로 붉은수레바퀴 백작령의 병사나 제국군의 병사가 아님을 알 수 있었다.

그걸 확인한 순간 로젤린의 속 깊은 곳에서 뜨겁고 날카로운 감정이 끓었다. 하늘하늘 내려오는 눈송이가 로젤린의 피부에 닿자마자 순식간에 녹아내렸다. 그녀는 창대를 우그러트릴 듯 강하게 쥐고서 등자에 무게를 지탱한 채 몸을 일으켰다.

지휘관처럼 보이던 이를 향해 투창하려던 로젤린의 손이 우뚝 멈췄다. 시야에 이상이 감지되었기 때문이었다. 그들이 입고 있는 복장, 그리고 그들이 들고 있는 깃발의 문양.

로젤린은 잠시 얼어 창을 쥔 채 그대로 달리기만 했다. 로젤린에게서 힘이 빠진 걸 느낀 군마가 발걸음을 늦췄다. 그사이 옆에서 달리던 붉은말의 데런이 뛰쳐나갔다.

"감히 붉은수레바퀴 백작령에 발을 들이고도-!"

로젤린은 그 비통해하는 목소리를 듣고 정신을 차렸다. 아, 잠깐만. 말할 틈도 없었다. 로젤린은 급히 손을 뻗어 데런의 망토를 쥐었다. 그가 캑 소리 내며 뒤로 이끌렸다. 데런을 옆의 건초 더미에 던진 로젤린이 곧바로 손을 들어 올려 뒤따라오던 기병대를 멈춰 세웠다.

기병대의 돌진으로 거리에는 흙먼지가 가득했다. 그 희뿌연 공간 안에 두 무리가 대치했다. 사자갈기의 드윗이 무리에서 빠져나와 로젤린에게 다가갔다. 그가 조용히 속삭였다.

"로즈 경, 지금 이게 무슨 상황이지?"

로젤린은 그의 말에 답하며 말에서 내려섰다.

"적이 아닙니다."

성문 쪽에 있던 거구의 남자가 귀를 후비며 다가오고 있었다. 그의 뒤에서 휘날리는 깃발에 새겨진 문양은 여기 있는 그 누구보다 로젤린이 가장 잘 알았다.

"셍고·제르타예. 라고슈의…… 지원군입니다."

성큼성큼 큰 걸음으로 남자를 향해 다가간 로젤린이 두 팔을 쫙 벌려 그를 안았다. 남자의 얼굴이 순식간에 당혹으로 물들었다. 그는 머뭇거리다가 솥뚜껑 같은 손으로 로젤린의 등을 살살 두드려 주었다. 그러면서도 뭐지? 내가 지금 뭘 하는 거고, 이 사람은 왜 이러는 거지? 하는 표정은 계속 지워지지 않았다.

건초 더미에서 겨우 빠져나온 데런이 눈물 콧물을 흘리며 달려왔다. 로젤린은 그제야 비로소 웃을 수 있었다.

* * *

로젤린은 성안의 뜰, 정원 가릴 것 없이 모닥불을 피워 돼지나 말 등을 통째로 구워 먹고 있는 라고슈의 병사들을 보고 잠시 머뭇거렸다. 그녀가 하고 싶었던 말을 데런이 대신 했다.

"그 연기가…… 이 연기였군요……."

성이 불타는 줄 알았지, 설마 음식을 하는 연기였을 줄이야.

성문에서 만난 셍고·제르타예는 부족의 일원 중 한 명이 아닌 셍고의 수장이었다. 그는 라고슈 지원군의 사령관을 만나러 가는 길에 있었던 일을 대략 설명해 주었다. 붉은수레바퀴령을 지나쳐 중부 관문으로 가려던 참이었는데, 발타 개후레잡놈들이 어슬렁거리는 걸 보고 그냥 콧바람 한번 뀌었더니 다 뒤져 버렸다는, 그런…….

"상황 파악에 크게 도움이 되는 설명은 아니네요. 그렇죠, 아가씨?"

쓸데없이 솔직한 데런이 뒤에서 로젤린에게 속삭였다. 로젤린도 동의하는 바였다.

익숙한 정원과 복도를 지나쳐 커다란 홀에 도착했다. 문이 열리자 안에서 따뜻한 온기가 퍼져 나왔다. 여기저기 의자나 카펫 위에 적당히 널브러져 있던 사람들이 문이 열리는 기척에 시선을 돌렸다.

그중 상석에 앉아 있던 사람이 천천히 몸을 일으켰다. 온화한 갈색 눈동자를 지닌 중년 남자는 로젤린이 아는 누군가를 많이 닮아 있었다. 에델바이스의 아버지이자 갈라·제르타예의 수장인 귈테였다.

드윗이 먼저 입을 열었다.

"일라베니아 제국, 사자갈기군의 사령관 드윗이라 합니다."

"라고슈 지원군의 책임자, 갈라·제르타예의 귈테."

대뜸 반말부터 하는 귈테의 첫인사에도 드윗은 부드럽게 미소 지었다.

"라고슈의 꺼지지 않는 불꽃에 대한 위명은 익히 들었습니다만, 오늘에서야 더욱 실감하게 되었습니다. 붉은수레바퀴의 위기에 큰 도움을 주셔서 감사드립니다."

"이, 성은…… 내 딸아이가 있는 곳이지. 누구에게도 감사받을 일은 아닌 것 같군. 다름 아닌 일라베니아의 땅 한복판에서 내 딸이 위험했다는 점에서, 미안해야 하는 것 같긴 하고."

드윗이 웃는 얼굴로 슬쩍 뒤를 돌아 로젤린과 눈을 맞췄다. '이, 바늘 하나 안 들어갈 것 같은 라고슈産 딱딱한 얼음 인간이 경의 할아버지인 것 같은데, 정말 곤란하네요.'라고 말하고 싶은 표정이었다.

그때, 문이 급하게 열리며 한 사람이 들어왔다. 가슴이 오르락내리락하는 게 보일 정도로 숨을 크게 몰아쉬는 에델바이스였다. 로젤린은 빠르게 그녀를 훑었다. 생채기 하나 없는 모습을 보니 남아 있던 한 줄의 긴장마저 풀리는 게 느껴졌다.

드윗이 에델바이스를 알아보고 먼저 인사를 건넸다.

"부인, 오랜만에 뵙습니……."

"드윗 경!"

"예?"

"피곤한 분을 붙잡고 이러는 게 실례라는 건 알지만……."

에델바이스는 떨리는 손으로 제 볼을 쓸고 있었다. 전투의 여파로 아직 불안한 것일까. 로젤린은 투구 속에서 눈알만 도르륵 굴렸다.

"사벡."

퀼테가 점잖게 에델바이스를 만류했다. 그녀는 아버지의 말이 들리지도 않는지 드윗에게 한 걸음 더 가까이 다가섰다.

"발타에 남하할 당시 사자갈기군이 총사령관님 휘하에 있었다는 얘기를 들었습니다."

"예에, 그렇습니다."

"호, 혹시……."

에델바이스는 이제 몸을 덜덜 떨고 있었다. 드윗은 에델바이스가 총사령관과 함께 실종된 그녀의 딸에 대해 묻고 싶어 한다고 확신했다. 하지만 이렇게 사람들이 많은 자리에서 로젤린의 생존 사실을 밝힐 수는 없었다.

"부인, 진정하시고, 편히 앉으신 후에 물어보시지요."

"그래요. 그래야죠."

에델바이스는 애써 진정하려는 듯 차분히 숄을 매만졌으나, 숨은 여전히 거칠었고 눈동자는 물기에 젖어 있었다. 테이블로 발걸음을 옮기던 그녀가 돌연 멈춰 섰다. 드윗에게 가려져 있던 로젤린을 바라본 순간이었다.

드윗은 놀라서 뒤를 돌아보았다. 로젤린이 투구를 벗고 있었나 싶었는데, 하다못해 바이저도 열려 있지 않아 눈조차 보기 힘든 상태였다. 투시 능력이 있지 않은 이상 로젤린을 알아볼 길은 없었다.

에델바이스는 잘게 몸을 떨며 로젤린에게 다가갔다. 한동안 투구를 빤히 바라만 보던 그녀가 천천히 로젤린의 손을 맞잡았다. 에델바이스가 고개를 떨구며 말했다.

"손이 차군요."

로젤린의 손등 위로 에델바이스의 눈물이 뚝 떨어졌다.

"먼 길 오느라 수고가 많으셨습니다. 모두……."

에델바이스는 떨어트린 고개를 들지 못했다.

"내, 집이라 생각하고 편히 쉬다 가세요."

* * *

하루 하고도 반나절 후, 사자갈기군의 본대가 붉은수레바퀴령에 당도했다.

사정을 전해 들은 리카르디스는 눈을 감고 숨을 푹 내쉬었다. 눈앞이 깜깜했건만, 갑작스럽게 나타난 우군 덕분에 한차례의 위기를 또 넘기게 되었다.

라고슈 왕실은 일라베니아, 정확히는 2황자 리카르디스를 지원하겠다는 뜻을 밝힌 바 있었다. 그 지원이 여태껏 일라베니아에 도착하지 못했던 이유는 그들이 라고슈를 벗어나기도 전에 인접한 주변 국가인 미테이트 왕국과 충돌했기 때문이었다. 때가 공교로웠다. 리카르디스는 라고슈를 향한 도발 행위에 발타의 입김이 들어가 있으리라 판단했다. 제힘이 되지 못할 거라면, 일라베니아도 쓰지 못하게 만들려는 하카브의 수작임이 분명했다.

최근까지도 지원 병력이 계속 북부에 묶여 있다는 얘기를 전달받았었다. 언제 올지 모르는 병력에 기댈 수는 없는 노릇이었다. 때문에 리카르디스는 라고슈의 지원군을 전력에 포함시키지 않은 채 모든 계획과 전략을 수립했다. 붉은수레바퀴 백작령에 그들이 나타난 것은 그 또한 전혀 예상하지 못한 일이었다.

갈라·제르타예의 수장인 귈테는 태연하게,

"지도에서 미테이트 왕국을 지우고 오느라 조금 늦어 버렸군."

하고 말해서, 데런의 탄성을 자아냈다.

"아가씨의 할아버지 완전 멋있어요."

로젤린은 제 옆에서 소곤거리는 데런의 말에 동의하며 작게 고개를 끄덕였다. 아무리 규모가 작은 왕국이라곤 하지만, 그 짧은 새에 전쟁을 종식시키고 오다니. 그 단편적인 부분만으로도 라고슈의 저력을 확인할 수 있었다.

지원군에는 총 여덟 개의 제르타예 부족들이 포함되어 있었다. 각각 부족의 수장이나 수장 대리 격의 핏줄들이 테이블을 한 자리씩 차지한 채 사자갈기의 드윗을 아니꼽게 바라보는 중이었다.

"그런데…… 귈테."

"뭔가, 셍고."

"누구보다 열심히 싸워 놓고 여기까지 와서 하긴 좀 그런 말인데."

모두의 이목이 턱수염이 덥수룩한 남자를 향했다.

"2황자가 죽었다면서, 우리는 왜 여기 있나? 우리가 지원하기로 한 건 2황자 아니었나?"

"어, 그러게."

"오, 그러게. 웬일로 맞는 말을 하시는데, 삼촌이."

젊은 남자와 여자가 심드렁하게 턱을 괸 채 대꾸했다.

"아무 가치 없는 놈들을 위해 피를 흘릴 셈인가? 그냥 사백만 데리고 가자고."

사자갈기의 드윗은 벽면에 서 있는 신관 차림새의 리카르디스를 한번 몰래 훔쳐보았다. 눈이 마주치자 리카르디스가 그에게 고개를 끄덕였다.

"그러면, 반대로 리카르디스 전하께서 살아 계시면 그 지원은 유효하다 보아도 무방한지요?"

사자갈기의 드윗이 생글생글 웃었다. 제르타예 중 한 명이 재수 없다는 듯 침을 퉤 뱉었다. 귈테는 무표정한 얼굴로 데운 술을 한 모금 마시고 나서야 입을 열었다.

"이상하다고 생각했지. 붉은수레바퀴령에 발을 들인 군의 최고 지휘관이라 소개를 한 사람이 왜 계속하여 누군가에게 허락을 구하는 눈빛을 하는가 하고."

"이런, 들켰습니까."

"제국인과의 말장난을 즐겨 하는 편이 아니다."

드윗은 대답하는 대신 웃는 얼굴로 일어나 의자에서 한 걸음 비켜섰다. 제르타예들은 뭐야, 뭔데 하고 고개를 두리번거렸다. 벽 한쪽에 서 있던 리카르디스가 움직인 것은 그때였다. 후드까지 눌러쓴 신관이 정적인 공간에서 홀로 움직이자 시선이 모였다.

리카르디스는 빈자리에 앉은 후, 얼굴을 반쯤 가리고 있던 후드를 젖혔다. 검푸른 머리카락이 사르륵 흐트러졌다. 오, 미남. 하는 소리가 테이블 어딘가에서 흘러나왔다.

"우리 쪽의 사정으로, 첫 만남이 불투명했던 점을 유감스럽게 생각한다. 제국의 총사령관 리카르디스 다리우 일라베니아가 라고슈의 지원에 다시 한번 감사를 표한다."

귈테와 달리 다른 이들은 전혀 예상조차 못 했는지 입을 떡 벌렸다. 그중 한 명이 어어, 하는 소리를 냈다. 건국제 때 딤라와 관디테를 호위했던 할잉겐·제르타예의 수장이었다. 유일하게 리카르디스를 본 적 있는 이에게 이목이 몰렸다. 그가 살짝 고개를 끄덕이는 것을 확인한 귈테가 다시 리카르디스에게로 시선을 돌렸다.

"제 형제들이 경망스럽게 입을 놀린 점을 사죄드립니다."

2황자 죽은 거 아냐? 2황자 죽었으니까 돌아가자! 옳소, 옳소! 했던 이들이 입을 합 다물고 귈테의 눈치를 살폈다.

"크레안 티다니온의 밤이 찾아오면 이델라브힘 욕도 한다 하니 말이야. 그 점은 신경 쓰지 않으니 군장도 괘념치 말게."

어색해진 분위기 속에서 얘기가 오가기 시작했다.

"몇 번의 승리가 있긴 했지만, 대부분 현재의 전황을 크게 뒤집을 만한 것이 못 된다. 일라베니아의 패배를 예감한 나라들이 한 발 걸쳐 보고자 연합군과 동맹을 맺고 지원군을 보내어, 지금 이 순간에도 적은 점점 늘어나고 있는 상황이지. 라고슈 지원군 4만이 더해진다 하더라도 수의 차이가 커. 물론 전장 한두 군데의 전황을 좌지우지할 수는 있을 테지만, 이 전체적인 전쟁의 흐름 자체를 뒤엎을 수는 없으리란 사실만은 명확한 상황."

리카르디스는 현재 제국군이 처한 상황을 기탄없이 서술했다. 지나치게 솔직해 제르타예들이 당혹스러워할 정도였다.

"희망적으로 상황을 관측해 보아도 언제 무너지느냐의 차이이며, 만약 일라베니아가 무너질 경우 지원했던 라고슈마저 위험에 처하게 될지도 모른다."

"음……."

제르타예들은 음, 정말 맞는 말인 거 같아. 지금이라도 발을 빼는 게 낫지 않나…… 하고 리카르디스의 말에 설득당하고 있었다.

"하지만,"

모두의 이목이 그를 향했다.

"2주를 버틴다면 승산이 있다."

"2주라……."

리카르디스는 창밖을 바라보았다. 어둠이 내려앉기 시작한 초저녁, 아직 다 차오르지 못한 달이 희미하게 빛나고 있었다.

"2주 후, 연합군 병력의 반 이상은 일라베니아에서 발을 빼게 될 것이다. 그렇게 되면 일라베니아와 라고슈 측의 병력으로도 충분히 감당할 수 있는 숫자가 되겠지."

리카르디스는 2주 후에 일어날 상황에 대해 자세히 서술했다. 내부의 몇몇 가신들만 알고 있는 정보였으나, 지원군의 협력을 이끌어 내기 위해 필요한 부분이었다. 제르타예들이 눈을 크게 뜨고 끔벅거렸다. 뭔가 준비를 잘한 것 같으면서도, 운도 무척이나 필요하고, 한마디로…… 도박이 아닌가?

리카르디스는 무덤덤한 표정으로 제르타예들을 바라보았다.

"그래서, 어떻게 생각하나?"

궐테는 그 질문을 듣고도 한참 고민하다가 입을 열었다.

"라고슈에는 중요한 결정을 할 때 사용하는 방법이 있습니다."

궐테가 제르타예들을 바라보며 말을 이었다.

"찬성."

그가 던진 한마디에 제르타예 전원이 손을 들어 올렸다.

"그렇다는군요."

"매우 합리적인 방법이로군."

궐테의 입가에 웃음이 피어올랐다. 리카르디스도 그를 따라 피식 웃었다.

"2주의 시간은 결코 짧지 않다. 버틸 수 있겠나?"

다리를 꼬거나, 뒤로 한껏 누워 있거나, 옆 사람에게 반쯤 기대는 등. 자유분방하게 앉아 있던 제르타예들이 자세를 바로 했다. 어두워진 공간 속 눈빛이 형형하게 빛났다.

"그러기 위해 왔습니다."

궐테가 말했다.

"그러니 그렇게 하겠습니다."

* * *

늦은 시간까지 이어진 회의가 끝났다. 하녀와 하인들이 드나들며 서류와 지도가 널브러져 있던 테이블 위를 음식 접시로 채우기 시작했다.

셍고·제르타예는 앞에 음식 접시가 놓이자마자 손을 뻗었다. 곧바로 옆에 앉은 귈테가 손등을 찰싹 쳐 내었다. 두 사람은 서로 불만스러워하는 눈빛을 잠시간 주고받다가 리카르디스를 흘끗 바라보았다. '동맹국의 총사령관이 있는데 그게 먼저 입으로 들어가냐.', '아, 그러면 배고파 죽겠는데 어떻게 하냐.'라는 대화가 들리는 듯한 눈빛이었다.

리카르디스는 예법과 자신의 존재까지 신경 쓸 필요 없으니 편히 먹으라고 말했다. 그 말만을 기다렸다는 듯, 제르타예들은 아직 식사 준비가 끝나지 않았음에도 음식에 무섭게 달려들었다. 리카르디스는 식에 대한 욕구가 뛰어난 그들을 바라보며 무심코 다른 사람을 떠올렸다가 아차 했다.

'로젤린!'

그는 회의에 집중하느라 잠깐 잊고 말았던 자신의 호위 기사를 급하게 찾았다. 로젤린은 고개를 바닥으로 떨군 채 고요히 서 있었다. 투구로 가려진 안쪽에서 울고 있는 게 아닌가 싶을 정도로 쓸쓸해 보였다.

"……."

정체를 밝히지 않은 탓에 자리에 앉지도 함부로 음식에 손대지도 못하고 있던 것이다. 리카르디스의 눈썹이 한껏 아래로 휘었다. 불쌍하고 귀여웠다.

하인들이 음식 접시를 다 나르고 식사 준비를 끝낸 후 나가자마자 리카르디스가 로젤린을 불렀다.

"로젤린 경. 이리로."

로젤린은 리카르디스가 자신을 '로젤린 경'이라고 부른 시점에서 투구를 벗어 던진 상태였다. 그리고 후다닥 달려가 리카르디스의 옆에 서서 눈을 초롱초롱하게 떴다. 리카르디스는 움찔거리는 입꼬리를 겨우 단속하고 제르타예들을 둘러보았다. 귈테와 생고·제르타예의 수장이 로젤린이라는 이름에 반응해 식사를 중단한 채 그들을 응시하고 있었다.

"나와 마찬가지로 잠깐 위장 중인 붉은수레바퀴의 로젤린 경이다. 그대들에게는 각별한 이가 되겠군."

리카르디스가 로젤린에게 흘끗 눈짓했다. 인사할 기회가 드디어 만들어졌다. 로젤린은 배고픔의 고통을 간신히 견뎌 내는 중이었다. 아무리 식욕에 눈이 돌아갔어도, 할아버지를 앞에 두고 음식에 먼저 손을 뻗을 수는 없었다. 지켜야 할 순서가 있으니 우선 그 순서부터 빠르게 진행해야겠다는 마음뿐이었다.

다시 후다닥 달려간 로젤린이 귈테의 앞에 무릎 꿇고 그의 손등에 제 이마를 대었다.

"갈라·제르타예. 사벡의 장녀 로젤린입니다!"

로젤린의 식욕 때문에 감동적이었어야 할 만남이 5초 만에 얼렁뚱땅 지나가게 되었다. 귈테는 어안이 벙벙한지 가만히 바라만 보다가, 자신을 간절히 올려다보는 로젤린의 눈에서 욕망을 읽어 내곤 그녀를 곧바로 일으켰다.

"……많이 컸구나. 일단 허기질 테니 식사하며 천천히 얘기를 나누자꾸나."

"네, 할아버지!"

로젤린이 씩씩하게 대답하고 귈테가 내어 준 자리에 앉았다. 리카르디스는 로젤린이 '할아버지!'라고 말하는 순간 귈테의 턱 근육이 움찔거리는 것을 목격했다. 무척 좋아하는데 간신히 참아 내는 모양새였다.

제르타예들 사이에서도 한바탕 소동이 일어났다. 맨손으로 고기를 뜯고 있던 제르타예도, 독한 술을 들이마시던 제르타예도, 노릇노릇 잘 구워진 돼지 귀를 잘라 먹던 제르타예도 벌떡 일어나 로젤린의 주위에 바글바글 모여들었다.

"사벡의 딸이라고? 살아 있었구나! 얼른 사벡을 불러와!"

"아이고, 애가 배가 많이 고팠나 보네. 이것도 먹어."

"갈라 놈을 아주 쏙 뺐구만."

"사벡이 몸이 연약해서 걱정했는데 그래도 애는 예쁘게 잘 낳아 놨네."

"아이고, 이 비쩍 마른 거 봐라. 아주 그냥 바람만 불어도 날아가겠어.

잘 좀 먹어야겠다."

각각 사촌이나 삼촌, 이모, 할아버지뻘의 사람들이 호들갑을 떠는 통에 가장 가까운 혈족인 귈테는 저 뒤로 밀려나야 했다.

회의장에서 내내 험악한 기운을 풍기던 이들이 아기의 재롱을 보는 엄마 아빠처럼 방싯방싯 웃는, 나름 진귀한 풍경이 펼쳐졌다.

로젤린은 그 한가운데에서 행복하게 식사했다. 음식 접시가 그녀 앞에 잔뜩 쌓였고, 잠깐 입 안이 비는 것 같으면 누군가가 고기를 입 안에 꽉 차도록 넣어 주었다. 리카르디스는 로젤린에게 진정한 천국이란 저기에 있는 게 아닐까 싶었다. 테이블의 다섯 번째 자리.

그렇게 로젤린이 행복에 겨워할 때, 회의 시간 내내 식사와 잠자리를 준비하느라 바빴던 에델바이스가 들어왔다. 손님들에게 음식이 입에는 좀 맞느냐 묻기 위해 왔던 그녀는 로젤린을 둘러싼 소란을 보고 잠깐 멈춰 섰다.

에델바이스가 리카르디스의 눈치를 보며 민망해했다. 제국의 총사령관이 있건 말건 자기들끼리 연회를 벌이고 있지 않은가. 무례도 이런 무례가 없었다.

"송구합니다, 전하. 제 핏줄들이 원체……."

에델바이스는 말을 골랐다. 리카르디스는 그런 그녀를 도와 좋게 포장해 주었다.

"정이 깊고 가족을 많이 아낀다더니, 참 보기 좋군."

"그리 말씀해 주셔서 감사할 따름입니다."

리카르디스를 지나친 에델바이스는 서서 떠드는 제르타예들의 어깨를 다정하게 짚으며 무어라 작게 속삭였다. 리카르디스를 포함한 일라베니아인들은 전혀 듣지 못했다.

곧장 무리가 해산되었다.

"저거, 저거 성격 안 죽은 거 봐라……."

"결혼하고는 좀 괜찮아졌나 했는데……."

제자리를 찾아가는 제르타예들이 몸을 달달 떨고 있었다. 뭔가 협박이라도 받은 듯한 모양새였다. 정숙하고 기품 있는 붉은수레바퀴 전대 백작 부인이 대체 무슨 말을 했기에 저 야생마들이……?

리카르디스는 무리의 한중앙에 있던 로젤린도 달달 떨고 있는 걸 발견했다. 그는 그녀가 무슨 말을 들은 건지 후에 물어보았지만, 로젤린은 제 목을 베어도 결코 말하지 않겠다며 입을 꾹 다물었다. 아마 어머니 되는 자의 품위를 지키고 싶었던 게 아닐까, 하고 리카르디스는 생각했다.

주책바가지 사촌, 삼촌, 이모, 작은할아버지 등등을 좇아낸 에델바이스가 로젤린의 왼쪽에 앉았다. 리카르디스는 저번에 붉은수레바퀴령에 들렀을 적, 로젤린이 보였던 반응을 기억하고 있었다.

에델바이스와 정확하게 어떤 말을 주고받았는지는 모르겠으나, 그 결과가 좋지 않았다는 사실만은 잘 알았다. 로젤린도 여러 사람에게 둘러싸여 있던 아까보다 지금이 불편한지 먹는 속도가 현저하게 느려진 상태였다.

에델바이스는 그런 로젤린의 옆모습을 뚫어져라 응시하다가 음식 접시를 그녀 앞에 밀어 주었다. 농후한 소스가 뿌려져 있는 소고기 요리로 로젤린이 선호하는 계통의 맛이었다. 과거 단순하고 기본적인 맛을 추구했던 '로젤린'에 비해 지금의 로젤린은 크림, 소스, 향신료 등. 인간이 만들어 낼 수 있는 미각을 한계까지 이끌어 내는, 한마디로 입 안이 화려해지는 맛을 좋아했다.

그러니 에델바이스가 주고자 한 음식을 받는 사람은 과거의 제 딸이 아닌 현재의 로젤린이었다. 로젤린도 그를 깨달았는지 잠시 멍하니 음식 접시만을 내려다보고 있었다. 그녀는 곧 부지런히 입을 움직여 접시를 비워 냈다. 에델바이스는 그런 로젤린의 옆에서 계속해서 음식 접시를 밀어 주기를 반복했다. 지금의 그녀가 좋아할 법한 요리들로만.

그것은 참 기쁘기도, 슬프기도 한 광경이었다. 리카르디스는 조심스레 그들을 훔쳐보았다. 딸을 잃어버린 여인은 속 끓는 슬픔과 고통, 미련을 여전히 떨쳐 버리지 못했다. 복잡한 상념이 그대로 얼굴에 드러나 있어 알 수 있었다.

그러나 에델바이스는 한 걸음 내디뎌 나아가기로 마음먹은 듯 보였다. 과거의 로젤린을 잊는 게 아니라, 지금의 로젤린과 과거의 그녀를 완전히 동일하게 생각하는 것도 아니라, 그저 현실에서 눈 돌리지 않고, '로젤린'의 기억과 흔적을 지닌 지금의 로젤린을 오롯이 마주 보는 것. 그것에 가슴이 더욱 헤집어져 상처가 벌어질 수 있다는 걸 알면서도.

참 강인한 사람이었다.

리카르디스는 모녀의 해후를 방해하지 않기 위해 시선을 돌렸다.

왁자지껄한 식사 시간이 끝났다. 에델바이스도 성의 주인으로서 본분을 다하기 위해 자리에서 일어났다. 그때, 로젤린이 분주하게 제 품을 뒤지며 급히 입을 열었다.

"잠깐만요."

그리고 꺼낸 것은 손바닥만 한 크기의 소라 껍데기였다.

"……이, 이거, 발타에서 빠져나올 때, 바닷가를 지나쳤거든요."

로젤린은 어울리지 않게 말을 더듬었다. 에델바이스는 그녀의 손 위에 놓인 소라 껍데기를 가만히 바라보고만 있었다.

"귀를 대면 파도 소리가 들린다고 좋아하셨던 게 기억나서."

연신 눈치를 보던 로젤린이 귀밑을 긁적이며 말을 흐렸다.

"그래서 가지고 왔는데……."

갈라·제르타예는 바다 근처에 터를 두고 있었다. 사나운 파도 소리를 자장가 삼아 자라 온 에델바이스는 따뜻한 내륙 지방의 생활에 오랫동안 적응하지 못했다. 그래서 이따금 바닷가에 있는 별장에 머무르기도 했고, 바닷가를 떠날 적이면 항상 큼지막한 소라 껍데기를 들고 와 밤마다 듣곤 했다.

그걸 기억했던 로젤린은 우연히 지나가게 된 바닷가에서 소라 껍데기를 주워 보관했다가 혹시나 싶어 건네 본 것이었다. 에델바이스는 로젤린이 손가락을 꼬물거리는 것을 가만히 바라보고만 있었다. 역시 괜한 짓이었나? 하는 마음에 로젤린이 다시 껍데기를 집어넣으려 했을 때였다.

"라고슈의 바람은…… 매섭단다."

에델바이스가 담담하게 말하기 시작했다.

"그 칼날 같은 바람이 바다 위를 스칠 때면, 검은 해변에 하얀 포말이 부서져 흩어지고 절벽 끝까지 파도가 치달았지. 라고슈에서 지낼 때는 몰랐는데, 떠나고 나니 계속해서 그 소리가 그리웠어. 사랑했던 거지. 그래서 그립고, 그리워서 돌아가고 싶었지만, 돌아갈 수 없어서……."

에델바이스는 로젤린이 건네준 소라 껍데기를 두 손으로 꼭 쥐었다. 그녀가 귓가에 껍데기를 가져다 대며 눈을 감았다.

"그런데 그거 아니? 소라 껍데기 소리와 내가 기억하는 파도 소리는 무척 달라."

에델바이스가 피식 웃었다.

"그래도 괜찮아. 볼 수 없다고, 듣지 못한다고 해서 라고슈의 바다가 사라진 건 아니잖니. 나는 그걸 잘 알고 있거든."

에델바이스가 다시 눈을 뜨고 로젤린을 바라보았다. 로젤린의 눈동자 속에 웃고 있는 그녀의 얼굴이 담겼다.

"그 소리는 내 안에 있어. 내가 기억해. 그러니 나는 괜찮을 거야."

에델바이스가 소라 껍데기를 꼭 끌어안았다. 제르타예들은 에델바이스의 말에서 묻어나는 라고슈에 대한 그리움에 가슴이 아파 눈물을 줄줄 흘리고 있었다. 리카르디스는 눈치 없이 지켜보고 있는 일라베니아 사람들을 전부 내보내고, 마지막까지 남아 있던 드윗의 망토를 잡아채 끌고 나갔다.

리카르디스는 닫히는 문틈으로 에델바이스의 얼굴을 봤다. 그녀의 입이 움직였다.

사랑하는 것들은 모두 자신의 안에 있어. 그러니 너와 나는 괜찮을 거야.

그 말을 들은 로젤린의 눈이 휘었다. 그녀가 행복하다는 듯 웃는 모습을 마지막으로, 문이 닫혔다.

* * *

하카브는 잠든 디에즈를 바라보았다. 어둠이 깔린 막사 안. 공기조차 멈춘 것 같은 정적이 그의 주위를 휘감고 있었다. 이따금 바람에 흔들린 촛불이 그림자를 움직이지 않았더라면, 그림의 한 장면이라 착각할 수도 있을 것 같았다. 도무지, 살아 있는 생물의 기운이 느껴지지 않았다.

최근까지도 디에즈는 며칠간을 잠들지 않다가 1시간 정도의 짧은 잠으로 피로를 푸는 둥. 인간으로서는 따라갈 수도 없는 일정을 소화해 내었다. 그때와 비교하니 하루 종일 잠만 자는 지금의 모습이 참으로 낯설었다. 하카브는 그 변화의 시발점이 된 것이 무엇인지 알았다. 누군가는 죽음이라고 부르던 로젤린의 실종이었다.

잠이 늘었다. 멍하니 있다가도 사소한 자극에 민감하게 반응했다. 어린아이처럼 손을 물어뜯기도 했다. 가끔은 악몽을 꾼 듯 급하게 잠에서 깨어나기도 했다. 불안해 보였다. 이는 지금 전쟁을 겪는 사람 중 열에 여덟은 보이는 모습이었다. 특별할 게 없었으나, 대상이 디에즈라면 얘기가 달라졌다.

그는 오랜 역사를 가진 왕실의 숭배 대상이자, 인간으로서는 가늠할 수 없는 위대한 존재였다. 너무나도 보잘것없어, 미지의 흐름에 어찌할 바를 모르고 휘둘리기만 하는 평범한 인간과는 궤가 달랐다.

하지만 이렇게 디에즈가 병든 닭처럼 꾸벅거리는 모습을 볼 때면 미묘한 감정이 들었다. 상처 입은 짐승들은 잠이 많아진다. 하카브는 어릴 적 많은 동물을 길렀던 경험으로 알고 있었다. 약초를 뜯어 먹는 것도 아니고, 상처에 약을 바르는 것도 아니고. 이런 미련한 수면 행위가 대체 무엇에 도움이 되는 걸까.

일종의 기도와 같은 행위처럼 보이기도 했다. 이뤄지지 않으리란 걸 알면서도 하고 나면 제 마음의 위안이 되는. 하지만 하카브는 디에즈가 이 긴 잠 끝에 바라는 것이 무엇인지 알 수 없었다.

로젤린이 살아 돌아오기를 바라나? 그러나 디에즈는 로젤린을 죽이고자 했다. 칼로 찔렀으나 실패했다며 싸늘한 얼굴로 얘기했었다. 그래 놓고서는 이제 와 마치 소중한 무언가를 잃어버린 것처럼 굴다니. 그런 양가적인 감정을 가진 것은 오로지 인간뿐이 아닌가? 하카브는 팔짱을 낀 채 그를 의문스럽다는 듯 내려다보았다.

검은 달이 뜨지 않은지 몇백 년이 지났던가. 마력이 없는 자들도 힘을 확인할 수 있는 신성한 밤이 멀어지면 멀어질수록, 하카브는 조급해졌다. 대체 그 힘은 어떤 모습을 하고 있기에 한 나라가 이다지도 광적으로 매달리게 되었단 말인가.

의문이 짙어졌을 때, 디에즈를 만나게 되었다. 하늘에 뜬 '검은 달'처럼 확실하게 증명 가능한 힘. 눈으로 볼 수 있는 마력. 인간을 초월한 존재. 디에즈는 그야말로 검은 달이었다. 그래서 하카브는 한때, 정말 신이라도 만난 양 들떠 있었다.

"흠."

하카브는 잠든 디에즈의 볼을 쓸었다. 따스하게 느껴지는 온기가 익숙했다. 살아 있는 인간의 것이었다. 디에즈의 미간이 꿈틀거렸다. 곧 그의 황금색 눈동자가 드러났다.

"훔쳐보는 것까지는 그러려니 하는데, 자는 사람을 만지진 마시죠."

눈을 뜨자마자 인상을 찌푸린 디에즈가 하카브의 손을 툭 치워 냈다. 사춘기 동생 같아 웃음이 나왔다. 생각해 보니 진짜 사춘기였던 간제가 웃음이 나올 만한 정도의 소소한 규모로 일을 치진 않았기에, 하카브는 금세 자신의 생각을 반성했다.

"귀엽게 논다는 식으로 웃는 거 보기 싫으니까 나가세요."

아무리 봐도 간제와 비슷해지고 있는 게 맞았다. 둘이 별로 붙여 놓은 적도 없는데. 뭐야, 문제는 나인가? 나였어? 하카브가 태어나 처음으로 반성을 하고 있을 때였다. 막사의 입구가 소란스러워졌다.

"어, 어. 안 됩니다."

"어허, 이 사람이. 안 되긴 뭐가 안 돼."

다투는 소리가 들리더니 천이 힘차게 펄럭였다. 이렇게 허락도 구하지 않고 들어올 인물이라고는 하카브가 아는 내에서는 한 명뿐이었다.

"디에즈 님!"

장신의 여자가 성큼 막사 안에 발을 들였다가 하카브를 보고 오, 하는 소리를 냈다.

"아, 이런…… 전하도 계셨네요."

그녀는 발타의 다섯 가문 중 하나인 '람가'의 가주로, 연합군 본대에서 굵직한 전투를 치러 온 전사였다. 마인이라 그런지 디에즈의 마력을 한번 느끼고 난 이후로는 어미 새 따라다니듯 그만 졸졸 따라다니는데, 하카브는 그녀를 괘씸하게 여겨야 하는지, 아니면 내 편끼리 사이좋게 지내니 기뻐해야 하는지 알 수가 없었다.

"무슨 일인가요, 차호트."

디에즈는 하카브를 대할 때와 달리, 온화한 목소리로 그녀에게 물었다.

"하카브 전하가 없을 때 얘기하려고 했는데, 에이 공쳤네."

"내가 없다고 생각하고 해."

"좋은 생각이네요. 그럼 지금부터 전하는 안 계신 겁니다."

차호트 람가는 디에즈가 누워 있는 침상에 엉덩이를 걸터앉았다. 넓은 막사 안에 침대 주위로만 인구 밀도가 높아졌다. 디에즈는 이 관심이 불편한지 어색하게 담요를 만지작거렸다.

"검은독사로부터 서신이 왔습니다. 산맥을 통해서 일라베니아에 침투하기로 한 애들이 무사히 성공해서 붉은수레바퀴령까지 닿았는데, 그게 글쎄."

차호트가 연극적이게 눈을 크게 뜨며 말을 멈췄다. 그리고 뒷말을 기다리는 두 사람을 번갈아 보며 씩 웃었다. 얘기할까 말까? 해 줄까 말까? 놀리는 기색이 역력해 하카브가 그녀의 팔뚝을 찰싹 때렸다.

"인내심 되게 없으시다니까."

차호트가 껄껄 웃고 말을 이었다.

"실패했답니다. 라고슈 측에서 원군이 왔다네요."

"근데 그 얘기를 왜 나 없을 때 하려고 했나."

"전하께서 얼마나 성질내실지 디에즈 님이랑 내기하려고 했거든요. 원래 키티랑 하는데, 지금 없더라고요. 사람들은 누구 욕할 때 단합이 제일 잘되잖아요. 디에즈 님이랑 친분도 쌓을 겸 몰래 욕하려고 그랬는데 왜 눈치 없이 끼어드셔서 제대로 욕도 못 하게 합니까, 거."

"대놓고 욕하고 있는 것 같은 건 내 착각인가?"

"없는 셈 치랍서요. 한 입으로 두말하시면 쓰나요."

하카브는 고개를 절레절레 저었다. 그가 말로 못 이기는 유일한 인물이 차호트였다.

"흠, 어쨌거나…… 정말 잘 버티는군. 이번에는 기대를 제법 걸었는데 말이야. 실망이 커."

하카브가 팔짱을 낀 채 조용히 말을 흘렸다.

"우리 애들이 좀 연약해야죠. 어떤 미친놈이 겨울에 전쟁을 해요."

차호트 람가는 아차, 하고는 디에즈를 바라보았다. 그가 목덜미를 쓸며 어색하게 웃고 있었다.

"맞다. 디에즈 님 때문이었지. 이건 말 안 한 걸로 칩시다."

발타에서 자유분방하기로는 간제보다 더한 인물이라 그런지, 디에즈도 하카브도 별로 신경 쓰지 않았다.

곧 전령이 도착해 서신을 전달했다. 차호트가 말했던 불발된 계획이 자세히 서술되어 있었다. 하카브가 턱을 쓸며 웃었다.

"내가 너무 안일했나?"

대답은 없었다. 하카브의 눈이 차갑게 가라앉았다.

"안일했군."

차호트는 술병을 꺼내서 꿀꺽꿀꺽 술을 마시며 그를 바라보았다.

"일라베니아 유람은 이제 끝내도록 하자."

서늘한 목소리가 땅을 기는 듯 낮게 울렸다.

"라고슈의 병력이 더해진 중부 관문은 더욱 단단해지겠지. 그렇다면 우리도 그에 맞춰 더욱 강하게 문을 두드려야 할 테니. 이르라. 일라베니아 전역에 퍼진 연합군 병력 모두 중부 관문으로 집결하라고. 총력전이다."

차호트가 입가로 흐른 술을 닦으며 씩 웃었다. 곧 일어선 그녀가 그의 앞에 무릎 꿇고 고개를 숙였다.

"고귀한 주인의 명을 받듭니다."

이제야 좀 재밌어지겠네. 바깥으로 나가는 차호트의 발걸음이 룰루랄라 가벼웠다. 하카브가 어이없다는 듯 멀어지는 그녀를 바라보았다.

* * *

"길레드!"

칼릭스가 화내며 소리치는 목소리가 울려 퍼지기 무섭게 허수아비 길레드가 튀어나왔다.

"무슨 일이라도 있으십니까?"

"무슨 일?"

순진무구하고도 태평한 대답에 칼릭스는 잠깐 이마를 부여잡고 씨근덕댔다.

"내가 올해 가장 많이 부른 인물이 누님에서 네 이름으로 바뀌기 직전이라는 건 알고 있나?"

"요즘 저를 자주 부르시긴 했죠."

객관적인 사실만을 짚고 있을 뿐이란 걸 알아도 머리에 열이 올랐다. 칼릭스가 이를 갈며 말을 씹어 내뱉었다.

"이, 사고뭉치들은 대체 어디 있어."

그 말에 길레드가 뜨끔한 표정을 지었다.

"또 누가 무슨 일을…… 저질렀나요?"

"저지르다마다!"

칼릭스와 계약한 마인들은 대략 400여 명이었다. 이번 전쟁의 규모로 따지자면 결코 큰 수는 아니었다. 하지만 파편과 적군 측 마인들의 움직임을 사전에 감지해 큰 타격을 입기 전 미리 준비할 수 있는 수단을 마련하는 역할로, 없어서는 안 되는 핵심 전력이었다.

칼릭스는 병력을 독자적으로 운용할 수 있는 권리를 얻어, '마인'에 대한 좋지 못한 인식으로 벌어질 나쁜 일로부터 그들을 보호 중이었다. 그런데.

이놈의 마인들. 이, 사고뭉치들. 칼릭스는 눈물이 날 것 같아 얼굴을 들어 올렸다.

"하……."

로젤린도 사고 하면 빠지지 않는 인물이었지만, 이들은 수가 많은 만큼 어떻게 조절할 수도 없었다.

"이번에는 식량 저장고에 몰래 들어가서 술 먹고 놀다가 실수로 화재 사고를 일으켰더군."

로젤린이었다면 깔끔하게 흔적을 지워서 나왔으리라. 화재 같은 실수 따위를 저지를 리 없었다. 우리 누님이 그런 쪽으로는 철저하지. 흥 하고 콧방귀를 뀐 칼릭스는 뭔가 잘못되었다는 걸 깨달았다. 일을 저지르지 않는다면 몰래 훔쳐 먹어도 된다는 건 아닐 텐데. 철저하지 못한 사고뭉치와 철저한 사고뭉치를 둘 다 겪어 보니 가치관에 혼란이 왔다.

"다행히도 책임자가 근처에서 순찰을 돌던 중이라 바로 진화했다지만 자칫하면 일이 커질 뻔했어!"

길레드는 눈알만 도르륵 굴려 대고 있었다.

"사고 수습하겠다고 책임자들한테 먹인 뇌물만 얼만지 알고 있기나 해! 돈이 아까운 게 아니야. 애들이 일부러 그런 것도 아니고, 놀다 보면 그럴 수도 있는 거 아니겠느냐 하고 부패한 권력자가 제 새끼 두둔할 때 내뱉는 뻔뻔한 말을 하게 만들었다는 점에서 몹시 화가 나! 그렇게 하려던 건 아닌데 당황한 나머지 절로 튀어나왔어!"

사건이 정식으로 보고되면 얘기가 퍼지기 쉽고, 얘기가 쉽게 퍼지면 그만큼 마인에 대한 인식이 나빠질 수밖에 없었다. 그보다 최악은 푸른등불 공작이 마인 부대에 대한 권리를 거두는 것이었다. 그렇게 되면 마인들을 보호하기가 무척이나 어려워진다. 이래저래 뇌물이 최선이었다지만, 백작이 된 지 얼마나 되었다고 벌써부터 이런 불법적인 일에 엮이다니. 하늘에서 보고 계실 아버지가 통탄할 일이었다.

"죄, 죄송……."

"어제부터 안 보이는 놈들이 다섯 정도 되는 거 같아. 분명 그놈들이겠지. 에렌, 딘, 체이시, 시온, 벨벳, 이놈의 자식들! 빨리 찾아서 내 앞에 대령해!"

"이름을 다 외우셨습니까?"

몇백 명이나 되는데?

"사고 치는 놈들은 고만고만하게 정해져 있으니까. 그렇다고 해도 백 명 이상은 외운 상태야. 그만큼 돌아가면서 사고를 잘 쳤다는 얘기지…… 길레드!"

칼릭스는 차분하게 얘기하려 노력했지만 결국 마지막은 큰소리를 냈다.

길레드는 그가 뒷목 잡고 쓰러지기 전에 재빨리 바깥으로 나섰다.

길레드가 나가자마자, 곧바로 알터가 들어왔다. 이 겨울철에 땀을 뻘뻘 흘리고 있었다. 더워서 저러나 싶었는데, 안색은 새파랬다. 최근 알터가 이런 식으로 들어왔을 때는 마인들이 사고 쳤을 때밖에 없었다.

"아, 제발."

칼릭스가 두 눈을 질끈 감았다.

[그러니 제 사람이라 할 수 있습니다.]

얼마 전 푸른등불 공작에게 했던 말을 당장에 철회하고 싶은 심정이었다. 칼릭스가 불안감에 다리를 떨자 알터가 손바닥을 앞으로 내밀고 흔들었다.

"이번에는 그렇게까지 최악은 아닐지도 몰라요!"

알터는 새파랗게 질린 그 얼굴 그대로 횡설수설했다.

"들키지 않으면…… 없던 일이 되니까!"

"……."

아마 아닐 텐데, 그거. 있던 일이 없게 되지는 않을 텐데.

"다행히 목격자는 없거든요!"

"……."

참 다행이죠? 하고 울먹이는 알터를 보며 칼릭스는 자리에 털썩 주저앉았다.

"누님이 보고 싶어."

테이블 위로 엎어진 칼릭스의 입에서 흘러나온 진심 어린 말에 알터는 눈물을 흘리고야 말았다. 그렇게 칼릭스는 한참을 눈을 감은 채 테이블에 볼을 대고 있었다. 조용한 공간에서 홀로 사색을 즐기려 했건만, 그것조차 쉽지 않았다. 으하하, 으헤헤, 꺄르륵 웃어 대는 병사들 때문이었다. 그리고 칼릭스가 알기론 붉은수레바퀴 진영의 병사들은 지휘관의 막사 앞에서 저런 크기의 목소리를 낼 만큼 간이 크지 않았다.

칼릭스는 힘겹게 일어나 바깥으로 나갔다. 간이 투기장을 만들어 싸움박질하는 어른 사고뭉치들이 보였다.

"백작님! 어디에 거실래요!"

붉은수레바퀴 산하 특별 마인 부대, 원숭이대의 대장이 내기 돈 장부를 열심히 작성하며 칼릭스를 향해 소리쳤다. 대장이라는 인간이 대원들을 단속하지는 못할망정 부추기고 판을 키우고 있다니. 하지만 칼릭스에게는 더 이상 그들을 교육할 힘이 없었다. 허술한 투기장 안의 선수를 확인한 칼릭스가 체념한 목소리로 그녀에게 말했다.

"어금니에게."

어금니는 어금니대의 대장을 이르는 말이었다. 칼릭스는 품에서 금색으로 찬란하게 빛나는 동전이 꺼내어, 엄지손톱 위에 놓고 튕겼다. 반짝이는 금속은 원숭이대 대장의 손으로 쏙 들어갔다. 그녀가 끄악 비명을 질렀다.

"부자!"

그녀가 귀한 성물이라도 대하는 양, 두 손으로 금화를 들어 올렸다.

"부자님이 오셨다아, 이 거지새끼들아!"

"부자 최고!"

"백작님을 찬양하라!"

원숭이와 어금니가 칼릭스의 허벅지 아래에 어깨를 받치고 그를 띄웠다. 두 사람의 어깨에 칼릭스가 앉게 된 셈이었다. 칼릭스는 팔짱을 낀 채 초연한 표정으로 그들이 둥개둥개 우리 부자 백작님을 부르는 시간을 흘려보냈다.

칼릭스는 잠시 높아진 눈높이에서 붉은수레바퀴 진영을 한번 훑어보았다. 막사 뒤에서 뭔가 암거래를 하는 것 같은 인간, 간이 투기장을 만든 인간, 지나가는 병사의 주머니를 슬쩍하고 있는 인간, 말 앞에 뛰어들어 자해 공갈을 하는 인간까지.

"들키지만 않으면 없는 일이라."

참 좋은 말이었다. 모든 걸 포기한 칼릭스가 까마귀대 대장에게 뺏은 싸구려 와인을 마시며 투기장의 판돈을 올리고 있을 때였다.

"백작님!"

멀리서 누군가가 달려오더니 칼릭스의 코앞에서 넘어져 데구루루 굴렀다. 식량 창고 방화 사건의 범인이리라 예상되는 5인조의 대장 격인 에렌이었다. 칼릭스는 오늘 있었던 화재 사건에 대해 물어보려다가, 사색이 된 그의 표정을 보고 말을 멈췄다.

암거래를 하던 사람도, 간이 투기장에서 싸우던 사람도, 응원하며 깔깔 웃고 있던 사람들도 모두 하던 일을 멈추고 입을 다문 채 청년을 바라보고 있었다. 순식간에 찾아온 정적에 목덜미가 서늘해졌다. 아주, 감이 더러웠다.

"모, 몰래 엿들었는데요."

제국군 중앙 진영에서 또 뭔가를 엿들은 모양이었다. 평소 같으면 하지 말라고 설교라도 했을 테지만, 칼릭스는 그의 입에서 나오려는 말을 재촉하지 않는 것만으로도 큰 인내심을 쓰고 있었다.

"중부 관문으로 오던 사자갈기군으로부터 서신이 왔어요. 연합군이 붉은수레바퀴령을 침략해서 예정된 합류를 틀어, 에스터를 지원하러 간다고 했어요."

어렵고 난해한 단어가 섞여 있는 것이 아니었음에도 칼릭스는 그 말을 온전히 이해하는 데에 오랜 시간을 소요해야 했다.

붉은수레바퀴령, 연합군, 사자갈기. 예정된 합류를 틀어, 에스터를 지원…….

칼릭스는 입 안을 감도는 피 맛에 정신을 차렸다. 입술이 터져 피가 흐르고 있었다. 자기도 모르게 이로 짓씹은 모양이었다. 칼릭스는 손수건으로 피를 꾹 누른 채 고개를 들었다. 중앙 본대에서 파견된 전령이 달려오는 모습이 보였다.

결과적으로 칼릭스는 어떤 행동도 취하지 않았다. 다음 날에 있을 전투를 대비하여 마인들에게 빨리 잠자리에 들라고 다그치기만 했다.

"안 가도 괜찮을까요?"

"……붉은수레바퀴령을 침범한 병력은 사자갈기의 병력만으로도 충분히 감당할 수 있는 수준이라 보고되었다. 내가 간다고 해도 이미 전투가 다 끝난 뒤라 별다른 도움도 되지 못할뿐더러, 도리어 중부 관문에 큰 빈틈을 만들게 될 뿐이지."

어금니대 대장이 구시렁거렸다.

"그래도…… 백작령에는 전대 백작 부인께서 계신 것 아닙니까?"

칼릭스는 가만히 바닥을 바라보다가 침을 한 번 삼킨 후에 입을 열었다.

"……어머니께서는 호락호락하게 성을 넘겨주실 만한 분이 아니고, 붉은수레바퀴령에 머무르는 가신들의 병력 또한 있다. 난 그들을 믿는다."

칼릭스의 말은 어떤 바람처럼 느껴지기도 했다. 믿는다. 무사할 것이다. 아무 일도 없을 것이다.

"그러니 나는 내 할 일을 해야지. 이곳을……."

피곤한 듯, 지친 듯한 목소리는 끝으로 갈수록 작아졌다. 종래에는 뚝 끊겼다. 복잡한 상념들이 칼릭스의 얼굴에 고스란히 드러나 있었다. 그는 제 얼굴을 한 번 쓸어내리는 것으로 일순 드러났던 감정을 모두 지워 버렸다.

"쉬어라."

그렇게 말한 칼릭스는 겨울철 싸늘한 공기에 하얀 입김을 뿜으며 돌아섰다. 마인 부대의 각 대장들은 염려스러운 눈빛으로 그의 뒤를 지켜보았다. 칼릭스가 머무르는 막사의 불은 그날 밤이 지새도록 꺼지지 않았다.

그날 이후로부터 마인들이 사고를 치는 빈도수가 확연하게 줄었다. 뒷골목에서 자란 사람들이 대다수라, 법과 규칙이 뚜렷한 장소에 적응하느라 마찰을 빚는 줄 알았더니. 조절하자면 조절할 수 있었잖아?

'이 인간들이?'

칼릭스는 살짝 울컥했지만, 생각해 보니 이게 어딘가 싶었다. 생각과 온 신경이 붉은수레바퀴령으로 쏠려 있는 그 가운데에서도 마인들의 조신해진 행동을 보니 어처구니가 없어서 웃음이 나왔다. 그렇게 묘하게 잠잠해진 며칠이 흘렀다.

칼릭스는 둔영지를 걷던 도중, 하늘에서 검은 그림자가 가까워지는 것을 보고 한 발짝 물러섰다. 하늘에서 뚝 떨어진 인간은 원숭이대의 대장이었다. 칼릭스는 3층에서도 곧잘 뛰어내리는 누이를 혈육으로 둔 자로서 눈썹 하나 깜짝하지 않았다.

"백자악님!"

"원숭이, 다른 사람들이 놀라니 건물에서 뛰어내리는 건 좀 자제하도록 하고. 그래, 무슨 일인가."

짐승이 엎드린 자세로 착지한 여자가 헤엑 헤엑 숨을 몰아쉬었다. 급하게 건물 위를 달려온 모양이었다.

"몰래 엿들었는데요!"

"……그래."

그렇겠지.

"사자갈기군이 앞서 보낸 전령이 지금 도착했어요! 중부 관문으로 오고 있답니다! 붉은수레바퀴 백작령은 무사하대요! 백작 부인께서도 무탈하시고, 영지도 큰 피해 없이 전투가 마무리되었대요!"

원숭이가 다다다 쏟아 낸 말을 듣고 여기저기에서 마인들이 뛰어나왔다.

"뭐? 무사해?"

"백작님! 무사하시대요!"

저번에 연합군이 붉은수레바퀴령에 침략했다는 소식을 훔쳐 듣고 미리 알려 준 에렌도 굴러 나와 허엉 울음을 터트렸다. 누가 보면 제 고향인 줄 알 것 같았다. 너무 어처구니가 없어서 웃겼다. 칼릭스는 결국 참지 못하고 풋 웃음을 터트렸다.

곧 마인들이 급조한 악기들을 들고 와 엉망진창으로 연주했다. 원숭이와 어금니는 몸을 들썩이다가 흥에 못 이겨 또다시 칼릭스를 어깨에 태웠다. 춤추며 노래를 부르기를 몇십 분째, 칼릭스는 두 사람의 머리를 토닥이며 말했다.

"원숭이, 어금니. 이제 그만 내려 줘. 나는 본대에 가 봐야 할 것 같으니."

연회를 벌이는 무리 바깥에서 본대로부터 도착한 전령이 이러지도 저러지도 못한 채 서성이고 있는 게 칼릭스의 시야에 들어왔다. 높은 곳의 이점이었다.

"백작님께서 본대에 가야 한답신다아!"

그들은 인간 가마 고객의 바람을 훌륭하게 하나만 접수하여, 그대로 중부 관문 제국군 본대 둔영지까지 이동했다. 둥둥, 짤랑짤랑, 뿌우우, 갖은 소음을 내는 무리를 본 제국군 병사들이 질린 표정으로 길을 텄다.

푸른등불 공작은 난데없이 들리는 소음에 막사를 나왔다가 이상한 광경을 보게 되었다. 칼릭스가 뒷골목 깡패 같은 이들의 중앙에 우뚝 솟아 있는 모습이었다.

"이게 뭔⋯⋯."

수다쟁이 앵무새도 이 진귀한 장면을 구경하느라 잠시 입을 다물고 있을 정도였다.

칼릭스는 태연한 표정으로 인간 가마에서 내려 푸른등불 공작에게 다가갔다. 설명을 요구하는 푸른등불 공작의 얼굴을 보고도 칼릭스는 어깨만 한 번 으쓱하고 미소 지을 뿐이었다.

* * *

중부 관문 제국군 둔영지에 사자갈기군이 모습을 드러냈다. 놀라운 점은 사자갈기군뿐 아니라, 라고슈의 지원 병력도 더해져 있다는 것이었다.

칼릭스는 건물 밖을 서성이다가 하얀밤 기사단에 끼어 있는 미레이미를 발견하고 화색을 지었다. 그 얼굴을 목격한 미미는 이를 두고두고 놀렸다.

길 잃어버린 어린애가 엄마를 찾은 표정이었다면서.

낄낄 웃은 미미는 전신 갑주를 입고 있는 어떤 기사를 가리킨 후, 수평으로 큰 원을 그렸다. 그리고 그 원을 와구 와구 퍼먹는 시늉을 더했다.

'큰…… 접시…… 많이 먹어? 누님?'

칼릭스의 눈이 반짝이자 미미가 고개를 끄덕였다. 그리고 또 후드를 뒤집어쓴 어떤 신관을 가리킨 후, 자신의 얼굴도 한번 콕 찍고는 엄지를 두 개 추켜올렸다.

'얼굴이…… 무척이나 최고야? 리카르디스 전하?'

이번에도 정답일 것 같았다. 칼릭스는 참았던 길고 긴 안도의 한숨을 내쉬었다. 동부 전선의 승리와 선물받은 동화책. 그 사이에 끼어 있던 리쉬 한 송이로 로젤린이 무사하다는 사실은 알고 있었지만, 눈으로 확인하기 전까지는 계속 불안이 따를 수밖에 없었다.

총사령관의 실종에 사기는 낮아진 상태였다. 다행히 동부 전선과 여기저기에서 승전보가 울려 퍼지며 조금 회복되었다지만, 그가 살아 돌아왔다는 얘기를 알리는 것만큼의 효과는 없을 게 분명했다. 그걸 감안하고도 생존 사실을 숨기는 이유가 무엇일까. 칼릭스는 계속해서 한 명에게 가려는 시선을 애써 떼어 내고 건물로 발을 들였다.

중부 관문의 지휘관들은 라고슈의 지원 병력과 제국군의 일부가 도착한 현 상황에 무척이나 기뻐했다. 하지만 이런저런 계산을 마친 후에는 여전히 상황을 낙관적으로 볼 수 없다는 것을 깨닫고 평소의 피로한 모습으로 돌아왔다.

사자갈기군과 하얀밤 기사단, 일부의 남부 관문 병력과 라고슈의 지원군은 논의 후 적합한 곳에 배치되었다. 푸른등불 공작은 몇몇 사람들만 남기고 지휘부를 해산했다. 붉은수레바퀴 백작, 푸른등불 공작, 황금정원 자작, 큰뿔산양 후작 등등. 전부 리카르디스에게 충성을 바친 이들뿐이었다.

하급 지휘관들이 주르륵 나가자마자 모두의 시선이 한 사람에게 꽂혔다.

드윗의 뒤에 서 있던, 후드를 눌러쓴 신관에게로. 얼굴을 반쯤 가린 신관이 턱을 쓸다가 떨떠름한 목소리로 입을 열었다.

"대체 어떻게 나란 걸 아는 거지?"

"코와 입만으로도…… 전하 같으셔서."

황금정원 자작은 '코와 입만으로도 충분히 잘생기셔서.'라는 말을 둘러말 했다. 후드를 젖힌 리카르디스가 씩 웃었다. 벽에 기대어 선 신관 앞에 방 안의 사람들이 일시에 한쪽 무릎을 꿇으며 예를 갖췄다.

"일어나라. 모두 수고가 많았다."

푸른등불 공작은 평소의 냉철하고 까칠한 모습은 어디로 지워 버렸는지, 붉게 상기된 얼굴로 콧수염을 움찔거리고 있었다. 공작이 고개를 숙이자 리 카르디스가 웃으며 그의 어깨를 토닥였다.

"살아 계실 거라 믿었습니다."

"못난 주인을 만나 고생이 많아."

다들 훌쩍이느라 아니라는 대답을 못 했다. 정말 못난 주인을 만나 고생 이 많은 자들이 되어 버렸다. 리카르디스는 찝찝한 기분을 느끼며 의자에 앉았다. 모두 그를 따라 자리에 앉았다.

"라고슈의 지원 덕에 위기를 넘겼다. 차후 보답에 관해 논의해야 할 테지 만, 타국의 병력이라고 해서 불이익을 받지 않는 게 우선되어야겠지."

"명을 받듭니다."

"바다협곡과 고래무덤이 해상에서 부단히 노력하고 있다는 소식을 전해 들었다. 라고슈의 해군 또한 합류할 예정이라고 하니, 해안가는 크게 신경 쓰지 않아도 되겠군."

"말씀하신 대로입니다."

테이블 위에 펼쳐진 지도로 사람들의 시선이 몰렸다. 연갈색 나무 조각은 일라베니아의 병력을, 검은 나무 조각은 연합군의 병력을 뜻하는 모형이었다. 압도적으로 검은색의 수가 불어나 있었다. 멀리 떨어진 나무 조각들조차 모두 중부 관문을 향했다. 병력의 집결. 총력전이 펼쳐질 양상이었다.

"모두 알다시피, 연합군의 병력이 중부 관문으로 모이고 있는 상황이다. 하카브도 더 이상 시간을 끌기에는 현실적으로 문제가 많으니 말이야. 발타를 둘러싸고 있는 나라들도 견제해야 하고, 금전적으로도, 병사들의 체력적인 면으로도 시간을 끌면 피차 좋을 게 없으니까."

리카르디스는 턱을 괸 채 연합군 본대를 뜻하는 검고 큰 나무 조각을 응시했다.

"앞으로의 전투는 더욱 치열해지겠지. 이미 한계나 다름없는 병사들은 하루에도 수천씩 죽어 나갈 것이며, 미래가 없어 보이는 전쟁에서 희망을 찾지 못해, 일어날 수 있음에도 쓰러지는 이들이 수두룩할 것이다."

비관적인 얘기를 하고 있음에도 탁자에 앉은 이들은 조금도 흐트러지지 않았다.

"쓰러지거든 일으켜 세워라. 거짓말을 하든, 돈을 쓰든, 그들의 어머니와 자식의 이름을 불러서라도, 무슨 일이 있어도 희망을 붙들어 둬라. 2주. 단 2주다."

리카르디스는 잠깐 입을 다물고 침묵했다.

"아주…… 길게…… 느껴지는 시간이 지나고 나면."

리카르디스가 시선을 들어 올렸다. 방 안의 모두를 지나친 눈동자는 단 한 사람만을 담았다. 로젤린을 응시하며 그가 말을 이었다.

"검은 달이 세상을 비추고 있을 것이다."

수백 년간 잃어버렸던 '축복의 밤'을 말하는 사람답지 않은 담담한 말투였다.

* * *

"저기요."

라헤안시가 짜증스레 말을 내뱉으며 옆에 서 있는 사람을 흘겨보았다. 내내 팔짱을 낀 채로 차가운 시선을 보내고 있던 브네학스였다.

"성력 한번 쬐면 힉살라께서 뿅 하고 일어나실 거라 생각한 건 아니겠죠."

반듯한 브네학스의 얼굴이 와그작 구겨졌다. '뭐, 뿅이라니? 감히 힉살라께 뿅?'이라고 말하고 싶은 표정이었다. 멀찍이 소파에 드러누워 있던 간제가 간식을 먹으며 그 신경전에 끼어들었다.

"뭐, 치유의 힘을 가진 자들이 리비타의 궁에도 있긴 합니다만, 애초에 마인은 건강하고 다쳐도 빨리 나으니까 성력을 접해 볼 기회가 적긴 하지요. 아문은 마인 중에서도 강한 축이라 감기도 걸려 본 적 없을걸요."

"어쩐지. 며칠 동안 고생에 절어 밤마다 시체처럼 늘어지는 나를 무능하다는 식으로 쳐다볼 때부터 알아봤어야 했는데!"

라헤안시가 표독스럽게 브네학스를 노려보았다.

"힉살라께서 쓰러진 게 몇 년 전인지는 일라베니아인인 나도 알거든요? 마인인 힉살라를 중독시켜 의식 불명 상태까지 만들려면 쓰러지기 훨씬 전부터 작업에 들어갔을 거고! 근 10년 이상 중독 상태였던 사람이 하루 이틀 치료받는다고 괜찮아질 줄 아는 게 양심 없는 거 아니에요? 그렇지요, 전하!"

"저 사람이 좀 그런 경향이 있죠. 앞뒤로 꽉꽉 막혀 가지고서는, 쯧. 우리 타타라가 이렇게 힘들게 쥐어짜 내고 있는데."

두 사람의 공격에도 브네학스는 눈썹 한번 움직이지 않았다.

"무척 자신만만해하기에, 하루면 일어나실 줄 알았지요. 일라베니아의 단 일곱뿐인 대신관도 사실 별 볼 일 없나 보군요."

라헤안시가 미간을 찌푸렸다.

"참 나, 몇 달은 더 이렇게 성력으로 치료받으셔야 할 겁니다. 해독약도 계속 드셔야 하고요. 만약 5일 정도로 힉살라를 '꿈틀'이라도 할 수 있게 만드는 사람은 인간이 아니라 신……."

그 순간 힉살라의 손가락이 꿈틀거렸다. 멀찍이 떨어져 있는 간제를 제외한 두 남자 모두 목격했다.

"악!"

짧은 비명을 지른 라헤안시가 자신의 팔을 마구 쓸었다. 유능함이 도가 지나쳐 소름 끼쳤다. 알고 보니 내가 신? 라헤안시는 정신력으로 마지막 한 방울의 성력까지 쥐어짜 내기 시작했다. 하얀빛은 여태껏 보았던 것보다 환하게 빛났다.

갑작스럽게 두 남자가 산만하게 움직이기 시작하자 간제도 이상을 깨닫고 일어났다. 몇 년의 세월 동안 노인처럼 변모한 힉살라의 주름진 손가락이 조금씩 움직이고 있었다.

라헤안시가 땀을 뻘뻘 흘리며 간제에게 말했다.

"왕녀 전하! 힉살라의 손을 잡으시고 계속 말을 걸어 주세요. 의식이 깨어 계실지도 모르니까!"

간제가 두 손으로 힉살라의 손을 꽉 붙잡았다.

"위대한 힉살라시여. 하카브 위 리비타가 힉살라를 중독시켜 의식을 잃게 만든 다음 궁전의 주인처럼 행세하고 있습니다. 과를 위조해서요. 진짜를 찾기만 하면 곧바로 노친네를 죽이겠다던데. 오라비가 말하는 그 노친네가 아마도 힉살라인 게 아닐까? 하고 이 간제는 짐작만 하고 있답니다."

'과'는 힉살라의 징표로, 힉살라의 이름 아래 펼쳐지는 모든 문서에 찍히게 되는 도장이었다. 발타의 역사와 함께한 과가 없으면 힉살라의 자리에 오른다 하더라도 제대로 된 힘을 얻지 못해 허수아비처럼 세월만 보내게 될 뿐이었다.

"힉살라께서 뒷목 잡고 다시 쓰러지시겠네, 아주 그냥!"

아버지, 제 목소리가 들리시나요. 흐흑, 어서 깨어나세요. 이런 것쯤을 바랐던 라헤안시가 기겁했다. 그런데, 놀랍게도.

"크, 크윽……."

수년 동안 잠들어 있던 힉살라가 눈을 번쩍 떴다.

"힉살라시여!"

브네학스가 탄성을 터트렸다. 리비타의 주인이 깨어난 것에 감격한 그와 달리, 라헤안시는 힉살라가 조금 가여웠다. 의식을 차리자마자 듣는 내용이 저딴 거였으니 혈압이 오를 만도 하지.

하지만 거기에 신경 쓸 틈이 없었다. 매일매일 쥐어짜 내는 성력도 이제 한계였다. 오늘까지만 치료하고, 며칠 지난 뒤에야 다시 힘을 쓸 예정이었는데 힉살라가 깨어난 것이었다. 의식을 유지할 정도로 회복시켜 놓아야만 했다.

몇십 분 후. 비틀거리는 라헤안시를 브네학스가 부축했다. 땀이 비처럼 쏟아지는 것을 옷소매로 다정히 닦아 주기까지 하면서. 다정한 행동이 몹시나 역했지만 라헤안시에게는 그를 떨쳐 낼 힘이 없었다.

힉살라는 긴 수면에서 완전히 깨어났다. 오랫동안 쓰지 않은 얼굴 근육이 경련하듯 떨리고 있었으나, 브네학스와 간제의 얼굴을 알아보는 걸 보니 회복되는 건 시간문제인 듯했다.

"네가…… 아문의 가주가 되었느냐."

"그러하옵니다."

힉살라가 이를 갈았다.

"어린, 아이였는데…… 세월이…… 많이도 흘렀구나."

브네학스는 답지 않게 우왕좌왕하는 모습을 보이다가 우선 식사를 먼저 하시는 편이 좋지 않겠냐며 간제에게 의견을 구했다. 간제는 고개를 끄덕였다. 질 좋은 고기를 올려야겠노라 진지하게 미친 소리를 하고 있어서 라헤안시는 지친 와중에도 힘겹게 말을 꺼내야만 했다.

이 무식하게 튼튼한 마인들, 10여 년간 잠들어 있던 노인의 위장을 기름칠하며 학대하려고 하다니.

"무조건, 소화가 잘되는, 아기들도 먹을 수 있는 것으로!"

두 남녀가 고개를 기울였다. 그런 걸 먹고 우리 아빠가 힘이 날까? 힉살라께 감히 그딴 걸 먹일 수는 없지 않나? 하는 표정들이었다.

"……오랫동안 잠들어 계셔서 자극적인 음식이나 소화하기 어려운 음식을 먹을 수는 없습니다. 지금 힉살라께서는 살아 숨 쉬는 것만으로도 힘든 상황이니, 제발, 음식은 소화하는 데 힘이 필요한 종류가 아니라, 알아서 소화되는 거로, 하라고……."

말의 끝은 짜증으로 점철되어 있었다. 두 남녀는 자신들이 모르는 분야인 만큼 라헤안시의 말을 존중하기로 했다.

브네학스가 분주하게 방을 나선 사이, 간제는 힉살라의 곁에 앉아서 여전히 혈압이 오를 만한 과거의 일을 시간의 흐름에 따라 차분하게 서술했다. 하카브가 궁전을 장악하고 나서 힉살라의 세력부터 먼저 잘라 내었다든가, 마지막으로 남아 있던 어린 황자도 결국 암살당했다든가 하는 하카브의 악행과 관련된 얘기였다. 그게 잘 먹힌 것인지 힉살라는 연신 부들부들 몸을 떨어 댔다.

과거에서부터 흐른 얘기가 현재를 따라잡았다. 대륙에 발발한 전쟁과 간제, 그녀 자신만이 오로지 힉살라에 대한 애정 하나로만 위험을 감수하고 대신관을 리비타 궁전으로 데려온 것, 브네학스의 협조와 힉살라가 눈을 떴다는 얘기까지.

"네가 수고가 많았구나, 제야."

"당연히 해야 할 일을 어찌 수고라 할 수 있을까요? 간제가 바라는 것은 힉살라께서 무사히 깨어나시길, 그리고 건강을 회복하시기를. 딱 두 가지뿐이었답니다. 저에게는 이제 힉살라밖에 안 계신걸요."

라헤안시가 어이없다는 듯 그녀를 바라보았다. 저게 통하나 했는데, 어린 시절의 간제만을 기억하는 힉살라는 진심으로 감동받은 표정이었다.

간제는 그를 깨운 진짜 용건을 말하지 않았다. 예상 밖이었다. 진짜 과는 어디 있냐. 전쟁을 방관하려는 건 아니지? 당장에 하카브를 불러들이자. 등을 당장에 말할 줄 알았는데.

'음……..'

저 간제가 숙일 만한 인물이라니. 아들에게 배신당해 10여 년간 잠들어 있던 불쌍한 노인이 아니라, 힉살라는 힉살라란 말이었다. 은연중 그를 불쌍하게 여겼던 라헤안시는 제 생각을 잽싸게 철회했다.

힉살라의 명령 아래, 그가 깨어났다는 소식은 알려지지 않았다. 몸을 회복하여 운신할 수 있기 전까지 조심하려는 모양이었다.

그동안 힉살라의 방 안에는 소수의 시종과 브네학스, 간제와 간제의 사람들, 라헤안시만이 드나들었다. 그럼에도 고요하게 불기 시작한 태풍을 눈치챈 것인지 리비타의 궁이 어수선해지기 시작했다.

힉살라가 깨어나고 며칠이 흘렀다. 하지만 그는 잠들어 있던 때와 마찬가지로 어떤 영향도 끼치지 못했다. 과를 찾아와 명령을 내린다든가, 군대를 물리려고 한다든가 하는 행동은 물론이고 그와 비슷한 의지도 엿볼 수 없었다.

라헤안시는 그런 그를 매일 치료했다. 라헤안시의 헌신적인 보살핌에 힉살라는 빠른 속도로 회복했다. 리비타 궁전의 치료사, 일라베니아로 따지면 신관인 자들이 힉살라를 얼마나 방치했는지 알 수 있는 대목이었다.

그렇게 일주일이 흘렀다. 라헤안시는 힉살라의 방으로 걸어가던 중 간제와 마주쳤다. 그녀는 라헤안시를 보며 어깨를 으쓱했다. 그가 묻고 싶은 부분이 어떤 건지 안다는 듯이.

"움직일 생각을 안 하시네요. 하카브가 일라베니아를 자빠뜨리기 일보직전이라 말했는데도요."

라헤안시는 그녀를 빤히 바라보다가 씨익 웃었다.

"우리의 신뢰는 깨지지 않겠지요, 전하? 나름 목숨으로 맺어진 인연인데요."

"……상황이 좋지 않다는 건 알고 있습니다. 하지만, 저도 제 나름의 최선을 다하고는 있답니다. 생각보다도 노친네가 완고해서 그렇지. 그렇게 오래 잠들어 있었는데도 여전하네요."

"이해는 합니다."

어느 나라건 그런 경향이 있으나, 발타는 자식을 소유물처럼 여기는 경향이 조금 더 강했다. 간제가 위험을 감수해 빛나는 공을 세웠다지만, 부모인 힉살라의 입장에서는 '당연한 일을 한 것이다.'라고 인식하게 되기 마련이었다. 무언가를 바란다면 그때부터 의심을 받을 게 뻔했다.

이런저런 사정이 엮여 있는 간제로서는 힉살라를 설득하는 데 한계가 있을 수밖에 없었다. 라헤안시는 그 점을 잘 알고 있었다.

"그래도 시간이 너무 많이 흘렀군요."

"면목 없습니다."

"책망하려 한 말이 아닙니다, 그저."

라헤안시는 걸음을 옮기며 말을 끝맺었다.

"오늘로 끝내야만 하겠습니다."

힉살라는 앉아서 식사 중이었다. 놀랍게도 고기를 먹고 있었다. 일어난지 얼마나 되었다고, 이 미친 마인들 같으니. 라헤안시는 질색하는 얼굴로 힉살라를 잠깐 바라보았다가, 그의 시선이 닿자마자 생긋 웃었다.

"오, 대신관. 왔는가."

"몸은 좀 어떠십니까."

"덕분에 두통도 많이 가라앉았다네. 힘도 점점 돌아와서 이제는 걸어 다녀도 될 정도야."

힉살라가 껄껄 웃었다.

"체력이 정말 대단하시군요. 그러면 오늘도 한번 살펴보겠습니다."

라헤안시는 침대 옆의 의자에 앉아, 힉살라의 심장 부근에 성력을 흘려보냈다.

"손 떨림도 많이 가셨군요. 추이를 조금 더 지켜봐야겠습니다만, 약을 꼬박꼬박 복용하면서 치료를 받으면 금방 쾌차하시겠습니다."

힉살라는 시체 같은 몰골을 벗어던졌다. 흰 머리카락 사이로 검은 머리카락이 자랐으며, 늘어졌던 얼굴 피부도 다시 젊어지기 시작했다. 술에 의존하는 사람들처럼 손을 떨던 것도 자세히 봐야만 눈치챌 정도였다. 라헤안시는 그를 빤히 바라보다 생긋 웃었다.

"이제 흐트러진 기강을 바로 세우셔도 되겠습니다."

힉살라는 호탕하게 웃으며 라헤안시의 눈을 마주 응시했다.

"이 늙은 몸에게 무슨 힘이 있겠나."

간제는 한쪽 벽면에 서서 대화를 주의 깊게 듣고 있었다. 여태껏 그녀가 꺼내지 못했던 본론이, 갑작스럽게 시작되고 있었다.

"과는 어디 있습니까?"

너무나도 갑작스럽게. 간제는 살짝 당황했다. 저렇게 대뜸 과가 어디 있냐고 묻기부터 할 줄이야. 흘끗 힉살라를 바라보니, 잔뜩 얼굴이 굳은 채였다.

"나를 치료해 준 은인이라고는 하나, 외부인이 감히 입에 올려서는 안 될 말이다. 이번만은 넘어가겠다. 그러니,"

"제가 만약 힉살라였다면 말입니다."

라헤안시는 힉살라의 말을 뚝 잘라먹고 제 말을 시작했다. 힉살라의 얼굴도 구깃, 브네학스 아문의 얼굴도 구깃구깃해졌다.

"이 상황을 의심하지 않을 수 없을 것 같군요."

라헤안시가 타타라였을 때에 보이던 예쁜 미소를 지어 보였다. 힉살라의 얼굴에는 어느덧 호랑이 같은 맹수의 기질이 떠올라 있었다.

"아들에게 배신당해 수년의 세월을 잠들었고, 그사이 재상과 발타의 다섯 가문 중 네 개의 가문이 넘어가고, 궁인들 또한 하카브의 손아귀에 있다고 하고. 여기서 과연, 아문의 가주와 하카브 왕자 전하의 동복동생인 간제

왕녀 전하의 충성심은…… 순수하게 받아들여질 수 있을까?"

라헤안시의 목소리는 점점 더 낮아졌다.

"이것 또한 내가 숨겨 둔 과를 찾기 위한 아들놈의 농간은 아닐까?"

"아주 재밌는 말을 하는군, 대신관."

힉살라는 얼굴을 흉흉하게 일그러트린 채 웃고 있었다. 라헤안시가 손바닥을 마주쳐 짝 소리를 냈다.

"이것이 힉살라의 발에 채워진 하나의 족쇄입니다. 그리고 상황을 끌면 끌수록, 나라의 위기에 적진 한가운데까지 들어올 정도로 애국심이 대단한 저 '대신관'이 그 위급함에 합당한 가격을 제시하리라. 이게 힉살라의 다른 발에 채워진 나머지 족쇄 하나입니다. 두 개의 족쇄 때문에 한 걸음도 앞으로 걷지 못하시는군요, 제가 깨워 드렸음에도 불구하고 말입니다. 이럴 거면 오지 말 걸 그랬나 봅니다."

방 안에는 싸늘하다 못해 시린 정적이 내려앉았다. 침 한번 삼키기 힘든 분위기 속, 매서운 눈으로 라헤안시를 노려보던 힉살라가 돌연 웃음을 터트렸다.

"리비타에 발을 들였을 때부터 알아봤어야 했는데, 배짱이 대단하군."

"좋게 봐 주시니 감사할 뿐이죠."

두 사람이 마주 보며 쓸데없이 웃음을 흘렸다.

"멀리서 온 손님이 급한 모양이니, 슬슬 탁 터놓고 얘기를 해 볼까. 우선 한 가지 말하자면, 대신관이 말한 그 첫 번째 족쇄는 오늘로 풀렸소. 며칠간 지켜보고 일도 시켜 봤는데 너무 순수한 충성심뿐이라 내가 다 미안할 정도였지. 알고는 있었지만 아문가의 아이들은 대대로 참 거짓말을 못 하는군."

구석에 서 있는 브네학스 아문은 기뻐해야 하는지 슬퍼해야 하는지 모르겠다는 얼굴을 하고 있었다.

"그러니 하나가 남은 셈이지. '적진 한가운데까지 들어올 정도로 애국심이 대단한 저 대신관이 그 위급함에 합당한 가격을 제시하리라.'라고 말했던가? 그래, 대신관은 내게 감히 실례를 저지를 만큼 퍽 다급해 보이긴 하는군."

힉살라가 제 무릎을 탁 치고 라헤안시와 눈을 맞췄다. 입꼬리가 장난스럽게 씩 올라갔다.

"그에 합당한 가격은 얼마인가?"

"얼마를 바라십니까?"

힉살라는 흐음, 하며 말을 끌더니, 둥그런 모양의 전통 과자를 하나를 집었다. 그러고 반을 뚝 잘라 라헤안시에게 내밀었다.

"어렸을 때부터 나는 깔끔한 걸 좋아했었지. 딱 이만큼만 받겠다."

이 아저씨가 미쳤나…… 라헤안시는 속마음을 숨긴 채, 그가 내민 과자의 반대편을 잡고, 뚝 끊었다. 순식간에 4분의 1쪽이 되었다. 힉살라의 풍성한 수염이 꿈틀 움직였다.

"일라베니아가 함락될 시, 발타가 얻을 수 있는 가치는 일라베니아 전체가 아닙니다. 그 점을 확실히 하셔야겠습니다. 연합군에 포함된 다섯 개의 왕국, 크고 작은 소부족까지. 그 수만큼 조각나 분배되겠죠. 물론 공로가 큰 발타가 가장 많이 얻을 테지만, 그게 일라베니아의 반은 아닙니다. 그러니 우선 이렇게 하고."

하고? 힉살라의 의문스러운 눈빛 아래, 라헤안시가 과자를 다시 얌 베어 물었다. 순식간에 8분의 1개가 되었다.

"이만큼이 적당하겠군요."

이번에는 힉살라가 어이없다는 표정을 지었다.

"방금 베어 문 건, 힉살라의 목숨값입니다. 설마 힉살라의 목숨에 그 정도 가치도 없으려구요."

그 정도가 안 된다고 하면 제 가치를 깎아 먹게 생긴 셈이었다. 힉살라가 무어라 불만을 터트릴 기색을 보이자 라헤안시가 과자를 앞니로 살짝 갉아

먹었다. 이 미친놈이? 힉살라가 얼굴을 일그러뜨렸다.

"욕심이 과하십니다."

"욕심이 과하다……? 가만히 있으면 대신관이 말한 대로 제국의 커다란 부분이 발타의 것이 될 터인데?"

"물론 그렇겠죠, 하지만 더욱 커지고 부강, 부유해진 발타에."

라혜안시가 힉살라를 바라보며 히죽 웃었다.

"힉살라께서 계시겠습니까?"

챙, 날카로운 소리가 났다. 라혜안시는 제 목에 와 닿는 차가운 금속의 감촉을 느끼며 흐흐 웃었다.

"어찌 예상을 벗어나지 않아. 은근 쉬운 사람인 거 알까 모르겠네."

라혜안시는 자신을 싸늘한 얼굴로 내려다보는 브네학스 아문을 보고도 웃기만 했다. 힉살라는 브네학스를 만류하지 않는 것으로 불편한 심기를 표현했다.

"만약 이 싸움에서 연합군이 승리를 거두게 된다면, 그 후에 어떤 일이 벌어질지 아실 텐데요. 하카브 전하에게 이번 전쟁의 승리는 단순히 '얻어들이는 재화가 많아진다.'에 그치지 않습니다. 승리를 이끈 총사령관으로서 동맹국의 신임을 받고 세력을 더욱 불리게 될 겁니다. 죽음에서 살아 돌아온 힉살라는 병을 오래 앓아 이지가 흐려져 있다 알려질 것이며, 그렇다면 가짜 과가 진짜 과가 되는 것도 시간문제 아니겠습니까."

라혜안시는 태연한 얼굴로 목에 난 생채기를 치료했다. 힉살라의 얼굴은 아까보다 더 굳어 있었다.

"하카브 전하를 제거할 수 있는 기회는 현시점에서 많아 보이지 않는군요. 그가 일개 왕자의 신분일 때라든가, 혹은 왕자 전하가 전쟁에 정신이 팔려 힉살라의 움직임을 읽지 못하고 방심하고 있을 때라든가. 세상에, 그러면…… 연합군이 승리를 거두면 안 되는 거 아닙니까?"

라혜안시가 눈을 크게 뜨고 놀랐다는 듯 시늉했다.

"저만큼이나 힉살라께서도 꽤나 급해 보이십니다."

그 말대로였다. 간제에게 모든 상황을 전해 들은 힉살라는 라헤안시와 같은 생각을 했다. 지금이 하카브를 끌어내릴 수 있는 마지막 기회. 만약 연합군이 승리하게 될 경우, 발타에 이득이 돌아올지언정 세력을 불린 하카브로 인해 자신은 끌어내려지게 될 것이다.

많은 권력자들이 그러하듯, 힉살라 또한 나라의 부강보다 자신의 안위가 먼저 앞서는 자였다. 그러니 반드시 전쟁이 끝나기 전에 힉살라의 명령으로 군대를 돌려 하카브를 패배하게 만들어야만 했다.

그러나 일라베니아의 패배와 연합군의 승리로 얻게 될 이득 또한 아까웠다. 발타의 오랜 적인 일라베니아의 패배가 어찌 달콤하지 않을 수 있을까. 두 마리의 토끼를 다 잡을 방법은 없는가?

자신도 조급한 상황이지만, 나라를 잃게 생긴 대신관만큼은 아니지 않을까. 그래서 힉살라는 어떤 행동도 취하지 않고 기다렸다. 라헤안시가 서서히 고조되는 감정에 휘둘리게끔. 지금 보니 휘둘리기는커녕, 의도를 빤히 다 읽고 있어 소용없는 짓이 되어 버린 것 같긴 했지만.

황실의 핏줄이라는 대신관은 생각보다도 머리 회전이 빠른 듯싶었다. 힉살라는 이 거래를 어떻게 하면 조금 더 이득이 되게 만들 수 있을까 고민했다. 갖은 경우의 수가 그의 머릿속을 지나갔다.

힉살라가 입을 다물고 있는 동안, 라헤안시는 잠깐 창밖에 시선을 두고 있었다. 무얼 쳐다보는지 한참을 그렇게 있던 그가 다시 힉살라에게로 고개를 돌렸다.

"힉살라시여."

"말하라."

"새로운 세상이 열립니다."

"……"

"죽은 땅이 살아나는 기적이 펼쳐질 것입니다. 사상과 이념, 종교. 각자의 이유로 다투던 모든 이들이 검을 놓고 환희에 가득 차 노래를 부를 겁니다."

힉살라는 그가 말하는 새로운 세상이 무얼 뜻하는지 깨달았다.

"축복의 밤에는 하얀 밤뿐 아닌 검은 달이 함께합니다. 성력뿐 아니라 마력도 필요합니다. 인간은 혼자 살아갈 수 없다는 신의 깊은 뜻을 알리기 위한 화합의 장일지도 모릅니다. 세계는 오랫동안 멈춘 채, 그 사실을 망각하여 고통받았습니다. 검과 검이 맞부딪쳐 결코 얻을 수 없는 것도 있음을 쇠퇴하고 있는 지금의 일라베니아가 증명합니다."

라헤안시에게서는 일견 장난스러워 보이고 상대를 흔들려던 정치꾼의 모습을 조금도 찾아볼 수 없었다. 진중한 눈빛과 태도, 차분히 이어 가는 담담한 말투는 성서를 읽는 듯 성스러워 보이기까지 했다. 한번 말을 끊은 남자가 다시 입을 열었다.

"역사에 새겨질 새로운 세상의 첫발이 코앞에 있습니다. 부디 손을 맞잡고, 멈춰 있던 시간이 움직이기 시작하는 새 시대를 함께 열어 주시지 않겠습니까?"

힉살라는 잠시 숨을 멈춘 채 눈만 깜빡이며 라헤안시를 바라보았다. 말하는 걸 보니 정말 대신관이 맞기는 한가 보군. 며칠간 보아 온 가벼운 언동이 생각나지 않을 정도였다.

'흠……'

힉살라는 입을 다물고 그를 바라만 보았다. 한참 후 힉살라가 씩 웃었다.

"집단의 우두머리를 움직일 수 있는 게 무엇인지 아는가, 대신관?"

뜬금없는 질문에 라헤안시가 살짝 고개를 기울였다. 집단의 우두머리를 움직일 수 있는 것?

"돈?"

역시 좀, 지나치게 솔직한 인간이긴 한 것 같았다. 힉살라는 목을 큼큼 가다듬었다.

"조금 더 둘러서, 이득이라고 말하겠네. 마을의 장만 해도 어떤 것이 마을에 도움이 될까, 어떤 게 이득일까 생각하는데 말이야, 그게 일국의 왕이라 하면 어떻겠나."

"더…… 많은 돈?"

"……그래, 뭐…… 더 많은 돈이 필요하지. 아무튼, 아까 전까지 그 작은 과자 조각 정도의 이득으로는 움직일 마음이 안 들었네만."

라헤안시가 눈을 동그랗게 떴다.

"방금 전의 대신관이 한 말이 추를 기울이게 했네."

힉살라가 씩 웃으며 라헤안시를 바라보았다.

"새로운 세상이라."

껄껄 웃던 힉살라가 라헤안시의 어깨를 퍽퍽 때렸다. 좋다고 하는 행동이었지만 고통스러울 뿐이었다. 라헤안시는 눈물을 글썽이며 어깨를 잡았다.

"우두머리들이 돈 다음으로 좋아하는 게 뭐냐면 완장일세. 직위, 완장. 이런 거에 환장을 해. 돈과 더불어 나라를 다스리는 데 크게 영향을 끼치기 때문이지. 대륙을 오랫동안 지배했던 고통을 끝낸 선구자. 이는 돈으로도 살 수 없는 값진 이름이 될 터."

"아, 그러면……."

'돈은 안 받는 거로?'라는 말을 하기 전에 힉살라가 정색했다.

"그래도 받을 건 받아야지."

"아, 예……."

힉살라가 손을 내밀었다. 라헤안시는 눈만 데굴데굴 굴렸다.

"손을 맞잡고 함께 새 시대를 열어 보자 하지 않았나."

라헤안시는 흐흐 웃으며 일어나 그의 손을 맞잡았다.

"그래서 과는 어디 있습니까?"

"……."

이놈 정말 믿어도 되는 걸까. 힉살라의 눈에 불신이 스며들었다.

"새 시대가 찾아오지도 못하고 수렁에 빠지기 일보 직전이란 말입니다!"

"뭐…… 알겠네."

얼른얼른! 재촉하는 라헤안시를 힉살라가 떨떠름하게 바라보았다. 라헤안시는 막연하게 과라는 것이 어느 깊숙한 금고에 숨겨져 있거나, 그가 믿는 가신 중 한 명이 맡고 있지 않을까 생각했다. 무려 그 하카브가 수년을 찾아 헤매고, 수백의 인간을 고문하고 죽였지만 결국 알아내지 못한 귀물이었다.

그게 있어야만 일이 진행될 수 있어서 빨리 내놓으라는 것도 있었지만, 단순히 그게 어디에 있기에 하카브의 눈을 피해 간 걸까? 하는 호기심도 있었다.

힉살라는 그런 호기심 충만한 라헤안시의 눈을 들여다보고는 헛웃음을 터트렸다. 이제 보니 애가 따로 없었다.

"여기 있네."

그러고 힉살라가 툭 친 것은 제 다리였다. 라헤안시가 고개를 기울였다. 간제와 브네학스도 응? 하고 의문스러워했다. 다시 한번 힉살라가 다리를 툭툭 두드리며 말했다.

"여기에."

힉살라의 다리. 허벅지 안쪽에 있다는 말이었다. 세 명이 숨을 크게 들이켜며 기겁하는 때에 힉살라가 잠깐 멈칫하더니 중얼거렸다.

"……오른쪽인가?"

"……."

수년간 잠들어 있던 탓인지 잘 기억이 나지 않는 모양이었다. 힉살라가 제 다리를 주물럭거리더니 역시 왼쪽이로군 하고 고개를 끄덕였다.

간제는 기가 막혀서 웃었다. 그러니 하카브가 그 고생을 해도 못 찾을 수밖에.

"시간을 끈 것은 대신관의 마음을 조급하게 만들려던 것도 있었지만."

역시나 그랬군. 라헤안시의 눈이 가느스름해졌다.

"칼을 대어도 괜찮을 만큼 몸을 회복하려고 기다린 것도 있었지."

힉살라가 침상 위에 허리를 곧게 펴고 똑바로 앉았다.

"이제 준비가 끝났군."

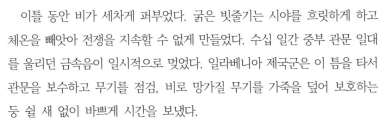

18

이틀 동안 비가 세차게 퍼부었다. 굵은 빗줄기는 시야를 흐릿하게 하고 체온을 빼앗아 전쟁을 지속할 수 없게 만들었다. 수십 일간 중부 관문 일대를 울리던 금속음이 일시적으로 멎었다. 일라베니아 제국군은 이 틈을 타서 관문을 보수하고 무기를 점검, 비로 망가질 무기를 가죽을 덮어 보호하는 둥 쉴 새 없이 바쁘게 시간을 보냈다.

날이 밝았다. 새벽까지도 흐릿하던 하늘은 아침이 될 무렵 맑게 개어 눈이 부실 정도의 빛을 쏟아 냈다. 리카르디스는 이른 아침에 중부 관문의 방벽 위로 올라섰다. 연합군 진영을 지그시 바라보던 그의 미간이 살짝 찌푸려졌다. 그가 싸늘하게 웃으며 중얼거렸다.

"아주 작정했나 보군."

중부 관문을 포위하듯 둘러싼 연합군의 수가 전쟁이 중단된 이틀 사이 눈에 띄게 늘어나 있었다.

일반적으로 중부 관문은 일라베니아의 수도로 가기 위해서 반드시 지나 가야 하는 세렘 관문만을 뜻했다. 국경 지대 못지않게 훈련된 병사들이 상 주하며 삼엄하고 까다로운 검문으로 일라베니아를 위협하는 요소를 걸러 내는 곳이었다.

하지만 전쟁 시에는 세렘 관문에서 떨어진, 구석진 곳에 있는 바르제 방 벽까지 통틀어서 중부 관문이라 말하곤 했다. 보통 때에는 커다란 벽에 불 과하지만, 파괴한다면 어쨌거나 지나갈 수 있는 문이 생기는 것이었으니.

제국군은 두 개의 '문'을 지키기 위해 필사적으로 사투를 벌였다. 이따금 투입되는 마인과 '파편', 수적 우위로 찍어 누르려는 연합군의 매서운 공세 에도 세렘 관문은 힘겹게나마 버텨 내는 중이었다.

하지만 일주일 전, 바르제 방벽이 무너졌다. 지휘관이 재빠르게 대응한 덕에 적을 방벽 뒤로 허용하지는 않았으나, 보수할 틈도 없이 적군이 매일 매일 밀려들며 위기가 지속되었다. 막아 내기 위해서는 병사들이 무너진 벽 바깥으로 나와 기존 바르제 방벽의 역할을 대신하는 수밖에 없었다.

연합군이 가진 수와 힘의 이점을 눌러 주는 수단인 방벽이 사라지니 급 격하게 전황이 기울었다. 최근 제국군 측 사상자의 8할이 바르제 방벽에서 발생한다 해도 과언이 아니었다.

제국군이 위태롭게 버티고 있는 이 시점에서 사자갈기군과 라고슈가 바 르제 쪽의 전장에 합류하기로 결정되었다.

무너진 바르제 방벽 앞의 제국군 진영.

아침 해가 완전히 뜨기도 전, 연합군과 제국군은 너른 전장을 두고 대치 하는 중이었다. 방벽이 무너진 이후 계속된 사투에 지친 제국군 병사들은 줄지 않는 적군의 수를 보며 질린 표정을 하거나 겁을 먹은 듯 의기소침해져 있었다. 병사들을 이끄는 지휘관들조차 마찬가지였다.

그런 중이라 선두에서 말을 탄 채 팔짱을 끼고 육포를 씹는 이의 무심한 태도가 더욱 눈에 띄었다. 사자갈기군의 '로즈 경'으로 위장한 로젤린이었다. 그녀는 소속인 사자갈기 기사단과 함께 움직이지 않고 '장미'라는 이름의 대를 이끄는 지휘관으로서 전장에 나와 있었다.

"대장."

고개를 돌리자 말 위에 앉아 한쪽 발을 안장에 얹은 불량한 자세의 쥬쥬와 눈이 마주쳤다. 로젤린이 품에서 육포를 꺼내 그에게 건네었다.

"뭐, 그걸 달라는 얘기는 아니었지만."

마카롱이 입으로 육포를 가로채고는 질겅질겅 씹었다.

로젤린의 옆에 강한 여자 마인이 한 명 더 있다는 사실이 적군, 아군 가리지 않고 널리 퍼져 있는 시점이었다. '로즈 경' 옆에 미미가 있다면 정체를 숨기고 자시고 할 것도 없이 탄로 날 것이 분명했다. 그것을 고려한 마카롱이 단순한 해결책을 제시하며 지금의 상황을 만들었다. 미미가 안 되면, 쥬쥬로 옆에 있으면 되지!

그렇게 미레이미가 사라졌다. 죽음을 넘어 동고동락해 온 미미가 사라지자 하얀밤 기사단의 거의 모든 인원이 그녀를 찾아 댔다.

아, 이런 것까지 신경 써야 하나. 마카롱은 귀찮아 죽을 뻔했지만, 인내심을 가지고 대충 변명했다. 미미의 엄마가 미미를 애타게 찾으셔서 가봤다는, 전장에서 이탈하는 이유치고는 참신하기도 어이없기도 한 내용이었다.

[엄마가…… 있었어?]

[……엄마도 없을 것 같았나 봐? 뭐, 하늘에서 뚝 떨어지기라도 했으려고.]

쥬쥬가 기가 막혀서 농담같이 내뱉은 말이었지만, 실상 정답에 가까웠다. 자유분방하고 강하고 정체를 알 수 없는 마인 미레이미는 가끔 하늘에서 뚝 떨어진 것 같은 인상을 주고는 했다. 하얀밤 기사단원들은 은근 실례했다는 걸 깨닫고 그 자리에 없는 미미에게 미안해했다. 그리고 곧바로 쥬쥬를 바라보며 의심의 눈길을 보냈다.

[그런데 당신은 누구……?]

"어디서 한번 본 것 같기는 한데?"라는 말에 쥬쥬는 "걔 오라비요." 하고 대답해서 다시 한번 많은 사람들을 기함하게 만들었다. 껄렁껄렁, 불량하고 위아래를 모르는 쥬쥬의 모습은 하얀밤 기사단에게 한 사람을 떠올리게 했다. 두 사람, 남매 맞구나.

그런 이상한 연결 고리로 혈연을 입증한 쥬쥬는 부관으로서 로젤린의 옆에 서게 되었다. 대체로 부관이 맡는 일은 하지 않고, 찾을 때마다 없기는 하지만 어쨌거나 부관이긴 했다.

오늘도 내내 보이지 않던 쥬쥬는 지금 막 전장에 도착하자마자 육포부터 뜯고 있었다. 그가 귀에 손을 가져다 대며 무심히 말했다.

"어디서 소리 들리지 않냐."

"무슨 소리?"

"장미대의 겁쟁이들이 다리를 달달 떠는 소리."

로젤린은 슬쩍 뒤를 돌아보았다. 쥬쥬의 말대로 장미대의 병사들이 겁먹은 강아지처럼 눈동자를 굴리며 떨고 있었다. 추위가 아닌, 순수한 공포심 때문이었다.

"대장으로서 안심시켜 줘야 하지 않겠어?"

로젤린이 픽 웃었다.

"날 못 미더워해서, 지금은 무슨 말을 해도 안 통할걸."

병사들은 자신이 어떤 군에 소속되는지에 굉장히 민감했다. 어떤 지휘관을 만나느냐에 따라 승리와 패배가, 더 나아가 죽고 사는 것이 정해지기 때문이었다.

그런데 갑작스럽게 나타난 무명의 기사가 5,000의 대를 이끄는 지휘관을 맡게 되었다. '무척이나 뛰어난 무장이자 지휘관이다.'라는 짧은 설명을 듣긴 했지만, 단순히 들은 말로 한 사람을 파악할 수 있을 리 없었다. 귀족 나으리라 그냥 한자리 꿰찼겠거니 하는 시선들이 만연했다.

"사람들은 보지 못하면 믿지도 못해."

전방의 연합군을 바라보며 눈을 가늘게 뜬 로젤린의 속눈썹이 막 떠오르기 시작한 아침 햇살에 반짝거렸다.

"그러니 보여 줘야지."

미소 지은 로젤린이 투구를 꾹 눌러썼다. 마카롱이 한 손으로 그녀의 삐뚤어진 투구를 똑바로 고쳐 주었다.

제국군. 좌익 1만 5,000, 중앙 2만 5,000, 우익 2만.

연합군. 좌익 3만 5,000, 중앙 4만, 우익 3만.

장미대가 포함된 제국군의 좌익은 연합군의 우익과 마주 보고 있었다. 1만 5,000 대 3만.

전장에서의 수 차이가 얼마나 유의미한지는 모두가 알고 있었다. 하지만 그런 전략적 가치를 고려하기 이전에, 덩치를 불린 적의 모습에서 위압감을 느끼는 것이 먼저였다. 제국군 병사들의 눈동자 속에 두려움이 깃들어 있었다.

그렇게 고요함 속에서 대치하기를 얼마, 연합군 진영에서 한 장수가 말을 탄 채 걸어 나왔다.

"저 개 같은 놈."

찰진 욕설이 정적을 뚫고 로젤린의 귀에 박혔다. 장미대의 천인대장 중한 명인 아르고였다. 그가 이를 갈며 말을 이었다.

"발타나 마람 쪽의 장수들은 대다수가 마인이잖습니까. 일대일로 붙으면 반드시 이길 거라는 걸 아니까, 매일 아침마다 저렇게 승부를 걸어옵니다. 조금이라도 망설이는 기색을 보이면 겁쟁이라는 둥, 사내가 맞냐는 둥 도발을 해 대서 그것 때문에 전 대장도……."

과연, 그만한 수의 병력을 이끄는 장이 왜 없나 했더니. 로젤린이 코로흠 숨을 쉬었다.

"안 나가면 안 되나?"

아르고의 얼굴에 불신이 어렸다. 이렇게 아무것도 모르는 것 같은 사람이 우리 대의 대장이어도 괜찮은 건가? 하고 미심쩍어하는 모양새였다.

"조롱을 듣고 감내하면 병사들의 사기가 떨어집니다. 거기에다가 만약 해치울 수만 있다면 적의 지휘관을 대군을 뚫지 않고도 죽일 수 있는 절호의 기회가 되는 거니까요."

로젤린은 다시 고개를 돌려 전장을 바라보았다. 제국군과 연합군이 대치 중인 한가운데. 연합군의 장수 한 명이 창을 번쩍 들어 올렸다.

"발타의 장군 자릿이 제국의 장수에게 일대일 대결을 신청하오!"

자신만만한 미소가 걸려 있었다. 제국군 병사들이 술렁이며 동요했다. 일주일째 계속된 일대일 대결로 목숨을 잃은 제국군 측의 기사만 해도 벌써 다섯이었다.

장군 자릿이 다시 소리쳤다.

"이 자릿과 대결할 만한 인물이 일라베니아에는 없는가 보오?"

껄껄껄 호탕한 웃음소리를 배경으로 장미대의 병사들이 욕설을 얹었다. 아, 재수 없어. 속 깊이 우러나온 누군가의 진심에 로젤린이 피식 웃었다. 로젤린은 등자에 발을 걸친 채, 말의 옆구리를 살짝 두드렸다. 군마가 조심스럽게 앞으로 나아가기 시작했다.

"어, 어?"

"대장?"

대장이 왜 나가? 장미대의 병사들이 기겁했다. 대장을 잃은 지 얼마 되었다고, 또!

5일 동안 지휘관 다섯을 잃고 난 후, 제국군 측도 연합군의 도발에 더 이상 넘어가지 말라는 명령을 하달했다고 들었다. 그런데 왜, 그녀가? 장미대가 어수선해졌다. 부관인 쥬쥬만 심드렁한 표정이었다.

로젤린은 전장의 한가운데에 홀로 서 있는 자릿을 향해 천천히 나아갔다. 곧 중앙에 도달한 그녀가 말을 멈춰 세웠다. 전장에 모인 수만의 이목이 단 두 명에게 집중되었다.

"일라베니아 제국, 장미대의 대장 로즈가 자릿 장군의 승부를 받아들이겠다."

자릿이 어이없다는 듯이 헛웃음을 터트렸다. 마력을 등한시하는 일라베니아의 특성상 고위 관직을 마인이 맡고 있을 리 없으니 그냥 평범한 인간일 것이 분명했다. 심지어 여자라니. 이전에 죽였던 지휘관들이 한주먹거리라면, 그녀는 반주먹거리 정도로밖에 보이지 않았다.

자릿은 다른 나라에 있는 '기사도' 어쩌고를 떠올리며 한번 선심을 썼다.

"돌아갈 기회를 한 번 드리겠소."

그녀는 재깍 돌아서 가려고 하지도 않았고, 아주 조금 분해하는 기색조차 보이지 않았다. 그저 대답 없이 석상처럼 가만히 그 자리에 있을 뿐이었다. 서로 응시하기를 한참, 그녀가 돌연 웃음을 터트렸다. 박장대소가 아니라 가볍게 코웃음을 친 것이었다.

"나도 장군에게 돌아갈 기회를 한 번 주도록 하지."

아까 했던 말이 그대로 돌아왔다. 자릿이 얼굴을 와락 구겼다.

"……은혜가 원수로 돌아왔군. 부디 후회하지 마시게."

"쓸데없이 말이 많군."

추위에 붉게 튼 자릿의 얼굴이 더욱 붉어졌다.

두 사람은 말 위에서 무기를 꽉 그러쥔 채 마주 보았다. 로젤린은 눈 하나 깜박이지 않고 자릿을 주시했다. 남자의 호흡이 거칠었다. 쉭쉭 숨을 쉬느라 코가 벌렁거렸다. 무기를 쥔 손등 위로 핏줄이 돋았다. 근육이 꿈틀거리는 것을 목격한 로젤린은 자릿이 움직이는 때를 포착했다.

자릿이 달리는 것과 동시에 로젤린도 움직였다. 100보, 80보, 50보. 거리가 빠르게 좁혀졌다. 그녀의 눈동자에 얼굴을 잔뜩 일그러트린 남자가 비쳤다. 그가 창을 들어 올렸다. 로젤린은 가상의 선을 그어 창의 궤도를 추측했다.

'오른쪽 어깨를 꿰뚫겠다?'

로젤린이 속으로 피식 웃었다. 아까 전의 도발 때문에 한 번에 죽지 않으려는 모양이었다. 그런 자릿과 달리 로젤린은 그를 깔끔하게 처리할 생각이었다. 잔뜩 주눅이 든 제국군의 사기를 끌어 올릴 만큼, 압도적인 승리가 필요했다. 도발을 한 이유도 그 때문이었다. 흥분한 적을 상대하는 것만큼 손쉬운 일은 없으니까.

로젤린은 창을 들어 올렸다.

30보, 열다섯 보, 일곱, 셋, 하나.

쾅!

일대에 굉음이 퍼져 나갔다. 두 장수는 한 번의 충돌 이후로 엇갈린 채, 서서히 속도를 늦추며 각자 반대편 진영으로 나아갔다. 양측의 병사들이 침을 삼키며 주먹을 꽉 쥐었다. 거리가 멀고 순식간에 일어난 일이라 아직까지 상황을 파악하기 어려웠다.

로젤린은 천천히 방향을 틀어 뒤에 있는 자릿을 보았다. 터벅, 터벅. 군마가 걸어가는 그 작은 흔들림에 자릿이 스르륵 미끄러지더니 이내 바닥으로 떨어졌다. 쿵. 패배한 남자의 추락에 흙먼지가 부옇게 일어났다.

"우아아악!"

"미쳤나 봐!"

"멋있어!"

제국군 측에서 비명 같은 함성이 터져 나왔다. 연합군은 숨죽인 채 동요했다. 어깨를 노리는 창을 비스듬히 흘린 후, 투구 아래의 목을 찌른 것. 딱한 합 만에 결판이 났다. 일대일 대결을 하더라도 이렇게 빨리 승부가 나는 경우는 거의 없었다. 작게는 몇 분에서 많게는 1시간 가까이까지 길어지는 경우도 허다한데, 단 한 순간에 승패가 갈린 것이다.

로젤린은 방금 전까지 결투를 한 사람답지 않게 덤덤한 모습으로 제국군 진영에 복귀했다. 장미대 병사들이 감격에 겨워하며 덜덜 떨고 있었다.

"대장!"

"대장! 완전 멋있습니다!"

꺄악 꺄악 소리치는 우락부락한 사내들이 귀여워 로젤린이 슬쩍 웃었다. 연합군 측은 자릿의 시신을 수습하고 동요하고 있는 병사들을 다독였다.

유능하고 강한 장수 한 명이 죽었지만, 수의 차이가 좁혀진 것은 아니었다. 로젤린은 잠시 들떴던 마음을 차분하게 가라앉혔다.

* * *

해가 저물었다. 사상자만 수천에 달하는 오늘의 혈전도 마무리되었다.

무시무시한 양의 마력을 운용하는 로젤린, 쥬쥬와 일라베니아인보다 두 배가량 체구가 큰 라고슈 지원군의 힘이 합해진 돌파력은 연합군이라 해도 막아 내기 힘들었다.

제1선, 2선, 예비 보병대까지 돌파한 장미대는 연합군의 본진을 향해 그 대로 달려갔다. 그 중앙에 있던 연합군의 지휘관은 갑작스러운 상황에 허둥지둥하며 병사들에게 명령을 내렸지만, 단신으로 뚫고 들어온 장미대 대장에 의해 결국 죽음을 맞이했다.

이후 황망히 있는 병사들을 두고 탈출한 로젤린과 장미대는 빙 둘러 아직 교전 중인 연합군의 측면을 공격했다. 정면의 제국군과 치열하게 전투 중이던 연합군의 병사들은 제대로 된 대응을 하지 못했다. 지휘관이 막 살해당한 탓이었다.

장미대는 이후로도 연합군 장수의 목 두엇을 따고, 밀리는 제국군을 지원하는 등 바쁘게 움직였다. 혼란한 전장 속에서 어디가 중심인지, 어디가 위기에 처했는지 판별하는 눈은 연합군의 지휘관들조차 혀를 내두를 정도였다.

하지만 개인으로 뛰어난 사람이 있다고 해도 전쟁은 집단과 집단의 싸움이었다. 장미대가 부단히 노력하긴 했으나 사상자는 비슷하게 발생했다. 같은 수라면 제국군의 피해가 훨씬 큰 셈이었다.

로젤린은 전장에 널브러진 아직 수습조차 하지 못한 시체들을 바라보았다. 사이사이에 얼굴이 낯익은 시신 몇 구가 있었다. 장미대의 병사였다.

로젤린은 하아 숨을 내쉬었다. 어두운 공간에 그녀의 숨이 하얗게 번져 나갔다. 그녀는 잠시간 주위를 둘러보다가 다시 둔영지로 돌아갔다. 피에 젖은 땅도 잠드는 시간이 찾아왔다.

중부 세렘 관문. 제국군 진영.

푸른등불 공작을 포함한 제국군의 상급 지휘관들은 인상을 찌푸린 채 테이블 위의 서류를 훑었다. 한참 동안 계속된 침묵을 뚫고 푸른등불 공작이 입을 열었다.

"음, 생각보다 피해가 크지 않았지만, 그건 연합군이 소극적으로 나온 탓도 있는 것 같군."

비 때문에 이틀간 전쟁이 중단되었다. 그사이 양측은 내부를 점검하고 여태껏 치러 왔던 전쟁을 분석, 새롭게 전략을 수립했다. 서로 상대편이 어떤 대비책을 준비했는지 모르니만큼, 경계하며 움직임을 살핀 것이었다.

"내일부터는 사상자가 더 많이 발생할 것이다. 병사들의 사기가 떨어지지 않도록 지휘관들이 더욱 힘을 써야겠네."

지휘관들이 얼굴을 굳히며 고개를 끄덕였다.

"오늘 하루가 나쁘지 않게 마무리되었으나, 중부 관문이 곧 무너질 거라며 자포자기한 이들도 많더군. 그건 병사만을 이르는 얘기는 아닐세. 이런 말을 하긴 싫었지만, 지휘관들은 아랫사람들을 잘 단속하시게."

혹여 연합군 측과 결탁하는 인사가 없는지 감시하라는 뜻이었다.

"사령관님!"

병사 한 명이 헐레벌떡 막사 안으로 들어왔다.

"빛모래 남작이 매수되어 연합군을 들이려 했다……는데요?"

어미가 이상했다. '했습니다!'도 아니고, '들였습니다!'도 아니고, 들이려 했다는데요?

"뭐? 빛…… 뭔 남작?"

테이블을 쾅 치고 일어난 푸른등불 공작은 버럭 성질부터 낸 후, 빛모래 남작이 어디 소속인지 기억을 뒤졌다. 그러자 그의 뒤에 서 있던, 얼굴이 보이지 않는 신관이 작게 속삭였다.

"쌍둥이 망루의 책임자로군."

푸른등불 공작은 신관으로 위장하고 있는 리카르디스를 휙 하고 바라보았다가 다시 경계병을 향해 고개를 돌렸다.

"그래서 어찌 되었나!"

"다, 다행히 잡았……긴 합니다만…… 그게, 잡은 사람이…….”

병사가 눈치를 보며 눈동자를 굴렸다. 모두의 시선이 눈동자의 방향을 따라갔다. 팔짱을 낀 붉은수레바퀴의 칼릭스가 그 자리에 있었다. 갑자기 주목된 시선에도 태연한 태도였다.

"내 부하들인가?"

병사가 대답 대신 막사 입구의 천을 흘끗 바라보았다. 아마도 그들이 밖에 있는 모양이었다.

"당사자의 얘기를 들어 보지."

푸른등불 공작이 상황을 대충 정리했다.

곧 여자 용병과 아직 앳된 티가 나는 청년이 막사에 발을 들였다. 칼릭스는 제 휘하의 사람들이 일에 엮였다는 얘기를 듣자마자 마음속에 작성해 두었던 목록을 떠올려 보았다. 일을 칠 만한 인간들의 이름을 적어 둔 것이었는데, 그 목록에서도 최상단에 이름을 올린 자들이었다.

원숭이대의 대장과 사고뭉치 에렌이 칼릭스를 보자마자 환하게 웃었다.

"……."

이 껄끄러운 분위기 속에서 용케도 저런다 싶었다. 칼릭스는 목소리에 조금 짜증을 담아 병사에게 얘기했다.

"내 부하들을 포박해 놓은 이유를 들어야만 하겠는데?"

살벌해지기 시작한 칼릭스의 표정을 본 병사가 머뭇거리며 대답했다.

"그게, 저희가 소란을 듣고 갔을 때는 이미 빛모래 남작과 연합군 병사들이 죽어 있는 상태였습니다. 살아 있는 사람은 이쪽의 두 명뿐이었고요. 소속을 확인해 보니 붉은수레바퀴라 하여……."

"그런데."

"그런데…… 붉은수레바퀴 측의 병력이 그 시간에 망루에 있는 이유를 도무지 찾을 수 없어서 말입니다. 본인들도 입을 열지 않아……."

칼릭스는 그제야 자초지종을 알아챘다. 목격자가 없는 상황이었다. 이들이 연합군 병사들을 들고 애꿎은 남작에게 죄를 뒤집어씌운 것인지, 아니면 정말 순수한 협조자인지 알 길이 없다는 얘기였다.

만약 이것이 이들이 처음 저지른 사고였다면 칼릭스도 무척 당황했을 것이다. 하지만 하루에도 수십 번씩 크고 작게 사고 치는 인간들 사이에서 단련된 칼릭스는 눈 하나 깜박하지 않았다. 이것들이 또 명령을 개무시하고 여기저기 몰래 듣고 다녔구나 싶어서 약간 열 받을 뿐이었다.

"내가 순찰을 명했다."

"백작, 그대가?"

놀란 듯 되묻는 푸른등불 공작의 말에 칼릭스가 천연덕스럽게 대답했다.

"최근 빛모래 남작을 한번 본 적 있습니다. 무척이나 긴장하고 있더군요. 제가 보기에는 그의 불안이 단순히 전쟁에 대한 두려움에서 나온 것과는 다른 듯하여 주시하던 중이었습니다. 하지만 같은 아군을 의심하는 분위기가 만연하여 좋을 것이 없으니, 직접적인 조사 이전에 감시자를 몰래 붙여 놨던 참입니다. 비밀스러운 임무라 제 수하들이 말을 아낀 모양입니다. 어 쨌거나 제 독단으로 벌인 일이니, 이에 대한 책임은 제가 묻겠습니다."

푸른등불 공작은 잠시 굳어 있다가 칼릭스를 꼭 껴안았다. 하급 지휘관 들을 단속하라고 말하기가 무섭게 터진 일이었다. 만약 칼릭스가 아니었다 면 일이 나도 아주 크게 났을 것이다.

"대체, 백작은 어디 있다가 지금에서야 내 앞에 나타난 건가?"

"……글쎄요."

칼릭스는 알 만하다는 듯 웃고 있는 리카르디스와 눈이 마주쳤다. 이 연 극의 전말을 낱낱이 파악하고 있는 모양새였다. 사고뭉치 하면 빠지지 않는 인물의 곁에서 오래 고통받은 탓인지 눈치가 아주 비상했다.

원숭이와 에렌도 칼릭스가 대뜸 내뱉는 말에도 당황하지 않고, 연극의 신 빙성을 높이는 순진무구하고 청렴결백한 표정으로 눈을 깜박이고 있었다.

'가증스러운 것들.'

칼릭스만 속으로 차오르는 열을 식히느라 바빴다.

사건의 개요를 간략하게 전해 들은 푸른등불 공작이 수색을 명령했다. 병사들은 빛모래 남작의 막사를 갈아엎듯이 뒤졌고, 곧 간이침대의 밑, 땅 아래에 묻힌 금화 주머니를 찾아내었다. 연합군 측이 다른 망루의 책임자들 에게도 접선해 오지는 않았는지 확인이 필요한 때였다.

지휘관들이 바삐 막사를 나섰다. 칼릭스도 원숭이, 에렌과 함께 붉은수 레바퀴 진영으로 복귀했다.

"길레드!"

분노에 찬 칼릭스의 목소리를 들은 길레드가 자다 말고 헐레벌떡 뛰쳐나 왔다. 길레드는 칼릭스의 양손에 뒷덜미가 잡혀 있는 원숭이와 에렌을 발견 하고 절망했다.

"그래도 나쁜 마음으로 그런 건 아닐 겁니다!"

"무슨 일이 있었는지 물어나 보고 말해!"

칼릭스는 제 막사에 두 사람을 던지듯 집어넣고 의자에 앉았다. 원숭이와 에렌은 그의 눈치를 보면서 헤헤 웃고 있었다. 결과적으로는 제국군에 도움을 줬으니 이건 괜찮겠지 하는 계산이 깔려 있는 웃음이었다. 칼릭스는 부글부글 끓는 감정을 진정시키기 위해 숨을 깊게 들이마셨다.

"대체 거기에, 왜 있었나."

"아, 그게 어떻게 된 거냐면요!"

에렌이 해맑게 말을 이어 갔다. 칼릭스가 임기응변으로 남작의 수상함을 포착했다고 말한 것과 같은 상황이었다.

어느 날 밤, 둔영지를 돌아다니던 두 사람은 남작이 금속음이 나는 커다란 주머니를 옮기는 장면을 목격했다. 이후 빈틈을 타서 그의 막사 안에 침입한 두 사람은 땅에 묻어 둔 주머니를 발견, 속에 있는 것이 금화와 보석이라는 사실까지 확인했다.

[오호라, 전쟁터 한복판에 이런 거금을 몰래 숨겨 두다니.]

[냄새가 나는데요, 누님.]

[그건 그렇고 숨기는 장소에 참신함이 너무 없는 거 아닌가.]

[심하네요. 제 동생도 다섯 살 이후로는 침대 밑에 안 숨기던데.]

원숭이와 에렌은 몇 개를 슬쩍하고 난 뒤, 다시 주머니를 묻어 두고 남작의 뒤를 밟았다. 그렇게 쫓아다니던 중, 바로 오늘 일이 일어났던 것이었다.

"⋯⋯주머니를 통째로 훔치진 않았군."

'놀랍게도.'라는 말은 뺐다.

"아이 참, 우리도 양심이란 게 있어요, 백작님."

에렌이 잔뜩 거드름을 피우며 말했다. 칼릭스는 양심은 그런 데 쓰는 단어가 아니라 정정해 주고 싶은 마음에 잠깐 사로잡혔다. 끄덕거리며 에렌의 말에 동조하던 원숭이가 생글생글 웃으며 말을 이었다.

"게다가 증거가 필요할 거 아녜요."

그런 머리는 있는 모양이었다.

"근데 왜 죄다 죽여서 일을 복잡하게 만들어. 자칫 잘못하면 너희들이 몰릴 뻔했어."

"그게, 놈이 제법 신망이 있더라고요. 살아서 입 터는 쪽이 좀 더 위험할 것 같아서."

남작이 살아 있을 경우, 자신들이 죄를 뒤집어쓸 가능성이 높다고 판단했다는 얘기였다. 망루의 책임자가 버젓이 있는데 뜬금없이 다른 진영에 있는 병사들을 걸고넘어지는 게 얼마나 황당한 말이겠느냐마는, 애초 마인들은 이곳에서 환영받지 못하는 존재였다. 죄야 벗겨질 것이다. 하지만 결백이 입증되기까지 얼마나 긴 시간이 필요할지는 불 보듯 뻔했다.

칼릭스는 원숭이의 말을 듣고 한숨을 내쉬었다. 그의 화가 식은 듯 보이자 한쪽 구석에 두 사람의 보호자로 서 있던 길레드도 작게 안도의 한숨을 내뱉었다.

칼릭스는 다리를 떨며 다른 곳을 응시한 채 말했다.

"우선, 이번 일은 위험을 감수하고 노력해 줘 고맙다. 덕분에 위기를 넘겼군. 하지만 네 입으로 말했다시피, 자칫 잘못하면 너희가 위험할 뻔했어. 차라리 내게 와서 말해. 알아서 처리할 테니."

"바빠 보이셔서."

"……말해."

칼릭스가 이를 으득 갈았다. 원숭이와 에렌, 길레드까지 고개를 급하게 끄덕였다. 칼릭스는 흐트러진 옷매무새를 정리하며 그들을 흘끗 바라보았다.

"……뭐 한 가지만 물어봐도 되나?"

"예엡!"

"네!"

"아이고, 그럼요."

다들 참 해맑았다.

"왜 일라베니아를 위해 싸우기로 마음먹었나?"

사실 진작에 물었어야 할 문제였는지도 모른다. 칼릭스는 일개 평민으로는 가지기 힘든 액수의 돈과 전쟁 후 붉은수레바퀴령에서 마인임을 숨기지 않고 자유롭게 살 수 있게 해 주겠다는 제안을 했고, 그들은 승낙했다. 마인들이 전장에 와 있는 것도 그 제안의 가치 때문이라 생각했다.

하지만 그들은 계약 내에 있는 일뿐만 아니라, 각자의 영역에서 최선을 다하는 모습을 보였다. 정보 빼돌리기와 기밀 훔쳐 듣기, 수상한 인물과 배반자 제거하기 등, 하나같이 불법적인 느낌이 가득한 일들이었지만. 어쨌거나 노력 자체를 부정할 수는 없었다.

칼릭스는 그런 그들의 행동을 이해할 수 없었다. 과거에 일라베니아에 희생당했다던 강한 마인 가문뿐 아니라, 그 힘이 엮인 모든 이들이 일라베니아의 이름 아래 억압받았다.

이딴 나라 망해 버리라지.

그런 마음을 먹지 않는 게 더 이상했다.

세 사람은 칼릭스의 질문을 듣고 잠깐 입을 다문 채 고민했다. 눈치 보던 에렌이 가장 먼저 답했다.

"저는…… 아저씨들이랑 누나들이 한다고 그래서요."

"……그래."

자라나는 새 나라의 청년이 지나치게 순수해서, 전쟁이 끝나는 대로 교육시켜야 할 것 같았다. 단순명료한 에렌과 달리 원숭이와 길레드는 긴 시간을 고심했다. 그들의 복잡한 심상이 얼굴에 고스란히 드러나 있었다. 길레드가 입을 열었다.

"음, 과거의 일과 지속되어 온 핍박으로 대다수의 마인들이 발타나 다른 나라로 망명했다지요."

"그렇지."

"그러면 이곳에 남아 있는 이들은 왜 떠나지 않았다고 생각하십니까?"

"······글쎄, 친지를 두고 떠날 수 없었나?"

"뭐, 사실 이유야 다양하겠죠. 마인이라고 서로의 마음을 다 아는 것도 아니고 각자의 삶과 생각이 있으니까요. 더군다나 몇 세대 위의 일을 제가 어떻게 짐작하겠습니까? 떠나지 못했을 수도, 떠나지 않았을 수도. 하지만 이따금 현세대의 마인들과 얘기를 해 보면 항상 그런 말이 나오더라고요."

칼릭스는 길레드의 입에서 나오는 말을 귀 기울여 들었다.

"누가 도와줬다."

잠시간 뜸을 들인 그가 계속 말을 이었다.

"숨겨 줬다. 알고도 모른 척 넘어가 줬다."

"······."

"살려 줬다."

길레드는 그 말을 끝으로 입을 다물었다. 한참 후에 그가 다시 말을 이어 나갔다.

"물론 대다수의 사람들이 마인을 증오하고 핍박했기에 이러한 기조가 형성된 것이긴 하죠. 하지만, 이따금 도움도 받았다는 겁니다. 저희를 밀어내는 손이 100명의 것이라면 그래도 한두 명 정도는 손을 잡아 준 사람이 있었어요. 그게 별게 아니라 말씀하실 수도 있지만, 저희들은 그 한두 명을 평생 잊지 못해요."

길레드가 시선을 아래로 한 채 맞잡은 손을 꼼지락거렸다.

"그래서 저는 이따금, 못 견디게 일라베니아인이 증오스러울 때면 제 손을 잡아 준 사람을 떠올리곤 합니다."

길레드가 칼릭스와 눈을 맞추며 어색하게 웃었다.

"어쩌면 우리가 일라베니아의 땅에 태어난 것도, 아주 오래전 마인 사냥을 당했던 이들을 숨겨 주고, 도와주고, 살려 준 일라베니아 사람들이 있었기 때문인지도 모르겠다고요. 물론 속 편한 자기 위로인지도 모르겠습니다만."

"이야, 허수아비. 참 속 편하게 살았구나."

원숭이가 감동적인 분위기에 초를 쳤다. 바닥을 뒹굴거리던 그녀가 바로 앉아 옷을 툭툭 털며 말했다.

"저는 뭐, 허수아비같이 심각하게 인류애가 넘치는 부류가 아니긴 하지만 동감하는 부분도 있네요."

"나두, 나두."

에렌이 옆에서 추임새를 넣었다.

"내 손을 잡아 준 100명 중 한 명. 저는 딱 그 사람만 챙겨요. 마인들은 은혜와 원수를 두 배로 갚는다는 말 아시죠."

난생처음 듣는 말이었다.

"우리는 결코, 손을 잡아 준 사람을 배신하지 않아요."

항상 으헤헤 소리를 내며 웃던 사람 같지 않은 진지한 표정이었다.

"그래서 여기 있어요. 과거의 나를 도와준 일라베니아의 사람들과 일라베니아를 지키기 위해 싸우는 백작님을 위해서요."

갑작스러운 고백에 칼릭스는 머리를 한 대 맞은 기분을 느꼈다.

"……내가 너의 손을 잡았던가?"

"물론 처음부터는 안 잡고 있었죠. 사고 수습하시는 모습이 좀 짠했을 뿐이지."

칼릭스는 약간 울컥했다. 원숭이는 그의 얼굴을 보며 빙글빙글 웃었다.

"아까 전에 우리가 남작 나부랭이 죽였다는 말 듣고 뭐라고 생각하셨어요?"

"또 시작이다?"

"……아, 그 부분에 대해서는 진짜 죄송한데, 그거 말고요."

"손을 좀 과하게 썼지만, 잘했다?"

원숭이가 다시 바닥을 구르며 낄낄 웃었다.

"우리가 막사 안에 들어갔을 때 다른 지휘관들 표정이 어땠는지 모르죠?

다들 우리를 의심하고 있었다고요."

"그건 몰랐군."

"내 나이가 몇인지, 내가 어떻게 살아왔는지, 연합군의 세작인지 아닌지 판별할 시간도 정보도 없으면서, 믿으셨잖아요. 말씀드렸죠. 저는, 우리는, 손을 잡아 준 사람을 결코 배신하지 않아요."

원숭이가 씩 웃었다. 에렌과 길레드의 눈이 어둠에 가라앉은 채, 진지하게 칼릭스만을 응시했다. 그건 아주 기묘한 방식의 감정 전달이었다.

* * *

전쟁이 재개된 후로부터 3일이 지났다. 매일매일 크고 작은 승리와 패배가 생겨났으나 그것이 중부 관문의 함락이나 연합군의 패퇴로는 이어지지 않았다. 그저 서로의 인적, 물적 자원을 빠르게 소모시키며 서로의 몸집을 조금씩 깎아 내는 양상이었다.

연합군의 예상과는 전혀 다른 상황이었다. 반쯤 무너진 바르제 방벽을 둘러싼 공방전이 이렇게 길게 이어질 줄을 누가 알았겠는가.

제국군의 끈질긴 방어에는 라고슈 지원군의 합류가 큰 역할을 했다. 단순히 병력 4만이 더해졌다는 것뿐 아니라, 한 명 한 명이 혹독한 환경에서 살아남은 전사라는 점에서 그들의 전략적 가치는 본래의 수를 훨씬 웃돌았다. 그리고 그만큼이나 큰 역할을 한 것이 바르제 방벽의 새로운 지휘관이었다.

비가 오기 전과 비가 온 후, 제국군의 움직임이 완전히 달라졌다. 모자란 머릿수를 메우는 뛰어난 전술은 여태껏 까다롭다고 생각한 전 지휘관의 능력을 무색하게 느끼게 만들 정도였다.

연합군 사령관이 전략을 짜면, 마치 그걸 옆에서 본 듯이 대응했다. 일방적으로 패를 다 까 놓고 하는 카드 게임 같았다.

새로운 지휘관의 전략과 라고슈의 지원군이 기세와 힘으로 전장을 지배했고, 발타에서도 쉽게 볼 수 없는 강한 마인 두 명을 필두로 한 좌군의 장미대는 단순한 무력뿐 아니라 전략에 포함되었다가 독립적으로 움직이는 둥. 당최 예상할 수 없는 움직임을 보이며 연합군의 골치를 아프게 만들었다.

하지만 전장에서 장미대의 이름이 알려지게 된 것은 그 무시무시한 돌파력과 어디로 튈지 모르는 기묘한 움직임 때문만은 아니었다.

"일라베니아 제국, 장미대의 대장 로즈가 발타의 장수에게 일대일 결투를 청한다."

"……."

매일 아침 벌어지는 결투에서 그녀의 이름이 울려 퍼지기 때문이었다.

오늘도 어김없이 전장의 중앙에 홀로 나온 로즈 경을 보며 연합군 측은 착잡함을 감추지 못했다. 할 때는 좋았는데, 당해 보니 보통 성가신 게 아니었다.

마인들이 지닌 마력의 양은 사실 고만고만한 수준이었다. 승패는 개인이 어떤 방식으로 마력을 운용하느냐, 얼마만큼이나 단련하고 힘을 길렀느냐에 따라 갈라졌다. 하지만 상대는 보통 마인이 아니었다. 뛰어난 모든 능력치가 빛바래 보일 정도로 범상치 않은 양의 마력을 지닌 자였다.

연합군의 마인들이 일반인을 조금 사나운 강아지쯤으로 여겼다면 장미대대장 로즈의 앞에서 마인들은 온순한 토끼쯤 되었다. 싸움이 되지 않았다. 하지만 약자를 상대로 힘을 자랑하며 낄낄거렸던 건 애초에 연합군이 먼저였다.

"연합군 측에는 나를 상대할 장수가 없나! 아픈 게 무서울 정도로 연약하면 집 안에나 박혀 있을 것이지, 왜 여기까지 와서 추한 꼴을 보이는지 이해할 수가 없군."

"……."

"제국군의 기사들은 불리한 조건의 승부에도 응하여 명예롭게 결투를 벌였다. 그 사실을 잊지 마라. 아, 혹시 명예의 뜻을 모르는 것인가?"

연합군 장수들의 속이 부글부글 끓였다.

"이렇게 안타까운 일이. 그 비어 버린 머리에 내가 친히 명예가 무엇인지 주입해 줄 테니, 무섭거든 친구 손을 잡고 나와도 좋다."

몸놀림만큼이나 날래고 치명적인 로즈 경의 도발은 아직까지 호기로움을 간직하고 있는 장수들을 번번이 결투의 장으로 불러들였다. 뼈아픈 역지사지였다. 제국군이 전에 그랬던 것처럼, 연합군은 매일 아침마다 한 명의 장수를 잃고 전쟁을 시작했다.

그렇게 바르제 방벽에서 로즈 경이나 장미대가 연합군 장수의 목이든, 작은 승리든 성과를 일궈 내면 그 업적은 중앙의 세렘 관문까지 빠르게 퍼졌다. 무서운 연합군을 상대로 승리를 했다는 소식만으로도 병사들은 지친 몸을 일으켰다.

연합군 장군 누구의 죽음, 어느 전장에서 연합군의 패배, 제국군 병사들의 입에서 오르내리는 다양한 승리만 엮어 보면 연합군은 곧 꼬리를 말고 도망갈 것 같았다. 하지만 전황은 이전과 같으며 간신히 버텨 내고 있을 뿐이었다.

병력이 충분해서 교대하며 쉴 수 있는 연합군의 형편에 비해, 제국군 병사들은 하루도 쉬지 못하고 다치면 다친 대로 팔이 없으면 팔이 없는 대로 매일 전장에 나서야 했다. 연일 발생하는 사상자가 수습할 수도 없을 만큼 늘어 갔다. 날이 추워 전염병이 돌지 않는 것만이 위안이었다.

리카르디스는 서류를 읽다가 휴 한숨을 내쉬었다. 인조 마인 부대와 파편도 본격적으로 투입되지 않은 상황에서 이 정도라니. 아무리 전략을 짜내도 전쟁은 결국 머릿수 싸움이었다. 로젤린은 누구보다 강하지만, 그녀 혼자 수만의 대군을 상대할 수는 없었다.

리카르디스는 심란한 마음에 서류를 던지듯 내려놓고 자리에서 일어났다. 자연스레 발길이 향한 곳은 로젤린이 잠들어 있는 그의 침상이었다. 침대가에 앉은 리카르디스가 로젤린을 빤히 바라보았다. 피부 위로 검붉은 핏자국이 여기저기 말라붙어 있고 머리카락에는 재 따위가 엉긴 채였다. 이런 집요한 시선에도 로젤린은 눈을 뜨지 않았다. 무척 지쳐 보였다.

로젤린은 한순간도 방심할 수 없는 전장 속에서 병력을 이끌며, 놀라운 활약으로써 제국군의 사기를 끌어 올렸다. 쉼 없이 쌓아 온 업적은 그 어떤 훌륭한 장수라고 한들 감히 대적할 수 없을 정도였다. 리카르디스는 그런 로젤린의 행보를 다른 사람들이 말하는 것처럼 대단하다는 한마디로 넘길 수 없었다.

그는 로젤린이 이 전쟁에서 더 이상 피 흘리지 않기를 바랐다. 일라베니아의 업보로 일어난 전쟁에 일라베니아의 희생자가 나선 꼴이었으니. 모든 사정을 알고 있는 리카르디스의 눈에는 이보다 황당한 일이 없었다.

그대가 나서지 않아도 된다며 만류하려던 참에, 로젤린이 그의 팔에 손을 살며시 올려놓으며 말했다.

[싸우겠습니다.]

단호하고 진지한 눈동자는 리카르디스가 어떤 말도 꺼내지 못하게 만들었다.

그는 로젤린이 '소중한 사람들을 지키기 위해 싸우겠습니다.'라고 했던 말을 기억했다. 어떤 것도 할 수 없어서 달빛 아래 검은 그림자 같은 모습으로 흩어져 버린 과거와 달리, 로젤린은 지금 검을 들고 죽이는 것이 아닌 지키기 위한 싸움을 하고자 했다. 그녀의 신념을 단순히 '지친 너를 보기 힘들다.'라는 이유로 꺾어 버릴 수는 없었다.

하지만 로젤린이 이렇게 지쳐 있는 모습을 보게 될 때면, 하지 못한 말을 담아 둔 입이 달싹이며 열리려 했다. 전장에 나가지 마. 오늘 낮에 중앙 돌파하는 작전은 너무 위험했어. 이것 봐, 아직 상처가 다 아물지도 않았는데

무리하면 어떻게 하나. 그렇게. 그렇게 자꾸만.

로젤린이 눈을 떴다. 그녀가 초점을 맞추듯 눈을 느릿하게 깜박였다. 눈을 감았다 뜰 때마다 로젤린의 눈동자에 비치는 리카르디스의 표정이 달라졌다. 찌푸려져 있던 미간이 풀리고, 경직되어 있던 입꼬리가 살짝 올라갔다.

"로젤린."

"예."

매일 다치고, 제대로 먹지도 못하고, 잠도 못 자고. 로젤린, 여기서 그만……

"오늘도 수고 많았어."

리카르디스가 로젤린의 손을 두 손으로 감싸듯 꼭 쥐었다. 로젤린이 배시시 웃었다.

* * *

해안을 지키는 고래무덤과 바다협곡 측에서 대어를 낚았다는 소식이 도달하기가 무섭게, 그 대어가 중부 관문에 모습을 드러냈다.

눈 쌓인 중부 관문의 공터. 그곳에 마차 한 대가 들어섰다. 시간이 흘러도 마차의 문은 열릴 기색조차 보이지 않았다. 건물 안쪽에서 대기하던 리카르디스는 급한 마음에 직접 아래로 내려갔다.

푸른등불 공작과도 친분이 깊어 보이는 고위 신관의 등장에 마차 주위의 병사들이 황급히 고개를 숙이며 그를 맞이했다. 그들의 인사를 받은 리카르디스가 병사들에게 온화한 목소리로 물었다.

"그분께서는 뭘 하고 계십니까?"

도착한 게 언제인데 아직까지 미적거리고 올라올 생각을 안 하느냐는 뜻이었다. 병사들이 대답하기 전, 마차 안쪽에서 우렁찬 코골이 소리가 들려왔다.

"주, 주무시는 것 같습니다."

"……그런 것 같군요."

리카르디스는 마차의 문을 열고 안을 들여다보았다. 추하게 침까지 흘리면서 잠든 남자가 보였다. 피부가 거칠고 눈 밑이 퀭했다. 그간의 마음고생이 보여 그 추한 모습을 보고도 리카르디스의 가슴이 아주 약간 찡해졌다.

컥, 숨 막힌 돼지 소리를 낸 남자가 잠에서 깨어난 듯 부스럭거리며 몸을 일으켰다. 문가에 서 있던 리카르디스와 그의 눈이 딱 마주쳤다. 라헤안시가 눈물을 글썽였다.

"전쟁 끝나면 은퇴할 거야."

대신관은 종신직이었다.

리비타로 떠났던 대신관 라헤안시가 귀환했다는 소식에 리카르디스의 가신들이 한자리에 모였다. 리카르디스는 어디에 내놔도 부끄러운 상태의 남동생을 억지로 끌고 가서 세수시킨 후 방으로 밀어 넣었다. 라헤안시는 조금 전의 몰골이 생각나지 않을 만큼 고아한 태도로 가신들에게 인사한 후 착석했다. 모두의 이목이 쏠렸을 때 라헤안시의 입이 열렸다.

"좋은 소식과 나쁜 소식이 있습니다."

리카르디스의 눈매가 가늘어졌다.

"보통 이런 경우 나쁜 소식이 핵심이고 좋은 소식은 마음의 위안이 되는 것뿐이던데."

라헤안시가 리카르디스의 눈을 피했다. 대충 예상이 맞는 모양이었다. 리카르디스는 그 시점에서 기대를 버렸다. 그가 한숨을 내뱉었다.

"좋은 소식은?"

"우선, 거래가 성립되었습니다."

힉살라에게서 협조를 이끌어 내었다는 좋은 소식을 누를 정도의 나쁜 소식? 불안이 점점 고조되었다.

"……나쁜 소식은."

"힉살라의 의지와는 무관하게 협조를 할 수 있을지 없을지 모르는 상황입니다."

적진 한가운데에서 애완 인간으로서의 역할을 열성적으로 수행하고, 고문하겠다 죽이겠다 협박해 대는 인간과 교섭을 마치고, 죽어 가는 힉살라를 깨워 원하는 답까지 얻어 내었다. 남은 것은 힉살라의 과가 찍힌 명령서를 들고 왕실 직속 군대와 중부 관문으로 떠나는 일뿐이었다.

그때, 하카브의 오른팔인 재상 아틸라크가 움직였다. 힉살라의 궁에 자주 드나드는 브네학스를 경계하던 아틸라크는 은밀한 경로로 힉살라가 깨어났음을 알아내었다. 그리고 힉살라가 대대적으로 움직이기 전에 발타에 남아 있는 하카브의 병력을 모아서 궁을 장악하려 했다. 하카브와 사전에 얘기를 나눈 듯한 신속한 움직임이었다.

발타의 수도 리비타를 두고 내전이 벌어졌다. 라헤안시는 무력 충돌이 심화되기 바로 직전에 브네학스의 도움으로 궁전에서 빠져나와, 해상을 통해 일라베니아로 도착할 수 있었다.

"힉살라께서 너무 오래 잠들어 계셨던 탓인지, 생각보다도 하카브의 세력이 거대했습니다. 최대한 빨리 정리하고 중부 관문으로 오겠다 말은 했지만, 그게 언제가 될지는 모르겠군요. 발타의 협조가 없는 상황도 염두에 두셔야 할 것 같습니다."

라헤안시는 평소와 달리 장난기 어린 모습을 보이지 않았다. 가라앉은 분위기에서 라헤안시가 얼마나 실망했는지 알 수 있었다. 리카르디스는 그런 동생의 어깨를 툭툭 두드려 줬다.

"말이 늦었구나. 무사히 돌아와 다행이다."

라헤안시는 조용히 고개만 끄덕였다.

리카르디스는 속으로 한숨을 삼켰다. 크게 확률이 높은 계획이 아니었기에, 전략을 짤 때에도 발타의 협조를 배제시켜 놓기는 했었다. 그럼에도 작게 붙잡고 있던 기대마저 놓아 버려야 하니 아쉽지 않을 수는 없었다.

하지만 결국 해야 하는 일은 명백했다. 미약한 희망을 기다리며 언제나처럼 하루하루를 버텨 내는 것뿐이었다.

* * *

로젤린이 바르제 방벽 공방전을 지원한 첫날부터 '제국군에 강한 마인 기사가 있다'는 얘기가 연합군 측에 널리 퍼졌다. 디에즈는 그걸 들은 순간부터 로젤린을 염두에 두었다.

매일매일 '강한 마인 기사'에 관한 정보가 덧대어졌다. 압도적인 마력양, 비교할 수 없는 무력, 비정상적인 활약상. 그 모든 정보가 가리키고 있었다.

붉은수레바퀴의 로젤린은 살아 있다.

"잠깐 전장을 둘러보고 오겠습니다."

몇 날 며칠 막사 생활만 하던 디에즈가 대뜸 꺼낸 말이었다. 하카브가 '왜?'라든지, '가서 뭘 하려고.' 같은 질문을 할까 봐 긴장하던 디에즈는 하카브의 대답에 김이 샜다.

"날도 추운데 너무 얇게 입은 건 아닌가?"

하카브가 자신이 착용하고 있던 모피 목도리를 디에즈에게 둘러 주었다. 답답함에 그가 눈살을 찌푸려도 아랑곳하지 않고 매듭까지 예쁘게 묶었다.

"그쪽이 가장 험하니까, 조심하고."

중부 관문을 둘러싼 여러 전장 중 어디에 간다 말한 것도 아닌데, 하카브는 디에즈가 가고자 하는 곳을 예상이라도 하는 듯 굴었다. 물론, 정답이긴 했다. 손을 흔들어 주는 하카브를 뒤로하고 디에즈는 막사를 나섰다.

무너진 바르제 방벽 앞. 연합군 진영.

디에즈는 연합군 진영에서 저 멀리 수만과 수만의 군대가 격돌하는 장소를 바라보았다. 숨 막힐 정도로 밀도 높은 마력이 전장을 뒤덮고 있었다.

'로젤린.'

그녀였다. 디에즈는 인파에 뒤섞여 보이지도 않는 로젤린의 행방을 눈으로 좇았다.

[어때, 디에즈. 기쁜가?]

로젤린의 생존을 확신했을 즈음 하카브가 디에즈에게 건넨 말이었다. 디에즈는 대답하지 못했다. 하카브는 알 만하다는 식으로 그의 머리를 쓰다듬어 디에즈의 분노를 샀다.

디에즈는 오래전 금기를 어긴 대가로 생에 끝점을 찍을 수 있게 되었다. 그리고 그건 로젤린 또한 마찬가지였다. 시간이 흐를수록 인간의 신체와 융화되어 가며 점차 나약해지리라. 더 이상은 도망치지도 숨지도 못한다.

거대한 해일 같았다. 미노가 강의 강물이 몰아치는 양상이 그러했다. 신의 천벌처럼 보이던 그 급류 속에 휘말렸다니. 살아 있을 것이라는 가정을 해 보기는 했으나, 죽었을 확률이 더 높다고 생각했다.

하지만 그렇게 생각하는 와중에도 디에즈는 로젤린이 살아 있을지도 모른다는 마음을 버리지 못하고 있었다. 그건 경계가 아닌, 기대와 가까운 감정이었다.

로젤린을 죽이고자 그녀의 심장에 단검을 박아 넣었던 그때에 모든 것을 버렸다 생각했는데. 마음은 버린다고 버려질 수 있는 종류가 아니었나. 디에즈는 혼자 실소했다.

예상은 했지만, 로젤린은 살아 있었다. 이 살벌할 정도의 짙은 마력이 그녀의 것이 아니라면 그게 더 문제였다. 로젤린의 존재를 느끼자마자 생각과 목적, 감정이 각기 날뛰며 또다시 디에즈를 흔들었다. 슬프고, 원망스럽다. 화가 나서 미칠 것 같고, 기쁘다. 네가 살아 있어서 다행이다.

자기도 모르게 시선이 로젤린을 좇고 있었다. 디에즈는 이를 꾹 물고 애써 눈을 돌려 그녀가 아닌 전장을 넓게 바라보았다. 잘리고, 찔리고, 부서지고, 꺾인 시체들이 널브러진 채였다. 간절히 바란 일라베니아의 죽음이 여기에 있었다.

기쁘거나 통쾌하지는 않았다. 성취감 같은 감정과도 달랐다. 그저, 이렇게 되어야만 하는 일이라 생각할 뿐이었다.

디에즈는 말에 올라타 격전이 벌어지는 전장으로 돌진했다. 마력의 묵직한 압박감이 가까이 다가갈수록 더욱 위협적으로 느껴졌다. 디에즈는 마력을 온몸에 두른 채, 덤벼 오는 제국군 병사들을 베어 내며 전진했다.

얼마나 그렇게 검을 휘둘렀을까. 불어오는 바람이 아래로 처져 있던 깃발들을 휘날리게 했다.

'장미.'

디에즈는 그중 장미가 그려진 깃발을 찾아냈다. 그리고 수천, 수만 명이 싸우고 있는 어지러운 공간 속, 그 깃발 아래에 있는 어느 기사까지도. 마력의 중심이었다.

디에즈는 돌격해 오는 병사의 목을 맨손으로 꺾으며 한 걸음 더 앞으로 나아갔다. 그 순간, 날카로운 바람 소리가 들렸다. 휙, 옆에서 날아온 무언가가 디에즈를 세게 강타했다. 디에즈는 말 아래로 굴러떨어졌다.

거칠게 돌진해 온 것은 물체가 아닌 갑옷을 입은 사람이었다. 낙마한 디에즈를 덮치듯 몸에 올라탄 남자가 디에즈의 투구를 벗겨 냈다. 좁았던 시야가 단숨에 넓어졌다.

"오랜만이다?"

잿빛 머리카락의 남자가 인상을 찌푸린 채 사납게 웃고 있었다. 디에즈는 곧 얼굴이 옆으로 돌아갈 정도로 강하게 언어맞았다. 입 안쪽이 터지며 피가 흘렀다. 주먹이 아니라 망치로 맞은 듯했다.

남자의 정체는 잘 알고 있었다. 로젤린의 곁을 떠도는 독수리의 다른 형태였다. 사냥 대회 날, 로젤린을 찌른 직후 만나 봤기에 낯이 익었다. 마카롱인가 뭔가 하는 우습지도 않은 이름을 지녔었지.

디에즈가 비죽 웃자 마카롱의 표정이 사나워졌다. 으르렁거리던 남자가 욕설을 내뱉으려던 차, 용감한 발타의 기병이 그를 향해 달려왔다.

"이게 어른이 대화하는데 어딜 끼어들어."

마카롱이 바닥의 돌을 주워 손가락으로 튕겨 냈다. 화살처럼 날아간 뾰족한 돌이 군마의 눈에 박혔다. 발작하듯 날뛰는 군마의 움직임에 버티지 못한 기병이 나가떨어졌다. 안타깝게도 목이 부러져 즉사했다.

1초 만에 사람 한 명을 죽인 마카롱은 방금 전의 일이 별 대수롭지 않다는 듯 용건을 이어 갔다.

"가서 뭘 하려고 하는지는 모르겠지만 못 보내 주겠네. 우리 애가 좀 심약해야 말이지."

그 심약한 애는 연합군 장수의 목을 꿰뚫고 있었다.

디에즈는 입 안에 고인 피를 마카롱의 얼굴에 뱉어 내며 단검을 잽싸게 빼 들었다. 무방비한 목으로 향하던 일격은 마카롱이 디에즈의 손목을 붙잡으며 허무하게 끝났다. 마카롱이 날카로운 단검을 보더니 피식 웃었다.

"뭐 하냐."

디에즈의 손목을 죽 당긴 마카롱이 단검을 그대로 제 목에 박아 넣었다.

"인간이 된 지 얼마나 됐다고 벌써 까먹었나? 설마 내가 이런 걸로 죽겠니, 어휴, 모자란 놈."

목에 칼을 꽂은 채 다정하게 말한 남자가 다시 디에즈의 얼굴에 주먹을 쾅 내리꽂았다. 그의 머리가 바닥에 세게 부딪혔다.

마카롱은 디에즈가 정신 못 차리는 사이 덤벼드는 발타 병사의 목을 꺾고, 베고, 찌르고, 집어 던졌다. 시체들을 방어벽처럼 만든 후, 다시 디에즈에게 돌아온 마카롱이 그의 멱살을 잡고 뺨을 짝 때렸다. 디에즈의 입가로 피가 주르륵 흘렀다.

사냥 대회 때, 찔린 로젤린을 보고도 아무것도 하지 않았던 자라고는 믿을 수 없을 만큼 호전적이고 격정적인 반응이었다.

"여기까지는 내 분풀이."

마카롱이 제 목에 박혀 있는 단검을 쑥 빼내어, 디에즈의 목에다가 가져다 대었다. 디에즈는 미동 없이 남자를 올려다보기만 했다. 단검이 치켜 올라갔다. 공기를 가르는 소리에 디에즈가 눈을 감았다. 하지만 단검은 목이 아닌, 그의 어깨에 꽂혔다. 차가운 날붙이가 살과 근육을 가르고 깊숙이 박혔다. 디에즈가 이를 악물며 몸서리쳤다.

"이거는 저번에 걔 찌른 값."

마카롱은 그 말을 마지막으로 미련 없이 디에즈의 위에서 일어났다. 디에즈가 이를 갈며 잠긴 목소리로 말했다.

"……나도, 이 정도로는…… 죽지 않아."

"살려 줄 테니 곱게 꺼져. 애한테 접근하는 모습 보이면 그때는 진짜 뒤진다."

디에즈의 눈에 의문이 스쳤다.

"왜, 나를…… 살려 두는 거야. 일라베니아에 붙은 네가, 감히 나를 동정이라도 하는 건가?"

"개소리하지 말자. 안 그래도 피곤한 사람이야, 나."

마카롱은 잠시간 디에즈를 바라보며, 부나방처럼 날아드는 병사 몇을 처리한 다음 대답했다.

"네가 비록, 멍청한 개자식에 앞뒤 분간 못 하고 날뛰는 머저리라고 해도……."

욕이 신랄한 걸 보니 악감정은 제대로 쌓여 있는 듯했다.

"봐야 할 게 있으니까."

"봐야, 한다니?"

"그때까지는 살아 있어."

그렇게 말한 마카롱이 디에즈의 배를 세게 걷어찼다. 1초 전에 살아 있으라고 말하더니, 정작 공격은 내장이 터질 듯이 강력했다. 마카롱은 뒤돌아보지 않고 떠났다.

한참을 시체처럼 누워 있던 디에즈는 천천히 몸을 일으켰다. 단검도 뽑아 바닥에 버렸다. 어깨에서 피가 주르륵 흘러내렸다. 그는 비틀거리며 혼란한 전장 속을 걸었다.

연합군 진영으로 걸어가던 디에즈는 다시금 살벌하게 뿜어져 나오는 마력의 기운을 느끼고 뒤를 돌아보았다. 인파에 파묻혀 로젤린은 보이지 않았다. 대지를 뒤덮어 버린 시체만이 디에즈의 시야를 가득 채우고 있었다.

보고자 하는 것은, 봐야 하는 것은 오직 이뿐이었다. 그 이외에 또 무엇이 있는지 알지 못했다.

연합군, 발타 진영.

"아이고, 디에즈 님! 누가 이랬어요!"

차호트가 디에즈의 얼굴을 붙잡고 끄악 비명 질렀다. 디에즈는 고개를 살짝 트는 것으로 그녀의 손에서 벗어났다.

디에즈의 상태는 심각했다. 그의 힘을 믿고 잘 놀다 오라고 말했던 하카브가 머쓱해질 정도였다. 어깨에서는 피가 줄줄 흘러내리고, 얼굴에는 새카만 멍이 들어 있었다. 대체 뭐로 쥐어 터져야 멍이 붉거나 파랗지 않고 저런 색이 되는 걸까.

"붉은수레바퀴의 로젤린? 그 자식입니까?"

하카브가 미묘한 표정으로 차호트의 질문에 대신 답했다.

"그녀의 옆에 붙어 있는 다른 동족인 듯싶은데. 로젤린 경은 디에즈를 이렇게…… 찢어진 천 조각처럼 너덜너덜하게 만들지 않고 깔끔하게 보내 주려고 할 것 같거든."

디에즈는 어깨의 피를 지혈하며 말을 돌렸다.

"차호트는 세렘 관문에 있던 게 아닌가요. 왜 이쪽에 왔습니까."

"아, 내일부터 바르제 방벽 쪽을 지원할 거라서요."

차호트가 손가락에 침을 묻혀 디에즈의 멍 위로 살살 문질렀다. 디에즈는 무어라 말하려다가 포기하고 입을 다물었다.

"디에즈 님께서 전장에 계시는 동안 여기도 일이 많았어요. 식량 창고가 불탔다고 알리는 전령이 도착했거든요. 어쩐지 보급이 늦더라니."

"……음."

흔히들 전쟁은 식량의 싸움이라 말하곤 했다. 보급이 끊기면 수만의 병력이 굶주리게 되며, 이는 당연히 전쟁의 승패로 이어졌다. 디에즈가 미간을 좁혔다.

"식량이 얼마나 남았습니까?"

"대충……."

멀리서 대화를 듣기만 하던 케틀린이 대답했다.

"한 4일 정도면 사이좋게 굶어 죽을 수 있어요."

그녀의 냉소적인 대답에 차호트가 낄낄 웃었다.

"아, 키티 말 너무 재밌게 한다. 쟤가 저렇게 웃겨요."

도무지 대화를 따라갈 수 없었다. 디에즈는 피가 흐르는 입술을 매만지기만 했다. 차호트가 다시 손가락에 침을 묻혀 디에즈의 멍든 피부 위로 살살 펴 바르며 말을 이었다.

"뭐, 중부 관문 안쪽에는 식량이 있겠죠. 군량 건이 아니더라도 슬슬 이쪽에 올 예정이었는데 겸사겸사 잘됐네요."

그녀가 씨익 웃었다.

"디에즈 님의 복수도 할 겸."

"마음은 고맙지만 접근하기도 전에 쥐도 새도 모르게 죽을 겁니다. 나름 안면 있는 사이라고 봐준 거라서요, 이게."

"앗차, 맞다. 디에즈 님이 나보다 강했지. 그럼 복수는 빼고 갑시다."

"……좋은 생각이네요."

디에즈가 하카브에게 손수건을 받아 들어 차호트가 묻힌 침을 닦아 냈다.

* * *

늦은 시간, 갑작스럽게 회의가 열렸다.

"세렘 관문에 있던 차호트 람가가 바르제 방벽으로 이동했다는 정보가 들어왔다."

피곤한 얼굴의 리카르디스가 푸른등불 공작에게 서류를 받아 들며 읽어 내렸다.

"수는 대략 3만. 라고슈 지원군이 더해진 이점이, 이로써 완전히 없어졌군."

리카르디스는 무력으로 득세한 발타의 가문 중 람가를 가장 경계했다.

사르체는 전투라면 물불 가리지 않는 전투광, 싸움을 피하지 않는다는 걸 아니 함정을 파 놓고 유인하면 된다. 아문은 발타 왕실의 명령을 충실하게 수행하는 날카로운 검. 이쪽은 융통성이 없어서 예상외의 상황을 만들어 발을 묶을 수 있다.

하지만 람가는 그런 단점이 크게 두드러지지 않았다. 힘이 있고, 기술도 있다. 일정한 규칙에 속해 있다가도 자유롭게 움직일 줄 알아 전략의 짜임새를 폭넓게 한다. 물러서도 되는 싸움과 반드시 이겨야 할 싸움을 안다.

그나마 단점이라고 할 만한 것은 제 흥미가 가지 않으면 나태하게 군다는 점이었다. 하카브의 명령이라 해도 건성으로 일하는 경우가 빈번하단다. 물론 딱 책잡히지 않을 정도의 수준을 지켜서 벌을 받은 적은 손에 꼽는다고 했다.

그런 식으로 얻게 된 패배와 실패가 많아, 람가보다 사르체가 강하다 받아들여지고는 했다. 하지만 람가가 마음먹고 나선 전장에서는 언제나 승리의 뿔피리가 울려 퍼졌다.

"세렘 관문 공방전에서는 람가의 진가가 나오지 않았겠지만, 백병전이 벌어지는 바르제에서는 무엇보다 위험한 수가 될 터. 병력을 보강하여 장미대를 중심으로 배치를 새롭게 한다."

말인즉슨 밤샐 준비 하라는 것이었다. 람가의 가주가 나선 전투는 몇 되지 않았다. 전술을 어떤 식으로 세워야 할지 한참 고민하던 중, 전령이 급하게 소식을 알렸다. 이번만큼은 반가운 일이었다.

"차호트 람가가 바르제 방벽 쪽에 온 이유가 있었군."

리카르디스가 오랜만에 웃었다. 피곤해하던 지휘관들의 얼굴에도 지금만큼은 화색이 돌았다. 연합군의 보급선에 문제가 생겼다.

그들은 점령한 일라베니아의 성채를 병참 기지로 사용하고 있었다. 발타와 각 나라로부터 오는 식량, 그리고 일라베니아 영토 내에서 수탈한 것들까지 보관하며, 일정한 주기마다 중부 관문으로 보급품을 지원하던 참이었는데…….

그중 가장 거대한 병참 기지가 활활 불타 버렸다는 소식이었다.

"이것 참."

리카르디스는 웃으며 턱을 쓸었다.

"이번에도 완달 타탄의 패배인가. 마른가시나무 백작은 정말 한번 물면 놓지 않는군. 다들 그녀가 적이 아님을 감사하게 여기게."

지휘관들이 웃음을 터트렸다. 마른가시나무 백작군이 병참 기지를 기습했다는 말은 어디에도 없었으나, 현 시각 자유롭게 움직일 수 있는 병력은 룩세인 왕국에서의 연락을 마지막으로 행방이 묘연해졌던 마른가시나무 백작군밖에 없었다.

그리고 무슨 운명의 장난인지, 병참 기지의 책임자는 마른가시나무 백작령에서의 패배로 일시적으로 직위가 강등된 완달 타탄이었다. 그때의 패배에 이어 또다시 세실에게 당해 버리고 만 것이었다.

"혹시 몰라서 연합군이 점령한 병참 기지의 정보를 넘겨 뒀을 뿐인데, 역시나 백작이야."

"……."

지휘관들이 모호한 표정으로 리카르디스의 눈치를 보았다. 적이 되지 않아서 다행인 건 리카르디스라는 인물에게도 해당되는 말인 듯해서.

"이것은 앞으로의 전장에서 호재이자 악재로 작용하게 될 것이다."

식량 부족은 전투력의 저하와 무리의 분열을 야기한다. 연합군은 그런 일이 일어나기 전에 중부 관문을 넘어서려 더욱 필사적으로 공세를 펼칠 것이다.

"어떤 방식으로 나올지 대충은 알겠군. 하지만, 이건……."

리카르디스는 지도 위, 바르제 방벽 앞의 전장을 바라보았다. 그 어떤 전장보다 가장 많은 나무 조각이 대치하고 있었다.

"……힘들겠어."

그 한마디에 모두가 앞길의 험난함을 예감했다.

* * *

날이 밝았다. 더욱 불어난 연합군의 병력 사이로 람가 가문의 깃발이 휘날리고 있었다.

로젤린은 오늘도 전투에 앞서 일대일 대결을 신청했다. 혹여 람가의 가주가 나오지 않을까 기대를 했으나, 로젤린의 원색적인 도발에 걸려든 것은 하급 지휘관 중 한 명이었다.

[코코 사르체였다면 누구보다 가장 먼저 뛰쳐나왔겠지. 하지만 차호트 람가는 승산 없는 싸움에는 몸을 사릴 줄 아는 부류거든. 크게 기대하지 않는 게 좋아.]

어젯밤 리카르디스가 말했던 부분이라 예상하고는 있었지만 좀 아쉬웠다. 하급 지휘관을 처리한 후, 발걸음을 돌려 본대로 귀환하려던 로젤린은 돌연 뒤에서 느껴지는 마력의 기운에 말고삐를 잡아채 자리에 멈춰 섰다.

그녀는 고개만 살짝 틀어 연합군 진영을 바라보았다. 갑자기 수백 명의 마인이 마력을 쓰기에 공격이라도 감행하나 싶었는데, 별다른 소란 없이 잠잠할 뿐이었다. 뭐지?

로젤린은 계속해서 느껴지는 마력이 거슬려서 걷다가 뒤돌아보는 행위를 반복했다. 본대에 돌아갈 때까지 의중을 파악하지 못한 그녀와 달리, 마카롱은 상황을 파악하고 헛웃음을 터트렸다. 마침 마카롱과 가까이 있던 리카르디스가 의아하다는 듯 그를 바라보았다.

"뭐, 오늘 새로운 장수가 여기 왔다고? 걔가 총지휘관이고?"

"그래. 람가의 가주, 차호트다."

"저거 아주 또라이네."

마카롱은 눈가를 간지럽히는 앞머리를 쓸어 넘긴 채 고정했다. 시선은 여전히 연합군 측 진영을 향하고 있었다.

"갑자기 마력을 쓰더라고. 한 200명 정도가 뭉쳐서."

"아, 그래서 로즈 경이 저렇게."

뼈다귀를 어디에 묻어 두고 온 강아지처럼…… 리카르디스는 자기도 모르게 튀어나오려는 뒷말을 간신히 생략했다.

"이것들이 뭔 개수작 하나 싶었는데, 잘 보니까 우리 대장한테 신호를 보내는 거였구만."

신호? 리카르디스가 눈썹을 찌푸렸다.

"선전 포고?"

"아니."

마인들은 여전히 마력을 운용한 채, 미동도 없이 그 자리에 가만히 서 있었다. 일정한 간격을 유지한 군대 사이에서 규칙성을 발견하기는 어렵지 않았다. 좌우 대칭의 완만한 곡선, 두 개의 봉우리와 뾰족하게 만나는 하나의 점까지.

"하트."

리카르디스의 입가가 씰룩였다. 뭔 소리를 하느냐고 묻고 싶은 듯 보였다. 마카롱은 그가 어이없다는 듯 되묻기 전에 마저 말을 이었다.

"마인들로 하트를 그리고 있다고. 우리 대장님의 결투가 마음에 쏙 들었나 봐."

"……."

리카르디스는 기가 막혀 할 말을 잃어버렸다.

곧 로젤린이 본대로 귀환했다. 람가군의 마인들이 마력을 쓰고 있다며, 왜 저러냐고 투덜거리는 그녀에게 리카르디스는 들은 대로 그 의미를 일러 줬다. 잠깐 다시 뒤를 돌아본 로젤린이 "아." 하는 소리를 내더니 고개를 끄덕였다. 정말로 하트 모양이었던 듯했다.

"그런데 왜……?"

로젤린이 근본적인 질문을 했다. 하지만 리카르디스를 포함한 다른 어떤 누구도 대답을 돌려주지 못했다. 그사이 연합군에서도 오늘 사망한 하급 지휘관의 시체를 수습하는 과정을 끝냈다.

양측의 군대가 대치한 채 투기를 발산했다. 묘한 점은 마치 입을 맞춘 듯이 각각 좌익, 중앙, 우익군을 두고서 거대한 한 개의 군대가 본대의 뒤에 자리하고 있다는 점이었다. 연합군 진영에서는 람가군이, 제국군 진영에서는 규모가 늘어난 장미대가 예비대의 역할로 물러나 있었다. 서로 주력 부대가 빠진 셈이었다.

여태껏 이 전장에서 활약했던 연합군의 마인들은 본대에 포함되지 않고 따로 움직이며, 제국군의 측면을 기습 공격 하는 역할을 맡았었다. 그 때문에 로젤린의 장미대 또한 좌익군 소속이라는 틀을 벗어나 유동적으로 움직이며 전투를 치른 것이었다.

지금의 상황 또한 다르지 않았다. 이 방식이 효율적이라는 것은 이미 검증되었고, 막 바르제에 등장한 람가의 마인 군대가 어느 쪽을 향할지 알 수 없으니 따로 빼내어 움직임을 읽은 후 출진할 예정이었다.

그렇다고 해도 3만이나 되는 병력이, 심지어는 최고 지휘관이 지휘하는 군대가 중앙이 아닌 예비 병력으로 빠져 있는 것은 리카르디스도 예상하지 못한 일이었다.

뿔피리가 울리며 전투가 시작되었다. 수만과 수만의 덩어리가 충돌하자 뿌연 흙먼지가 시야를 어지럽혔다. 람가군과 장미대만이 격전지에서 동떨어진 채 서로의 움직임을 주시했다. 람가군의 군마들이 투레질하며 앞발을 들어 올리는 즉시 장미대도 나설 예정이었다.

하지만 1시간이 지나도, 2시간이 지나도, 3시간이 지나도 그들은 움직이지 않았다.

리카르디스는 제 정체를 아는 지휘관들을 우선으로 급히 소집했다.

"우리가 한참 잘못 생각했던 모양이야. 연합군 측이 식량 문제로 전전긍긍하여 제국군의 주력 부대부터 파훼하려 들 거라 여겼건만."

그가 하, 숨을 내뱉고는 차가운 목소리로 다시 말을 이었다.

"람가의 목적은 장미대가 아닌 제국군 그 자체였군."

로젤린도 그제야 돌아가는 상황을 파악했다. 여태껏 연합군의 장수들은 장미대를 잡기 위해 부단히 노력했다. 제국군의 방어벽을 두껍게 하는 눈에 띄는 요소였으니까. 그래서 람가군 또한 장미대를 처리하기 위해 투입되었다고 생각했다.

"람가의 군대가 가만히 있는 것만으로도 장미대는 함부로 움직일 수 없게 된다. 양측의 주력 부대가 참전하지 않는 것이지만, 전체적인 머릿수는 저쪽이 압도적으로 많다. 병사들의 체력 또한 비할 바가 못 돼. 이런 식의 소모전으로는 우리의 한계만 빠르게 드러나겠지."

장미대라는 무기를 봉쇄한 채, 제국군의 머릿수를 깎아 내려는 것이었다. 더 이상 수가 줄어들게 된다면 장미대가 아무리 강하다고 한들 연합군을 막아 낼 수 없었다.

리카르디스는 신경질적으로 혀를 한 번 차고는 지도를 빠르게 살폈다.

"세렘 관문에 지원을 요청한다. 돌아가는 모양새를 보아 하니 연합군은 바르제 방벽을 통과하는 방법을 택한 것 같군. 예비 병력을 모두 이쪽으로 돌려야겠다."

그의 말에 잇세리온이 부지런하게 무언가를 써 내리고 바깥으로 나섰다. 펄럭이는 천막 밖으로 하늘에 걸려 있는 해가 보였다.

까만 어둠 속에서는 적군과 아군을 구분하기도 힘들뿐더러 상대측의 움직임도 제대로 읽을 수 없었다. 기습 외에는 큰 효용을 볼 수 없고 도리어 큰 피해가 발생할 수 있으니 해가 지면 병사들을 쉬게 한 뒤, 재정비하여 다음 날을 준비하는 것이 일반적이었다. 지금으로서는 밤이 되기까지 어떻게든 버티는 수밖에 없었다.

리카르디스는 지금 당장 마인 군대의 위협이 사라진 전장에 새롭게 전술을 전달하고 그에 맞춰 대응하도록 명령했다. 람가의 군대를 경계하던 제국군도 조금 더 수월하게 움직일 수 있게 된 셈이었다. 그렇다 해도 여전히 연합군이 우세했다. 어림잡아 추산한 제국군의 사상자는 어제의 두 배에 달하는 수였다.

드디어 해가 저물기 시작했다. 전투를 마무리 짓고 서로의 진영으로 돌아가야 하는 시간이 찾아왔다. 그런데.

"이, 이게……."

제국군의 지휘관이 질린 듯 말을 더듬었다. 지금 대체 무슨 일이 일어나고 있는 거지?

누구도 그 질문에 답하지 못했다. 해가 산 뒤로 넘어가고 하늘은 검게 물드는데, 짓눌리며 부서지는 두 무리의 격전은 식을 줄을 몰랐다.

리카르디스는 상황이 잘못 돌아가고 있음을 깨달았다.

차호트 람가. 그녀가 제국군의 지휘관들을 비웃기라도 하듯, 밤하늘 아래에서 더욱 거세게 제국군을 도륙했다.

* * *

하카브는 해가 저물기 시작하는 하늘 아래의 전장을 바라보며 웃었다.

"리카르디스가 보고 싶군."

느끼한 말을 내뱉은 남자가 재빨리 말을 이어 붙였다.

"오해하지 말아, 디에즈. 리카르디스 황자가 보고 싶다기보다는 지금쯤 당황하고 있을 그의 얼굴을 보고 싶다는 얘기야."

디에즈와 케틀린이 얼굴을 구겼다. 하카브는 두 사람의 반응에도 그저 흐뭇한 미소를 띤 채, 전장을 바라보았다.

모든 연합군이 중부 관문 앞으로 결집하여 전보다 거세게 공세를 펼치는 중이었으나, 일라베니아는 끈질기게도 버텼다. 종횡무진 전장을 휘젓는 장미대와 라고슈 지원군을 필두로 한 제국군은 이따금 예상할 수 없는 전략에 따라 움직이며 이 상황을 버텨 내는 것 이상의 힘을 보이기도 했다.

거센 저항에 연합군의 사기가 늘어지기 시작했다. 점차 추워지는 날씨가 병사들을 지치게 만들었다. 엎친 데 덮친 격으로 식량 창고마저 마른가시나무 백작에게 털렸다. 그전에도 결코 좋은 감정은 없었지만, 이제는 마른가시나무라는 이름만 들어도 지긋지긋할 정도였다.

그렇게 악재가 겹친 상황에 차호트 람가가 자신만만하게 나섰다.

[식량이 다 떨어지기 전에 중부 관문을 무너트리면 되죠, 뭐.]

[그러니까. 우리가 그걸 못 해서 아직 이러고 있는 거다, 차호트.]

차호트는 펼쳐진 지도 위, 제국군과 연합군을 의미하는 나무 조각을 달각달각 움직였다.

[지금 우리 군의 병력이 이쪽에 많이 집중되어 있잖습니까.]

그녀가 가리킨 곳은 세렘 관문이었다. 거대하고 두꺼운 관문을 공략하는 전투는 일반적인 전투보다 몇 배는 더 많은 전력을 요구했기에, 반 이상의 병력이 세렘 관문에 몰려 있는 상황이었다.

[그렇지.]

[그걸 여기로.]

차호트가 세렘 관문의 병력을 바르제 방벽 앞, 장미대가 있는 전장으로 옮겼다. 다른 곳에 비해 바르제 방벽 측의 전장은 상대적으로 공간이 협소한 편이었다. 많은 수가 있다 해도 한꺼번에 공세는 불가능하고 예비 병력으로 놀게 두는 수밖에 없었던 터라 전력을 낭비하지 않기 위해 일정한 수준의 수만 유지하고 있었다. 차호트도 그 점을 모르지 않았다.

[사실 장미대와 라고슈 지원군만 아니면 바르제 방벽은 뚫려도 진즉에 뚫렸을 거잖아요. 그 둘만 발을 묶어 두면 일이 수월해지겠죠.]

[어떻게?]

[제가 다른 전장에 있는 마인 애들까지 전부 모아서 데리고 갈게요. 수가 많을수록 그쪽도 맞춰서 편제할 거고.]

차호트가 나무 조각 몇 개에 서투른 솜씨로 장미 문양을 그려 넣고는 제국군 중앙군 뒤에 놓아두었다.

[내가 마인들을 데리고 있다는 걸 아는 제국군 측에서 어중이떠중이에 머릿수만 믿는 군대를 붙일 리는 없잖아요? 결국 장미대와 라고슈 지원군이 나를 견제하려 들 겁니다. 내가 움직이면 그들도 움직일 거고, 내가 안 움직이면 그들도 못 움직이겠죠. 치열하게 눈치 싸움이나 해 볼까 합니다.]

차호트가 무슨 소리를 하나 가만히 듣던 하카브가 그녀의 의중을 깨닫고 피식 웃었다.

모든 마인을 람가의 깃발 아래 소집한다. 그 파괴력 넘치는 군단을 막기 위해 장미대를 포함한 정예병이 꾸려질 것이다. 하지만 결과적으로 람가는 움직이지 않을 테니 장미대와 제국군의 정예병 또한 발이 묶이게 된다.

전장에서 가장 위협적인 요소가 사라지게 된 셈이었다. 장미대와 라고슈 지원군을 제외한 나머지는 오합지졸이나 다름없었다. 수로써 찍어 누른다면 이 전쟁은 생각보다 빠르게 끝날 수도 있었다.

[가끔 보면 굉장히 머리가 좋은 것 같아.]

[실례되는 말을 스스럼없이 하시는 점이 전하의 매력이라고 생각해요.]

차호트가 낄낄거리며 웃었다.

[전쟁은 머릿수면 머릿수, 식량이면 식량, 장수면 장수. 상대보다 뛰어난 것으로 찍어 눌러야죠. 지금 연합군이 내세울 수 있는 거라곤 머릿수 하나 아닙니까.]

그녀는 말하면서도 나무 조각을 계속 바르제 방벽 쪽으로 옮겼다. 하카브도 람가의 문양이 새겨진 나무 조각을 옮기며 말을 이었다.

[장미대가 발이 묶이면 그렇게까지 많은 병사가 필요하진 않을 텐데?]

[필요합니다. 오래 싸울 예정이라.]

[오래?]

차호트의 눈에 타오르는 촛불이 비쳤다. 그녀가 악동처럼 개구진 미소를 지었다.

[아침부터 밤까지.]

차호트가 연합군의 나무 조각 두 개와 제국군의 나무 조각 두 개를 치웠다.

[그다음 날의 아침과 밤까지.]

그녀가 또다시 양측의 말을 몇 개씩 제거했다. 제국군 측은 장미대와 작은 나무 조각 몇 개밖에 남지 않은 반면, 연합군은 여전히 큰 나무 조각들이 줄지어 있었다.

[잠도 못 자고, 물도 못 마시고, 밥도 못 먹고. 그렇게 몇 시간, 몇십 시간, 과연 얼마나 버틸 수 있을까.]

연합군 또한 피해가 클 테지만, 시간이 촉박한 이상 피해를 감수하고서라도 과격한 방법을 사용해야 했다. 확실히, 이런 방식으로 전투를 지속한다면 제국군은 얼마 버티지 못하고 무너질 것이다.

[길어도 며칠입니다, 전하. 그 안에 무너트려 보겠습니다.]

하카브는 미소로써 그녀의 제안을 승낙했다.

어제 나눴던 얘기가 오늘 실현되어 눈앞에 펼쳐져 있었다. 하카브는 어두워진 전장 너머, 바르제 방벽을 바라보았다. 실종된 일라베니아의 총사령관, 리카르디스 다리우 일라베니아. 그는 아마도 중부 관문, 그것도 장미대가 있는 바르제 방벽에 있을 확률이 높았다.

라고슈의 지원군이 합류한 날로부터 갑자기 바뀐 전투 방식은 영리하고도 효율적이었으며, 허를 찌르는 한 수가 있었다. 그리고 여태껏 들어 본 적 없는 마인 기사 '로즈 경'이 이름 모를 지휘관의 검이 되어 전장을 휘저었다.

로즈 경이 로젤린이라는 확신이 들고 나서야 하카브는 리카르디스 또한 살아 있으며, 그가 지금 중부 관문의 전투를 지휘하는 책임자라 판단했다.

그렇다면, 살아 있는 총사령관이 왜 아직까지 자신의 생존 사실을 알리지 않는가?

우두머리의 부재는 무리의 전체적 사기를 좌지우지할 만큼 중요한 사항이었다. 분명 그보다 중요한 무언가가 있기에, 숨기고 있는 것이었다. 하지만 어떤 경우의 수를 떠올려도 지금의 전황을 뒤집을 만한 수단은 없었다.

없다, 없는데.

'리카르디스.'

계속해서 그의 얼굴이 떠올랐다. 죽지 않는, 끈질기게 살아남는, 반드시 무언가를 준비해 두는. 주도면밀한 리카르디스를 잘 알고 있었기에 일말의 경계가 가시지 않았다.

하지만 그것도 이로써 끝이었다.

하카브는 차호트 람가의 계책에 속수무책으로 당하는 제국군 진영을 바라보았다. 둥그런 달이 어두워진 전장을 비추고 있었다.

* * *

예상치 못한 야간전에 제국군의 지휘관들은 혼란에 휩싸였다. 이런 식으로 밤낮없이 전투를 지속했다간 내일 아침이면 전부 지쳐 검을 들 힘마저 잃어버릴 것이다. 하지만 지금 당장 이를 해결할 방법이 없었다.

부우우-

몇 시간 동안 들리지 않던 출진의 뿔피리가 울렸다. 제국군의 지휘관들은 아침과 낮 내내 람가군만을 경계하던 장미대가 움직이는 광경을 목격했다. 돌진하는 기세는 여태껏 터트리지 못했던 투기를 한 번에 발산이라도 하는 듯 자못 사나웠다.

갑작스러운 장미대의 출진에 대다수의 지휘관들이 당황하는 모습을 보였으나, 리카르디스는 상황이 어떻게 돌아가는지 깨달았다.

"차호트 람가가 움직였나 보군."

로젤린이 이동하는 마인 부대를 감지한 모양이었다. 리카르디스는 구름이 많아 달빛마저 희미한 공간 속에 벌어진 난전을 지켜보았다. 찢어지는 괴성들만 무성했다. 보이는 것이라고는 횃불이나 이따금 빛을 반사하는 갑옷 정도였다.

장미대와 연합군이 충돌하는 소리가 들렸다. 거인과 거인이 무기를 맞부딪친 듯한 굉음이었다. 리카르디스는 이를 악물었다.

'로젤린.'

이 어둠 속에서 그녀가 어떤 위험에 처했는지 알 길이 없었다. 리카르디스는 초조함에 주먹을 말아 쥐었다.

그 시각.

돌진한 로젤린은 벌써 장수의 목을 둘 베어 내었다. 발타군의 지휘관들은 대개 마인이었고, 이런 어둠 속에서도 확실하게 알아볼 수 있는 지표가 되어 로젤린을 이끌었다. 그녀는 저 멀리에서 기운을 발산하는 인조 마인 군단을 향해 나아갔다.

하지만 차호트 람가 또한 로젤린의 접근을 알아채고서 다른 방향으로 돌아가 제국군을 학살했다. 직접 부딪치는 상황을 피하고 제국군의 수를 줄이는 것에 주력하려는 속셈이었다. 로젤린은 앞을 가로막는 연합군 병사들을 흉포하게 베어 넘겼다. 하지만 적이 아무리 쓰러져도, 람가군과의 거리는 좁혀지지 않았다.

'적이 너무 많아.'

로젤린은 뒤를 돌아 어둠 속에 위축된 사자갈기군과 라고슈 지원병들을 확인했다. 화살과 날카로운 창이 보이지 않는 곳에서 튀어나왔다. 평범한 공격에도 대응하기 어려운 상황이었으니, 더 이상 파고들 수 없었다. 함부로 움직였다간 전멸할 가능성도 있어 보였다.

후욱, 살을 에는 듯한 바람이 전장을 스치고 지나갔다. 거대한 구름이 달을 가렸다. 희미하던 달빛조차 어둠에 잠겨 버렸다.

"딱 좋네."

로젤린의 바로 옆에 있던 마카롱이 한 말이었다. 로젤린이 의아하다는 듯 바라보자, 쥬쥬가 연합군 병사 한 명의 머리를 잡아서 멀리 날려 버리고는 투구를 벗어 던졌다.

"기왕 안 보이는 거 우리도 써먹어야지."

찰나의 순간에 쥬쥬에게서 짙은 마력이 퍼져 나오기 시작했다. 그의 형체가 삽시간에 흐물거렸다. 야행성 동물의 눈을 빌리고 있는 로젤린만이 볼 수 있는 광경이었다.

"대충 날뛰고 온다."

말에서 풀쩍 뛰어내린 마카롱의 모습이 어둠과 인파에 가려졌다. 곧 지상에서부터 무언가가 화살처럼 쏟아지듯 하늘로 날아올랐다.

삐이익, 전장 위로 독수리의 울음소리가 퍼졌다. 독수리는 사람들의 머리 위를 스칠 정도의 아슬아슬한 높이에서 비행하며 군대를 가로질렀다. 목적지는 장미대와 교전 중인 연합군이었다.

바람 소리에 접근하는 기척을 숨긴 독수리는 목적지에 가까워지자 형태를 허물어 다른 모습으로 변이했다. 검고 거대한, 탄력 있는 근육을 가진 흑표범이 하늘에서부터 비스듬히 쇄도했다. 연합군의 병사는 코앞에서 느껴지는 뜨거운 숨결에 잠시 몸을 굳혔다.

콰직, 무언가가 뜯겨 나갔다.

"으아아악!"

어둠 속을 울리는 날카로운 소리는 전장에서 들리는 그 어떤 비명보다 고통에 차 있었다. 주위의 병사들이 고개를 휘휘 둘러보았으나, 흑표범은 이미 어둠 속에 녹아든 상태였다. 빛나는 두 눈만이 빠르게 움직이는 무언가의 궤적을 짐작할 수 있게 했다.

흑표범은 온몸으로 돌진하고 물어뜯으며 전열을 흐트러뜨렸다. 땅에 발돋움한 흑표범이 병사의 방패를 밟고 뛰어오르며 다시 독수리로 화했다. 그것은 크게 날갯짓하며 조금 더 중앙부로 이동했다. 하늘에서부터 무언가가 연합군의 한복판에 뚝 떨어졌다. 이번엔 흑표범이 아닌 거대한 곰이었다.

크와아아! 맹수의 울부짖는 소리가 전장을 쩌렁하게 울렸다. 거대한 곰이 앞발을 휘두르자 병사 다섯이 갑옷째로 찢겨 나가며 절명했다.

"으아악!"

정체를 알 수 없는 무언가에게 공격당하는 병사들은 혼비백산하여 비명을 질러 댔다. 무작정 도망가는 사람, 사태를 깨닫지 못해 전방의 제국군 병사에게만 집중하는 사람, 혼란의 원인을 처리하기 위해 무리를 거슬러 가는 사람들까지. 일정했던 연합군의 흐름이 뒤섞이기 시작했다. 집단이 개인이 되며 연합군의 치밀했던 대열이 성기게 변모했다.

로젤린은 그 틈을 놓치지 않고 뭉쳐 연합군을 돌파했다. 뜨거운 핏방울이 그녀의 투구에 선을 그리듯 튀었다.

* * *

아침 해가 붉게 물든 대지를 비췄다.

로젤린은 숨을 거칠게 내뱉었다. 100? 200? 셀 수도 없었다. 적어도 500 이상은 베어 넘긴 듯했다. 여린 살과 근육을 가르는 감각도 익숙해진 지 오래였다. 갑옷은 온통 검붉은 색으로 물들었고, 피가 끈적하게 엉겨 붙은 무기는 날카로움을 잃었다.

밤새 분전했으나 연합군과 제국군의 병력 차는 좁혀지지 않았다. 제국군이 연합군의 부대를 궤멸시켜도 병력을 다시 투입해, 수적 우위를 철저하게 지키며 제국군을 압박했다.

허억, 헉. 장미대의 병사들이 말라붙은 숨소리를 냈다. 호흡을 하는 것조차 힘들어 보였다. 오로지 정신력 하나만으로 버티고 있는 것이었다.

날이 밝아 올 무렵. 로젤린은 장미대와의 직접적인 교전을 피하던 람가군과 드디어 격돌했다. 하지만 마력이라는 신체 강화 수단을 지닌 훈련받은 병사들의 집합은 로젤린이 부딪친 그 어떤 적보다도 강력했다.

파편까지 사용하는 마인 군대의 거친 공세에 해치운 적보다 쓰러진 아군이 훨씬 많아졌다. 로젤린은 단신으로 돌파하여 차호트 람가를 잡고자 했으나, 두껍고 견고한 벽은 허물어도 허물어도 줄어들지 않았다.

이후 장미대의 측면을 연합군이 공격해 왔다. 장미대가 측면의 공격에 고전하는 사이, 람가군은 유유히 자리를 벗어나 또다시 제국군의 약한 부분을 파쇄해 나갔다.

차호트 람가는 현장에서 전략을 곧바로 수정하고 다른 군대와 협공하는 등의 움직임으로 전장의 전체적인 흐름을 장악하고 있었다. 로젤린은 이 흐름을 끊어 내는 게 우선이라 생각했다. 차호트 람가를 반드시 제거해야만 했다.

'하지만……'

로젤린은 상황을 냉정하게 판단했다.

'지금은 무리야.'

병사들의 상태 때문이 아니라, 현실적으로 람가의 군대를 뚫고 차호트 람가에게 접근할 방법이 없었다. 힘도, 수도 부족했다.

바로 그때, 제국군 진영에서부터 뿔피리 소리가 퍼져 나왔다.

부우우-

로젤린은 뒤를 돌아보았다. 5,000 정도의 병력이 전장을 향해 다가오는 중이었다. 마지막의 마지막까지 끌어모은 최후의 증원군인 듯했다. 놀라운 점은 그들의 위로 붉은수레바퀴 기가 펄럭이고 있다는 것이었다.

로젤린은 전장을 급하게 이탈해서 붉은수레바퀴 깃발을 건 무리에게 다가갔다. 가장 선두의 기사가 바이저를 열었다. 달칵, 소리와 함께 녹색 눈동자가 드러났다. 로젤린은 그 눈동자를 본 순간 흥분으로 들떠 있던 정신이 차분히 가라앉는 걸 느꼈다.

"붉은수레바퀴의 칼릭스입니다. 군을 구성하는 데 시간이 좀 걸렸군요. 늦지는 않았을지요."

"장미대의 로즈입니다. 적절한 때에 오셨습니다."

주위 사람을 의식하며 딱딱한 대화를 나누는 중이었으나, 칼릭스의 눈만큼은 둥글게 휘어 로젤린을 반가워하고 있었다.

"겁나 늦으신 것 같은데."

마카롱의 타박에 그의 눈이 곧바로 원상 복귀 했다.

두 사람은 바닥에 지도를 펼치고 차호트 람가를 제거하기 위해 모의했다. 훈련된 병사들로 이루어진 람가군의 벽은 견고했다. 정석적인 방법으로 싸운다면 반드시 패배하게 되어 있었다. 여기서 필요한 것이 기습 같은 예상외의 공격이었다.

하지만 람가군은 다른 장소에서 전투를 치르는 중에도 계속해서 장미대를 주시하고 있었다. 기습이 통할 리 없으니, 여태껏 전장에 나타나지 않았던 붉은수레바퀴군이 그 역할을 맡는 수밖에 없었다.

장미대가 정석적으로 람가군을 상대하는 사이, 붉은수레바퀴군이 람가군의 측면으로 돌격한다. 측면의 방비는 다소 허술하니 그 틈을 뚫고 중앙부의 차호트까지 도달하라는 것이 이번 작전의 표면적인 내용이었다.

붉은수레바퀴군에는 마인들이 포함되어 있었다. 어리고 전투를 할 수 없는 마인들을 빼고 남은 수는 대략 300여 명. 적은 수였지만 지금의 싸움에서는 크게 도움이 될 것이 분명했다.

준비가 끝나고, 장미대가 다시 전장으로 돌진했다. 이동하던 람가군이 장미대와 충돌했다. 3만 대 1만. 수적으로도, 힘으로도 상대가 되지 않았다. 하지만 장미대의 병사들은 람가군의 주의를 이끌기 위해 필사적으로 전투했다.

시간이 흐르고 람가군의 이목이 장미대만을 향했을 때, 붉은수레바퀴군이 람가군의 측면을 쳤다. 차호트 람가는 갑작스럽게 들려오는 함성과 충돌음에 고개를 틀어 옆을 바라보았다. 붉은수레바퀴 가문의 깃발을 확인한 그녀가 슬쩍 웃었다.

"붉은수레바퀴라, 아버지의 복수라도 하러 왔나."

차호트가 휙 휘파람을 불었다.

"딸과 아들의 협공이라니. 이거 악당이 된 기분인데."

그때까지만 해도 차호트는 조금도 긴장하지 않고 있었다. 그런 그녀의 얼굴에서 웃음기를 싹 지워 버린 것은 지금 막 돌격해 온 붉은수레바퀴군이었다. 정확히는, 붉은수레바퀴군에서 느껴지는 마인들의 존재.

창처럼 뾰족하게 힘을 응축한 형태로 돌격하는 그들의 행보에 람가군의 측면이 침입을 허용했다. 차호트는 인상을 찌푸린 채 이마를 긁적였다.

"아, 되게 놀랐네."

뜬금없이 제국군 측에서 마인 집단이 튀어나올 줄 누가 알았겠는가. 그 것도 마인의 씨가 말랐다고 표현할 수 있는 일라베니아에서.

하지만 그런 당황도 아주 잠시였다. 측면의 병사들이 차호트와 마찬가지로 평정을 되찾고 대응하기 시작했다. 붉은수레바퀴군이 뚫고 들어오는 것이 아니라, 람가군이 그들을 포위하는 모양새가 되었다. 차호트가 쯧쯧 혀를 찼다.

'시도는 좋았지만, 아쉽게 됐어.'

마력을 지니고 있다고 모두가 강한 게 아니었다. 일라베니아의 마인들은 냉정하게 평가하자면 평범한 인간들보다 낫다 정도였다. 힘만 세고 기술이 없거나, 마력을 어떻게 운용하는지 몰라 헛되게 소비할 뿐. 그에 비해 발타군의 마인들은 대다수가 어렸을 때부터 훈련받은 전사였다.

마인들을 이만큼 모은다고 얼마나 고생했는데, 쉽게 뚫을 수 있을 리가. 차호트가 흐뭇하게 병사들을 바라보았다.

마른가시나무 백작령 공성전에서 완달 타탄이 괜한 복수심에 불타 인조 마인 부대의 반을 날려 먹지만 않았어도 사실 전쟁은 쉽게 끝났을 것이다. 차호트는 그 점을 상기할 때마다 입 안이 썼지만, 소문의 그 로젤린 경이 힘도 제대로 못 쓰고 아등바등하는 모습으로 기분을 달랠 수 있었다.

"안으로 들어온 것부터 먹어 치우자. 붉은수레바퀴군을 뭉개 버려라."

부관에게 명령을 내린 차호트는 붉은수레바퀴의 칼릭스라 예상되는 기사의 전투를 보고 감탄사를 내뱉었다. 그는 놀랍게도 제법 잘 싸우고 있었다. 무기를 흘리고 베어 나가는 행위가 마치 손가락을 움직이는 듯이 자연스럽고 능숙했다. 그건 붉은수레바퀴의 칼릭스가 얼마나 오랜 시간을 검을 휘둘러 왔는지를 나타내고 있었다.

'검 실력도 유전인가.'

차호트는 남부 관문에서 붉은수레바퀴의 페르탄에게 베였던 어깨를 만지작거렸다. 평범한 인간이라고 방심한 대가가 흉터로 새겨져 있는 곳이었다.

차호트는 혀로 거친 입술을 한 번 핥고는 활을 들었다. 팽팽한 시위에 손가락을 걸어 당기자 활이 부러질 듯 휘었다. 화살촉 너머로 격렬한 전투를 벌이는 붉은수레바퀴의 칼릭스가 보였다. 차호트가 씩 웃었다.

"그래도 방심하면 안 되지."

활시위를 놓으려는 순간. 뒷덜미와 가슴 안쪽을 물들이는 오한이 돌연 차호트를 덮쳐 왔다. 많은 전투를 치러 온 전사로서의 감각이 인지에 앞서 차호트에게 경계를 보내고 있었다.

차호트는 빠르게 눈을 굴렸다. 앞뒤 양옆. 말 그대로 사방이 다 막혀 있는 이 상황에서 오한이 느껴질 정도의 위험이라니? 설마 땅굴이라도 파고 들어 왔단 말인가?

사고의 흐름에 따라 차호트의 시선이 아래를 향했다. 아주 느릿하게 흐르는 찰나의 시간 속, 그녀가 밟고 선 땅이 새카맣게 뒤덮이고 있었다. 거대한 그림자였다.

'새?'

차호트는 생각과 동시에 활을 하늘로 겨누었다. 위험을 감지한 본능이 몸을 먼저 움직이게 한 것이었다. 그림자를 드리운 무언가의 정체를 목도한 순간, 그녀의 숨이 일순간 멈췄다. 예상을 까마득하게 벗어난 광경이었다.

위를 스쳐 지나가는 독수리 아래로, 한 사람이 빠르게 낙하하고 있었다. 차호트는 다급히 시위를 놓았다. 화살은 떨어지는 사람을 향해 날아갔다. 그러나 그 사람, 로젤린은 고개를 살짝 돌리는 것만으로 차호트의 공격을 무산시켰다.

"위다!"

차호트가 소리치자 주위에 있던 마인들이 차호트를 보호하기 위해 달려들었다. 하지만 로젤린이 떨어지는 게 먼저였다.

쾅!

굉음과 함께 차호트가 군마를 탄 채 쓰러졌다.

흙먼지가 일었다. 차호트는 엎어진 채 콜록거렸다. 머리를 세게 부딪쳤는지 어지러워 일어설 수 없었다. 흔들거리는 시야에 공격을 막기 위해 내밀었던 검이 산산조각 나 있는 것이 보였다. 그 위로 피가 흩뿌려져 있었다.

이건, 누구의 피……?

그 생각을 끝맺기가 무섭게 차호트가 왈칵 피를 토해 내었다. 그녀는 통증이 느껴지는 부위를 더듬었다가 깨달았다. 갑옷째로 심장이 꿰뚫려 있었다.

"하, 이…… 이런……."

차호트는 힘겹게 고개를 들어 올렸다. 땅에 착지한 후 먼지를 툭툭 털고 있는 로젤린이 보였다.

"말도, 안, 되는……."

장미대가 미끼, 붉은수레바퀴가 주공 부대라고 생각했건만, 붉은수레바퀴가 미끼 역이었던 것이다. 마인들과 측면 돌파를 감행한 붉은수레바퀴군에 주의를 뺏긴 사이 로젤린이 단신으로 날아와 공격하는 계획이었던 듯했다. 하늘에서 떨어질 적군을 어떻게 예상하라는 건지. 어처구니가 없었다.

차호트가 입가로 침과 피를 주르륵 흘리며 웃었다.

"……나의, 완패다."

기이한 웃음소리를 내던 차호트의 숨이 완전히 멎었다. 햇살 아래에서도 그녀의 눈동자는 빛바래어 흐릿해져 있었다. 가장 강했고 가장 까다로웠던 적의 죽음이었다.

아군 진영의 한복판에서 지휘관이 살해당했다. 하지만 그 어떤 누구도 로젤린에게 다가설 엄두조차 내지 못했다. 로젤린의 압도적인 무력과 마력은 그야말로 하늘에서 강림한 신의 사도와 같이 느껴졌다. 기세에 눌린 연합군의 병사들이 그녀의 주위에서 주춤주춤 물러섰다.

로젤린은 독수리가 던져 주는 장미대의 깃발을 낚아채 번쩍 들어 올렸다. 그녀의 목소리가 쩌렁쩌렁하게 울려 퍼졌다.

"장미대의 로즈가 차호트 람가를 죽였다!"

그에 호응하듯 전장 여기저기에서 함성이 터져 나왔다.

"장미대의 로즈가 차호트 람가를 죽였다!"

"차호트 람가가 죽었다!"

차호트 람가의 가치는 단순한 장군 한 명, 지휘관 한 명 정도에 그치지 않았던 듯했다. 술렁이던 람가군의 병사들이 이내 눈물을 떨어트렸다. 존경하는 무인이자 주인이었던 이의 허무한 죽음에 그들은 전의를 불태우기보다는 모든 의욕을 잃어버렸다.

로젤린은 죽은 차호트 람가를 바라보았다. 그녀의 목 부근에서 무언가가 반짝거렸다. 흘러나온 목걸이에 반지가 걸려 있었다. 로젤린에게는 아주 익숙한 것이었다.

그녀는 거칠게 목걸이를 뜯어내었다. 여기저기 흠집 난 붉은수레바퀴 가문의 반지가 손바닥 안에서 도르륵 굴렀다. 로젤린은 그걸 손에 꾹 쥔 후, 품에 곱게 넣었다.

"후……."

바람이 불어와 그녀의 땀을 식혔다.

* * *

우두머리를 잃어버린 람가군은 전만큼의 위력을 보이지 못했다. 그들이 싸우는 전장은 물론이고, 람가군의 활약으로 덕을 보던 연합군까지 주춤하게 되었다. 리카르디스는 이때를 놓쳐서는 안 된다고 생각했다.

"전장에 직접 가신다니요! 너무 위험합니다!"

푸른등불 공작이 기겁하며 만류했다. 리카르디스는 분주히 준비하며 르원에게 갑옷을 가져오라 일렀다.

"정보와 명령을 주고받는 시간이 너무 늦어. 전장에서 바로바로 전략을 수정하고 지시를 내릴 사람이 필요하다. 밤사이 연합군의 공세에 제국군이 찢긴 상태라 이대로는 저녁까지 버티기 힘들어. 차호트 람가가 죽었지만, 여전히 우리는 열세인 상황이고, 조만간 하카브가 나서게 되면 그들의 동요 또한 가라앉을 테니 지금이 아니면 전열을 가다듬을 시간이 없다. 그러니 불필요한 입 싸움은 여기까지 하도록 하지."

리카르디스는 사슬 갑옷을 안에 착용하고 다시 신관 로브를 뒤집어썼다.

"걱정 말게, 공작. 드윗 경도 데리고 갈 거거든. 그가 목숨을 바쳐서라도 날 지켜 주겠지."

푸른등불 공작과 같이 리카르디스를 말리기 위해 손을 엉거주춤하게 들어 올렸던 사자갈기의 드윗은 갑작스러운 호명에 놀라 굳었다. 예? 갑자기 저요? 드윗은 뭔가 묻고 싶었지만 푸른등불 공작이 눈에 불을 켜며 쳐다봐 입을 다물어야 했다.

"목숨을 바쳐서라도 지키게!"

"보통 그런 다짐은 당사자가 말해야 하는 부분 아닙니까?"

곧 준비가 끝났다. 리카르디스는 하얀밤 기사단원들과 예비 보병대, 군대가 귀환하지 않아 하루 동안 푹 쉰 신관들과 군의관 모두를 이끌고 직접 출진했다. 대외적으로는 사자갈기의 드윗이 이끌게 되는 부대였다.

리카르디스는 밤사이 뿔뿔이 흩어져 연합군 사이에 고립된 아군들을 모아 차츰 전열을 가다듬어 갔다. 리카르디스의 의도를 읽은 장미대가 적절하게 전장을 휘저으며 연합군을 교란했다. 마치 리카르디스의 움직임을 예상이라도 한 듯 보였다.

작전이 다소 무모한 감이 있다 생각한 사자갈기의 드윗은 로젤린의 도움으로 차근차근 정리되는 상황에 감탄했다.

"로젤린 경도 대단하군요. 미리 말해 두신 겁니까?"

리카르디스는 저 멀리서 파괴적으로 돌진하는 장미대를 보며 고개를 저었다.

"과거에 로젤린 경과 체스 게임을 많이 했었거든. 그만큼 나에 대해 잘 알기도 하겠지."

세티스티아가 살아 있을 적, 셋이서 종종 어울리던 시절의 이야기였다. 리카르디스는 상념을 털고 거대한 소용돌이 같은 연합군의 흐름을 끊어 내기 위해 집중했다.

리카르디스는 어지러운 전장 속에서 침착하게 병사들을 통제하며, 방어에 주력하는 방진을 점점 넓혀 갔다. 병사들로 벽을 친 안쪽에는 신관과 보급 부대가 자리하고 있었다. 관문까지 돌아가지 않아도 쉴 수 있는 공간이 마련된 것이었다. 지친 병사들은 목을 축이고 배를 채웠다. 밀려드는 부상자에게 신관과 군의관들이 달라붙었다.

수백 명의 부상자가 있는 공간에 리카르디스가 발을 들였다. 그가 숨을 후 쉬고 손을 뻗었다.

'농도는 옅게. 범위는 넓게.'

한 사람 한 사람의 치료에 집중할 수 없었다. 당분간 싸울 수 있는 정도로만, 체력을 조금 회복할 수 있는 정도로만 끝내야 했다. 리카르디스는 눈을 감고 힘을 퍼트렸다.

하얀 안개 같은 빛이 방진 안을 가득 메우는 듯이 퍼져 나갔다. 반딧불이처럼 보이는 작은 빛 덩어리가 그 사이를 춤추듯 돌아다녔다. 빛무리에 휩싸인 병사들의 자잘한 상처가 아물기 시작했다. 그들은 지친 몸에 활기가 도는 것을 느끼고 입을 벌렸다. 언젠가부터 등장한 고위 신관의 실력은 익히 알고 있었지만, 수백 명에게 한꺼번에 성력을 쓸 정도였다니.

저쪽에서 열심히 뛰어다니며 성수를 퍼 나르는 대신관 라헤안시조차도 이 정도의 성력을 가지지는 못했을 텐데. 차기 대신관 후보인가? 병사들이 술렁였다.

곧 빛무리가 사라졌다. 눈을 뜬 리카르디스가 부상자들의 상태를 확인했다. 거무죽죽한 안색이 아까보다 훨씬 밝아져 있었다. 음, 이 정도인가. 고개를 끄덕인 그가 멍청하게 뒤에 서 있는 신관들을 바라보며 말했다.

"이런 식으로 하면 됩니다."

참 쉬운 일 아니냐는 듯 말한 리카르디스는 다른 부상자들을 치료하기 위해 총총 자리를 떠났다.

연합군, 발타 진영.

하카브는 막 들어온 소식에 미간을 좁혔다. 디에즈의 얼굴도 차갑게 굳어졌다.

"차호트가, 흠…… 이건 또 예상외인데."

차호트는 전쟁이 무엇인지 알고 있는 사람이었다. 한 장수와 장수가 맞붙는 것이 아닌, 집단과 집단의 격돌이라는 점을 잘 파악하고 있다는 얘기였다.

개인의 명예나 자존심 따위를 내세우며 이기지도 못할 싸움에 괜히 덤비는 코코 사르체 같은 사람이 아니었다. 한데 지금의 상황은 차호트가 코코 사르체처럼 행동하지 않고서는 일어날 수 없는 일이었다.

체계적인 훈련으로 탄생한 람가군의 방어벽은 그 무엇보다도 강했다. 로젤린이 마인들의 벽을 뚫고 차호트에게 접근할 방법은 없었다. 차호트가 로젤린에게 일대일로 붙어 보자며 덤비지 않는 이상에야.

전령이 사건의 전말을 더듬거리며 말했다.

"그것이…… 장미대의 대장이 하늘을 날아서, 람가의 가주를 덮쳤다고 합니다."

하카브와 디에즈는 비슷한 표정을 했다. 귀를 의심하고 있었다.

"······하늘을 날았다고."

"독수리의 발을 잡고 날아, 가주님 위로 도달하여 떨어지면서······."

디에즈가 손을 들어 올려 병사의 말을 중단했다. 갑옷을 착용한 기사의 무게는 100kg을 상회했다. 그런 사람을 번쩍 들어 올릴 수 있는 괴물 같은 독수리라고는 디에즈가 아는 내에서 딱 하나뿐이었다.

인상을 찌푸린 디에즈는 입을 우물거리다가 한참 뒤에 말을 내뱉었다.

"이건 차호트가 운이 나빴군요. 상대가 너무 안 좋았어요."

차호트 람가는 발타 내에서도 손에 꼽히는 무장이었다. 전장을 보는 눈도 있고 부하들의 신임도 한 몸에 받는 훌륭한 지휘관이기도 했다. 여러 상황을 가정하여 대비했겠지만, 차호트로서도 로젤린이 독수리의 힘을 빌려 하늘에서 날아올 거라는 상상을 하긴 힘들었을 것이다. 단순히 운이 나빴다는 말 외로는 표현하기 어려운 상황이었다.

"그녀의 불운함은 안타깝지만, 지금은 그것에 사로잡혀 있을 때가 아니야. 전체적인 전황은 여전히 연합군이 우세하다. 흔들리는 것들을 바로잡아야겠어. 기껏 차호트가 제국군의 병력을 그만큼 깎아 놨는데, 오늘 안에 중부 관문을 넘어서지 못하면 미안하지."

"어떻게 하시려고요?"

"람가군과 연합군을 한 번에 통제할 수 있는 사람이 나 말고 달리 있겠나."

하카브가 웃고는 병사에게 준비를 하라 일렀다. 뒤돌아선 그가 디에즈를 향해 손을 내밀었다. 같이 가겠느냐는 물음에, 디에즈는 하카브의 손을 잡는 대신 무기를 점검했다.

* * *

어제 아침부터 시작된 전투는 그날의 밤과 오늘의 새벽을 지나, 해가 저

무는 지금까지도 이어지는 중이었다. 장장 30여 시간 동안 벌어진 격전은 양측의 체력과 정신력의 한계를 시험하듯 몰아쳤다.

계속해서 새로운 전력을 투입하는 연합군과 달리 제국군은 한정된 병력 내에서 긴 시간을 버텨 내야만 했고, 아침 해가 뜰 무렵 한계가 드러났다. 힘겹게 전투를 치르던 제국군의 한 축이 무너지며 전황이 급격하게 기울기 시작한 것이었다.

차호트 람가가 장미대 대장 로즈에게 패배하여 전사했다는 소식이 퍼지게 된 것도 그 무렵이었다. 연합군은 혼란에 휩싸였고, 제국군은 그 틈을 타서 신관과 치료사들을 파견하여 병사들을 보조했다. 로젤린의 시기적절한 활약과 리카르디스의 빠른 판단 덕분에 제국군은 이 전투를 더 이어 갈 수 있는 힘을 얻게 되었다.

눈에 띄게 전투력을 상실했던 연합군도 연합군의 총사령관인 하카브를 바르제 방벽 전장의 지휘관으로 맞이하며 반격에 나섰다. 반드시 오늘 안에 중부 관문을 넘어서고야 말겠다는 듯, 아주 매섭게.

촤악, 검날이 목을 베어 갈랐다. 터져 나온 피가 투구 안쪽까지 침범했다. 칼릭스는 붉은색으로 흐려진 시야를 걷어 내기 위해 눈을 몇 번 깜박거렸다. 그 잠깐 멈칫한 사이 마인 병사 한 명이 칼릭스의 사각에서 그를 향해 달려들었다. 뒤늦게나마 반응했으나 적은 이미 코앞에 와 있었다.

쾅!

충돌음이 한차례 주위를 휩쓸었다. 마지막까지 적을 시야에서 놓치지 않던 칼릭스는 자신에게 달려들던 병사가 나가떨어지는 것을 목격했다. 어금니대의 대장이 달려와 몸통 박치기를 한 것이었다. 연합군의 병사가 마차에 치인 듯 어딘가로 날아가 박히자 붉은수레바퀴군의 마인들이 칼릭스를 감싸듯 보호했다.

"내 금덩어리!"

"백작님 죽으면 우리 계약서도 죽는 거야!"

아직 농담할 힘이 남아 있다니, 대단하다는 생각뿐이었다. 투구를 벗은 칼릭스는 눈에 묻은 피를 닦아 내고 주위를 둘러보았다. 마인들은 시시껄렁한 농담을 주고받는 것에 비해 무척이나 지쳐 보였다. 다른 제국군보다 뒤늦게 전장에 투입되었지만, 다른 그 어떤 곳보다도 험난하고 예민하게 반응해야 하는 전장의 최전방에서 수 시간 전투를 치른 탓이었다.

칼릭스와 칼릭스의 마인대뿐 아니라 다른 이들도 슬슬 허점을 드러내고 있었다. 넘어지고, 무기를 놓치고, 평소 같으면 손쉽게 막아 냈을 일격에 피해를 입는 등. 숨을 내쉬고 들이마시는 원초적인 행동조차도 버거워했다. 그야말로 정신력과 고집 하나로 버텨 내고 있는 시점이었다.

칼릭스는 자신을 감싸듯 포진해 있는 마인들이 일시에 행동을 멈춘 것을 알아챘다. 어딘가로 향하는 그들의 시선이 칼릭스의 눈길을 이끌었다. 연합군 측의 인조 마인 부대가 있는 곳이었다.

수많은 적군 사이에서 단 한 명의 병사가 눈에 들어온 것은 우연이 아니었다. 서로를 짓뭉개는 전장 속, 한 연합군의 병사만이 멀거니 서 있었다. 그는 무기조차 들고 있지 않았다. 덜덜 몸을 떨던 남자는 제 몸을 감싸 안으려는 듯 옹송그렸다. 곧 찢어지는 소리가 울려 퍼졌다.

"으아아악!"

귀를 날카롭게 스치는 비명이 인간의 본능을 건드렸다.

이건…… 위험하다.

칼릭스는 마력을 느끼지 못하는 평범한 인간이었으나 직감적으로 알아챘다. 무슨 일이 일어나고 있었다.

비명을 지른 인조 마인 병사가 경련하듯 몸을 떨더니 얼굴을 벅벅 긁기 시작했다. 온 얼굴의 피부를 찢어 버릴 듯 강하게 문지르던 남자가 성급하고 서투른 손놀림으로 투구를 벗어 던졌다. 그의 얼굴이 드러났다. 목과 얼굴의 피부 위로는 굵은 혈관이 올라와 불룩거리며 움직이고, 실핏줄이 터진 눈에서는 피와 눈물이 섞여 줄줄 흘러내리고 있었다.

남자는 아프지도 않은지 벌어진 살갗 위로 손톱을 세워 몇 번씩이나 목을 긁어 댔다. 그가 침을 주르륵 흘리며 비명을 질렀다.

으아아아!

가슴이 섬뜩해질 정도의 고통스러운 소리였다. 그즈음 칼릭스의 마인대가 한 발짝씩 물러났다. 미처 의식하지도 못한 행동처럼 보였다.

칼릭스는 그들을 한번 살핀 후, 다시금 아까의 병사를 바라보았다. 잠깐 눈길을 뗀 사이, 남자는 갑작스러운 변화를 맞이하고 있었다. 우드득, 까드득. 뼈가 자라고, 근육이 팽창하며 찌부러지는 소리가 들렸다. 남자의 체구가 점점 커지기 시작했다. 눈에 띨 정도의 기괴한 변화에 그의 주위에 있던 병사들이 겁에 질려 뒷걸음질 쳤다.

병사는 1분 정도의 짧은 시간 안에 완전히 변이했다. 흰자위는 완전히 붉게 되었고, 이마의 한쪽 뼈가 뿔처럼 튀어나왔다. 입을 다물 수 없을 정도로 송곳니가 길게 자라 그 사이로 침을 줄줄 흘려 댔다.

소란스러웠던 전장이 마치 멈춘 듯 조용해졌다. 모두가 싸움을 멈추고, '그것'을 바라보았다. 기괴한 생명체는 성나게 숨을 들이마시고 내쉬며, 그 자리에 서 있었다.

누구도 움직이지 못했다. 잠자는 맹수가 깨어날까 두려운 사람들처럼.

철걱.

정적을 뚫는 둔탁한 금속음이 울렸다. 제국군 병사가 뒷걸음질 치다가 그만 바닥에 떨어진 병장기를 걷어차고 만 것이었다. '그것'의 근육이 갑작스러운 금속음에 반응하듯 꿈틀거렸다.

크아아아!

그때부터 멈췄던 전장이 다시금 소란스러워졌다. '그것'이 괴이하게 울부짖으며 팔을 휘둘렀다. 날카로운 손톱에 제국군 병사들이 가리가리 찢겨 날아갔다. 기괴한 모습의 외형과 갑옷을 입은 사람을 두 동강 내 버리는 믿을 수 없는 힘에서 그것은 더 이상 인간이라고 부를 수 없었다.

누군가의 떨리는 목소리가 변이한 '그것'의 정의를 내렸다.

"마, 마수다……."

대치 중이었던 제국군의 병사들은, 그것의 손톱에 아군이 가리가리 찢겨 나가자 모든 투지를 상실했다. 남은 것은 오로지 도망가야겠다는 본능뿐이 었다.

"으아악!"

"괴, 괴물이야!"

뒤돌아선 제국군은 너무나도 무력하게 짓밟혔다. 통째로 머리를 뜯어내 어 씹어 버리고, 몸으로 깔아뭉개며 들이받고, 팔다리를 잡아 뜯어 버리는 그것의 방식은 연합군 측의 병사들조차 겁을 먹을 정도였다.

칼릭스는 혼란의 현장에서 가장 먼저 정신을 차렸다. 주위의 마인들은 여전히 눈을 크게 뜬 채로 굳어 있었다. 칼릭스는 저 괴물의 문제가 단순한 외형이 아닌, 그를 변화시킨 마력 자체라 직감했다. 마인들의 눈에는 대체 저것이 무엇으로 보이는 것일까.

인조 마인의 마력을 마주한 몇몇 마인들이 말했었다. 마수와 같은 종류 의 힘이며, 한시도 쉬지 않고 터져 나갈 듯 날뛴다고.

[마수의 몸속에 있는 걸 인간한테 이식했다고요?]

토 나오는데요. 어금니대의 대장이 정말 토하는 시늉을 했다.

[그래도 되는 겁니까?]

[윤리적으로?]

[그것도 그건데…… 뭔가 부작용이 있지 않을까 싶어서요. 저도 마수는 몇 번 본 적 있어서 아는데요, 그게 막 함부로 인간 몸에 쑤셔 넣고 할 만 한 게 못 되는 것 같아서요. 일반적인 마력이 아니에요. 아니, 그걸 어떻게 인간한테 집어넣을 생각을 했지? 삶이 지루하대요? 색다르고 짜릿한 걸 원 한 겁니까?]

[난들 아나.]

[참 나, 발타 놈들도 제정신 아닌 건 알았지만 그 정도일 줄이야.]

어금니는 마수들의 불길한 마력을 반추하며 계속 중얼거렸다. 정말로 그걸? 그 무서운 걸 어떻게…… 그의 혼잣말은 칼릭스는 감지할 수 없는 마수의 마력에 대해 조금이나마 알 수 있게 해 줬다.

어떻게, 그걸.

어금니의 예상대로, 마수의 힘은 일개 인간이 감당할 수 있는 종류가 아니었던 듯했다.

'이것도 하카브의 계산에 들어가 있었나?'

그에 대한 답은 곧바로 얻을 수 있었다. 마수의 주위, 몇 분 전까지 동료였던 인조 마인들이 당황하는 모습이 보였다. 칼릭스가 눈을 가늘게 떴다.

'예상 밖의 상황이라는 거군. 그렇다면 왜 지금…….'

상황을 되짚어 보던 칼릭스는 왜 병사가 저런 불운을 맞이해야만 했는지 깨달았다.

이틀간의 전투가 그들에게도 큰 부담이 되었음이 분명했다. 마수의 힘이 장기간 전투에 지친 육체와 정신력을 집어삼켜 버린 것이다. 순간 오한이 칼릭스를 덮쳤다.

수백이 넘는 인조 마인들. 이들이 전부 불이 붙지 않은 폭발물이었다. 이는 어떻게 막아 낼 수 있는 것이 아니었다. 자연재해나 다름없었다.

"모두-!"

퇴각 명령을 내리려던 칼릭스는 인간들을 뭉개며 전진하는 마수의 앞에 덜덜 떨며 서 있는 한 사람을 발견했다.

사고뭉치 에렌이었다. 전쟁터에 발을 들이기는 너무 이르다 생각해 떼어 놓고 왔건만, 몰래 숨어 온 모양이었다. 칼릭스는 그를 발견하자마자 뛰기 시작했다.

"에렌!"

에렌은 굳어만 있었다. 아예 소리를 듣지도 못한 것 같았다. 도망치는 병사들을 거스른 칼릭스는 마수가 에렌을 짓뭉개기 전에 당도했다.

후욱, 피비린내와 역한 냄새가 섞인 뜨거운 숨결이 불어왔다.

마수는 바로 코앞에 있었다. 칼릭스는 에렌을 밀쳐 내며 검을 들어 대항하려 했다. 하지만 시야를 가득 메운 거대한 마수와 눈이 마주치는 순간 칼릭스는 직감했다.

'안 돼.'

어떤 방법을 써도 막아 내지 못할 것이다. 목 뒤로 소름이 돋았다.

마수가 크게 팔을 휘둘렀다. 칼릭스는 몸을 숙여 공격을 피했다. 마수의 발아래에 활이 떨어져 있는 것이 보였다. 칼릭스는 날듯이 앞으로 구르며 활을 집었다.

마수가 사라진 목표물을 찾는 것보다, 그 시야 한참 아래에서 칼릭스가 자세를 잡는 게 먼저였다. 화살을 시위에 건 칼릭스가 휘파람을 휙 불었다. 괴물의 얼굴이 아래를 향하는 순간 화살이 마수의 눈에 박혔다.

"크아아악!"

마수가 고통스러워하며 팔을 붕붕 휘둘렀다. 화살을 쏘자마자 사정거리에서 벗어난 칼릭스는 마수가 제정신을 차리기 전에 창 두 개를 집어 들었다.

'움직임이 단순해졌군.'

칼릭스는 때를 놓치지 않고 달려가며 창 하나를 던졌다. 일부러 바닥에 떨어져 있는 방패에 맞췄던 터라 소리가 크게 났다. 마수의 주의가 그곳으로 향했다.

칼릭스는 바닥에 미끄러지듯 들어가며 마수의 심장에 창을 박아 넣었다. 두꺼운 근육을 뚫고 심장까지 닿은 것이 느껴졌다. 하지만 꿰뚫린 심장은 상처가 난 즉시 몸 안을 거칠게 도는 마력에 의해 수복되기 시작했다.

창을 비틀어 확실하게 타격을 주려 했던 칼릭스는 다시금 발악하듯 팔을 휘두른 마수의 공격을 미처 피하지 못했다.

퍽, 둔탁한 소리와 함께 칼릭스가 나가떨어졌다.

"커억!"

바닥을 구른 칼릭스는 속이 뒤집히는 통증에 일어서지 못했다. 갑옷을 입고 있음에도 이 정도라니. 물소가 들이받은 것만 같았다. 칼릭스는 잠시 간 숨을 쉬지 못하고 몸을 떨었다. 피와 침이 섞여 그의 턱을 따라 흘러내렸다.

흔들리고 부예진 시야로 심장에 창을 꽂은 마수가 다가오고 있는 것이 보였음에도 칼릭스는 움직이지 못했다.

끝인가.

그렇게 생각한 순간이었다. 전장에 어울리지 않는 차분한 발걸음 소리가 뒤에서부터 들려왔다. 곧 누군가의 발이 칼릭스의 시야에 들어왔다. 갑옷이나 부츠 따위가 아닌, 맨발이었다.

칼릭스는 힘겹게 올려다보았다. 바지만 걸친 회색 머리카락의 남자가 보였다. 아까 전까지만 해도 독수리로 이리저리 날아다니던 마카롱이었다.

"마, 마카롱 님……."

칼릭스가 헐떡이며 그를 불렀다. 마카롱은 흘끗 칼릭스를 돌아보고는 다시 고개를 돌려 무서운 기세로 다가오는 마수를 마주했다.

칼릭스는 역광으로 그림자가 드리운 남자의 표정이 평소와 다른 것을 눈치챘다. 딱딱하게 굳어 있는 얼굴은 분노를 곱씹는 것처럼 보이기도 했고, 눈물을 간신히 참는 것처럼도 보였다. 그의 턱 근육이 경직되어 움직였다.

"……그 쓰레기 같은 것들이, 감히……."

끓다 못해 녹아 버린 분노가 얽혀 있는 목소리였다.

마카롱은 눈앞의 괴물에게 분노하는 것이 아니었다. 뾰족하고 날카로운 분노는 인조 마인들을 만들어 낸 누군가를 향하고 있었다.

마카롱의 팔에 핏줄이 올라오더니 손톱이 날카로워졌다. 눈앞에 있는 남자가 어떤 존재인지도 모르고 달려들었던 괴물의 최후는 허무할 정도였다. 마카롱이 괴물의 어깨에 손을 쑤셔 넣자마자 그 큰 몸이 털썩 쓰러졌다. 심장에 창을 박고도 날뛰었던, 그것이.

마카롱의 손에는 검붉은 결정이 들려 있었다. 피로 젖은 보석은 석양빛을 받아 더욱 아름답게 빛났다. 인조 마인의 근원인 마수의 결정이었다.

마카롱이 피가 묻은 손으로 제 얼굴을 닦아 냈다. 속눈썹에 고인 핏방울이 투두둑 흘러내렸다. 눈에서 볼을 지나, 턱으로. 마카롱의 얼굴에 붉은 궤적을 남긴 피가 눈물처럼 바닥으로 뚝뚝 떨어졌다.

그쯤에는 원숭이가 달려와 에렌의 등짝을 때리고, 어금니와 까마귀대의 대장이 다가와 칼릭스를 부축했다. 소란스러운 와중에도 마카롱은 한 번도 뒤돌아보지 않았다. 칼릭스도 그를 부르지 못했다.

* * *

상황이 점점 악화되었다. 아까 전의 일이 우연이 아니라는 듯, 인조 마인들 중 폭주하는 인원이 점점 늘기 시작했다. 급격한 변이를 버티지 못한 인조 마인들의 기괴한 형태와 그보다 더 놀라운 무력에 병사들은 공포에 질려 도망치기 급급했다. 힘을 합쳐 그것들을 죽여 보고자 한 시도도 있었지만, 생명을 깎아 가며 타오르는 힘 앞에는 무의미한 일이었다.

으아아악!

누군가의 비명에 디에즈가 고개를 들어 올렸다. 그의 감각과 차가운 시선이 전장을 훑었다. 갑작스럽게 마수의 기운이 증폭하더니, 기묘한 존재들이 모습을 드러냈다.

마수의 결정을 버텨 내지 못하는 실패작들의 모습이었다. 몸을 지배하려는 마수의 마력을 통제할 수 있는 정예병들만 모은 군대였건만, 그들조차 실패작이었단 말인가?

디에즈에게 상황을 전달받은 하카브는 인조 마인들을 완전히 변이하기 전에 제국군의 중앙으로 몰아넣었다. 연합군에 피해가 오기 전에 먼저 패를 버린 것이었다. 그의 예상대로 제국군 사이에서 위기에 몰린 인조 마인들이 하나둘 비명을 지르며 변이하기 시작했다.

디에즈의 예민한 감각에 전장 여기저기에서 피어오르는 마수의 마력이 선명하게 그려졌다. 마른 들판에 불이 옮겨붙는 듯한 빠른 속도였다.

인간의 모습을 잃어버린 인조 마인들은 짐승이라도 된 것처럼 울부짖었다. 위협적인 모습의 일면에는 고통스러워하는 모습 또한 공존하고 있었다. 그들은 몸을 뒤틀고, 눈물을 흘리며, 제국군을 찢어발겼다. 다른 곳에 눈 돌리지 않고 일라베니아로 나아가는 변이자들에게는 아주 뚜렷한 목적이 있는 듯 보였다.

디에즈는 그것을 읽어 낼 수 있었다. 그들의 몸 안쪽에서 사납게 요동치는 감정이 마력에 새겨져 있었기 때문이었다.

괴롭다. 고통스러워, 온몸이 찢겨 나가는 것 같아. 반드시, 너희들에게 똑같은 고통을!

너른 하늘 아래의 전장을 메운 감정이라고는 오직 그뿐이었다. 그 분노가 디에즈가 가지고 있는 같은 종류의 감정을 일깨웠다. 우리의 분노, 우리의 목적. 우리가 바라는 것.

디에즈는 거친 감정의 격류에 몸을 맡겼다. 그는 과거의 파편들과 함께 인간들을 짓밟으며 천천히 나아갔다.

디에즈는 날아오는 무기를 건틀렛으로 쳐 내고, 맨손으로 병사의 목을 잡아 뜯었다. 눈알에 피가 튀어도 눈 깜짝하지 않았다. 중부 관문과 그 너머를 향하는 집요한 시선에는 똘똘 뭉친 집념이 느껴졌다.

무너져, 무너져라.

쿵, 쿵. 거인들의 진군이 땅을 흔들었다. 디에즈는 다시금 누군가의 목에 검을 꽂아 넣으며 한 걸음 더 앞으로 걸었다. 이제는 무너져라. 끝없이 속으로 그 말을 되뇌며.

* * *

무서운 맹공격이 이어졌다. 신앙이라는 이름 아래 죽음조차 불사하는 발타의 병사들은 괴이한 존재를 두려워하지 않았다. 도리어 변이자들 때문에 혼란에 잠긴 제국군에게 영리한 타격을 가하며 마지막 숨통을 조이기 시작했다.

제국군은 차츰 밀리고 밀려, 이내 바르제 방벽 바로 앞까지 밀려났다. 경계 없이 잘게 흩어져 뒤섞인 두 세력은 별다른 전략도 없이 개싸움을 벌였다.

허억, 헉. 자신이 내뱉는 숨소리가 귀에서 울리는 듯 선명하고 크게 들려왔다. 레티시아는 힘겹게 연합군의 병사들을 베어 넘겼다. 앞으로 넘어질 뻔한 그녀를 에버하르트가 겨우 지탱했다.

괴물만이 문제가 아니었다. 승리를 목전에 둔 연합군의 병사들은 장시간의 전투를 했다고 믿을 수 없을 정도로 강하게 제국군을 밀어붙였다. 하늘 끝까지 오른 사기는 감히 그 누구도 꺾지 못할 만큼 견고해 보였다.

제국군도 그런 그들을 힘겹게 막아 내고는 있으나, 해치운 적보다도 덤벼드는 적의 수가 훨씬 많았다. 모래성 위로 거대한 파도의 그림자가 드리우는 듯했다.

레티시아는 바싹 말라 거칠어진 입술을 혀로 훑었다.

'목말라.'

그녀는 달려드는 병사의 검을 쳐 내며 멍하니 생각했다.

'쉬고 싶어.'

허억, 숨을 크게 들이쉬자 차가운 공기가 목구멍 안쪽에 쩍쩍 달라붙었다. 감각이 하나씩 무뎌졌다. 코를 찌르던 역겨운 피 냄새가 사라졌다. 여기저기 찔리고 베인 상처들도 더 이상 아프지 않았다. 눈으로 전장을 보면서도 이것이 무슨 광경인지 모호해지기 시작했다. 정신이 몽롱했다.

'이게 뭘까. 대체.'

레티시아는 무뎌진 상념 아래 또 병사 한 명을 베어 냈다.

'대체 뭘 하고 있는 거지?'

그리고 또 한 명.

'뭘 위해서, 우리는⋯⋯.'

한계에 몰린 정신이 발목을 붙들려 했지만, 숨을 쉬는 것처럼 훈련해 왔던 지난날의 본능이 레티시아의 몸을 이끌었다. 바람이 갈라지는 소리가 나면 살짝 고개를 틀어 피하고, 상대의 움직임을 읽어 내 공격을 예측하고, 막아 내고, 죽이고, 피하고, 죽였다.

삐걱거리는 몸은 꿈속에서 움직이는 것처럼 부자연스러웠다. 주저앉고 싶었다.

언제까지 이 고통이 지속되는 걸까. 레티시아의 몸이 휘청였다. 무릎이 꺾였다.

[레티시아.]

이 전쟁 통에 어울리지 않는 담담한 여자의 목소리가 레티시아의 머릿속에서 울렸다.

[곧⋯⋯.]

레티시아의 눈이 커졌다. 그녀는 자신이 앞으로 기울고 있다는 사실을 깨달았다. 퍼뜩 정신을 차린 레티시아가 다리에 힘을 주고 쓰러지는 몸을 겨우 지탱했다.

덜그럭. 금속음이 가까이서 나기에 바라보니, 발 위로 검이 떨어져 있었다. 정신을 잃은 찰나 떨어트린 것이었다. 주울 힘조차 없었다. 레티시아는 비틀거리며 앞을 바라보았다. 인상을 쓰고 달려드는 살육자들의 얼굴이 보였다. 상대를 찢어발길 듯한 사나운 악의가 고스란히 담겨 있었다.

하지만 레티시아는 눈앞에 있는 적들이 아닌, 사각에서 오는 본능의 경고를 감지했다. 날카롭게 회전하는 무언가가 바람을 가르는 소리였다. 자신을 향하지 않았으나, 옆에는……

지쳐 있던 레티시아는 한쪽 발로 땅을 디디며 몸을 회전시켰다. 빠르게 손을 뻗는 것은 그녀가 소리를 감지한 그 순간 이뤄진 일이었다.

캉!

에버하르트를 향해 날아가던 도끼의 궤적에, 레티시아의 손이 불쑥 나타났다. 금속과 금속이 맞부딪치며 높은 소리를 울렸다.

"레티시아!"

에버하르트의 갈라진 목소리가 들렸다.

"아아악!"

레티시아는 흐릿한 감각을 난폭하게 비집고 들어오는 통증에 비명을 질렀다. 작은 도끼가 건틀렛을 뚫고 살에 반쯤 파묻혀 있었다.

레티시아는 덜덜 떨었다. 이보다 심각한 부상을 입은 적은 있지만, 이만큼 고통스럽지는 않았다. 좁은 혈관과 신경을 가시 줄기가 파헤치고 들어오는 것 같았다.

레티시아는 헐떡거리며 헛구역질했다. 에버하르트는 그녀의 반응에서 이것이 단순한 부상이 아님을 알아챘다. 그가 급하게 그녀의 건틀렛을 벗겨 냈다. 피부 바로 아래 혈관들이 튀어나올 듯 꿈틀거리고 있었다. '파편'이었다.

"누가……!"

에버하르트는 황급하게 주위를 둘러보았다. 쇠와 독이 날아다니는, 그저 살의만 가득한 공간이었다. 레티시아를 치료할 만한 그 어떤 사람도 보이지 않았다.

에버하르트는 쓰러진 레티시아를 질질 끌고 가며 후퇴했다. 그녀와 마찬가지로 검을 드는 것조차 힘들어했던 사람 같지 않은 괴력이었다.

"허, 윽……."

핏줄이 터진 레티시아의 눈이 붉게 변했다. 눈물이 줄줄 흐르고 한계를 넘은 고통이 온몸을 마비시켰다. 짐처럼 끌려가던 레티시아는 주위에서 픽픽 쓰러지는 병사들을 바라보면서도 어떤 생각도 하지 못했다. 그저 눈에 비친 광경을 멍하니 되새길 뿐이었다.

'…….'

그리고 보니 이렇게 누워서 하늘을 바라본 것도 오랜만이었다. 레티시아는 멍한 머리로 몇 시간 전에 있었던 일을 떠올렸다. 차호트 람가가 죽은 후, 해가 질 무렵이었다. 로젤린은 장미대를 이끌 권한을 다른 지휘관에게 넘기고 전장을 떠나려 했다.

그때, 돌아선 로젤린이 하늘을 가리키며 입을 열었다.

[레티시아.]

그녀가 뭐라고 말했더라?

[곧…….]

로젤린의 입이 움직였다.

[밤이 온다.]

언제 시간이 이렇게 흘렀던가. 붉은 석양빛은 사라지고 밤의 장막만이 그 자리에 있었다. 놋쇠저울과 소금바위, 마른가시나무, 발타와 동부 전선, 붉은수레바퀴령까지의 길고 험난한 여정과 모래성 같은 중부 관문을 지키며 필사적으로 버텨 낸 2주의 시간. 그 간절한 기다림의 끝이 찾아왔다.

별이 빛나는 까만 밤하늘이 레티시아의 눈동자를 가득 메우고 있었다.

훅, 바람이 불었다. 무너진 방벽 위의 깃발을 흩날리게 하고, 에버하르트의 눈물을 얼어붙게 만들며, 땅에 닿아 있는 레티시아의 손끝을 스쳐 지나갔다. 이 일대 모두를 휩쓸듯 몰아치는 거대한 돌풍이었다.

밤바다를 표류하는 배처럼 둥실둥실 떠다니던 구름이 떠밀렸다. 어두웠던 땅 아래가 서서히 밝아지기 시작했다. 구름에 가려져 있던 하얀 보름달에서 눈이 시릴 정도의 빛이 쏟아지고 있었다. 그 빛과 함께, 조용한 변화가 피어올랐다.

중부 관문을 향해 나아가던 디에즈가 우뚝 제자리에 멈춰 섰다. 그의 피부 위로 소름이 돋아났다. 세상을 뒤덮기 시작한 거대한 고요가 노도처럼 밀려오고 있었다.

그것은 아주 선명하고 생생했다. 믿을 수 없이 아름답고 경이로웠다. 깊은 바다였고, 태고의 숲이었으며, 수억 개의 별이 흐르는 강을 품은 밤하늘이었다. 모든 것을 잠기게 하는 거대한 생명의 힘. 디에즈는 이 힘을 느껴본 적 있었다.

"……로젤린."

디에즈가 조용하게 속삭였다. 수백 년 전, 세상의 법칙을 순식간에 뒤틀며 새로운 종을 탄생시켰던 어린 왕이 다시 돌아온 것이었다.

그 힘은 그때처럼 다시금 세상을 변화시키려 했다. 하지만 그때처럼 고통스러워하거나, 두려워하지 않았다. 그저 전장 위로 차분하게 내려앉았다.

디에즈는 자기도 모르게 검을 떨어트린 채, 황급히 주위를 둘러보았다. 일라베니아를 향하던 과거의 분노가 로젤린의 힘에 이끌리듯 변화하고 있었다. 수백 년의 원념, 마수의 결정은 어떤 보석보다 단단했고, 그 무엇으로도 깨트릴 수 없었다. 디에즈는 최소한 지금까지 그렇게 알고 있었다.

디에즈의 눈앞에 있던 변이자 한 명이 갑작스럽게 앞으로 고꾸라졌다. 털썩, 털썩, 육중한 무언가가 땅에 충돌하는 소리가 하나둘 늘어났다. 변이자들이 기절하듯 쓰러졌다.

무엇으로도 깨지지 않던 경계가 허물어지고 있었다. 흘러내린 그것은 이내 땅으로 녹아내렸다. 바람에 섞여 불어오며, 치달았다. 달빛 아래 찬란히 비산했다.

오로지 마력을 가진 이들만이 느낄 수 있었다. 눈이 시큰할 정도로 아름다운 광경이 감각의 세계에 그려졌다.

정신을 차리고 주위를 둘러보았을 때에는 일라베니아를 향하던 과거의 원념들이 모두 녹아, 멈춰 쓰러져 있었다. 그걸 바라보는 디에즈의 손이 잘게 떨렸다. 우리가 바라던 결말은 이게 아니지 않았나? 일라베니아는? 일라베니아의 죽음은…….

디에즈의 고개가 점점 아래로 떨어졌다. 종래에 그의 시선은 전장이 아닌 제 발아래를 향했다. 그곳에는 피 묻은 자신의 검이 있었다. 한 번 떨어트렸지만, 잃어버리지는 않았다. 손이 닿는 그곳에 여전히 있었다. 아직, 아직 끝나지 않았다.

디에즈는 허리를 숙여 검을 집었다. 꽝꽝 얼어 딱딱해진 땅이 손마디에 닿았다.

그 순간, 검을 집은 손가락 사이를 무언가가 간지럽혔다. 아주 부드럽고 작은 무언가였다. 디에즈는 피 묻은 손으로 검을 치웠다. 그 아래 가려져 있던 푸른 새싹이 드러났다.

한겨울, 군데군데 눈이 덮여 있는 검은 땅 위에서 누가 새싹을 보리라 생각했을까. 디에즈는 앞으로 나아가야 한다는 목적조차 까먹고 멍하니 바라보기만 했다. 그것은 환각임이 아님을 알리듯 얼어붙은 땅을 깨고 자라나더니 꽃망울을 맺었다. 곧 터지듯 개화한 하얀 꽃송이는 모두가 알고 있는 흔한 잡초였다. 풀 한 포기 자라기 힘든 불모지에서도 끈질기게 꽃을 피워 내는, 리쉬.

가장 먼저 피고, 가장 나중에 진다. 지금의 세대에는 퇴색되어 버린 지난날 '축복의 밤'의 상징이었다.

디에즈는 고개를 들어 앞을 바라보았다. 사람들의 발아래로 녹색과 흰색의 연약한 생명이 싹을 틔우고 있었다. 하나, 셋, 일곱, 헤아릴 수 없을 만큼이나 무성하게. 널브러진 무기와 시체의 옆에 자라난 꽃은 피가 굳어 검어진 땅을 온통 하얗게 뒤덮었다.

어느새인가부터 금속음이 들리지 않았다. 마력을 가지지 않은 평범한 사람들도 멈춰 서 있었다. 허억, 허억. 거친 숨소리만이 공간을 울렸다.

디에즈는 하늘을 올려다보았다. 하얀 달이 검은색으로 물들고 있었다.

전설로 치부했던 '축복의 밤'이었다.

깜박. 잠깐 눈을 감았다 떴을 뿐인데, 방금 전과 전혀 다른 풍경이 펼쳐져 있었다. 눈이 부실 정도로 하얗게 물든 세상에 떠 있는 검은 달이 빛을 쏟아 냈다. 그것은 그 무엇보다도 어두웠다가, 그 무엇보다도 밝게 빛났다. 그것이 검은 것인지 하얀 것인지조차 분간이 가지 않았다. 보아 왔던, 알고 있던 모든 것이 뒤집혔다. 빛과 그림자의 법칙을 모르는 누군가가 그려 놓은 명화 속에 떨어진 것만 같았다.

사람들은 몸을 떨며 숨조차 멈췄다. 모두가 하늘을, 꽃이 핀 땅을 바라보았다.

그 정적인 공간 속. 갑작스럽게 아름다운 선율이 흐르기 시작했다. 수만의 사람들이 소스라치게 놀라 소리의 행방을 찾았다.

무너진 성벽 위에 한 남자가 있었다. 피와 재, 진흙과 오물, 시체가 늘어선 광경에 그는 너무 어울리지 않았다. 티 한 점 없이 깨끗한 대신관의 의복과 금박을 입힌 화려한 하프까지.

제국군의 병사들은 남자가 누군지 한눈에 알아봤다. 대신관 라헤안시였다. 그의 손가락이 유려하게 흘렀다.

비현실적인 신의 세계 속. 사람들은 전쟁이 시작된 이후로 세간에 떠돌기 시작했던 '예언'을 상기했다.

이델라브힘의 사자, 독수리의 가호를 받는 리카르디스 다리우 일라베니아와 붉은수레바퀴의 로젤린이 어둠을 걷어 내고 대륙을 빛으로 물들일 것이라는 내용의.

삐이이익---

무언가의 울음소리가 창공을 찢으며 울려 퍼졌다. 사람들은 하늘을 올려다보았다. 거대한 독수리가 하얀 밤과 검은 달빛을 가로지르며 하늘을 날고 있었다. 도무지 현실이라고는 믿기지 않는 장엄한 광경이었다.

독수리는 검은 달에서부터 날아와 사람들의 머리 위를 스치듯 지나쳤다. 이내 그것이 도달한 곳은 전장 옆의 높은 언덕이었다.

검은 달 아래의 언덕 위. 두 사람이 있었다. 백마를 타고 있는 남자와 흑마를 타고 있는 여자였다. 여자가 팔을 들어 올리자 독수리가 천천히 날갯짓하며 그 위로 내려앉았다.

사람들은 한순간도 그들에게서 눈을 떼지 못했다.

"긴긴밤의 끝을 알리는 빛이 찾아와."

위대한 예언을 한 대신관이 엄숙하게 말했다.

"대륙에 드리운 어두운 그림자를 걷어 낼 것이다."

발타의 병사들은 신성한 검은 달 아래 더 이상 검을 들지 못하고 떨어트렸다. 하나둘 무릎을 꿇었다.

* * *

로젤린은 조용한 공간을 눈에 새기듯 바라보고 있었다. 그녀가 멍하니 말을 꺼내었다.

"조용하네요."

로젤린의 눈이 천천히 감겼다.

"상상해 본 적 있습니다. 제 오랜 고통의 끝은 어떻게 찾아올지."

리카르디스는 조용히 그녀의 말에 귀를 기울이기만 했다.

"저에게는 너무나도 버거웠고, 무서웠고, 거대해서…… 그래서, 천둥 같은 소리를 내며 무너질까, 댐이 무너지는 듯 사나울까……."

로젤린이 다시 눈을 떠 먼 곳을 바라보았다. 수천, 수만의 인간이 무릎을 꿇고 고개를 조아리고 있었다. 마치 그림책의 한 페이지를 찢어 그 자리에 둔 것만 같았다.

"그런데 이런 거였네요."

로젤린이 숨을 깊게 들이마셨다. 전장에 내리깔린 정적을 음미하기라도 하는 듯이.

"이렇게 고요한 거였어요."

언덕 아래에서부터 밀어 올리는 바람이 불어왔다. 로젤린의 머리카락이 넓게 흩날렸다. 그 뒤로 검고 거대한 달이 그녀를 비추고 있었다.

19

늦은 밤부터는 부슬비가 내렸다. 하늘에서 떨어지는 빗방울에 검은 달빛이 수십, 수백 갈래로 쪼개져 비산하는 광경은 적군 아군 할 것 없이 오랫동안 기억할 광경이었다.

새벽이 될 무렵 온 세상을 환상처럼 물들였던 축복의 밤은 사라졌다. 남은 것은 이슬이 맺혀 있는 푸른 잎과 하얀 꽃송이들뿐이었다.

중부 관문, 연합군 진영.

각국의 사령관들이 모이는 대회의가 열렸다. 연이은 승리에 취해 언제나 자신감이 넘치던 사람들의 얼굴에는 초조함과 낭패가 서려 있었다.

"전쟁을 재개하겠다, 이 말입니까?"

당혹스러운 목소리였다. 이에 하카브는 그 말이 더 당혹스럽다는 듯 말을 비꼬았다.

"그러면, 미안하다고 사과하고 각자 집으로 돌아가기라도 할까요? 대체 무어가 그렇게 마음에 걸리는지 이해할 수가 없군요."

"……이유를 모르리라 생각하진 않는데."

"일라베니아의 총사령관이 죽음에서 살아 돌아와 그의 호위 기사와 축복의 밤을 부른 것 때문이라고 말하지는 않을 테고."

정확하게 그 이유 때문이었던 터라 남자가 입을 다물었다.

"애초에 죽지 않았으니 신의 가호로 살아 돌아온 것도 아니고, 부를 만한 능력이 있으니 부른 것뿐입니다. 축복의 밤을 띄우는 자가 신의 자식이 아님이 낱낱이 밝혀지지 않았습니까. 흔들리지 마시길 바랍니다. 몇백 년간 지속되어 왔던 일라베니아의 농간에 다시 놀아날 셈입니까. 지레 겁먹고 돌아가시겠다면 말리지는 않겠습니다만, 여태껏 들인 공과 피해는 홀로 감수하셔야 될 줄로 압니다."

이렇게 겁을 줬음에도 아니라 대답도 하지 못했다. 한심한 인간 같으니. 하카브가 혀를 찼다.

신성 제국 일라베니아를 규탄하는 전쟁이었다. 때문에 이델라브힘에 대한 믿음도 조금은 흔들렸지만, 오랫동안 사람들이 믿어 왔던 신앙 자체가 퇴색한 것은 아니었다. 그렇게 아직까지 신의 존재를 믿는 이들의 눈앞에 신의 세계가 열리는 밤이 찾아온 것이었다.

사람들이 리카르디스와 로젤린이 정말 신이 보낸 사자가 아닐까? 하는 마음을 가지게 되는 것은 실상 어쩔 수 없는 일이긴 했다.

'리카르디스.'

하카브는 그를 떠올리며 이를 갈았다. 정말 거하게 뒤통수를 맞았다.

생명이 순환하는 밤이라 하였던가. 그 말과 같았다.

죽었던 땅이 살아나는 기적 속에서 마독 '파편'과 인조 마인에게 심어져 있던 마수의 힘이 모두 사라졌다. 인조 마인들은 모두 의식을 잃고 쓰러졌다. 변이를 거쳤던 이들은 모두 사망했으며, 변이하지 않은 인조 마인들은 모두 평범한 인간으로 돌아왔다.

그렇게 연합군은 전의와 무기. 전쟁에서 가장 필요한 두 가지를 잃었다. 제국군보다 우세한 병력만큼은 지켜 내야 했다. 코앞이었다. 일라베니아를 무너트리기 위해서 딱 한 발짝만 더 가면 되는 상황이었다.

연합군의 사령관들도 그 때문에 당장 결정을 내리지 못하고 어물쩍거리는 것이었다. 두렵긴 한데, 아깝기도 하니까. 온전히 줏대를 세우지도, 완전히 휩쓸려 나가지도 못하는 개만도 못한 종자들 같으니. 하카브는 속에서 분노를 끓였다.

선동이 어느 정도 유효했던 것인지 하카브의 의견에 옹호하는 사람이 하나둘 늘어났다. 일라베니아를 배신했던 힐리사고도 입장이 입장인 터라, 전쟁을 재개해야 한다고 강력하게 주장했다.

"축복의 밤이 떴을지언정 전쟁은 끝난 게 아니오!"

맞는 말이었다. 축복의 밤으로 일라베니아의 죄의 증거가 사라졌을지는 모른다. 하지만 과거의 죄마저 사라지지는 않았다. 그것은 일라베니아가 있는 한 영원히 새겨져 있을 낙인이었다. 그러니 일라베니아의 횡포 때문에 고통받았던 연합군이 전쟁을 지속할 명분은 여전히 있는 셈이었다.

리카르디스가 이를 모르지는 않을 텐데. 고작 이런 내부 분열과 시간 벌기 용도로 축복의 밤을 띄운 것이란 말인가? 하카브는 팔짱을 낀 채 고심했다. 덜컥 의심이 들기 시작하니 의문이 꼬리에 꼬리를 물었다.

'아니, 뭔가가 더 있을 텐데.'

다른 누구도 아니고 '그' 리카르디스였다. 분명 무언가를 더 준비해 뒀을 것이다. 축복의 밤을 계기로 이 전황을 뒤집어 버릴 수 있는.

그리고 발아래, 차가운 땅에서부터 스멀스멀 기어 목까지 올라온 불안이 하카브의 숨을 꾹 조일 때. 그것은 현실이 되어 나타났다.

"총사령관님!"

발타의 병사가 막사의 천을 헐레벌떡 지나쳐 들어왔다. 하카브는 무언가를 직감했다. 그는 말을 듣기도 전에 일어나 병사를 밀치고 성큼성큼 걸었다.

막사의 입구를 나서자 쨍한 햇빛이 시야를 가득 메웠다. 하카브는 손을 들어 올려 그늘을 만들며 눈을 찡그렸다. 빛에 차츰 익숙해진 눈이 낯익은 이의 얼굴을 담아냈다.

"하카브 위 리비타."

발타 왕국의 3왕녀, 간제 위 리비타. 그녀가 전쟁터가 아닌 궁전에 어울릴 법한 정복 차림새로 연합군의 주둔지 한가운데 서 있었다. 하카브의 시선이 간제에게서 벗어나, 그녀의 곁에 서 있는 브네학스 아문과 포위하듯 둘러싼 발타의 병사들에게 닿았다.

하카브는 헛웃음을 터트렸다. 간제는 일국의 왕녀다운 위엄 있는 태도로 말을 이어 나갔다.

"지고한 신분으로 백성을 겁박하여 불법적인 실험을 자행한 죄, 탐욕에 눈이 멀어 피를 나눈 자매와 형제를 살해한 죄, 과를 위조하여 지엄한 리비타의 법도를 어지럽힌 죄, 힉살라를 음독하여 시해하려 한 죄. 수백 년간 지속된 평화 협정을 깨어 대륙을 도탄에 빠트린 죄."

사람들이 헉 숨을 들이켰다. 하카브는 살짝 미간을 찌푸린 채 비릿하게 웃었다.

"죽음으로도 지워지지 않을 무거운 죄로다. 간제 위 리비타가 지고한 힉살라의 명령을 받들어 이 자리에 왔노니."

간제가 손을 뻗었다.

"죄인을 포박하라."

하카브의 친위대조차 하카브를 감싸지 못했다. 힉살라의 명령하에만 움직이는 아문의 가주가 간제와 함께하고 있었으며, 과의 문장이 찍힌 서신까지 준비되어 있었다. 이에 하카브가 끌고 온 발타의 병력도 간제의 휘하에 흡수된 상태였다. 친위대 몇천 명 정도로는 그 수에 대항할 수 없었다.

하카브는 덤덤한 얼굴로 반쯤 허물어진 바르제 방벽을 바라보았다.

'한 발.'

그가 눈을 지그시 감았다.

'고작 한 발짝 남았는데.'

거친 남자들의 손이 무자비하게 하카브를 붙잡아 무릎을 꿇렸다. 간제는 그런 하카브의 모습을 오랫동안 내려다보았다.

* * *

연합군의 총사령관인 하카브가 공식적으로 자리에서 내려오게 된 이후, 남은 연합군은 더욱 거센 혼란에 휩싸였다.

발타의 새로운 사령관, 간제 위 리비타가 이번 전쟁에서 손을 떼겠다 공표했을 뿐 아니라, 발타의 수족이라는 걸 입증이라도 하듯 마람 왕국 또한 병력을 물리겠다 선언했기 때문이었다. 병력의 4분의 1 정도가 뭉텅 떨어져 나간 셈이었다. 연합군으로서도 위기감이 들 수밖에 없었다.

분열이 심화되었다. 발타와 마람까지 빠진 지금, 중부 관문 공략에 얼마만큼의 시간이 필요할지, 더 나아가 중부 관문을 넘어설 수는 있을지에 대한 문제가 대두되었다.

심지어는 식량조차 부족한 상황이었다. 부랴부랴 다른 병참 기지로부터 오고는 있어 굶어 죽기까지는 안 할 테지만, 그사이에 연합군의 사기가 얼마나 떨어지고 또 얼마나 분열될지는 빤한 문제였다. 그럼에도 불구하고, 정말 너무나도 아까운 것이다. 지금의 이 상황이.

코앞에는 금이 간 중부 관문이 있었다. 그 뒤는 황금이 묻힌 일라베니아의 보고였다.

전쟁에는 나라가 휘청할 정도로 많은 돈이 들어갔다. 연합군에 포함된 수 개의 나라들 또한 적지 않은 비용을 소모하며 이 자리에 있었다. 전쟁이 시작되기 전이라면 모를까, 이미 천문학적인 금액을 사용한 지금은 선뜻 발걸음을 돌릴 수 없게 되어 버렸다. 얻는 것은 둘째 치고 손실만 잔뜩 떠안고 끝내게 되는 셈이었으니.

발타와 마람의 병력이 사라진 이후 가장 강경한 주전파가 된 힐리사고의 사령관은 그 점을 끝없이 주지시키며 타국의 사령관들을 설득했다.

"축복의 밤만 아니었더라도 바르제 방벽을 넘어설 수 있었습니다! 이틀간의 전투로 제국군이 입은 피해는 몇 시간 정도의 유예로 수복될 만한 것이 아니고, 발타와 마람군이 빠졌으나 여전히 연합군의 수가 우세합니다. 다 이긴 전쟁이라 이 말입니다. 헛된 신의 위명에 겁먹지 마십시오."

각국의 사령관들은 힐리사고의 주장에 힘을 입어 손을 모아 다시금 힘을 내보자고 했다. 하지만 그런 그들의 대화를 마치 듣기라도 한 것처럼, 리카르디스가 움직였다.

오호라, 헛된 신의 위명에는 겁먹지 않는 것인가. 그렇다면 겁먹을 만한 걸 어디 한번 찾아볼까. 하는 듯이.

회의 이후. 흩어져 각자의 진영에 도착한 연합군의 사령관들은 본 적 없는 새로운 모양의 인장이 찍힌 서신을 받았다. 내용은 그야말로 충격적이었다.

일라베니아 황실이 반란으로 인해 전복되었다는 것이었다.

"뭐, 이, 미친."

미노가 강 전투로 사망한 힐리사고의 첫째 왕자를 대신하여 전장에 나와 있는 둘째 왕자는 자기도 모르게 욕설을 내뱉었다.

* * *

마인을 학대하는 풍습을 거슬러 올라간 역사에는 일라베니아의 치부가 새겨져 있었다. 일라베니아 황실은 아니다, 사실무근이다, 증거 있냐, 발뺌했지만 발타와 힐리사고를 포함한 대륙의 여기저기에 그들의 만행에 대한 단서가 조금씩 퍼져 있었다.

하지만 그것은 말 그대로 단서일 뿐, 정확한 증거가 되지 못했다. 수백 년 전에 일어난 사건이었다. 목격자나 확인 가능한 증거가 남아 있을 수 없었다. 일라베니아 황실이 여태껏 목을 뻣뻣하게 세우고 있을 수 있는 이유였다.

하지만 그런 황실의 입장과 다르게 반응하는 자들도 있었다. 탐욕스러운 황실 아래 굶주렸던 수많은 백성들이었다.

그들은 기억하고 있었다. 일라베니아 황제가 '신의 아들인 내가, 이델라브힘의 뜻을 받들어 너희들을 굽어살피겠다.' 하며 너희들도 영광된 신성 제국 아래 살아가는 백성으로서의 의무를 다하라-세금을 많이 내라-고 얘기했던 그 긴 세월들을.

어떻게 조금이라도 의심할 수 있었겠는가. 실제로 신의 힘은 짧은 축복이나 성수만으로 죽은 땅을 되살려 과실을 맺게 하고, 메말라 가는 다른 나라들에 비해 풍요로운 삶을 영위할 수 있게 해 주었다. 그렇게 믿고 있었다.

그런데 사실은 황실이 백성을 먹여 살린 것이 아니라, 백성들의 밥상을 엎다 못해 밥그릇까지 깨 버린 상황이었다. 어이가 없고 기가 막혔다.

이델라브힘을 맹신하는 마음 아래 묻어 두었던 황실에 대한 불신이 불어오는 바람에 모습을 드러내기 시작했다.

"제가 아는 귀한 분께서 그러시더군요."

여자는 닫힌 커튼을 살짝 열어 창밖을 쳐다보고 있었다. 어둑한 바깥에서 횃불의 무리가 빠르게 지나갔다. 와아아, 함성과 무언가가 부서지고 깨지는 소리, 황실에 대해 욕설을 지껄이는 이들의 목소리가 들려왔다.

소파에 앉아 있는 퉁퉁한 귀족 남자가 마른 목을 축이려 침을 삼켰다. 테이블에 찻잔이 있음에도 그 존재 자체를 잊고 있는 듯 보였다.

여자는 아까의 말을 이어서 했다.

"월계수 나무를 시들게 하려면 어찌하면 좋겠나, 클로에?"

황금정원의 클로에. 백작 위를 계승받은 레이몬드의 부인이자, 리카르디스의 가신인 그녀는 황제파 중에서도 세력이 거대한 어느 귀족과 마주하는 중이었다.

"이파리를 뜯어낼까. 굵은 가지를 쳐 낼까. 그것도 아니면 굵은 기둥을 잘라 버릴까. 하지만, 밑동만 남는다 하더라도 긴 세월 뒤에는 다시 가지를 뻗고 푸른 이파리로 그늘을 드리우겠지. 어쩌면 좋을까. 그대라면 어떻게 하겠나?"

"……백작 부인."

클로에는 뒤를 돌아 남자와 시선을 마주쳤다. 그녀가 상냥하게 웃었다.

"그래서 저는 '뿌리가 밑에서 받쳐 주지 않으면, 그 나무가 서 있을 수 있겠습니까?' 그리 말씀을 올렸었지요. 어떻게 생각하십니까, 공작 각하?"

남자는 클로에가 말하고자 하는 바를 알았다. 일라베니아 황실은 설원 위에서도 푸른 생명력으로 자라나는 월계수라 했다. 그리고 평민들은 그 뿌리라 말했다. 근간이라는 뜻이었으나, 흙바닥 밑에 묻힌 하찮은 존재라 여겨지는 것이 보편적이었다. 기사의 직위를 얻은 평민들을 '뿌리'라 부르는 것 또한 그 일환이었다.

남자는 지금만큼 '뿌리'의 존재를 뼈저리게 실감했던 적이 없었다. 그는 가만히 있다가 클로에를 노려보았다.

클로에가 사뿐히 걸어와 공작의 맞은편에 앉았다.

"의미 없는 대화는 여기까지 하도록 하지요, 각하. 유예 기간은 충분했던 걸로 압니다. 이제 선택해 주셔야겠습니다."

클로에가 내놓은 선택지란 딱 두 개뿐이었다. 그 선택이 무엇이 되었든 간에 위험은 따라오게 되어 있었다. 공작은 고개를 숙여 손등에 이마를 댄 채 한참 동안 가만히 있었다.

황실은 전쟁을 치르며 점점 힘을 잃고 있었다. 신에게서 받은 절대적인 권력과 나라를 다스리는 거대한 무력을 잃었다. 남은 것이라고는 오명으로 점철된 역사뿐이었다.

황실은 백성을 버렸고, 백성도 황실을 버렸다. 나라의 틀을 유지할 수 있는 수백 년의 유대감은 산산조각 나 뾰족뾰족한 형태로 서로를 겨누고 있었다. 공작도 그를 모르지는 않았으나 반란이 실패하게 될 시의 위험성이 너무 높았다. 그 결말은 단두대뿐일 테니.

남자는 끙끙 앓는 소리를 내며 고민했다.

달그락. 클로에가 찻잔을 내려놓는 소리에 그가 화들짝 놀라 고개를 들었다.

"무척 신중하시군요."

온화한 목소리였으나 질질 끌어서 짜증 난다는 뜻은 충분히 전달되었다.

"이것이 결정하시는 데 도움이 되길 바랍니다."

클로에가 뒤에 있는 남자에게 손짓해 무언가를 가져오게 했다. 잘 접혀 있는 손수건 뭉치였다. 공작의 얼굴에 의문의 빛이 어렸다. 하지만 클로에가 손수건을 테이블 위로 하나하나 펼쳐서 나열하기 시작한 순간부터 공작의 얼굴에는 의문이 아닌 경악이 대신 떠올랐다.

황제파와 죽은 1황자 엘피디오파에 속한 귀족 가문들의 문양이 자수된 손수건이었다. 이런 상황이니만큼 단순히 친분을 과시하고자 늘여 놓은 것이 아니었다. 이는 변절의 의지를 보인 자들이 내민 계약서였다. 한 장, 두 장, 세 장. 다섯 장, 열 장. 손수건이 계속해서 테이블 위에 펼쳐졌다.

공작은 말을 잇지 못하고 아연하게 그 광경을 바라만 보았다. 총 스물네 장의 손수건이 테이블 위를 가득 채우고 있었다.

클로에는 태연하게 흘러내린 머리를 정리하고는 다시 남자를 마주했다. 그녀가 느긋하게 찻잔을 집어 들어 공중에서 기울였다. 주르륵 아래로 흘러내린 찻물이 그녀의 치마 끝자락을 물들였다.

"어머, 차를 흘려 버렸네요."

의도적으로 행동해 놓고 클로에는 놀랐다는 듯 눈을 크게 뜨고 입을 가렸다. 공작은 이를 악물고 있다가, 한참 후 품에서 손수건을 꺼내어 그녀에게 건네었다.

"……돌려주지 않으셔도 좋소."

클로에가 눈을 접어 생긋 웃었다.

"감사드립니다, 각하."

* * *

리카르디스도 전쟁이 발발한 처음부터 반란을 계획했던 것은 아니었다. 황실에 대한 믿음과 자부심이 공고히 쌓여 있던 그때 반란을 저질렀다간 고꾸라지게 되는 것은 도리어 리카르디스 쪽이었을 것이다.

한데 전쟁이 진행되는 일련의 흐름이 일라베니아를, 정확히는 일라베니아의 황실을 거세게 흔들었다. 리카르디스는 발타에서 간제와 동맹을 맺은 이후, 자신이 일평생 겨뤄 왔던 황실에서의 사투와 이번 전쟁을 한 번에 끌어내릴 방법을 찾았다.

몇 주 전, 동부 전선.

[축복의 밤을 기점으로 연합군이 분열될 것이다. 상황을 지켜보려는 자들도 있을 테고, 이 땅에 축복을 불러온 새로운 신의 아들에게 검을 겨눠도 되는가? 고민하는 자도 있을 것이고, 그와 상관없이 일라베니아를 무너트리겠다는 열성적인 태도를 잃지 않는 자도 있겠지. 하나의 목표를 가지고 함께 나아가던 이들이 각자 다른 생각을 하기 시작하는 순간 전쟁은 일시적으로 멈추게 되어 있다.]

'축복의 밤'을 중부 관문을 보호하는 방벽으로 쓰겠다는 리카르디스의 계획을 들은 클로에는 모호한 표정을 지었다. 확실히 나쁘지 않을 수도 있었다.

이델라브힘을 믿는 나라들은 물론이고, 크레안 티다니온의 영향을 깊게 받는 발타와 마람 또한 하늘에 뜬 검은 달을 결코 무시할 수 없었다. 축복의 밤이 뜨면 전쟁은 잠시간 중단된다. 그건 추측이 아닌 확신이었다. 하지만 그건 중부 관문이 함락되는 시간을 늦추는 것일 뿐, 근본적인 해결책이 되지 못했다.

축복의 밤을 띄운다고 해도 일라베니아가 과거에 저지른 죄는 없어지지 않기 때문이었다. 마인들을 살해하여 이 땅을 불모지로 만든 것도 모자라 그 사실을 은폐하고 수백 년간 대륙을 기만한, 죄가.

클로에의 얼굴에 의문스러운 빛이 띠자 리카르디스가 생긋 웃었다. 마치 그녀의 생각을 읽은 듯이.

[일라베니아를 무너트린다.]

클로에는 잠깐 숨을 멈추고 리카르디스의 얼굴을 응시했다.

[그리고 나는 그 폐허 위에 새로운 나라를 세우겠다.]

클로에는 마치 벼락을 맞은 것 같은 충격을 받았다. 그녀는 눈을 크게 뜬 채 입을 가렸다. 머릿속으로 빠르게 무언가를 계산한 클로에는 눈이 뻑뻑해질 즈음 다시 입을 열었다.

[이거…….]

목소리가 떨리고 있었다.

[될 거 같네요.]

[그렇지?]

태연한 리카르디스의 태도에 클로에는 겨우 흥분을 가라앉혔다.

'일라베니아'를 무너트리는 일은 하루아침에 되지 않을 테지만, '일라베니아 황실'은 방법에 따라 아주 짧은 시간이 걸릴 수도 있었다. 황제가 있는 황실을 점거하는 그 행위 하나만으로 가능한 것이었으니.

힘을 잃고 추문에 휩싸여 있는 일라베니아가 뭐가 예쁘다고 전쟁이 끝날 때까지 감싸고 있겠나. 연합군에게 명분만 줄 뿐인데. 필요 없으면 버려 버리면 그만이었다.

[물론 여러 문제가 있긴 하지. 상비군과 황제파의 귀족들이 수도에 남아 있는 상황이니. 그러니 일이 있기 전까지, 그대가 해야 할 일이 많아.]

수도라는 공간으로 한정 짓는다면 리카르디스 휘하의 세력보다 황제의 세력이 아직 더 강했다. 황제의 수족을 잘라 내고, 포섭하는 일이 반란의 시작이 될 것이다.

평화로운 일라베니아였다면 불가능했을 테지만, 지금은 전란의 한가운데 였다. 일라베니아 제국 자체가 위태로운 상황에서 황실에 절개를 지킬 이들은 많지 않았다.

[명분은 많으니 적당히 아무거나 갖다 붙여도 말이 되겠군요.]

[이래서 사람은 죄를 짓고 살면 안 된다니까.]

리카르디스가 냉소적인 미소를 입가에 띠었다.

[대신관 라헤안시가 일라베니아의 죄를 입증할 것이다. 그를 통해 일라베니아를 둘러싼 추문이 진실임을 확인한 2황자 리카르디스가 일라베니아의 땅 위를 살아가는 백성들을 위해 반기를 들었다는 것쯤으로 해 두지. 비록 아버지에게 칼을 들이미는 용서 못 할 죄를 저지르는 것이지만, 누군가는 해야 하는 일이었노라 하고 말이야.]

[감동적인 이야기네요. 그 큰 죄는 살아가시면서 차차 갚아 나가는 거로 하세요.]

클로에가 눈을 초롱초롱 빛내며 두 손을 맞잡았다. 리카르디스는 몇몇 서류들을 클로에에게 밀어 주며 계속 말을 이었다.

[하얀 밤하늘에 뜬 검은 달은 일라베니아가 가지고 있던 한 줌의 권력마저 앗아 가며, 일라베니아의 권력자들을 더욱 혼란스럽게 하겠지. 그때가 적기가 아니겠나.]

[옳은 말씀입니다, 폐하.]

빠른 호칭 변화에 리카르디스가 작게 웃음을 터트렸다.

[아무튼, 축복의 밤으로 전쟁이 일시적으로 멈췄을 때, 황실을 전복시키고 새로운 왕조가 들어섰음을 선포한다.]

클로에가 서류에 무언가를 사각사각 적어 내렸다.

[이 나라는 더 이상 일라베니아가 아니다.]

일라베니아는 죄의 무게를 버티지 못해 내부에서부터 무너졌는데.

[그대들은 지금 누구를 향해 검을 겨누는가?]

연합군이 말하는 '일라베니아에 죗값을 물게 하겠다'는 명분이, 사라지게 된 셈이었다. 몇 시간 만에 일라베니아가 새로운 왕국으로 바뀌었다. 연합군이 짓밟고자 하는 땅이 더 이상 일라베니아가 아니게 되어 버린 것이다.

"장난하는 것도 아니고!"

힐리사고의 왕자는 서신을 받고 너무 화가 나서 몇 초간 말도 잇지 못하고 버벅거렸다. 왕자는 뻐근한 목을 주물렀다.

이런 눈 가리고 아웅 하는 식의 대처가 정말 통할 것이라고 생각하는 건가?

그런데 놀랍게도, 통했다. 그것도 아주 잘.

비슷한 시각, 리카르디스의 서신을 받은 연합군의 세력 중 이탈하겠다 말하는 이들이 갑작스럽게 늘어났다. 힐리사고의 왕자는 정말 미쳐 버릴 것 같아서 머리를 쥐어뜯었다. 단체로 자신을 놀리기 위해서 짜고 치는 연극을 하는 기분이었다.

하지만 그런 그 또한, 한 장의 서신을 더 받게 된 순간 모든 상황을 이해할 수 있었다.

서신 위에는 힐리사고와 이웃한 왕국의 문장이 찍혀 있었다. 갑작스럽게 이들에게서 연락이 올 이유를 찾지 못해 힐리사고의 왕자는 혼란스러웠다. 이번 전쟁에 참여하지 않은 이 나라에서 왜 나에게? 그는 황급히 서신을 열어 펼쳤다.

첫마디는 단조로운 인사말이었다. 차근차근 글자를 읽어 내리던 남자의 표정이 시시각각 변했다.

[……그때의 평화 협정을……]

"젠장!"

평화 협정이라는 글자를 보는 순간 왕자는 서신을 쭉 찢어 버렸다. 그러고도 성에 차지 않아 바닥에 내팽개치고 발로 질근질근 밟아 버렸다.

평화 협정이란 과거, 서로가 서로의 재화를 탐했던 전란의 시대를 거치며 만들어진 약속이었다. 그때의 일로 대륙의 인구가 반이 줄었으며, 불태워진 대지는 황폐해지고 썩은 시체들로 전염병이 도는 등. 축복의 밤이 소실되지 않았던 시기임에도 불구하고 지금보다도 더 많은 이들이 죽어 나갔다.

두 번 다시 그런 일이 일어나지 않기를 방지하고자 대륙의 모든 나라가 서명한 평화 협정에는 타국을 침범하지 않겠다는 각 나라의 맹세와 더불어, 전쟁을 일으키는 자가 있거든 그를 제외한 모든 다른 나라들이 힘을 합쳐 반드시 응징하겠다는 경고가 담겨 있었다.

방금 전 서신이 말하는 것도 그것이었다.

'힐리사고의 왕자님, 대륙을 죽음으로 이끌었던 일라베니아를 단죄하고자 하는 대의를 위해 전쟁에 나선다고 하셨죠. 그런데 일라베니아가 망했다는데 왜 안 돌아오십니까? 혹시, 일라베니아를 단죄하는 것보다 전쟁으로 얻을 이득에 더 관심이 있었던 건 아니시겠죠? 저희 왕국이 설마 침략자랑 어깨를 나란히 하고 살고 있었던 겁니까? 세상에, 너무 무서워서 다른 나라랑 손잡고 힐리사고를 없애 버리고 싶은 마음이 들어요.'라는 뜻이었다.

많은 나라가 전쟁에 참여했지만, 그저 방관하는 나라도 있었다. 그런 이들에게 힐리사고가 '침략자'라는 인식이 찍히게 둘 수는 없었다. 이는 또 다른 전쟁의 명분이 될 수 있으므로, 일라베니아를 침략함으로써 무언가를 얻을 수 있느냐 없느냐의 문제보다 훨씬 중했다.

왜 연합군에서 군대가 하나둘 이탈했는지 이해할 수 있었다. 그들도 비슷한 내용의 서신을 받았으리라. 왕자가 이를 갈았다.

'어? 그런데 뭐가 좀……?'

많이 이상했다. 축복의 밤이 뜬 지 얼마나 지났다고 먼 거리에 있는 왕국에서 벌써 이런 서신이 온단 말인가? 축복의 밤이 뜨고, 일라베니아 황실이 몰락하고, 새로운 왕조가 세워지고. 그 사실을 알리는 것만 해도 몇 주가 걸려야 정상인데. 다른 나라에서 그 사실을 알고 연합군에 경고를 보내기까지 하다니. 미리 준비해 두지 않고서야.

"……."

준비해 뒀군.

왕자의 시야에 아까 그가 찢어발긴 서신이 들어왔다. 작은 조각에 글자가 빼꼭하게 새겨져 있었다. 의례적인 인사말이 이 전쟁에 종지부를 찍었다.

[……신의 품 안에서 평안하시길.]

왕자가 머리를 헝클어트리며 의자에 털썩 앉았다.

* * *

전후 처리와 새롭게 체결될 협정을 위해 각국의 사령관들이 중부 관문에 모였다.

정복과 적대 행위의 금지, 평화 관계의 회복 등. 본래라면 배상 청구권에 대한 의논이 필요했을 테지만, 애초에 새로운 나라의 탄생으로 끝난 전쟁이니만큼 일라베니아의 입장으로 침략자들에게 요구할 권리도 없었다. 하지만 승자와 패자가 없는 싸움이었기에 모두가 크고 작은 피해를 떠안는 셈이었다.

각국의 대표들이 약속이 새겨진 종이 위로 인장을 찍으며 전쟁의 종결을 알렸다.

전 일라베니아 제국, 현 리쉬에 왕국의 중부 관문.

관문의 감옥 안에는 중요한 인물 몇몇이 갇혀 있었다. 디에즈와 검은달의 간부 케틀린, 그리고 평화 협정을 체결한 이후 발타로부터 처분을 양도받은 발타의 왕자 하카브가 각각 다른 층에 수감되어 병사 수백 명의 삼엄한 감시 아래에 놓여 있었다.

일라베니아 출신인 디에즈와 케틀린의 처우는 당연히 신생 왕국 리쉬에의 권한이었지만 하카브는 발타의 왕자였다. 그것도 힉살라를 시해하려고 했던, 중대한 범죄를 저지른 자.

하지만 이 사태에 대해 책임을 물을 사람이 필요했다. 간제와 동맹을 맺었을 당시, 그녀는 전쟁을 일으킨 주범에서 발타를 빼는 대신 하카브의 이름을 써넣으라 했다. 그때의 약조와 더불어 라헤안시가 힉살라에게 끈덕지게 군 덕에 그 권한은 리쉬에 왕국의 몫으로 돌아오게 되었다.

라헤안시의 말로는 "하카브 왕자도 우리 몫으로 안 떨어질 거면 거래 안 해! 집어치워!"라는 식의 흥정이 오갔다는데 정말인지는 알 수 없었다.

리카르디스는 오늘 그들 중 한 명을 만나기 위해 감옥에 발을 들였다.

지하 감옥의 최하층. 그 중앙에 몇 겹의 굵은 쇠사슬과 거대한 족쇄로 결박되어 있는 남자가 보였다. 찬란하게 빛나던 금색 머리카락은 재와 먼지, 피가 엉겨 탁하게 변해 있었다.

"……"

리카르디스는 말없이 남자를 바라보았다. 서로 검을 겨누던 사이지만, 이런 장소에서 그를 마주하자 착잡한 마음부터 올라왔다.

"디에즈 레예 일라베니아."

리카르디스의 목소리에 고개를 바닥으로 떨군 디에즈가 시선을 들어 올렸다. 텅 빈 눈동자에는 어둑한 지하 감옥과 이따금 흔들리는 횃불만이 비쳤다.

리카르디스는 디에즈가 이 지하 감옥으로 오게 된 과정에 대해 상세히 들었다.

다른 이들은 몰라도 리카르디스는 알고 있었다. 디에즈는 인간의 힘을 훨씬 뛰어넘은 존재였다. 그의 의지에 반하는 행동을 강요할 시, 얼마나 많은 피해가 발생할지 예측도 할 수 없었다. 하지만 디에즈는 어떤 반항도 없이 아주 순순히 잡혔다고 했다. 일라베니아에 대한 증오 하나로 수많은 범죄를 저질렀던 화려한 전적이 믿기지 않을 정도로.

디에즈는 수감된 이후로 한 번도 입을 열지 않고, 잠을 자지도, 심지어는 음식이나 물을 섭취하지도 않았다. 리카르디스는 그런 보고를 듣고 지금 막 디에즈를 찾아온 참이었다.

그가 이렇게 지하 감옥 안에서 얌전히 지내는 데에는 또 다른 목적이 있을 거라 생각해서, 그걸 알아내기 위해.

하지만 지친 표정과 인형같이 무감각해 보이는 얼굴에서는 그 어떤 숨겨둔 진실도 찾을 수 없었다. 숨만 쉬는 시체 같았다. 웃는 얼굴 아래 선연한 분노를 끓이던 사내는 어디에도 없었다.

리카르디스는 디에즈가 단순히 일라베니아라는 목적을 잃어버렸기 때문에 이렇게 변한 것이라 생각하지 않았다. 왕조를 무너트리고 새로 세운다는 단순한 논리 하나로 디에즈가 납득할 수 있을 리 없었다.

리카르디스는 지금 이 지하 감옥에 어울리지 않는 풍경을 떠올렸다. 하얀 밤, 그 위로 뜬 검은 달. 빗방울에 비쳐 반사되는 달빛과 그 아래 피어난 꽃송이까지.

그 광경을 바라보던 로젤린의 얼굴을 기억했다. 여정의 끝을 맞이한 모험가는 비로소 검을 놓고 꽃향기가 실려 온 바람을 음미하고 있었다.

어쩌면 디에즈에게도 축복의 밤이 끝이 되었을지도 모른다. 로젤린과는 다른 형태일지라도.

리카르디스는 말없이 돌아섰다. 뚜벅, 뚜벅 발걸음 소리가 멀어져 갔다.

적막만 남은 공간에 하얀 눈송이가 둥실둥실 떠다녔다. 리카르디스의 망토 끝자락에서 떨어진 것이었다. 눈송이는 나풀나풀 날아, 이내 철창 안까지 굴러갔다. 디에즈의 눈동자에 그것이 비쳤다.

눈이 아니었다. 축복의 밤과 함께 피어난 리쉬의 꽃잎이었다. 디에즈는 결박된 상태로 불편하게 고개를 숙여 바닥에 있는 눈과 꽃, 바람의 잔향을 들이마셨다. 그의 눈이 서서히 감겼다.

리카르디스는 감옥을 올라가던 중, 하카브의 감옥 앞에 있는 간제를 발견했다. 철창을 잡고 무어라 말하고 있었는데, 거리가 멀고 워낙 작게 속삭이는 터라 들리지 않았다. 대신 그녀를 노려보는 하카브의 표정으로 보아 뭔가 속이 뒤집히는 소리를 했겠거니 예상할 수 있었다.

인기척을 느낀 간제가 뒤를 돌아보았다. 리카르디스와 눈이 마주친 그녀가 방긋 웃었다.

두 사람은 서로 지하 감옥에서 뭘 했는지 묻거나 궁금해하지 않았다. 그저 산책길을 걷는 것처럼 나란히 감옥을 벗어났다.

리카르디스와 간제는 중부 관문의 방벽 위까지 올라갔다. 아직 춥다 못해 시린 바람이 그들을 스치고 지나갔다.

두 사람은 바람의 방향을 따라 아직 시체가 널려 있는 전장을 향해 고개를 돌렸다. 며칠 전과 다른 점은 그 시체들 사이사이로 하얀 꽃들이 무성하게 피어 있다는 점이었다. 추위에 금세 져 버리긴 했으나, 축복의 밤으로 살아난 대지는 끝없이 생명을 피워 내며 새로운 세계의 태동을 알리고 있었다.

"'리쉬에'라…… 재밌는 이름이네요."

한참 전장을 바라만 보던 간제가 돌연 웃음을 터트렸다.

리쉬에는 지금 지천에 널려 있는 리쉬의 정식 명칭이었다. 귀한 꽃이나 약초, 나무가 아닌 한낱 잡초의 이름을 붙였으니 이상하게 느껴질 만도 했다. 리카르디스도 그녀를 따라 웃었다.

"초대 황제의 이름을 딴 나라의 결말이 안 좋더군요."

"아, 일라베니아요. 좀 안 좋게 끝나긴 했죠."

두 사람이 실없는 농담을 주고받았다.

"원래 인간들이 하는 일은 전부 엉망이니까, 자연에 맡겨 보자는 마음으로 지었습니다."

"아하."

리카르디스는 국가 전복 계획을 세웠을 당시, 클로에와 나눴던 대화를 떠올렸다.

[그래서, 나라 이름은 어떻게 하시겠어요?]

리카르디스는 유례없이 당황했다. '그런 것도 내가 해야 해?'라고 묻는 듯 바라보자 클로에가 '그럼 제가 하겠습니까?'라고 말하는 것처럼 그를 마주 보았다.

하얀밤 기사단원들이 긴급 소집 되었다. 다 큰 성인들이 끙끙거리며 이런저런 이름을 추천했다. 불탄 월계수부터 시작해서 각종 지역 지방의 이름, 리카르디스의 이름까지 전부 끌려 나왔지만 이렇다 할 만한 게 없었다.

자포자기한 리카르디스는 대충 로젤린이 좋아할 만한 음식 이름으로 하자는 의견을 냈다가, 로젤린에게 진지해지라는 충고를 받아야만 했다.

그렇게 마땅한 것이 없나 뒤지게 된 식물도감에서 보게 된 이름이었다.

리쉬, 정식 명칭 리쉬에.

현재는 잡초에 불과하지만, 과거에는 축복의 밤의 상징이었다. 죽은 대지에서도 끈질기게 생명을 피워 내는 하얀 꽃, 리쉬에.

그 그림의 아래 짤막한 설명이 덧붙여져 있었다.

[가장 먼저 봄을 알리며 피어난다.]

리카르디스는 이보다 좋은 이름을 찾을 수 없었다.

삐이익---

독수리의 울음소리에 리카르디스는 고개를 들어 너른 전장을 바라보았다. 검은 땅 위를 하얀 꽃잎이 데굴데굴 굴러가고 있었다.

"유난히 길게 느껴졌던 겨울도 이제 끝나려는가 봅니다."

* * *

덮쳐 오는 어둠에 몸을 웅크렸던 사람들은 다시금 비추기 시작한 햇빛 아래에서 활짝 웃었다. 며칠 전까지 중부 관문이 무너지겠네, 일라베니아

망하겠네, 결국 우리는 죽겠네 하며 죽상을 지었던 일라베니아의 지휘관들 또한 마찬가지였다. 전쟁을 치렀다고 생각하지 못할 정도로 맑고 밝은 기운이 중부 관문을 가득 메우고 있었다.

곧 중부 관문 회의장의 문이 열리며 한 남자가 모습을 드러냈다. 일라베니아의 총사령관, 이제는 새로운 왕국 리쉬에의 국왕이 된 리카르디스였다. 그는 방 안에서 축배를 드는 지휘관들을 보자마자 얼굴을 와락 찌푸렸다.

"지금 웃음이 나오나?"

하하, 허허 하던 사람들의 웃음소리가 점차 줄어들더니 곧 방 안에 정적이 깔렸다. 지휘관들이 시무룩하게 입꼬리를 내렸다.

"전쟁이 끝나면 무너진 건물과 피해가 알아서 복구되는 것이었나? 축복의 밤이 그런 기적까지 일궈 냈던 건가, 나도 모르는 사이에?"

"……."

"검을 든 자들의 싸움은 끝이 났지만, 펜을 든 자들의 싸움은 지금부터다."

지휘관들은 쌓여 가는 서류와 리카르디스의 닦달에 웃음을 완전히 잃어버리다 못해 눈물을 흘리게 되었다.

그렇게 리카르디스의 보이지 않는 채찍질에 펜잡이들이 데굴데굴 구르는 사이, 칼잡이들도 방 안에서 뒹굴뒹굴 굴러다니는 중이었다. 수십 일간의 대장정. 그간 쌓인 피로가 한꺼번에 밀려온 병사들은 지쳐 쓰러져 먹고 자기만 했다.

로젤린도 전쟁 종결 강화 조약에 모든 국가의 인장이 찍힌 이후, 내리 이틀 동안 잤다. 18시간이 지난 시점에 그녀의 생사가 걱정되었던 칼릭스가 로젤린의 코 밑에 손가락을 대어 숨을 쉬는지 확인하고 갔다.

그렇게 헤사가 입에 무언가를 넣어 주고, 리카르디스가 찾아와서 따뜻한 수건으로 얼굴을 닦아 주기를 몇 차례. 끙끙 앓아 가면서 수십 시간 잠만 자던 로젤린이 깨어났다. 어둑한 밤이었다.

바깥이 소란스러웠다. 통통, 캉캉. 무언가를 두드려 대고, 쨍그랑, 뭘 깨 트리고 와하하 하는 웃음소리까지. 로젤린은 침대에 앉아서 몇 분간 그 요란스러운 소리를 듣고만 있었다.

전쟁 중의 중부 관문과 전혀 다른 분위기가 차츰 그녀에게 스며들었다. 적막과 날이 서 있는 예민함만이 감돌았던 그때가 조금도 생각나지 않았다. 로젤린은 후드를 대충 뒤집어쓰고 방을 나섰다.

왕국군 주둔지는 아직 일대를 지키는 병사들로 복작복작했다. 모두 이 장소가 주점이라도 되는 양, 웃고 떠들고 바닥에 반쯤 누워서 굴러다녔다.

"마셔라!"

"먹고 죽자!"

기껏 살아난 병사들이 죽자고 소리치는 기묘한 광경이 펼쳐져 있었다. 방벽은 무너지고, 땅에는 아직 화살이 꽂혀 있고, 상처도 다 낫지 않았지만, 사람들은 웃고 있었다.

탁, 무언가가 풀리며 마음이 둥실둥실 떠다니기 시작했다. 잡고 있지 않으면 날아갈 만큼이나 가벼워졌다. 이제야 무언가가 끝났다는 실감이 났다. 로젤린은 동동 뜬 마음을 안고 걸음을 옮겼다.

"어이, 거기 아가씨."

로젤린은 뒤를 돌아 자신을 부른 사람을 바라보았다. 이 추운 날에 얇은 셔츠와 바지 한 장만 걸친 잿빛 머리의 남자가 건들건들 걸어오는 중이었다. 그가 말랑말랑한 빵 한 덩이를 툭 던졌다. 로젤린은 여유롭게 그걸 받아 뜯어 먹었다.

"몸은 좀 어때."

고대부터 내려오는 문헌에는 축복의 밤 이후, 마력을 가진 자는 대륙을 소생하는 대가로 힘을 완전히 잃는다고 기록되어 있었다.

하지만 어찌 된 일인지, 로젤린은 여전히 마력을 지니고 있었다. 일반 마인 정도에 불과하지만, 문헌과는 다른 결과였다. 아마도 본래 가지고 있던 마력의 양이 상당했기 때문이 아닐까 하고 로젤린과 마카롱은 추측했다.

축복의 밤 이후 로젤린은 유달리 피곤해했다. 전 같으면 며칠 밤을 새우고도 쌩쌩했을 로젤린이 병든 닭처럼 꾸벅꾸벅 조는 모습에서 사람들은 그녀가 큰 힘을 잃었다는 사실을 체감했다. 그런 외부적인 요소로만 판별하는 사람들조차 알 수 있을 정도였으니, 마카롱이 얼마나 그녀의 변화를 뚜렷하게 느꼈을지는 빤했다.

그 때문인지 마카롱은 축복의 밤 이후 대략 1시간 간격으로 몸은 괜찮냐는 똑같은 질문을 던졌다. 심지어 잘 때에는 깨워서 묻기까지 했다.

마카롱이 안부를 집요하게 묻는 데에는 이유가 있었다. 그것은 단순히 로젤린의 마력 양이 변화했다는 이유뿐 아니라, 그녀가 변이 능력을 완전히 잃어버렸다는 사실에서 기인했다.

금기를 저지른 로젤린은 완전한 '그것'으로는 돌아가지 못했지만, 부분적으로 변이하여 일상생활에서 다양하게 사용했다. 손이 미끄러워 잼 뚜껑이 안 열릴 때 손바닥 가죽을 뻣뻣하게 변이한다든지, 편지 봉투를 열때 페이퍼 나이프가 없어서 손톱을 날카롭게 한다든지 등의 용례가 그러했다. 한데 축복의 밤 의식에 마력을 쏟아부은 후, 그 변이 능력조차 잃어버리고 만 것이었다.

전혀 예상치 못한 일이었으나, 로젤린은 크게 당황하지 않았다. 도리어 마카롱이 깜짝 놀라 그녀를 중병 걸린 환자 취급 하여 1시간에 한 번꼴로 몸은 괜찮냐 묻고 있는 상황이었다.

"괜찮아."

로젤린이 그새 습관이 된 대답을 내뱉자 마카롱이 한 손으로 그녀의 얼굴을 붙잡았다. 볼이 눌려 입이 부리처럼 나왔다. 그가 로젤린의 볼을 밀가루 반죽이라도 되는 양 조몰락거렸다.

"이거 봐, 말랑말랑한 거. 곰한테 한 대 맞으면 아주 다치기라도 하겠어?"

다치는 게 보통 아닌가 싶었다. 로젤린이 실없이 웃자 마카롱이 곧바로 타박했다.

"웃어? 이게 아직 사태의 심각성을 모르네."

"알거든. 예전에 금기 어겼을 때도 한번 겪어 봤어."

로젤린은 금기를 저지르고 난 후, '그것'의 모습으로 돌아가지 못한다 자 각했던 때의 당황했던 제 감정을 반추했다. 물론 지금도 불안한 마음이 아 예 없는 것은 아니지만⋯⋯.

"그때가 훨씬 무서웠어."

"나도 너의 과감함이 무섭다."

마카롱이 계속 볼을 눌렀다 놨다 하며 손장난했다. 로젤린은 천천히 어 물거리며 말했다.

"근데 이제 진짜 갠찮나. 아, 좀 누루지 마."

로젤린은 마카롱의 손에 잡힌 채로 눈만 굴려 그의 뒤에 있는 건물을 바라 보았다. 하얀밤 기사단이 머무르는 곳이었다. 로젤린의 눈에 겨울날에도 따스 하게 빛나는 횃불의 온기가 녹아들었다. 로젤린이 담담히 말을 이었다.

"전쟁이 끝났잖아."

"그래서요."

"이제 그 힘은 나에게 크게 필요하지 않을지도 모르니까."

두 사람 사이에 기묘한 정적이 감돌았다. 마카롱은 인상을 찌푸린 채 골 똘히 무언가를 생각하고 있었다. 그의 얼굴에 어떤 감정이 아주 짧은 순간 머무르다 스쳐 지나갔다. 그게 무엇일지 결론을 내리기 전, 마카롱이 붙잡 고 있는 로젤린의 얼굴을 놓아주었다. 그가 흐응 하는 소리를 냈다.

"뭐⋯⋯ 그럴지도 모르지."

마카롱이 손을 뻗어 로젤린의 머리를 마구 헤집듯 쓰다듬었다. 으어, 아 으. 로젤린은 마카롱이 쓰다듬는 대로 휘둘리다가, 눈동자만 굴려 그를 바 라보았다. 자신의 머리카락과 마카롱의 손으로 시야가 가려져 살짝 미소 짓고 있는 입매만 얼핏 볼 수 있었다.

마카롱은 로젤린의 머리를 새집으로 만들고 곧바로 뒤돌아섰다. 로젤린이 하얀밤 기사단원들이 있는 곳에 같이 가자 청했지만, 그는 할 일이 있다며 거절했다.

마카롱은 빛나는 건물에서 멀어지며 점점 어둠 속으로 파묻혔다. 그런 그의 뒷모습을 바라만 보던 로젤린의 귓가에 웃음소리가 들려왔다. 로젤린은 정신을 차리고 원래의 목적지로 다시 발걸음을 옮겼다.

"껄껄껄!"

"하하하!"

문을 열자마자 보이는 광경은 바깥과 다르지 않았다. 도리어 추운 바깥이 아니라 그런지 웃통을 훌렁 벗은 채 춤을 추고 난리도 아니었다.

구석에는 라고슈 부족의 수장들과 라헤안시, 그리고 라헤안시의 뒤처리 담당인 베르움이 카드 게임을 벌이는 중이었다.

라헤안시와 베르움은 그들보다 체구가 두 배는 큰 제르타예들을 상대로 당당하게 사기를 치며 도박판을 흔들고 있었다.

"이건 사기야!"

"아까 내가 버린 패인데!"

젊은 제르타예 두 남녀가 악 소리치자 베르움이 천연덕스럽게 어깨를 으쓱했다.

"잘못 보신 게 아닐지요? 본인의 실력 부족을 사기라 일축하다니. 신께서 지켜보시는데 부끄럽지도 않으십니까?"

신께서 지켜보시는데 손장난하고도 저렇게 떳떳하다니. 베르움이 누구의 영향을 받아 타락했는지 너무 투명했다.

셍고·제르타예의 수장이 로젤린의 할아버지인 귈테에게 귓속말로 속삭였다.

"우리가 2황자한테 뭐 받기로 했었지? 그거 조금만 걸어도 되나, 귈테?"

귀를 의심하던 귈테가 곧 셍고의 수장을 경멸하는 듯 바라보았다. 패가 망신이 코앞으로 다가온 셍고·제르타예와 라고슈 지원군 일가의 고뇌는 전혀 닿지 않는 듯, 방의 중앙에서는 흥겨운 음악이 흘러나오는 중이었다.

탁자 위에서 레이몬드가 만돌린을 연주하고 그의 형인 아렌트가 노래를 부르고 있었다. 로젤린을 발견한 레이몬드가 화색을 지으며 탁자 위의 무언가를 발로 걷어찼다.

로젤린은 날아오는 물체를 덥석 잡았다. 속을 판 동그란 나무 안에 조각을 넣어 소리 나게 만든 악기였다. 로젤린이 관성적으로 잘각잘각 흔들자 레이몬드가 어깨를 들썩이며 열정적으로 연주하기 시작했다.

"폐하께서 오시기 전에 즐겨야 해!"

"빨리 마셔!"

이제 보니 리카르디스가 없는 틈을 타서 연회를 벌인 모양이었다. 팔에 붕대를 감고 있는 레티시아가 로젤린을 반기며 그녀의 입에 무언가를 집어넣었다. 말린 무화과였다. 레티시아를 졸졸 따라다니던 에버하르트도 로젤린의 입에 무언가를 집어넣었다. 호두였다. 헤사도 쪼르륵 다가와 치즈를 넣어 주었다.

상급자한테 인사를 하기도 전에 입에 먹을 것부터 넣다니. 이 사람들도 취했군. 로젤린은 별말 없이 냠냠 씹었다. 어, 이거 나름 맛의 조화가 괜찮은데…….

로젤린이 고심하며 맛을 음미하고 있을 때였다. 모두가 흥청망청 술을 마시고 노는 공간에 누군가가 막 발을 들였다. 머리까지 덮은 신관 로브를 입고 있어 얼굴을 볼 수 없었지만, 로젤린은 그가 리카르디스라는 사실을 눈치챘다. 조용히 부상자들을 치료하기 위해 위장한 모양이었다.

리카르디스의 입가가 씰룩였다.

"저, 이…… 씨…….."

욕을 하려던 리카르디스가 로젤린을 발견하고 황급하게 말을 순화했다.

"부상 입었다는 작자들이 술을 퍼먹고…… 저렇게 심하게 움직이면 안될 것 같은 기분이라, 아니지 기분이 아니지! 그러면 안 되지. 부상자 막사에서도 비슷한 꼴을 봤더니 속이 다 뒤집어져! 기껏 살려 놨더니 죽으려면 무슨 짓을 못 해!"

일을 안 하고 있는 것보다 부상자들이 날뛰는 모습이 더 열 받는 모양이었다. 로젤린도 아까 전 들렀던 부상자 병동에서 이와 비슷한 풍경을 봤던 터라 그저 웃고 넘기지 못했다. 아픈 인간들이 술 먹고 춤추고 쉬지도 않고 놀고 있으니, 치료사와 신관들이 뒷목 잡고 넘어갈 수밖에.

살짝 미소 지은 로젤린은 흔들던 악기를 리카르디스에게 넘겼다. 리카르디스는 미간을 찌푸린 채, 본능적으로 악기를 흔들기 시작했다. 따각 따각, 소리와 박자가 흥겹게 쪼개어졌다.

"좋은 날이잖습니까. 보다가 영 안 될 것 같다 싶으면 재우겠습니다."

"……어떻게? 아니야. 대답하지 않아도 돼. 대충 알 것 같으니."

분명 무력이 수반되어 있겠지, 그 행위에는.

하, 한숨을 쉰 리카르디스는 테이블 위로 올라가 춤추기 시작한 에버하르트와 하얀밤 기사단원들을 바라보았다. 바보 같은 미소와 해괴망측한 몸놀림들이 꼴 보기 싫었다. 하지만 그런 그들을 바라보는 리카르디스의 입가에도 작은 미소가 떠올랐다. 미간이 여전히 찌푸려져 있긴 했지만.

"그래, 뭐…… 좋은 날이니까."

악기를 다시 로젤린에게 넘긴 리카르디스는 벽 한쪽 구석에 세워져 있는 하프를 집어 들고 연주하기 시작했다. 레이몬드가 연주하는 승리의 찬가와 리카르디스의 손에서 흘러나오는 선율이 섞이며 아름다운 화음을 만들어 냈다. 레이몬드는 몹시 기뻐하며 새롭게 나타난 연주자를 칭찬했다.

"누군지는 몰라도 제법인걸!"

그의 상관이었다. 리카르디스는 까르륵거리면서 노는 어른들의 흥을 별말 없이 돋워 주었다. 그의 옆에서 로젤린도 악기를 흔들었다. 차카차카,

잘각잘각. 사람들의 웃음에 그녀가 만든 소리가 녹아들었다.

* * *

리카르디스의 보이지 않는 채찍질 아래 열심히 일하는 사람들 중에는 칼 릭스도 포함되어 있었다. 칼릭스는 전투의 피로를 다 풀지도 못한 채 리카 르디스와 푸른등불 공작의 수족이 되어 다양한 일을 빠르게 처리해 냈고, 그런 그를 몹시 탐내는 푸른등불 공작의 시선을 내내 견뎌야만 했다.

겨우 일을 끝마친 칼릭스는 피로한 몸을 이끌고 방으로 돌아가는 참에 길 레드와 마주쳤다. 그에게 인사하려던 칼릭스의 표정이 모호해졌다. 길레드의 눈빛이 마치 석 달간 쫓은 사냥감을 발견한 사냥꾼과 같았기 때문이었다.

길레드가 손가락을 물고 삑 휘파람을 불었다. 칼릭스는 알 수 없는 불안 감에 휩싸였다. 곧 여기저기에서 붉은수레바퀴군의 마인들이 하나둘 튀어 나오기 시작했다.

"……."

포위하듯 둘러싼 마인들이 칼릭스에게 초롱초롱한 눈빛을 보냈다.

"오늘도 잘생겼다…… 내 금은보화."

까마귀대의 대장이 촉촉하게 젖은 목소리로 혼잣말을 중얼거렸다.

"어렸을 때부터 꼭 내 집을 가지고 싶었지. 방이 두 개 딸린 거로."

어금니대의 대장도 칼릭스의 주위를 서성이며 흐뭇한 미소를 보냈다. 높 은 난간 위에서 원숭이가 그의 말을 받았다.

"한 30년은 놀고먹기만 해도 되겠지?"

황홀함에 젖어 얘기하는 여자의 눈은 칼릭스를 떠나지 않고 있었다. 칼릭 스는 울컥했다. 자신은 까마귀의 금은보화도, 방이 두 개 딸린 어금니의 집도 아니었으며, 30년의 방탕한 삶을 보증하는 원숭이의 무언가도 아니었다.

전쟁이 끝났다. 완벽한 승리도 아니지만, 최악의 패배 또한 아니었다. 모두가 기뻐하던 때에 유독 기뻐하던 이들이 있었으니, 꿀이 흐르는 붉은수레바퀴 영지에서의 삶과 자유……와 많은 돈을 약속받은 마인 부대의 일원들이었다.

그 사실이 못내 흐뭇했던 마인들은 틈만 나면 칼릭스의 주위를 서성이며 탐난다는 듯한 시선을 보냈다.

"저어, 백작님……."

울컥해서 뭐라 하려던 칼릭스는 뒤에서 작게 들려오는 목소리에 인상을 찌푸린 채 고개를 돌렸다. 몰래 출진해서 단단히 혼난 에렌과 그의 친구 네명, 칼릭스가 사고뭉치단이라고 부르는 이들이었다.

어른들의 탐욕이 넘치는 얼굴과 달리 아직 어린 티가 나는 청년과 소녀들은 초조한 듯, 불안한 듯 칼릭스의 눈치를 보고 있었다.

"정말 가족들 다 데리고 가서 붉은수레바퀴에서 살아도 되나요?"

딱딱지다 못해 얼어 버린 칼릭스의 마음이 살살 녹아 버렸다.

"……물론이지."

까마귀와 원숭이, 어금니가 뒤에서 어? 하며 의문스러워했다. 뒤에서 중얼거리는 소리가 들렸다. 우리를 대할 때랑 반응이 다른데…….

그러면 같겠냐.

마음속으로 그들에게 반박한 칼릭스는 발을 동동 구르며 좋아하는 사고뭉치단의 어깨를 한 번씩 두드려 주었다. 그들은 단순히 붉은수레바퀴령에서 살 수 있게 되었다는 그 이유 하나만으로 기뻐하는 게 아니었다.

붉은수레바퀴군의 마인대는 파편과 인조 마인 등이 포진한 가장 위험한 최전선에서 싸운 특별한 공로를 인정받아 작위를 하사받을 예정이었다. 조만간 계약에 명시된 대로 칼릭스에게 보상도 받을 것이고.

마인들이 숨어 살 수밖에 없었던 이유 또한 일라베니아와 마인에 대한 과거의 비밀이 밝혀지며 사라졌다. 여태껏 마인을 핍박하던 악습이 한순간에 사라질 수야 없으나, 차츰 변화해 나갈 것이다. 리쉬에 왕실이 그런 흐름을 주도해 나갈 것이며, 이들은 점차 발길이 닿는 대로, 흘러가는 대로,

원하는 곳에, 그 어디든 갈 수 있으리라. 그런 마인들이 붉은수레바퀴령에 연연할 이유가 없었다.

에렌이 기뻐하는 이유는 그저 '마인'이 필요해서 계약을 하자 말했던 칼릭스가 더 이상 마인이 필요해지지 않은 시점에도 전과 다름없는 태도를 보였기 때문이었다. 이따금 사람들은 원하는 목적을 달성하고 나면 태도가 달라지곤 하니까. 마인들은 약자의 입장으로서 그런 이들을 많이 봐 왔기 때문에.

칼릭스는 어른 마인들 또한 그런 이유 때문에 자신의 주위를 떠돌았다는 사실을 알고 있었다. 말하는 본새가 기분 나빠서 사납게 대했을 뿐이었다.

칼릭스는 흘긋 옆을 보았다. 에렌이 그의 눈치를 보며 반쯤 행복한 미소를 짓고 있었다. 완벽히 행복한 미소를 짓기에는 아직 안심이 되지 않는 것 같았다. 귀엽기도 하고 짠하기도 했다. 전후 처리로 바빠서 마인대를 별로 신경 써 주지 못했더니 자기들끼리 별 이상한 상상의 나래를 펼친 모양이었다.

칼릭스는 피곤한 정신을 애써 한편에 물러 두었다.

'쉬기는 글렀군.'

방으로 향하던 칼릭스가 방향을 틀자 마인들이 어딜 가냐며 조르륵 따라 왔다.

"술이나 한잔하려고. 따라오든가 말든가."

어른 마인들이 활짝 웃으며 또 인간 가마를 태우려고 들었다. 칼릭스는 필사의 힘으로 싸워 자신의 두 다리로 걸을 권리를 얻어 냈다.

그렇게 이동하던 중, 마인들이 갑자기 자리에서 멈춰 섰다. 한곳을 바라보는 그들의 행동에서 칼릭스는 기시감을 느꼈다. 전장에서 마력을 감지했을 때의 모습이었다. 하지만 동료 마인들도 널린 이곳에서 단순히 작은 마력에 이들이 이렇게 반응할 리 없었다.

칼릭스는 조금 시간이 흐른 뒤 원인을 알게 되었다.

중부 관문 감옥에 수감되어 있던 디에즈가 탈옥했다.

뒤늦게 마인들이 나섰지만, 그의 행방은 알 수 없었다. 반쯤 폐허가 된 감옥 안. 남은 것은 부수지 못한 쇠사슬에 결박되어 있는 한쪽 팔뿐이었다.

여러모로 위험한 인물이기에 추적은 불가피했다. 추적대를 따로 구성하려던 차, 사자갈기의 드윗이 나서서 디에즈를 쫓겠다 말했다. 리카르디스는 그 의견을 수용하여 사자갈기군에게 디에즈의 추적 임무를 맡겼다. 수백 마리의 사냥개가 밤을 찢는 울음소리를 냈다.

* * *

수 개국이 연합한 군대가 국경을 침범하고 최후의 방어선이라 할 수 있는 중부 관문까지 밀고 들어왔다는 얘기에 일라베니아의 백성들은 절망했었다. 그들이 얼마나 잔혹하게 일라베니아의 땅을 짓밟았던가. 그 피로 물든 발자국이 걸어온 길처럼, 자신들의 운명 또한 그렇게 지리라. 모두가 그렇게 생각했던 때였다.

하얀 밤하늘에 검은 달이 떴다. 사람들은 쏟아지는 아름다운 검은 달빛과 겨울의 추위 속에서 피어나는 강인한 생명력을 목도했다. 전설처럼 전해져 왔던 '축복의 밤'이 수천, 수만을 넘어선 대륙 모든 이의 눈앞에 펼쳐진 것이었다.

축복의 밤이 전쟁에 어떤 효과를 끼칠지 그때는 모르는 일이었으나, 모두가 그 빛에서 희망을 느꼈다.

오로지 황실만이 검은 달빛에 분노했다. 일라베니아가 무너지기 직전의 상황에 처해 있음에도, 황실은 2황자가 반역을 저질렀다는 사실에 더 집중했다.

황제의 명령에 군대가 소집되어 '반역자' 리카르디스를 처단하기 위한 준비가 시작되기 바로 직전, 황성을 둘러싼 짧은 교전이 발생했다. 그리고 채 하루가 넘어가기도 전에 일라베니아 황실이 전복되었다. 내부에서 황제를 지키는 가문 중 가장 힘이 강한 '사자갈기'의 배신 때문이었다.

모래성을 만드는 것보다 짧은 시간 안에 새로운 왕조가 탄생했으며, 그로 인해 전쟁이 막을 내렸다. 연합군이 중부 관문을 무너트릴 거라는 흉흉한 소문이 돌던 게 얼마 전이었는데, 갑자기 일라베니아 황실이 전복되고, 백성들은 국적이 바뀌었다.

급격한 흐름에 사람들은 당혹스러워했지만, 백성들을 아끼고 위하는 리카르디스가 새로운 왕국의 통치자가 되어 침략자들을 몰아내었다는 사실에는 순수하게 기뻐했다.

욕을 하는 사람들도 있긴 했다. 타국과의 분쟁을 틈타 황위를 노린 저열한 반역 행위라며. 하지만 1황자 엘피디오도 사망한 지금, 가만히 기다리기만 하면 황제가 되었을 리카르디스가 단순히 권력 욕심으로 그럴 이유가 뭐가 있겠냐는 의견이 지배적이었다.

도리어 사람들은 리카르디스가 패륜아라는 오명을 감수하고서라도 반역을 저지를 수밖에 없게끔 상황을 몰고 간 일라베니아 황실의 죄와 황제의 무능을 손가락질했다.

한 명은 일라베니아의 백성들을 살려 보겠다고 적진의 깊숙한 한가운데까지 침투할 정도로 위험을 무릅쓴 반면에, 그 아비라는 작자는 편안한 황성 안에 박혀 있다가 일라베니아가 위험하다는 소리에 수도를 버리고 도주하려 했다.

그때부터 월계수의 가치는 사라진 것이었다.

수도 티가드의 성문이 열렸다. 리카르디스와 하얀밤 기사단의 상징인 깃발이 보이자 사람들은 손을 번쩍 치켜들고 고함을 고래고래 질러 댔다. 거리를 가득 메운 사람들의 얼굴에는 그 어떤 부정적인 감정도 찾아볼 수 없었다. 그저 가슴 벅차도록 희망찬 기쁨을 안고 웃고, 울고, 노래했다.

리카르디스는 그런 이들의 얼굴을 가만히 눈에 담기만 했다.

리카르디스와 하얀밤 기사단원들은 그 어느 곳보다 출입이 까다로운 수도 티가드의 성벽과 황성의 문을 지났다. 일라베니아의 문양이 새겨진 갑옷을 입은 기사와 병사들을 마주쳤으나, 그들은 어떤 방해도 하지 않았다. 반역자 리카르디스가 아닌 새로운 왕을 맞이하는 자세로 경의를 표하며 무릎을 꿇을 뿐이었다.

일라베니아 황제의 상징인 금강석 성에 리카르디스와 하얀밤 기사단원들이 도달했다. 압도적으로 화려하고 웅장한, 거대한 성이 리카르디스를 내려다보고 있었다. 리카르디스는 천천히 숨을 쉬며 그 모습을 훑었다.

아주 오래전, 리카르디스는 이 성과 성의 주인이 주는 압박감을 두려워했다. 그래서 계단을 오르지도 못하고 한참 이 앞을 서성였었다. 모든 것이 버거웠을 때였다. 이후 계단을 서슴없이 오를 때에도 압박감은 언제나 있었다. 리카르디스가 그것을 누를 만큼 성장했을 뿐이었다.

한데 지금은 어떻게 된 일인지. 언제나 무거웠던 어깨가 아주 가벼웠다. 눈앞에 보이는 금강석 성의 모습이 평소와 달라 그런 것일지도 몰랐다.

계단에는 아직 거뭇거뭇한 피가 말라붙어 있었다. 정렬된 조각상은 부서지고, 유리창은 깨져 있고, 나무는 불탄 채 스산한 분위기를 조성 중이었다. 리카르디스가 가볍게 웃음을 터트렸다.

'금강석'이라는 이름이 생각나지 않을 만큼 아름다웠던 빛은 바래어 있었다. 리카르디스는 어느 때보다도 편안하게 금강석 성을 올려다볼 수 있었다.

하얀밤 기사단원들이 자세를 곧게 한 채 화려한 계단의 양쪽 가에 섰다. 엄숙하게 적막을 지키며 전방만을 주시하는 그들의 뒤에는 계단을 장식하는 조각상들이 깨지고 부서져 있었다.

리카르디스는 잠시 후, 계단에 발을 올렸다. 그와 함께 움직이는 것은 한 걸음 뒤에 있는 로젤린뿐이었다. 두 사람의 발걸음 소리가 나란히 겹쳐졌다. 리카르디스는 그 소리를 곱씹으며 앞으로 나아갔다.

"리카르디스!"

곧 뒤에서 큰 소리가 터져 나왔다. 3황자 틸렌드의 목소리였다. 헝클어진 머리, 흐트러진 옷차림새, 불콰한 얼굴까지. 누가 봐도 취객 같은 남자가 금강석 성 앞에 모습을 드러냈다. 그는 비틀거리면서 리카르디스에 대한 욕과 저주를 끊임없이 내뱉었다.

틸렌드가 계단에 접근하려 하자 병사들이 황급히 나섰다. 틸렌드는 붙잡히기도 전에 다가오는 병사들의 얼굴에 주먹질하며 패악을 부렸다.

"더럽고 뻔뻔한 놈 같으니! 여기가 어디라고 감히……."

틸렌드는 리카르디스의 멱살이라도 잡을 기세로 계단에 발을 올렸다. 그 순간 미동 없이 가만히 서 있기만 하던 하얀밤 기사단원들이 일시에 검을 빼 들었다.

틸렌드는 화들짝 놀라며 계단에서 급히 발을 떼어 내었다. 하지만 기사들은 검을 그에게 겨누는 것이 아니라, 그저 세워서 자신의 얼굴 앞에 두었을 뿐이었다. 틸렌드는 스스로의 추태에 얼굴을 붉혔다.

리카르디스는 틸렌드가 벌이는 소란이 들리지도 않는 듯, 멈추지도, 뒤돌아보지도 않고 나아갔다. 하얀밤 기사단원들도 정면만을 응시하고 있었다. 그 기이한 적막함이 기사들을 석상처럼 보이게끔 했다.

하얀밤 기사단원들이 다시 한번 일시에 움직였다. 철컥, 100여 명이 넘는 기사들이 만들어 낸 소음이 소름 끼칠 정도로 하나로 맞물렸다. 그들은 검 끝을 바닥으로 향하게 하며 한쪽 무릎을 꿇어앉았다. 기사의 예였다.

적에게는 날카로운 검을, 주인에게는 경배를.

틸렌드는 자신을 이 공간 안에 있는 사람으로 취급하지 않는 이들의 무덤덤한 태도에 울컥했으나, 두 번은 계단에 발을 올리지 못했다. 리카르디스의 뒤를 따르던 검은 머리의 기사가 고개만 살짝 틀어 그를 바라보았기 때문이었다.

눈이 마주친 순간 틸렌드는 기사들이 들고 있는 검보다도 선명한 무형의 위협을 느꼈다. 검은 머리가 하얀 계단을 불태우는 검은 연기처럼 흩날렸다. 그리고 바람이 잦아들자, 아까 전 마주했던 녹색 눈동자는 다시 주인을 맹목적으로 따르고 있었다.

반역이자 즉위 의례의 짧은 과정. 이 계단을 오르는 리카르디스를 다시 한번 방해하는 순간 무사하지 못하리란 것을 틸렌드는 직감했다.

리카르디스는 늘어선 수백 개의 계단을 올라 질릴 정도로 아름다운 문양으로 장식된 거대한 문 앞에 도달했다. 그는 한참 그것을 지켜보다가 입을 열었다.

"문을 열어라."

리카르디스의 명령에 나단과 르윈이 양 문을 밀었다.

쿠구궁…….

일라베니아가 쌓아 온 역사만큼이나 두껍고 무거운 문이 밀렸다. 안쪽의 텅 빈 공간이 문이 열리는 소리를 동굴처럼 울려 퍼지게 했다.

환한 샹들리에 아래, 언제나 오색찬란한 빛이 부서져 내리던 공간은 어둠에 잠겨 있었다. 벽면의 촛불 몇몇 개와 창으로부터 들어오는 햇살만이 내부를 희미하게 밝히고 있을 뿐이었다.

리카르디스는 빛과 어둠의 선명한 경계에 발을 들였다. 적막한 공간에 그의 발소리가 크게 울렸다.

리카르디스는 걸음을 옮기며 주위를 둘러보았다. 수십 개의 테이블이 있었으나 성한 걸 찾아보기 힘들었다. 서로 밀리고 깔려, 부서지고 엎어진 채였다. 그 아래에는 잔과 접시의 파편이 흩어져 있었고, 빛나는 대리석 바닥에는 음식물이 말라붙어 지저분하게 더럽혀져 있었다.

리카르디스의 시선이 쓰레기처럼 바닥에 뒹굴고 있는 일라베니아 제국기와 잘 벼려진 검에 닿았다. 내내 실감이 나지 않던 황권 교체를 눈으로 확인할 수 있던 순간이었다.

바람이 깨진 유리창을 스치고 들어오며 황량하고 스산한 소리를 냈다. 차가운 공기의 흐름에 따라 리카르디스의 눈이 다시금 공간을 훑었다.

폐허가 된 제국의 심장부. 그 아름다웠던 공간이 이다지도 초라하게 변할 줄, 누가 알았겠는가. 리카르디스는 눈으로 보면서도 이 광경을 믿을 수 없었다. 그는 자신이 이 장면을 아주 오래 기억하리란 사실을 직감했다.

리카르디스는 계속 걸음을 옮겼다. 구깃구깃 주름이 가 있는 붉은 융단이 그의 길을 안내하듯 펼쳐져 있었다. 어지럽혀진 길을 가로지른 두 사람이 멈춰 섰다. 일라베니아 황제의 상징인 금색 황좌, 그리고 그 위에 앉은 초췌한 한 남자의 앞에서.

평소 같으면 황제를 호위하고 있을 얼음창의 기사들은 어디에도 없었다. 수백 명이 있어도 여유로운 넓은 공간에는 오직 세 사람의 숨결만이 녹아들었다.

황제, 라이노 기란테스 일라베니아.

언제나 위엄 어린 태도를 하고 있던 남자는 어깨에 무거운 무언가를 지고 있는 사람처럼 몸을 구부정하게 하고 앉아 있었다. 수염은 정돈되지 않아 지저분했고 옷매무새 또한 엉망이었다. 누가 그를 황제라고 볼 수 있을까. 리카르디스는 차가운 시선으로 그를 마주했다.

황좌에 앉아 있으나 그는 더 이상 황제가 아니었다. 팔, 다리, 손가락, 발가락까지. 움직일 수 있는 모든 걸 잘린 채 숨만 붙어 있는 셈이었다.

반역을 이끌었던 클로에는 성공리에 일을 마무리 지은 후, 황제를 다른 이들처럼 감옥에 집어넣지 않았다. 황제의 수족들만 철저하게 쳐 내 버린 채 그저 가만히 두었다.

매일 차려지는 음식과 언제나 지내 왔던 아름다운 성에서의 생활은 여느 때와 다름없는 내일을 보장하는 듯했다. 하지만 이는 리카르디스의 귀환까지 약속된 유예일 뿐이란 걸 라이노는 잘 알았다. 호화로운 우리에 갇힌 돼지나 다름없었다. 이럴 바에 차라리 감옥에 갇히는 것이 나았으리라.

하지만 그것마저도 할 수 없었다. 라이노는 그 어떤 것도 할 수 없었다. 그저 시간이 되면 아무도 없는 금강석 성의 황좌에 앉아 있는 것 외에는.

그렇게 홀로 텅 빈 공간에 앉아 있기를 며칠째. 드디어 방문자가 나타났다. 라이노는 천천히 고개를 들어 올려 황좌 앞에 선 남자를 바라보았다.

리카르디스는 이 어두운 공간 속에서도 홀로 빛에 휘감겨 있었다. 황좌의 바로 뒤, 상단부의 유리창에서 쏟아지는 빛이 정확하게 그를 비췄다. 먼지조차 춤을 추는 듯 너울거리며 리카르디스의 곁을 떠돌았다. 비현실적으로 아름다운 광경이었다.

"그간 평안하셨는지요……."

그래서 라이노는 여상한 얼굴로 말을 꺼내는 리카르디스의 말을 바로 이해하지 못했고, 한참 뒤에야 '그간 평안…….'이라는 황당한 말을 인식하고 얼굴을 붉혔다.

"아버지."

리카르디스가 순수한 기쁨을 담은 미소를 보내고 있었다. 어린 소년의 천진한 미소 같았다.

이보다 더한 치욕은 없었다. 최하층 계급의 천한 평민 하나가 이렇게 기고만장하게 굴 수 있는 것은 리카르디스가 입에 담은 '아버지'라는 말 때문이었다. 자신이 준 이름, 자신이 준 권력, 자신이 준 그 허울 좋은 '아들'이라는 이름 덕분에.

과거의 실수를 상기시키는 리카르디스의 말에 라이노가 주먹을 꽉 쥔 채부들부들 떨었다. 라이노의 손이 숨겨 둔 단검의 손잡이에 닿았다.

미처 그걸 잡지 못했던 것은, 빛에 휩싸인 리카르디스 뒤의 그림자 속에서 누군가가 한 걸음 걸어 나왔기 때문이었다. 빛의 영역에 누군가의 부츠가 불쑥 나타나며 라이노의 긴장을 깨트렸다.

라이노는 시선을 올려 리카르디스의 뒤에 서 있는 사람을 바라보았다. 빛에 익숙해진 시야는 단숨에 사람의 얼굴을 읽어 내지 못했다. 하지만 빛나고 있는 눈동자와 마주친 순간 라이노는 그 사람이 누구인지 알아챘다.

'붉은수레바퀴의, 로젤린.'

그림자에 몸을 숨긴 맹수가 이를 드러내고 있었다. 라이노는 부들부들 떨며 다시 황좌의 팔걸이에 손을 올려야만 했다. 그의 얼굴이 붉어졌다.

리카르디스는 찰나에 스치고 간 긴장감을 다 읽어 내린 듯했다. 여유로운 미소를 지은 그가 다시 운을 뗐다.

"갖고 싶은 게 있습니다, 아버지. 이 땅을 훌륭하게 지키고 돌아온 아들에게 물론 주실 거라 믿습니다."

그가 눈을 접어 웃으며 말을 이었다.

"황금 월계관을 주시지요."

황제의 상징인, 황금으로 만든 월계관은 지금도 라이노의 머리 위에 얹어져 있었다. 라이노는 결국 수치와 분노를 참지 못하고 기절했다. 라이노의 머리가 기울자 그 위의 황금 월계관이 툭 떨어졌다. 붉은 융단과 몇 개의 단층을 도르륵 구른 왕관이 리카르디스의 발치에 부딪힌 후 멈췄다.

"……아직 시작도 못 했는데."

리카르디스가 분하다는 듯 이를 갈았다. 속을 더 뒤집어 놓을 생각이었는데 라이노가 너무 빨리 기절한 모양이었다. 리카르디스는 툴툴거리면서 황금 월계관을 집어 들었다.

"내 즉위 의례에서 직접 나한테 씌워 달라고 할 생각이었다고. 물론 이걸 쓸 생각은 없지만 말이야."

로젤린이 웃음을 터트렸다.

리카르디스는 문 바깥에 있는 기사들을 불러 황제를 데리고 가라고 명령했다. 기사들이 물러간 뒤에는 다시 두 사람만이 남았다.

리카르디스는 조금도 망설이지 않고 단층을 훌쩍 올라 비어 있는 황좌 위에 앉았다.

"여기까지 15년."

리카르디스가 등받이에 머리를 기대며 눈을 감았다.

"길었다."

숨을 깊게 들이쉬는 남자의 얼굴에는 형언하지 못할 여러 감정들이 녹아

들어 있었다. 로젤린은 그런 리카르디스의 얼굴을 가만히 바라보기만 했다.

울고, 괴로워하고. 또 울고, 고통스러워하며, 그러면서도 계속해서 앞을 향해 나아가던 소년과 청년과 남자를, 로젤린은 기억했다. 그를 묶어 두던 과거의 상념, 거칠고 따갑기만 하던 감정은 어디에도 없어 보였다.

뒤에서 쏟아지는 빛 아래, 리카르디스는 잠든 숲속의 나무처럼 고요하고 평온해 보였다. 오랫동안 이런 순간이 찾아오길 바랐었다. 로젤린은 기꺼운 마음에 웃었다.

로젤린이 단층 위로 발을 올렸다. 융단 위로 차분하게 내려앉는 로젤린의 발걸음 소리에 리카르디스가 눈을 떴다.

리카르디스의 앞에 선 로젤린이 한쪽 무릎을 꿇었다. 두 사람의 눈이 마주쳤다. 그녀가 천천히 그의 망토를 집어 입 맞췄다. 리카르디스는 픽 웃으며 황금 월계관을 던져 버리고 그녀의 얼굴을 잡고서 고개를 숙였다. 코끝이 맞닿은 순간 로젤린은 눈을 감았다.

탕, 탕, 데구루루…… 수백 년의 역사가 쌓인 제국의 황금 월계관이 깨진 유리와 함께 먼지 속을 뒹굴었다.

* * *

하루하루가 전쟁 같았다. 해야 할 일은 왜 그렇게 많고, 시간은 왜 이렇게 빠르게 흐르는지. 단순히 황위를 물려받은 것이 아닌 새로운 나라를 탄생시킨 시점부터 예견된 일이었지만 리카르디스는 지금이 중부 관문 전쟁 때보다 고되다고 생각할 정도로 힘겨워했다.

리카르디스는 오늘도 밤을 지새우는 중이었다. 똑똑, 문을 두드리는 소리에 리카르디스는 미간의 주름을 펴고 들어오라 명령했다.

로젤린이 빼꼼 고개를 들이밀었다. 리카르디스는 온 피로가 다 녹아내리는 얼굴로 그녀를 반겼다.

"폐하, 바쁘신데 죄송합니다."

저건 새로운 일감이 추가되었다는 소리였다. 리카르디스는 아쉬움에 혀를 차고 고개를 끄덕였다. 로젤린이 총총 다가가 그에게 무언가를 내밀었다. 리카르디스가 아는 인장이 찍혀 있는 서신이었다.

황후, 트리파. 1황자 엘피디오와 3황자 틸렌드의 어머니이자 일라베니아 제국의 어머니인 트리파의 문양이었다.

"……."

리카르디스는 곧바로 서신을 뜯어보았다. 만남을 요청하는 의례적인 문구 하나만 적혀 있었다.

"이걸 지금?"

"예, 지금 막 도착했습니다."

말인즉슨, 지금 만나자는 얘기였다. 달과 별빛이 반짝거리다 못해 조금 있으면 해가 뜰 시간에.

리카르디스는 황성으로 귀환한 이후, 황후와 만나기 위해 그녀의 성으로 여러 번 서신을 보내었다. 하지만 황후가 번번이 아프다, 몸이 좋지 않다며 거절한 통에 만나지 못했다.

그렇게 성의 없는 핑계로 거절할 때는 언제고 이런 야심한 시각에? 이상하다 못해 수상할 정도였다. 로젤린도 비슷하게 생각하고 있는 것 같았다.

"우선 만남을 미루시고, 내일 뵙는 게 어떨지요."

"변덕스러운 분이라 내일은 또 아프실 수도 있어서 말이지."

리카르디스는 손가락으로 탁자를 몇 번 두드리다 자리에서 일어났다.

"만나 뵈러 가야겠군."

황후가 기거하는 진주 성.

리카르디스와 로젤린은 그 앞에서 의외의 인물과 만났다. 남자는 리카르디스가 진주 성에 방문할 예정이란 걸 알고 있었는지 당황하지 않고 정중하게 예의를 차렸다.

"사자갈기의 드윗이 주인을 뵙습니다. 이 어둠 속에서 태양보다 찬란하게 빛나시는군요."

리카르디스는 드윗의 아첨을 한 귀로 흘리며, 미심쩍다는 듯 그를 응시했다. 한쪽 무릎을 꿇은 채 인사하던 드윗은 눈만 흘끗 굴려 리카르디스를 바라보았다. 시선이 마주치자마자 다시 눈을 내리까는 걸 보니 뭔가가 찔리는 게 있는 모양이었다.

디에즈의 추적을 맡았던 사자갈기군의 드윗이 어떤 보고도 없이 갑자기 황성에 나타나다니. 심지어는 황후의 성 앞에.

리카르디스가 한쪽 눈썹을 들어 올렸다. '이 자식 수상한데?'라는 의미가 얼굴에 여실히 드러났다. 드윗은 우물쭈물하다가 살짝 윙크했다. 한 번만 넘어가 달라는 애교 비슷한 무언가인 모양인데 그저 불쾌하기만 했다.

"……일단 그대와는 나중에 얘기하도록 하지."

"예, 이 충성스러운 가신은 폐하께서 부르신다면 언제든 달려갈 준비가 되어 있습니다."

"그리고 눈꺼풀 간수를 잘하라. 한 번 더 하기만 해 봐."

"……예."

진주 성의 시종장이 앞에서 기다리고 있었다. 그의 안내에 따라 리카르디스와 하얀밤 기사단원들이 조용한 성을 가로질렀다.

진주 성의 응접실. 문이 열렸다. 하얀밤 기사단원들은 예상외의 사태를 대비했지만, 안쪽에 있는 것은 한 명의 여인뿐이었다.

황후는 문이 열리는 소리와 사람들의 기척을 느꼈음에도 창밖의 어두운 밤 풍경만을 바라보고 있었다. 리카르디스가 눈짓으로 단원들을 물렸다. 로젤린과 리카르디스를 제외한 단원들이 응접실을 나가고, 문이 닫혔다.

황후는 그간 마음고생이 심했는지 조금 야위어 있었다. 하지만 황제 라이노나 그녀의 아들 틸렌드 같지 않게 여전히 고고하고 품위 있는 태도를 유지하고 있었다. 참으로 그녀다웠다. 리카르디스는 주인이 반겨 주지 않았지만 천연덕스럽게 그녀의 앞자리에 앉았다.

한참 후, 황후의 입이 열렸다.

"나를 보고자 했더군요."

"예."

굳이 따지자면 이번에는 황후가 먼저 요청한 것이지만, 리카르디스는 잠자코 고개를 끄덕였다.

축복의 밤이 하늘을 물들인 그날. 반역이 일어났을 때까지만 해도 황제의 곁에 있던 사자갈기 가문이 변절했다. 클로에가 규합한 집단이 황실을 점거하는 과정에 가장 큰 영향을 준 것도 사자갈기 가문이었다. 바깥에서 두드리는 힘은 안쪽에서 문을 여는 힘만 못했다.

실상 황실을 점거하는 일이 시간문제였다 하더라도, 피해를 최소화하며 단기간에 계획을 마무리 지을 수 있었던 것은 황후의 공이었다.

리카르디스는 황후가 자신을 눈엣가시처럼 여길 뿐 아니라, 증오에 가까운 감정을 지니고 있다는 것까지도 알고 있었다. 단순히 이기지 못할 싸움이라고 생각해서 배를 옮겨 탔다고 보기에는 어폐가 있었다. 그래서 확인해 보고 싶었다. 황후가 무슨 생각을 한 것인지.

황후의 마른 입술이 달싹거렸다.

"나는 술을 별로 좋아하지 않습니다. 사람들은 술을 마시면 허황된 거짓말을 내뱉거나 지켜 왔던 비밀을 말하는 둥, 실수를 저지르니 말입니다."

황후는 잔에 담긴 와인을 천천히 마시고 있었다. 그녀의 눈동자가 어두운 공간 아래 침잠했다.

"황제 폐하께서도 그러셨습니다. 축복의 밤이 뜬 그날에. 술에 취해 휘청거리시며, 그 천한 고아가, 감히 은혜도 모르고 주인을 물어뜯는다 하시면서요. 리카르디스 그 천한 것이. 그 더러운 것이. 침을 뱉고, 욕을 하고, 추하게 바닥에 굴러 넘어지면서, 그렇게."

여태껏 창밖, 테이블, 와인 잔과 손끝만을 향하던 그녀의 눈동자가 리카르디스를 겨냥하듯 주시했다. 리카르디스는 미동도 없이 그녀를 마주했다. 여느 때와 다름없는 냉철한 모습만 그녀의 눈동자에 담겼다.

리카르디스는 앞에 놓인 찻잔을 들어 목을 축인 후 대답했다.

"술이 과하셨던 게 아닐까요. 그런 말도 안 되는 이야기를 하시다니."

굳은 얼굴로 있던 황후가 후 코웃음을 쳤다. 이 짧은 대화로 리카르디스는 황후를 만나고자 했던 목적을 충족했다. 황후는 왜 황제를 배신했는가?

라이노 기란테스 일라베니아의 아들, '2황자 리카르디스'가 열 살 무렵 황실에 입성한 이후로 엘피디오는 크게 방황했다. 유일무이한 지위와 드높은 자존심에 금이 가고 그로 인해 점점 비틀리기 시작했다. 엘피디오라는 인물이 원체 그릇이 작기는 했으나 대개 유년기의 일이 한 사람의 삶을 좌우하듯, 그도 그랬다. 어쩌면 황후는 황제에게 그 말을 듣고 계속 떠올렸을지도 모른다.

리카르디스가 없었다면. 그만 없었다면 엘피디오가 리카르디스에게 대항하기 위해 디에즈를 통해 검은달과 손잡고, 그런 비참한 죽음을 맞이할 필요도 없지 않았을까?

황후의 분노는 언제나 리카르디스를 향하고 있었지만, 모든 걸 알고 난 후, 그녀의 화살은 황제에게 돌아갔다. 황후는 황제가 내뱉은 '천한 고아, 평민.'이라는 말만 듣고 깨달은 것이었다. 뛰어난 아들에게 황위를 뺏길까 두려워 '리카르디스'라는 도구를 만들어 낸 저의를.

황후는 사람을 찔러 죽인 칼이 아니라 칼을 들고 있는 사람에게 분노했다. 그리고 그 흐름이 일라베니아의 몰락을 가속화하는 결과를 만들어 내었다.

리카르디스는 별다른 말을 꺼내지 않았다. 황후도 와인만 홀짝일 뿐, 침묵을 지켰다. 한참 후 다시 그녀가 입을 열었다.

"나의 일은 오늘로써 끝났습니다. 그대는 그대의 할 일을 하세요."

황후가 왜 갑자기 만나고자 한 것인지 지금의 말로 어렴풋하게 유추할 수 있었다. 뭔가 변화가 있었던 것이다. 리카르디스는 진주 성 밖에서 만난 사자갈기 드윗의 얼굴을 떠올렸다.

황후가 잔을 내려놓는 소리에 리카르디스가 다시 그녀를 바라보았다.

"술에 취해 떠드는 건 이만하면 될 것 같군요."

황후는 다시 고개를 들어 창밖을 바라보았다.

그녀의 뒤 벽면에는 한 장의 그림이 걸려 있었다. 엘피디오의 장례식 이후, 리카르디스가 그녀에게 주었던 어린 시절 엘피디오의 그림이었다. 리카르디스는 잠시 그걸 눈에 담다가 방을 떠났다.

성 밖으로 나오자마자 다시 사자갈기의 드윗과 마주쳤다. 진주 성에서 리카르디스가 나오길 기다린 듯했지만, 정작 드윗의 얼굴에는 그 기다림이 영원했다면 얼마나 좋았을까 하는 생각이 선명하게 떠올라 있었다.

리카르디스는 생긋 웃으며 턱짓으로 마차를 가리켰다. 드윗은 어깨를 늘 어뜨리고 터덜터덜 걸어 마차 안으로 들어갔다.

월장석 성을 향해 움직이기 시작한 마차 안. 드윗은 앞에 앉은 로젤린과 인상을 찌푸린 채 다리를 꼬고 있는 리카르디스를 번갈아 보며 바쁘게 눈치를 살폈다. 드윗이 모호하게 웃으며 상황을 넘기려는 수작을 보이자마자 리카르디스가 입을 열었다.

"그래, 전선에서 돌아오자마자 내가 아닌 전 왕조의 황후를 뵈러 간 것을 뭐라고 해석하면 좋을까, 로젤린 경?"

로젤린은 말없이 검 손잡이만 만지작거렸다. 드윗은 초조해하다가 그 나름의 멋들어진 미소를 지었다.

"황후 폐하가 아닌, 가까운 친척 어른을 보러 간 거라고 생각하시면……."

로젤린이 단검을 빼 들어 손수건으로 삭삭 닦았다. 개소리하지 말라는 뜻이었다.

"……음."

곤란한 듯 눈썹을 일그러트린 드윗이 숨을 길게 내쉬었다.

"거래가 있었습니다."

로젤린은 과거, 발타의 동굴에서 그와 나눴던 대화를 떠올렸다.

[갖고 싶은 게 있습니까?]

[보통은 무언가를 얻고자 전장에 뛰어들곤 하지 않습니까? 나도 그런 겁니다.]

기억 속 드윗은 돌멩이를 던졌다 받았다 하며 손장난하고 있었다.

[나름 험하게 자랐다 자부하고 있지만, 요즘만큼 험하게 굴러 본 적이 없어요. 전쟁이라. 막연하게 떠올린 상상보다 조금 더 지긋지긋하군요. 각오를 단단히 하고 왔는데도, 우는소리가 절로 튀어나올 것 같지 뭡니까.]

[위로는 못 하지만 들어는 드리겠습니다.]

[경답군요.]

피식 웃은 그가 낙하하는 돌멩이를 탁 낚아채었다. 돌을 꽉 붙잡자 주먹을 단단하게 쥐고 있는 모양새가 되었다. 드윗이 타오르는 불티들을 보며 중얼거렸다.

[이렇게 고생했는데, 원하는 것은 모두 얻어 가야죠. 그래야 수지가 맞겠어요.]

의미심장한 말을 마지막으로 로젤린은 다시 현실의 젊은 사자와 마주했다. 로젤린은 비로소 드윗이 했던 그때의 말을 이해했다.

두 사람의 날카로운 시선을 마주하던 드윗이 살짝 눈웃음 지었다.

"황후 폐하께서 그렇게 모정이 강하실 줄이야."

그 말이 엘피디오의 복수. 즉 디에즈의 죽음을 뜻하고 있다는 사실을 모를 수 없었다. 드윗의 귀환이 목적 달성의 여부와 맞물려 있으리란 것 또한.

"그 대가로 뭘 얻었나."

"황후 폐하께서는 사자갈기 공작가에 많은 영향을 끼치고 계십니다."

드윗이 말을 좋게 해서 그렇지, 사자갈기는 황후의 꼭두각시나 다름없었다.

"그 전권을 모두 사랑스러운 조카인 저에게 주시기로 했습니다."

리카르디스는 이걸 어떻게 처리하지, 라는 눈빛으로 드윗을 보았다. 그 뜻이 적나라하게 드러났는지 드윗이 어색하게 웃었다.

"폐하를 따르는 충심 하나만은 진실 됨을……."

"됐고."

"……예."

"그대가 여기 있다는 것은 일이 마무리되었다는 거겠지."

리카르디스의 말에 로젤린은 잠시 숨을 멈추고 드윗을 바라보았다. 드윗이 가볍게 눈을 깜박이며 대답했다.

"예."

* * *

달칵.

로젤린은 방문을 닫는 소리에 정신을 차렸다.

"……."

대체 어떻게 온 거지? 마차에서 내린 건 기억나는데 방까지 도착하는 과정은 하나도 기억나지 않았다. 그녀의 눈이 방 안을 훑었다. 촛불과 벽난로가 어두운 방을 밝히고 있었다. 로젤린은 타닥타닥, 장작이 타들어 가는 소리를 들으며 문가에 가만히 서 있었다.

똑똑.

로젤린이 방으로 돌아온 기척을 느낀 헤사가 방문을 두드렸다. 뭐 필요한 게 있느냐 물어보려던 소년은 로젤린의 묘한 분위기를 눈치채고서는 곧바로 다시 나가, 와인에 과일과 계피, 향신료 등을 넣고 끓여 왔다. 배고플 때의 표정과 비슷해서 착각한 것이었다.

"밤에 너무 드시면 안 좋으니까 따뜻하게 이거 한 잔만 마시고 주무세요."

로젤린은 말없이 고개를 끄덕였다. 배고픈 그녀를 측은하게 여긴 헤사가 견과류 몇 알을 더 챙겨 주고 떠났다.

로젤린은 따뜻한 와인을 테이블에 두고서 침대에 엎어지듯 누웠다. 푹신하고 아늑한 침대가 오늘따라 다르게 느껴졌다. 밤공기가 눅눅하게 달라붙은 이불이 차가워서 그런지도 몰랐다.

그렇게 무리한 활동을 하지도 않았는데, 이상하게 피로했다. 뻑뻑한 눈을 문지르던 로젤린은 몸을 구부정하게 만 채 덮쳐 오는 수마에 몸을 맡겼다. 이불은 계속해서 차가웠다. 이쯤이면 따뜻해질 때도 되었을 텐데. 차가워. 추워.

깜박깜박하는 눈이 흔들리는 불빛을 담아내다 이내 닫혔다. 완전한 암흑 속이었다.

탁탁탁.

누군가가 쫓아오는 발걸음 소리가 들렸다. 로젤린은 어둡고 추운 공간을 내달리며 다급히 주위를 둘러보았다. 빛은 너무나도 멀리 있고, 길은 출구를 찾을 수 없는 복잡한 미로 같았다. 힘없이 떨리는 다리로 한두 걸음 나아갔더니 소리가 바로 바짝 따라붙었다.

탁탁탁탁탁탁탁.

심장이 크게 부풀었다가 씨앗만큼 쪼그라들기를 반복했다. 뒷덜미의 솜털이 삐쭉 서며 머리끝까지 소름이 오소소 돋았다. 다리가 떨리고 눈물이 울컥 나왔다. 무서워서 주저앉아 버릴 것만 같았다.

그때, 손에서 압력이 느껴졌다. 로젤린은 자신이 누군가와 손을 꼭 잡고 있다는 사실을 그제야 눈치챘다.

[괜찮아. 손 놓지 마.]

아플 정도로 꽉 쥔 손이 얼음처럼 차가웠다.

[절대 놓으면 안 돼.]

헐떡이는, 절박한 숨이 섞인 목소리가 지금 자신을 둘러싼 상황을 짐작하게 했다. 두려움이 엄습해 왔다. 한 걸음을 떼기가 힘들었다. 로젤린은 결국 주저앉았다. 소리는 계속해서 가까워졌다.

하지만 남자는 그녀를 버리지 않았다. 로젤린이 넘어질 때마다 일으켰고, 짐처럼 질질 끌고 가다시피 하면서도 손을 놓지 않았다.

놓지 마, 안 돼. 꽉 잡고 있어. 괜찮아. 괜찮을 거야.

남자는 계속해서 말을 반복했다. 눈물이 계속 흘러넘쳐 시야가 성에 낀 유리창같이 흐렸다. 남자의 얼굴이 제대로 보이지 않았다.

그런데 어느 순간부터, 어두운 공간이 빛나기 시작했다. 저 멀리 보이던 희미한 불빛이 가까이 다가와 있었다. 언젠가 보았던, 축제의 등불이었다.

두 사람의 걸음이 느려졌다. 더 이상 쫓기는 듯 다급하지 않았고, 아프게 쥐고 있던 손도 그저 따스하고 부드럽게 맞닿아 있을 뿐이었다.

남자가 고개를 틀어 뒤돌았다.

[걱정 마요.]

디에즈, 그가 따스하고 다정하게 웃고 있었다.

[더 이상 그 누구도 우리를 쫓아오지 않고, 그 누구도 당신을 위협할 수 없으니.]

축제의 등불이 환하게 빛났다. 눈부신 빛에 시야가 이지러지며, 디에즈의 얼굴을 다시 흐리게 만들었다. 어둠 속에서 보았던 알 수 없는 남자의 얼굴이 그 위로 겹쳐졌다. 그가 말했다.

괜찮아. 지켜 줄게, 내가.

로젤린은 그제야 깨달았다. 이건 아주 오랜 과거의 기억이었다.

로젤린은 부스스한 몰골로 꿈에서 깨어났다. 벽난로의 장작불이 어느새 꺼져 있었다. 어둑해진 방 안의 모습 때문인지 공기가 더욱 쌀쌀하게 느껴졌다. 로젤린은 담요를 두르고 침대에서 벗어났다.

소파에 쪼그리고 앉아 있으려니 입 안이 깔깔했다. 로젤린은 테이블에 있던 잔을 집었다. 따뜻하게 데웠던 와인은 식어 버렸지만, 목을 축이기에는 나쁘지 않았다. 로젤린은 달콤한 와인을 홀짝이며 창밖을 바라보았다. 푸르스름한 새벽이 찾아오고 있었다.

디에즈가 죽었다.

마른가시나무 백작령, 비스타의 산에서. 사냥 대회가 있던 장소이자, '로젤린'이 죽은 장소이자, 더 과거에는 마인들이 형체를 잃고 흩어졌던, 바로 그곳.

드윗은 디에즈가 오로지 그 장소에 도달하는 것만이 목적이었던 사람 같았다고 말했다. 바위가 쌓여 있는 절벽 아래에서 그저 가만히 서 있었다고. 다가오는 검날을 보면서도 눈을 감을 뿐이었다고. 그렇게 죽었다고 한다.

* * *

고래무덤의 파르딕트가 고개를 좌우로 꺾으며, 다소 불량스러운 태도로 걸어왔다.

"오늘만을 기다렸지."

하얀밤 기사단의 연무장. 그 중앙에서 로젤린과 파르딕트가 대치했다. 바쁜 일정에 수염도 제대로 깎지 못해 한층 험상궂어진 파르딕트가 목검으로 그녀를 가리키며 악당처럼 웃었다.

"지난날의 굴욕."

로젤린은 거구의 해적 앞에서도 태연하게 레이몬드가 건네준 쿠키를 오독오독 씹었다.

"지난날의 치욕!"

로젤린이 뒤돌아서 레이몬드에게 엄지를 치켜들었다. 그가 로젤린에게 목도리를 둘러 주며, 쿠키 주머니를 하나 더 건네었다.

"왜 이렇게 춥게 입고 다녀."

"안 추워."

"이제 좀 약해졌다며."

"그래도 파르파르보다 강해."

"아니, 이 인간들이?"

파르딕트가 씩씩 성내며 로젤린을 닦달했다. 그녀는 마지막으로 쿠키를 한 움큼 집어 먹고는 목검을 들었다. 대치하던 두 사람은 푸른등불의 카일로가 휘파람을 부는 소리와 함께 격돌했다.

따악! 목검과 목검이 부딪쳤다. 로젤린은 파르딕트의 목검을 자신의 목검으로 밀며 발을 굴렀다. 닿아 있는 접점을 중심으로 빙글 회전한 그녀가 파르딕트의 등을 훌쩍 뛰어넘었다.

서로의 등이 마주한 상태였다. 파르딕트가 등 뒤에 있는 로젤린을 공격하기 위해 오른발을 축으로 돌며 검을 휘둘렀으나, 로젤린은 보이지 않는 등 뒤의 기류를 읽었다. 왼발을 축으로, 파르딕트의 움직임에 거울처럼 반사되듯이 움직인 로젤린이 목검을 뒤로 뻗어 그의 목에 툭 대었다.

대결이 끝났다.

파르딕트가 바닥에 목검을 매섭게 내팽개쳤다.

"약해졌다며!"

"그래도 파르파르보다는 강하지."

로젤린이 뻐기는 소리에 그는 크윽, 하고 신음을 내뱉었다. 달리 할 수 있는 말이 없었다. 그녀는 이후로도 파르딕트와 두 번 더 결투하고, 카일로, 네스터, 레이몬드와 슈텐, 르윈 등. 제국 내에서도 내로라하는 검사들과 검을 부딪치며 한껏 약해진 자신의 힘에 적응하는 과정을 거쳤다.

로젤린은 후 숨을 몰아쉬며 땀을 닦았다. 고작 이 정도 움직인 것 가지고 숨이 차다니. 보통의 사람들은 원래 이런 건가?

"파르파르."

"왜."

"다들 이렇게 약하게 살고 있었던 거야?"

"……."

"정말 대단하다."

대체 어떻게 살아남은 거지?

악의라고는 한 점도 묻어 있지 않은 순수한 진심이었다. 로젤린은 팔을 주물럭거리면서 하, 너무 약한데. 이래서야…… 어쩌고저쩌고 계속 중얼거렸다.

본인의 기준에는 미달이라고 하지만 로젤린은 여전히 하얀밤 기사단 내에서 최강자의 자리를 지킬 정도로 강했다. 파르딕트는 입술을 짓씹었다. 정말 재수 없었다.

하얀밤 기사단원들의 앙탈을 건성으로 넘긴 로젤린은 연무장을 벗어나 아직 겨울에 있는 성을 거닐었다.

낮은 나무의 가지에 눈이 소복이 쌓여 있었다. 로젤린은 공연히 그걸 손으로 쓸어 보았다. 차가운 감촉이 손에 녹아들며 축축하게 엉겨 붙었다. 후드득, 하얀 눈덩이가 바닥으로 떨어졌다. 무더기로 떨어져 내렸으나, 발이 닿는 모든 곳에서 푸릇하게 자라나는 새싹들은 미처 다 덮지 못했다. 어느새 겨울과 봄의 경계에 있었다.

작은 웃음소리가 로젤린의 귓가를 지나갔다. 월장석 성의 어린 시녀들이 참새 떼처럼 모여서 종종 이동하고 있었다. 뭐가 그렇게 즐거운지 노래 같은 웃음소리가 터져 나왔다.

여러 사건을 겪으며 침묵에 잠겨 있던 황성에도 따스한 바람이 불기 시작했다.

휙, 무언가가 날아오는 소리에 로젤린은 본능적으로 고개를 틀었다. 차가운 흰 덩어리가 그녀의 볼을 스치고 지나갔다. 돌아본 곳에는 월장석 성의 시녀, 미미가 인상을 찌푸리고 서 있었다.

"맞으라고 던졌는데."

"알았어. 다시 해."

마카롱이 다시 눈을 뭉쳐 로젤린의 얼굴에 퍽 던졌다. 얼마나 옹골차게 뭉쳤던지 온기에 녹아 버릴 눈 덩어리가 제법 매서웠다. 로젤린이 불만스럽게 바라보자 마카롱이 낄낄거리며 웃었다.

"아까 월장석 애들이랑 눈싸움이라는 걸 했거든."

시녀들이랑 놀다 온 모양이었다.

"근데 내가 던진 눈에 맞은 애들마다 우는 바람에 쫓겨났어. 나약한 것들 같으니. 야생이었으면 첫 번째로 죽었겠지."

로젤린이 웃음을 터트렸다.

"어딜 웃고 있어. 너는 두 번째야."

마카롱도 픽 웃으며 로젤린의 얼굴에 묻어 있는 눈 조각을 털어 줬다. 마카롱은 눈을 찡긋찡긋 감았다 뜨는 로젤린을 코앞에서 응시했다.

"몸은 좀 어때."

한동안 듣지 못했던 '몸은 좀 어때'였다. 지겨울 정도로 들었던 질문이 새삼스럽게 와닿았다. 로젤린은 마카롱의 그림자 진 얼굴에서 무언가를 예감했다.

전쟁이 끝났다. 한때 모두를 휩쓸어 가 버릴 폭풍처럼 불어왔던 위험이 사라졌다. 검은 언제나 날카롭게 벼려져 있을지언정, 검집 안에서 잠자는 시간이 더 길어질 것이다.

[이제 그 힘은 나에게 크게 필요하지 않을지도 모르니까.]

[그럴지도 모르지.]

겨울은 가고 봄이 찾아오고 있었다. 모두가 완연하게 그 따스함을 느끼며 웃고, 떠들고, 행복해했으나 마카롱은 전과 다르지 않았다. 여전히 무뚝뚝했고, 여전히 시답잖은 시비를 걸고 다니며, 여전히 어딘가 날이 서 있었다.

오로지 마카롱만이 이 공간에서 이질적으로 떠 있었다. 모두에게 전쟁의 종결은 새로운 시작이 되었으나, 마카롱은 아니었다. 그녀는 단 한 번도 전쟁에 자신의 목적을 둔 적 없었다. 마카롱이 바라보는 곳은 이 자리보다는 조금 더 멀고, 이보다 더 희미했다. 닿을 수 있을까 싶을 정도로.

로젤린은 마카롱을 바라보며 언제나와 같은 대답을 했다. 하지만 조금 더 진심을 담아서.

"괜찮아."

마카롱이 그녀의 눈을 빤히 들여다보았다. 로젤린은 그녀의 손을 잡고 다시 한번 말했다.

"나 이제 괜찮아."

마카롱이 입가를 쓸어내리며 웃었다.

"눈치가 조금 빨라졌네."

일라베니아 황실이 무너졌다고 하지만, 마카롱과 이 공간은 공존할 수 없었다. 보다 뚜렷한 기억을 가진 자로서, 마지막 남은 분노의 파편으로서. 그녀는 단순히 로젤린이라는 동족을 위해 유예를 가졌을 뿐이었다.

"금기를 저지른 동족의 끝을 봐 주겠다 했었지."

로젤린은 처음 그녀와 만났던 날을 상기했다. 그때부터 지금까지 로젤린은 '끝'이라는 것이 막연히 죽음이라 생각했다. 그런데 그런 게 아니었나 보다. 새로운 시작은 끝과 맞물려 있었을지도 몰랐다.

마카롱이 자신의 머리에 묶인 리본을 풀어 내렸다. 바람이 그녀의 머리카락을 흩트렸다. 마카롱이 활짝 웃었다. 처음 보는 환한 미소였다. 로젤린의 눈가가 붉게 변하며 축축하게 젖어 들었다. 마카롱의 손이 그녀의 눈가를 부드럽게 쓸었다. 가까운 거리에서 그녀가 다정하게 미소 짓고 있었다.

"이번에는 생각보다 나쁘지 않았어. 저번의 그 바보보다는 조금 나을지도."

과거 만났던 동족은 토끼가 되어 사냥꾼에게 잡혀 죽었다고 했다. 지금 그거랑 비교한 거야? 사냥꾼의 고기가 된 것보다 조금 더 나은 처지였어, 나? 로젤린은 싱숭생숭한 마음을 감추지 못했다. 코를 훌쩍이는 로젤린을 보고 마카롱이 웃었다.

"아니. 제법 괜찮아."

마카롱이 땅을 바라보며 눈을 내리깔았다. 그리고 곧 다시 시선을 들어

올리며 로젤린과 눈을 맞췄다.

"괜찮아 보여."

마카롱의 말은 희미하게 느껴지는 평화에, 앞으로도 괜찮으리라는 로젤린의 마음에 확신을 더했다. 그녀의 말은 틀린 적이 없었으니까. 로젤린은 눈물을 뚝뚝 떨구며 한참 작은 여자의 어깨에 얼굴을 묻었다.

로젤린은 부디 마카롱이 원하는 곳에 닿기를 바랐다. 그곳이 어디든지, 얼마나 멀든지. 마카롱에게는 아주 긴긴 시간이 있을 테니.

마카롱은 평소와 같이 여기저기 시비 걸면서, 맛있는 걸 많이 먹고 다녔다. 그리고 어느 순간부터 보이지 않았다.

떠난 흔적도 없었다. 보통 사람들은 긴 여행을 떠날 때 무언가, 옷이나 빗 따위의 사소한 물건이라도 챙기곤 하지 않던가. 그런 빈자리의 흔적이 생겨야 마땅함에도 마카롱이 떠나기 전과 후의 광경은 조금도 다른 게 없었다. 생각해 보니 마카롱은 자신만의 물건이랄 게 딱히 없었다. 처음부터 떠나기 쉽도록 이별을 염두에 두었던 게 아닐까 싶었다.

편지하라고 했는데, 안 하겠지. 로젤린은 입을 쭉 빼고 툴툴거리다가 서랍을 열었다. 마카롱이 좋아하는 샴페인을 가득 채워 둔 칸이었다.

"어⋯⋯."

질서 정연하게 줄 맞춰 놓았는데, 병 하나가 빠져 있었다. 마카롱이 가지고 간 것 같았다. 로젤린은 샴페인 한 병을 덜렁 들고 떠나는 마카롱을 상상하고서, 잠시 웃다가 울었다.

로젤린은 부은 눈으로 하루 일과를 하기 위해 움직였다. 지나가는 기사단원들마다 그녀의 퉁퉁 부은 눈을 보고 걱정했고, 카일로는 히죽거리며 로젤린을 놀리다가 한 대 맞았다.

리카르디스의 집무실은 평소와 다름없이, 아니 평소보다 더 어수선했다.

로젤린은 다시 출근길을 돌이켜 생각해 보았다. 그러고 보니 단원들이 심각한 표정으로 돌아다니고 있었다. 이별의 슬픔을 곱씹느라 미처 신경 쓸 틈이 없었다.

"무슨 일이 있습니까?"

"아, 로젤린…… 경?"

리카르디스가 그녀의 한껏 부은 눈을 보고 흠칫했다. 하지만 로젤린이 입을 조가비처럼 딱 다물고 그 의문을 해소시켜 줄 의사가 없음을 표시하자, 머뭇거리며 말을 마저 이었다.

"음…… 대신전의 기둥이 갑자기 부서졌다는군."

"……."

로젤린은 50년이 지나도 빠져나오지 못할 것 같았던 슬픔의 늪에서 단숨에 빠져나왔다. 정신이 번쩍 들었다. 대신전의 기둥이 부서져?

로젤린의 몸이 눈에 띄게 굳자, 리카르디스가 눈매를 좁게 만들어 그녀를 바라보았다.

"뭐 짐작이 가는 부분이라도……?"

"그, 그럴 리가요."

로젤린은 애써 딴청을 피웠다. 누가 했는지 너무 빤했다. 보아하니 리카르디스도 짐작하고 있는 모양이었다.

"세 개가 무너졌는데 그게 중요한 위치에 있는 기둥들이라서 그런지 붕괴 위험이 있다고 해. 보수하는 도중에 인명 피해가 발생될 우려가 있어서, 철거하는 쪽으로……."

의견이 모였나? 꼬장꼬장한 귀족들이 그럴 리가 없을 텐데……라고 생각하자마자 리카르디스가 말했다.

"의견을 모았지."

힘과 권력, 신성력에 정당성까지 지니고 이 땅 위를 살아가는 백성들에게 절대적인 지지를 받는 국왕의 뜻을 거스를 수 있는 사람은 이 시점에 많지 않았다. 분명 신전을 철거하는 데 동의하지 않는다면 네 집을 철거해 버리고 싶다는 말을 고상하게 바꿔서 했으리라.

"그러고 보니…… 언제였지. 마카롱 경이 대신전을 두 쪽으로 갈라 달라고 했었는데."

사레가 들린 로젤린이 급하게 기침했다.

"기둥이 부서지지 않았어도 조만간 어떻게든 처리할 예정이었으니, 잘됐지 뭔가."

"아, 그렇습니까? 정말 잘됐네요. 누가 한 건지는 몰라도 사람들의 일거리를 줄여 준 게 아니겠습니까?"

로젤린이 부은 눈으로 방긋 웃으며 대답하자 리카르디스가 고개를 절레절레 흔들며 헛웃음을 터트렸다.

* * *

"조금만 더 가면 나와요, 로젤린 경."

로젤린은 혜사가 안내하려는 곳이 대충 어디인지 알 것 같았다. 최근에 혜사가 기숙사 옆 공터 부지의 땅을 골라서 작은 텃밭을 만드는 걸 본 적 있었다. 며칠 전 씨앗을 사서 심었다는 얘기도 들었던 참이었다. 싹이 나서 자랑하고 싶은 것인가?

그런데 뭔가를 자랑하려는 사람치고는 과하게 비장했다. 용건이 미궁으로 빠질 즈음, 텃밭이 나왔다. 로젤린은 눈을 의심했다.

분명 며칠 전까지만 해도 텅 비어 있었는데?

간이 울타리를 쳐 놓은 텃밭이 비좁아 보일 정도로 수풀이 무성하게 자라나 있었다. 자세히 보니 그냥 수풀도 아니었다. 여러 종류의 허브와 딸기잎이 엉켜 있는 것이었다. 작게 열매도 맺혀 있었다.

혜사가 풀의 허리쯤을 짚으며 말했다.

"어제까지는 키가 이랬는데요. 오늘은 보시다시피……."

로젤린은 입을 벌리고 텃밭을 구경했다. 식물의 성장 속도에 대해 잘 아는 편은 아니지만, 이 정도가 아니라는 건 알았다.

"뭘 길러 본 적이 없으니까, 다 죽을 거라고 생각했었거든요. 그런데 전부 싹을 틔우더라고요. 무척 기뻤는데……."

혜사가 아까의 비장한 얼굴로 텃밭을 보고 있었다. 100명의 적이 있는 전장에 홀로 돌진하기 전의 표정이었다.

"자라는 것도 정도껏이지, 솔직히 지금은 무서울 정도예요. 내일이면 나무만큼 커서 제 방 창문에서 저를 바라보고 있을 것 같아요."

소년이 저주받은 나무에 관한 괴담이 그러했노라 고백했다. 그 수심 어린 얼굴을 보고 로젤린이 풋 웃음을 터트렸다. 혜사는 그녀를 따라 살짝 미소 짓고는 허브 몇 장을 딴 후, 자리에서 일어났다.

"날이 아직 쌀쌀해서 따뜻한 레몬 허브티를 만들려고요."

혜사가 만든 레몬 허브티는 당도와 산도, 향이 아주 적절하게 조화를 이루고 있어서 로젤린이 가장 좋아하는 음료 중 하나였다. 로젤린이 엄지를 척 내밀었다. 뿌듯해하는 소년이 흙 묻은 손으로 코 밑을 쓱 훔쳤다.

"내일이면 딸기를 드실 수 있을지도 몰라요."

감명 깊은 얘기였다. 로젤린이 고개를 절레절레 흔들며 박수 쳤다. 그게 웃겼는지 혜사가 까르륵하고 뒤로 넘어갔다. 로젤린도 웃으며 소년의 코 밑에 묻은 흙을 닦아 주었다.

이러한 비정상적인 성장은 혜사의 텃밭에서만 일어나는 일이 아니었다. 대륙, 하늘 아래의 모든 영역에 푸른 잎이 돋아나고 열매가 영글었다. 아직까지 쌀쌀한 날씨임에도 불구하고.

이에 축복의 밤을 보았던 모든 이들이 리카르디스와 로젤린을 칭송했다. 의식에 대한 진실이 풀리긴 했으나, 그 진실이 리카르디스와 로젤린이 이 땅에 다시금 생명을 불러일으킨 업적을 퇴색시키진 못했다.

각국의 사절단은 아직 전쟁의 상처가 낫지도 않은 시점에 리쉬에 왕국에 사절단을 보냈다. 오늘 저녁에 있을 리카르디스의 즉위식에 참석하기 위해서였다.

왕성과 왕성을 둘러싼 거리에는 벌써부터 축제 분위기가 만연했다. 모든 사람들의 얼굴에 웃음과 행복이 가득했다.

몇몇 사람들만 빼고.

"집어치워!"

로젤린이 리카르디스의 집무실에 들어가자마자 보게 된 것은 서류를 집어 던지며 성질내는 리카르디스였다.

"안 그래도 바빠 죽겠는데 쨍알쨍알 시끄러운 노친네들이 사람을 더 힘들게 만들고 있어!"

평신관 복장의 누군가가 리카르디스가 집어 던진 종이를 황급히 줍고 있었다.

"비리에 착복에, 백성들의 고혈을 빨아먹으며 진실을 은폐하기까지 한 기생충들! 목숨 붙여 준 걸 감사히 여기지는 못할망정 어디서 뚫린 입이라고 하라 마라, 말이 나오나!"

"그, 그게 아니오라, 폐하. 대신관께서는⋯⋯."

"권력 남용? 신께서 주신 권력을 함부로 쥐고 흔들 셈이냐고? 정확하다고 전해 줘라. 권력을 쥐고 흔들 이 날만을 위해 살아왔다고. 그게 내 열 살 적부터의 꿈이었지."

어? 정말? 그래도 되는 건가? 리카르디스의 커다란 포부를 들은 신관은 모호하고 애매한 표정으로 어정쩡하게 서 있었다.

"당장 내 집무실에서 발을 떼지 않으면 권력 남용의 실사례를 몸으로 체감하게 될 터이니."

"이델라브힘의 품 안에서 평안하시기를, 국왕 폐하!"

신관이 잽싸게 빠져나갔다. 씩씩 성내던 리카르디스는 문가에서 눈을 동그랗게 뜨고 있는 로젤린을 보고 몸을 굳혔다.

"……."

두 사람은 말없이 눈만 깜박였다. 리카르디스가 어색하게 웃으며 말했다.

"잠시만 나갔다가 들어와."

로젤린은 리카르디스의 말대로 다시 나갔다가 5초 후에 들어갔다. 아까와 달리 그는 평온해 보이는 얼굴로 자리에 앉아 있었다. 흐트러졌던 머리도 어느새 정리되어 있고, 성난 숨도 쏙 들어간 상태였다.

"오늘 날씨가 참 좋군, 로젤린."

앞서 있었던 일을 모두 잊으라는 듯한 압력이 느껴졌다. 로젤린이 어색하게 웃었다. 하루 이틀 보는 모습도 아닌데 새삼……이라고 생각하는 순간 리카르디스가 뾰족하게 물었다.

"뭘 새삼스럽게 그러냐고 생각했지."

로젤린이 눈에 띄게 흠칫했다. 리카르디스가 깍지 낀 손으로 얼굴을 가리며 괴로워했다.

"나도 그대에게는 좋은 모습만 보여 주고 싶어."

로젤린의 가슴이 설레어 찌르르 울릴 찰나, 리카르디스의 목소리가 다시 음산해졌다.

"그런데 그것들이 먼저 나를……."

리카르디스가 울컥 올라온 화를 가다듬었다. 바쁜 일정에 즉위식까지 겹쳐서 예민해진 모양이었다. 실상 바쁜 건 리카르디스뿐 아니라, 리카르디스를 보필하는 모든 하급자들의 운명이었다. 때문에 로젤린도 밀려드는 일에 파묻혀 하루 종일 서류 작업을 하고, 밤을 새우고, 그 와중에 만남을 요청하는 이들과 식사하고, 일을 처리하고…….

그렇게 살다 보니 시간이 훌쩍 갔다. 바빠서 식사도 대충 때운 적이 많았다. 오늘도 테이블 위에 차려진 식사는 서류 작업을 하면서 간단하게 먹을 수 있는 종류로만 구성되어 있었다. 그걸 보는 로젤린의 표정이 울적하게 변했다.

바깥은 하하 호호 웃음과 노래, 음식들이 깔려 있는 축제인데 왜…… 로젤린이 삶의 의미를 되새기며 눈물이라도 떨굴 듯 서글픈 표정을 짓자, 리카르디스는 굳은 결심을 한 얼굴로 자리에서 벌떡 일어섰다.

"나가자."

로젤린이 눈을 동그랗게 뜨고 그를 바라보았다. 리카르디스가 펜을 집어 던지며 성큼성큼 문으로 걸어왔다.

"거리 축제가 그렇게 호화롭다지. 즉위식까지는 시간이 남아 있으니까. 그때까지만 돌아오면 되겠지."

로젤린의 얼굴에 점점 화색이 돌기 시작했다. 축제에 가서 이것저것 먹을 수 있는 것도 좋지만, 두 사람만의 비밀스러운 일탈 그 자체가 설레었다.

물론, 두 사람만의 일탈이 될 수 있을 리 없었다. 쭉 공기 취급을 받고 있었지만, 같이 집무실 안에 있던 호위 기사 푸른등불의 카일로가 두 사람의 대화를 듣고 나단에게 그대로 일러바쳤기 때문이었다.

5쿠퍼짜리도 안 되는 입 같으니. 로젤린이 카일로를 노려보았다.

리카르디스와 로젤린은 나단과 잇세리온의 따가운 눈총을 받은 후에야 짧은 일탈을 허가받을 수 있었다. 그것도 하얀밤 기사단원 몇십 명을 포함해서. 리카르디스는 불만스러워했지만, 일국의 왕이 호위도 없이 거리에 나갈 수 있을 리 없었다.

나단, 르윈, 레이몬드, 파르딕트, 슈텐, 네스터, 클로드, 바스티안, 레티시아, 에버하르트, 헤사. 외에도 기사들 중 실력이 좋은 몇몇을 더하여, 평민들의 옷으로 환복한 후에 성을 나섰다.

"……역사는 반복된다더니."

로젤린은 리카르디스가 중얼거리는 소리를 들었다. 그의 시선을 따라가 보니 평민들의 옷을 입고도 너무나도 고상한 하얀밤 기사단원들이 보였다. 말을 타고 가면서 봐도 귀족이었다. 결국 과거에 썼던 방법이 차용되었다.

"나단 경. 경의 어머니는 그대를 뭐라 부르셨나?"

"다니입니다."

"……."

레몬, 파르파르, 루루, 슈슈…… 다니까지. 귀엽고 상큼하고 사랑스러운 애칭의 시커먼 사내들에게 둘러싸인 도련님은 착잡한 표정을 떨치지 못했다.

"내가 바란 건 이런 게 아니었는데."

"가시지요, 도련님."

걸걸한 목소리가 사방에서 울렸다.

"……정말 아니었는데."

한숨 쉰 도련님을 중심으로 몇 개의 조가 나누어져 이동했다.

다가오는 봄 축제 날과 리카르디스의 즉위식이 맞물린 거리는 발 디딜 틈도 없이 사람들로 가득했다. 로젤린은 그 속에서 놀라운 점 하나를 발견할 수 있었다. 이상하리만치 검은색과 은색 머리칼을 가진 이들이 많다는 것이었다.

그림자 없는 밤의 축제 때처럼 망토를 푹 뒤집어쓰고 있던, 흔하지 않은 머리색의 보유자 두 명이 의문스러운 눈길로 계속 거리를 훑었다. 레이몬드가 흐흐 웃으며 옆에서 설명을 붙였다.

"폐하와 로젤린 경의 영향으로 최근 검은색이랑 하얀색 가발이 유행하는 중이잖아. 로즈 네 가발도 정말 예쁘네."

레몬이 능청스러운 연기를 하며 로젤린의 망토를 젖혔다. 그녀를 따라 리카르디스도 소심하게 망토를 끌어 내렸다. 그의 남다른 미모에 잠깐 시선이 집중되긴 했으나, 이곳은 축제의 한가운데였다. 모두가 웃고 떠들고 즐기느라 여념이 없었다. 로젤린과 리카르디스는 이 땅에 축복을 불러온 누군가의 위대한 업적 덕분에 자유롭게 거리를 활보할 수 있게 되었다.

로젤린은 재빠른 동작으로 주위를 훑었다. 고초를 겪으며 황폐해졌던 수도 거리는 수복되기도 전에 화려하게 장식되어 있었다. 벽의 균열을 따라서 저렇게 그림을 그리다니! 깨진 유리창 파편에 색을 칠해서 줄에 매달아 조명에 반사되게 하다니!

사람들의 창의력과 어떻게든 축제를 즐기겠다는 집념이 놀라웠다. 어쩌면 평소보다도 볼 게 많을지도 몰랐다. 하지만 그렇게 둘러보는 것도 잠시. 로젤린은 거리를 꽉 메운 음식 냄새에 정신을 빼앗겼다.

고기만 있는 대왕 꼬치, 허브 로스트 치킨, 치즈에 꿀을 곁들인 디저트, 돼지고기 스테이크, 따뜻한 스튜, 머랭 쿠키, 눈에 시럽을 뿌린 빙수.

로젤린의 눈가가 촉촉해졌다.

하얀밤 기사단원들은 짜 맞춘 듯이 먹을 걸 볼 때마다 두 개씩 사서 하나는 본인의 입에, 하나는 로젤린에게 건네주었다. 로젤린은 마다하는 법 없이 열심히 받아먹었다.

방긋방긋 웃던 로젤린의 표정이 갑자기 진지해졌다. 헤사는 그것이 맛있음의 한계치를 넘으면 나오는 로젤린의 진짜 반응이란 걸 알고 있었다. 축제 한가운데에 있다고 생각하지 못할 정도로 냉철하고 싸늘한 걸 보니, 정말 심각하게 맛있는 모양이었다. 헤사도 로젤린을 따라서 대왕 꼬치를 사먹고 양념이 어떻게 만들어진 것인지 파악하려 노력했다.

로젤린은 누구의 손이 다가오기에 본능적으로 입을 열었다. 설탕에 졸인 과일 위로 크림을 끼얹은 것이었다. 로젤린은 눈을 가늘게 뜨며 짧은 행복을 음미했다. 로젤린에게 행복을 선사한 리카르디스는 음식이 다가오면 입부터 벌리고 보는 로젤린의 행동에 착잡해하고 있었다.

아기 새와 동급이로군…….

중얼거리는 소리는 로젤린이 미처 듣지 못했다.

리카르디스를 호위하던 하얀밤 기사단원들도 위험 요소가 많지 않다는 걸 알고 풀어졌다. 저들끼리 뭘 사 먹거나 기념품을 사고, 작은 행사에 참여한다든지, 축제를 양껏 즐기고 있었다.

로젤린은 자신을 바라보며 뭔가를 말하려는 파르딕트와 눈이 마주쳤다. 하지만 파르딕트의 입에서 무슨 소리가 채 나오기도 전에, 뒤에서 튀어나온 르윈이 그의 입을 가로막았다. 결국 듣지 못했지만 대충 저기에 맛있는 거 있다, 내지는 어떤 대회가 있으니 같이 참가하자쯤 되겠지 싶었다.

르윈이 씩씩대면서 눈치 좀 챙기라고 파르딕트를 혼냈다. 눈치를 챙겨? 무슨 뜻인가 생각하던 로젤린은 곧 깨달았다. 르윈이 리카르디스와 자신의 사이를 배려해 주고 있다는 것을.

내가 이 정도 눈치는 있지. 로젤린은 어깨를 으쓱하며 리카르디스가 2차로 넣어 주는 딸기 디저트에 아기 새처럼 다시 입을 벌렸다. 한 명은 본인의 기민한 눈치를 자랑스러워하고, 한 명은 착잡해하고 있을 뿐이라 르윈의 배려는 전혀 빛을 발하지 못했다는 사실을 누구도 알지 못했다.

로젤린은 이것저것을 먹고 다니던 중, 거리에서 낯익은 얼굴을 발견했다. 척 봐도 돈깨나 있겠다 싶은 중년 남자의 주머니를 털고 있는 소매치기였다. 마른가시나무 백작령, 비스타의 거리에서 만난 마인 소년이었다. 소년은 그 사이 훌쩍 자라 어른 같은 얼굴을 하고 있었다. 하는 짓은 그대로였지만.

그 순간 청년과 로젤린의 눈이 마주쳤다. 그는 돈주머니를 쥔 채 굳어 버렸다.

로젤린이 눈썹을 들어 올렸다. 청년은 꺼냈던 돈주머니를 주인의 품에 잽싸게 넣고서, 로젤린을 바라보며 두 손을 삭삭 비볐다. 로젤린은 코웃음을 치고 청년을 손가락으로 가리킨 후, 제 앞도 한 번 손가락으로 짚었다.

'여기로 딱 와라.'라는 뜻이 전달되었는지 청년의 어깨가 축 늘어졌다. 그가 터덜터덜 천천히 걸어 로젤린의 앞에 섰다. 고개는 푹 숙이고 있는 채였다.

"……붉은수레바퀴 백작님한테는 비밀로 해 주시면 안 되나요? 오늘은 사고 안 치기로 했는데…… 아, 결국은 미수에 그쳤으니까 사고는 아닌 건가?"

붉은수레바퀴군, 그 휘하의 마인대에 있는 에렌이었다. 이것저것 많이 받아서 돈이 부족하지는 않을 텐데 왜 소매치기를? 로젤린의 의문을 읽은 것인지 에렌이 배시시 웃었다.

"허술하게 다니는 사람들을 보면 저도 모르게, 헤헤…… 수도 사람들은 위기감이 좀 떨어지네요."

뒷골목의 논리에 찌든 청년의 말에 로젤린은 헛웃음을 내뱉었다. 이마 딱 밤을 맞고 눈물을 줄줄 흘린 에렌은 리카르디스에게 용돈을 받고 신나서 룰루 랄라 콧노래를 부르며 떠났다. 로젤린의 시선이 청년의 뒤를 따라붙었다.

작위를 받기 위해 붉은수레바퀴군의 마인대가 전원 수도에 오고 있다는 소식은 미리 들었으나, 우연히 만날 줄은 몰랐다. 로젤린은 거리를 둘러보았다. 이제 보니 여기저기에 낯익은 얼굴들이 있었다.

좁은 골목에서 수도의 연약한 건달에게 삥을 뜯다가 치안대에게 걸려서 잡혀가는 까마귀라든지, 간이 투기장에서 승부 조작하다 걸려서 치안대에게 잡혀가는 길레드와 원숭이라든지…….

"……."

리카르디스는 잠시 눈을 감았다 뜨는 것으로 목도했던 난장판을 머릿속에서 지워 버린 듯했다.

"저건…… 칼릭스 경이 알아서 하겠지."

로젤린은 리카르디스가 그 말을 하며 자신을 뚫어져라 쳐다보는 걸 느꼈다. 내가 처리해야 하는 사고뭉치는 한 명이라 다행이야, 라고 말하는 것만 같았다. 그리고 리카르디스는 정확하게 그 뜻으로 쳐다본 게 맞았다. 하지만 전적이 있어서 로젤린도 뭐라 반박하진 못했다.

팡!

무언가가 터지는 소리가 공간을 울렸다.

뚱하던 로젤린의 눈이 날카로워졌다. 그녀는 순식간에 리카르디스의 멱살을 잡아채 자신의 품으로 끌어당기며 오감을 최대치로 끌어 올렸다. 주위에서 흐흐 껄껄 웃던 하얀밤 기사단원들도 어느새 눈빛을 다르게 하고 로젤린과 리카르디스의 주위를 포위하듯 섰다.

하지만 그들에게 닿은 것은 화살이나 검, 적이나 암살자 따위가 아니었다. 로젤린은 위를 올려다보았다. 하얀색 종이와 하얀 꽃잎이 하늘하늘 떨어지고 있었다. 로젤린은 손을 내밀었다. 그녀의 손바닥 위로 여린 잎이 나긋이 내려앉았다.

코끝에 화약 냄새가 희미하게 스쳤다. 아마도 화약을 사용해서 꽃잎을 퍼트리는 장치를 만든 모양이었다. 주로 전장에서 사용되는 화약을 축제에서 만나게 될 줄이야. 하얀밤 기사단원들도 얼떨떨한 표정으로 공중에 터져 나온 하얀 눈송이 같은 것들을 보았다.

흔히 볼 수 있는 광경이 아니었던 터라, 거리의 모든 사람들이 와아 떠들며 하늘을 보고 있었다. 예쁘다. 신기하다. 깜짝 놀랐어! 어린아이들이 겅중겅중 뛰며 흩날리는 꽃잎을 잡으려 했다.

굳어 있던 하얀밤 기사단원들이 사람들의 웃는 소리에 머쓱하게 경계 태세를 풀었다. 자기들이 생각해도 좀 바보 같았는지 서로 눈치 보며 멋쩍은 미소를 지었다.

정신 차린 로젤린은 자신이 아직까지 리카르디스를 품에 꽉 껴안고 있다는 사실을 깨달았다. 키가 훨씬 큰 리카르디스가 반쯤 구겨져서 자신의 품에 파묻혀 있었다. 눈만 깜박깜박 감았다 뜨는 걸 보니 그도 놀란 모양이었다.

리카르디스는 그대로 똑바로 일어나 반대로 로젤린을 자신의 품에 넣었다. 두 사람은 눈이 마주친 순간 풋 웃음을 터트렸다.

아하하, 로젤린이 환하게 웃자 리카르디스도 따라 웃었다.

"아, 재밌다. 매일매일 오늘 같았으면 좋겠어요."

完

외전

1. 개암나무 열매와 소나기

'가장 좋아하는 사람이 누구인가요?'라는 질문을 받는다면, 소녀는 조금도 고민하지 않고 대답할 수 있었다. 오라버니. 오라버니가 세상에서 제일 좋다. 그의 선량한 미소와 다정함, 유쾌함이야말로 세상에서 가장 값진 보물이었다.

하지만 일국의 왕녀를 붙잡고 그런 시시껄렁한 질문을 할 만한 자는 없었으므로, 소녀는 그런 제 마음을 입 밖으로 꺼내 본 적이 없었다. 가장 좋아하는 하카브에게도. 그 나이대의 아이들이 그렇듯이 간제 또한 좋은 걸 좋다고 말 못 하는 새침데기였기 때문이었다.

간제는 대략 십몇 년이 흐른 후, 모든 아이들을 그 무렵 새침데기로 변모시켜 버리는 어떤 초자연적인 흐름에 몹시나 감사하게 되었다. 만약 어린 자신이 하카브의 손을 잡고 '나는 오라버니가 세상에서 제일 좋아!'라는 말을 내뱉었더라면, 수치스러움을 견디지 못해 세상을 떠났으리라 그녀는 확신했다.

하지만 지금의 간제는 제 동복 오라버니가 최고인 열한 살 어린아이일 뿐이었다.

"오라버니."

간제는 허락도 없이 문을 열고 하카브의 방에 들어갔다. 달칵, 문이 닫히는 소리만 날 뿐, 인기척은 느껴지지 않았다. 간제는 곧 길쭉한 의자 옆으로 삐쭉 튀어나온 발을 발견했다. 몸이 등받이에 가려져 미처 보지 못한 모양이었다. 간제는 하카브를 가렸던 등받이에 엎드리듯 무게를 실었다. 하카브는 눈을 감은 채 누워 있었다. 뺨 한쪽엔 선명한 손자국이 새겨진 채였다.

"오라버니."

간제가 중얼거렸다.

"고추 좀 빌려줘."

하카브가 풋, 웃음을 터트리며 눈을 떴다. 간제는 그의 눈동자에 비치는 자신의 뚱한 표정을 보며 마저 말을 이었다.

"잠깐만 가져가서 쓰고 돌려줄게."

여기서 잠시만 쓰고 돌려준다는 고추는 식물이 아닌 하카브의 신체 일부를 말하는 것이었다. 당혹스러울 법도 한데 하카브는 계속 웃음만 흘렸다. 의자에서 몸을 일으킨 그가 등받이에 팔 한쪽을 걸고 다정하게 간제를 바라보았다.

"어디다 쓰려고?"

용도를 말하면 정말 빌려줄 것 같았다.

"이 리비타 궁전에서는 고추와 마력의 조합이 어마어마한 위력을 발휘하잖아. 하지만 난 고추가 없고, 오라버니는 마력이 없지. 그러니까 물리적으로 이동 가능한 고추를 빌려주면, 내가 오라버니를 괴롭히는 사람들을 혼내주고 올게."

하카브는 배를 잡고 웃다가 등받이 너머에 있는 소녀를 번쩍 들어 제 무릎 위에 앉혔다.

"무시무시하게 영특하구나, 내 동생. 정말 좋은 생각이다!"

이를 드러내어 웃는 하카브의 모습을 보며 간제는 내심 안도의 한숨을 내쉬었다. 어엿한 열한 살 숙녀. 나이가 두 자릿수가 되고도 1년이 더 지났다. 자세히는 몰라도 신체 일부를 붙였다 뗐다 할 수 없다는 건 알 나이였다. 그럼에도 이렇게 이상한 말을 하는 것은 소녀 나름의 위로였고, 하카브 또한 그 사실을 잘 알고 있었다.

무시받는다 해도 발타의 첫 번째 왕자인데, 그에게 손을 댈 사람이 이 궁전에 또 누가 있으랴. 하카브의 뺨에 난 붉은 자국은 다름 아닌 그와 간제의 어머니인 록다가 새긴 것이었다. 또 시답잖은 일로 손찌검한 것이겠지. 간제는 록다를 떠올리며 매끈매끈한 이마를 잔뜩 구겼다.

록다는 힉살라의 첫 번째 부인이었다. 하지만 처와 첩을 구분하지 않는 발타의 풍습은 그녀에게 가장 먼저 리비타의 안주인이 되었다는 시기적 이점만을 안겨 주었다. 권력을 가지기 위해서는 가장 훌륭한 후계자를 길러야만 했다. 스물두 명의 부인 중, 가장 훌륭한 후계자를.

록다는 그래도 시기적인 이점을 잘 살려 제일 먼저 임신하는 것에 성공했다. 하지만 이게 무슨 일인지, 그녀가 첫 번째로 낳은 아이는 마력이 없는 반쪽짜리 인간이었다. 그리고 이게 또 무슨 날벼락인지, 두 번째로 낳은 아이는 딸이었다.

록다는 절망했다. 흔히들 말하는 '훌륭한 후계자'의 기본 조건이 '마력을 지닌', '남자'였기 때문이었다. 원래도 신경질적이었던 록다는 간제를 출산한 이후 더욱 날카롭게 변했다. 번듯한 후계자가 없어 서서히 권력에서 멀어지는 현실이 그녀에게는 무엇보다도 버틸 수 없는 일인 듯했다.

그렇게 간제 또한 하카브 못지않은 고단한 유년기를 보내던 나날에, 록다가 또다시 아이를 가지는 데 성공했다. 록다는 태어날 아이를 위해 하카브를 엄격하게 교육시키기 시작했다. 여태까진 하카브를 제 삶에 끼어든 불순물처럼 대했으나, 그의 명석함이나 폭넓은 교우 관계 등, 하카브가 가진 장점이 앞으로 그녀가 낳을 후계자에게 도움이 되리라 생각한 것이었다.

그렇게 하카브가 학대에 가까운 교육을 받은 지 7개월이 지난 시점이었다. 하카브의 몸은 성한 날이 없었다. 록다는 자신의 기준에 그가 조금만 미달되어도 가차 없이 처벌을 내렸다. 허벅지, 종아리, 등. 보이지 않는 곳부터 손이나 얼굴처럼 드러나는 곳까지.

조금의 반항도 없이 록다를 따르는 하카브를 보면 간제는 가슴이 울렁거릴 정도로 서글퍼졌다. 하카브와 비슷한 나이대의 '훌륭한 후계자'들을 보면 다 멍청하거나 오만할 뿐이었다. 그만큼 현명하고 다정한, 그러면서도 사람들을 아우를 줄 아는 힘을 지닌 이는 없었다.

고작 마력 하나 없다고 이런 도구 취급을 받다니. 자신 또한 여자라는 이유로 무시당하기 일쑤고. 농담 반 위안 반으로 고추를 빌려 달라고 한 것이긴 하지만, 가능했다면 정말 빌려 갔으리라. 아니, 그보다도…….

간제는 입술을 짓이기다가 중얼거렸다.

"내 마력을 오라버니에게 줄 수 있다면 좋을 텐데."

하카브는 재미있는 말을 들었다는 듯 웃기만 했다.

＊ ＊ ＊

록다의 방 안에서 비명이 터져 나왔다. 예상한 일자보다 무려 한 달이 이르게 진통이 찾아온 것이다. 궁전의 모든 이들이 촉각을 곤두세우며 분주하게 움직였다. 오로지 간제와 하카브만이 각자의 방에서 차분히 시간이 가기를 기다렸다. 혹여 부정이라도 타는 게 아닐까 걱정되었던 록다가 두 사람을 물렸기 때문이었다.

비명은 새벽이 밝도록 이어졌다. 그리고 드디어 아침이 찾아왔다. 리비타 궁전에 아이의 울음소리가 울려 퍼졌다. 간제와 하카브는 그 무렵 소식을 듣고 록다의 방을 찾아갔다.

방 안에는 이미 몇몇의 사람들이 먼저 와 있었다. 문밖에서 대기하는 것을 허락받은, 부정 탄다는 말과 연관이 없는 이들이었다. 록다의 아버지와 록다의 친오라비들이 누워 있는 그녀의 손을 잡고 연신 싱글벙글 웃고 있었다. 간제는 그들의 반응으로 막냇동생이 고추 달린 마인이라는 사실을 깨달았다.

시녀가 천으로 감싼 아이를 록다에게 안겨 주었다. 그녀는 웃었다. 창백한 얼굴에는 아직까지 식은땀이 줄줄 흐르고, 말라 갈라진 입술에는 핏방울이 맺혀 있었음에도 아주 환하게. 아이를 바라보는 록다의 시선에는 간제나 하카브가 단 한 번도 느껴 보지 못한 종류의 감정이 담겨 있었다.

"고생하셨습니다, 어머니. 막내와 어머니 모두 건강하셔서 기쁩니다."

"축하드려요. 어머니."

하카브와 간제가 한마디씩 축하의 말을 건넸으나 록다는 남매의 말을 귀 기울여 듣지 않았다. 품 안의 아이를 사랑스럽다는 듯 볼 뿐이었다.

"내 아들."

록다가 아이의 이마에 자신의 이마를 부드럽게 맞대었다.

"내 아이."

보는 것만으로도 모정에 푹 잠길 것 같은 아름다운 광경이었다. 간제는 낯선 감정을 느꼈다. 가슴이 저릿했다. 새빨간 아기 원숭이 같은 동생을 안고 행복하게 웃는 록다의 모습이라니. 이 상황을 비참하게 느끼는 자신이 비참했다. 간제는 손을 꾹 말아 쥐었다.

록다의 몸을 염려한 산파가 방 안에서 사람들을 물렸다. 간제는 나란히 하카브와 쫓겨나고 나서야 그의 존재를 인식했다. 같은 부모 아래, 같은 환경과 상황 속에서 자라 온 사람이 또 있었던 것이다.

하카브가 상심했으리라 생각한 간제는 위로 비슷한 것을 하려고 그의 손을 살며시 잡았다. 별다른 반응이 없었다. 간제는 슬그머니 하카브를 올려다보았다. 그녀의 예상과 달리, 하카브는 조금도 상심하지 않은 것 같았다. 무덤덤해 보이는 얼굴의 단편에서는 호기심과 비슷한 감정이 보였다.

잠시간 무언가를 생각하던 하카브가 곧 간제를 보며 빙긋 웃었다. 여느 때와 다름없는 미소였다.

"기뻐하시리라 생각은 했다만…… 예상보다도 훨씬 더 기뻐하셔서 말이야. 좀 신기하구나. 어머니가 저렇게 웃으시다니. 태어나서 처음 보는 것 같아."

"맞아. 나도 그래."

"뭐, 어쨌든. 새로운 동생이 어머니의 기쁨이 되어 다행이지?"

딱히 진심을 숨기는 것처럼 보이지는 않았다. 간제는 자신 혼자만 어린애같이 군 듯해 괜히 툴툴거렸다.

"알게 뭐람."

간제가 흥 하고 콧방귀를 뀌었다.

"간제야. 만약 막내가 마인이 아니었으면 어떻게 됐을 것 같니."

"……난리가 났겠지?"

하카브의 섬뜩한 가정에 간제는 현실을 파악했다. 동생의 처지도 처지지만, 무엇보다 큰 문제는 록다였다. 안 그래도 고약한 성질이 한층 더 고약해질 것이다. 그렇게 되면 힘들어지는 것은 하카브와 자신이었다. 간제가 과장되게 몸을 부르르 떨자 하카브가 웃음을 터트렸다. 남매는 손을 잡은 채 복도를 걸었다.

"그래. 어머니는 동생과 행복하게 지내면 되고, 우리는 우리의 할 일을 하도록 하자."

부드럽고 조곤조곤한 말은 시나 음악 같았다. 그의 차분한 태도가 삐죽 삐죽 솟아오르던 간제의 마음을 가라앉게 했다.

록다가 낳은 아이의 이름은 '귀도바르바'로 발타의 고대어로 '눈부신 희망'이라는 뜻이었다. 하카브와 간제의 이름이 각각 소나기와 개암나무 열매라는 사실을 고려하면 귀도바르바에게 얼마나 적나라한 애정이 담겨 있는지 알 수 있었다.

하지만 그런 록다의 태도와는 별개로 귀도바르바의 탄생은 사실 큰 주목을 받지 못했다. 이미 하카브와 비슷한 나이대의 후계 후보들이 즐비한 상황이었다. 후계 구도가 굳어지기 시작한 때였으니, 사실상 록다의 기대는 의미가 없는 거나 다름없었다.

록다는 현실을 모르는 아둔한 사람이 아니었지만, 입버릇처럼 귀도바르바가 힉살라가 될 것이라 말했다. 그것은 단순한 소망이 아닌 반드시 이뤄낼 것이라는 집념에 가까웠다.

하지만 갓 태어난 어린아이가 뭘 할 수 있겠는가. 결국 후계 후보들과 귀도바르바의 좁힐 수 없는 차이를 메우는 몫은 하카브에게 돌아갔다. 하카브는 하루에 3시간도 채 자지 못하고 공부했다. 록다가 정해 준 여인들과 혼인하는 것은 물론이고, 열리는 연회마다 참석해 시작부터 끝까지 자리를 지켰다. 권력자들의 비위를 맞추는 굴욕적인 상황은 일상이 되었다.

하지만 하카브는 언제나 그래 왔듯이, 입가에 차분한 미소를 걸고 시간을 보낼 뿐이었다.

* * *

하카브는 록다의 생각보다도 더 큰 쓸모가 있었다. 다들 하카브가 마력이 없다고 무시할지언정, 그의 존재 자체를 무시하지는 못했다. 힉살라의 어느 자식들보다도 깊은 지식을 지녔으며, 문제를 폭넓게 이해하는 사고 또한 비범했다.

그런 장점이 사람들에게 알려지게 된 것은 하카브가 이런저런 궂은일을 스스로 도맡아 했기 때문이었다. '일은 까다로운데, 해결해도 보상이 없는 종류'나 '잘해 봐야 본전'같이 사람들이 꺼리는 일을 수월하게 해낸 것이 벌써 몇 년째. 드디어 그 노력의 결실이 빛을 발했다.

그의 탁월한 일 처리 능력을 눈여겨본 힉살라의 명령으로 하카브는 중요한 내정에도 크고 작게 관여할 수 있게 되었다.

하카브는 그 기회를 이용해 아주 은밀하게 세력의 판도를 뒤틀었다. 영원히 변하지 않을 것 같던 후계 구도의 틈이 점점 벌어지기 시작했다. '귀도바르바'라는 어린아이가 들어갈 수 있을 정도로. 물론 그 틈에 다른 이들도 들어갈 수 있는 가능성이 생겼지만, 그것만으로도 록다는 무척 기뻐했다.

"이제야 네가 쓸 만해졌구나."

하카브가 설계하는 판은 이제 록다가 이해할 수 있는 영역을 넘어서 있었다. 그의 계획에 몇 번 간섭해 보기도 했지만, 도리어 일이 잘못되어 무산되기 일쑤였다. 그런 일을 몇 번 겪은 록다는 하카브의 능력을 신뢰하며 그가 보다 적극적으로 움직일 수 있도록 돕기만 했다.

하카브는 더욱 빠르게 세력을 확장해 나갔다. 통찰력, 포용력, 번듯하게 잘생긴 외모와 뛰어난 화술, 혼인이라는 수단과 다소 과격한 방법도 서슴지 않았다. 마침내 그 누구도 손대지 못했다는 발타의 뒷세계와도 접촉했는데, 이 시점에서는 몇몇 측근들 외에는 알지 못하는 사실이었다.

최근 리비타 궁전에서 가장 큰 화두는 후계자 선정의 문제였다. 예전부터도 알음알음 떠돌던 얘기가 후계 후보들의 나이가 차기 시작하니 심화된 것이었다. 록다가 가장 두려워하던 흐름이었다.

귀도바르바는 아직 세 살에 불과했다.

"알세를 죽여야겠다."

알세는 힉살라의 두 번째 아들로, 현재 가장 후계자의 위치에 가까운 자였다. 록다가 여태껏 더러운 수를 쓰지 않은 것은 아니었으나, 직접적으로 후계 후보들을 암살한 적은 없었다. 하카브가 망설이는 기색을 보이자마자 록다는 그의 뺨을 후려쳤다.

"온통 머저리, 멍청이, 바보에 얼간이들투성이다! 그런 놈들이 어떻게 발타를 이끌어 나갈 수 있겠어. 후계자의 자리는 고작 나이가 많다는 이유 하나만으로 차지할 수 있는 게 아니야. 지금 리비타 궁전이 돌아가는 꼴을 보노라면 많은 이들이 망각하고 있는 것 같다만."

"……하지만, 어머니."

"하카브."

록다가 싸늘하게 하카브의 말을 끊었다.

"검은 달이 뜨지 않은 지 얼마나 지났니? 그사이 발타는 곪을 대로 곪았다. 이렇게 어수선하고 위태로운 시국일수록 하나로 힘을 합쳐야만 해. 이대로 후계 분쟁이 일어나면 발타가 어떻게 될 것 같니. 내부의 싸움으로 힘이 약해진 발타를, 일라베니아나 다른 나라가 얌전히 보고만 있을까? 그런 얼간이들의 권력 다툼 때문에 발타가 가리가리 찢기게 둘 수는 없다."

장성한, 문제없는 후계 후보를 죽이고 세 살짜리 어린아이를 후계잣감으로 들이미는 사람의 말이 아니었다면 논리적으로 들릴 얘기였다. 한참 성을 내던 록다는 귀도바르바를 대할 때처럼 다정한 낯으로 하카브를 올려다보았다. 나긋나긋한 손길이 그의 어깨를 가볍게 다독였다.

"가치가 있는 고귀한 피는 그만큼의 역할이 있는 거란다. 모두 발타를 위한 일이니, 알세도 이해해 주겠지."

힉살라의 후계자들이 하나둘, 사고를 당해 불구가 되거나 사망하는 사건이 줄이었다. 그것이 어찌나 교묘했는지, 다섯 명이 죽은 시점에서야 권력 암투의 장이 본격적으로 벌어졌노라 깨달을 정도였다. 그마저도 후계자가 되지 못하는 하카브가 '감히' 그랬으리라고는 생각하지 못했다.

서로의 칼이 하카브가 아닌 다른 이를 향하는 것은 당연한 수순이었다. 하카브의 공작과 날이 선 권력 암투의 과정에서 힉살라의 많은 아들들이 죽어 나갔다. 한창 뜨겁던 후계자 선정에 대한 논의는 어느새인가 사라진 채였다.

록다는 흡족해했다. 하카브의 울타리 안에서 어린 귀도바르바는 안전하게 성장할 수 있었다. 그녀는 마치 상이라도 내려 준다는 듯, 이따금 하카브와 간제에게 "내 아들." 내지는 "내 딸." 같은 단어를 입에 올리곤 했다.

록다 딴에는 마음이 넉넉해져서 앞서 몰아내었던 두 사람에게도 마음 한 자락을 내어 줄 수 있게 된 것이겠으나, 간제는 변한 록다의 태도가 아니꼬울 뿐이었다.

시간이 흐르며 어렸던 소녀는 자랐다. 어머니의 사랑을 갈구하던 어린아이의 감정은 다소 고약한 방향으로 변화했다. 어머니, 내지는 모정, 내지는 부모의 사랑이라는 말을 들을 때마다 진저리를 치게 된, 열여섯 살 무렵이었다.

"아직 어른이 되기는 글렀다는 거지."

간제가 무심코 내뱉은 혼잣말에 같이 소꿉놀이를 하던 다섯 살의 귀도바르바가 웅? 하는 소리를 냈다.

"좋은 게 좋은 거라고 흘려보낼 수도 있지만, 그러면 과거의 내가 너무 슬프지 않겠니, 바바? 나는 겉만 자라고 속은 아직 어린아이란 말이야. 딱, 네 또래라고. 인내와 용서는 정신 연령 열여덟 살 이후부터. 우리 나이대는 한 대 맞으면 똑같이 한 대를 돌려줘야 해. 그게 우리 또래의 법칙이잖아. 잘 생각해 보니…… 법전에도 쓰여 있었던 것 같아. 그렇지?"

물론 법전에 그런 내용은 없었다. 귀도바르바는 간제가 대뜸 내뱉은 이상한 말에 성심성의껏 대답해 주고 싶었는지 "어…… 어……." 하며 고민했다. 하지만 이해할 수 있는 말이 아니니 대답할 수 있을 리도 없었다.

귀도바르바는 자신이 아끼는 장난감을 그녀에게 내미는 것으로 상황을 마무리하려 했다. 간제가 입을 틀어막았다. 록다에게도 안 맡기는 장난감을 나에게? 뭐지, 이 작은 생물은? 천사? 간제는 귀도바르바를 꽉 안고 볼에 쭈와압 키스했다.

"요 귀여운 거. 이쁜 거."

귀도바르바가 숨넘어가게 웃었다. 그렇게 애정을 과시하며 화원 위를 뒹굴뒹굴 굴러다니는데, 저 멀리에서 누군가가 급하게 달려오는 모습이 보였다. 낯이 새파랗게 질린 간제의 시녀였다. 행동과 얼굴에서 다급함이 느껴졌다.

간제는 재빠르게 몸을 일으켜 시녀를 맞이했다. 그녀는 대체 어디서부터 달려온 것인지 땀을 뻘뻘 흘리고 있었다.

"전하……."

불길한 기류를 느낀 귀도바르바가 간제에게 찰싹 달라붙어 눈만 굴렸다. 간제는 시녀의 입이 달싹이는 그 순간, 등골을 스치는 오싹한 감각에 몸을 굳혔다.

봄 나비가 날아다니는 아름다운 한때였다.

* * *

힉살라가 쓰러졌다. 한 나라의 왕이자 강한 마인이었던 아돈은 복합적인 독에 중독된 것으로 판명 났다. 기약 없는 잠에 빠진 힉살라를 대신하여 하카브가 국정을 돌보게 되었다. 하카브가 부지런하게 움직인 몇 년의 성과로 지금 당장 써먹을 수 있는 후계자들이 전부 제거된 후였기 때문이었다.

막 스무 살이 된 청년은 발타의 단단한 지지대가 되어 주었다. 힉살라를 시해하려 한 범인도 재빨리 잡아냈는데, 놀랍게도 힉살라의 충성스러운 가신 몇몇과 전담 치료사가 손을 잡고 벌인 일이었다, 고 알려졌다. 힉살라의 믿음을 배반한 죄는 깊고 무거웠다. 리비타의 궁전에 살벌한 피바람이 휘몰아쳤다.

간제는 방 안을 서성이며 손톱을 깨물었다. 어렸을 때 고친 습관이라 생각했는데 초조함에 자신도 모르게 또다시 반복하고 있었다. 힉살라가 쓰러진 지 2주가 지났다. 간제는 그사이 하카브를 단 한 번도 만나지 못했다. 힉살라를 대신해서 국정을 맡았으니 당연히 바쁠 것이다. 그 사실을 충분히 이해하고 있음에도 이렇게 조급해하는 이유는 힉살라가 쓰러진 사건에 하카브가 관여되어 있다는 것을 간제가 눈치챘기 때문이었다.

하카브는 록다의 충실한 손과 발이었다. 그가 하는 모든 행동과 과정이 귀도바르바의 앞날을 위한 초석으로 귀결되지 않은 적이 없었다.

그랬기에 이상한 것이었다. 귀도바르바는 아직 어렸다. 이 시점에서 힉살라가 쓰러져도 록다와 귀도바르바에게 득이 될 일은 하나도 없었다. 하카브가 대체 무슨 생각을 하는지 알 수가 없었다. 직접 얘기를 듣고 싶어도 그는 바쁘다는 말로 일관하여 자신의 방문을 무시하고 있을 뿐이었다.

침대 위를 굴러다니며 골머리를 앓던 간제는 어느 순간 잠들었다. 다시 눈을 뜬 건 짙은 어둠이 깔린 밤이 되어서였다. 아무리 저녁이 되었다지만, 비정상적일 정도로 어떤 빛도 보이지 않았다. 한 치 앞을 보는 것조차 힘들었다.

간제는 조금 더 자리에 앉아 있다가 조심스럽게 움직였다. 테이블과 벽을 더듬더듬 짚어 가며 한 발씩 옮긴 그녀는 창문을 가리고 있는 천을 겨우 걷어 내었다. 희미한 달빛이 방 안으로 새어 들었다.

창밖으로 궁전이 보였다. 해가 질 무렵, 등과 초로 빛나는 궁전이 고요히 어둠에 잠겨 있었다. 오로지 딱 한 군데. 간제의 방에서 보이는 귀도바르바의 방만 유일하게 불이 밝혀진 상태였다.

간제는 숨이 턱 끝까지 차오를 정도로 달음박질했다. 잘 보이지 않아 걸려 넘어져도 곧장 일어서서 다시 뛰었다. 평소와 달리 기이할 정도로 고요한 복도가 그녀의 불안감을 부채질했다. 그렇게 오래 뛰었건만, 시녀와 시종들이 단 한 명도 보이지 않았다. 두려워 다리가 떨렸다.

무슨 일이 일어나고 있는지 예상도 할 수 없었지만, 무슨 일이든 일어나고 있으리라 확신할 수 있었다. 자신이 거기에 간다고 해도 상황이 달라지지 않을지도 모르지만, 간제는 반드시 자신이 가야 한다고 생각했다. 만약 이 불안감이 하카브와 연관이 되어 있는 것이라면…… 자신이 어떻게든 할 수 있을지도 몰랐다.

간제는 이윽고 불이 밝혀져 있는 유일한 방 앞까지 도달했다.

"아아아아악!"

그곳에서 찢어지는 비명이 터져 나왔다. 익숙한 목소리였다. 록다, 그녀가 마치 하늘이 무너져 내린 듯 울고 있었다. 심장이 덜컥 멈추는 것 같았다. 간제는 급하게 문고리에 손을 올렸다. 하지만 안쪽에서 문을 당기는 것이 더 빨랐다. 간제는 문이 열리는 힘에 안으로 끌려갔다. 빛이 쏟아지는 가운데 간제는 앞으로 나동그라졌다.

철컹. 날 선 금속음 소리가 간제의 귓가를 맴돌았다. 문을 연 누군가가 그녀에게 무기를 겨눈 것이었다. 간제는 흔들리는 눈동자를 들어 올렸다. 바로 정면에 팔짱을 낀 하카브가 보였다. 간절히 만나기를 바랐던, 그녀의 오라비였다. 하카브는 여느 때처럼 웃으며 간제를 맞이했다.

"오, 이게 누구야. 오랜만에 보는구나, 간제야. 잘 지냈니?"

간제는 대답하지 못하고 입만 벙긋거렸다. 그녀의 시선은 하카브의 발치를 맴돌았다. 정확히는 그의 발아래 쓰러져 있는 작은 인영에게.

간제의 검은 눈동자에 목이 뒤틀린 귀도바르바의 모습이 비쳤다. 어리고 작은 몸은 조금도 움직이지 않았다. 힉살라가 쓰러진 순간부터 느꼈던 막연한 불안감이 현실이 되어 간제의 눈앞에 펼쳐진 것이었다.

"창을 거둬라. 우리 간제가 얼마나 집요한데 그런 걸 들이밀어. 나중에 아주 혼쭐이 날지도 모른다."

하카브는 농담을 내뱉으며 홀로 가볍게 웃었다. 호위 두 명이 무기를 거뒀지만 간제는 넘어진 그 상태로 일어나지 못했다.

하카브는 평소와 조금도 다르지 않았다. 간제가 사랑했던 그의 다정하고 유쾌한 면모는 조금도 변함없었다. 그럴듯한 가면으로써 본모습을 숨겨 온 것이 아니었다. 그저, 하카브는 그런 얼굴로도 이런 일을 저지를 수 있는 사람이었다. 여태껏 눈치채지 못했을 뿐.

간제의 몸이 떨리기 시작했다. 하카브가 어찌하여 자신을 죽이지 못하리라 확신했을까. 그가 다정했기 때문에? 자신이 그의 동복동생이라서?

그 어떤 이유도 하카브에게 걸림돌이 되지 못하리란 사실을 깨닫는 순간, 간제의 몸이 차갑게 식었다. 목 뒤가 뻣뻣하게 굳었다. 무언의 기운이 몸을 묵직하게 눌러 왔다. 심장을 얼어붙게 만든 긴장이 손끝까지 퍼져 나갔다. 간제는 자신이 두려움을 느끼고 있음을 깨달았다.

"하카브!"

얼어붙은 공기를 깬 것은 피를 토하는 듯한 록다의 거친 목소리였다. 록다는 하카브의 호위 두 명에게 팔을 잡힌 채 결박당해 있었다. 실핏줄이 터져 붉게 변한 눈에서 끊임없이 눈물이 흘러나왔다.

아아, 으아아아! 악을 쓰고 소리를 지르고 발버둥 쳐도 상황은 바뀌지 않았다. 잡아먹을 듯 구는 날카로운 시선 끝에는 하카브가 서 있었다. 그는 여전히 팔짱을 낀 채 상황을 관조하고 있을 뿐이었다.

"하카브!"

하카브는 악을 쓰는 록다와 눈을 맞췄다. 베일 듯 날카로운 악의를 대하는 사람이라 믿을 수 없을 만큼 부드러운 시선이었다.

"예, 어머니."

"너, 감히, 네가…… 네깟 게 어떻게……."

"이상한 말씀을 하시는군요."

하카브가 짐짓 인상을 쓰며 살짝 고개를 기울였다.

"최근 몇 년간 불행한 사고로 후계자들이 사망했고, 힉살라께서도 그렇게 되시지 않았습니까. 이 어수선한 리비타 궁전을 이끌어 나가기 위해서는 모두 힘을 하나로 합쳐야 합니다, 어머니."

"이, 버러지만도…… 못한……."

"그런데 지금 당장 국정을 돌볼 수도 없는 다섯 살짜리 어린아이에게 눈을 돌리는 자들이 있더군요. 마력이 대단하긴 대단한가 봅니다. 아무리 그렇다고 해도…… 그 어린아이 한 명 때문에 발타가 질서 없이 여러 갈래로 찢기게 둘 수는 없는 노릇 아닙니까."

하카브가 어이없다는 듯 웃었다.

"가치가 있는 고귀한 피는 그만큼의 역할이 있는 법이지요. 이 모두가 발타를 위한 일이니, 바바도 이해할 겁니다."

다른 후계자들을 처리할 때마다 록다가 하카브에게 했던 말이었다. 잠시 무표정하게 변했던 록다는 곧 실성한 사람처럼 웃었다. 눈물을 뚝뚝 떨어트리고 침을 흘려 댔다. 바닥에 엎어져 숨 멎을 것처럼 감정을 토해 내던 그녀가 중얼거렸다.

"……죽이지……."

록다가 비틀거리며 머리를 들어 올렸다. 간제와 록다의 시선이 엉켰다. 눈빛만으로 사람을 죽일 수 있다면, 간제는 아마 자신이 죽었을 것이라 생각했다. 그녀는 그 시선을 이해할 수 없었다. 어째서 귀도바르바를 죽인 하카브가 아니라, 자신을 향하는 것인가?

"차라리…… 저 쓸모없는 걸 죽이지 그랬어……."

간제는 숨을 크게 들이쉬었다. 타당하지 못한 악의가 타당한 악의보다 더 아팠다. 록다가 자신을 잘근잘근 밟아 고깃덩이로 만든 다음 난도질을 하는 기분이었다. 머리가 멍했다.

하카브는 무언가를 계속 중얼거리는 록다를 바라만 보고 있었다. 남자의 단단하고 곧은 옆모습은 미동이 없어, 마치 그림 같아 보였다. 어느 순간부터 하카브의 입꼬리가 올라가기 시작했다.

푸흐, 하카브가 웃음을 터트렸다. 그것은 자신도 모르게 빠져나온 진심이었다. 하카브는 곧 입가를 쓸며 웃음기를 지웠으나, 휘어 있는 눈은 아까 전 그가 느꼈던 감정을 여전히 드러내고 있었다. 하카브가 애교를 부리는 것처럼 다정하게 그녀의 말에 답했다.

"싫어요."

록다는 다시 무너져 울음을 토해 냈다. 하카브는 나긋나긋한 손길로 오열하는 여자를 다독였다. 한참 후, 그는 "정중하게 모셔라."라는 명령으로 록다를 방 밖으로 끌어냈다.

록다가 떠난 방 안은 고요했다. 울음소리는 사라졌지만, 그녀가 흘렸던 눈물에서 눅눅한 습기가 퍼진 듯 공기가 무거웠다.

하카브는 록다를 떠나보내고서야 간제가 그 자리에 있다는 사실을 눈치챈 것 같았다. 그녀는 하카브를 차마 쳐다보지도 못하고 다가오는 그의 발만 응시했다. 한 걸음, 한 걸음. 하카브가 가까워질수록 간제의 몸이 떨렸다.

그의 발이 간제의 바로 앞까지 당도했다. 간제는 신발 코에 눈물을 한 방울 떨어트렸다. 하카브가 쪼그려 앉아 시선을 맞췄다. 간제는 더 이상 그의 얼굴에서 따스함이나 애정 같은 감정을 느낄 수 없었다.

"오라, 버니……."

간제는 더듬더듬 입을 열었다. 이가 부딪쳐 듣기 싫은 소리가 났다. 하카브는 미소를 띤 채 다정하게 그녀를 불렀다.

"간제, 내 동생."

하카브의 따뜻한 손이 간제의 볼 위를 흐르는 눈물을 부드럽게 닦아 냈다.

"나는 널 해치지 않아. 무서워하지 말렴. 나는 무의미하게 사람을 죽이는 살인마가 아니야. 모든 게 필요해서 했을 뿐이라는 걸 너도 잘 알잖니."

하카브는 반쯤 엎어져 있는 간제를 가뿐하게 들어 올려 안았다. 두 사람의 시선이 가까운 거리에서 닿았다.

"그러니 난 널 죽이지 않아."

하카브가 적선하듯 던져 준 자비심에 간제는 지금 크나큰 안도감을 느끼고 있었다. 그것이 더욱 그녀를 비참하게 만들었다. 하카브가 무슨 생각으로 자신을 살려 두겠다 말하는 것인지 정확하게 알지 못했다. 하지만 그게 혈육의 정이나 오랜 시간 쌓아 온 사랑, 부모에게 버림받은 여동생에 대한 연민이나 동정 때문이 아님은 확신할 수 있었다.

간제는 방금 전에 하카브가 한 말을 다시 되새겨 보았다.

[그러니 난 널 죽이지 않아.]

그것은 단순한 의지가 아니라 자기 자신에게 하는 다짐처럼 느껴지기까지 했다. 그 사실을 깨달은 순간 간제는 하카브가 정말로 하고 싶었던 말이 무엇인지 알게 되었다.

'너는 죽일 필요도, 가치도 없다.'

귓가에 독 같은 말을 다정하게 속삭였던 것이다. 그것은 일종의 낙인과 같았다. 너는 앞으로도 나에게 어떠한 걸림돌도 될 수 없는 쓸모없는 사람일 것이라고.

비참함보다 먼저 들이친 것은 기시감이었다. 하카브는 마력이 없는 탓에 평생에 쓸모없는 반쪽짜리 취급을 받아 왔다. 누구보다 뛰어났지만, 다른 후계자들은 죽어 가는 그 순간까지도 그가 감히 자신들과 경쟁할 만한 사람이라 생각하지 않았다.

그런 하카브와 마찬가지로 똑같이 쓸모없는 취급을 받아 온, 끝의 끝까지 존재를 부정당한 불쌍한 동생의 존재는 그에게 얼마나 달콤할 것인가. 간제는 그제야 하카브가 자신을 줄곧 어떻게 바라보고 있었는지를 깨닫게 되었다. 길을 걷고 있다가 난데없이 뒤통수를 후려 맞은 느낌이었다.

간제는 이 방에 들어오기 전까지만 해도, 이 세상에서 하카브를 가장 사랑하고 있었다. 같은 괴로움과 슬픔을 안고 이 험한 세상을 같이 살아가고 있다고 생각했는데. 둘 다 똑같이 상대방에게 자신을 비춰 보았으나 한쪽은 사랑이고 한쪽은 업신여김이었다.

그를 사랑하고 믿어 왔던 세월이 송두리째 뽑혀 나갔다. 남은 것은 검은 구덩이였다. 간제는 비어 있는 그 구덩이에 차곡차곡 다른 것을 쌓기 시작했다.

[좋은 게 좋은 거라고 흘려보낼 수도 있지만, 그러면 과거의 내가 너무 슬프지 않겠니, 바바? 나는 겉만 자라고 속은 아직 어린아이란 말이야. 딱, 네 또래라고. 인내와 용서는 정신 연령 열여덟 살 이후부터. 우리 나이대는 한 대 맞으면 똑같이 한 대를 돌려줘야 해.]

간제는 그의 품에서 눈물을 흘렸다. 온몸을 부들부들 떠는 그녀를 하카브가 안아 주었다. 그 온기를 느끼며, 간제는 다짐했다.

자신을 살려 둔 것을 후회하게 만들어 주겠다고. 반드시.

2. 그림자 없는 밤 1

"너무 오랫동안 뵙지 못한 것 같은데…… 흠……."

의식하지 못한 채 흘러나온 혼잣말이었다. 그 '너무 오랫동안 뵙지 못한' 대상이 로젤린을 가리키고 있다는 사실은 명백했다. 요즘의 칼릭스가 일하다 문득 떠올릴 만한 대상은 그녀밖에 없었으니까. 마침 서류를 보고 중이던 알터가 황당하다는 듯 얼굴을 구겼다. 지금 이 도련님이 뭐라는 거야.

"네? 두 분이서 함께 아침 식사를 드신 이후부터 대충 1시간……."

알터는 시계를 확인하고 마저 말을 이었다.

"……도 안 지났지만요. 그것참, 대단히 오래 못 보셨네요."

누가 들어도 비꼬는 말이었다. 명석하기로 일라베니아에서 둘째가라면 서러운 붉은수레바퀴의 칼릭스가 말뜻을 못 알아들을 리 없으나, 그는 그저

493

연신 고개를 끄덕이며 수긍할 뿐이었다. '1시간이나 지났다니, 대단히 오래 됐군.'이라는 생각이 얼굴 위로 고스란히 올라와 있었다. 이에 알터는 한층 더 어처구니없어졌다.

"보통의 남매들은 열 살 전후로 안 죽이고는 못 사는 관계가 된다는 신뢰 높은 기관의 연구 결과가 있다고 합니다. 저와 제 여동생이 몸소 입증하고 있는 사실이죠."

그런데 도련님과 아가씨는 어떻게 죽고 못 사는 관계인 거죠? 흐려지는 뒷말을 들은 칼릭스가 피식 웃었다.

"여동생에게 상냥하게 대해, 알터. 오빠랍시고 함부로 대하니, 일리야가 참다못해 몇 번 대들었겠지. 아무리 친밀한 사이라 하더라도 모든 인간관계의 기본에는 배려가 있어야 한다는 걸 명심해."

갑자기 훅 들어온 공격에 알터가 어버버 말을 더듬었다. 어머니한테 혼났을 때에도 이렇게까지는 억울하지 않았다.

칼릭스는 알 만하다는 표정으로 그를 위아래로 훑어봤다. '네가 이 모양이니 여동생이랑 사이가 안 좋지.'라고 말하는 것 같았다. 와, 진짜 억울했다. 일리야 그 망나니가 어릴 때 제 장난감을 산산조각 내 놓은 걸 보셨어야 하는데! 진짜 미친 기집애라고요! 오빠고 뭐고 없어요! 저를 '야! 알터!' 라든가 '야! 쓰레기!'라고 부른다고요!

이로써, 사이 안 좋은 것은 머리가 덜 자라고 철없는 알터의 잘못이며 남매가 우애가 돈독한 것은 지극히 당연한 일로 둔갑되었다.

칼릭스는 창밖으로 시선을 돌렸다. 먹구름이 물러나며 하늘이 개고 있었다. 아침 먹을 때만 해도 비가 내렸는데, 변덕스러운 날이었다.

로젤린이 사냥 대회에서 사고를 당한 지 2주일이 흘렀다. 잃어버린 기억과 상식은 아직 돌아올 기미조차 보이지 않았다. 칼릭스는 반성했다. 부하들을 갈굴 때 흔히 쓰곤 했던 "아니, 상식적으로……."로 시작하는 말이라든가, "상식이 있는 사람이라면!" 따위의 말이 얼마나 잘못되었는지 이제는 안다. 상식의 유무는 그런 상황에서 논하는 게 아니었다. 최근의 제 누이, 로젤린을 보고 절감했다.

이델라브힘께서 어린아이들을 제 몸 하나 주체 못 하는 약하고 작은 개체로 정해 둔 것은 다 그만한 이유가 있었다. 사고의 위험성을 대폭 줄이기 위함이리라. 아기가 굴러다니며 장난감 한두 개 던지는 것과 성인이 집 안을 휘저으며 일으키는 사고는 질과 강도가 완전히 달랐다.

와장창!

생각하기가 무섭게 집무실 밖에서 굉음이 울렸다. 심지어는 와장창……에 그치지 않고 와장, 와장창, 쨍그랑 쿠당탕! 아주 난리도 아니었다.

뭔가 쓰러지고 쓰러지는 것에 걸려 무언가가 연쇄적으로 깨지는 소리였다. 칼릭스는 다급하게 일어섰고, 알터도 최근 집무실에 생겨난 구급상자를 들고서 소리의 진원지로 향했다.

사고 현장은 처참했다. 식당에 비치된 접시 진열장이 반쯤 기울어져 있었고, 로젤린은 갑자기 일어난 사고에 놀라 두 눈을 둥그렇게 뜬 채였다. 팔을 앞으로 뻗고 있는 걸 보니 진열장이 넘어지려는 걸 어떻게든 막아 보려 한 것 같았다. 노력은 가상했지만, 결국 접시가 죄다 튀어나와 상황이 이 지경이 된 것이었다.

칼릭스는 황당함에 잠시 말을 잃었다가 퍼뜩 정신을 차렸다. 맨발인 로젤린의 주변에 날카로운 파편이 잔뜩 흩어져 있었다. 칼릭스가 무섭게 얼굴을 굳혔다.

"움직이지 마세요!"

로젤린은 반쯤 기울어져 있는 장식장을 밀지도, 내리지도 못한 채 어정쩡한 자세를 유지했다. 칼릭스는 빠른 속도로 그녀에게 다가갔다. 거칠게 내디딘 발아래 접시 파편들이 잘그락잘그락 소리를 내며 부서졌다.

칼릭스가 손을 뻗어 진열장을 가볍게 밀자, 육중한 가구가 쿵 소리를 내며 제자리를 되찾았다. 그는 곧 로젤린의 등과 무릎 아래에 손을 넣어 그녀를 안아 들었다. 발을 보니 이미 생채기가 나 있었다. 칼릭스가 짧게 혀를 찼다.

가까운 응접실로 이동한 칼릭스는 로젤린을 소파 위에 조심스럽게 내려놓았다. 알터에게 구급상자를 받아 그녀의 발을 살펴보니 상처는 이미 사라진 후였다. 단순한 착각이라고 생각하기에는 피가 고였던 흔적은 남아 있었다.

칼릭스의 얼굴이 굳었다. 얼마 전부터 로젤린에 대해 몇 가지 미심쩍은 구석이 있었던 터라, 이 상황이 특별히 놀랍지는 않았다. 그러나 일상 속에 가라앉았던 의문이 이 사건으로 다시금 떠오르기는 했다. 칼릭스는 머뭇거리며 손수건에 물을 묻혀 그녀의 발을 닦아 냈다.

……성급히 행동하지 말자. 아직은 지켜봐야 하는 때였다. 그녀가 무엇이건.

칼릭스는 날카로워진 마음을 가라앉히려 노력했다. 로젤린은 곁눈질로 칼릭스를 힐끔거리며 바라보고 있었다. 자신이 사고 쳤다는 사실을 인지하고 있는 듯했다.

"더 다친 곳은요, 누님?"

"아, 앞서. 일어났던. 사고. 유감…… 본의 아닌……."

"……괜찮습니다."

지금의 그녀가 사용하기에는 어려운 어휘가 잔뜩 섞여 있었다.

"진열장은 어쩌다 기울어진 겁니까?"

로젤린은 고개를 크게 끄덕였다. 칼릭스가 한 질문에 답이 되지 않는 생뚱맞은 반응이었다. 그래, 그거야! 그거라고! 같은 말이 어울릴 법한 표정과 행동이었다.

"하얗습니다. 빛나요! 동그란!"

칼릭스의 뒤편에 서 있던 알터가 떨떠름한 목소리로 대신 대답했다.

"접시……?"

확실히 접시는 하얗고 빛나고 동그랗다. 로젤린이 풀 죽은 모습으로 고개를 저었다.

"사람의 뜻. 깨닫지 못한. 칼릭스의 부하는 배려가 없다……."

알터가 울컥했다. 아니, 이 남매가? 돌아가면서 사람보고 배려가 없다고 해? 두 번 다 그런 말을 들을 상황이 전혀 아니었다는 점에서 더 열받았다.

문이 급하게 열렸다. 영지에 일이 발생했다는 급보였다. 칼릭스는 바쁘게 채비했다. 물론, 로젤린의 발에 신발을 신기고 리본까지 예쁘게 묶은 후에.

로젤린은 애처로운 표정으로 그를 배웅했다.

"빨리 오는 것이…… 좋을 텐데."

딱딱하게 굳은 표정과 음울한 말투 때문에 다소 협박처럼 들렸다. 그게 웃겨서 칼릭스는 헛웃음을 내뱉으며 말 위에 올랐다.

"금방 다녀오겠습니다."

* * *

칼릭스는 하루 종일 돌아다녔다. 이리저리 꼬여 있는 일을 처리하느라 생각보다 오랜 시간이 걸렸고, 일이 모두 끝날 즈음엔 해가 져 주위가 어둑했다. 이렇게 쉴 틈 없이 바쁜 것도 가끔은 도움이 된다. 몸이 고생하면 머리가 상대적으로 덜 고생하기 때문이었다. 로젤린으로 인해 복잡해졌던 마음이 조금은 가라앉은 상태였다.

투두둑. 한두 방울 비가 떨어지더니 이내 빗줄기가 거세졌다. 칼릭스는 누군가가 기다리고 있을 곳으로 말을 재촉했다. 저 멀리에 붉은수레바퀴 성이 보였다.

성문이 열렸다. 칼릭스는 다시금 제 머리가 복잡해지는 것을 느꼈다. 무릎을 꿇고서 하늘을 향해 두 팔을 쭉 뻗고 있는 로젤린 때문이었다. 뒤의 하녀들은 우산과 수건을 들고 우왕좌왕 아주 난리도 아니었다.

칼릭스의 얼굴 근육이 꿈틀거렸다. 이게 대체 무슨…….

전후 상황을 모르는 지금 그녀의 모습만으로 떠올릴 수 있는 건 하나뿐이었다. 공놀이하는 남자아이들이 점수를 낸 후 요란하게 기뻐하는 모습. 셔츠를 얼굴에 뒤집어쓰고, 무릎을 꿇고, 하늘에 기도를 하고. 난리를 피우는 그것과 흡사했다. 그리고 그 장면이 떠오르는 건 자신만이 아닌 듯했다. 알터가 뒤에서 "저건 역전 골을 넣은 후겠네요." 하며 농담을 지껄였다.

로젤린은 칼릭스를 발견하고서 마구 뛰어왔다. 흙탕물이 첨벙첨벙 소리를 내며 사방으로 퍼졌다. 그 격렬한 기세에 말이 놀랄 정도였다. 칼릭스는 냉큼 말에서 내려왔다. 로젤린은 비 내리는 어두운 밤에 어울리지 않는 상기된 표정이었다.

"칼릭스! 이것은! 동그랗고 하얘요!"

아, 그 동그랗고 하얀 어쩌고 하던 것이 아직까지도 끝나지 않았나 보다.

"긴 시간 단식한 결과, 배가 아파! 위산이 분비됩니다!"

칼릭스가 시선을 그녀의 뒤로 옮겼다. 내가 없는 사이에, 내 누이를 굶겨? 이것들이? 시선에 담긴 뜻을 읽어 낸 집사와 하녀장이 고개를 절레절레 흔들었다.

"도련님이 오시면 같이 드시겠다고, 혼자서는 안 먹겠다고 하시는 통에……."

"스테이크를 코앞까지 들이밀어도, 허벅지를 포크로 찌르며 참아 내시는데 저희도 어찌할 도리가……."

칼릭스가 기겁했다. 아니, 적국의 고문을 참아 내는 것도 아니고 왜 그렇게까지 필사적이었던 거야? 로젤린은 의기양양한 표정으로 하늘을 가리켰다.

"하늘에서 비가 내리면, 좋은 날이네요!"

칼릭스는 젖어 들기 시작한 로젤린의 어깨 위로 자신의 망토를 둘렀다. 뭐지? 아침부터 크고 하얀 빛나는…… 따위의 말을 하고, 접시를 죄 깨먹지를 않나, 먹는 걸 무엇보다 좋아하는 사람이 두 끼를 건너뛰고, 비를 맞으면서 한 골 넣은 듯한 포즈를 하기까지. 총체적 난국이었다.

하얗고 동그란……에서 벗어나지 못한 알터가 손을 번쩍 들며 외쳤다.

"정답! 그거지요?! 하얗고 동그란 달!"

저기 하늘에 떠 있는 동그란 달을 말씀하신 것 아닙니까! 자신만만한 알터의 대답에 로젤린이 싸늘하게 말했다.

"아니요, 틀렸습니다. 실망이네요, 알터."

어, 잠시만요. 아가씨. 지금 평소와 달리 너무 정확한 문법을 구사하며 말씀하신 거 같은데. 알터는 충격받았다.

그녀의 시무룩한 표정을 보면서 칼릭스는 불현듯 깨달았다. 조각나 있던 퍼즐이 완성된 것이다. 그래, 그거였다. 하얗고 빛나며 동그란!

밖에서 비를 쫄딱 맞던 로젤린과 칼릭스, 알터. 외에 수많은 고용인이 자리를 옮겼다. 장소는 아까 로젤린이 접시 수십 장을 깨 먹었던 식당이었다. 하얗고 동그란 접시 위에는 하얗고 동그란, 예쁘게 장식되어 반짝반짝 빛나는 케이크가 올라와 있었다. 로젤린이 감격스러운 표정으로 칼릭스를 바라봤다.

"훌륭한 동생. 배려가 사무칩니다."

로젤린의 눈에 물기가 어렸다. 그녀는 떨리는 손으로 케이크를 한입 먹고서는 입을 턱 가렸다. 하얗고 부드러운 크림은 혀를 스치며 농후함만 남기고 사라졌다. 시트는 크림의 수분이 더해졌는지 더욱 촉촉해졌고, 사이사이 끼워진 딸기의 과육이 입 안에서 상큼하게 터졌다. 단순한 달콤함뿐만 아닌, 여러 가지 재료가 조화를 이루며 입안에서 부드럽게 녹아들었다.

로젤린은 전율에 휩싸여 몸을 부르르 떨었다. 사흘 동안 물을 마시지 못한 사람이 새벽이슬을 발견한 것 같은 장황하고 거대한 감동이었다. 알터가 칼릭스를 쳐다보았다.

"대체 어떻게 아신 겁니까?"

그 알아먹지 못할 설명을……

칼릭스가 피식 웃었다. 생각보다 어렵진 않은 문제였다. 미처 눈치채지 못했을 뿐.

돌이켜 보면 최근 이 케이크를 먹을 때마다 교묘하게 조건이 일치했다. 비가 내리는 날이었다는 것, 그리고 자신과 함께 식사한 후에 나왔다는 것이다. 우연과 우연이 겹쳐진 결과였으나 그런 사실을 그녀가 이해하기에는 어려웠을 것이다.

그래서 달콤하고 하얗고 빛나는 간식은 '칼릭스가 같이 밥 먹을 때', '비가 올 때'라는 두 가지 조건이 갖추어져야 먹을 수 있는 음식이라 인식했던 것이다. 오늘 아침 비가 왔을 때에도 후식으로 생크림 케이크가 나왔다. 하지만 그 정도 양으로는 만족하지 못했던 듯하고. 그래서 식당을 서성이다가 사고도 냈고. 뭐, 그런 상황이었으리라.

그 좋아하는 고기도 참아 내며 인내한 결과, 로젤린은 원하던 것을 드디어 얻어 냈다. 만면에는 만족의 미소가 떠올라 있었다.

칼릭스는 아직 젖어 있는 머리를 쓸어 올렸다. 잔뜩 경직되어 있던 신체는 하, 한숨을 내보내는 걸 기점으로 이완되었다. 뭔가 허탈했다. 날이 서 있던 경계심이 그녀가 먹는 케이크처럼 몽실몽실해졌다.

칼릭스는 턱을 괴고 그녀가 먹는 모습을 바라보았다. 저 커다란 케이크가 두 입 만에 사라졌다. 볼이 빵빵해진 로젤린은 행복해 보였다. 그는 손수건으로 로젤린의 입가를 쓱쓱 닦아 냈다.

알터는 곧 붉은수레바퀴 성을 떠난다. 자신의 명을 수행하기 위해서였다. 그녀에 관해 미심쩍은 구석을 샅샅이 훑어 올 것이다. 어쩌면 좋을까. 만약 눈앞에 있는 그녀가 자신의 누이가 아니라고 판명이 난다면?

칼릭스는 제 몫으로 나온 케이크를 로젤린의 앞으로 밀었다.

"사랑합니다, 동생⋯⋯."

그가 쓰게 웃었다. 글쎄, 그렇다고 해도 제 누이의 모습을 한 '이것'을 온전히 미워할 수나 있을는지.

3. 그림자 없는 밤 2

월장석 성에서 가장 이르게 아침을 맞이하는 곳은 다름 아닌 주방이었다. 딸린 식구만 몇이고, 그들이 모시는 주인은 또 누구던가. 심지어 그 주인과 무척 친밀한 '그분'이 음식을 좋아하다 못해 사랑한다는 점에서 주방이 월장석 성에서 가장 중요한 역할을 맡고 있다 말해도 과언이 아니었다.

아직 해도 뜨지 않은 새벽. 막내 요리사들은 여느 때와 마찬가지로 어슬렁어슬렁 주방으로 향했다. 졸린 눈을 부비며 이동하던 그들은 주방 앞 복도의 풍경이 평소와 다르다는 사실을 눈치채고 자리에 멈춰 섰다. 깜깜해야 할 주방에서 희미한 빛이 퍼져 나오는 것은 물론이고, 달그락달그락 식기가 부딪치는 소리까지 나고 있었다. 주방의 막내인 그들을 제치고 부지런하게 일하러 나올 다른 사람은 결코 존재하지 않았다.

그들은 두 팔을 걷어붙이고서 주방에 입성했다. 신성한 주방을 어지럽히려는 자, 결단코 용서하지 않으리라는 마음은 주방에 들어서자마자 와장창 깨졌다. 낯선 몇몇의 사람들이 식기를 만지작거리며 주방을 구경하고 있었다. 요리사들은 얼굴이 아닌 옷을 보고 그들의 정체를 깨달았다. 반듯하게 정리된 흰색 의복 위에 수놓아진 문양의 의미를 이 성에 거주하는 일원이 모를 리 없었다. 하얀밤 기사단의 문양.

하지만 요리사들이 경악하다 못해 숨조차 멈춰 버린 것은 마주하기만 해도 위압감이 드는 거구의 기사들 때문이 아니었다. 기사들의 중앙에서 냄비를 들고 이리저리 살펴보는 한 남자 때문이었다. 편안하게 입은 옷은 창밖에서 바람이 불 때마다 요정의 날개처럼 살랑살랑 흔들렸다.

찬란한 은발은 아직 어둑한 공간 속에서도 은은하게 빛을 발했다. 오똑한 코, 잘생긴 눈썹, 날렵한 턱, 각기 따로 봐도 잘난 요소들이 기가 막힌 비율로, 기가 막힌 위치에 자리하고 있어서 조화롭다 못해 비현실적으로 느껴졌다.

이 왕국의 지배자가 주방에 강림한 것이었다. 너무 말도 안 되는 상황을 맞닥뜨린 나머지 요리사들은 그저 멍하니 서 있기만 했다. 봐도 봐도 적응 안 되는 미모는 둘째 치더라도, 일국의 왕이 주방에 있는 상황을 자연스럽게 받아들일 수가 없었다. 꿈이나 환각으로 치부하는 게 더 신빙성 있을 지경이었다.

"흠흠."

그들의 혼란을 눈치챈 보좌관 잇세리온이 헛기침으로 눈치를 줬다. 그들은 그제야 이 비현실적인 상황이 현실이라는 사실을 깨닫고 급하게 무릎을 꿇어 예를 갖췄다.

"폐하를……!"

"인사는 되었다. 이른 아침이니 모두 소리를 죽이도록."

재료 준비와 요리의 밑 준비가 끝나는 시간에야 모습을 보이는 총주방장은 잠을 깨우는 파격적인 정보를 접하고 헐레벌떡 주방으로 뛰어왔다. 그는 주방의 막내들과 똑같이 멈춰 섰다가, 예를 취했다가, 리카르디스에게서 인사를 거부받는 과정을 거쳤다. 주방을 휩쓸고 간 소란이 소강된 후, 리카르디스가 입을 열었다.

대체 무슨 일로 주방까지 오신 걸까. 혹시 요리가 별로였나? 주방장은 혼자서 벌벌 떨다가 뒤따라오는 리카르디스의 말에 눈만 깜박거렸다.

"주방장, 요즘 들어 실력이 더 느는 것 같다 하더군. 안주하지 않고 노련한 실력을 참신한 도전에 녹여 낸다……라고."

"과찬이십니다!"

본인은 크게 감흥이 없었지만, 옆에 있는 누군가가 "주방장의 실력이 더 느는 것 같습니다!" 하고 좋아한 모양이었다. 주방장은 속으로 안도의 한숨을 내쉬었다.

"나는 예로부터 생활의 기본 요소라 꼽히는 옷과 음식과 집. 세 가지 중에 음식이 제일이라 생각했었지. 다른 이의 노력과 정성, 사랑이 들어가 있을 뿐 아니라 그 모든 것들이 내일의 나를 만들지 않나. 먹는 것이, 바로 자신이 되는 것이지. 어떻게 가장 중요하지 않을 수가 있겠나."

주방의 요리사들은 리카르디스의 말을 한 자라도 놓치지 않겠다는 듯 귀 기울여 들었다. 일국의 왕이 자신들의 일을 중요하게 여겨 준다니 이보다 기쁜 일이 있을 리 없었다.

"그만큼 까다롭고 힘든 일일 것이다. 또 다른 전장이라 봐도 과언이 아닐 터. 매일매일 치열하게 전투하는 그대들에게 경의를 표하는 바다."

이 새벽부터 주방에 행차한 이유가 우리들의 노고를 치하하기 위해서라니. 어떻게 이런 분이 세상에 존재할 수 있는 것인가?

"접시 하나하나에 그대들의 세월과 노력의 결실이 녹아 있었다. 마치 또 다른 세계를 접하는 것 같은 신선한 충격이라고 할까…… 그래서 문득 궁금해졌다. 정말로 별다른 이유 없이. 대체, 요리란 무엇인가? 하지만 책을 본다고 익힐 수 없는 부분도 많았다. 요리는 학문이 아닌 기술과 감각의 집대성이니까."

감격과 존경의 마음은 멋쩍어 보이는 리카르디스의 표정과 점점 변명 같아지는 치하의 말로 감소되기 시작했다. 생각해 보니, 칭찬을 할 때부터 리카르디스는 냄비를 계속 만지작거리며 정신 산만하게 굴고 있었다. 사람들은 그제야 무언가를 깨달았다.

이분, 그냥 칭찬하러 온 것 같지 않아.

"역시 모든 지식은 경험이 밑받침되어야 더욱 든든하게 쌓아 올릴 수 있는 법 아니겠나?"

리카르디스는 거기까지 말하고 주방장을 뚫어져라 응시했다. 용건을 다 말한 듯싶었지만, 주방장은 알아들은 것이 없어 눈만 깜박였다. 안 그래도 얼떨떨한 상황인데 하도 둘러말하니 귀에 들릴 리가 없었다.

침묵이 길어지자 리카르디스의 미간이 꿈틀거렸다. 인내심은 길지 않았다. 그는 곧 빙빙 둘러말한 내용을 압축해서 다시 내뱉었다.

"요리를 배웠으면 한다고."

아까까지만 해도 감동으로 가득 찼던 공간이 다시금 경악으로 물들었다. 뭐, 뭘 배워? 요리를? 누가? 왜? 어째서?

리카르디스는 사람들의 동요가 보이지 않는 듯, 고개를 들고 뻔뻔하게 말했다.

"미지의 세계에 발을 들일 생각을 하니 가슴이 뛰는군."

전혀 흥미로워 보이는 표정은 아니었다. 분명 뭔가 다른 이유가 있다 싶은데 본인이 말할 생각이라고는 없으니 알 길이 없었다.

고용주가 하라는데 싫다고 말할 수 있는 사람이 몇이나 될까. 주방장은 겸양의 말로 거절 한번 못 해 보고 고개를 끄덕여야만 했다. 리카르디스가 흡족하게 미소 지으며 한마디를 덧붙였다.

"그리고 오늘 내가 여기에 왔다는 것과 요리를 배우기로 했다는 사실 모두 함구하도록 하라. 누구도 알지 못하도록, 누구도. 알겠나? 그대의 요리를 무척 좋아하는 사람이 접근해도 입을 다물고 있으란 얘기다."

역시나 뭔가 좀 수상했다. 리카르디스가 돌아간 뒤, 주방장은 이 상황이 어디에서부터 기인했는지 알게 되었다.

"로젤린 경의 생신이 아마 다음 달 말이었죠?"

"······."

그거였군. 그렇게 노고가 많다, 믿음, 사랑, 소망 중에 뭐니 뭐니 해도 음식이 제일 중요하다, 어떻게 하면 그렇게 요리를 잘하냐 칭찬하더니······ 결국 사랑하는 연인의 깜짝 선물을 위해 포석을 깐 것이었다.

주방장은 새벽의 소동을 목격한 이들의 입단속을 철저히 했다. 타인의 연애사에 끼는 일만큼 피곤한 일도 없다지만, 상대가 상대라 피곤함의 규모가 남달랐다. 주방장은 제발 이 이벤트가 무사히 끝나기를 빌었다.

* * *

리카르디스는 훌륭한 학생이었다. 그는 처음 칼을 잡았을 때만 해도 양파를 껍질째로 양단하는 대담성을 자랑했지만, 30분 뒤에는 양파를 균일한 규격으로 채 썰 줄 알게 되었다.

일주일이 지났을 때는 기본적으로 칼을 다루는 방법, 불을 조절하는 방법, 소스를 배합하고 간을 맞추는 방법 등을 대부분 섭렵했다. 몇몇 요리사들이 리카르디스의 경이로운 능력을 보고 좌절하는 일도 있었다. 주방장이 리카르디스의 학습 욕구를 자극할 겸 넌지시 그런 사실을 일러 주자, 리카르디스는 당연한 일을 했을 뿐이라는 반응을 보였다.

"원래 사람은 궁지에 몰리면 한계까지 능력을 발휘하는 법이야. 나는 항상 절벽을 뒤에 두고 살았던 사람이라 뭘 해도 최선 이상의 노력을 하는 것이 기본이 되어 있거든. 3일 안에 오르코도가 편찬한 역사서 열다섯 권 분량을 외우는 것에 비하면, 이건 보람차고 재미까지 있어."

칭찬 한번 하려고 했다가 예상치 못한 무거운 얘기를 접해 주방장은 너무 심란해졌다. 우리 폐하…… 참 힘들게 사셨는데…… 리카르디스의 뒤에 있는 잇세리온도 눈물을 훔치고 있었다. 당사자는 흘러간 과거의 일 취급하는데 주위만 난리였다.

시간이 빠르게 흘렀다. 리카르디스의 요리 실력은 나날이 능숙해졌다. 하지만 요리란 끝없이 넓고 깊은 학문이었다. 기본기를 익혔다고 제대로 된 요리를 만들어 낼 수 있는 건 아니라는 얘기였다.

시간이 턱없이 부족했기에, '요리'라는 분야가 아닌 '로젤린'에 초점을 맞춰야만 했다. 주방장은 오랜 시간 쌓아 온 로젤린에 대한 정보를 분석하고 취합해서 요리 리스트를 작성했다. 특정 조리법을 익히는 것도 쉬운 일은 아니었지만, 리카르디스의 훌륭한 학습 능력이라면 로젤린의 생일까지 반드시 해낼 수 있으리란 계산이었다.

리카르디스는 주방장이 건네준 목록을 살피다 흠칫하며 그의 눈치를 보았다. 어떻게 봐도, 누가 봐도 로젤린을 겨냥하고 있는 요리명들이었다. 확실히 눈치채지 못하면 그게 더 이상하긴 했다. 리카르디스는 멋쩍어 괜히 한번 웃고는 목록 중 몇몇 개를 수정해 본격적인 요리에 돌입했다.

* * *

리카르디스는 스물몇 해 만에 제 재능을 찾았다.

"이럴 수가, 폐하께서는 정말……."

리카르디스도 자신의 업적에 놀라워했다.

"괜한 소리 그만하라고 하고 싶지만, 더해도 좋다."

"정말 완벽합니다!"

"내가 생각해도 그렇군."

어지간해서는 만족하지 않던 리카르디스가 자신만만하게 웃었다.

"아직 3주쯤 남았지만…… 로젤린 경의 식사는 이것으로 올리게!"

"분부하신 대로 시행하겠습니다!"

"이것도 비밀이다. 생일에 말해 줄 거니까."

"아이고, 물론입니다!"

주방장은 리카르디스의 '작품'에 어울리는 요리들을 선별한 후, 결연하게 주방을 나섰다. 작품을 만든 사람과 작품을 받을 사람이 기다리고 있는 곳으로.

로젤린과 리카르디스가 마주 보고 앉아 다정하게 대화를 나누고 있었다. 주방장은 문 뒤에 숨어 틈새로 그들을 지켜보다 극심한 긴장감에 헉헉 숨을 몰아쉬었다. 다소 수상한 뒷모습이었지만, 그의 고생을 아는 호위 기사들은 주방장을 못 본 척 넘어가 주었다.

요리가 차례대로 나왔다. 로젤린은 여느 때처럼 만족스럽게 식사하는 듯 보였다. 세상 무뚝뚝한 사람이 저렇게 싱글벙글 웃다니. 주방장은 자기도 모르게 따라 웃다가 아차, 현실을 자각하고 다시 얼굴을 굳혔다.

이제 리카르디스의 '작품'이 등장할 때였다. 주방장은 자신의 요리를 낼 때도 이만큼 긴장해 본 적이 없었다. 심장이 마구 뛰다 못해 터질 지경이었다. 그의 숨소리가 더욱 거세짐에 하얀밤의 기사단원들도 상황을 깨달았다. 그들도 문에 다닥다닥 달라붙어 틈새로 안쪽을 훔쳐보기 시작했다.

색의 조화, 맛의 조화, 영양의 조화, 먹는 이의 식성까지 고려한 완벽한 한 접시가 로젤린의 앞에 놓였다. 리카르디스는 웃는 얼굴 그대로 포크를 내려놓았다. 밥맛이 뚝 떨어진 모양인데 용케도 티를 안 내고 있었다. 선물을 받는 당사자만이 이 급류 속에 홀로 고요했다.

로젤린이 나이프로 요리를 썰고, 포크에 올렸다. 그리고 입을 벌려서 안에 넣고, 씹었다! 주방장의 눈이 벌겋게 충혈되었다.

꿀꺽.

이 폭풍에 온점을 찍는 소리였다. 리카르디스의 입가가 파르르 떨렸다. 로젤린은 다른 이들을 신경 쓰지 않고 리카르디스의 요리를 부지런히 비워 내었다.

주방장은 거친 숨을 몰아쉬며 식은땀을 닦아 냈다. 다소 실험적인 요리들도 곧잘 먹는 로젤린이 뜬금없이 멀쩡한 음식을 퉤 뱉지는 않겠지만, 그 찰나의 시간 동안 얼마나 말도 안 되는 상상을 했는지. 등이 흥건할 정도였다.

로젤린이 접시를 다 비울 무렵, 리카르디스가 자상하게 그녀에게 물었다. 그저 소소한 잡담을 나누는 것처럼. 전혀 중요하지 않은 질문인 것처럼.

"오늘의 요리는 어때?"

로젤린은 리카르디스의 말에 곧바로 대답하지 않았다. 눈동자를 좌우로 굴리며 제법 긴 시간 무언가를 고민했다. 주방장은 혼자서 그녀의 반응에 상처받아 쓰러졌다. 제발! 1초 내로 대답해 주세요, 로젤린 경! 연약한 아기 새가 상처받아 죽을지도 몰라요!

주방장의 염려대로 로젤린의 침묵이 길어질수록 리카르디스의 얼굴에서 웃음기가 빠지기 시작했다. 다행히 그가 완전히 웃음을 잃기 전, 로젤린이 입을 열었다.

"다 좋아요. 오늘도 맛있습니다."

주방장은 두 주먹을 높게 치켜들었다. 기사들도 문밖에서 몰래 환호했다. 하지만, 하나를 잡으면 끝장을 보는 리카르디스만큼은 달랐다. 그가 눈을 둥글게 휘어 웃으며 다시금 로젤린에게 다정하게 물었다.

"그래? 어딘가 이상하지는 않아? 내 입맛에는 조금 안 맞는 것 같아서. 주방장이 손을 다쳐서 다른 사람이 대신 만들었다고 들었는데, 그것 때문인가."

폐하! 주방장은 치켜든 두 주먹을 바닥에 대고 쓰러졌다. 기사단원들도 손으로 눈을 지그시 누르거나 다른 곳을 쳐다보며 암담한 기분을 표현했다.

로젤린은 그제야 천진하게 웃는 얼굴로 찝찝했던 반응의 이유를 설명해 주었다.

"아, 그렇습니까? 어쩐지, 다른 요리들은 괜찮은데 이 요리만 묘하게 다르더라고요. 맛은 있는데, 흠⋯⋯."

리카르디스가 만든 요리를 콕 짚어 낸 로젤린의 미각에 감탄해야 하는지, 이 미칠 것 같은 상황에 탄식해야 하는지, 주방장은 알지 못했다.

"정해진 레시피대로 정직하게 만들기만 했다고 해야 할까요. 겉모양만 흉내 낸 느낌이었습니다. 요리에 대한 애정보다는 기술을 뽐내는 것에 치중한 느낌? 아, 물론 맛은 있었습니다."

로젤린 경, 제발⋯⋯.

주방장은 눈물을 쏟아 냈다.

'미각이 뛰어나신 건 알았지만⋯⋯ 너무 과하시네요⋯⋯.'

신랄한 평가를 들은 리카르디스는 놀랍게도 웃고 있었다. 한 점 어색함 없는 미소에서 그가 살아온 험난한 길을 읽어 낼 수 있었다.

리카르디스는 로젤린을 바라보기만 해도 행복하다는 듯이 미소 지으며 다른 요리를 그녀 앞으로 밀어 주었다. 주방장과 기사들은 더 이상 그 광경을 볼 수가 없어서 고개를 떨궜다.

* * *

바로 다음 날, 주방장은 막내 요리사들보다 주방에 일찍 나온 리카르디스를 마주했다. 놀라운 점은 그가 패잔병의 몰골이 아닌 적장의 목을 따기 위해 투지를 불태우는 장수 같은 모습이었다는 것이다.

"실패는 성공의 어머니라 했지. 부족한 점이 있다면 채우면 그만일 터."

정신력이 정말 대단한 사람이었다. 주방장은 원래도 존경했던 국왕을 다른 의미로 존경하게 되었다.

"솔직히 자만했었다. 나는 뭘 해도 평균 이상으로 해냈고, 요리 또한 마찬가지였으니까. 남의 것을 그대로 흉내 낼 뿐이었으면서. 마음이 아닌 기술만을 접시에 담고서 멋지게 해내었노라 도취되어 있었던 거다. 그런 걸 요리라 부를 수 없지. 실패작만 못한 쓰레기다. 누군가에게 내놓을 만한 음식이 아니었는데, 그걸 몰랐어. 요리사로서의 수치다."

너무 멋진 대사이긴 한데, 말하는 사람이 요리사가 아니라서 좀 그랬다. 리카르디스는 머리를 질끈 묶으며 눈을 빛냈다.

"반성은 여기까지 하도록 하지. 나에게 시간이 많지 않거든. 앞으로 3주. 그 안에 나는 '작품'이 아닌 '요리'를 만들어 내겠다."

"폐하!"

주방장은 눈물을 쏟았다. 자신의 제자들이 리카르디스의 반만 따라가도 소원이 없을 지경이었다. 요리는 사랑이다! 먹는 사람을 봐라! 예술이 아닌 요리를 해라! 귀에 딱지가 앉을 정도로 얘기를 해도 안 듣는 놈이 있는가 하면, 말하지 않아도 깨우치는 사람이 있었다. 진정한 천재였다.

애초에 로젤린도 맛은 있다고 말한 만큼, 기술적인 문제는 사실상 없다고 봐야 했다. 리카르디스는 탐구해야 하는 부분이 요리의 방식이 아닌 요리를 먹을 사람에 대한 정보라 판단했다.

식사 시간에 언제나 알콩달콩했던 두 사람 사이에 부쩍 대화가 늘어난 것은 그 때문이었다. 평범한 대화를 가장한, 치밀한 정보전. 하지만 상대는 보통이 아니었다.

"음, 부드러운 게 좋네요. 입 안에서 사르륵 녹아요."

"이거 씹는 맛이 있어서 좋아요."

"간이 담백해서 좋네요."

"아, 역시 요리는 양념 맛이죠. 맛있다."

"채소는 좀……."

"와, 셀러리 진짜 맛있다."

"소고기가 제일 맛있어요."

"아, 역시 돼지고기지. 돼지고기가 없으면 어떻게 세상을 살아갈까요."

"닭은 어느 요리에나 다 잘 어울리는 것 같아요."

"진짜 맛있다. 생선은 역시나 언제 먹어도 각별하네요."

"생크림이 최고."

"초콜릿 좋아요. 이 농후함 최고."

계속해서 쏟아지는 상반된 정보에 리카르디스는 절망했다.

"내가 잘못된 건가? 아니면 로젤린 경이? 셀러리도 채소잖아? 아닌가?"

"채소는 싫지만, 셀러리는 좋다는 얘기입니다, 폐하."

로젤린은 심하게 가리는 것 없이 뭐든 잘 먹는 편이라 '이것도 좋아', '저것도 좋아' 하는 사람이었다. 요리사인 주방장에게는 폭넓은 선택지를 주는 좋은 손님이지만, 확실한 목적지가 필요한 리카르디스에게는 나침반을 빼앗고 망망대해로 떠민 야속한 사람쯤 될 것이다.

풀이 죽은 리카르디스는 로젤린이 오늘 맛있다고 했던 요리를 다시 먹으며 복습했다. 차분히 음미하며 분석하던 리카르디스의 눈에 이채가 서렸다.

"이거, 내가 오늘 먹은 것과 맛이 조금 다른 것 같은데?"

로젤린과 식사할 때 먹었던 요리와 동일했음에도 맛이 달랐다. 리카르디스의 의문에 주방장이 웃으며 답했다.

"그야, 두 분께서 좋아하는 맛, 싫어하는 맛이 다르니까요. 같은 요리라도 들어가는 재료나 간이 다른 경우는 많습니다. 특히 전하께서는 간이 센 것이나 과하게 응축된 진한 맛보다 담백한 맛을 선호하시기에 기본이 되는 육수부터 다르게 요리하곤 합니다."

리카르디스는 주방장의 설명을 멍하니 듣고는 요리를 한 입 더 먹었다. 이후 잠잠히 있던 그가 접시에 시선을 둔 채 멋쩍은 듯 입을 열었다.

"……이렇게 신경 쓰는 줄은 몰랐군. 내가 좀 까다로웠나?"

"전혀 까다롭지 않으십니다. 도리어 좋다, 싫다 말해 주시길 바라고 있습니다."

리카르디스는 주면 주는 대로 먹는 사람이었다. 미각을 잃은 사람처럼 위장에 들어가면 다 똑같지, 같은 반응으로 주방장을 힘들게 했다.

요리하는 사람이 바라는 것이 뭐가 더 있을까. 먹는 사람이 맛있게, 즐겁게 먹기를 바랄 뿐이었다. 차라리 까다롭게 이게 싫네, 저게 싫네 하는 사람이 훨씬 나았다. '싫다'를 하나씩 제거하다 보면 언젠가 '좋다'에 다다를 수 있지만, 애초에 음식을 무미건조하게 받아들이는 사람에게는 기쁨을 주기 너무 힘들었다.

리카르디스가 진한 맛을 그다지 좋아하지 않는다는 사실을 발견한 것도 피나는 관찰의 결과였다. 편식도, 나쁜 식습관도 가지지 않았지만, 음식을 살아가는 데 필요한 수단으로만 여기던 리카르디스는 지금의 말에 퍽 감동받은 모양이었다.

"요리는…… 정말 대단하군."

첫날 갑자기 강림해서 온갖 미사여구로 요리사들의 노고를 치하할 때보다 지금이 훨씬 기뻤다. 주방장은 활짝 웃으며 마저 힘을 내자고 지친 리카르디스를 다독였다.

며칠 후. 로젤린의 입맛에 맞춘 요리를 수십 접시를 먹은 리카르디스는 대충 로젤린의 입맛에 대해 감을 잡았다.

"좋다, 싫다보다는 거의 다 '좋다'인데 선호도가 다를 뿐이군. 그것도 요리에 따라 달라지기도 하고."

"예."

"한마디로 이것저것 가리지 않고 잘 먹는다는 건데."

"예, 그렇습니다, 폐하."

"그래서 그렇게 키도 크고 뼈도 튼튼하고 머릿결도 좋은 건가? 역시 내 기사로군."

"……."

사심이 담긴 칭찬이 가끔 튀어나올 때가 있지만, 주방장은 이제 그러려니 하는 정도로 넘어갈 수 있게 되었다. 하지만 로젤린의 입맛을 알았다고 해도 그게 끝이 아니었다. 어떤 요리를 해야 하는가? 결국은 다시 본질적인 문제로 돌아왔다.

끊임없이 요리하고 먹고, 연구해도 이렇다 할 만한 게 떠오르지 않았다. 리카르디스는 나날이 신경질적으로 변해 갔다. 주방 식구들에게 자신이 살찐 것 같지 않냐며, 안 쪘다고 하면 지금 내가 국왕이라서 좋은 말 하는 거 아니냐고 끈질기게 물고 늘어졌다.

실제로 예전과 별다른 차이가 없어서 정말 안 쪘다고 했을 뿐인 막내 요리사는 매일 반복되는 리카르디스의 질문 공세에 위염 증상을 호소했다.

그렇게 괴로워하고, 남을 괴롭게 하는 것을 반복하던 나날에 리카르디스가 기쁜 얼굴로 주방에 들어왔다. 이제 주방의 요리사들은 리카르디스가 들어와도 짧게 인사하고 곧장 업무로 돌아갈 정도로 그의 존재에 익숙해졌다.

"주방장!"

"예, 폐하!"

"실마리를 얻은 것 같다. 붉은수레바퀴 백작에게 보낸 서신의 답이 막 도착했거든."

그 바쁜 사람더러 제 누이가 뭘 좋아하느냐 물었단 말인가. 주방장은 질린 기색을 티 내지 않기 위해 노력해야 했다.

"로젤린 경은 어릴 때 식성이 무척이나 좋았다는군. 먹고 돌아서면 배가 고프고, 조금만 움직여도 배가 고프고 그랬다는데, 그게 다 키가 크고 뼈도 튼튼해지려고 하는 과정이었겠지 싶다. 로젤린 경이 다리가 엄청 길다는 사실을 알고 있나?"

주방장은 리카르디스가 좀 그만했으면 좋겠다고 생각했다.

"아무튼, 너무 배가 고파서 새벽에 깨는 경우도 종종 있었다는군. 하인들이 자니까 혼자 부엌에 내려가서 굳은 빵이나 치즈를 먹곤 했는데, 유모가 그런 그녀를 발견하고 늦은 밤마다 항상 요리를 해 줬다고 해. 그중에 로젤린이 최근에도 종종 먹고 싶다고 말하는 음식이 있다는데, 이게……."

리카르디스의 미간이 좁아졌다.

"와인에 졸인 닭 요리라 하더군."

어렸던 로젤린은 와인에 졸인 닭 요리를 맛있게 먹고 난 뒤, 알레르기로 거의 반쯤 죽을 뻔했다고 한다. 어렸을 때만 해도 없던 포도 알레르기가 그때부터 생겨나서 이후로는 먹고 싶어도 먹지 못했다고. 지금이야 와인과 포도를 함께 먹을 정도로 알레르기의 영향을 받지 않으니 '와인에 졸인 닭 요리'가 추천 요리 목록에 들어간 것이지만, 한 가지 문제가 있었다.

"사람들이 자주 해 먹는 요리라고는 하는데, 흠."

주방장은 리카르디스의 떨떠름한 반응이 어디에서 왔는지 눈치챘다. 와인에 졸인 닭 요리는 주로 가정에서 만들어 먹는 투박한 요리였다. 이런 왕성에서, 생일에 먹을 법한 특별한 요리가 아니었다.

한참 고심하던 리카르디스가 고개를 끄덕였다.

"좋은 요리는 화려하고 맛있는 요리가 아니라 먹는 사람이 원하는 요리겠지."

주방장은 기립 박수를 치고 싶은 걸 겨우 참아 냈다.

"그렇습니다, 폐하. 상대방을 생각하는 마음, 그것이 바로 요리의 본질인 것입니다!"

요리가 정해졌다. 이제 남은 앞길은 탄탄대로였다.

……고 생각했다.

리카르디스는 붉은수레바퀴령의 '와인에 졸인 닭 요리' 레시피를 살펴보았다가 기함했다. 역사서만큼이나 두꺼웠다. 그가 경악 어린 눈으로 주방장을 바라보며 설명을 요구했다.

"붉은수레바퀴령은 예로부터 포도의 산지이고, 와인이 관련된 디저트와 요리만 수백 가지에, 집집마다 레시피도 천차만별이라⋯⋯."

로젤린에게 요리를 해 줬던 유모는 병으로 세상을 떠났다. 그때의 레시피를 알 수 없는 만큼, 시행착오를 수없이 거치는 수밖에 없었다.

리카르디스는 불타는 열정으로 밤을 지새우며 몇 번이나 요리를 만들고, 먹었다. 어느 정도 요리를 익힌 다음에는 다른 사람들에게 나눠 주며 의견을 구했다. 주방 식구들과 호위 기사들, 그리고⋯⋯.

"우욱⋯⋯ 물려⋯⋯."

"착하지, 라헤. 조금 더 밀어 넣어 보렴. 그래, 이건 어떤 것 같니."

"이, 이럴 때만 라헤라고⋯⋯."

대신관 라헤안시까지 끌려와 수십 접시의 '와인에 졸인 닭 요리'를 먹어야 했다.

와인의 종류만 수십 개를 바꾸고, 재료의 양과 종류, 졸이는 시간을 조절하며 만들기만 수백 그릇. 시간은 빠르게 흘러, 로젤린의 생일이 되었다.

* * *

약 2개월간의 대장정이 마무리되는 순간이 코앞에 다가왔다. 주방은 그 어느 때보다도 날이 선 채 팽팽한 긴장감을 유지하고 있었다.

요리사들은 본분을 다해 부지런히 요리를 하는 와중에도 어딘가를 흘끗흘끗 바라보았다. 리카르디스가 조리를 끝내고 마무리만 부탁한 '와인에 졸인 닭 요리'였다.

로젤린의 생일을 맞이해 안 그래도 호화롭던 메뉴들이 한층 더 호화로워졌다. 그 탓인지 리카르디스의 '와인에 졸인 닭 요리'는 상대적으로 초라해 보이는 감이 있었다. 걱정 어린 시선 속에 리카르디스의 요리가 나갈 차례가 다가왔다.

월장석 성, 식당의 문 앞은 사람들로 빽빽하게 가득 들어찬 상태였다. 주방장부터 시작해서 고참 요리사, 호위 기사들까지. 다들 살짝 열려 있는 틈으로 안을 훔쳐본다고 여념이 없었다.

그들은 말도 없이 침만 삼켰다. 천 년 같은 1분을 보내는 와중, 좁은 시야로 '와인에 졸인 닭 요리'가 등장했다. 모두의 숨소리가 거세졌다. 주방장은 신경증이라도 생긴 듯 손톱을 딱딱 물어뜯었다.

로젤린 앞에 접시가 놓였다. 그녀의 눈이 동그래졌다. 여러 요리를 먹고 이제 생일 식사의 절정이라 볼 수 있는 메인 요리가 나올 차례인데 화려한 스테이크나 궁중 요리가 아닌 평범한 가정식이 나왔으니, 이상하게 보일 만도 했다.

리카르디스는 또 그 저주 같은 입을 가만히 두지 못하고 "이게 메인인가? 흠… 소박하군." 같은 말을 하고 있었다. 주방장은 그가 제발 가만히 있어 줬으면 좋겠다고 생각했다.

로젤린은 리카르디스의 고해 성사가 들리지 않는 듯 접시에서 눈을 떼지 않고 숟가락을 들었다. 그녀는 오래 졸여 부드러워진 닭고기를 한 점 듬뿍 뜨고서 곧장 입으로 집어넣었다. 이쯤 문밖의 사람들은 숨을 멈췄다. 리카르디스는 저번과 마찬가지로 숟가락을 내려놓은 상태였다.

반응은 즉각적으로 왔다. 양 볼 가득 차게 우물거리던 로젤린이 눈을 휘어 웃었다. 저번처럼 '어? 뭔가 좀 이상한데…….' 같은 반응이 아니었다.

꿀꺽. 요리를 삼킨 로젤린이 생글생글 웃으며 리카르디스를 바라보았다.

"이거 드셔 보신 적 없죠. 어렸을 때 먹었던 건데, 엄청 좋아했었거든요. 아, 생각난다. 오늘 이걸 먹게 될 줄이야. 깜짝 놀랐어요."

"음. 나쁘진 않군."

흐흠, 새침데기는 목을 가다듬는 소리 안에 벅차오르는 기쁨을 재주껏 잘 숨겼다.

"유모가 종종 해 줬던 건데, 그때만큼이나…… 아니, 그때보다 더 맛있는 것 같은데요? 주방장이 솜씨가 더 좋아졌나 봐요. 맛은 농후하고, 닭은 흐물하지 않으면서도 소스도 잘 배어 있고, 재료도 다 제가 좋아하는 것만 들어갔어요. 음, 한 입만 먹어도 몸이 따뜻해지네요. 최고야."

로젤린은 정말 기분 좋은지 어린아이처럼 조잘거렸다. 리카르디스는 손으로 입을 가리며 입꼬리를 단속했다. 한 입 더 먹은 로젤린이 생긋 웃었다.

"오늘처럼 좋은 생일은 또 없을 거예요."

주방장과 요리사들은 고요한 기쁨의 눈물을 흘렸다. 예민해진 리카르디스에게 두 달여간 치이고 들들 달달 볶인 기억들이 주마등처럼 그들의 머리를 스쳐 지나갔다. 그 괴로운 나날도 오늘로 끝이었다.

하지만 그 괴로움이 끝났다는 사실보다, 한 사람만을 위해 열정을 태우던 그의 노력이 결실을 본 것이 더 기뻤다. 성공, 아니, 그야말로 대성공이었다!

* * *

"예?"

주방장과 주방의 식구들은 황당하다는 감정을 고스란히 내보였다. 상대가 리카르디스였는데도.

"앞으로도 로젤린 경에게 비밀로 하라고 했다. 고생하는 내 기사에게 요리 한 끼 해 줄 수도 있지, 그게 어떻게 선물이 되겠나. 그냥 다들 없었던 일이라고 생각하도록 해."

대성공이라 생각했는데, 이렇게 되니 미묘해졌다. 결과적으로 로젤린은 무척 기뻐했고, 리카르디스도 그런 그녀를 보며 몰래 기뻐했으니 완전한 실패도 아니긴 했지만, 두 달간의 고생이 무의미해진 것처럼 느껴졌다.

시간이 흐른 뒤 주방장은 리카르디스가 로젤린에게 그 사실을 비밀로 한 이유를 알게 되었다.

"주방을 좀 빌리겠다."

리카르디스의 '요리 선물'은 단발로 그치지 않았다. 아무리 바빠도 한 달에 한 번은 꼭 내려와 로젤린이 먹을 요리를 만들었다. 그리고 로젤린에게 '맛있다'는 평을 듣는 것에 은밀한 기쁨을 느끼고 있었다. 별 대단찮은 일이니 비밀로 하라고 했었는데, 이제 보니 솔직한 평가를 듣고 싶어 사실을 숨긴 것 같았다. 참 독특한 사람이었다.

그렇게, 로젤린의 생일은 '국왕 폐하의 주방 출몰'이라는 깜짝 이벤트를 발생시키는 특별한 분기점이 되었다. 뿐만 아니라.

"주방장, 이 두 가지 퓌레를 곁들인 송아지 스테이크 말이야. 조화롭긴 하지만 섬세함이 부족해. 나라면 퓌레의 농도를 바꿔 보겠어."

주면 주는 대로 먹던 리카르디스는 요리를 배운 이후 심각하게 까다로워졌다.

"채소의 쌉싸름한 맛을 소스와 어우러지게 만드는 것에 너무 치중한 것 아닌가? 도리어 재료의 맛을 죽이는 느낌이라고 할까…."

심각하게.

4. 봄의 끝자락

물과 풀, 장미 냄새가 코끝을 맴돌았다. 리카르디스가 목욕을 하고 나올 때면 퍼지는 짙은 향이었다. 로젤린은 무슨 얘기를 나누던 중인지도 까먹고 그 향을 따라 홀린 듯 시선을 들어 올렸다. 깜박. 두 사람의 눈이 마주쳤다.

리카르디스의 얼굴이 굳어지기 시작했다. 조금 지나서는 숨조차 멈춰 버렸다. 긴장이 공기를 타고 전염되어 로젤린을 얼어붙게 만들었다. 찌르르, 가슴이 울리고 리카르디스에게서 조금도 시선을 떼어 낼 수 없었다.

'이거 분위기 좋은데.'

제법 괜찮아. 이대로만 가면…….

로젤린은 그런 음흉한 생각을 하며 살짝 눈을 내리깔았다.

"……"

하지만 아무리 기다려도 리카르디스는 움직이지 않았다. 아니, 움직일 기색조차 없었다. 어쩌지, 속으로 심각하게 고심하던 로젤린은 눈동자만 굴려 리카르디스를 흘끗 바라보았다.

그것이 신호라도 된 듯이 굳어 있던 리카르디스가 눈을 휘며 빙긋 웃었다. 그 산뜻한 미소가 두 사람 사이를 밀도 높게 채우고 있던 긴장을 한순간에 깨 버렸다.

"벌써 시간이 이렇게 됐나. 피곤하겠군, 로젤린. 이제 슬슬 돌아가 봐야 하지 않을까?"

로젤린은 기가 막혀서 어떤 말도 하지 못했다. 제가 시간이 이렇게 된 걸 몰라서 폐하의 집무실에 있었을까요? 우리 지금 그렇고 그런 분위기 아니었습니까? 그런데 갑자기? 하고 싶은 말은 많은데 입 밖으로는 어어, 하는 소리밖에 튀어나오지 않았다.

리카르디스는 멍하니 있는 로젤린의 손을 잡고 일으켜 문가까지 다가갔다. 아차 싶은 로젤린이 다리에 힘을 딱 준 채, 부릅뜬 눈으로 그를 다시 바라보았다.

"……설마, 지금 저보고 나가라 말씀하시는 겁니까?"

"일찍 자고 일찍 일어나야 키도 크지."

"저, 저 키 큰 편인데요."

"나보다는 작잖아."

아니, 그걸 말이라고…… 반박하려고 했지만 사실이라 할 말이 없었다. 망설이는 사이, 로젤린은 문밖으로 밀려났다. 그 안쪽에서 리카르디스가 해사한 미소를 보내며 그녀에게 인사했다.

"그럼 내일 보도록 할까. 로젤린, 오늘도 정말 수고 많았어."

탁. 문이 닫혔다. 로젤린은 가만히 있다가, 시간이 조금 흐른 후에 슬쩍 문고리를 잡아 보았다. 하지만 덜그럭덜그럭, 소리만 나고 손잡이가 돌아가지 않았다. 문까지 잠근 것이다.

* * *

"……그런 일이 있었습니다."

로젤린이 간밤의 일을 다 털어놓자마자 클로에는 고개를 숙인 채, 이마를 손등에 대고서는 한참 동안 가만히 있었다. 그녀는 곧 평소와 같은 얼굴로 웃으며 대답했다.

"흐음, 그랬군요."

"그뿐 아닙니다."

과거를 회상하는 로젤린의 눈빛이 날카로워졌다.

"요즘, 이상하게 저를 피하십니다."

정말 이상했다. 예전에는 그런 간질간질한 분위기가 감돌 때마다, 곤란하다고 말하는 것처럼 눈썹을 일그러트릴지언정 손을 조심스럽게 뻗어 산들바람처럼 볼을 간지럽히기라도 했는데. 그 짧은 접촉과 리카르디스의 표정만으로도 그가 무슨 생각을 하는지 알 것 같았는데.

갑자기 무슨 바람인지. 해가 질 즈음이면 돌려보내고, 최대한 단둘이 있는 상황을 피하고, 하다못해 감정의 일부분조차 잘 내비치지 않으려 했다.

물론 그는 언제나 다정하고 친절했다. 미소 띤 얼굴도 여전했지만, 로젤린이 바라는 건 그게 아니었다. 일그러지는 그의 미간, 당혹스러워하는 표정, 눈동자 안에 녹아드는 어떤 감정까지. 제게 오롯이 와닿는 그 모든 것이 그렇게 기꺼울 수가 없었는데.

설마 마음이 변한 것인가? 합리적인 의심이 문득 고개를 치켜들었다. 생각해 보니 노골적인 밀어내기가 얼마 안 됐다 뿐이지, 은근슬쩍 자리를 피하거나 하는 행위는 그전에도 제법 있었다. 가슴이 덜컥 내려앉는 기분에 로젤린의 표정이 굳어졌다. 그녀의 내부에서 휘몰아치는 폭풍을 알아챈 클로에가 애매하게 웃었다.

아마 그거 아닐 텐데……라며 말하고 싶어 하는 표정이었다.

"음, 폐하께서도 무슨 사정이 있는 게 아닐까 싶긴 한데요…… 워낙 바쁘시고, 또…… 바쁘시니까요. 피곤하셨을 수도 있겠죠?"

리카르디스가 얼마나 바쁜지는 옆에 온종일 붙어 있는 로젤린이 제일 잘 알고 있었다. 하지만 가장 바빴던 전쟁 때보다도 리카르디스의 눈을 마주친 횟수가 적다 느낄 정도였으니, 아마 그 이유 때문만은 아닐 것 같았다.

로젤린은 초조하게 포크를 깨물었다. 예의에 어긋나는 행동을 하고 있다는 사실도 몰랐다. 클로에는 그런 로젤린을 바라보며 계속해서 이상한 미소만 걸고 있었다.

리카르디스의 행동 때문이 아니라, 로젤린이 이 상황을 심각하게 여기는 모습이 묘하게 느껴진 탓이었다. '그' 로젤린이 리카르디스가 밤에 자신을 내쫓고 스킨십을 안 해 주는 게 걱정이라니. 살다 보니 별 얘기를 다 듣는다 싶었다.

사냥 대회 사고 이후 로젤린은 큰 변화를 맞이했었다. 지식과 상식 부족이라는 다소 곤란한 쪽으로. 시간이 흐르며 대부분의 기억을 되찾았지만, 아직까지 어수룩한 구석은 남아 있었다.

로젤린이 남녀 간에 일어나는 이런저런 일들을 다 알고 있는 게 맞을까, 정말로? 연애 상담을 듣고서야 비로소 그 부분까지 생각이 미쳤다. 여태껏은 전쟁이다, 개국이다 뭐다 하도 정신이 없었다 보니 클로에도 미처 신경 쓰지 못했다.

클로에는 로젤린을 빤히 응시한 채로 입을 여닫았다가, 한참 후 다시 조심스럽게 말했다.

"음, 이 문제와는 완전한 별개의 일이지만, 로젤린 경. 실례되는 질문 하나만 해도 될까요?"

"네. 편하게 말씀하세요."

"로젤린 경……."

클로에가 어색하게 웃으며 입술을 매만졌다.

"아이가 어떻게 생기는지 알고 있나요?"

"……."

로젤린은 '지금 무슨 이상한 소리를 하시는 겁니까?'라고 얼굴로 말하고 있었다. 그것만으로도 대답이 되었지만 클로에는 미묘하기 짝이 없는 미소를 띤 채로,

"알아요?"

라고 되물었다. 반드시 확인해야 하는 문제였기에 집요하게 굴 수밖에 없었다. 로젤린이 떨떠름하게 고개를 끄덕였다.

"……칼릭스와 레이몬드 경이 성교육을 해 줬습니다."

"세상에."

다행이다. 클로에는 식은땀을 훔쳤다.

"새가 물어 준다더군요. 독수리였나."

"……세상에."

이 남자들이 미쳤구나. 제대로 못 할 거면 차라리 나한테 맡기기라도 하지. 클로에가 이마를 짚었다. 그녀의 표정을 보고 로젤린이 흐흥 웃었다.

"사실 다 아는데요."

"네?"

"그 부분의 기억은 되찾아서 다 알고 있었는데, 두 사람이 너무 허둥지둥하기에 놀리고 싶었을 뿐입니다."

클로에가 입을 떡 벌렸다.

"두 사람 너무 순진하던데요."

"……."

순진의 상징 같은 로젤린이 맑게 웃으며 말한 내용이 너무 충격적이었다. 당황하는 동생과 친구를 보며 연기했을 로젤린이 저절로 연상되었다.

이 아가씨, 보통이 아니야!

과정은 충격적이었을지라도, 골치 아픈 일을 손 안 대고 해결하게 된 셈이라 클로에는 한시름 덜게 되었다. 그녀는 이후 로젤린과 리카르디스의 순탄한 연애를 위해 소소한 조언을 해 주었다.

폐하가 기뻐하실 만한 선물을 하는 게 어떨까. 문제를 근본적으로 해결하는 데 크게 도움이 되지는 않아도, 선물을 받으면 마음이 부드러워지기 마련이고, 또 그에 관해서 얘기를 하다 보면 한결 분위기가 좋아질 것이다.

로젤린은 긴 연애 끝에 결혼까지 성공한 인생 선배의 말을 감명 깊게 듣고 고개를 끄덕였다.

"바쁘신데 이런 일로 붙잡아 죄송합니다."

로젤린이 부드러운 미소를 지었다. 걱정을 떨치지는 못했으나 상대방을 위해 배려하는 것이었다. 그 사실을 눈치챈 클로에가 흐뭇하게 웃었다. 아무리 기억 상실 이후 남자 기사들의 목욕탕으로 들어갈 뻔한 적이 있다고 해도 그렇지, 그녀를 너무 어리게 생각했는지도 모른다. 이렇게 훌쩍 다 컸는데.

그리고 바로 다음 날, 클로에는 자신의 생각을 철회했다.

"로젤린 경."

"네."

순진무구하게 눈을 깜박이는 로젤린을 보니 속이 갑갑해져 왔다.

"혹시… 오늘 아침에 전하의 침실 창문 앞에 목 잘린 비둘기를 걸어 둔 것이 경인가요?"

"네. 어떻게 아셨습니까?"

로젤린이 방긋 웃으며 답했다. 클로에는 관자놀이로 가려는 손을 겨우 붙잡고 다시 차분하게 물었다.

"왜…… 목이 잘린 비둘기를……?"

"살이 올라서 맛있어 보이는 비둘기가 지나가기에 잡았는데, 폐하 생각이 나서요. 예전에 토끼를 잡아 드렸을 때 무척이나 좋아하며 드셨거든요. 피를 안 빼면 잡내가 심해져서 목을 자른 채 됐습니다."

클로에도 로젤린이 리카르디스에게 토끼를 선물한 상황을 알고 있었다. 사냥한 토끼를 더럭 안겨 리카르디스의 옷을 피로 흥건히 적셨다고 했다. 주위는 기함하고, 리카르디스는 한숨 쉬며 하늘을 바라보고, 아무튼 난리였다는데 기억 날조를 해도 이렇게 날조할 수가 없었다.

"그, 그런데 그걸 왜 창문에 걸고 왔어요?"

"깜짝 선물을 받으면 두 배로 기쁘니까요. 생각지도 못한 선물이라니, 가슴이 두근거리지 않습니까?"

방긋 웃는 로젤린의 얼굴 위로, 클로에는 아침에 만난 리카르디스를 떠올렸다.

[무언의 암살 예고인 줄 알았지.]

어쨌거나 가슴을 두근거리게 하는 것에는 성공했다는 얘기였다. 아침에 일어났더니 창문에 목 잘린 비둘기가 걸려 있고 피가 뚝뚝 떨어지고 있었으니, 어지간한 강심장이라도 놀랄 수밖에 없었으리라.

덕분에 하얀밤 기사단이 죄다 소집될 뻔했는데, 다행히도 헤사가 로젤린이 나무에서 펄쩍 날아올라 비둘기를 잡는 장면을 목격한 덕에 별다른 소란 없이 넘어갔다고 한다.

클로에는 이 허술한 방패와 허술한 창의 공방이 제법 길어질지도 모르겠다고 생각했다.

* * *

로젤린은 일반적으로 목 잘린 비둘기가 선물에 썩 적합하지는 않다는 사실을 인정했다.

"사냥 실력이 더 좋아진 것 아닌가?"

선물 건으로 대화를 나눈다는 소기의 목적은 달성했지만, 결과는 허무했다. 깊은 감정의 교류를 하고 싶었던 거지, 실력 칭찬을 듣고 싶었던 게 아니었다. 로젤린은 조금 의기소침해졌다.

당연하게도 리카르디스의 태도는 달라지지 않았다. 눈이 마주치면 자연스럽게 피하고, 둘만 있는 상황을 최대한 줄였다. 애초에 하루 종일 사람들과 대면하는 리카르디스와 단둘이 있을 기회가 그렇게 많지 않기도 했지만.

그래서 로젤린은 그나마 사람이 제일 적은, 리카르디스가 집무실에 있을 때의 시간을 활용해 보려 했다.

월장석 성, 리카르디스의 집무실.

깃펜이 종이를 사각사각 스치는 소리만이 조용한 공간을 채우고 있었다. 로젤린은 일을 분주하게 처리하는 리카르디스를 바라보다가, 집무실 안에 있는 또 다른 호위 기사 슈텐을 흘끗 훔쳐보았다. 하얀밤 기사단에 있는 다른 이들과 다르게 속이 깊고 눈치도 빠른 사람이었다. 자신과 리카르디스의 관계를 모르지도 않으니, 호위 기사의 업무를 조금 게을리한다 하더라도 은근슬쩍 눈감아 줄 것이다.

로젤린은 계산을 마친 후 조심스럽게 리카르디스에게 다가갔다. 예상한 바와 같이, 슈텐은 움직이는 로젤린을 보자마자 반대쪽으로 고개를 슬그머니 돌렸다. 역시 카일로 따위와는 비교도 안 되는 훌륭한 호위 기사였다.

동료에게 사심이 담긴 평가를 내린 로젤린은 발걸음 소리를 죽인 채 리카르디스의 바로 뒤까지 다가갔다. 집중하고 있는 머리통이 그렇게 잘생길 수가 없었다. 그녀는 어떻게 하면 수작을 부릴 수 있을까 고민하다가, 조심스럽게 그의 머리카락으로 손을 뻗었다. 계속 흘러내려 업무를 보는 데 방해가 되는 것 같다는 구차한 이유에서였다.

로젤린의 손이 빛나는 은색 실 같은 머리카락을 부드럽게 그러모았다. 그 순간 잘생긴 뒤통수가 눈에 띄게 흠칫했다. 단순히 놀란 것인지, 상대를 알면서도 접촉이 당황스러운 것인지 알 수 없었다. 하지만 어떤 거부의 말도 내뱉지 않고, 얌전히 손길을 받아 내는 걸 보면 싫지는 않은 모양이었다.

로젤린은 어깨를 스치는 리카르디스의 머리카락을 약하게 묶었다. 머리카락을 정리하는 과정에서 은근슬쩍 동글동글한 머리를 만지는 것은 덤이었다. 예쁘게 리본까지 묶은 로젤린이 조용하게 속삭이듯 말했다.

"머리가 흘러내리는 게 불편해 보이셔서요."

되돌아오는 대답이 없었다. 귀 끝이 빨개진 것을 보니 나름 효과가 있는지도 몰랐다. 로젤린은 흐뭇한 마음으로, 내일도 수작을 부려 봐야겠다고 생각했다.

바로 다음 날. 호기롭게 리카르디스의 집무실에 들어선 로젤린 앞에 믿을 수 없는 광경이 펼쳐졌다. 원래 집무실 안의 호위 인원은 그녀를 포함하여 총 두 명이었다. 한데 지금은 카일로, 파르딕트, 레이몬드, 르원까지. 총 네 명의 호위 기사가 리카르디스를 둘러싸듯 우뚝 서 있었다. 입구에서 굳은 채 움직이지 않는 로젤린에게 리카르디스가 아침 인사를 건네었다. 중앙 탁자에서 만반의 태세를 갖춘 표정으로, 아주아주 비장하게.

"좋은, 아침이야. 로젤린 경."

로젤린은 정말 할 말을 잃어버렸다. 방 안의 구성원들이 로젤린을 놀리고 싶어 하는 사람이나, 눈치 없는 사람, 그녀의 보호자와 리카르디스의 보호자 같은 사람으로 이뤄져 있다는 점에서 로젤린은 무언가를 해 보기도 전에 그들의 방어막 앞에서 번번이 무너져 내릴 수밖에 없었다.

결국, 로젤린은 모든 시도를 손에서 놓고 터덜터덜 방에서 걸어 나와야만 했다. 리카르디스의 얼굴은커녕, 옆모습, 뒤통수도 보기도 힘들었다. 그들 사이에 항상 두 사람 이상이 끼어 있었기 때문이었다.

분노를 삭이던 로젤린은 누군가가 뒤따라오는 기척을 느끼고 돌아보았다. 혹시나? 하는 마음이 있었지만, 시야에 들어온 것은 리카르디스가 아닌 카일로의 얼굴이었다. 안 좋았던 기분이 한층 더 저조해지고 말았다. 그녀의 우울한 표정을 보고도 푸른등불의 카일로는 여름 계곡물이 연상될 정도로 깨끗하고 상쾌한 미소만 짓고 있을 뿐이었다.

어, 뭔가 감이 더러운데. 로젤린의 촉이 반응했다.

"로젤린 경."

"뭡니까."

"저 월급 올랐습니다."

"축하합니다."

건성건성 대답해도 카일로는 개의치 않고, 소나무 숲의 향기가 느껴질 듯 청정한 얼굴로 다시금 입을 열었다.

"왜인지 물어보세요."

"왜입니까."

카일로가 방긋 웃었다.

"근무 시간이 늘었거든요. 폐하께서 제가 필요하신가 봅니다."

꺄르륵 웃음을 터트린 카일로가 콧노래를 부르며 떠났다. 로젤린은 혈압이 올라서 잠깐 머리를 붙잡고 있어야 했다.

* * *

기억 상실이라는 병명도 납득할 수 있을 정도로 로젤린은 여러 지식, 상식, 눈치까지 죄다 상실했었다. 하지만 그것도 다 지난 과거일 뿐이었다. 지금의 로젤린은 리카르디스가 자신을 싫어해서 피하는 게 아니라는 것쯤은 알 정도로 성장했다.

초반에야 문득 불안한 마음이 들어 혹시나 의심했다지만, 흔들리는 눈동자, 빨개진 귀 끝. 피하면서도 저 멀리서 흘끗흘끗 훔쳐보는 시선 등. 리카르디스가 보내는 은밀한 신호는 아직 그의 마음이 자신에게 있다는 사실을 잘 일러 주고 있었다. 하지만 마음만 있으면 뭐 하나. 얼굴을 마주하거나 손잡는 것조차 힘든데.

로젤린은 리카르디스와 대화를 나누는 젊은 귀족을 뚱한 표정으로 바라보았다. 전쟁 당시 공을 세워 작위와 영지를 얻고 신흥 귀족이 된 자였다. 괜찮은 것은 전투 실력뿐만이 아니었는지, 리카르디스가 추진하고자 했던 법령의 토대를 마련하는 일을 수월하게 해내었다.

리카르디스는 드물게도 달빛을 머금은 새벽 꽃 같은 미소를 뿜내며 기뻐했다. 손을 잡고 토닥이거나, 어깨를 두드려 치하해 주니 남자의 얼굴이 점점 붉어졌다. 눈빛도 흐려졌다. 술이나 마취 약같이 정신을 혼몽하게 만드는 물질을 고강도로 섭취한 듯 보였다.

무섭군, 내 남자의 미모. 아까까지만 해도 지적이던 남자의 맑은 눈빛을 저렇게까지… 로젤린은 혼자서 감탄했다.

리카르디스의 미모가 통용되는 범위는 이성뿐만이 아니었던 것이다. 이 사실이 로젤린의 마음을 한층 더 복잡하게 만들었다. 리카르디스가 노린다고 노려질 사람이 아니긴 하지만, 그를 원하는 사람이 너무나도 많았다. 보통은 세상의 반 정도만 적으로 여기면 될 텐데, 리카르디스가 대상이니 세상 모든 사람들을 경계해야만 했다.

안 그래도 손끝 하나 닿지 못하는 상황인데, 외간 남자가 제 남자와의 접촉을 기뻐하는 모습을 보니 마음이 싱숭생숭했다. 로젤린은 위기감에 사로잡혔다. 빨리 문제를 해결해야 할 것만 같았다.

그날 밤. 로젤린은 실력이 뛰어난 월장석 성의 병사들과 하얀밤 기사단의 경계를 뚫고 리카르디스의 방에 침입했다. 창문은 안쪽에서부터 잠겨 있었지만, 칼릭스 휘하의 마인 부대원인 원숭이에게 배운 기술로 몇 번 달그락달그락하여 손쉽게 열 수 있었다.

'기술을 배워 두면 다 도움이 된다더니.'

로젤린은 습득해 둔 기술의 유용함에 기뻐하며, 어두운 방 안으로 조심스럽게 발을 들여놓았다. 침대에 다가가니 어둠에 잠긴 흐릿한 인영이 그녀의 시선에 담겼다. 흰색 부드러운 시트 위로 아름다운 은발을 흐트러트린 남자가 곱게 누운 채 잠들어 있었다.

아무리 조용히 침입했다고는 하지만 잠긴 문을 따는 소리가 그의 잠을 방해하지 않을 리 없을 텐데 미동조차 없었다. 새벽을 꼬박 새우다 겨우 잠들어도 물방울 떨어지는 소리에도 일어나던 사람 같지 않았다.

전쟁이 끝난 후로부터의 변화였다. 어쩌면 리카르디스도 평생을 싸워 왔던 무언가를 조금 내려놓게 되었는지도 몰랐다. 로젤린은 잠든 리카르디스를 오랫동안 바라만 보았다.

여태껏 해 왔던 고민들이 다 바보 같아졌다. 뭐든 다 상관없어졌다. 힘들어하고, 지치고, 마모되어 천천히 무너지던 리카르디스보다 잘생긴 젊은 남자의 손을 잡고 환하게 웃고 있는 리카르디스를 보는 쪽이 훨씬 좋았다. 기분이 좀 싱숭생숭하긴 해도.

으음, 리카르디스가 잠결에 뒤척였다. 헐렁하던 상의가 활짝 벌어졌다. 로젤린은 리카르디스의 새하얀 가슴팍에 자기도 모르게 시선을 빼앗겼다가 고개를 저었다. 그리고 혹시나 그가 감기라도 걸릴까 싶어, 옷매무새를 가다듬어 주기 위해 손을 뻗었다.

그 순간, 동화 속 왕자님처럼 잠들어 있던 리카르디스가 눈을 번쩍 떴다. 두 사람의 시선이 딱 마주쳤다. 로젤린이, 리카르디스의 활짝 벌어진 옷을 잡은 상태로.

리카르디스는 로젤린의 얼굴을 한 번, 그리고 그녀의 애먼 손이 어디에 가 있는지 한 번 확인했다. 곧 그의 흐릿하던 초점이 또렷해졌다. 로젤린은 항변하기 위해 다급히 입을 열었다. 하지만 리카르디스가 악 비명을 지른 게 먼저였다.

"페르벨강!"

쾅! 문밖의 호위 기사들과 옆방에 있던 기사들이 문을 박차고 튀어나왔다. 로젤린은 부엌에서 음식을 훔쳐 먹다 걸린 쥐처럼 굳어 버렸다.

쨍그랑! 바깥 유리창이 깨지며 기사들 네 명이 멋지게 굴러서 안으로 진입했다. 위층에서부터 밧줄을 타고 온 것이었다. 전시에도 본 적 없는 치밀하고 삼엄한 경계였다. 아니, 이게 이렇게까지 할 일인가?

단둘밖에 없던 공간에는 순식간에 사람이 가득 차게 되었다. 억울함을 풀 길이 없었다. 로젤린은 이상한 상황이 아니지 않느냐 동의를 구하기 위해 리카르디스를 바라보았다.

"……."

리카르디스는 벌어졌던 옷을 움켜쥔 채 얼굴을 붉히고 있었다. 기사들이 로젤린을 따라 리카르디스를 한 번 바라본 후, 곧바로 다시 로젤린을 향해 시선을 두었다. 눈빛이 아주 따가웠다. 로젤린은 자신이 뭐라 변명해도 그들에게 전혀 통하지 않으리란 사실을 직감할 수 있었다.

월장석 성의 대회의장. 아까 전, 방 안에 돌입한 기사들이 한 자리씩 차지하여 넓게 원을 그리고 앉았고, 로젤린은 그 중앙에 초라하게 어깨를 움츠리고 있었다. 가장 상석에는 하얀밤의 기사단장 나단이 팔짱을 낀 채 그녀를 주시하는 중이었다.

"로젤린 경."

"예, 단장님……."

"아끼는 부하를 이런 식으로 추궁하게 되어 매우 유감이지만, 절차대로 해야겠지. 그래. 단원들 몰래 전하의 방에 침입한 이유가 뭔가? 대답 여하에 따라 징계를 내릴 수도 있는 사안이네."

전 기사단장 스타스가 강철 벽이라면, 현 기사단장 나단은 강철 검 같은 느낌이었다. 바늘 하나 안 들어가고, 둘 다 위압감이 든다는 점에서는 동일하지만 후자 쪽이 공격성이 더 높아 보이긴 했다.

"드릴 말씀이 있어서 잠시 들른 것뿐인……."

로젤린이 말을 채 끝내기도 전에 카일로가 책상을 쿵 치며 끼어들었다.

"막 방에 진입했을 때 로젤린 경이 전하의 셔츠를 잡아 뜯어 벌리고 있는 걸 제 두 눈으로 똑똑히 보았습니다!"

카일로가 상황을 극적으로 날조하는 바람에 회장이 들썩였다.

"세상에나!"

"어쩌면 그렇게 파렴치할 수가!"

"불타는 욕망의 항아리 같으니!"

난생처음 들어 보는 비난들이 쏟아졌다. 로젤린은 입을 빼고 툴툴거렸다.

"손끝 하나 닿기도 전에 들어왔으면서 무슨……."

'애초에 덮치러 간 것도 아닙니다. 긴히 드릴 말씀이 있었던 것뿐입니다.' 라는 말을 완성할 수 있을 리 없었다. 손끝 하나 닿기도 전에 들어오지 않았냐는 말에 기사단원들이 술렁였다.

"이것 봐, 이것 봐."

"아주 반성의 기미라고는 눈곱만큼도 없구만."

"우리가 안 들어왔으면 뭘 어쩌려고 했던 거야? 로젤린 경 그렇게 안 봤는데, 아주 무서운 사람이었네!"

"불타는 욕망의 항아리 같으니!"

기사단원들이 돌아가면서 로젤린을 엄하게 꾸짖었다. 별 잘못도 안 한 것 같은데 핀잔만 1시간째였다. 궁지에 몰린 로젤린은 결국 잘못을 인정했고, 나단은 무서운 얼굴로 징계를 내렸다. 한 달여간 업무에서 제외시키겠다는 내용이었다. 로젤린은 그 징계에 리카르디스가 개입했노라 확신했다.

* * *

나단은 로젤린에게 붉은수레바퀴 영지에 다녀오는 게 어떻겠냐고 권유했다. 새로운 왕국의 발족은 그 안에 속한 모든 이들의 업무를 힘겹게 만드는 경향이 있었고, 그건 로젤린도 예외는 아니었다. 전쟁이 끝난 뒤로도 바쁘게 일해 왔으니, 징계라는 좋지 않은 명목일지언정 쉬는 시간을 잘 활용하라는 얘기였다.

로젤린은 서운함과 서러움에 분노가 한 스푼 섞인 마음 반, 그리고 붉은 수레바퀴 영지가 그리운 마음 반으로 나단의 권유를 받아들였다.

긴 여행길은 전혀 지루하지 않았다. 붉은수레바퀴령에 한 걸음 더 가까워지는 과정이니 시간이 지날수록 설렐 뿐이며, 마차 창밖의 풍경도 만개한 꽃으로 채워져 있어 질리지 않는 즐길 거리가 되어 주었다.

로젤린은 푸른 하늘 아래 풍요롭게 피어나는 땅을 바라보다 바람이 불어오는 소리에 눈을 감았다. 곧 따스한 바람이 로젤린의 머리를 흐트러트리며 이마를 간지럽게 만들었다. 로젤린은 턱을 괸 채 오래 바람을 맞았다.

몇 개월 전, 연합군이 침범한 일로 붉은수레바퀴 영지는 한차례 몸살을 앓았다. 그로부터 몇 개월이 지났으나 아직까지 완전히 회복되지는 않은 듯 보였다. 여기저기 목재나 석재가 잔뜩 쌓여 있고 사람들이 굵은 땀방울을 흘리며 열심히 움직이고 있었다. 하지만 그 누구에게서도 그늘은 보이지 않았다. 노래를 부르며 힘을 합쳐 무너진 것을 다시 쌓아 가는 사람들의 얼굴에는 미소가 떠나지 않았다.

로젤린은 인부들이 부르는 노래를 흠흠 따라 불렀다.

"바람과 함께 반가운 손님이 온다네……."

여기까지 부르고 그녀는 풋 웃었다. 보통은 봄의 축제에서 풋풋한 소녀와 아가씨들이 부르는 연가였는데, 그걸 수염 난 우락부락한 장정들이 부르고 있으니 좀 우스꽝스러웠다.

하지만 로젤린은 그들이 왜 그런 노래를 부르는지 알 것 같았다. 따스한 햇살, 피어나는 꽃과 새싹, 무럭무럭 자라는 과실들까지. 대륙을 흠뻑 적신 축복의 빛은 단순히 땅을 소생시켰을 뿐 아니라 그 땅 위를 살아가는 자들에게 벅찬 희망을 안겨 주었음이 분명했다. 로젤린은 편안하게 등을 기대어 앉았다. 온 거리에 울려 퍼지는 노래와 사람들의 말소리가 반가웠다.

로젤린이 탄 마차는 성문에서 간단한 심사를 거친 후 거리로 들어섰다. 성으로 이동하고 있는데, 갑자기 마차가 멈춰 섰다. 마부가 누군가와 실랑이를 벌이는 소리가 들렸다. 영지의 경비병과 마찰이 생긴 모양이었다.

"이야, 이게 보통 고급 원목이 아닌데."

탐욕이 가득한 목소리가 익숙했다.

"백작님의 후원을 받기 위해 온 상단이라며 성문을 통과하셨더라고요? 이게 후원을 받아야 할 정도로 가난한 상단이 사기에는 금액적으로 무리인데다가… 또 돈만 있다고 가질 수 있는 게 아닌데. 흠, 뭘까. 이 원목으로 이렇게 거대한 마차를 만들 정도의 재력과 권력이 있는 분이시라. 제가 보기에는 상단에서 온 건 아닌 듯싶은데? 그렇다고 귀한 분이 올 거라는 얘기도 따로 못 들었고…….."

"그, 그만 좀 만지시죠."

경비병이 계속 탐욕의 손길로 마차를 쓰다듬고 있었던 모양이었다.

"성문에서 들었을 테지만 다시 한번 묻겠습니다, 어디서 왔습니까?"

로젤린은 팔짱을 끼고 대화를 듣다가 홀로 씩 웃었다. 생각보다 이 직업이 잘 어울리지 않나. 칼릭스가 보는 눈이 있던 모양이었다.

로젤린이 창문을 똑똑 두드렸다. 뚜벅뚜벅, 문가로 다가오는 소리가 들렸다. 로젤린은 창을 가리고 있는 짧은 천을 걷었다. 그녀를 발견한 남자의 눈이 동그래졌다. 칼릭스와 계약했던 마인들 중, 빛나는 금은보화를 유독 탐하는 성질로 까마귀라 불리게 된 남자였다.

전쟁 이후, 마인대는 그대로 붉은수레바퀴의 병력으로 편입되었다. 기사 작위를 받긴 했지만 본인들이 나서서 영지의 치안대 역할을 해내는 중이라 들었는데, 과연 일반적인 병사들과 달리 시야가 넓었다.

까마귀가 깜짝 놀라 "로!"까지 했을 때 로젤린은 잽싸게 검지를 입에 가져다 대었다. 그녀는 '붉은수레바퀴의 로젤린'이 붉은수레바퀴령에 등장했을 때의 파급력을 예상하고 있었다. 젖먹이 아기부터 80살 난 노인들까지 다 뛰어나와 눈물로 환영할 텐데, 부담스러운 것도 부담스러운 거고 열심히 일하는 사람들을 괜히 방해하고 싶지 않았다.

"아니, 연락이라도 하고 오시지! 성 밖에서부터 성으로 가는 길까지 융단 깔고 꽃을 뿌렸을 텐데요!"

"그래서 안 했는데."

"아, 그렇구나!"

까마귀는 창문틀에 턱을 댄 채로 싱글싱글 웃으며 조잘대었다. 주로 마인대의 소식과 관련된 이야기들로, 다들 잘 자리 잡았다는 내용이었다.

불미스러운 큰 사건이 일어날 뻔했는데 가장 험한 지역의 뒷골목 출신인 마인들이 미리 정황을 포착하여 막아 내었단다. 이후로도 갖은 범죄를 재빠르게 잡아내, 영지민들의 신뢰도가 하늘을 찌른다고 자랑했다.

연신 싱글벙글하는 걸 보니 절로 웃음이 나왔다. 로젤린은 그 마음을 숨기지 않고 웃음기 어린 목소리로 물었다.

"붉은수레바퀴 영지는 어때. 지낼 만하나?"

까마귀가 환하게 웃었다.

"최고예요."

까마귀의 호위를 받아 성에 도달하자 성이 한바탕 뒤집어졌다. 칼릭스의 보좌인 알터와 알터의 여동생 일리야가 나와 대성통곡했고, 그다음 집사장과 하녀장이 나와 대성통곡했고, 그다음 주방장이 나와서 우리 아가씨가 반쪽이 되었다며 대성통곡했다.

로젤린은 붉은수레바퀴 성의 일원들을 달래느라 성에 들어가지도 못하고 짠 내 나는 환대를 오랫동안 받아야 했다.

"바람이 유난히 세차게 불더라니, 반가운 손님이 왔구나."

어깨에 숄을 두른 에델바이스가 로젤린을 반겼다. 그녀는 웃으며 에델바이스에게 인사했다.

"다녀왔습니다."

* * *

칼릭스는 외부로 일을 나간 상태였다. 때문에 에델바이스와 로젤린은 어색한 기류 속에서 재회를 반가워했다가, 서로의 건강한 모습에 안도하기도 하며 느린 대화를 이어 갔다.

당연하다시피 로젤린의 귀환이 어떤 의미를 가지고 있는지까지 대화가 도달하였다. 로젤린은 아주 솔직하고 담백하게 "단장님께서 징계를 받은 김에 영지에 한번 내려갔다 오라고 하셔서요."라고 말했다.

에델바이스가 눈을 크게 뜨고 로젤린을 바라보았다.

"징계?"

"예."

"무슨 일 있었니?"

로젤린은 잠깐 흠칫했다. 자신이 왜 징계를 받았는지 잠시간 까먹고 있었다. 그 이유를 입 밖으로 내야 할 줄은 더더욱 몰랐고.

로젤린이 머뭇거리자 에델바이스가 염려하는 듯한 눈빛으로 그녀를 채근했다. 로젤린은 눈을 질끈 감고 더듬거리며 말했다.

"잠든…… 폐하의 방에 몰래 침입해서요."

"……."

에델바이스는 자신의 귀를 의심했다. 그녀의 심각해지는 표정을 본 로젤린은 이상한 오해가 번지기 전에 재빨리 해명했다. 다행히도 카일로처럼 말을 방해하고 상황을 날조하는 인간이 없었기에 오해는 수월하게 풀렸다.

"흠…."

에델바이스는 미간을 살짝 일그러트린 채로 깊은 고민에 빠졌다.

"흠… 그랬구나, 폐하께서…… 정확한 사정이야 알 수 없지만… 흠, 이 유라도 설명해 주셨으면 좋았을 텐데."

저 '흠'은 에델바이스가 기분 좋지 않을 때 나오는 소리였다. 지금 '흠'이 몇 번 나왔더라? 세 번인가. 아직까진 괜찮을지도.

"흐음… 그리고."

"예."

"축복의 밤을 폐하와 함께 불렀다지?"

"그렇습니다."

"그 의식도 치렀을 테고? 왜, 호수에 들어가는 거 있잖니."

"예에, 이렇게 호수에 들어가서."

"언약문도 외었고?"

"네."

하나하나 더해질 때마다 에델바이스의 얼굴에 은근한 노기가 서렸다.

"네가 한 그게 일라베니아에서는 결혼할 때 치르는 의식이라는 건 알고 있니?"

로젤린은 고개를 끄덕였다.

"흠… 혹시, 폐하께 청혼을 받았니?"

"아니요. 워낙 바쁘셔서."

거기까지 들은 에델바이스는 궁금했던 부분이 전부 풀렸는지 앞으로 기울였던 몸을 의자 등받이에 완전히 기대었다. 그녀는 다른 곳을 쳐다보며 찻잔을 만지작거렸다.

"'축복의 밤'이 결혼식의 형태를 닮은 게 아니라, 결혼식이 두 사람의 결합과 화합이 있어야만 찾아올 수 있는 '축복의 밤'의 영향을 받게 되었음은 충분히 알고 있단다. 축복의 밤을 부르면서 반드시 청혼이나 결혼이 전제되어야 할 필요는 없다는 얘기야. 더군다나 전쟁 중에 다른 걸 신경 쓸 틈이 있는 게 이상하지 않겠니?"

신경 쓸 틈이 있지 않겠냐는 말투라 로젤린은 조용히 손을 모은 채 경청했다.

"그래도 시간이 많이 흘렀는데, 흐음… 그 의식이 대륙의 사람들에게 어떻게 받아들여지는지 잘 아시리라 생각했는데. 물론, 바쁘실 테니 충분히 이해는 하고 있지만 말이다. 흠…."

'흠'이 몇 번 나왔는지 셀 수도 없을 정도였다. 때마침 주방장이 요리가 다 되었노라는 소식을 알렸다. 에델바이스는 응접실을 벗어나 식당으로 내려가는 와중에도 계속 흠, 흠 하는 소리를 멈추지 못했다. 그게 약간, 심술 난 소녀같이 보여 좀 귀여웠다.

에델바이스는 로젤린이 능숙하게 포크와 나이프를 써서 식사하는 모습을 보고 묘한 표정을 지었다.

"……많이…… 점잖아졌구나."

땅에 떨어진 빵을 주워 먹었을 때보다, 라는 말이 생략되어 있음을 로젤린도 알아챘다. 식사가 끝나 갈 무렵 칼릭스가 귀환했다. 로젤린이 집에 왔다는 사실을 모르던 칼릭스는 '백작' 같은 얼굴로 식당에 들어섰다.

"누님!"

곧바로 로젤린이 아는 '동생'의 모습이 되긴 했지만. 로젤린은 그의 성장이 기껍고, 그의 애정이 반가워 활짝 웃으며 일어나 칼릭스를 안아 주었다. 그리고 붉은수레바퀴 영지에 어떻게 오게 되었나 또 얘기해야만 했다.

"폐하의 방에…… 밤에…… 몰래…… 들어갔어……."

칼릭스는 참담함을 금치 못했다. 로젤린도 세상은 혼자 살아가는 것이 아니기에 남에게 말하기 껄끄러운 일을 할 때는 아주 은밀하게, 절대 들키지 않아야겠다는 교훈을 얻었다.

* * *

칼릭스와 승마도 하고, 에델바이스와 가끔 티타임도 가지고, 하녀들과 나들이도 갔고, 마인들과 대련도 하고 영지 여기저기를 놀러 다니다가 반가운 얼굴들도 보고. 이보다 더 행복할 수는 없었다. 정말 이보다 더 행복할 수가 없는데…….

로젤린은 침대 위에서 괴로움에 몸부림쳤다. 머릿속에서 리카르디스가 떠나지 않았다. 물론 한순간도 잊기 힘든 외모이긴 했지만, 정도가 지나쳤다. 뭘 하든, 뭘 먹든, 어딜 가든 리카르디스가 눈앞에 어른거렸다.

제대로 말도 안 해 주고 징계라는 이름으로 자신을 내쫓은 이가 뭐가 예쁘다고…….

너무 예뻤다.

생각해 보니, 아무리 마음을 나눈 사이라고는 해도 서로의 모든 것을 알수는 없는 법이었다. 도리어 비밀을 가지고 있는 편이, 사람을 신비스럽게 만들고 그렇지 않나? 그 아름다움의 비결은 어쩌면 비밀스러움에서 오는 것일지도…?

로젤린은 자신이 반쯤 미쳐 가고 있다는 사실을 깨달았다. 생각을 환기할 필요가 있었다.

로젤린은 성벽을 조금 벗어난 곳에 있는 넓은 들판에 도착했다. 붉은수레바퀴 영지가 한눈에 보이는 곳이었다.

옹기종기 모여 있는 집 굴뚝에서 연기가 모락모락 솟고 있었다. 그녀는 자리에 털썩 주저앉아 경관을 감상하며 챙겨 온 샌드위치를 꺼내 먹었다. 사과도 손으로 갈라 한쪽은 자신이, 한쪽은 말의 입에 쏙 넣어 주었다. 밤색 말이 그녀의 귓가에서 씩씩 거친 숨을 내쉬었다. 로젤린은 사과를 씹으며 말의 콧등에서부터 갈기까지 부드럽게 쓸었다.

짧은 간식 시간이 지나고 로젤린은 잔디밭에 풀썩 누웠다. 흰 셔츠를 입고 있어서 풀물이 들 테지만 지금은 봄볕에 온몸이 녹아내리듯 노곤노곤해져서 눕지 않고는 버틸 수가 없었다.

로젤린은 잠이 오는 사람처럼 천천히 눈을 깜박였다. 새파랗고 넓은 하늘 위로 크림같이 몽글거리는 하얀 뭉게구름이 표표히 흘러가고 있었다.

'저 하늘보다 아름다운 것이 우리 폐하의 눈동자…….'

로젤린은 제 이마를 손바닥으로 찰싹 쳤다. 이렇게까지 오래 떨어져 본적이 없어서 몰랐는데, 부작용이 심각했다. 하나하나에 전부 리카르디스를 연상하고 있다니.

로젤린은 환한 봄볕 아래 총천연색으로 빛나는 경관을 포기하고 결국 눈을 감아야 했다. 검게 변한 시야 위로 리카르디스가 아른거렸다. 심지어는 평생에 본 적도 없는 고혹적인 미소를 걸고 있었다.

'괴롭다. 금단 증상.'

돌풍 같은 세찬 바람이 불어오며 그녀의 칙칙한 기분을 환기시켰다. 스스스, 낮은 바람에 잔디가 눕는 소리가 들렸다. 그리고 그 바람을 타고 온 꽃향기가 그녀의 코끝을 간지럽혔다. 로젤린은 코를 움찔거리며 밀려오는 향을 음미했다.

봄바람은 어딘가 사람의 마음을 설레게 만드는 구석이 있었다. 바람에 흔들리는 색색의 꽃잎과 부드럽게 사람의 마음을 파고드는 은은하고 달콤한 향까지. 그 때문에 봄바람과 함께 반갑고 그리운 손님이 온다는 노래가 만들어진 게 아닐까 싶었다. 반가운 손님이 온다는 것이 아니라, 왔으면 좋겠다는 희망을 담은 게 아닐까 하고.

로젤린은 콧노래를 흥얼거렸다.

"바람과 함께……."

단단한 발굽을 가진 짐승이 가까이 오는 소리가 들렸다. 로젤린은 자신이 누워 있는 동안 혼자 풀 뜯으러 산보를 나간 말이 돌아오는 것이라 생각했다. 그런데 왜인지 모르게 가슴이 두근거리기 시작했다.

"……반가운 손님이……."

로젤린의 노랫소리가 세찬 바람 소리에 섞여 쓸려 나갔다. 그녀는 누워 있던 자리에서 일어나 뒤를 돌아보았다. 그녀는 순간, 달빛을 한 아름 빌려와 빚은 조각상을 보았다 착각했다.

하얀 말 위에 앉아 있는 은발의 남자는 봄의 따사로운 햇볕 아래 찬란하게 반짝이고 있었다. 찰랑거리는 흰색 갈기를 휘날리는 백마도 마치 이델라브림의 옆에 서 있을 법한 신성한 말처럼 보였다. 이런 평범한 들판에서 볼 법한 광경이 절대로, 너무 심하게 아니라서 로젤린은 입을 벌린 채로 잠깐 굳어 버렸다. 오랜만에 봐서 그런지 파괴력이 장난 아니었다.

헉, 로젤린은 숨을 크게 들이켰다. 조각상이 웃기도 하다니! 하늘나라의 백마가 갈기를 휘날리며 걸어왔다. 심각하게 멋있었다. 분명 자신이 잘생긴 걸 알고 있는 짐승이 분명했다.

거리가 가까워지자 말을 타고 있는 리카르디스로부터 그림자가 드리웠다. 로젤린은 잔디에 앉은 채 멍청히 그를 올려다보았다. 리카르디스는 그린 듯이 아름다운 미소를 걸고 있었다.

"나는 그대에게 반가운 손님인가?"

로젤린은 멍하니 고개를 끄덕이려다 퍼뜩 정신 차렸다. 리카르디스가 자신을 내치고서는 여태껏 연락 한번 없었던 사실이 떠올라 서러움이 울컥 솟은 것이었다. 그녀는 고개를 끄덕이는 대신 휙 하니 돌려 그의 시선을 피했다.

리카르디스가 쓸쓸하게 웃었다. 그가 말에서 내려와 앉아 있는 로젤린에게 손을 내밀었다. 로젤린은 여전히 고개를 모로 돌린 채, 불편한 심기를 표현했으나 그가 내민 손을 냉큼 잡고 일어서긴 했다.

"로젤린."

평소보다 목소리의 온도가 낮았다. 로젤린은 눈동자만 흘끗 굴려 그를 바라보았다. 기분이 상한 것 때문에 계속 입을 다물고 싶었으나, 어쩐지 분위기가 이상했다.

로젤린은 고개를 돌려 리카르디스를 똑바로 마주했다. 몇 달 동안 자신을 은근슬쩍 피하고, 대놓고 피하고, 얼굴을 붉히던 모습은 온데간데없었다. 진지하게 응시하는 눈빛이 차분하게 가라앉아 있었다.

그녀는 리카르디스의 이런 얼굴을 몇 번 본 적 있었다. 주로 비가 내리던 날이었다. 누군가를 잃은 날이었다. 흰색의 옷을 입고 관을 바라보던 날들이었다.

로젤린은 무언가를 예감했다. 리카르디스는 말없이 뒤를 돌아보았다. 그녀의 시선도 그를 따라 뒤를 향했다.

리카르디스의 호위 기사들과 병사들이 막 들판 위를 올라오고 있었다. 그들보다 먼저 눈에 띈 것은, 그들이 높게 세우고 있는 깃발이었다. 붉은수레바퀴 기가 중앙에, 그리고 양옆에 장례 의식을 뜻하는 흰색의 천이 길게 걸려 있었다. 펄럭이는 깃발들은 하늘을 나는 연처럼 높게 휘날렸다.

하얀 관을 실은 마차가 로젤린의 시야에 천천히 담겼다.

[붉은수레바퀴는 일라베니아를 지킨다.]

붉은수레바퀴의 페르탄, 붉은수레바퀴 전 백작, 무너진 기혜란 관문의 사령관. 일라베니아 황실이 아닌 일라베니아 땅 위의 사람들을 지키기 위해 노력했던 사람이었다. 그가 간절히 지키고자 했던 곳으로 돌아온 것이다.

로젤린은 리카르디스와 나란히 말을 탄 채로 천천히 성을 향해 이동했다. 성문을 지키던 병사들은 갑작스러운 병력의 접근에 경계했다가, 로젤린과 그 뒤에 걸린 깃발을 보고서는 급하게 성문을 개방했다.

거리를 메운 사람들이 하얀 깃발의 행렬을 보고 하던 일을 멈췄다. 뛰놀던 아이들도, 창문을 열고 환기를 시키던 여자도, 열심히 장사를 하던 영지민도 모두.

시끄럽던 거리에 순식간에 적막이 감돌았다. 로젤린은 붉은수레바퀴 성만을 보며 천천히 나아갔다. 행렬을 본 자들은 모두 고개를 숙이거나 무릎을 꿇어 예를 표했다. 고요한 분위기와 애도가 물결처럼 퍼져 나갔다.

울음소리 속에서 로젤린은 붉은수레바퀴 성 앞에 당도했다. 앞서 소식을 알린 사람이 있었는지 칼릭스와 에델바이스가 앞에 나와 있었다.

에델바이스는 로젤린과 리카르디스를 한 번 봤다가 그 뒤를 따라오는, 꽃으로 둘러싸인 마차를 봤다. 부들부들 몸을 떨던 그녀는 제 얼굴을 가리며 허물어지듯 쓰러졌다. 칼릭스가 급히 에델바이스를 부축했다.

바람이 로젤린의 귓가를 스쳤다. 아까 전 그녀가 흘려보낸 노래가 다시 돌아왔다.

* * *

로젤린과 리카르디스는 말을 탄 채로 강가를 천천히 거닐었다. 리카르디스가 시선을 강에 고정한 채 물었다.

"장례 문제는 거의 해결되었다지."

"예, 사실 시신이 없어서 진행되지 못하고 있던 거라."

"다행이군."

"감사합니다. 어머니께서…… 많이 기뻐하셨습니다. 칼릭스와 저도요. 어떻게 감사의 말씀을 드려야 할지 모르겠습니다."

전쟁은 수많은 사상자를 낳았다. 리카르디스는 그런 이들이 돌아올 수 있는 방편을 마련하기 위해 큰 노력을 기울였다. 페르탄 또한 그 일환일 수 있지만, 왕국이 세워진 후 제대로 쉬지도 못하며 일만 했던 리카르디스가 얼마나 바쁜지는 로젤린이 제일 잘 알았다. 대략 5년간은 왕성에서 벗어나지 못하고 일만 해야 할 정도였다. 그런 그가 지금 붉은수레바퀴령에 있는 것이었다.

"붉은수레바퀴 전대 백작이 기혜란 관문에서 버텨 주지 않았다면, 병력을 나누어 중부 관문에 보내지 않았다면 전쟁의 판도는 달라졌을 테지. 이 땅의 이름이 리쉬에가 아니라 발타였을지도 몰라."

차마 농담이라고 웃어넘기지 못할 말이었다. 리카르디스는 무언가를 생각하듯 살짝 눈을 내리깔고 있었다.

"전 제국에 충성을 바친 자였으나, 이 전쟁의 가장 큰 공헌자 중 한 명이지. 그에 맞춰 예우해야 한다 생각했을 뿐이니 고마워할 필요는 없어."

흠, 하고 멋쩍어하는 기색이 느껴졌다. 로젤린은 그의 뒤에서 남몰래 웃었다. 참, 저 새침데기 같은 구석은 예전보다 마음이 넉넉해진 지금에도 여전했다. 그게 귀엽긴 했지만.

"발타 측의 협조를 받아서 스타스 경의 수색도 계속하는 중이야. 댐의 붕괴로 강물에 쓸려 나가 버리는 바람에 시일이 걸리겠지만…… 최근 흔적을 찾았다는 것 같아. 머지않아 돌아올 수 있겠지."

"네."

리카르디스는 뒤돌아보았다가 로젤린이 흐뭇하게 미소 짓고 있는 모습을 포착했다. 그가 털을 세운 앙칼진 고양이처럼 눈을 치켜떴다.

"뭐지, 그 표정? 나를 무척…… 귀여워하는 것 같은데."

왜 저렇게 눈치가 빠른지. 로젤린은 재빨리 미소를 거뒀다. 리카르디스는 한동안 그녀를 의심의 눈으로 바라보다가 말에서 내려갔다. 옷을 정리한 그가 로젤린을 향해 손을 내밀었다.

"좀 걸을까."

"네."

큰 손이 그녀를 단단하게 받쳐 주었다. 두 사람은 손을 잡은 채 반짝이는 강가를 걸었다. 몇 달간 손 한번 제대로 잡아 보지 못해 안달 냈던 것이 어제 같은데 감개무량했다.

'……'

생각해 보니 실제로 어제까지 안달 내긴 했었다.

손에 닿는 따스하고 단단한 감촉이 낯설어 로젤린은 연신 손을 꿈틀거렸다. 손에 땀이 나는 것 같기도 해서 빼고 싶었는데, 그 순간 리카르디스가 단단하게 손을 옭아매듯 잡았다. 대체 무슨 심경의 변화일까. 나쁘진 않은데, 몇 달 동안 그런 식으로 대하다가 갑자기 이러니 적응이 되지 않았다.

로젤린은 흘긋 올려다보았다. 달빛에 빛나는 백은색 머리카락과, 베일 듯 날렵한 턱 선이 보였다. 근데 좀 과하게 날렵한 것 같기도 했다.

"살이 좀 빠지신 것 같은데요."

"……그간 고생이 많았거든."

리카르디스는 그간의 고생을 떠올린 듯 눈을 질끈 감았다 떴다.

"한 나라의 왕이 불안정한 상태의 왕국을 두고 떠날 수 있을 리가. 그래서 어느 정도 안정 상태…… 싶은 정도로 일을 처리해야만 했는데, 왕국을 세운 지 고작 몇 개월도 안 된 시점에서 그 정도라도 가능하게 하려면, 처리해야 하는 일이 얼마나 많을까."

리카르디스는 이를 갈고 있었다. 폭넓어진 지식과 상식을 바탕으로 현 왕국의 상황을 잘 파악하고 있는 로젤린은 리카르디스의 말을 듣는 순간, 상상만으로도 아찔해지는 기분을 느꼈다. 정말 불가능한 일이었다. 과거의 고난을 떠올리는 리카르디스는 달빛에 부서질 것같이 연약해 보였다.

"……정말 너무 힘들었어……."

고단함이 한 움큼 묻어나는 찌든 목소리에 로젤린은 눈물을 흘릴 뻔했다.

"왜 그렇게 무리하셨습니까."

로젤린이 왜 군이 붉은수레바퀴 영지까지 내려왔느냐, 염려 섞인 타박을 하자 리카르디스가 피식 웃었다.

"나와 그대 사이에 현재 필요한 건 뭐라고 생각하나?"

뜬금없는 질문에 로젤린이 눈알을 굴렸다.

"글쎄요, 폐하께서 앉을 수 있는 벤치라든지."

"예상은 했지만 획기적인 대답이로군. 좋아, 그대의 마음은 고맙지만,

그건 오답이야."

리카르디스는 로젤린을 응시하며 진지하게 말했다.

"절차, 그게 필요했지."

로젤린은 눈만 깜박였다.

"전혀 예상하지 못한 대답인데요."

리카르디스의 대답이 더 획기적이지 않나 싶었다. 그는 뭐가 웃긴 것인지 실없이 웃음을 흘렸다.

"나의 감정만으로는 해결할 수 없는 게 많다는 거지."

사실 로젤린은 모든 것이 그의 감정 문제라고 생각했었다. 리카르디스의 감정이 변했기에 둘 사이가 어그러지기 시작한 것이라고. 하지만 지금은 그의 행동으로, 말하고자 하는 바가 무엇인지 알 것 같았다.

일정 거리를 떨어져 있던 리카르디스가 한 걸음 성큼 로젤린에게 다가갔다. 로젤린은 자리에 멈춰 서서 그를 빤히 올려다보았다. 리카르디스는 입술을 깨문 채 애꿎은 강물을 노려본 다음, 한숨을 푹 쉬었다. 그러고 나서야 품을 뒤적이기 시작했다. 로젤린은 리카르디스가 다음에 어떤 행동을 할지 깨달았다.

그녀의 눈이 반짝였다. 과하게 초롱초롱한 눈빛을 보고 리카르디스의 손이 흠칫 멈췄다. 로젤린은 경계심 높은 야생 동물을 대하는 것 같은 '나는 너에게 해를 끼치지 않을 거야.' 미소를 급히 지었다.

"계속하세요."

"지금 다 눈치챘지."

예민한 고양이가 재래했다. 로젤린은 고개를 격렬하게 저었다. 리카르디스는 씩씩거리며 분해하다가, 품에 넣은 손을 꺼내었다. 고급스러운 벨벳으로 포장되어 있는 작은 상자였다.

반지다, 반지! 로젤린은 말없이 눈으로 환호했다. 리카르디스는 그녀의 눈이 뭐라고 말하는지 정확하게 깨닫고선 절망했다.

"내가 사람을 기쁘게 하는 재주가 없어. 미안해."

"엄청 기쁜데."

로젤린이 웃음을 터트렸다. 리카르디스는 로젤린에게 잘 보이도록 상자를 달칵 열었다. 로젤린은 그 안에서 무엇이 나오든 너무 예쁘고 감사하다고 말할 준비가 되어 있었다.

"참, 폐하도 뭘 이런 걸 다……."

그 안에 있는 반지를 본 순간 로젤린의 말이 뚝 끊겼다. 그녀는 크게 입을 벌려 경악스러운 지금의 마음을 표시했다.

"뭐, 뭐가 이런……."

어떻게 봐도 청혼용 반지였지만 도가 지나쳤다. 과장을 보태서 주먹만 한 게 아닐까 싶었다. 주먹만 한 보석 옆에 손가락 한 마디만 한 보석들이 주렁주렁…….

그렇게 많은 보석과 그렇게 화려한 세공이 들어가고도 촌스럽지 않고 아름다운 게 재주라면 재주였다. 리카르디스는 다소 경직된 표정으로 반지를 로젤린의 손에 끼워 주었다. 세 손가락을 가릴 정도로 어마어마하게 커다란 반지는 환한 달빛을 받아 눈부시게 빛나고 있었다.

[우리 허니버터캔디가 청혼하며 반지를 끼워 준 순간, 기쁘기도 했지만요…… 한편으로는 마음이 무겁더라고요. 뭔가 책임감이라고 할까, 막연한 불안감이라고 할까…….]

클로에는 마음이 무거웠던 것 같지만, 로젤린은 현재 물리적으로 반지가 무겁다고 생각했다. 자신이 아니면 평소에 끼고 다닐 수 있는 여자는 없을 것 같았다.

로젤린의 경악을 기쁜 놀라움이라 생각한 리카르디스는 머쓱한 마음에 괜히 그녀의 손만 만지작거렸다.

"제작하는 데 시간이 좀 걸렸어."

"그, 그래 보여요."

"세상에 단 하나밖에 없는 반지를 만들어 달라고 했지."

그거라면 아주 성공적이었다. 리카르디스는 말없이 로젤린을 빤히 쳐다보았다. 로젤린은 무언가를 바라는 그의 눈빛을 읽고 너무 예쁘고 아름답다며 찬사했다. 리카르디스가 뿌듯하게 미소 짓는 모습에 로젤린도 겨우 안도했다. 로젤린은 눈이 시릴 정도로 과하게 빛나고 있는 반지를 만지작거리며 말했다.

"이게 그 절차입니까?"

"그렇지. 그리고 이 반지를 건네기 위한 절차는, 아까 전 저녁에 전대 백작 부인을 만나고 오면서 끝냈어."

로젤린이 눈을 동그랗게 떴다. 리카르디스가 말하는 것이 너무나도 명백했다. 에델바이스에게 혼인 의사를 밝히고 구체적으로 얘기를 나눴다는 것이었다. 사실, 따지자면 리카르디스는 그런 절차를 밟지 않아도 상관없었다.

보통의 귀족들이야 청혼서를 보내고, 답장을 받은 후, 양 가문이 몇 번씩이나 만나며 결혼식을 조율한다지만, 리카르디스가 누구던가. 한 왕국의 국왕이었다. 보통은 청혼서 한 장 보내는 것으로 그 많은 과정들이 생략되곤 했다. 상대측 부모에게 허락이라니. 예의 바르다 못해 고리타분할 정도였다.

'아, 설마.'

로젤린은 페르탄의 빠른 귀환이 리카르디스의 사정과 엮여 있을지도 모른다고 생각했다. 전대 붉은수레바퀴 백작의 장례도 치르지 못하고 있었으니, 결혼은 물론이고 청혼서조차도 실례가 될 수 있는 상황이었다. 여태껏 리카르디스가 잠잠했던 이유가 설마 그거였나 싶었다.

로젤린은 약간 우쭐해졌다. 마음이 다 식은 줄 알았더니, 혼자서 아주 활활 끓고 있었다.

"저를 엄청 좋아하시나 봐요."

리카르디스가 헛웃음을 내뱉었다.

"그걸 지금 알았나?"

"아니, 그러면 그동안 저를 왜 피하신 겁니까?"

"여기까지 말했는데도 모르겠단 말이야?"

"전혀 모르겠는데요."

리카르디스는 자신의 머리를 헝클이다가, 답답하다는 듯 겉옷을 벗기까지 했다. 입을 여닫는 걸 보니 할 말이 많은 모양인데, 안 하는 걸 보면 말하기 좀 그런 종류인 듯했다. 하지만 리카르디스는 고심하여 말을 골라 천천히 그녀에게 설명하기 시작했다.

"봐, 나와 그대의 사이에는 밟아야만 하는 절차가 있었지."

"네."

"나는, 그러니까."

"네."

"아니, 보통은."

"네."

리카르디스가 횡설수설하다가 얼굴을 붉혔다.

"그대가, 곁에 있으면……."

로젤린도 이쯤에서는 대충 눈치챘다. 하지만 리카르디스의 입에서 듣는 대답이 반지보다도 각별할 것 같았으므로, 아무것도 모른다는 얼굴로 눈만 깜박거렸다. 리카르디스는 그녀의 천진한 표정에 죄악감이 드는지 얼굴을 일그러뜨렸다.

"내가, 못, 참을 것 같아서……."

아무리 나라고 해도 뭘 못 참으냐 물으면 안 되겠지. 로젤린은 계산을 마치고 환하게 웃었다. 그간 가슴을 꽉 막고 있던 체증이 확 내려간 기분이었다.

"안 참으셔도 저는 괜찮았는데요."

"그런 말 하지 마. 말했잖나. 반드시 필요했다고."

리카르디스가 붉어진 얼굴로 로젤린을 노려보며 웅얼거렸다. 청혼서 까

짓것. 그런 게 뭐가 중요할까 싶었는데, 리카르디스에겐 무척이나 중요했던 모양이었다.

"그때, 내가……."

이번에도 또 말하기 힘든 부분인 듯했다. 로젤린은 끈기 있게 기다렸다. 신나서 잡고 있는 손을 그네 타듯이 붕붕 흔들긴 했지만, 재촉하는 건 아니었다. 리카르디스가 고개를 푹 숙였다.

"그대를 함부로 했지 않나."

"아, 먼저 키스하신 거요."

리카르디스는 애써 포장한 과거의 죄를 로젤린이 적나라하게 펼치자 괴로운지 얼굴을 세게 문질렀다. 리카르디스의 얼굴은 커다란 손이며, 흘러내린 머리카락이며 보일 틈 없이 가려져 있었으나, 그의 빨개진 귀만큼은 그의 감정을 대변하고 있었다.

"과거에 그런 일을 저지른 입으로 할 말은 아니다만⋯ 나는 그대를 무엇보다 귀하게 여기고 싶어. 귀하게 여긴다는 것은, 좋아한다는 것과는 또 다르다고 생각해."

서투르게 내뱉는 말에는 진심이 가득 담겨 있었다. 로젤린은 가려진 그의 얼굴을 바라보기만 했다.

"특히나 우리 사이는 평범한 연인들과 다른 부분이 많지."

"그러게요."

로젤린은 홀로 웃었다. 호위 대상과 호위 기사. 주군과 가신. 연애보다는 끈끈한 동료애와 충성심으로 먼저 엮였던 사이였다.

"내가 그대를 좋아한다, 사랑한다. 그런 흔한 한마디로 시작하는 관계가 아니었지. 어느 순간부터 그렇게 되어 있었단 말이야."

리카르디스는 얼굴을 가린 손을 치워 내고도 계속 고개를 숙이고 있었다. 하지만 약간 촉촉해진 눈으로 흘끗 로젤린을 훔쳐보긴 했다.

"그러니까 나는, 너무 많은 걸 그대에게 주지 못했어. 남들은 다 하는 걸.

남들은 다 받는 걸. 그저 우리의 관계가 남들과 조금은 다른 형태였다는 이유만으로."

리카르디스는 로젤린의 손을 꽉 잡고는, 틀고 있던 몸을 똑바로 해서 그녀를 바라보았다. 로젤린도 그를 마주하며 그의 팔에 다른 손을 살며시 올려놓았다. 정전기가 튀는 것처럼 리카르디스의 몸이 움찔 떨렸다.

"그래서 하나하나, 모든 과정을 지켜서 그대에게 주고 싶었어. 명령 같은 청혼서를 보내는 것으로 끝내는 게 아니라, 평범한 남자와 여자처럼. 그대의 부모를 보고, 얼굴을 보고, 허락을 맡고, 그대가 자라 온, 그대를 사랑하는 땅 위에서 서로를 마주 보고 싶었다."

조금씩 스며들기 시작하던 감정은 갑작스레 물밀듯 밀려왔다. 로젤린은 봄바람의 향을 맡을 때 같은 기분을 느꼈다. 설레기도, 벅차오르기도, 무언가가 기대가 되기도, 행복하기도 했다.

그저 눈을 감고 차분하게 있고 싶었다. 하지만 조금도 리카르디스에게서 눈을 떼어 낼 수 없었다. 마치 모종의 힘이 작용하여 휩쓸리듯 이끌리는 것 같았다. 로젤린은 자신도 모르게 살며시 웃었다.

"이 또한 내 고집일 수도 있지만, 내가 그대를 귀하게 여긴다는 사실을 남들에게도 알리고 싶기도 했어. 아무래도 위치가 위치다 보니 상대적으로 많은 사람들이 날 지켜보고 있거든."

그 사실은 로젤린도 질릴 정도로 잘 알고 있었다. 리카르디스와 로젤린의 사이가 소원해지자마자, 젊은 아가씨들의 왕성 방문이 끊이질 않았었다. 리카르디스의 철벽이 너무나도 강력했던 터라 전혀 걱정되지는 않았지만.

"……그런 사정이 있으시면 말씀을 해 주시지 그러셨어요. 저도 기다리는 거 잘하는데."

내가 그대를 보면 참지 못할 것 같아서 준비가 끝날 때까지 거리를 두고 싶다고 왜 말을 못 하나. 섭섭하지만 기쁜 마음으로 거리를 뒀을 테다. 그녀의 의문에 리카르디스는 어디선가 들어 본 적 있는 말로 대답했다.

"왜, 선물은 깜짝 놀라야 더 기쁘잖아."

로젤린도 그에게 목 잘린 비둘기로 암살 예고 비스무리한 선물을 했을 때에 비슷한 생각을 했었다. 그녀는 어이가 없기도 하고, 리카르디스가 귀엽기도 해서 웃음을 터트렸다.

"그래, 로젤린."

"네, 폐하."

리카르디스가 미간을 살짝 구긴 채로 웃었다.

"내가 그대를 좋아하는 것 같나?"

로젤린은 환하게 웃으며 그의 허리를 와락 껴안았다. 단단한 몸과 날카로운 듯, 차가운 향기가 비로소 로젤린에게 안정을 안겨 주었다. 로젤린은 눈을 감은 채 그의 가슴에 기대어 조용히 대답했다.

"아주 많이요."

다시는 놓치지 않겠다는 듯 마주 안아 오는 압력이 반가웠다.

살랑살랑, 반가운 봄바람이 불었다.

5. Dear Roselin.

달콤한 디저트를 취급하는 가게의 풍경은 대체로 비슷했다. 연한 파스텔 톤과 레이스로 꾸며진 아기자기한 공간, 달콤함을 즐기는 아가씨와 귀부인 들까지. 이러한 분위기를 일곱 글자로 표현하자면, '암묵적 금남 구역'쯤 될 것이다.

"어머, 저기 봐."

영지에서 가장 유명한 디저트 가게가 술렁였다. 분홍빛이 감도는 가게의 중앙에 한 남자가 테이블을 디저트로 가득 채운 채 팔짱을 끼고 앉아 있었다. 이질적인 존재에게 시선이 모이는 것은 당연한 일이었다.

가게 안의 모든 눈이 그를 향하고 있음에도 남자는 주눅 든 기색 하나 보이지 않았다. 도리어 뻣뻣할 정도로 고개를 들고 있었는데, 그 위풍당당한 모습이 아가씨들의 호기심을 자극했다.

잿빛 머리카락, 우수에 젖은 눈, 꼬고도 한참 남은 길쭉한 다리, 탄탄한 몸. 수수해 보이지만, 고급스러운 원단을 사용한 옷. 그리고 결정적으로 테이블에 올려 둔 편지지까지.

이건, 사연이 있다. 아주 깊고 깊은 사연이 있는 것이다.

남자는 디저트를 음미하면서도 한 손에는 계속 깃펜을 든 채, 편지지에서 눈을 떼지 못했다. 혹시 헤어진 연인에게 편지를 쓰려는 것인가? 이곳은 추억의 장소? 아가씨들은 어딘가 신비스러워 보이는 남자에게서 눈을 떼지 못했다.

그때, 그들의 친구가 가게에 들어와 놀라운 소식을 알려 줬다.

"뭐? 국왕 폐하께서 붉은수레바퀴 영지에 내려가셨어?"

"그것도 그냥 행차가 아니야. 전 붉은수레바퀴 백작님의 시신을 찾아서 운구 행렬을 지휘하신 거래!"

공헌자를 기리는 예우를 한참 넘어 있었다. 국왕 폐하의 특별한 행보가 무얼 뜻하는지 그들은 깨닫고야 말았다.

"어머, 어떻게 해! 청혼하시려나 봐!"

그들은 남의 연애에 흠뻑 심취해 꺅꺅 소리를 질렀다. 로젤린과 리카르디스의 결혼 얘기가 가게 안을 점령하는 것은 순식간이었다. 국가의 중대사이기도 했고, 소설보다 더 소설 같은 두 사람의 연애만큼 현재 대륙에서 주목받는 일은 없었다.

가게가 시끌벅적해질 무렵, 혼자서 디저트를 음미하던 남자가 자리에서 일어났다. 망설임 없는 발걸음의 목적지는 여자들이 잔뜩 있는 테이블이었다.

"실례합니다, 아가씨들."

여자들은 낯선 이의 접근을 잠시 경계했다. 서늘해 보일 만큼 날카로운 남자의 인상은 그가 부드럽게 미소 짓자마자 완전히 뒤바뀌었다.

"제가 즐거운 대화에 방해가 되었는지요."

"어, 어머. 그럴 리가요……."

그들은 잘생긴 남자의 정중함에 매료되어 홀린 듯 대답했다.

"한 가지 여쭤보고 싶은 게 있어 이렇게 무례를 범했습니다."

"무례라니요!"

"어머, 괜찮아요!"

남자의 질문은 그들의 예상을 빗나갔다. 아가씨들 중 한 명의 이름이나, 사는 곳이나, '이 우연한 만남이 운명인 것 같지는 않느냐?'와 같은 질문을 가장한 수작질이 전혀 아니었다.

"편지의 서두를 보통 어떻게 시작합니까?"

참 뜬금없으면서도 생소한 질문이었다. 여자들은 얼떨떨한 기색을 지우지는 못했지만, 최선을 다해 대답해 줬다.

"예?"

남자는 여자들이 말해 준 내용이 놀랍다는 듯 굴었다.

"정말, 그런 말로 시작한단 말입니까? 그렇게까지 낯간지럽게?"

"물론이죠, 친애의 마음을 담는 게 편지인걸요."

남자는 음, 음. 추임새를 넣으면서 여자들의 말을 귀 기울여 듣다가 감사 인사를 건네고 곧장 제자리로 돌아갔다. 다시 눈길을 주거나 '당신이 알려 준 글귀로 시작한 편지를 당신에게 주고 싶은데요.' 하고서 편지를 주지도 않았다. 그저 무언가를 계속 끄적끄적 적기만 했다.

설마, 정말로 편지를 어떻게 쓰는지 몰랐던 건가? 통상적인 글귀로 시작하고, 안부를 묻는 그 흔하고 쉬운 일을 정말로?

그들은 가게를 나가며, 남자가 쓰고 있는 편지를 흘끗 훔쳐보았다. 그러고 나서야 남자가 왜 그런 질문을 했는지 이해할 수 있었다. 수신인도 비워둔 채, 다짜고짜 본론부터 써 넣은 것은 둘째 치고, 그 내용이 가관이었다.

'이 녀석아…… 그 남자는…… 안 된다. 얼굴만 반반하고…… 입이 요란

한…… 것이…… 속 좁고…… 음흉한…… 사내의…… 표상인데………?'

뭐지? 혼기가 찬 딸이 있을 만한 나이로 보이지 않았는데? 그리고 말투는 왜 저렇게 꼬장꼬장한 노인 같은 거지?

마카롱은 결국 편지를 완성하지 못했다. 갑자기 들려온 청천벽력 같은 소식에 냅다 '그 남자는 안 된다'부터 쓰긴 했지만, 이걸 로젤린에게 보낼 수는 없었다.

헤어지고 난 후의 첫 번째 편지가 아니던가. 잘은 모르지만, '그 남자는 안 된다'로 시작하는 편지가 처음이어서는 안 될 것 같았다. 얼핏 보면 괴문서 같기도 했고.

"아, 뭘 쓰냐."

길고 긴 인생을 살아왔다. 하지만 토끼나 곰, 독수리, 다람쥐, 검은 그림자의 모습으로 지내며 편지를 쓸 일이 있었을 리가. 로젤린 나이 또래의 여자들에게 물어본 결과, 대충의 형식은 파악했지만, 내용을 채우는 게 이렇게 힘들 줄은 몰랐다.

[편지 써. 꼭 써. 진짜 써야 돼. 장난 아니야, 나.]

이별을 예감한 로젤린은 3분에 한 번꼴로 편지 쓰라는 말을 반복했었다.

[아, 알았다고. 쓴다고!]

로젤린의 입을 다물게 하기 위해 대충 대답한 결과가 지금 마카롱의 발목을 잡고 있었다. 로젤린은 대체 왜 편지를 쓰라고 그런 걸까. '안녕, 잘 지내니.' 하고 묻지 않아도 그녀가 잘 지내고 있다는 사실은 이미 너무 잘 알고 있었다.

어찌나 유명 인사인지, 매일매일 로젤린과 리카르디스에 대한 소식이 들려왔다. 떨어져 있다는 생각이 들지 않을 정도였다. 붉은수레바퀴령으로 휴가니, 리카르디스가 청혼하니 어쩌니 하며 행복의 절정에 있는 애한테 '잘 지내냐'고 묻는 게 무슨 의미가 있지?

그렇게 안부 인사를 생략하고 나면 쓸 내용이 없어지는 것이다. 마카롱은 의미 없는 낙서만 늘리다가 결국 편지를 구겨 버렸다.

* * *

왕성에서부터 시작된 여행에는 뚜렷한 목적지가 존재했지만, 마카롱은 곧장 그곳으로 향하지 않고 발길이 닿는 대로 다녔다. 정확히는 입맛이 당기는 대로. 각 영지의 길거리 간식부터 초호화 레스토랑의 코스 요리까지. 리카르디스와 칼릭스에게 뜯은 돈이 풍요로운 식생활의 기반이 되어 주었다.

마카롱은 오늘도 호화롭게 한가득 테이블을 채우고서 흐뭇하게 웃었다. 여행의 묘미는 뭐니 뭐니 해도 식도락이 아니겠는가!

마카롱이 전투적으로 나이프를 든 그 순간, 옆 테이블에 앉은 남자들이 대화를 시작했다.

"일라베니아 황실이 아무 죄 없는 마인들을 모함한 거였다잖아."

마카롱의 표정이 벌레 씹은 사람처럼 변했다.

"심지어는 감금한 마인들이 전부 죽는 바람에 축복의 밤이 찾아오지 않았던 거였다고 하더라고!"

"그거 아주 미친놈들이로구만!"

"그런데도 일라베니아 황실의 눈을 피해 숨어 살던 마인들이 제국 사람들을 지키기 위해 싸웠다, 이거 아니야."

"그것도 아주 미친놈들이로구만!"

그건 그렇지. 마카롱은 포크를 물고 혼자서 웃었다. 현 리쉬에 왕국의 우두머리, 리카르디스는 전 왕조의 치부를 내보이다 못해 낱낱이, 아주 낱낱이 파헤쳐 깊은 산골의 작은 마을까지 모두 퍼트렸다.

수백 년 전 있었던 일라베니아 황실의 음모와 가려졌던 진실. 그 때문에 대륙이 이 상황에 이르게 되었노라는 사실까지. 알고 있던 개념이 뒤바뀌고 진실은 거짓이, 거짓은 진실이 되었다. 덕분에 대륙은 전쟁이 끝난 후부터 연일 경악의 나날을 보내는 중이었다.

지금 식당에 있는 사람들의 대다수도 그에 관한 얘기를 나누고 있었다. 비단 이 식당뿐 아니라 모든 거리, 모든 장소에서 일라베니아 황실과 마인에 대해 얘기했다.

한시도 마음이 편안할 날이 없었다. 마카롱은 성질나 씩씩거렸다. 리카르디스, 이 자식은 왜 이렇게 유능한 거야?

"어? 쥬쥬 부관님?"

식당이 조용해졌다. 쥬쥬? 내가 잘못 들었나? 직위와 너무나도 어울리지 않는 이름을 내가 들은 것 같은데? 하고 사람들이 귀를 의심하며 주위를 둘러보았다. 마카롱이 혀를 쯧, 찼다. 그 반응에 사람들은 회색 머리카락의 신경질적으로 보이는 남자가 '쥬쥬 부관'임을 깨달았다.

"쥬쥬 부관! 접니다! 부관님께서 저를 구해 주셨는데……."

마카롱은 식당에 막 들어와 자신에게 아는 척하는 남자를 보고 인상을 구깃구깃 구겼다. 로젤린이 대장으로 있던 '장미대'의 백인대장 중 한 명이었다. 천인대장도 아니고 백인대장의 이름을 마카롱이 기억할 리 없었다. 머리카락 한 올 없는 매끈한 머리만이 뇌리에 얼핏 남아 있을 뿐이었다. 그렇다고 대머리라고 불렀을 리는 없고.

"저를 대머리라고 부르셨는데 기억 안 나십니까?"

으음, 역시 나는 솔직함이 매력이로군. 마카롱은 고개를 끄덕였다. 그가 긍정의 몸짓을 보이자 대머리가 화색을 지으며 마카롱 앞에 앉았다.

"누가 앉으랬냐."

"전쟁 끝나고 곧바로 로즈 대장과 떠나셨다고 해서 얼마나 서운했는데요! 제가 나고 자란 곳에서 뵙게 될 줄이야!"

남자는 숫제 눈물이라도 흘릴 듯한 눈으로 마카롱을 보고 있었다. 호의로 빛나는 작은 두 눈이 껄끄러웠다.

"여보. 이분은······?"

대머리의 뒤에서 여자가 빼꼼 튀어나와 의문스러운 눈으로 그를 바라보았다. 100일이나 지났을까 싶은 아이를 안은 채로.

'잠깐.'

마카롱의 기민한 야생의 감이 반응했다. 자리를 떠야만 할 것 같은 이상한 기분에 엉덩이가 절로 들썩였다. 하지만 그가 완전히 몸을 일으키기 전, 대머리가 먼저 입을 열었다. 촉촉하게 젖은 목소리가 과거의 기억을 추억했다.

"이분은, 장미대 대장의 부관님이셔."

"그럼 이분께서······?"

여자가 깜짝 놀라서 마카롱을 돌아보았다. 마주친 눈동자에 서려 있는 감정은 다양했다. 놀라움, 감격, 환희, 따뜻한 애정까지. 처음 만나는 이가 보일 법한 반응이 아니었다.

어우, 너무 거북한데. 마카롱은 여자의 눈을 조심스레 피했다. 대머리는 마카롱의 반응이 보이지도 않는지 아련한 과거에 잠겨 있었다.

"맞아······ 그 험난한 전투에서 나를 구해 주셨지··· 우리 아기를··· 볼 수 있게 해 주셨어······."

마카롱은 전혀 기억에 없는 일이었다. 한두 명을 구했어야지. 일라베니아가 수세에 몰리고 병력도 부족했던 상황이라, 병력의 손실을 최소화하려고 했을 뿐이었다. 어쩌면 대머리라서 더 눈에 띄었을 수도.

마카롱은 차가울 정도로 이성적으로 생각했지만 다른 사람들은 달랐다. 단편적으로 들어도 감동적인 내용과 이번 전쟁에서 가장 활약한 '장미대'의 이름이 나오자 식당의 모든 이들의 가슴에 불이 붙었다. 그 열의 어린, 감동의 물결을 느낀 마카롱은 속으로 욕지거리를 내뱉었다.

'아, 진짜. 이런 분위기 되게 별론데.'

썩어 가는 시체와 피 웅덩이 사이에서도 왕성하던 입맛이 뚝 떨어졌다.

"어떻게 감사를 드려야 할까요……?"

여자가 젖은 눈으로 마카롱을 지그시 응시했다. 마카롱은 필요 없으니까 제발 자리를 떠나 줬으면 좋겠다고 생각했다. 그가 짜증스레 중얼거렸다.

"그저 할 일을 했을 뿐입니다."

세상에! 어떻게 저런 사람이! 저렇게 겸손할 수가!

식당 사람들이 입을 틀어막았다. 사람들의 격렬한 반응에 마카롱은 자신의 말이 어떤 식으로 받아들여졌는지 깨달았다. 아니, 그냥 로젤린을 도와서 연합군 놈들이랑 싸우는 게 내 일이었고, 내 일을 하다 보니 어쩌다 구하게 된 거라는 얘기였는데. 너무 앞말, 뒷말을 생략한 모양이었다.

여자는 기어코 눈물을 흘리고야 말았다.

"쥬쥬 부관님 덕분에…… 우리 아이가 아빠 얼굴을 볼 수 있게 되었어요……."

"아, 예."

거 잘됐네요…… 말을 채 잇기도 전에, 여자가 아이를 마카롱에게 불쑥 내밀었다. 아빠와 달리 머리털이 풍성한 아이였다.

"한번 안아 보시겠어요……?"

아니, 정말로 사양하고 싶었다. 마카롱은 지금도 그저 식사를 하고 싶을 뿐이었다. 테이블 위에서 음식이 싸늘하게 식어 가는 모습이 그렇게 가슴 아플 수가 없었다.

하지만 대머리의 아이가 제 가슴까지 들이밀어진 상황이었다. 주변의 눈도 눈이고, 차라리 한번 안고 끝내는 게 편할 것 같았다. 마카롱은 한숨을 푹 쉬고 아이를 안았다. 여자가 무척이나 기뻐했다.

"아이를 능숙하게 안으시네요!"

"뭐어……."

대답을 얼버무리며 곧바로 아이를 넘겨주려던 마카롱의 시도는 누군가의 등장으로 불발되었다.

"아니, 누가 오셨다고?"

주방에서 희끗희끗한 새치를 가진 나이 든 여자가 나왔다. 마카롱은 더더욱 큰 불안감을 느끼기 시작했다. 그녀의 이목구비가 어쩐지 대머리와 비슷한……

"예, 어머니. 장미대 대장의 부관, 쥬쥬 경이십니다. 저를 구해 주신 분입니다!"

역시나. 대머리의 어머니였다. 그녀가 부들부들 떨면서 마카롱에게 다가왔다. 마카롱은 다 버리고 도망가고 싶었지만 품에 아이가 있는 상황이라 이도 저도 하지 못했다. 환장할 것 같았다.

대머리의 어머니가 마카롱을 껴안으며 엉엉 울음을 토해 냈다.

"감사…… 감사합니다…… 제 목숨으로도 갚지 못할 평생의 은혜를 입었습니다, 쥬쥬 님……."

가게 안의 손님들은 숨을 죽여 눈물을 닦았다. 대머리의 아내도 대머리의 품에 안긴 채 아련한 미소를 띠고 있었다. 마카롱은 몰려오는 피곤함에 눈을 감았다.

한바탕 눈물이 휩쓸고 간 식당은 곧 연회가 열리듯 떠들썩해졌다. 술 취한 남자들은 한 번씩 마카롱에게 악수를 청했고, 여인들은 대머리가 들려주는 마카롱의 무용담을 두 손 모아 감명 깊게 들었다.

노인들은 다른 할 말이 없는지 연신 '고맙다', '감사하다'라며 마카롱의 손을 쓸고, 얼굴을 쓸고, 어깨를 쓸고, 팔을 쓸고, 등을 쓸고, 품에 넣어 두었던 사탕이나 과자 같은 군것질거리를 마카롱에게 쥐여 주었다. 영혼이 빠져나간 것 같은 얼굴로 가만히 있던 마카롱이 비척거리며 일어났다.

수십 쌍의 시선이 그를 향했다. 설마, 떠나려는 건 아니지? 불안에 흔들리는 눈동자들을 보며 마카롱이 힘없이 말을 내뱉었다.

"화장실……."

그제야 다들 안심하고 그를 보내 주었다. 하지만 10분이 지나도, 20분이 지나도 마카롱은 돌아오지 않았다. 대머리는 그럴 줄 알았다는 듯 콧잔등을 문지르며 씁쓸한 웃음을 내뱉었다.

"그분이 사람들과 어울리는 걸 안 좋아하셔서."

"어머, 나는 그것도 모르고… 괜히 귀찮게 치댔나 봐. 싫으셨겠다."

대머리가 껄껄 웃으며 아내를 다독였다.

"괜찮을 거야. 그분이 그래도 사람을 싫어하시지는 않거든."

난장판이 된 식당을 정리하던 대머리는 테이블 한구석에 있는 편지지를 발견했다. 아까 마카롱이 끄적거리고 있던 것이었다. 조심스레 내용을 살핀 대머리의 표정이 이상하게 일그러졌다.

"뭐지?"

편지가 아니라 맛집 목록이었나?

개인적인 메모인가 싶었는데, 또 그런 것치고는 누군가에게 '여기는 꼭 가 보기를 바란다.' 하고 말하고 있어서 편지가 맞는 것 같기도 했다. 고심하던 대머리는 언젠가 만날 그를 위해 편지를 보관해 두기로 했다.

그건 그렇고…….

"참 야무지게 잘 드시고 다녔군……."

"아, 짜증 나."

편지를 놓고 왔다. 다시 처음부터 시작이었다. 공통되는 관심사로 얘기를 나누는 것이 수월하리라는 가르침을 따른 편지였다. 제법 잘 쓰지 않았나 싶어 아쉽긴 했지만, 다시 생각해 보니 그것도 처음으로 보낼 만한 내용은 아닌 듯싶었다.

마카롱은 입맛을 쩝 다셨다. 본론 없이 온갖 미사여구로 꾸며진 안부 인사보다는 그렇게 실속 있는 쪽을 로젤린도 좋아할 것 같긴 한데…… 그래도 뭔가 좀 아니란 말이지…… 마카롱은 중얼거리며 발걸음을 옮겼다.

"오."

길가에 박힌 이정표에 곧 도착할 장소의 이름이 큼지막하게 쓰여 있었다. 목적지를 잊고 그저 먹고만 다녔는데, 어느새 목적지가 지근거리였다.

'근처에 온 김에 들르는 것도 나쁘지 않겠지.'

* * *

마른가시나무 백작령, 비스타.

마른가시나무 성채 도시에 들러 필요한 물건을 사던 마카롱은 불손한 기운을 감지했다. 그가 삐딱하게 고개를 돌렸다. 앞에서 건들거리며 다가오는 세 명의 남자가 마카롱의 시야에 포착되었다. 어깨 살짝 부딪치고는 어디가 아프네, 뼈가 부러졌네, 치료비를 많이 받아야만 하겠네, 난리 칠 게 빤해 보였다. 참 여전한 동네로구만.

우락부락한 건달 세 명이 가까이에 접근해 왔다. 마카롱은 건달의 어깨가 자신의 어깨에 닿을 즈음, 몸을 회전하며 온 힘을 다해 부딪쳤다.

"아악!"

건달이 바닥에 나동그라졌다. 건달의 동료들은 쓰러진 건달의 실감 나는 연기에 기세등등해서 마카롱에게 시비를 걸었다. 정말 다쳤다고는 생각지도 못하는 것 같았다.

"어이! 내 친구 넘어진 거 안 보여?"

"이봐! 사람을 쳤으면 사과를 해야 할 거 아냐!"

마카롱과 건달들은 사이좋게 골목으로 들어갔다. 정확하게 30초 뒤. 건달들은 의식을 잃은 채 바닥에 나뒹굴고 있었다. 마카롱은 무심한 얼굴로 그들의 주머니를 털었다. 돈주머니는 빈약하다 못해 처참할 정도였다.

"돈이 고작 이거밖에 없으면서 나를 털려고 해? 시건방진 거지 놈들……."

마카롱은 남자들의 옷까지 벗겨 가며 돈이 될 만한 게 있나 뒤졌다. 하지만 돈은커녕 먹다 남은 육포 쪼가리만 후드득 떨어질 뿐이었다.

그 순간, 여태껏 감지하지 못했던 시선이 느껴졌다. 마카롱의 표정이 순식간에 굳었다. 위치상으로 미루어 보건대, 시선의 주인은 갑작스럽게 이 공간에 나타난 게 아니었다. 계속 그 자리에 있었다. 마카롱이 건달을 쥐어패고 기절시켜 주머니를 뒤지는 과정 내내 계속 그 자리에 있었음에도 그가 눈치채지 못했던 것이다.

마카롱의 눈이 가늘어졌다. 그의 눈동자가 모로 향했다. 골목의 안쪽, 어두운 곳에서 수풀 같은 그림자가 불쑥 솟아올랐다.

"……뭐야."

자세히 보니 수풀이 아니었다. 누더기를 걸친 어린 여자아이였다. 머리가 하도 산발이라 수풀의 그림자라고 착각한 모양이었다.

두 사람은 눈을 깜박이며 시선을 교환했다. 꾀죄죄하고 깡마른 어린아이를 보는 마카롱의 심정은…… 당혹스러웠다. 아무리 자신이 요즘 들어 마음을 놓고 살았다지만, 인간의 기척을 느끼지 못할 정도로 둔해진 건 아니었다.

마카롱은 문제가 자신이 아니라 아이 쪽에 있다는 사실을 눈치챘다. 눈앞에 두고도 존재 자체를 인식하는 게 힘들 정도로 기척이 희미했다. 숙련된 암살자들보다 훨씬 심화된 재주였다. 대체 저 인간의 정체는……?

아이는 한 걸음씩 천천히 다가왔다. 걸음걸이는 흔들거렸지만, 눈은 반짝였고 헤 벌린 입에서는 침이 흘러내렸다. 뭔가…… 뭔가 좀? 마카롱은 아이의 모습에서 뜬금없이 기시감을 느꼈다.

경계심이 완전히 풀린 것은 가까이 다가온 아이가 바닥에 떨어진 먹다 남은 육포 쪼가리를 주워 먹은 순간이었다. 마카롱은 시선을 떨어트려 아이를 바라보았다. 부츠 옆에 쪼그려 앉은 채 육포를 참참 잘도 먹고 있었다.

"……."

잠깐, 낯설지 않아. 이 느낌…… 정말 낯설지 않은데…….

마카롱이 혼란스러워하는 사이 아이는 다른 건달의 주머니를 뒤적거렸다. 그러고는 정체를 알 수 없는 가루를 발견하고 냅다 입에 넣어 버렸다.

'⋯⋯밀가루겠지?'

마카롱은 찜찜한 표정으로 아이를 바라보았다. 전쟁고아나 거지일 가능성을 배제할 수 없지만, 평범한 아이가 야생 동물을 뛰어넘는 정도로 능숙하게 기척을 숨길 수 있을 리 없었다.

마카롱은 혹시나 하는 마음에 마력을 슬쩍 불러일으켰다. 아니나 다를까. 알 수 없는 가루를 핥아 먹던 아이가 눈을 빛내며 마카롱을 바라보았다. 곧 아이의 내부에서도 마력이 한차례 일었다. 황당한 점은 마력의 기운이 무척이나 익숙하다는 거였다.

'그것'이 가진 마력은 마인이 가진 마력보다 훨씬 정제되어 있고 순수한 기운으로 이루어져 있었다. 얼핏 비슷해 보여도 자세히 관찰하면 뚜렷한 차이가 느껴졌다.

하지만 아이의 마력은 집중해서 관찰해도 모호했다. 마인의 마력과 '그것'이 지닌 순수한 마력의 중간쯤 되는 기운이라고 할까. 그리고 마카롱은 이런 모호한 마력의 기운을 앞서 느껴 본 적 있었다. 로젤린. 금기를 저지른 동족이 인간으로 서서히 변화해 갈 때 지니는 특유의 마력이었다.

아오, 이것들을 진짜.

마카롱은 일단 아이의 머리를 한 대 쥐어박았다. 아이는 눈을 동그랗게 뜬 채, 아픈 머리를 만지작거렸다. 한 대 맞고서 별다른 반응도 안 하는 맹한 모습을 보니 속에서 천불이 났다.

* * *

새로운 동족은 '그것' 특유의 빠른 학습력으로 언어를 제법 깨우친 상태였다.

"그 쓰레기들의 주머니가 달콤하다."

말을 익힌 장소가 비스타이다 보니 약간 험한 경향은 있었다.

"……잘됐네."

마카롱은 감상에 잠겼다. 그러고 보니 로젤린이 지금의 로젤린이 된 것도 비스타 근처라고 했던 것 같은데…… 비스타에는 마인들을 끌어들이는 뭔가가 있나 싶었다.

"이름은 있냐?"

아이는 당당하게 고개를 끄덕였다. 마카롱이 턱을 괸 채 웃었다. 보아하니 전쟁을 전후로 금기를 어겨 인간이 된 것 같은데, 그 짧은 새 이름도 얻고 대단하다 싶었다. 해 봤자 누가 적당히 던져 준 이름이겠지만.

"진실을 보는 세 번째 눈."

뭐야, 왜 그렇게 거창해. 내 이름은 마카롱인데.

그 이름을 어떻게 얻게 되었는지 너무 궁금했지만, 지금은 그걸 물을 때가 아니었다. 마카롱은 우선 식당의 종업원에게 '여기서부터 여기까지'를 주문한 후, 소녀에게 궁금한 점을 하나씩 물었다. 어쩌다 금기를 어겼냐 하니, 실수였단다. 마카롱은 속 깊은 곳에서 터져 나오는 울화에 잠시간 말을 잇지 못했다.

"분명 뒤져 있었는데, 먹는 순간 잠깐 숨이 돌아왔다. 인간의 생명력은 정말 질기다. 약간 바퀴벌레 같아."

"……하…."

마음이 무거워졌다. 정말, 동족이란 것들이 왜 하나같이…….

마카롱이 다섯 번째 한숨을 쉬는 사이 주문한 '여기서부터 여기까지'가 차례대로 테이블을 채우기 시작했다. 진실을 보는 세 번째 눈은 깔린 음식들을 보고 혼절할 것처럼 좋아했지만, 아까처럼 곧장 입에 넣지는 않았다. 맨손으로 집어 든 닭 다리의 행방은 자신의 입이 아닌 마카롱의 앞 접시였다.

인간 세계의 예의를 배운 게 아니라 본능에 새겨진 동족애가 발휘된 듯했다. 마카롱이 먹는 시늉을 하자 진실을 보는 세 번째 눈도 열중해서 맨손으로 식사하기 시작했다. 마카롱은 다양한 감정이 담긴 시선으로 소녀를 응시했다. 진실을 보는 세 번째 눈의 얼굴 위로 여태껏 만나 왔던 동족이 하나둘 스쳐 지나갔다. 이윽고 지금은 없는 누군가까지도. 마카롱은 고민하다가 입을 열었다.

"너…… 뭐 기억나는 건 있어? 그, 옛날에 있잖아."

소녀는 손가락을 입 안에 넣고 쪽쪽 빨며 답했다.

"나는 대가리가 알차다."

머리가 좋아서 다 기억하고 있다는 뜻인 것 같았다. 마카롱은 제 가슴이 철렁 내려앉는 것 같다고 생각했다. 과거의 일을 기억하는 또 다른 동족의 결말을 그는 이미 알고 있었다. 진실을 보는 세 번째 눈이 먼 곳을 바라보며 과거를 회상했다.

"이 몸은 해가 뜨는 곳에서 왔다. 거기는 밥이 없어, 개빡센 인생……."

대충 동쪽에 있는 어딘가에서 살고 있었는데, 대륙이 점점 메마르고, 동물들의 개체 수가 줄어들어 흡수할 만한 사체가 점점 줄어든 모양이었다.

"이 몸은 귀여운 파랑새. 날아다니다 봤는데 여기는 먹을 게 깔렸어. 점심 특선 뷔페. 사장님이 미쳤어요. 장난 아니야."

파랑새로 의태해서 돌아다니다가 이곳에 정착했다는 얘기인 것 같았다. 전쟁으로 많이 죽어 나갔으니 먹을 게 많기는 했을 거다. 근데 점심 특선 뷔페라는 말은 어디서 배운 거야, 대체? 마카롱은 헛웃었다.

"그런데 알고 보니 음식이 살아 있었다. 이런 몸이 되다니, 충격이야. 사기죄로 고소한다."

진실을 보는 세 번째 눈은 나오는 요리마다 족족 먹어 치우며, 인간으로 완벽하게-자기 딴에는- 자리 잡은 과정을 상세하게 얘기해 주었다. 그런데 뭔가 좀 이상했다. 과거, 마인일 때의 기억이 있는지 슬쩍 떠본 것이었는데, 그에 관련되어서는 전혀 언급이 없었다.

'설마……'

마카롱은 대놓고 묻기로 했다.

"너, 꿈꾼 적 없어? 사람들이 갇혀 있고, 누가 쫓아오고, 너는 도망치고, 피 냄새 나고 무섭고 찝찝한 그런 거."

진실을 보는 세 번째 눈은 닭 뼈를 입 안 가득 넣으며 고개를 기울였다. 무슨 소리야? 하고 묻는 것처럼 보였다. 예상대로였다. 진실을 보는 세 번째 눈은 과거의 기억이 전혀 없는 게 맞았다. 그 긴 세월 동안 마수나 변질된 마력을 전혀 접하지 않은 것이다. 하기야, 자신만 해도 칼릭스에게 '파편'을 구해 달라고 해서 흡수한 게 처음이었다.

잠시 다른 생각을 하는 사이, 소녀는 숨이 넘어가고 있었다. 닭 뼈를 삼키다 목에 걸린 모양이었다.

"내가 앓느니 죽지."

마카롱은 소녀의 입을 우악스럽게 벌려 닭 뼈를 꺼내었다. 진실을 보는 세 번째 눈이 눈물 콧물 흘리며 말했다.

"은혜와 이자는 두 배로 갚는다."

"……너 이자가 뭔지는 알아?"

인간이 되자마자 수치스럽게 죽을 뻔한 동족은 희희낙락하여 다시 식사에 돌입했다. 마카롱은 그런 소녀를 빤히 바라보았다.

축복의 밤이 떴다. 고통스러운 기억을 담은 변질된 마력은 순환의 밤을 맞이하며 모두 증발되었다. 마수는 그냥 생김새만 독특한 동물이 되었고, 파편 또한 성력으로 치유할 수 있는 평범한 독이 되었다. 앞으로 진실을 보는 세 번째 눈이 기억을 되찾을 길은 전혀 없다는 것이었다.

"개맛있어. 셋이 먹다가 둘이 죽어도 몰라. 낄낄낄."

웃기지도 않은 농담을 해 가며, 아무것도 모른 채 평범하게 인간이 되어 사회에 정착하게 될 것이다.

"······."

마카롱은 턱을 긁적이며 자신도 모르게 웃었다.

"왜 쪼개냐."

'무슨 연유로 웃는 것이니? 참 궁금하구나.'라고 물어야 하는 것을 네 글 자로 끝내다니 대단한 표현력이었다. 장래가 참 기대되었다.

마카롱은 현실로 끌려와 다시 진실을 보는 세 번째 눈을 마주했다. 꼬질 꼬질 더럽고, 깡마른 산발의 어린 여자아이였다. 비스타같이 험한 곳에 놔 두었다간 조만간 죽어 나가 싶었다. 정확히는 주위에 있는 다른 사람들 이. 마카롱은 에휴, 한숨을 쉬었다.

아침이 밝았다. 진실을 보는 세 번째 눈이 아침밥을 먹는 사이, 마카롱은 마른가시나무 성에 찾아갔다. 전쟁 중 몇 번 마주친 마른가시나무 기사단의 단장 렉시드의 도움을 받기 위해서였다. 렉시드는 흔쾌하게 호위와 마차를 내주었다.

"아, 이렇게 감사할 데가 있나. 이 은혜는 붉은수레바퀴 백작님께서 다 갚으실 겁니다."

"하하, 이 사람 참. 농담도."

렉시드는 그의 말을 흘려들으며, 마카롱에게 마른가시나무 기사단에 들 어오지 않겠느냐고 은근히 압박했다. 마카롱은 그의 권유를 농담으로 치부 하며 다음에 보자고 성을 떠났다.

여관으로 돌아온 마카롱은 소녀가 어젯밤 배운 것을 잘 기억하고 있는지 확인했다.

"네가 누구라고?"

"장미대 대장의 부관 쥬쥬와 월장석 성의 시녀 미미의 잃어버렸던 동생, 진실을 보는 세 번째 눈입니다."

장남 장녀한테는 쥬쥬, 미미 같은 이름을 지어 줬으면서 막내 이름은 왜 그렇게 거창한지 사람들이 의문스러워하겠으나, 알 바 아니었다. 아무튼, 갓 생긴 막내의 기억력이 탁월해, 교육은 금방 끝났다.

마카롱은 진실을 보는 세 번째 눈을 마차에 태우고서 마지막으로 펜던트를 쥐여 주었다. 붉은수레바퀴 백작가의 문양이 새겨진 것이었다. 칼릭스가 준 것인데, 이렇게 유용하게 쓰일 줄이야.

"이거 들고 가서, 검은 머리에 인상 더러운 남자 보면 배운 대로 얘기해라. 알았지?"

"어어! 이 흔들리는 개집이 아주 재미나다!"

"사람 죽이지 말고. 땅바닥에 있는 거 주워 먹지 말고."

"어!"

뭐든 해 본 사람이 더 잘하지 않겠나. 칼릭스라면 이 입이 건 소녀를 잘 교화시킬 수 있을 것이다. 물론 귀찮아서 그냥 떠넘기는 거였다.

* * *

목적지로 가는 길이 이다지도 험난할 줄은 몰랐다. 마카롱은 진실을 보는 세 번째 눈을 보내고, 맛집을 순회한 후에 마른가시나무 성채 도시를 떠났다.

산길로 접어들자마자 주위가 고요해졌다. 풀벌레가 우는 소리나 나뭇잎이 바람에 흔들리는 소리 등, 쉼 없이 귓가를 울리는 소리가 있었으나 그것은 사람들이 만들어 내는 소음과는 본질적으로 다른 부분이 있었다. 간만에 맛보는 정적에 정신이 차분하게 가라앉았다.

마른가시나무 백작령의 끄트머리에 위치한 마의 산. 한때 마수들의 서식지였던 곳이었다. 꽃과 생명이 피어오르는 대륙의 다른 곳과 달리 이 마의 산만은 예전의 죽은 땅과 비슷한 느낌을 주고 있었다.

전쟁과 전쟁 후의 처리로 목재의 사용이 늘어나 나무는 대다수 밑동만 남았으며, 땅도 검게 그을린 상태였다. 초록색 이파리들이 여기저기 자라 있음에도 전체적으로 거무죽죽하고 칙칙한 것이, 정말 고향에 돌아온 것 같고 안정감이 있었다.

마카롱은 최근 로젤린과 함께 지났던 길을 따라 걸었다. 갈수록 걸음이 점점 느려졌다. 마카롱은 그제야 자신이 이 장소에 오고 싶어 하지 않았다는 사실을 인지했다. 식도락에 정신 팔려서 여기저기 여행을 다녔다고 생각했는데, 여기로 오는 발걸음이 무거워 빙빙 돌기만 한 거였다.

마카롱은 천천히 주변을 둘러보았다. 이 산 어딘가에 디에즈가 있을 것이다. 그가 죽은 곳이 어디인지 들은 적은 없지만, 마카롱은 한 장소를 떠올리며 발걸음을 옮겼다. 과거를 기억하는 과거의 마인들에게 그 장소는 아주 특별했으니까.

마카롱은 한 걸음 한 걸음을 느리게 내디디며 나아갔다. 국경 지대에 위치한 탓에 전쟁을 몸소 겪은 '마의 산'의 몰골은 정말 장난이 아니었다. 기괴하게 뒤틀리고 말라비틀어지고, 베이고, 타들어 간 나무들. 제멋대로 자란 수풀과 아직 수습하지 못한 널브러진 병장기, 바위에 들러붙어 있는 핏자국까지.

아주 오래전 쫓겼던 때가 생각났다. 기분이 삽시간에 불쾌함으로 물들었다. 마카롱은 인상을 쓰며 쯧, 하고 혀를 찼다.

'이제라도 돌아가?'

사실 이곳에 와서 뭘 해야겠다는 뚜렷한 목적은 없었다. 그저 한 번쯤 와야 하는 게 아닐까, 하고 생각했을 뿐이었다.

이 미련함이 과거를 놓지 못해 일어나는 일이라는 것은 진즉에 알았다. 디에즈도, 자신도. 이미 지나갔고, 더 이상 어찌할 도리가 없음에도 돌아와서, 또 돌아와서……

정말 나는 뭘 하고 싶은 걸까.

마카롱은 자리에 우뚝 멈춰 섰다. 정확히는 무언가가 그의 발을 잡아채 멈춰 세웠다.

'어우, 씨! 뭐야.'

마카롱은 옭아매듯 엉겨 붙은 식물 줄기에 식겁해서 부츠를 들어 올렸다. 마지막까지 끈질기게 달라붙는 줄기마저 힘겹게 털어 낸 후에야 주변을 둘러볼 정신이 생겼다.

여긴 뭐지? 눈앞에 펼쳐진 지형이나 쌓여 있는 거대한 바위들을 보면 로젤린과 함께 왔던 바위 무덤이 맞는 것 같긴 한데, 너무 달랐다.

어? 좀 과하다? 싶을 정도의 색색의 꽃과 식물이 공터를 뒤덮은 채 무성하게 자라 있었다. 그건 정말 무성하다는 표현이 정확했다. 바위의 이끼에도 꽃, 바닥에도 꽃, 허리까지 자란 수풀에도 꽃, 머리 위를 덮는 나무에도 꽃이 주렁주렁 열려 꽃잎을 흩뿌리고 있었다. 시야가 방해될 정도로.

생명의 약동을 넘은 생명의 범람이었다. 마카롱은 질린 표정으로 주위를 둘러보았다. 여기 어딘가에 디에즈가 있기는 할 텐데…….

"뭔 수로 찾아, 이걸."

다시 땅이 메마르지 않는 한은 불가능한 일이었다. 마카롱은 멍청히 서 있기만 했다. 그는 이곳에서 디에즈의 시체, 아니면 뼛조각이라도 마주할 것이라 예상했었다. 산의 다른 곳처럼 검게 그을리고, 메마른 땅 위에서 천천히 풍화되고 있을 그가 있을 것이라고. 그건 너무나도 비참한 광경일 거라고. 하지만 시야를 가득 메운 것은 크고 작은 색색의 꽃 무리였다.

가슴을 조여 오던 불안감이 꽃비와 함께 바람에 쓸려 나갔다. 숨이 탁 트였다. 마카롱은 비틀거리다가 발치에 걸리는 그루터기에 넘어지듯 앉았다.

"……로젤린."

마카롱은 자신도 모르게 그녀의 이름을 담았다. 로젤린이 했던 말이 생각났다. 이곳이 너무 삭막해 보이지 않느냐며, 꽃을 들고 놀러 오자고 했었더랬다.

[소풍 같고, 재밌겠다. 그렇지?]

마카롱은 로젤린이 했던 말을 떠올리고 혼자서 피식 웃었다. 이제 보니 죽었다고 생각한 그루터기에도 작은 이파리가 자라나 있었다. 마카롱은 그 여린 잎을 조심스럽게 만졌다. 어린아이의 볼같이 부드러운 감촉이 손끝에 남았다.

이게 무슨 감정일까. 가슴이 텅 빈 것 같기도 하고, 후련하기도 했다. 단순히 이 광경을 본 것만으로 그렇게 되었다. 아름다운 화원 같은 풍경이 무엇을 의미하는지 본능적으로 깨달았기 때문이었다.

마력은 힘을 가진 씨앗이고, 성력은 씨앗을 실어 나르는 바람이다. 축복의 밤은 융화된 두 가지 힘을 매개로 대륙에 퇴적된 생명력을 순환시키는 의식이었다. 그런 축복의 밤을 잃어버린 탓에 과거에 죽었던 강대한 마인들의 힘의 일부는 메마른 땅 아래 웅크린 채 잠들어 있었다. 자그마치 수백 년간이나.

이 장소를 수놓은 것은 단순한 꽃이 아닌, 마인들의 잔재였다. 말도 안 되는 가설일 수도 있으나, 마카롱은 확신했다. 그러지 않고서야 '마의 산'에서 이 장소만 개화했을 리 없지 않나. 마카롱은 속눈썹 위에 살포시 내려앉은 꽃잎을 떼어 내었다.

"……."

전쟁은 끝났다. 대륙은 구원받았으나, 사실 마카롱은 달라진 것이 없다고 생각했다. 가슴에 진 응어리가 풀리지 않았기 때문이었다. 고통도 여전하고 원한도 여전히 오갈 데를 몰랐다. 그래서 바뀐 것은 아무것도 없다고 생각했었다.

마카롱은 자신이 아주 중요한 걸 잊고 있었다는 사실을 깨달았다.

'아프지 않았으면 좋겠다.'

분노에 사로잡혀 피눈물을 흘리던 가엾은 동물을 봤을 때 그런 생각을 했었다. 그 분노가 과거의 '그들'로부터 비롯된 걸 알기 때문이었다. 너무나 괴로워 보였다. 고통스러워 보였다. 딱딱하게 굳어 버린 그들의 분노를 녹여 흘려보내고 싶었다.

그런데 정신을 차리고 보니 이미 그렇게 되어 있었다. 변질된 마력 속에 갇혀 있던 고통스러운 기억들은 축복의 밤을 맞이해 모두 사라졌다. 수백 년간 순환하지 못했던 마력은 꽃이 되어 아름답게 피어났다. 소중한 이를 지키고자 했던 아이의 염원이 멈춰 있던 마인들의 과거를 움직여 현재로 데리고 왔다. 아주 알록달록하고 부드러운 형태로.

마카롱은 시야를 가득 메우는 색의 향연을 하염없이 바라보았다. 하늘은 푸르고, 햇볕이 내리쬐었다. 추위는 온데간데없고, 따사로움만이 공기를 가 득 채웠다. 그리고 과거에 무덤이었던 공간은 세상 어느 곳보다 아름다운 화원이 되어 그 자리에 있었다.

디에즈는 아마 이 풍경을 마지막으로 담고 떠났을 것이다. 꽃향기가 물 씬한 바람이 분노를 거두면, 그 또한 가려져 있었던 제 진심을 깨달았으리 라. 자신은 누군가의 행복을 간절히 바랐던 사람이었다는 것을.

마카롱은 천천히 눈을 감았다. 눈부신 햇살이 얇은 눈꺼풀 위로 춤을 추 고 있었다. 눈이 시리도록 아름다웠다.

마카롱은 해가 질 무렵 산에서 내려왔다. 마른가시나무 영지의 경비병들 이 그를 보며 반갑게 인사를 건넸다.

"아이고, 좋은 곳 다녀오시나 보네요."

여기저기 꽃잎이 묻어 있어서 하는 말인 듯했다. 좋은 곳? 마카롱은 그 들이 한 말을 다시 되뇌다 웃음을 터트렸다.

그는 여관으로 돌아오는 길에 편지지를 샀다. 예쁜 걸 사고 싶었는데 우 락부락한 남자가 그려진 것밖에 없었다. 이럴 거면 그냥 아무 무늬가 없는 게 좋은데, 또 그런 평범한 종이는 없단다. 가게 주인의 취향이 좀 별로인 듯했다.

여관에 도착할 무렵에는 어둑하게 해가 져 있었다. 마카롱은 촛불을 켜고 책상에 앉았다. 괴상한 편지지를 꺼내고, 깃펜까지 들었다.

"……아, 진짜."

아직도 뭐라고 써야 할지 고민이 되었다. 분명 할 말은 많았던 것 같은데, 이상했다. 마카롱은 머리를 긁적이며 한참 고민하다가 여자들이 가르쳐 줬던, 그리고 지금 로젤린에게 가장 하고 싶은 말부터 적었다.

[사랑하는 로젤린에게.]

마카롱은 씩 웃고는 천천히 편지를 써 내려갔다. 나는 아주 잘 지내고 있노라고.